The Warlord Chronicles
A Novel of Arthur : Enemy of God
by Bernard Cornwell

亚 瑟 王

卷二 逆神者

[英]伯纳德·康威尔 著
孟汇一 译

ENEMY OF GOD (The Warlord Chronicles #2)
Copyright © Bernard Cornwell, 1996
Simplified Chinese translation copyright © 2021 by Chongqing Publishing Media Co., Ltd.
This edition published by arrangement with David Higham Associates Ltd.
through Bardon-Chinese Media Agency
All rights reserved

版贸核渝字(2020)第42号

图书在版编目(CIP)数据

亚瑟王.卷二,逆神者 / [英]伯纳德·康威尔著;孟汇一译. —重庆:重庆出版社,2021.7
书名原文:Enemy of God: A Novel of Arthur (The Warlord Chronicles Book 2)
ISBN 978-7-229-15315-1

Ⅰ.①亚… Ⅱ.①伯… ②孟… Ⅲ.①长篇小说—英国—现代 Ⅳ.①I561.45

中国版本图书馆CIP数据核字(2020)第190257号

亚瑟王(卷二):逆神者
YA SE WANG(JUAN ER):NI SHEN ZHE

[英]伯纳德·康威尔 著　孟汇一 译

责任编辑:邹　禾　肖化化　方　媛
装帧设计:小　年
封面插图:seyo
责任校对:郑　葱

重庆出版集团 出版
重庆出版社

重庆市南岸区南滨路162号1幢　邮政编码:400061　http://www.cqph.com
重庆出版社艺术设计有限公司　制版
重庆豪森印务有限公司　印刷
重庆出版集团图书发行有限公司　发行
E-MAIL:fxchu@cqph.com　邮购电话:023-61520646
全国新华书店经销

开本:890mm×1230mm　1/32　印张:13.5　字数:366千
2021年7月第1版　2021年7月第1次印刷
ISBN 978-7-229-15315-1
定价:66.80元

如有印装质量问题,请向本集团图书发行公司调换:023-61520678

版权所有　侵权必究

献给苏珊·沃特

本书的促成者

目 录

第一部　幽暗道／001

第二部　破碎之战／115

第三部　卡米洛特／215

第四部　艾西斯的秘密／303

后　记／428

第一部　幽暗道

今日，我的脑海中萦绕着亡者。

今天是一年的最后一日。山丘上的凤尾草已干枯，山谷尽头的榆树落尽树叶，牲畜的冬季宰杀已经开始。今晚是萨温节前夜。

今晚，分隔生者与亡魂的幕帘将会颤抖、磨损，直至消失。今晚，亡者将越过宝剑之桥。今晚，亡者将由彼世进入此世，虽然我们无法目睹。他们是黑暗中的阴影，无风夜晚几不可闻的风声耳语，然而，他们确将现身此处。

桑森主教，我们这个由修士组成的小团体的统治者，对这种异教信仰嗤之以鼻。他说，这些亡者，没有阴影形体，也不可能越过宝剑之桥，他们只会躺在冰冷的墓穴中，等待着我主耶稣基督的复临。他说，我们应该缅怀死者，为他们不朽的灵魂祈祷，但他们的躯体已逝去、已腐烂。他们的双眼已消融，只余头骨上的黑洞，他们的腹肠被蠕虫化为尸水，他们的骨头被霉菌覆盖。这位圣人坚持道，亡者不会在萨温节前夜前来打扰生者，可即便如此，他还是会在今夜于修道院的炉灶旁留下一条面包。他会假装这只是无心之举，但不管怎样，一条面包和一罐水会陈列在今晚的厨灰旁。

我会留下更多。一杯麦酒和一片鲑鱼。那些小礼物，却是我能负担的一切。今晚，我会把它们放在炉灶旁的阴影中，然后回到我的修士小室，欢迎那些来到这个荒瘠山丘上冰冷屋中的亡魂。

我会细数这些亡灵。夏汶、格温薇儿、妮慕、梅林、兰斯洛特、加拉哈特、戴安、塞格拉莫……名单能填满两张羊皮纸。那么多逝者。他们的脚步不会搅动一根地上的灯芯草，也不会惊吓到住在修道院茅草屋顶中的

亚瑟王

老鼠,但连桑森主教都知道,当那些不是人类影子的黑影来到我们的炉灶旁,寻找那些防止他们恶作剧的礼物时,我们的猫会弓起背,在厨房的角落发出嘶嘶声。

所以,今日,我的脑海中萦绕着亡者。

我已年迈,也许已像从前的梅林那么老,却远没有他睿智。我觉得,桑森主教和我应该是经历过那伟大岁月还存活于世的人了,而深情缅怀那些日子的人只有我一人。也许有别人还活着,也许在爱尔兰,或是在洛锡安北方的荒野,但我不曾耳闻;我只知道一件事:如果有别人还活着,那他们定如我一般,在入侵的黑暗前面畏惧发抖,就好像猫在夜晚的阴影下惊恐退缩。我们所爱的一切都已破碎,所建造的一切都已被拆毁,所播种的一切都已被撒克逊人收割。我们不列颠人紧紧依附在西面的高地,号称要复仇,却已没有利剑来对抗这无边的黑暗。我有时——尤其是现在——只想与那些亡魂们相聚。桑森很赞同这个心愿,他告诉我,将自己交到上帝的右手中,是最好不过的渴望。但我觉得自己一定去不了圣人们的天堂。我犯过太多罪,所以害怕地狱。然而,与我现在所信仰不符的是,我依旧希望自己能去往彼世,因为在那里,在四塔环绕的安努恩,在苹果树下,有一张堆满食物、围坐着老友们亡魂的桌子正等着我。梅林说着哄骗的言语,教训着他人,大发牢骚,挖苦讥讽。加拉哈特会猛地打断他,而对长篇大论厌烦的库尔威奇正偷吃一大块牛肉,还觉得没人会发现。夏汶也会在那里,亲爱的可爱的夏汶,能让妮慕引发的混乱平息下来。

然而,我依旧被呼吸所诅咒。我的朋友们享用盛宴时,我却还活着。只要我还活着,我就会继续写这个亚瑟的故事。我的写作是应了伊格莲王后的急切要求,她是布洛奇维尔国王的年轻王后,而他则是我们这个小修道院的保护者。伊格莲想知道我记得的一切关于亚瑟的事情,所以我开始把这些故事写下来,但桑森主教并不赞同这件事。他说,亚瑟是上帝的敌人,恶魔的爪牙,于是,我用了我的母语——圣人并不懂的撒克逊文字写确获救并赢得胜利,但在亚瑟的战斗生涯中,勒格溪谷是最接近失败的一场战役。直到最后的那一战。

"无论如何,我会记得这份情。"他深情地说,"即使你不记得。是时候让你发财了,德瓦,你和你的部下们。"他笑着拉住我的手臂,带我走到一块没人的土地,好不让我们的声音打扰睡在燃烧篝火附近战士们那不安的浅眠。这片土地很潮湿,雨水在亚瑟战马留下的深痕中聚集成水洼。我好奇战马是否会梦见战斗,然后又想,那些新入彼世的亡者,是否仍会因回忆起将他们的灵魂送过宝剑之桥的剑劈或枪击而战栗。"我猜,甘德利亚斯已死了吧?"亚瑟打断了我的思绪。

"死了,殿下。"我肯定道。今天傍晚早些时候,瑟卢瑞亚的国王死了,但从妮慕杀死她敌人的那一瞬间起,我就没见过亚瑟。

"我听见了他的尖叫。"亚瑟用陈述的语气说。

"整个不列颠一定都听见了他的尖叫。"我冷冷道。妮慕将那位国王黑暗的灵魂一片一片地夺去,对这个强暴她又夺去她一只眼睛的男人,低声吟唱着她的复仇。

"所以瑟卢瑞亚需要一位新王。"亚瑟说,随后盯着狭长山谷一路望去,黑色的人影在迷雾与烟尘中飘荡。火光在他剃得干干净净的脸上投下阴影,让他看起来有些憔悴。他不是个英俊的男人,但也不丑。倒不如说他有一张独特的脸,长、骨感、坚毅。平静时带着悲伤,显示着怜悯与体贴,但在对话时,热情与灵活的笑容让这张脸生动起来。他那时还很年轻,只有三十岁,剪得短短的头发还没有被灰白侵袭。"来。"他碰碰我的手臂,朝山谷下方指去。

"你要在那些亡者当中行走?"我惊骇地后退。若是我,会等黎明将魂灵赶走之后,再冒险离开护卫着我们的火光。

"是我们将他们变成亡者的,德瓦,你和我。"亚瑟说,"所以它们应该惧怕我们,不是吗?"他从不是一个迷信的人,不像我们其他人,会渴

亚瑟王

求保佑,珍惜护身符,时刻留意可能预示着危险的征兆。亚瑟如同一名盲人般在那魂灵的世界中穿行。"来。"他再次碰了碰我的手臂。

于是,我们步入黑夜。那些躺在迷雾中的东西,并不全都是死人,有些还凄惨地呼喊求助,但亚瑟,这个往常最善良的人,却对这些虚弱的呼救听而不闻。他的思绪被不列颠占据。"我明天要南下,"他说,"去见图锥克。"格温特的图锥克国王是我们的盟友,但他拒绝出兵勒格溪谷,认为此战必败。这位国王现在有负于我们,我们替他赢得了他的战争,不过亚瑟不是一个记仇的人。"我会让图锥克派人去对抗东边的撒克逊人。"亚瑟继续说道。"但我也会派出塞格拉莫。他们应该能守住边境,撑过冬天。你的人,"他突然冲我笑了笑,"应该好好休息一下了。"

那笑容告诉我,我们必不能休息。"他们会遵照你的命令,做任何事的。"我尽职地回答。我僵硬地走着,提防着盘旋的阴影,用右手画着驱邪的手势。一些新离躯体的灵魂没有找到彼世的入口,游荡于地表,寻找着旧日的身躯,向杀死自己的凶手寻仇。那晚,勒格溪谷有许多这样的灵魂,我害怕它们,但亚瑟毫不在意它们的威胁,漫不经心地穿越死者的田野,一只手拉着披风边沿,不让它沾到潮湿的野草和厚厚的泥土。

"我想要你的人驻守瑟卢瑞亚。"他果断地说,"伊仑之子欧依戈斯会想要去那里洗劫,但必须控制住他。"欧依戈斯是德米缇亚的爱尔兰国王,他在战争中改变立场,带给亚瑟胜利,而爱尔兰人的报酬则是享有一部分奴隶和已故的甘德利亚斯的王国财富。"可以给他一百名奴隶。"亚瑟判断道,"还有甘德利亚斯三分之一的财宝。他虽已同意这条件,但依旧会试图反悔。"

"我会确保他办不到的,殿下。"

"不,不用你。你能让加拉哈特带领你的部下们吗?"

我点点头,掩饰自己的惊讶。"那您想让我干什么?"我问。

"瑟卢瑞亚是一个问题。"亚瑟继续道,无视我的提问。他停了停,想到甘德利亚斯的王国时皱起了眉。"这国家之前的统治者很糟糕,德瓦,非常糟糕。"他带着深深的厌恶说。对我们其他人来说,腐败的统治犹如冬日的雪花和春天的花朵一样自然,但亚瑟真心觉得这很可怕。如今我们记得亚瑟是一位战神,穿着闪亮盔甲、身佩传奇宝剑的耀眼男人,然而他只想被认作是一位善良、诚实、公正的统治者。宝剑给予他力量,但他将这力量拱手交予律法。"它是个重要的王国,"他继续道,"可如果我们不能妥善处理,它将会带来无穷无尽的麻烦。"他大声说出自己脑海中的想法,试图预测阻隔在战后的今夜与他梦想中和平团结的不列颠之间的每个障碍。"最理想的方法,"他说,"是将它一分为二,分别由格温特和波伊斯统治。"

"那为什么不这么做呢?"我问。

"因为我已经答应兰斯洛特,把瑟卢瑞亚给他。"他用不容置疑的语气说。我一言不发,只是摸着海威贝恩的剑柄,让铁器保佑我免受今夜邪灵的侵害。我向南凝视,死者在树栏处如涨潮溪流般横陈,这长长的一天,我们便是于此处与敌人战斗的。

在那场战斗中,有许多英勇的人,但没有兰斯洛特。我为亚瑟打仗的这些年里,我与兰斯洛特相识数年来,从未见过他出现在盾墙之中。我见过他追赶战败而逃者,见过他在兴奋的围观人群前押送着战俘游行,但我从未见过他身处艰险、吃力、被压得叮当作响、挣扎着的盾墙之中。他是贝诺克的流亡之王,一群从高卢涌来的法兰克人夺去他的王位,夷平他父亲的王国。据我所知,他一次都不曾拿起长枪与任一支法兰克军队作战,然而整个不列颠的吟游诗人都在唱颂着他的勇敢。他是兰斯洛特,无土之王,百战之英雄,布立吞人之剑,悲伤的英俊骑士,完美的圣人,所有这一切伟大的名声都由歌曲造就,没有一样由剑而生——据我所知。我是他的敌人,他也是我之敌,但我们都是亚瑟的朋友,那友谊让我们的仇恨处于尴尬的休战之中。

亚瑟王

亚瑟知道我的敌意。他碰了碰我的手肘，我们一同向南面尸体的溪流走去。"兰斯洛特是德莫尼亚的朋友，"他强调，"如果兰斯洛特统治瑟卢瑞亚，那我们就不用再担心它了。如果兰斯洛特和夏汶结婚，那波伊斯也会支持他。"

他终于说到这个了，霎时我的敌意在愤怒中粉碎，然而我对亚瑟的计划并没有出言反对。我能说什么呢？我是个撒克逊奴隶的儿子，一名年轻的战士，有兵却没有土地，而夏汶是波伊斯的公主。她被称作"塞伦"——星辰——于阴暗的土地，她就如一丝照向泥土的阳光般闪耀。她曾经与亚瑟订婚，却因格温薇儿而失去他，直接导致了这场刚刚结束于勒格溪谷大屠杀的战争。如今，为了和平，夏汶必须嫁给兰斯洛特，我的敌人；而我这个无名小卒却爱上了她。我带着她的胸针，脑海里满是她的样貌。我甚至许下誓言要保护她，而她也没有拒绝。她的接受让我充满疯狂的希望，觉得自己对她的爱不是完全无望，但这只是我的妄想。夏汶是位公主，她必须嫁给一位国王，我却是奴隶出身的枪兵，将会娶门当户对之人。

所以我没有说出我对夏汶的爱，而亚瑟，在胜利之后的今夜、在处置不列颠的过程中，也没有察觉。他怎么会察觉呢？如果我向他坦言自己对夏汶的爱情，他会认为这是如此骇人听闻的野心，正如粪堆上的公鸡想要与一只老鹰成为配偶。"你认识夏汶，是吗？"他问我。

"是的，殿下。"

"而她也喜欢你。"这句话中带着点疑问。

"大概是吧。"我老实承认，回忆起夏汶苍白如银的美丽，想到她将被英俊的兰斯洛特拥有就一阵厌恶。"她喜欢我，告诉过我她对这场婚姻不感兴趣。"

"这是当然了。"亚瑟说，"她从没见过兰斯洛特。我不指望她感兴趣，德瓦，只要她服从就行。"

我犹豫了。在战前，当图锥克极度希望结束这场威胁他国土安全的战争时，我曾前往高菲迪特去谈和。那次任务失败，但我见到了夏汶并告诉她亚瑟希望她嫁给兰斯洛特。她没有拒绝，但也不怎么乐意接受。那时，当然没人相信亚瑟可以战胜夏汶的父亲，但夏汶已经考虑过这种极小的可能性，请我去向亚瑟要求一个承诺——如果他赢了的话。她愿能得到他的庇佑，而深深爱着她的我，将这请求理解为她不希望嫁给她不愿意嫁的人。于是我告诉亚瑟，她请求他能给予庇佑。"她被订下太多次婚约了，殿下。"我补充道，"而且失望了太多次，我觉得她希望在一段时间内不被打扰。"

"时间！"亚瑟大笑道，"她没时间了，德瓦。她都快二十岁了！她不能不结婚，搞得像只逮不着耗子的猫。她还能嫁给谁呢？"他走了几步。"我会保护她，"他说，"但还有比嫁给兰斯洛特、登上王位更能保护她的方法吗？还有你打算怎么办？"他突然问。

"我，殿下？"一瞬间我以为他是在提议让我娶夏汶，心跳猛然加快。

"你都快三十岁了。"他说，"你也该结婚了。等回到德莫尼亚，我们得留意这件事了，不过现在我希望你去波伊斯。"

"我，殿下？波伊斯？"我们刚刚击败了波伊斯的军队，我不能想象波伊斯会有人欢迎一位敌军的战士。

亚瑟抓住我的手臂。"德瓦，接下来几周最重要的事，就是昆格拉斯能成为波伊斯的国王。他认为没人会挑战他，但我要确保这一点。我希望有我的人在司乌思城堡作为我们友谊的见证。就只是这样而已。我只是想让所有挑战者都知道他们挑战的不仅仅是昆格拉斯，还有我。如果你去那里并作为昆格拉斯的朋友出席，那条信息就很明确了。"

"那为什么不派一百个人去？"我问。

"那样看起来，像是我们强行让昆格拉斯坐上王位。我不希望造成这样的印象。我需要他成为一名朋友，不希望他以一名战败者的样子回到波

亚瑟王

伊斯。另外,"他微笑,"你就相当于一百个人,德瓦。昨天你就证明了这一点。"

我皱起眉,我一向对夸大的赞美之辞感到不舒服,但如果这赞美意味着我将成为亚瑟在波伊斯的使节,那我还是很乐意的,因为这样我可以再次接近夏汶。我还珍藏着她触碰我手的记忆,正如我珍藏着她多年前给我的胸针。她还没有嫁给兰斯洛特,我告诉自己,我只是想能够纵容自己无望的期许。"昆格拉斯一旦即位,"我问,"我该做什么?"

"你等我,"亚瑟说,"我会尽快去波伊斯,一旦我们确保了和平,兰斯洛特顺利称王,我们就回家。而明年,我的朋友,我们将率领不列颠的军队对抗撒克逊人。"他说这话时,带着少见的对战争的渴求。他很擅长战斗,甚至享受战斗给他平日里谨慎灵魂所带来的发泄般的刺激,但如果有可能创造和平,他绝不会寻求开战,因为他无法对反复无常的战争报以信任。胜利与失败无法预测,亚瑟痛恨抛弃良好的秩序和谨慎的外交,去选择战争的风险,然而,外交与圆滑永远无法击败入侵的撒克逊人,他们如同害虫,正穿越不列颠,向西方扩散。亚瑟梦想中的不列颠有序、公正、和平,而撒克逊人绝不属于其中。

"我们春天进军吗?"我问他。

"当第一片新叶萌芽时。"

"那我首先想向您请求一件事。"

"说吧。"他对于我要求胜利的回报这件事很是高兴。

"我想与梅林一同走,殿下。"我说。

他一时间没有回答。他只是盯着潮湿的地面,上头横陈着一把剑刃几乎弯成回形的剑。黑暗的某处,一个男人呻吟、大叫,然后陷入安静。"圣锅。"亚瑟终于用沉重的语气说。

"是的,殿下。"我说。梅林在战斗中出现,要求两边人马都抛下战斗,跟着他踏上寻找克莱德诺·艾丁圣锅的旅程。圣锅是最重要的不列颠临。莱地是波伊斯北面边界的重镇，但亚瑟在对抗高菲迪特期间将它出卖给了撒克逊人。波伊斯尚无人知晓亚瑟的背叛，连我也没有告诉他们。

我前三天没有见着夏汶，这些天是高菲迪特的哀悼日，火葬时也没有女人到场。波伊斯宫廷的女子都穿上了黑色的羊毛衣裳，被关在女眷居住的厅内。那里没有乐声，只能喝水，她们唯一的食物也只有面包干和燕麦稀粥。厅外，波伊斯的战士们聚集参加新王的加冕，我则遵照亚瑟的命令，试图洞察是否有人想挑战昆格拉斯的继承权，但我没有听见任何反对的低语。

三天过去，女眷大厅的门被猛地推开。一位侍女现身于门厅，将芸香撒在门槛和台阶上，门内涌出一股烟雾，我们知道女人们正在烧毁先王成婚时的床单。直到烟雾从门窗间消散，波伊斯的现任王后赫拉德才步下阶梯，跪在她的丈夫昆格拉斯国王面前。昆格拉斯扶起她，她的白色长裙因跪倒而沾到泥点。他吻了她，领着她走回厅内。身着黑色斗篷的波伊斯首席德鲁伊路万斯跟在国王身后，进入大厅。厅外，波伊斯幸存的战士们观望等待，金属和皮革靠在木墙上碰击作响。

一队孩童咏唱着光明神与晨曦女神的爱情二重唱《莉安珑之歌》，然后又吟颂了铁匠之神戈万南向埃登城堡的进军长诗，这一切结束后，换上白袍、手持槲寄生饰顶黑色手杖的路万斯才走向门口，宣布哀悼日终于结束。战士们欢呼，队伍散开，各自去寻找自己的女人。明天昆格拉斯将于多佛汶山顶加冕即位，如有任何人想挑战他对王位的继承权，加冕典礼将提供这样的机会。那也将是我在战后第一次得见夏汶。

第二天，路万斯主持加冕仪式时，我紧紧盯着夏汶。她站在那儿，看着自己的兄长，而我盯着她，惊讶于世间竟有如此可爱的女子。如今我已年迈，有可能老人的记忆让我夸大夏汶公主的美貌，但我不觉得是这样。她被称为"塞伦"——星辰——可不是毫无由来的。她中等身高，但很苗条，纤细给了她一种脆弱的表象，但我后来才知道，这只是一种假象，夏

亚瑟王

汶最可贵的品质便是钢铁般的意志。她的头发像我的一样，是金色的，只不过她的是如阳光般耀眼的淡金色，我的更像是肮脏稻草的颜色。她的眼睛湛蓝，举止娴静，脸庞如蜂蜜般甜美。那天她身着蓝色长袍，长袍上装饰着银白色带黑色斑点的冬鼬皮毛，就是她碰触我的手并接受我的誓言时穿着的那件。她有一瞬间注意到了我的目光，朝我庄重地笑了笑，我发誓，那一刻我的心跳疯狂加速。

波伊斯的加冕仪式和我们国家的没什么不同。昆格拉斯绕着多佛汶的石圈行进，他接过王位的象征，一名战士宣布他成为国王，并质问在场之人中是否有人想要挑战。回答是一阵安静。圈外远处的火堆依然冒着烟，显示曾有一位国王身故，但石圈附近的安静见证了一名新王的即位。随后，礼物被呈现给昆格拉斯。我知道亚瑟将会带着他自己华丽的礼物前来，不过他给了我在战场上找到的高菲迪特的佩剑，所以我便在此时将剑归还给高菲迪特的儿子，作为德莫尼亚与波伊斯和平的象征。

典礼之后，在多佛汶山顶孤单耸立的大厅中举行了一场宴会。这场宴会很简陋，蜜酒和麦酒远胜于食物，但这是昆格拉斯告诉战士们他将如何统治的机会。

他首先提起了这场刚结束的战争。他念着在勒格溪谷中死去之人的名字，向他的臣民们保证那些战士没有白白牺牲。"他们所创造的，"他说，"是不列颠人之间的和平。波伊斯和德莫尼亚间的和平。"这话在战士们中引起一些低声抱怨，但昆格拉斯抬头示意他们安静。"我们的敌人，"他突然强硬地说，"不是德莫尼亚。我们的敌人是撒克逊人！"他停顿片刻，这次没有任何反对的低语。众人静静地等待，看着他们的新国王，说实话他并不是一位伟大的战士，但却是一位善良正直的人。这些特质在他忠厚年轻的圆脸上表露无遗，虽然他为了增添威严而留着编起的垂至胸口的长胡子，但那并没有起到什么作用。他也许不是战士，但他很明白必须让这些战士有打仗的机会，因为只有战争才能让男人赢得荣誉和财富。他向战士们保证将夺回莱地，撒克逊人将为莱地人民所遭受的苦难付出代价，而波伊斯，这个不列颠曾经最伟大的王国将再次从群山延展至日尔曼海。罗马城镇将会重建，城墙将再次荣耀高耸，道路将得以修缮。每个波伊斯战士都将得到土地、战利品和撒克逊奴隶。昆格拉斯手下那些本来失望的首领们都为这前景鼓起掌来，因为国王提供了这些男人寻求之物。然而，他又抬手让人们停下欢呼，接着说，波伊斯不能独占洛依格的财富。"现在，"他警告他的追随者们，"我们将与格温特的战士和德莫尼亚的士兵们一同肩并肩战斗。他们是我父亲的敌人，但却是我的朋友，正因为这样，德瓦阁下在此。"他冲我微笑。"正因为这样，"他说下去，"下个月圆之夜，我亲爱的妹妹将与兰斯洛特订婚。她将作为王后统治瑟卢瑞亚，那个国家的人也将与我们一同进军，和亚瑟、图锥克一起，从我们的土地上赶走撒克逊人。我们会摧毁真正的敌人。我们将消灭赛思人！"

这一次爆发出不受控制的欢呼。他赢得了他们的心。他许诺他们旧不列颠的财富和权力，人们鼓着掌、跺着脚以示赞同。昆格拉斯站立片刻，让喝彩继续，随后便坐下并朝我微笑，就仿佛知道亚瑟会赞同他刚才说的一切。

我并没有留在多佛汶整夜饮酒，而是跟着赫拉德王后、她的两位姑姑及夏汶乘坐的牛车走回司乌思城堡。王室女眷们希望在日落前返回司乌思城堡，我则与她们同行，这并不是因为我与昆格拉斯的战士们相处会感到不自在，而是我还没找到机会和夏汶交谈。像一头因爱发痴的蠢牛那样，我加入护送牛车回去的一小群枪兵之中。那天我精心打扮过，想要给夏汶留下好印象：我清理了我的锁子甲，刷去靴子和披风上的泥，将我的黄色长发编成松散的辫子垂在脑后。我将她的胸针别在披风上，以此来表明我对她的忠诚。

我以为她会无视我，回司乌思城堡的漫长路程中，她只是坐在车里，盯着其他地方，但最后，当我们转过弯、城堡出现在眼前时，她转身下车，在路旁等着我。护送的枪兵走到一旁，好让我与她并肩同行。认出胸针时，她笑了笑，但没有对它做出评价。"我们很好奇，德瓦阁下，"她说，"是什么让您前来此处。"

"亚瑟希望有一位德莫尼亚人见证您兄长的即位，殿下。"我回答。

"又或者是亚瑟希望能确保他即位？"她狡黠地问。

"这也是原因。"我承认。

她耸了耸肩。"这里没其他人能成为国王。我父亲确保了此事。曾有位名叫韦拉伦的首领可以挑战昆格拉斯，但我们听说他死在战场上了。"

"是的，殿下，他死了。"但我没有说，正是我在勒格溪谷的浅滩处、在一对一的决斗中杀死了韦拉伦。"他是个勇士，您的父亲也是。对他的死，我很遗憾。"

她沉默地走了几步，波伊斯王后赫拉德从牛车里狐疑地看着我们。"我父亲，"片刻后夏汶说，"是个充满怨恨的人。但他对我一直很好。"她语气悲伤，却没有落泪。那些眼泪早已被拭去，现在她的兄长是国王，而她也将迎来崭新的未来。她提起裙子，避开一个泥泞的水塘。今晚早些时候一直在下雨，西面的云朵暗示不久之后也会下雨。"亚瑟会来，是吗？"她问。

"随时都有可能，殿下。"

"带着兰斯洛特？"她问。

"我想是的。"

她做了个鬼脸。"德瓦阁下，上次我们见面时，我正要嫁给甘德利亚斯。现在是兰斯洛特。一个接一个的国王。"

"是的，殿下。"我说。这回答不恰当，甚至有点蠢，但极度的紧张让我的舌头打结了。我所期盼的只是能与夏汶在一起，然当我真的站在她身边时，我却说不出心中的话。

"我将成为瑟卢瑞亚的王后。"夏汶意兴阑珊地说。她停下脚步，回身指向塞文广阔的山谷。"就在多佛汶过去一点儿的地方,"她告诉我,"有一个秘密的小山谷,里头有一栋小屋和一些苹果树。小时候我总是觉得彼世就像那山谷,一处小小的、安全的地方,让我能快乐地住在那里,生儿育女。"她自嘲地大笑起来,再次迈开脚步。"全不列颠有那么多女孩想要嫁给兰斯洛特,成为王后,住在一座宫殿里,而我唯一想要的只是小山谷和它的苹果树。"

"殿下。"我想鼓起勇气说出真正想说的,但她立刻察觉到了我的想法,碰碰我的手臂阻止我。

"我必须承担我的责任,德瓦阁下。"她提醒我管住自己的舌头。

"您永远可以相信我的誓言。"我脱口而出。这是那一刻我能说出的最接近爱的告白。

"我知道。"她神情庄重地说,"你是我的朋友,对吗?"

我不止想做朋友,但点了点头。"我是您的朋友,殿下。"

"那我会告诉你,我对我哥哥说的话。"她抬头看向我,蓝色的眼睛透着认真,"我不知道我是不是想嫁给兰斯洛特,但我向昆格拉斯保证过,我会先见见他再决定。我必须这么做,但是否会嫁给他,我也不知道。"她沉默地走了几步,我感觉她是在犹豫是否要告诉我什么。最后她决定信任我。"上次见你之后,"她继续道,"我去拜访了梅斯韦尔的女祭司,她带我去了梦洞,让我在头骨做成的床上睡觉。我想知道自己的命运,但我根本不记得做过什么梦。当我醒来时,女祭司告诉我,下个想娶我的男人将以死亡为妻。"她凝视着我,"你明白这意思吗?"

"不明白,殿下。"我摸了摸海威贝恩的剑柄。她是在警告我吗?我们从未表白心迹,但她一定已察觉我的渴望。

"我也不明白。"她坦言,"所以我去问路万斯这预言是什么意思,他叫我别再操心。他说女祭司只会故弄玄虚,因为她没法真的做出预言。我觉得这也许是说我根本不应该结婚,但我不知道。我只知道一件事,德瓦

亚瑟王

阁下——我无法轻易结婚。"

"您知道两件事,殿下。"我说,"您知道我对您的誓言永远不变。"

"我也知道那个。"她又冲我笑了笑,"很高兴您在这儿,德瓦阁下。"说完这些话,她便跑向前,爬回牛车中,留下我一个人苦苦思索她的谜语,并找不到可以让自己安心的答案。

亚瑟在三天后来到司乌思城堡。他带来二十名骑兵和一百名枪兵,还有吟游诗人和乐师。他带来了梅林、妮慕和从勒格溪谷亡故者身上得到的黄金礼物,与之一同前来的还有格温薇儿与兰斯洛特。

我见到格温薇儿时,不禁发出一声埋怨。我们确实赢得战争并创造了和平,但我仍认为亚瑟这样做很残忍,他带来这个他为之抛弃夏汶的女人。然而,格温薇儿坚持陪伴她的丈夫一同前来司乌思城堡,她乘坐的牛车铺满皮毛、垂着染色布缦、悬挂象征和平的绿树枝。兰斯洛特的母亲,伊莲王后也坐在车上,但想要吸引注意力的人并不是王后,而是格温薇儿。牛车缓缓驶过司乌思城堡城门时,她站着,驶到昆格拉斯正厅门前时,她依旧站着,正是在那里,她曾被放逐,而现在她如同一位征服者般归来。她身着一件染成金色的长裙,脖子和手腕间戴着金饰,红色的卷发被金色发圈束起。她有孕在身,但珍贵金色布料下并不显怀。她看上去犹如女神。

如果格温薇儿像是位女神,那骑马进入司乌思城堡的兰斯洛特就仿佛一尊男神。许多人会以为他是亚瑟。他骑着白马,马的白色披挂上绣有小颗金色星星,看上去华丽至极。他穿着白色鱼鳞甲,身佩白鞘宝剑,红边白底的长披风从他的肩膀垂下。他的头盔顶端装饰着一对展开的天鹅翅膀,而不再是还在特雷贝斯岛时的海雕,镶金的头盔边沿映衬着他小麦色的英俊脸庞。看到他时,人们都不禁吸气,我听见窃窃私语迅速在人群中传开:原来那竟不是亚瑟,而是兰斯洛特国王,贝诺克失落王国的悲剧英雄,将要娶我们夏汶公主的男人。一看见他,我的心便沉了下去,我担心他的华丽会让夏汶着迷。众人几乎没有注意到亚瑟，他穿着皮上衣和白披风，看起来似乎为身处司乌思城堡而尴尬。

那晚举行了一场宴会。我不觉得昆格拉斯会真心欢迎格温薇儿，但他是位耐心而通情达理的人，不像他的父亲那样因为一点小事就受到冒犯，所以他以王后之礼招待格温薇儿。他为她斟酒、布菜，低下头与她交谈。坐在格温薇儿另一侧的亚瑟兴高采烈。只要和格温薇儿在一起，他看上去总是很快乐。如今看到她在这个大厅中受到如此款待，他一定很满足。毕竟就在这里，他第一次瞥见了曾经身处后方相对较卑微的人群中的格温薇儿。

亚瑟更多的注意力都放在夏汶身上。厅中的每个人都知道他曾经抛弃她，打破婚约娶了一文不名的格温薇儿，许多波伊斯男人都发誓绝不会原谅亚瑟的羞辱，然而夏汶原谅了他，并将她的谅解表现得十分明显。她冲他微笑，向他伸出一只手，紧靠在他身边。宴会后半程，麦酒将陈年旧怨冲刷殆尽后，昆格拉斯握住亚瑟和他妹妹的手，将它们一起合于自己的掌中，大厅中为这和平的象征而欢呼。往日耻辱被抛于脑后。

片刻之后，作为另一个象征举动，亚瑟拉起夏汶的手，将她领至兰斯洛特身旁一个刻意留出的空位。更多欢呼声响起。我面无表情地看着兰斯洛特起身接过夏汶的手，然后坐在她身旁为她斟酒。他拿下手腕上一枚沉重的金手镯呈给她，虽然夏汶对这个慷慨的礼物做出回绝的手势，但最后还是将它戴上手臂，黄金在摇晃的火光中闪耀。坐在大厅地上的战士们要求看看这个手镯，夏汶羞涩地举起手臂展示这个沉甸甸的金镯。唯有我没有欢呼。我坐在那儿，被雷鸣般的嘈杂包裹，倾盆大雨击打着屋顶。她被迷住了，我心想，她被迷住了。在兰斯洛特健康优雅的美丽面前，波伊斯之星坠落了。

我本可以在那时就离开大厅，带着我的痛苦走入大雨冲刷的夜色，但梅林一直在厅中走来走去。宴会刚开始时他坐在主桌，不过他现在已经离席，在战士们中穿行着，时不时停下聆听对话或朝某人耳语。他头顶剃光，白发在耳后编成一条长辫，用黑带束起，长胡子也同样编辫束着。他的肤色很深，就像是德莫尼亚珍馐罗马栗的颜色，脸上刻着深深的皱纹，看起来很愉悦。他正打算搞恶作剧呢，我心想，于是缩回自己的座位，好让他不要弄到我头上来。我敬爱梅林就如同他是我的父亲，但我现在没有心情对付更多的难题。我只想尽可能地远离夏汶和兰斯洛特。

我等待着，以为梅林已经跑去厅的另一头，我可以安全离开，不被他发现，但正在这时，他的声音在耳边响起。"你在躲着我吗，德瓦？"他问，发出一声复杂的呻吟，然后坐在我身边的地上。他喜欢假装年老体衰，夸张地揉着自己的膝盖，抱怨关节疼痛。他拿过我手上的一角蜜酒，一饮而尽。"看啊，那位处女公主，"他用空角杯向夏汶指了指，"即将迎接她可怕的命运。等着瞧吧。"他在胡子辫间挠了挠，思考接下来要说的话。"过半个月订婚？过一周或更迟些结婚，然后再过几个月，她就会死于生育。这么小的屁股，出生的孩子一定会把她撕成两半的。"他大笑。"就像是只小猫要生育一头公牛。大事不妙啊，德瓦。"他凝视着我，享受着我的不自在。

我酸酸地回答："您不是替她施过幸运咒语吗？"

"的确。"他平静地说，"那又如何？女人爱生孩子，如果夏汶的幸福就包括让她的头生子把她撕成该死的两半，那我的咒语也算生效，不是吗？"他冲我微笑。

"'她不会登上高位，'"我引用梅林不到一个月前在这个大厅中做出的预言，"'也不会沦落低贱，但她会得到幸福。'"

"你对细枝末节的记忆力真不错哈！这羊肉也太难吃了，对吧？你看呀，都没煮熟。连热都不热！我受不了冷食。"这并没有阻止他从我的盘子里偷走一块，"你觉得做瑟卢瑞亚的王后算是登上高位吗？"

"不是吗？"我没好气地说。

"天啊，当然不算。这想法太荒谬！瑟卢瑞亚是世界上最糟糕的地方，德瓦。除了肮脏的山谷、碎石河岸和丑陋的人，啥都没有。"他耸耸肩，"他们不烧木头，烧煤，所以大多数人都像塞格拉莫那么黑。我觉得他们大概都不知道洗澡是什么。"他从牙缝中拉出一块软骨，扔给在食客间搜寻食物的一条猎犬。"兰斯洛特很快就会厌倦瑟卢瑞亚！我不觉得我们这位时髦的兰斯洛特能忍受那些被煤熏黑的丑家伙太长时间，所以，即使她从分娩中幸存——当然我对此深表怀疑——可怜的小夏汶也会被孤零零地留下，只有一大堆煤炭和一个啼哭的婴孩相伴。那将是她的结局！"他貌似对此预言很满意，"你注意过吗，德瓦，每当你注意到一位像她那么美丽年轻，拥有天堂星辰般的面容的女子时，一年之后，就会发现她散发出奶和小孩屎的气味，你会奇怪，当初怎么会觉得她竟然很美？小孩对女人就是会产生这种影响，所以现在好好看看她吧，德瓦，现在仔细看看她，因为她永远不会像现在这么可爱了。"

她很可爱，更糟的是，她看起来很快乐。她那晚穿着白袍，脖子上挂着坠有银色星星的银链。金发上绑着银色发带，银色雨滴形耳坠从她的双耳垂下。那晚的兰斯洛特看上去同夏汶一样出众。人们说他是全不列颠最英俊的男人，如果你喜欢他黝黑精瘦、看似谦卑的长脸的话，那他的确是英俊的。他的黑色外套装饰着白边，颈间戴着黄金项圈，抹了油的黑色长发在脑后用一枚金环束起，如瀑般垂在背后。他的胡子修剪得尖尖的，同样抹了油。

"她告诉我，"我对梅林说，知道这话语会将我的内心情感过多地暴露给这个顽劣的老人，"她不确定是不是要嫁给兰斯洛特。"

"好吧，她是会这么说的，对吧？"梅林谨慎地回答，招手示意一名端着猪肉走向主桌的奴隶过来。他掏了一大把猪肋排放在自己的大腿上，下面垫有他那污秽的白袍，他抓起一根贪婪地吮吸。"夏汶，"吮干净大多数肋排后，他继续道，"是个浪漫的傻瓜。她不知怎么居然让自己相信，她可以嫁给自己喜欢的人，天知道怎么会有女孩这么认为！而如今，当然，"他满口猪肉说道，"一切都变了。她遇见了兰斯洛特！她现在肯定已经被他迷住了。也许她都等不及婚礼之后？谁知道呢？也许，就今晚，在她秘密的闺房，她会榨干这个混蛋。但也许不会。她是个非常传统的女孩！"他以贬抑的口吻说出最后一句话。"吃块肋排。"他招呼我，"你也是时候成家了。"

"我不想娶任何人。"我愠怒道。当然除了夏汶，但我能有什么希望对抗兰斯洛特呢？

"婚姻和想不想要没半点关系，"梅林轻蔑地说，"亚瑟认为两者相关，他对待女人这件事情上真是个蠢货！你想要的，德瓦，是床上有个漂亮姑娘，但只有傻瓜会觉得这姑娘和老婆必须得是同一位。亚瑟觉得你应该娶格温维奇。"他随意地说出这个名字。

"格温维奇！"我的声音大得过分了。她是格温薇儿的妹妹，是个肥胖、迟钝、苍白的女孩，格温薇儿也受不了她。我没有什么特别的原因去讨厌格温维奇，但我也不能想象自己娶一个这么乏味、呆板、阴郁的女孩。

"为什么不呢？"梅林假装愤怒地说，"这是桩很不错的婚事，德瓦。你是什么？毕竟只是个撒克逊奴隶的儿子，格温维奇可是一位真正的公主。诚然她很穷，而且比利夫芬的母猪还丑，但你想想，她会有多感恩戴德！"他朝我使了个眼色，"你再想想格温维奇的屁股，德瓦！绝不会有婴儿卡住的危险。她会把那些小怪物像油籽似的吱溜一下就吐出来。"

我不知道亚瑟是否真的在筹划这样的婚姻，或者这是格温薇儿的主意。大概率是她。我看向她，她浑身上下穿戴黄金，坐在昆格拉斯身旁，脸上透出显而易见的胜利神情。那晚她看上去格外美丽。她一直是不列颠最引人注目的女性，但那个雨夜盛宴之上，她似乎闪耀着光芒。也许是因为她的身孕，但更合理的解释是，她陶醉于优越感之中，对象便是这些曾将她视为身无分文的流亡者而拒之门外的人们。我知道，格温薇儿是兰斯洛特在德莫尼亚最主要的支持者，她让亚瑟许诺兰斯洛特瑟卢瑞亚的王位，也是她决定让夏汶成为兰斯洛特的新娘。现在，我暗忖，因为我对兰斯洛特的敌意，她要惩罚我，让她无辜的妹妹成为我的破落新娘。

"你看上去不高兴，德瓦。"梅林故意刺激我。

我没有为这挑衅而跳脚。"那您呢，阁下？"我问，"您高兴吗？"

"你在乎？"他轻快地反问。

"我爱您，阁下，您就像我的父亲。"我说。

他对这话发出嘘声，差点儿被猪肉呛住，但缓过来之后还是接着大笑。"像父亲！哇，德瓦，你真是个荒唐的情感动物。我养大你的唯一原因就是我觉得你对于诸神来说很特别，也许你真是这样。诸神有时候的确会选择那些最奇怪的生物去爱。所以，告诉我，亲爱的'儿子'，你那孝心能转化成实际行动吗？"

"什么行动，阁下？"我开口询问，即使明知他所求何事——他想带兵去寻找圣锅。

他压低声音，凑近我，虽然我并不认为在这个吵闹酩酊的大厅中有任何人会听见我们的谈话。"不列颠，"他说，"遭受着双重疾病，但亚瑟和昆格拉斯只认得其一。"

"撒克逊人。"

他点头。"但没有撒克逊人的不列颠也依旧害着病，德瓦，我们正冒着失去诸神的危险。基督教扩散得比撒克逊人还快，基督教徒是比任何撒克逊人还要渎神的存在。若我们不制止这些教徒，那诸神将会彻底地抛弃我们，没有了她的诸神，不列颠还能是什么？但如果我们挽留并将诸神带回不列颠，那撒克逊人和基督徒们都会消失。我们攻击了错误的疾病，德瓦。"

我瞥了眼亚瑟，他正专注地听昆格拉斯说话。亚瑟不是个没有信仰的人,但他并不特别看重自己的信仰,内心也没有任何对不同信仰之人的仇恨,我知道若他听见梅林这番向基督徒开战的言论,一定不喜。"没人听取您的意见吗,阁下?"我问梅林。

"有一些人,"他勉强说,"几个,一个或者两个。亚瑟不听。他认为我是个快疯的傻老头。你呢,德瓦?你认为我是个傻老头吗?"

"不,阁下。"

"你也确实相信魔法,德瓦?"

"是,阁下。"我回答。我见过魔法生效,但也见过它的失败。魔法不易,而我相信。

梅林朝我的耳边凑得更近了些。"那就今晚去多佛汶山顶,德瓦,"他小声说,"我将满足你灵魂的渴望。"

竖琴响起了一声和弦,召唤吟游诗人们开始歌唱。战士们的声音渐轻,一阵冷风夹杂着雨点从敞开的门中猛地吹入,脂肪蜡烛和油浸灯芯草灯的小小火光被吹得闪烁不明。"你灵魂的渴望。"梅林低声重复,但当我看向左边时他已不知如何消失不见。

今夜雷声隆隆。诸神身处屋外,而我被召唤至多佛汶。

我离开宴会,在分发礼物之前,在吟游诗人唱诵之前,在喝醉战士们的声音伴着萦绕心头的尼韦尔之歌回响之前。歌声在身后回荡,我独自沿河谷而下,那里正是夏汶告诉我她探访骨骸地、获知那毫无意义的奇怪预言之处。

我身着盔甲,但没有带盾。我的海威贝恩剑挂在身侧,我的绿色披肩裹住肩膀。没人能在夜里安心行走,因为夜晚属于鬼怪和灵魂,但我被梅林召唤前来,所以知道自己是安全的。

我走得很轻松,因为有一条路从城墙直通多佛汶的山麓南侧。路很漫长,雨夜中的四个小时,道路也黑暗如沥青,但诸神希望我到达目的地,所以我并未迷路，也没有在夜色中遭遇任何危险。

我知道，梅林一定就在我前方不远，虽然我比他年轻一半不止，却赶不上他，连他的动静都听不见。我只听见渐轻的歌声，等歌声完全消失在黑暗中之后，我听见河水流过石头的唰唰声、雨点落在树叶上的吧嗒声、被黄鼠狼逮住的某只野兔的尖叫声和一只獾呼唤自己伴侣的鸣叫声。我经过了两处低矮的居所，快要熄灭的火光从凤尾草屋顶下的开口处透出。其中一座小屋中，有个男人的声音挑衅地响起，但我回应他，说我只是路过，没有恶意，他便让他那吠叫的狗收声了。

我离开大路，寻找沿多佛汶山侧蜿蜒向上的窄道，担心黑暗会让我在山侧愈加浓密的橡木林中迷路，但雨云渐薄，让一缕苍白的月光穿过被雨打湿的树叶照射下来，让我看清了沿皇家山丘顺日出方向而上的石头小道。那里无人居住，是橡木、石头和神秘的所在。

小道自树林通向山顶的开阔空地，那里竖立着石圈，昆格拉斯正是在此处加冕为王。这山顶是波伊斯最神圣的地方，然而大多数时候它荒芜一片，只在王室盛宴和重大仪式时被使用。现在，在惨白的月色下，大厅矗立在黑暗中，山顶看上去空无一物。

我在橡木林边际停下脚步。一只白色的猫头鹰从我的头顶飞过，短小翅膀猛烈扇动，矮胖身体擦过我头盔的狼尾顶饰。猫头鹰是一个预兆，然而我并不知它是好是坏，突然间我感到了恐惧。好奇心驱使我到此，但现在我察觉到危险。梅林不会不求代价便给予我灵魂所求之物，这意味着我来到此处将要作出一个选择，我怀疑这是一个我并不想做出的选择。说实话，我害怕到几乎转身回到树林的阴影中，但我左手伤痕的一记跳动让我留在了原地。

雨停，云散。一股冷风击打着树梢，但雨已止。夜色深沉。拂晓临近，然东方的山丘处没有一丝光亮的痕迹，只有微弱的月光将黑暗中多佛汶王室石圈的巨石染成银色。

亚瑟王

我向石圈走去，心跳声似乎比沉重靴子的脚步声更响。还是无人现身，我有一瞬间觉得这大概是梅林的什么精巧恶作剧。然而，在石圈的正中，那块象征波伊斯王权的独石陈横之处，我看见一抹闪光，比湿漉石块反射的微弱月光要闪耀的亮光。

我走近些，心脏怦怦直跳，跨入石圈之间，看见反光的是月色下的一个杯子。一个银杯。等我再近一些时，看清小小银杯中盛满闪光的黑色液体。

"喝，德瓦。"妮慕的低语几乎被橡木林中的风声所掩盖，"喝。"

我转身，寻找她的身影，但没看见任何人。风刮起我的披风，吹走一些大厅屋顶落下来的茅草。"喝，德瓦，"妮慕的声音再次响起，"喝。"

我抬头望向天空，向光之神罗劳祈求护我平安。此刻我左手抽痛，紧握海威贝恩的剑柄。我知道，若要安全行事，那就是走开，回到亚瑟温暖的友谊怀抱；但我灵魂中的秘密将我带至这寒冷荒芜的山丘，兰斯洛特将手搭在夏汶柔弱手腕上的念头，则让我看向那杯子。

我举杯，犹豫，喝下了液体。

液体很苦，喝完时我不禁打了个哆嗦。我小心将杯子放回国王石上时，那复杂的味道还停留在我嘴中和喉咙里。

"妮慕？"我几近恳求地呼唤，但除了风声，没有任何回应。

"妮慕！"我再次大喊，此时我的脑袋已经开始晕眩。黑灰色的云朵起伏翻涌，月光裂成银色碎钉，在远方的河流处闪耀，在扭曲树木间的破碎黑暗中颤抖。"妮慕！"我的膝盖支撑不住跪下，脑袋在可怕的梦境中旋转。我跪在国王石旁，它突然看上去像是座山那么大，然后我重重向前倒下，乱伸的手臂将空杯撞飞。我感到恶心，但没有呕吐，只有梦境，恐怖的梦境，噩梦中战栗的鬼怪在我的脑中尖叫。我哭了，流着汗，肌肉在不受控制的痉挛中抽搐。

随后，有双手捧住我的头。头盔被取下，有人将前额抵住我的额头。

那个额头苍白冰凉，噩梦消失，取而代之的是有着柔弱大腿和小小乳房的纤细裸体。"德瓦，德瓦，"妮慕抚慰着我，双手轻拂我的头发，"做梦吧，亲爱的，做梦吧。"

我无助地哭泣。我是名战士，德莫尼亚的领主，为亚瑟所爱，他欠我情，所以在最后一战之后，他会赏赐给我做梦都想不到的土地和财富，然而现在我却哭得像个孤儿。我灵魂的渴求是夏汶，但她被兰斯洛特所迷，我觉得自己将永远不会再快乐。

"做梦吧，亲爱的。"妮慕轻声吟唱，她一定是在我们两人的头顶盖上了一条黑色披风，因为突然间，灰暗的夜色消失，我在她双臂的环绕下，陷入了寂静的黑暗，她的脸紧贴着我的。我们跪着，脸颊相触，我的双手放在她赤裸大腿的冰凉肌肤上，断断续续地无助抽搐。她用瘦弱的肩膀支持着我颤抖的身体，在她的拥抱中，眼泪止住，痉挛退去，忽然之间我平静下来。喉咙中不再有想要呕吐的感觉，双腿的疼痛消失，我感受到了温暖。温暖到冒出汗珠。我没有动，我不想动，只待梦境来到。一开始，梦是奇妙的，我似乎拥有了雄鹰的翅膀，在一片陌生的土地上空高高翱翔。随后我看清这片可怕的土地，它被巨大鸿沟和嶙峋高山分割，山下的小溪倾泻入黑色泥泞的湖中。山脉似乎无穷无尽，没有躲避之处，我挥动梦中的翅膀在其上滑行，没看见任何马匹、小屋、田地、牲畜、牧群、生灵，除了一头孤狼在悬崖间奔跑，还有一头鹿的骨架躺在灌木丛中。头顶天空如剑般灰白，身下群山如干涸的血液般漆黑，我翅膀下的风冰冷如刺骨利刃。

"做梦吧，亲爱的。"妮慕嘟囔，在梦中，我展开宽阔的羽翼向下滑行，看见黑暗山脉间一条蜿蜒道路。这是一条踩出来的小道，被诸多石块打断，断断续续从山谷通往山谷，有时向上爬至山顶，随后又径直向下，通向另一个山谷底部的裸露石块。道路沿着漆黑的湖，横切过阴暗的峡谷，围绕着白雪覆盖的山丘，但总是朝北面延伸。我是怎么知道它通向北

亚瑟王

面的，我自己也不知道，毕竟这是个梦，知道一切都不需要理由。

梦中的翅膀让我降落到路面，突然我不再飞行了，而是沿着路向某个山丘的隘口往上攀爬。道路两侧的斜坡陡峭昏暗，被水流覆盖，但有什么告诉我，这条道路的尽头就在黑暗隘口的那头，如果能继续迈开疲累的双腿，我就能越过山顶，在那远方找到我灵魂渴望之物。

我现在喘着气，每一次呼吸都是一次折磨，我在梦中爬上路的最后几步，正在这时，在山顶，我看到了光线、色彩和温暖。

道路在隘口后径直向下通向海岸，那里有树木和田野，海岸之外是波光粼粼的大海，海中有一个岛，在岛上，在突然出现的阳光照射下，有一个湖。"那里！"我大喊，知道那个岛正是我的目的地，但正当我重新恢复精力，准备跑过这条路的最后几英里，跳进沐浴阳光的大海中时，一个恶灵冲到了我的面前。它是只身着黑甲的黑色生灵，口吐黑色黏液，黑色的爪中持着一把比海威贝恩长一倍的黑刃剑。它向我发出挑战。

我也冲它尖叫，我的身体在妮慕的怀中变得僵硬。

她紧扣着我的肩膀。"你见到幽暗道了，德瓦。"她小声说，"你看见幽暗道了。"突然间，她放开了我，披风从我背上抽走，我向前扑倒在多佛汶潮湿的草地上，冷风在我身上打转。

我躺在那里好几分钟。梦境过去，我不知道这幽暗道和我灵魂的渴望有什么关系。我猛地倒向一侧，开始呕吐，之后头脑重新清醒过来，看清身旁倒下的银杯。我捡起杯子，摇晃蹲起，见梅林正从国王石的另一边注视着我。妮慕，他的爱人和女祭司，站在他身旁，瘦弱的身体裹在一条巨大的黑色披风中，黑发用丝带束起，黄金眼球在月光中闪耀。那眼眶中的眼球被甘德利亚斯挖出，他则为此付出了千万倍的代价。

两人不发一言，只是看着我吐尽嘴里最后一点污物，用袖子抹干净嘴唇，晃了晃脑袋，试着站起身。我的身体还很虚弱，或者我的头还在晕眩，我没法站立，只能跪在石头旁，用手肘撑住身体。小痉挛让我时不时地抽搐。"你让我喝了什么?"我问道,将银杯放回石头上。

"我没有'让'你喝任何东西,"梅林回答,"你自愿喝的,德瓦,正如你自愿来此。"他的声音在昆格拉斯的大厅中听上去顽皮淘气,此刻却冷酷疏远。"你看见了什么?"

"幽暗道。"我顺从地回答。

"它就在那里。"梅林在夜色中手指北方。

"那恶灵呢?"我问。

"是丢尔纳赫。"他回答。

我闭上双眼,已意识到他想要什么。"那个岛,"我再次睁开眼睛,"就是莫岛?"

"是的,"梅林说,"那个被祝福的岛屿。"

在罗马人来到之前,远在撒克逊人被知晓之前,不列颠被诸神统治,诸神从莫岛向我们传递神旨,但那个岛已被罗马人蹂躏侵害,他们砍下了岛上的橡木,破坏了岛上的神圣灌木,屠杀了守护岛的德鲁伊。那黑暗年代发生在距今四百多年前,然而莫岛对极少数像是梅林这样想要让诸神重临不列颠的德鲁伊来说仍是神圣的。但现如今,那个被祝福的岛屿是林恩王国的一部分,林恩则被丢尔纳赫统治,他是所有跨越爱尔兰海前来侵略不列颠的爱尔兰国王中最令人恐惧的一位。传说丢尔纳赫用人血涂抹自己的盾牌,不列颠没有一位国王如此残酷和可怕,仅仅是山脉阻止了他向南在格温内德进一步散播他的恐怖。丢尔纳赫是一头杀不死的野兽,一只潜伏在不列颠黑暗边界的怪物,人们都认为,最好不要去招惹他。"你想让我,"我对梅林说,"去莫岛?"

"我想让你跟我们一起去莫岛,"他指了指妮慕,"跟我们还有一位处女。"

"处女?"我问。

"因为只有处女,才能找到克莱德诺·艾丁的圣锅,德瓦。至于我们,我想,没人符合要求吧。"他嘲讽地补充了最后一句。

"而圣锅,"我慢慢地说,"在莫岛。"梅林点头,我想到这样一个差事,不禁耸了耸肩。克莱德诺·艾丁的圣锅是不列颠十三宝藏中的一件,罗马人将莫岛付之一炬时,秘宝四散,在梅林漫长的有生之年中,他最后的野心便是将秘宝寻回,但圣锅才是他真正最珍视的宝藏。他宣称,有了圣锅,便能控制诸神,摧毁基督教徒。这便是我嘴中泛着苦,胃里冒着酸,跪在这个波伊斯潮湿山顶的原因。"我的任务,"我对梅林说,"是与撒克逊人战斗。"

"白痴!"梅林呵斥道,"这场对赛思人的战斗会输,除非我们找回宝藏。"

"亚瑟不那么认为。"

"那亚瑟和你一样是个白痴。如果连我们的神都抛弃了我们,那撒克逊人还算什么事,蠢货。"

"我宣誓要向亚瑟效忠。"我抗议道。

"你也向我起过誓。"妮慕抬起左手,露出与我成对的伤痕。

"我不希望前去幽暗道的人不是自愿的。"梅林说,"你必须自己选择向谁效忠,德瓦。但我能帮你做出选择。"

他将杯子从石上扫开,在它原本的位置放上了一堆他从昆格拉斯大厅里拿来的猪肋骨。他跪下,捡出一根骨头放在国王石的正中。"这是亚瑟。"他说。"而这个,"他拿起另一根骨头,"是昆格拉斯,还有这个,"他将第三根骨头和前两根摆成一个三角形,"我们等下再说。这个,"他在三角形的其中一个角上横放了第四根骨头,"是格温特的图锥克。这是亚瑟与图锥克的联盟,而这是他与昆格拉斯的联盟。"于是,在第一个三角形之上形成了第二个三角形,两者组成了一个粗糙的六角星。"这是艾尔蒙特,"他开始放置第三层与第一层平行的三角形,"这是瑟卢瑞亚。而这根骨头,"他举起最后一根,"是所有那些王国的联盟。好了。"他向后靠去,指向立在石头中心那个不稳定的骨塔。"你看,德瓦,亚瑟精心的策划,我可以告诉你,我向你保证,没有秘宝便会崩塌。"

他沉默了。我看着那九根骨头。除了那神秘的第三根,它们都还挂着残肉、碎筋和软骨。只有第三根骨头被刮得干净雪白。我轻轻地用指尖碰了碰它,小心不破坏骨塔的脆弱平衡。"第三根是什么?"我问。

梅林微笑。"这第三根骨头,德瓦,"他说,"是兰斯洛特和夏汶之间的联姻。"他停顿片刻。"拿走它?"

我一动不动。拿走第三根骨头将摧毁亚瑟脆弱的联盟,这是他最好的,也是唯一打败撒克逊人的希望。

梅林对我的犹豫发出冷笑,他抓住第三根骨头,但他没有抽出它。"诸神痛恨秩序!"他冲我厉声道,"秩序,德瓦,正是毁灭诸神的东西,所以神们必须摧毁秩序。"他抽出第三根骨头,骨塔瞬间崩塌。"亚瑟必须让诸神归位,德瓦,"梅林说,"如果他想让整个不列颠获得和平。"他将骨头伸向我。"拿着它。"

我一动不动。

"这只是一堆骨头,"梅林说,"但这根,德瓦,是你灵魂的渴望。"他将干净的骨头朝我递来。"这根骨头是兰斯洛特与夏汶的联姻。德瓦,将它掰断,那场联姻就永远不会发生;但让它保持完整,你的敌人就会把你的女人领上床,像狗一样奸她。"他再次把骨头递过来,但我仍旧没有接过。"你还以为,你对夏汶的爱没有写满你整脸吗?"梅林嘲笑道,"拿着它!因为我,阿瓦隆的梅林,向你德瓦保证,这根骨头拥有魔法。"

我拿过骨头,诸神在上,我还是拿了。我还能怎么做呢?我深陷爱河。我接过这根干净的骨头,放进自己的口袋。

"那没用,"梅林讥讽我,"除非你掰断它。"

"不管怎么样,也许都没用。"我发现自己终于能站起身来。

"你是个傻瓜,德瓦。"梅林说,"不过你是个剑术高超的傻瓜,也正因为此，我需要你一起去幽暗道。"他站起身，"现在看你的决定了。你可以掰断骨头，那夏汶就会与你在一起，我保证如此，但你必须发誓寻找圣锅。或者你也可以娶格温维奇，在对抗撒克逊人的战斗中虚度光阴，放任基督徒们密谋夺取德莫尼亚。我让你自己做这个决定，德瓦。现在闭上眼睛。"

我闭上双眼，乖乖地闭了很久，但最后，没有指令了，我睁开眼睛。

山顶已空无一人。我没听见任何声音，但梅林、妮慕、八根骨头和银杯都已消失不见。朝阳初升于东方，树枝间的鸟儿叽喳吵闹，我的口袋中有一根刮干净的骨头。

我沿河边小路走下山，脑海中浮现的却是另一条路：通向丢尔纳赫巢穴的幽暗道。恐惧充斥着我的内心。

第二天早晨我们去狩猎野猪，走出司乌思城堡时，亚瑟刻意与我走在一起。"你昨晚离开得很早，德瓦。"他向我打招呼。

"闹肚子，殿下。"我不想告诉他我与梅林在一块这个事情，因为亚瑟可能会怀疑我还没有放弃寻找圣锅的任务。最好撒谎。"我肚子不舒服。"我解释道。

他哈哈大笑。"我根本不知道我们为什么要称其为盛宴。"他说，"不过就是个饮酒的借口，别的什么都没有。"他停下等待格温薇儿，她喜欢打猎，今天她穿着靴子和皮裤，后者紧紧包裹着她的长腿。她身着的皮衣和一条绿色的披风掩盖了孕相。她带了一群她钟爱的猎鹿犬，并将它们的牵绳交给我，以便亚瑟能抱着她涉过旧壁垒旁的积水。兰斯洛特也向夏汶提出同样的帮助，他将夏汶一把抱起时，后者尖叫了一声，叫声中显然充满笑意。夏汶也穿着男性的服饰，但她的衣服并不像格温薇儿那般量身打造。夏汶显然向她哥哥借了他不要的猎装，宽松过长的衣服让她在格温薇儿高贵的优雅对比下像个小男孩。两位女士都没有带长枪，但鲍斯，兰斯洛特的表亲及勇士，携带着一柄长枪，以防夏汶想要参与猎杀。亚瑟坚持不让怀孕的格温薇儿带长枪。"你今天一定要小心保护自己。"他将格温薇儿在塞文河的南岸放下时，如此说道。

"你太操心了。"她说，从我手上接过猎犬的牵带，一手按住她浓密散乱的红发，转身看向夏汶。"一怀孕，"她说，"男人就觉得你像是玻璃做的。"她放慢脚步，走在兰斯洛特、夏汶和昆格拉斯身旁，让亚瑟和我走向树木繁茂的山谷，昆格拉斯的猎人们回报说那里有许多猎物。我们一共加起来大概有五十名猎人，大多数是战士，不过也有不少女人选择一同前

亚瑟王

来,还有二十个左右的仆人殿后。一名仆人吹响了号角,告诉山谷另一头的猎人,是时候驱赶猎物沿河南下了,我们这些猎人四散排列成行,举起我们沉重的猎猪长枪。那是一个寒冷的晚夏,冷得我们都能呼出白雾,但雨已停,阳光洒在笼罩着清晨薄雾的休耕地。亚瑟兴致很高,陶醉于今日的美景、他自己的年轻和这场打猎的前景。"还有一场盛宴,"他对我说,"你就可以回家休息了。"

"还有一场盛宴?"我迟钝地问,我的头脑很迷糊,原因是疲劳,还有梅林和妮慕在多佛汶山顶给我喝的那不管是什么玩意的后遗症。

亚瑟拍了拍我的肩膀。"兰斯洛特的订婚仪式,德瓦。然后就回德莫尼亚。回去干活!"他听上去对未来充满欣喜,迫不及待地告诉我接下来这个冬天他的计划。有四座断裂的罗马桥他想要修复,接下来要让王国的石匠们去完成林第尼斯的王宫。林第尼斯是邻近德莫尼亚王室领地卡丹城堡的罗马城镇,亚瑟想将其设为新的首都。"杜诺维瑞阿有太多基督教徒。"说完这话,他又匆忙补充,他个人对基督教并没有什么敌意。典型的亚瑟。

"只是,殿下,"我冷冷地说,"他们对您有敌意。"

"某些人吧。"他承认。在战前,当亚瑟似乎将彻底输掉这场战争时,德莫尼亚猛烈地兴起了一股反对亚瑟的势力,率领这股势力的便是基督徒,拥有莫德雷德监护权的同一群基督徒。直接造成他们敌意的原因是亚瑟强迫教堂为那场终结于勒格溪谷的战役出钱,那笔借款激起了仇恨的火花。我觉得这很奇怪:教堂宣扬贫穷的美德,却从不原谅任何一个从它那儿借钱的人。

"我想跟你谈谈莫德雷德。"亚瑟解释了他为何要在这个美好早晨与我相伴的原因。"十年后,"亚瑟继续道,"他就会长大,可以继承王位。这时间不长,德瓦,根本不长,在这十年里他必须接受合适的抚养。他必须学会字母,学会用剑,他必须学会什么是责任。"我赞同地点头,却不怎么关心。五岁的莫德雷德当然会学会所有亚瑟希望他学的东西，但我不觉得这事跟我有什么关系。亚瑟则有不同的看法。"我希望你成为他的监护人。"他的话让我很惊讶。

"我！"我惊呼。

"比起莫德雷德的性格，纳布更关心他自己的利益。"亚瑟说。纳布是一名信奉基督教的地方法官，是年幼国王目前的监护人。正是纳布，最为积极地谋划想要瓦解亚瑟的权力，纳布，当然还有桑森主教。"而且纳布不是战士，"亚瑟接着说，"我但愿莫德雷德的统治下不会有战争，德瓦，但他必须懂得战争的技能，所有国王都得如此，我想不出比你更适合训练他的人。"

"我不行，"我抗议，"我太年轻！"

亚瑟听了大笑。"年轻人就该由年轻人来抚养，德瓦。"他说。

远方的号角声响起，意味着山谷那头已经开始行动。我们这些猎人进入树林，跨过纠结杂乱的灌木和布满菌类的枯树干。我们此刻缓步前行，听着一头野猪在树丛中冲撞的恐怖声响。"另外，"我接着说，"我属于您的盾墙，而不是莫德雷德的育儿室。"

"你还是得在我的盾墙里。你觉得我会愿意失去你吗，德瓦？"亚瑟咧嘴一笑，"我不想你被莫德雷德绑住，我只是想让他待在你家里。我需要一个诚实的人来抚养他。"

我对这恭维话耸了耸肩，然而却内疚地想起了口袋里那根干净未折断的骨头。使用魔法改变夏汶的心意算不算诚实？我看向她，她扫了我一眼，露出害羞的微笑。"我没有家。"我对亚瑟说。

"你会有的，很快。"他说。他伸出一只手，我停下脚步，听着前方的动静。沉重的某物正践踏着树林，我们两人立刻本能地蹲下，将长枪握在离地面几英寸的位置，然而之后我们看见，那头受惊吓的野兽是一头长着漂亮鹿角的牡鹿，它从我们身旁咚咚经过，我们放松下来。"也许我们明

亚瑟王

天可以猎它。"亚瑟看着跑开的牡鹿,"让你的猎犬来个晨跑!"他对格温薇儿大喊。

她大笑着从山丘上向我们走来,猎犬的牵绳拉得紧紧的。"行呀。"她说。她的眼睛明亮有神,脸蛋因寒冷而通红。"这儿的猎物比德莫尼亚的好。"她说。

"土地则不然。"亚瑟对我说。"杜诺维瑞阿北面有一处领地,"他接着说,"属于莫德雷德,我计划把它借给你。我还会给你其他土地,属于你自己的土地,但你可以在莫德雷德的领地上建造住所,在那里抚养他。"

"你知道那块领地的,"格温薇儿说,"就是吉拉德管着的那块北方土地。"

"我知道那地方。"我说。那领地水流充沛,有适合种植庄稼的田地,也有可以放牧羊群的高地。"但我不确定我知道怎么养孩子。"我抱怨道。前方吹起响亮的号角声,猎人们的狗也在吠叫。我们的右边响起欢呼声,意味有人已经找到猎物,而我们所在的这片树林却还是空空如也。一条小溪蜿蜒流向我们的左侧,我们右边的树林地势渐高。石头和扭曲的树木覆着厚厚一层苔藓。

亚瑟没有理会我的担忧。"你不需要自己养育莫德雷德,"他说,"但我希望他能在你的家里长大,由你的仆人照顾,在你的礼貌、道德和判断的伴随下成长。"

"还有,"格温薇儿补充,"你的妻子。"

一记细枝折断的响声让我抬头看向山丘。兰斯洛特和他的表亲鲍斯在那儿,都站在夏汶的面前。兰斯洛特的枪柄涂成白色,他穿着皮制长靴,披着软皮披风。我看回亚瑟。"妻子,殿下,"我说,"我怎么不知道。"

他钩住我的手肘,全然忘记了狩猎这件事。"我打算指定你为德莫尼亚的国王勇士,德瓦。"他说。

"这荣誉我愧不敢当,殿下。"我谨慎地说,"还有,您才是莫德雷德的国王勇士啊。"

"亚瑟王子，"格温薇儿说，即使亚瑟是私生子，她还是喜欢这么称呼他，"已经是政务会的头领。他不能同时做国王勇士，难道全德莫尼亚的活儿都得靠他来做吗?"

"是的，殿下。"我说。我并不是反对这荣誉，它的确很值得骄傲，但得到它要付出代价。在战斗中，我必须与任何一位前来挑战的国王勇士单独对决，不过在和平时期，这称号意味着远高于我现在阶级的财富和地位。我已经有领主的头衔，也有足够多的手下来支持我的头衔，并有权在他们的盾牌画上我自己的纹章，但在德莫尼亚人中有其他几十位军队首领也拥有这荣耀。成为国王勇士将让我成为德莫尼亚地位最高的战士，当然只要亚瑟还活着，我不觉得有什么人能宣称这个称号属于自己。说实话，只要塞格拉莫还活着，也是如此。"塞格拉莫，"我谨慎地说，"是比我更伟大的战士，王子殿下。"格温薇儿在场时，我得提醒自己时不时称呼他为王子，虽然他并不喜欢这头衔。

亚瑟听后，冲我摆了摆手。"我要封塞格拉莫为巨石领主，"他说，"他就想要这个。"巨石阵领主这个头衔，会使塞格拉莫成为抵抗撒克逊人的前线守护者。我相信，这个黑皮肤深色眼瞳的塞格拉莫会对这个充满战斗机会的指派相当满意。"你，德瓦，"亚瑟戳了戳我的胸膛，"会成为国王勇士。"

"那谁，"我冷漠地问，"会成为国王勇士的妻子?"

"我的妹妹格温维奇。"格温薇儿靠过来并注视着我。

我很庆幸梅林提前警告了我。"您太抬举我了，殿下。"我平静地说。

格温薇儿笑了，满意于我话语间暗含的顺从。"你有没有想过，德瓦，自己会娶一位公主?"

"没有，殿下。"我说。格温维奇，就如格温薇儿，是位真正的公主，汉尼斯-维恩的公主，虽然汉尼斯-维恩已经不存于世。那个悲伤的国度

亚瑟王

现在被称为林恩，被恐怖的爱尔兰侵略者丢尔纳赫国王所统治。

格温薇儿猛拉牵绳，克制住她那些激动的猎犬。"我们回到德莫尼亚后，你们就可以订婚了。"她说，"格温维奇已经同意。"

"有一个障碍，殿下。"我对亚瑟说。

格温薇儿在此拉紧牵绳，实属没有必要，可她痛恨所有的反对之词，所以她把气撒在猎狗而不是我身上。她那时并不讨厌我，可也不特别喜欢我。她知道我对兰斯洛特的仇视，这毫无疑问让她对我有了偏见，然而她觉得我的厌恶无足轻重，她无疑将我仅仅视为她丈夫手下的一位军队首领——一个高个儿、无趣、淡黄色头发的男人，缺乏她所重视的教养和优雅。"一个障碍？"格温薇儿质疑地问。

"王子殿下，"我固执地朝向亚瑟，而不是与他的妻子对话，"我已向一位女士发誓忠诚了。"我想到了口袋里的骨头。"她并不属于我，我也不指望从她那里得到什么，但如果她要我，我必须对她忠诚。"

"谁？"格温薇儿立即要求知道。

"我不能说，殿下。"

"谁？"格温薇儿坚持问道。

"他不需要回答的。"亚瑟为我辩护。他笑了。"你对这位女士的誓言会持续多久？"

"不长，殿下。"我说，"现在只剩几天。"一旦夏汶与兰斯洛特订婚，我对她的誓言就算是作废了。

"好。"他的语调充满活力，他朝格温薇儿微笑，仿佛是在邀请她共享自己的愉悦，但格温薇儿却表情阴沉。她憎恶格温维奇，觉得她粗野乏味，格温薇儿迫切想将自己的妹妹嫁出去，让她远离自己的人生。"如果一切顺利，"亚瑟说，"你们可以和兰斯洛特、夏汶同时在格兰温举行婚礼。"

"或者你要求推迟几天，"格温薇儿尖刻地问，"是为了找出些理由来不娶我的妹妹？

"殿下，"我诚挚地说，"能娶格温维奇是一件非常荣幸的事。"我想这是事实，格温维奇肯定会是一位忠诚的妻子，但我是否能成为一位好丈夫却是另一回事，我唯一娶她的理由只是崇高的头衔和她带来的丰厚嫁妆，这些对大多数男人来说，正是结婚的目的。而且，若我不能娶夏汶，娶谁又有什么区别呢？梅林曾经提醒我们，不要把爱情和婚姻混为一谈，虽然这观点愤世嫉俗，但也不乏真知。并没有人要求我去爱格温维奇，只要娶她就行，而她的阶级和嫁妆就是我在勒格溪谷浴血奋战的奖赏。即使这奖赏夹带着格温薇儿的冷嘲热讽，它依旧是一件贵重的礼物。"我很愿意娶您的妹妹，"我向格温薇儿保证，"只要持有我誓言的人不要求我履行诺言。"

"我但愿她别要求。"亚瑟微笑说，这时山丘上传来一声大叫，他猛地转身。

鲍斯手持长枪半蹲。兰斯洛特站在他身旁，但瞥向山坡下的我们，也许是担心野兽会从我们之间的空隙间逃脱。亚瑟温柔地推格温薇儿回去，向我示意爬上山丘，堵住缺口。

"有两头！"兰斯洛特向我们大喊。

"其中一头一定是母猪。"亚瑟说完便向上流跑了几步，随后开始上山。"在哪里？"他问。兰斯洛特用他的白柄长枪指了指，但我仍旧没在树丛间看到任何东西。

"那里！"兰斯洛特的语气很暴躁，向一丛灌木的方向戳着他的长枪。

亚瑟和我又向上爬了几步，终于看见了灌木丛深处的野猪。它是一头巨大的老家伙，黄色的獠牙，小眼睛，布满疤痕的深色兽皮下强壮的肌肉隆起。那肌肉能让它迅猛如同闪电，能让它用利剑般的獠牙造成致命的伤害。我们都见过死在獠牙之下的人，没有什么比一只与母猪一起受困的公野猪更危险的了。所有猎人都祈祷能在空阔地遇上野猪的冲锋，因为这样才能利用野兽自身的速度和体积将长枪刺入它的身体。如此对抗需要反应和技巧，但比起人向野猪冲锋要简单得多。

"谁先看见它的？"亚瑟问。

"我的国王陛下。"鲍斯指的是兰斯洛特。

"那它就是您的，国王陛下。"亚瑟优雅地将猎杀的荣耀让给兰斯洛特。

"它是我给您的礼物，殿下。"兰斯洛特回答。夏汶站在他身后，咬着下唇，瞪大双眼。她已从鲍斯那儿接过了长枪，不是因为她想使用，而是为了减少他的负担，她紧张地举着那武器。

"放狗咬它！"格温薇儿也加入了我们，双眼放光，表情兴奋。我猜，她在德莫尼亚的王宫中大概经常感到无聊，而狩猎场则给了她渴望的刺激。

"你会失去那两条狗的，"亚瑟警告她，"这头野猪懂得如何战斗。"他小心翼翼地向前移动，判断着如何做才能最大程度地激怒这头野兽，他突然朝前猛地一冲，用长枪重击灌木，就仿佛是在创造一条让野猪从它的避难处走出来的道路。那野兽低吼，却没有动，即使枪刃已经扫到了距离它鼻子几英寸的地方。母猪在公猪身后，看着我们。

"它以前经历过这个。"亚瑟开心地说。

"让我来吧，殿下。"我突然为他紧张起来。

"你觉得我不行吗？"亚瑟微笑说。他再次击扫树丛，但灌木并没有被扫平，野猪也没有动。"诸神保佑你。"亚瑟对那野兽说，随后他高呼战号，跳入了纠结的荆棘丛中。他跳向自己之前粗略击扫出的小道一侧，着地时将长枪猛地向前一刺，闪光的枪尖瞄准的正是野猪左肩前的位置。

野猪的脑袋抽动了一记，仅仅是微微的一动，便已用獠牙让枪尖偏移，长枪只在它的身侧留下了一道无害的血痕，然后它便冲锋了。一头厉害的野猪可以从完全静止瞬间进入疯狂，它低下头，獠牙已预备将前面的生物开膛破肚，而且它的头已超过了亚瑟枪尖的位置，它在冲锋，亚瑟却被困在了荆棘丛间。

我冲野猪大吼，分散它的注意力，并将自己的长枪刺进它的肚子。亚瑟后背朝下，倒在地上，长枪脱手，野猪已身处他的上方。猎犬狂吠，格温薇儿尖声呼救。我的长枪深深刺入野兽的腹中，它的血喷了我满手，我用力抬枪，企图掀翻这头野兽，让它远离我的殿下。这生物比两满袋粮食还要重，它的肌肉就像是铁绳绞着我的长枪。我握紧枪，用力向上推，但这时，那头母猪冲锋而至，直接把我的脚撞离地面。我摔倒，身体的重量将长枪压了下去，那头野兽又压到了亚瑟的正上方。

亚瑟设法抓住了那头野兽的两根獠牙，用尽全身的力气，正努力不让它的脑袋靠近自己的胸膛。母猪逃了，冲山下的溪流跑去。"杀了它！"亚瑟大叫，却同时带着笑。他离死亡只有几英寸，而他却爱这样的时刻。"杀了它！"亚瑟再次大吼。野猪的后腿用力蹬着地面，它的口水溅在亚瑟的脸上，它的鲜血浸湿了亚瑟的衣服。

我倒在地上，灌木刮伤了我的脸。我挣扎起身，去够我那柄还埋在凶兽腹中颤动扭曲的长枪，但此时鲍斯用一把匕首插进了野猪的脖颈，我看着这头野兽那惊人的怪力开始慢慢流逝，与此同时，亚瑟也成功迫使它鲜血淋漓、散发恶臭的低垂脑袋远离自己的肋骨。我握住我的长枪，转动枪刃，在它的内脏深处寻找致命要害，鲍斯则第二次刺入匕首。那野猪突然失禁，尿了亚瑟一身，巨大的头颈最后绝望地向前一冲，猛地重重倒下。亚瑟浸没在它的鲜血和尿液中，半埋在它的庞大身躯下。他小心地放开獠牙，渐渐失控地大笑出声。鲍斯和我一人抓住一根獠牙，一同向上抬，将尸体从亚瑟身上拖走。其中一根獠牙已经钩进了亚瑟的上衣，我们拖走它时，它将衣服撕裂开来。我们将那头野兽扔在灌木丛中，然后扶亚瑟起身，三个人乐呵呵地站在那儿，破烂的衣服上全是烂泥，粘满树叶、细枝和野猪血。"我这里待会儿会起块瘀青。"亚瑟轻拍自己的胸口。他转向兰斯洛特,在这场苦战中半点没动也没有帮忙的兰斯洛特。短暂的停顿之后,亚瑟低头行礼。"您给了我一份高贵的礼物,国王殿下。"他说,"我不胜荣幸地收下。"他抹了抹眼睛,"但不管怎样我都很享受它。我们将在您的订婚盛宴上一同享用它。"他看向格温薇儿,发现她脸色苍白,几乎是在发抖,他立刻冲向她。"你不舒服吗?"

"不,不。"她抱住他,靠在他满是血污的胸膛。她在哭泣。这是我第一次看见她哭。

亚瑟轻拍她的背。"没什么危险的,亲爱的。"他说,"没有危险。我就是仓促了点儿。"

"你受伤了吗?"格温薇儿从他的怀中起身,抹去泪水。

"只是些擦伤。"虽然他的脸和手都被荆棘割伤,但除了獠牙造成的瘀青之外,算是毫发无损。他走开几步,捡起长枪,大吼了一声。"我好多年没这么使过劲了!"

昆格拉斯国王奔跑前来,担心着他的客人,猎人们也过来将尸体捆绑运走。他们一定全注意到了兰斯洛特一尘不染的衣服和我们乱七八糟、满身鲜血样子的对比,但都不置一词。我们都很激动,庆幸自己活了下来,迫不及待地想要分享亚瑟抓住獠牙与凶兽对峙的故事。故事传开,人们的笑声在树林间回响。只有兰斯洛特没有笑。"现在我们得给您找一头野猪了,国王陛下。"我对他说。我们站在离兴奋的人群几步远的地方,他们聚集起来是为了看猎人将野兽开膛破肚,把内脏喂给格温薇儿的猎犬。

兰斯洛特意味深长地斜瞥了我一眼。他丝毫不喜欢我,正如我讨厌他,但他突然笑了笑。"一头公猪,"他说,"总比一头母猪要好,我是这么认为的。"

"一头母猪?"我察觉到他言语中似乎带着羞辱之意。

"那头母猪不是朝你冲过来了吗?"他看似诚恳地睁大眼睛。"你不会是觉得我在说你的婚姻吧!"他挖苦地向我一鞠躬,"我必须得恭喜你啊,德瓦阁下！你要娶格温维奇啦！"

我强忍怒火，盯着他那带着嘲讽的窄脸，以及精心修剪的胡子、深色的眼瞳和抹得好似渡鸦翅膀般油光锃亮的黑色长发。"我也得恭喜您订婚，国王陛下。"

"和'塞伦'，"他说，"波伊斯之星。"他看向夏汶，后者正紧紧捂着脸，看着猎人把野猪又长又纠结的肠子扯出来，系在后颈的浅色头发让她看上去特别年轻。"她看上去真美是吧？"兰斯洛特的声音就像是一只猫惬意的呼噜声，"那么娇弱。我以前从不相信传说中她的美貌，谁能想到高菲迪特的崽子会犹如珠宝呢？但她真的很美，我非常幸运。"

"是的，国王陛下。的确。"

他大笑转身离开。他是身处荣耀巅峰的男人，一位正要娶妻的国王，而他也是我的敌人。但我的口袋中装着他的骨头，我摸着它，不知道与野猪的搏斗有没有让它破碎，但它还是完整的，隐藏着，等待我的最后决定。

卡文，我的副手，在夏汶订婚前一天傍晚来到司乌思城堡，带来了我的四十名枪兵。加拉哈特将他们派回来，认为他只需要剩下的二十人就能完成在瑟卢瑞亚的工作。瑟卢瑞亚人看来已郁闷地接受了战败，他们国王的死也没有引起什么骚乱，众人温顺地服从了胜利者的苛求。卡文告诉我，德米缇亚的欧依戈斯——帮助亚瑟赢得勒格溪谷战役的爱尔兰国王——取走他那份儿奴隶和财宝，又尽可能地多偷了些，之后就回家了，显然瑟卢瑞亚人乐见素有佳名的兰斯洛特来做他们的国王。"我想那混蛋在那里会挺受欢迎的。"卡文在昆格拉斯的大厅找到我时这么说，我那时正铺开毯子准备用餐，他从胡子里挠出一只虱子。"破地方，瑟卢瑞亚。"

"他们培养了很多好战士。"我说。

"为了离开家而战斗，我一点儿也不意外。"他不以为然地说，"什么

亚瑟王

东西挠破了您的脸，阁下？"

"荆棘。和一头野猪战斗的时候。"

"我还以为在我没看着您的时候，您就已经结婚了呢，"他说，"那挠伤是新娘子的结婚礼物。"

"我是要结婚了。"我们离开大厅，走入司乌思城堡的阳光，我告诉他亚瑟的打算：亚瑟要让我做莫德雷德的国王勇士，以及他自己的连襟。卡文对我马上要变富这件事非常满意，因为他这个爱尔兰流放者就是想在乌瑟的德莫尼亚将自己的枪法和剑术变成财富，但不知为何，财富总在桌棋板上溜走。他的年纪是我的两倍，一个矮胖的男人，宽肩灰发，手上戴满我们将战败敌人的武器熔炼成的战士指环。他很高兴我的婚姻意味着黄金，所以对即将带来它们的新娘还算客气。"她不像她姐是个美人。"他说。

"对。"我坦言。

"说实话，"他抛开了客气，"她丑得像癞蛤蟆。"

"她相貌平平。"我承认。

"但丑女才是最好的老婆，阁下。"他自己从未结过婚，但也从不孤单。"而且她会让我们所有人发财。"他愉快地补充道，无疑这正是我会娶可怜的格温维奇的原因。我的常识让我无法相信口袋里的猪肋骨，而我对手下人的责任是奖赏他们的忠诚，过去的一年那奖赏少得可怜。在特雷贝斯岛陷落时，他们几乎失去了所有的财物，后来又在勒格溪谷挣扎对抗高菲迪特的军队。现在他们累了，一贫如洗，这不是他们效忠首领应得的。

我去问候了我的四十名士兵，他们正等待分配驻地。看到伊撒在他们之中，我很高兴，他是我最好的枪兵——一名年轻的农家男孩，力大无比，总是很乐观，在战斗中护住我的右翼。我拥抱他，随后遗憾地表示我没有礼物给他们。"但我们的奖赏很快就会来了。"我补充道，看了一眼定是他们在瑟卢瑞亚吸引来的二十几个女孩，"我很高兴看到你们已经自己找到了些奖赏。"

他们哈哈大笑。伊撒的女孩是个漂亮的深发孩子,大概才十四岁左右。他向我介绍她。"思嘉莱,阁下。"他骄傲地说出她的名字。

"爱尔兰人?"我问她。

她点头。"我以前是莱杜伊斯的奴隶,阁下。"思嘉莱说爱尔兰语,和我们的语言很像,但也有不同,正如她的名字,显示出她的种族。我猜她大概是甘德利亚斯的士兵在洗劫欧依戈斯国王的德米缇亚土地时掠来的。大多数爱尔兰奴隶都来自不列颠西海岸的聚居地,我怀疑没人是从林恩被抓来的。只有蠢货才敢冒险不受邀请便进入丢尔纳赫的领地。

"莱杜伊斯!"我说,"她怎么样?"莱杜伊斯是甘德利亚斯的情人,一位深色皮肤的高大女人,甘德利亚斯秘密娶了她,但当高菲迪特许诺将夏汶嫁给他时,他早已准备好要抛弃这段婚姻。

"她死了,阁下。"思嘉莱欢快地说,"我们在厨房杀了她。我朝她肚子吐了口口水。"

"思嘉莱是个好女孩。"伊撒急切地说。

"没错,"我说,"所以好好照顾她。"他的上一个女人为了一名流浪德莫尼亚的基督教传教士抛弃了他,我不认为这位厉害的思嘉莱会做出这样的蠢事。

那天下午,用昆格拉斯储存的石灰,我的士兵们在自己的盾上刻上了新的图案。勒格溪谷战役当晚,亚瑟赋予了我标识自己纹章的荣誉,但直到现在我们都还没来得及改画盾,之前它们上画的都是亚瑟的熊图案。我的手下希望我能用狼图腾作为标识,以搭配我们从贝诺克森林中就开始戴在头盔上的狼尾。但我坚持我们画一颗五角星。"一颗星星!"卡文失望地抱怨。他想要一些可怕的图案,有利爪、硬喙或尖牙,但我坚持用星星。"塞伦,"我说,"因为我们是盾墙之星辰。"

他们喜欢这解释,没人怀疑我这选择背后无望的爱情。我们先在裹着

亚瑟王

皮革的柳木圆盾上涂了一层黑色的沥青，然后用石灰画上星星，沿着剑鞘以保证画出直线，等石灰染料干透，我们又涂上了一层用松脂和蛋白做成的清漆，它能保护星星在雨中无恙数月。"它的确特别。"我们一同欣赏画完的盾时，卡文勉强承认。

"它美极了。"我说。那晚，当我坐在大厅的地上与其他战士围成一圈用餐时，伊撒作为持盾者站在我身后。清漆还没干，但那只使星星更加明亮。思嘉莱服侍我用餐。这顿饭很简陋，只有燕麦稀粥，不过司乌思城堡的厨房没法提供更好的餐点，因为他们忙于准备第二天的盛宴。事实上所有人都在忙于准备。大厅装饰着深红的树枝，地板清扫过，铺上了新的灯芯草，听说女人们做了布满精巧刺绣的新衣。现在司乌思城堡至少驻扎了四百名战士，大多数人都住在城墙外的陋屋中，他们的女人、孩子和狗挤满了整座要塞。其中一半战士属于昆格拉斯，另一半是德莫尼亚人，尽管战后才不久，即使莱地被阿尔的撒克逊人攻陷是因为亚瑟背叛的这个消息传开，也没有造成什么麻烦。昆格拉斯一定已经怀疑亚瑟用这种手段换来了阿尔的休战，但他接受了亚瑟的誓言——德莫尼亚的战士将为牺牲于沦陷要塞灰烬中的波伊斯将士们复仇。

多佛汶之夜后，我便没有见过梅林和妮慕。梅林离开了司乌思城堡，但我听说妮慕还在城堡里，躲在女眷的房间中，传言她经常陪伴着夏汶公主。我觉得这不太可能，因为妮慕和夏汶太不同了。妮慕比夏汶年长几岁，她阴沉敏感，始终在疯狂与怒火的细微界限间摇摆，而夏汶美丽温柔，据梅林所说，也非常保守。我不能想象这两个女人间有什么可聊的，所以我猜传言有误，我相信，妮慕跟梅林一起去寻找帮手了，愿意携剑帮他们去丢尔纳赫可怕的领地寻找圣锅。

但我要跟他去吗？夏汶订婚当天早上，我向北走进环绕着司乌思城堡宽阔山谷的橡木林。我在找寻一个特殊的地点，昆格拉斯告诉了我它的所在。伊撒，忠诚的伊撒与我同行，但他不知道我们前来这黑暗森林的深处所为何事。

　　这块土地，波伊斯的心脏，只存有少数罗马人的痕迹。他们建造了像司乌思城堡这样的要塞，留下诸多沿着河谷的道路，但这里没有宏伟的公馆和镇子，那些赋予德莫尼亚失落文明光辉的建筑。同样，在这个昆格拉斯的核心地带，也没有很多基督徒；旧神信仰仍存在于波伊斯，不像莫德雷德的国土充满宗教的积怨——基督徒和异教徒争夺王室的宠爱和在神圣土地建造神庙的权利。这里没有罗马祭坛取代波伊斯德鲁伊们的树林，没有基督教堂矗立在神圣的井水旁。罗马人砍倒了一些神庙，但很多都被保存下来，伊撒和我在这个正午时分却树影婆娑如暮色的森林中前去的正是那样一个古老圣地。

　　那是座德鲁伊神庙，一圈橡木深藏于树林深处。神龛上方的树叶还没有泛黄，但很快它们就会枯萎凋落在树圈中央围成半圆形的低矮石头上。墙上有两个壁龛，其中各放置着一枚人头骨。德莫尼亚曾经有很多类似的地方，罗马人离开后有更多被重新建造，但基督徒时常会来打碎头骨，推倒石墙，砍断橡树，然而这个波伊斯的神龛已在此森林深处竖立长达千年。木头碎片被来这里祈祷的人塞进石缝间，作为祈愿的象征。

　　橡树林间非常安宁，一片寂静。伊撒站在树间观看，我则走向半圆石圈的正中，解开了海威贝恩的沉重鞘带。

　　我将剑放在标志神庙中心的低矮石头上，从口袋中拿出给予我破坏兰斯洛特婚姻力量的干净白色肋骨。我将它放在剑旁。最后，我将夏汶多年前给我的金色小胸针放上石头。随后便在树叶覆盖的地面上躺平。

　　我入睡，希望梦能告诉我该如何做，但没有做梦。也许在睡前，我应该献祭一些鸟兽，礼物也许能让一位神祇给予我正在寻找的答案，但没有答案。只有寂静。我已将我的剑和骨头的神力交由诸神，交了贝尔和玛纳怀登、塔拉尼斯和罗劳的手上，但他们无视了我的礼物。只有风在高处的树叶间吹过，松鼠爪子在橡木树干上抓挠，啄木鸟突然发出咯咯的响声。

  醒来时，我依旧躺着没有动。没有做梦，但我知道自己想要的是什么。我想要拿起骨头，将它一折为二，如果这举动意味着要步上幽暗道，步入丢尔纳赫的王国，那就这样吧。但我也想要亚瑟的不列颠完整、美好和真实。我想要我的手下们能获得黄金、土地、奴隶和地位。我想要将撒克逊人赶出洛依格。我想要作为一支胜利的军队将敌人摧毁，听见他们盾墙分崩离析的声音和战斗号角的刺耳响声。我想要带着我画有星星的盾牌，进军已有几代不列颠自由民未曾一见的西方平原。我，想要夏汶。

  我坐起身。伊撒坐在我身边。他一定奇怪我为何目不转睛地盯着那根骨头，但他没有问任何问题。

  我想起了梅林那象征亚瑟梦想的小小方塔，兰斯洛特若是没有娶夏汶，那梦想是否真的会崩塌？这场联姻算不上是亚瑟联盟的最紧要一环，它只是方便给兰斯洛特一座王位，以及让波伊斯对瑟卢瑞亚王室有所顾忌。即使没有联姻，德莫尼亚、格温特、波伊斯和艾尔蒙特的军队还是可以去对抗赛思人。我知道这些，这些也都是真的，但我依旧感觉这块骨头有可能会撼动亚瑟的梦想。我折断骨头的那刻，便代表我向梅林的追寻誓言效忠，而那场探寻一定会给德莫尼亚带来仇恨；旧教信徒对新兴基督教的仇恨。

  "格温薇儿。"我突然大声说出这个名字。

  "阁下？"伊撒迷惑地问。

  我摇头表示我没什么要说的。事实上，我并不是故意要大声说出格温薇儿的名字，只是我突然意识到折断骨头不仅意味着鼓励梅林对抗基督教的神，更意味着格温薇儿会成为我的敌人。我闭上双眼。我主人的妻子会成为敌人吗？如果她真成为我的敌人呢？亚瑟依然会爱我，我也同样会爱着他，我的长枪和星盾对他来说比兰斯洛特的名望更重要。

  我站起身拿回胸针、骨头和剑。伊撒看着我从披风上扯出一根染绿的羊毛,塞入石缝中。"亚瑟对夏汶悔婚时,"我问他,"你不在司乌思城堡是吗?"

"对,阁下。但我听说过这件事。"

"那是在订婚宴席上,"我说,"正如我们今晚要参加的那个。亚瑟坐在主桌,夏汶坐在他身旁,他看见格温薇儿站在大厅后侧。她穿着破旧的斗篷,身侧是她的猎犬,亚瑟看了她一眼,从此一切就改变了。天知道多少人死去,就因为他看见了那个红发女子。"我转身面向低矮的石墙,看见长着苔藓的头骨中有一个被废弃的鸟巢。"梅林告诉我,诸神喜爱混乱。"我说。

"梅林喜欢混乱。"伊撒语气轻巧,不过他却无意间说出了真相。

"梅林爱混乱,"我赞同道,"但我们大多数人都害怕混乱,所以我们尝试制定规则。"我想到了小心搭建的骨塔。"但当你有规则时,你就不需要诸神了。所有事情井然有序,就不会发生意外。如果你明白一切,"我谨慎地说,"那魔法就没有存在空间了。只有当你在黑暗中迷茫惊恐时,你才会呼唤诸神,而神们享受我们的呼唤。那让诸神感到自身的强大,也正因为如此,神们喜欢我们生活在混乱中。"我重复着童年时在梅林的托尔山接受的教导。"现在我们有一个选择,"我对伊撒说,"我们可以生活在亚瑟井然有序的不列颠,或者我们跟随梅林步入混沌。"

"我会跟随您,阁下,不管您怎么做。"伊撒说。我不觉得他真的明白了我的话,但他总是盲目地信任我。

"我也希望自己知道该怎么做。"我承认。那该多么轻松啊,如果诸神像他们曾经那样在这片土地上行走,那么我们就能看见神,听见神,与神们交谈,但现在就像蒙住双眼的人在荆棘丛中寻找一枚扣子。我将佩剑挂回原位,把未折断的骨头安全地塞回口袋。"我想让你去跟大家传个消息,"我对伊撒说,"不用告诉卡文,我会自己跟他说,但我要你告诉大家,如果今晚发生什么奇怪的事情,他们可以不用再效忠我。"

他冲我皱眉。"不再效忠?"他猛地摇头,"我不会的,阁下。"

我让他噤声。"告诉他们,"我继续说,"如果真的发生不寻常的事——也许不会——但对我效忠可能意味着要去对抗丢尔纳赫。"

"丢尔纳赫!"伊撒说。他啐了一口唾沫并用右手做了一个驱赶邪恶的手势。

"就这么告诉他们,伊撒。"我说。

"今晚会发生什么?"他不安地问。

"也许没事,"我说,"也许什么事都不会发生。"诸神在树林中没有给我任何暗示,我不知道自己会怎么选择。秩序或混沌。或两者均无,也许骨头只不过是食物残渣,折断它不会发生任何事情,只是我对夏汶破碎爱情的象征。但只有一个方法才能确知,那就是折断骨头,如果我有这个勇气。

在夏汶的订婚宴上。

在那个夏末的所有盛宴中,兰斯洛特和夏汶的这场订婚宴是最奢华的。连诸神似乎都偏爱它,圆月明亮皎洁,对订婚来说是一个极好的兆头。日落后不久月亮升起,巨大的银球高挂在多佛汶的山顶。我曾想会不会在多佛汶的建筑中举办盛宴,但昆格拉斯看到这么多张来赴宴用餐的嘴,决定还是在司乌思城堡内举行庆典。

宾客的人数远远超过了国王大厅所能容纳的,所以只有最尊贵的人才被获许进入它那厚厚的木墙。其余人坐在室外,庆幸诸神让今夜无雨。地面因为这周之前的雨天依旧潮湿,但有足够多的稻草让大家能铺出干爽的坐处。浸过沥青的火炬被绑在柱子上,月亮一升起,它们就被点燃,王宫院子在跳跃的火光中突然间明亮起来。婚礼会在白天举行,以获得光明神与太阳神的祝福,但订婚仪式寻求的是月光的保佑。时不时会有一小簇火花从火炬上飘落到地面,点燃一片稻草,引起一片大笑、小孩的尖叫、狗吠和一阵慌乱,直到火被扑灭。

超过一百人被邀请进入昆格拉斯的大厅。蜡烛和灯芯草的火光交叠在一起,在高粱屋顶上映射出奇怪的阴影,屋顶现在装饰着山毛榉细枝与今年最早成熟的一丛丛冬青浆果。大厅的桌子设在高台,上方挂着一排盾,每一面盾下都放置着一根蜡烛,以凸显出盾牌皮革上画着的纹章。中央是昆格拉斯的波伊斯王室盾牌,上面画着展翅雄鹰,一侧是亚瑟的黑熊,另一侧是德莫尼亚的红龙。格温薇儿的月冠牡鹿挂在熊旁,兰斯洛特抓着鱼的海鸥则挂在龙的旁边。没有格温特人在场,但亚瑟坚持挂上图锥克的黑牛,还有艾尔蒙特的红马及瑟卢瑞亚的狐狸面具。这些王室标志象征着这伟大的联盟,一面会将撒克逊人赶回海那边的盾墙。

波伊斯的德鲁伊头领路万斯,宣布他此刻确定落日的最后一缕光线已消失于遥远的爱尔兰海,然后宾客们开始在高台上就座。我们其他人早已坐在大厅的地上,男人们叫着要更多波伊斯著名的蜂蜜烈酒,这些酒是特意为今晚所酿。欢呼声和掌声迎接着尊贵的客人。

伊莲王后第一个来到。兰斯洛特的母亲穿着蓝衣,颈间佩戴黄金项圈,一条金链束起她花白的卷发。接下来,一阵巨大的欢呼声中,昆格拉斯和赫拉德王后入场。国王的圆脸散发着喜悦的光芒,为了庆祝今夜典礼的美好前景,他在垂下的胡子上绑了一些小小的白色丝带。格温薇儿紧跟着一身黑的亚瑟走上高台,在浅金色衣裙的衬托下光彩夺目。这珍贵的布料用油和蜂胶精细染成,剪裁与缝制也非常巧妙,紧紧贴合着她高挑的身体。她的腹部几乎不显怀,观看的男人们中响起一阵对她美貌的赞叹。长裙上缝着细小的黄金片,当她缓缓跟随亚瑟走向高台中央时,她的身体看上去闪烁着光芒。她对自己引发的欲望微微笑着,这正是她想要的效果,今晚不论夏汶穿了什么,格温薇儿似乎都决定要压过她的美丽。一枚黄金发圈固定住格温薇儿任性的红发,一条黄金环链缠绕她的腰间,为了向兰斯洛特表示尊重,她的脖子上戴着一枚海鸥颈饰。她吻了吻伊莲王后的双

亚瑟王

颊，亲吻昆格拉斯的一侧脸颊，向赫拉德王后点头致意，然后在昆格拉斯的右手边就座，亚瑟则坐在了赫拉德身旁的空椅上。

还剩两个空椅子，但昆格拉斯先起身，用拳头敲了下桌子。大厅安静下来，昆格拉斯无声地指向高台边缘陈列在桌子装饰布前方的珍宝。

这些财宝是兰斯洛特带给夏汶的礼物，它们的富丽堂皇在大厅引发了一阵喝彩。我们都已见过这些礼物，我也酸酸地听过人们赞颂贝诺克国王的慷慨。黄金颈环、白银颈环、黄金和白银交织的颈环，如此多的颈环也只不过是真正贵重礼物的基座。罗马手持镜、罗马玻璃酒杯乃至成堆的罗马珠宝。项链、胸针、水壶、饰针、扣钩。那是堪比一位国王身价的财富，闪耀的金属、珐琅、珊瑚和珍贵的宝石，所有这一切，我知道，都是从燃烧的特雷贝斯岛中抢救出来的。那时，兰斯洛特没有拿起他的剑对抗法兰克暴徒，而是带着这些财宝乘上第一艘船，逃离了那座城市的大屠杀。

就在为礼物而响的掌声中，兰斯洛特骄傲地现身。像亚瑟一样，他穿着一身黑色，但他的黑衣上，镶着珍稀的金边。他的黑发抹了油，整齐地向后梳，贴着他的窄头骨，平顺地垂在背后。他的右手上闪耀着多个黄金指环，左手则戴满了相对平凡的战士指环，我阴沉地猜测，没有一枚是他在战斗中赢来的。他的颈间还戴着一枚沉重的黄金颈环，颈环两端装饰着明亮的宝石，为了向夏汶致意，他的胸前佩戴着她王室的展翅雄鹰胸针。他没有携带武器，因为国王大厅中不准任何人佩剑，但他戴着亚瑟送他的装饰剑带。他向欢呼声举手示意，亲吻他母亲的脸颊，吻了吻格温薇儿的手，向赫拉德鞠躬，随后就座。

还剩一个空椅。竖琴手开始演奏，深沉的音符在嗡嗡交谈声中几不可闻。烤肉的香味飘进大厅，女奴们带来了酒罐。德鲁伊路万斯四下奔走，让坐在铺着灯芯草地面上的人，空出一条走道。他把人推开，走道让出来后，他向国王鞠躬行礼，然后挥动他的手杖，示意大家安静。

屋外的人群中爆发出一阵响亮的欢呼声。

贵宾们进入大厅都是通过后门，直接从夜色的阴影中步上高台，不过夏汶会从大厅的正门进入，若要靠近正门，她首先要穿过火光中院子里等候的客人。我们听到的正是那些客人见她从女眷住所走过来时的欢呼，而在国王大厅中，我们在期待的沉寂中等候着她，连竖琴手都从琴弦上抬起了手，看着大门。

一个孩子首先走了进来。一个穿着白裙的小女孩，倒走在路万斯为夏汶空出的那条走道上。她将春花的干花花瓣撒在新铺的灯芯草上。没人说话。每一双眼睛都盯着大门，除了我的，我看着高台。兰斯洛特紧盯大门，脸上露出一丝笑意。昆格拉斯一直在用袖子抹泪，他是如此开心啊。亚瑟，和平的创造者，笑容满面。仅有格温薇儿一个人没有笑，她的脸上只有得意。她曾经一度在这大厅中被人轻视，而现在那人女儿的婚事任由她处置。

我看着格温薇儿，右手从口袋中拿出骨头。肋骨摸上去很光滑，持盾站在我身后的伊撒一定很好奇这块食物残渣在这个月色皎洁、黄金与火光相映成辉的夜晚，究竟有什么重要的。

我看向大厅正门时，夏汶出现了，霎时间，在发出欢呼之前，大厅中先响起了一阵惊艳的吸气声。不列颠的所有黄金，所有旧日的王后，在那晚，都无法掩盖夏汶的光彩。我都不用看就知道，格温薇儿在今晚的美丽竞争中完全落败。

这次，我知道，是夏汶的第四次订婚宴。她曾经为亚瑟来过，但他在格温薇儿爱的魔咒下打破了誓言；之后夏汶被许配给遥远雷吉德的一位王子，但他还没来得及成婚就因为高烧而一命呜呼；再后来，就在不久前，她把订婚缰绳给了瑟卢瑞亚的甘德利亚斯，但他尖叫着死在妮慕的残酷手段下；而现在，第四次，夏汶带着缰绳前来给一个男人。兰斯洛特送了她一堆黄金，但习俗规定，她只要回送给他一条普通的牵牛缰绳，以示她将

亚瑟王

会从这天起顺从于他的权威。

她走进来那刻，兰斯洛特站起身，笑意扩散为愉悦的表情，毋庸置疑，因为她的美丽令人目眩。在她其他的订婚宴上，为了与公主的身份相衬，夏汶会佩戴珠宝和银饰，身着黄金和华丽服饰，可今夜她只穿了一条简单的骨白色长裙，腰间系着一条浅蓝色绳子，绳穗垂在裁剪朴素的裙子上。发间没有白银装饰，颈上没有黄金闪耀，浑身上下都没有佩戴珍贵的珠宝，只有布裙，她浅金色的头发上戴着一枚用夏日最后的野紫罗兰编成的纤细花环。她没有穿鞋，赤着脚走在花瓣中。她没有显示出任何尊贵或富有的样子，穿得像个普通的农家女孩一般走了进来，但就只是这样，她就赢得了胜利。难怪男人们都倒吸一口气，难怪当她缓慢腼腆地走过人群时，他们会欢呼。昆格拉斯因为喜悦而啜泣，亚瑟带头鼓起掌，兰斯洛特捋了一把自己那抹油的长发，他的母亲满意得眉开眼笑。有一瞬间，格温薇儿的面色阴晴不定，但随后她便微笑起来，这是纯粹的胜利者的笑容。她也许输给了夏汶的美丽，但今晚还是属于格温薇儿的夜晚，她正看着旧日的敌人被按照她的计划处置。

我看着格温薇儿脸上的得意神情，或许是她的洋洋自得让我做出了决定。又或许是我对兰斯洛特的厌恶，或许我对夏汶的爱，或许梅林是对的，诸神的确喜爱混乱，在突如其来的怒火中，我用双手攥住了那根骨头。我没有考虑梅林魔法的后果、他对基督徒的仇恨，还有我们在丢尔纳赫国度找寻圣锅时有可能都会死的事。我没有考虑亚瑟的命令，我满脑子只有夏汶即将嫁给我痛恨的男人这件事。与其他之前坐在地上的宾客一样，我站起身，从战士们的脑袋间注视着夏汶。她正走到大厅中央的橡木巨柱，被如狼似虎的欢呼和口哨声包围。只有我独自一人没出声。我看着她，将大拇指按在那根肋骨的正中，把它的两端握在拳中。现在，梅林，我想，你这个老混蛋，现在就让我见识一下你的魔法吧。

我折断了那根肋骨。它的破碎声在欢呼声中细不可闻。

我将折成两半的肋骨放回口袋，我发誓，当我看着波伊斯的公主发间戴着鲜花，从夜色中走出时，我的心跳都快停止了。

她突然停下脚步。就在挂着浆果和树叶的柱子旁，她停下脚步。

从夏汶走进大厅的那一刻起，她的双眼就一直看着兰斯洛特，现在仍然如此，笑容也仍然挂在她的脸上，但她停下了脚步。她突然间的静止引起大厅中一阵迷惑的安静。撒着花瓣的孩子皱起眉头，四处张望，不知该怎么办。夏汶没有动。

亚瑟依旧带着微笑，一定以为她太紧张了，于是鼓励地示意她向前走。她手中的缰绳颤抖着。竖琴手弹出一记不确定的和弦，然后从弦上抬起手，她的音符在安静中消失的同时，我看见柱子后的人群里走出一个穿着黑色斗篷的身影。

那是妮慕，她的黄金独眼反射着茫然大厅中的火光。

夏汶的视线由兰斯洛特转向妮慕，随后，慢慢地，她举起了她裹着白色袖子的一条手臂。妮慕握住她的手，带着一丝询问的表情，看着公主的眼睛。夏汶停顿了一秒，微微点头表示同意。突然间，大厅中的说话声紧张了起来，因为夏汶转身不再面向高台，她由妮慕领着，挤进了人群。

话语声渐轻，现在正发生的事情，没人能够解释。兰斯洛特依旧站在高台上，只能眼巴巴地看着。亚瑟目瞪口呆，昆格拉斯则从座位上站了起来，不敢置信地看着自己的妹妹穿过人群。人群在妮慕凶猛、可怕、嘲弄的脸前让出道来。格温薇儿看起来准备要杀人了。

接着妮慕与我的目光交汇，冲我微笑，我的心脏犹如困兽般剧烈跳动。随后夏汶朝我笑了笑，我再顾不上去看妮慕，只能注视着夏汶，甜美的夏汶，手里拿着一条公牛缰绳穿过人群，走向我。人们让到一边，而我却像石化了一般，不能移动也不能说话，夏汶眼中含着泪水，走到我的面前。惊讶的窃窃私语在我们四周响起，但我无视了这些声音。我跪下，接过缰绳，随后握住夏汶的双手，放在我的脸上，正如同她一样，我的脸上都是泪水。

大厅突然沸腾，充斥着怒火、抗议和惊奇，伊撒举起盾站在我身旁。没人会带利器进入国王大厅，但伊撒高举绘有五角星的盾牌，仿佛要击倒对这惊人一刻进行干预的任何人。妮慕在我的另一侧，对着大厅嘶嘶念叨着咒语，仿佛在说：谁敢挑战公主的选择？

夏汶跪下，凑近我的脸。"您曾立下誓言，阁下，"她小声说，"要保护我。"

"是的，殿下。"

"如果是您所愿的话，我可以放弃您的誓言。"

"决不。"我重重地说。

她略微拉开了些与我的距离。"我不会嫁给任何人，德瓦。"她温柔地警告我，盯着我的眼睛，"除了婚姻，我会给你一切。"

"我别无他求，殿下。"我的喉咙满溢喜悦，被幸福的泪水模糊了双眼。我微笑，将缰绳递还给她。"您的。"我说。

她冲这个行为微笑，然后把缰绳扔在地上，轻柔地吻了吻我的脸颊。"我觉得，"她淘气地对我耳语，"没有我们，这场宴会会进行得更顺利。"我们一同起身，手拉手，无视了所有质疑和抗议（居然还有些欢呼声），走入了月光笼罩的夜色。我们身后是困惑和怒火，面前是迷茫的众人，我们肩并肩穿过人群。"多佛汶山脚下的房子，"夏汶说，"在等着我们。"

"门前有苹果树的那栋？"我想起她说过的，她童年时梦想的小屋子。

"就是那栋。"她说。我们离开大厅门外聚集的人群，走向司乌思城堡燃着火炬的城门。伊撒拿回我们的剑和长枪后，就加入了我们，妮慕则走在夏汶的另一侧。夏汶的三个仆人急急忙忙地加入我们的队伍，另外还有十来个我的手下。"你确定要这么做吗？"我这么问夏汶，就好像她过几分钟就会转身回去，将缰绳交给兰斯洛特。

"比我这辈子做过的任何事都要确定。"夏汶平静地说。她带着笑意扫了我一眼。"你怀疑过我吗,德瓦?"

"我怀疑的是自己。"我说。

她握紧我的手。"我不是任何男人的女人,"她说,"我只属于自己。"随后便发自内心开怀大笑,放开我的手,奔跑起来。她快乐地跑过草地,紫罗兰从她的发间掉落。我也跑起来追赶她,我们身后陷入诡异的大厅门廊处,亚瑟大喊着,叫我们回去。

然而我们继续奔跑。向着混乱。

第二天，我用一把尖利的匕首，将两根骨头碎片的尖锐断口修剪圆滑，并小心翼翼地在海威贝恩木手柄上挖出了两条细长的槽。伊撒去司乌思城堡拿来了些胶，在火上加热，确定两条凹槽与骨头碎片的形状完全一致后，我们将胶水涂在凹槽表面，把两块碎片按进了剑柄，擦去多余的胶水，再用牛筋绳将碎片绑住，让它们牢牢固定在木头中。"看上去像象牙。"做完后，伊撒赞不绝口。

"猪骨的碎片。"我不屑一顾地说，但事实上两块碎片看起来确实像象牙，让海威贝恩显得奢华了不少。这把剑得名于它的第一位拥有者，梅林的管家海威，正是他教我如何使用兵器。

"但这些骨头有魔法？"伊撒紧张地问我。

"梅林的魔法。"不过我没有做进一步的解释。

卡文在中午前来找我。他跪在草地上，低下头鞠躬，但不发一言，即便如此我也知道他所为何来。"你自由了，卡文。"我对他说，"我解除你的誓言。"他抬头看我，不过解除誓言这件事对他来说太沉重，他还是无法开口。我微笑道："你不是个年轻人了，卡文。你应该效忠一位能给予你黄金和舒适生活的主人，而不是幽暗道和不确定的前途。"

"阁下，我想要，"他终于开口，"死在爱尔兰。"

"和你的同族一起？"

"是的，阁下。但我不能一贫如洗地回去。我需要黄金。"

"那就烧了你的桌棋板。"我建议。

他听了这话，咧嘴一笑，然后亲吻海威贝恩的剑柄。"您不生我气吧，阁下？"他不安地问。

"不，"我说，"如果你任何时候需要我的帮助，尽管送信来。"

他站起身拥抱我。他会回到亚瑟的手下，并带走我一半的士兵，因为只有二十人还愿意跟着我。其他人都害怕丢尔纳赫，或者太渴望财富，我无法怪他们。他们在我的手下赢得了荣耀、战士指环和狼尾，却没有黄金。我允许他们继续在头盔上佩戴狼尾，那是他们在贝诺克艰苦的作战中赢得的，但我让他们把新画在他们盾上的星星涂掉。

星星是留给愿意继续跟随我的那二十名战士的，他们是我的枪兵中最年轻、最强壮、最具有冒险精神的，诸神在上，这些品质是他们必须拥有的，因为折断骨头就意味我要将他们送上幽暗道。

我不知道梅林何时会召唤我们，所以我等候在那个月夜夏汶领我来的小屋中。这栋屋子位于多佛汶东北方的一处小山谷，山谷如此陡峭，早晨的太阳若不升上半空，谷中小溪都还是被阴影笼罩。山谷的峭壁隐藏在橡树中，屋子周围却有好几块极小的田地，种植着十来棵苹果树。屋子无名，山谷也没有，只是被称为低谷山凹，而它现在是我们的家。

我的手下在山谷的南坡建造了小棚。我不知道我怎么才能供养二十个男人和他们的家庭，低谷山凹的小田地连田鼠都喂不饱，更不用说一支部队了，但夏汶有金子，她向我保证，她的哥哥不会让我们挨饿。她告诉我，这个农场属于她的父亲，是供养高菲迪特富裕生活的数千块分散各处的租地中的一块。上一位租户是司乌思城堡持烛人的表亲，但他在勒格溪谷前就亡故，至今也没有其他租户。屋子本身很简陋，用石头搭成的一座小长方形屋子，盖着厚厚的黑麦秸秆和凤尾草作为屋顶，急需修缮。里面有三间房。中间的房本是畜牧间，我们把它收拾干净，作为起居空间。另两间房是卧室，一间属于夏汶，另一间属于我。

"我答应过梅林。"第一晚她向我解释分房睡的理由。

我突然间毛骨悚然。"答应他什么？"我问。

她一定脸红了，但月光照不进深邃的低谷山坳，所以我看不见她的脸,只感觉她与我相握的手指微微用力。"我答应他,"她慢慢地说,"直至找到圣锅,我都要保持处女之身。"

我开始意识到梅林有多狡猾。多么的狡猾、恶劣和聪明。他需要一位战士保护他在林恩旅行,同时他需要一名处女去寻找圣锅,于是他巧妙地操纵了我们两个人。"不!"我抗议,"你不能去林恩!"

"只有一名处女才能找到圣锅,"妮慕在黑暗中朝我们发出嘘声,"你难道要我们带个孩子去吗,德瓦?"

"夏汶不能去林恩。"我坚持道。

"安静,"夏汶让我闭嘴,"我保证过。我发过誓。"

"你知道林恩是什么地方吗?"我问她,"你知道丢尔纳赫干过什么吗?"

"我知道。"她说,"这场旅行便是我为了和你在一起付出的代价。我答应过梅林,"她重复道,"我发过誓。"

那晚我独自入睡,但第二天早晨,与战士和仆人们吃过一顿少得可怜的早餐后,在我将碎骨放进海威贝恩的剑柄前,夏汶陪我一起沿低谷山凹的小溪散步。对于她不能去幽暗道的理由,我发表了一番热情的论述,而她听后,只说了一句来反驳。她说,如果梅林与我们一起去,那谁能阻止我们呢?

"丢尔纳赫能。"我严肃地说。

"但你要和梅林一起去?"她问我。

"是。"

"那就别阻止我,"她坚持,"我要和你在一起,你要和我在一起。"之后她就不肯听我再辩了。她不是任何男人的女人。她已下定决心。

当然,我们接下去聊了过去几天中发生的事情,滔滔不绝。我们相爱着,神魂颠倒,就如亚瑟曾经为格温薇儿深深着迷,我们听不够彼此的想法和故事。我给她看了猪骨,告诉她我等到最后一刻才折断它,她听了哈哈大笑。

"我真的不知道自己敢不敢抛下兰斯洛特,"夏汶坦言,"我自然不知道骨头的事情。我想是格温薇儿让我下定了决心。"

"格温薇儿?"我惊讶地问。

"我受不了她那副幸灾乐祸的样子。我这样是不是很坏?我感觉自己像是她的小猫咪,我受不了那样。"她安静地走了片刻。树上落下的叶子大多数还是绿色的。那个早晨,在低谷山坳第一次醒来,我看见一只燕子从屋顶中飞走,它没有回来,我想我们直到春天都不会再见到彼此。夏汶在小溪边赤脚走着,拉着我的手。"我对人骨床的预言很在意,"她继续说,"我想它的意思是我不该结婚。我已经订了三次婚,德瓦,三次!而三次我都失去了男人,这难道不是诸神的旨意吗?"

"我觉得这话像是妮慕说的。"我说。

她大笑。"我喜欢她。"

"我不能想象你们俩喜欢彼此。"我承认。

"为什么不呢?我喜欢她的好战。生活是一场战斗,而不是屈从。我的一生,德瓦,都在做别人要我做的事。我总是很乖。"她嘲讽地重读"乖"这个字,"我一直是那个顺从的小女孩,恭敬的女儿。自然,这样做很容易就让我的父亲爱我,他很少爱别人。人们对我总是有求必应,作为交换,他们只希望我能够漂漂亮亮、恭敬顺从。而我确实很恭顺。"

"也很漂亮。"

她责备地用手肘捅捅我的肋骨。一片斑驳的鹚鸪羽毛从笼罩着我们面前小溪的薄雾中飘过。"我总是很恭顺。"夏汶惆怅地说,"我知道自己必须嫁给别人要我嫁的人,那对我不是什么烦恼,因为国王的女儿都是如此,我还记得第一次见到亚瑟时我有多高兴。我被许给了这么优秀的男人,然后,突然间,他就消失了。"

"那时你都没有注意到我。"亚瑟来到司乌思城堡与夏汶订婚时,我是他最年轻的护卫。就是那时她给了我一枚小胸针,而我如今还戴着它。她当时给了亚瑟所有随从奖赏,却全然不知那一日她在我灵魂点燃的火焰。

"我肯定注意到了你,"她说,"谁能无视这样一个强壮笨拙的金发家伙呀?"她冲我大笑,让我帮她跨过一棵倒下的橡木。她穿着昨晚同一条长裙,但漂白的裙子上现在却沾满了泥土和苔藓。"当我和雷吉德的凯尔金订婚时,"她接着说她的故事,"我不确定自己还是那么幸运了。他是头阴沉的野兽,但他向父亲保证会带来一百名枪兵和黄金聘礼,我说服自己,我仍然会幸福,即使必须住在雷吉德,但凯尔金被烧死了。后来就是甘德利亚斯。"她回忆此事时抽起眉头,"我那时意识到自己只是战争的一枚棋子。我父亲爱我,但他竟然愿意把我送给甘德利亚斯,只为能有更多的兵力对抗亚瑟。就是那时,我才明白,除非我自己创造幸福,否则我永远不会幸福,就是那时你和加拉哈特来找我们。还记得吗?"

"我记得。"我陪同加拉哈特执行了他那次失败的和平出使,高菲迪特为了羞辱我们,让我们在女眷的房中用餐。就是在那里,在烛光和竖琴的乐声中,我对夏汶许下保护她的誓言。

"你在乎我是不是开心。"她说。

"我那时已经爱上你了,"我承认,"我是一只对着星星号叫的狗。"

她微笑说:"后来兰斯洛特来了。可爱的兰斯洛特。英俊的兰斯洛特,每个人都说我是不列颠最幸运的女人,但你知道我那时的感受吗?我将只是兰斯洛特的另一件所有物,他似乎已经有许多了。但我依旧不确定我该怎么做,然后梅林来找我,他把妮慕留下来,而她说了许多。然而那时我已知道,我不想属于任何男人。我之前的人生都从属于男人。于是妮慕和我向棠许下誓言,我对神发誓,如果他给予我获得自由的力量,我就永远不会结婚。我会爱你,"她抬头看着我的脸向我保证,"但我不会成为任何男人的所有物。"

也许吧,我想,但她和我一样,仍都是梅林掌心的棋子。他真是干了不少事情啊,他和妮慕,不过我没说出这念头,也没有提到幽暗道。"你现在会成为格温薇儿的敌人。"我警告夏汶。

"是的,"她说,"可我一直都是啊,从她决定把亚瑟从我这里夺走的那一刻起。但那时我只是个孩子,不知道该怎么反抗她。昨晚我反击了,从现在起,我会避开她。"她微笑着说,"你本来要娶格温维奇?"

"对。"我老实承认。

"可怜的格温维奇,"夏汶说,"她们住在这儿时,她对我一直很好,但我记得她姐姐只要一走进房间,她就会逃走。她就像一只大肥鼠,而她姐姐就是那只猫。"

那天下午,亚瑟来了。他的战士们进入面对我们小屋的低谷山坳南坡树林时,把碎骨粘在海威贝恩剑柄上的胶水还没干。那些枪兵并不是来威胁我们的,只不过是在回到舒适的德莫尼亚的漫长途中,稍微拐了点路。没看见兰斯洛特和格温薇儿,亚瑟独自涉过小溪。他没带武器。

我们在家门口迎接他。他向夏汶鞠躬行礼,随后笑着看向她。"亲爱的公主。"他简单地打了个招呼。

"您在生我的气吗,殿下?"她不安地问。

他做了个鬼脸。"我妻子相信我是在生气,可并不是。我怎么能生气呢?您只是做了我曾经做过的事,而且您还体面地在给出承诺前就做了。"他又朝她笑笑。"您只不过,也许,给我造成了不便,但我活该。我能和德瓦走走吗?"

我们沿着早晨我与夏汶走过的小道走,亚瑟一离开他手下们的视线,就用手臂钩住了我的肩膀。"干得好,德瓦。"他小声地说。

"我很抱歉,如果我伤害到了您,殿下。"

"别犯傻。这事我也干过,我还羡慕你这事儿的新鲜劲儿呢。这不过是改变了一些事情,不过如此。就像我说的,不方便而已。"

"我不会做莫德雷德的国王勇士。"我说。

亚瑟王

"对。但别人会做的。如果这事由我决定,我的朋友,我会把你们俩都带回去,让你做国王勇士,给你应得的一切。但事情不总是如我们所愿。"

"您的意思是,"我迟钝地说,"格温薇儿公主不会原谅我。"

"对,"亚瑟沮丧地说,"兰斯洛特也不会。"他叹气,"我该拿兰斯洛特怎么办呢?"

"让他娶格温维奇,"我说,"然后让他们在瑟卢瑞亚终老。"

他大笑。"要能这样就好了。我自然让他去瑟卢瑞亚了,但我估计他在那儿待不住。他的野心大过于那个小国,德瓦。我曾指望夏汶和一个家会让他留在那里,不过现在呢?"他耸耸肩,"我还不如把那个王国给你。"他把手从我的肩膀上拿下,面对着我。"我不会放弃你的效忠的,德瓦·卡丹阁下。"他郑重道,"你还是我的人,当我派人去找你时,你要来我身边。"

"是的,殿下。"

"就在春天。"他说,"我向撒克逊人保证了三个月的休战,我会守诺,三个月结束后,冬天就到了,不能打仗;但春天我们就要开战,我要你的兵身处我的盾墙中。"

"他们会在那儿的,殿下。"我向他保证。

他抬起双手,放在我的肩膀上。"你还向梅林效忠是吗?"他盯着我的双眼问。

"是的,殿下。"我承认。

"所以你要去追寻那个不存在的圣锅?"

"我会去寻找圣锅,是的。"

他闭上双眼。"如此蠢事!"他放下双手,睁开眼。"我相信诸神,德瓦,但诸神是否相信不列颠呢?这不是以前的不列颠了。"他激动地说,"也许我们曾经源自同一血脉,但现在呢?罗马人将世界各个角落的人都带了过来！萨尔马提亚人、利比亚人、高卢人、努米底亚人、希腊人！他们的血与我们交融，就同他们曾经和罗马人交融一样，现在还和撒克逊血脉相连。我们是我们现在的样子，德瓦，不是曾经的模样了。我们如今有一百位神祇，不止旧神，我们不能让时光倒流，即使有圣锅和其他不列颠宝藏。"

"梅林不这样认为。"

"所以梅林就想让我去跟基督徒作战，只为了他的诸神可以统治？不，我不会那么做，德瓦！"他愤怒地说，"你们可以去找你们那想象出来的圣锅，但别指望我会玩梅林那套迫害基督徒的把戏。"

"梅林，"我辩护道，"会将基督徒的命运交给诸神来决定。"

"那我们是什么，诸神的工具？"亚瑟问，"我不会和其他不列颠人作战，就因为他们信仰另一位神。你也不会，德瓦，只要你依然宣誓效忠我。"

"是的，殿下。"

他叹气。"我真心讨厌这些信仰带来的仇恨。格温薇儿却总说，我不重视诸神。她说这是我的错。"他微笑道，"如果你向梅林承诺了，德瓦，那你就跟他去吧。他要带你去哪儿？"

"去莫岛，殿下。"

他沉默地凝视了我几秒，然后耸肩。"你们要去林恩？"他难以置信地问，"没人活着从林恩回来。"

"我会的。"我夸下海口。

"你一定要回来，德瓦，一定要回来。"他的声音很沮丧，"我需要你帮我击败撒克逊人。也许在那之后，你就能回德莫尼亚了。格温薇儿不是个记仇的人。"我对此表示怀疑，但没有说出来。"我会在春天召唤你。"亚瑟接着说，"祈祷你平安从林恩回来。"他勾住我的手臂，和我一同向屋子走回去。"如果有人问起，德瓦，就说我狠狠地骂了你一顿。我诅咒你，

亚瑟王

甚至打了你。"

我大笑。"我原谅您的殴打，殿下。"

"就当你被骂过了吧，"他说，"还有，你可是不列颠第二幸运的男人。"

全世界最幸运的男人，我这么想着，因为我得到了内心最渴望之物。

——或者我将会得到，如果梅林得到他所求之后，诸神还让我们活着。

我目送士兵们离开。亚瑟的熊旗不时在树林间显现，他挥挥手，上马，随后便离开了。

我们就此独自留下。

我没能在德莫尼亚见证亚瑟的归来。我还挺想看那场景的，他作为一个英雄回到祖国，而那个国家曾经觉得他不能活着回去，阴谋计划要用一些废物来取代他。

那个秋天，食物极其缺乏，因为突然爆发的战争耗尽了今年的收成，但没有演变成饥荒，因为亚瑟的手下收取了合理的税粮。这看似是一个小改善，后来几年间，它却在这块土地上引发了一阵风波。只有富人向国库缴税。有些用黄金付，但大多数人都用粮食、皮革、布匹、盐、木头和腌鱼来缴纳，这些都是他们从他们的佃户那里强征而来。过去几年中，富人们几乎不需要付什么给国王，穷人们却要付出很多，于是亚瑟派战士去一一询问穷人们缴税的数额，再凭答案向富人们亲自征税。在此过程中，他将三分之一的获利还给了教堂和地方官，好让他们能在冬天布粮。单单这举动已经向德莫尼亚宣告，一股新势力已掌握了这片土地，虽然富人们多有抱怨，但没有人举起盾牌反抗亚瑟。他是莫德雷德王国的战士首领，勒格溪谷的胜利者，弑君者，那些反对他的人现在惧怕他。

莫德雷德被送去给库尔威奇照料，库尔威奇是亚瑟的表亲，一位粗鲁、诚实的战士，他大概对照顾一个麻烦的小孩不怎么感兴趣。库尔威奇忙于镇压德莫尼亚西境伊斯卡的凯杜伊挑起的叛乱,我听说他率领军队穿越大沼泽,南下前往沿海的荒地。他洗劫了凯杜伊的腹地,随后又在伊斯卡的罗马旧要塞攻击了反叛的亲王。城墙已然腐朽,勒格溪谷的老兵们涌入堡垒,沿街追捕反叛者。凯杜伊亲王在一座罗马神庙中被抓获,也于那里身首异处。亚瑟将他的残尸在德莫尼亚的各个镇子中示众,而他脸颊上刺有蓝色文身、极易辨识的头颅,则被送往康沃尔,给那位鼓动这次叛乱的马克国王。马克国王送回了贡品,锡锭、一桶熏鱼、被冲上他广袤国土海岸的三块打磨过的海龟壳,并宣称他从没有参与过凯杜伊的这次叛乱。

库尔威奇占领凯杜伊的要塞后,找到些信件并寄送给亚瑟。这些信件是德莫尼亚的基督徒团体写的,写在结束于勒格溪谷的战役前,它们揭露了从德莫尼亚除掉亚瑟的整个计划。亚瑟违反了至尊王乌瑟免去教堂缴税和借款的规定,基督徒们因此讨厌亚瑟,他们相信他们的神将让亚瑟在高菲迪特的手下遭受惨痛的失败。这似乎注定的结局让他们在那时写下了内心的计划,而现在那些文字已到了亚瑟手中。

这些信件显示,一群困扰的基督徒想要亚瑟死,但也害怕高菲迪特的异教徒军队入侵。为了保住自己的身家财产,他们准备牺牲莫德雷德,这些信件鼓动凯杜伊趁亚瑟不在时入侵杜诺维瑞阿,杀死莫德雷德,并率整个王国向高菲迪特投降。基督徒们许诺会帮他,希望凯杜伊的军队能在高菲迪特的统治下保护他们。

与他们预计的不同,惩罚降临至他们的身上。比利其的迈尔沃斯王,一位与基督徒站队反对亚瑟的藩王,被派去掌管凯杜伊的领土。这算不上是奖励,这让迈尔沃斯远离了自己的属地,置于亚瑟的严密监控下。纳布,曾是莫德雷德监护人的基督教地方法官,曾利用这监护权组织了反对亚瑟的势力,也正是他写信提议谋杀莫德雷德,被钉在杜诺维瑞阿一个圆形露天竞技场的十字架上。到如今,他自然被奉为圣徒和殉道者,但我只记得纳布是一个油滑堕落的骗子。两位神父、另一位地方官和两名地主也

亚瑟王

被处死。最后一名同犯是桑森主教,不过他很狡猾没有留下书面的证据,再加上他与亚瑟那残疾异教徒姐姐莫甘之间的奇怪友谊,救了他的小命。他发誓永远向亚瑟效忠,手放在十字架上起誓他从没有参与过谋杀国王的阴谋,于是保住他作为怀君岛荆棘圣堂的守护者地位。就算你把桑森绑在铁柱上,用剑指着他的喉咙,他依旧能滑不溜秋地脱身。

他的异教徒朋友莫甘一直是梅林最信任的女祭司,直到年轻的妮慕爬上了那个位置,但梅林和妮慕都远在异乡,所以莫甘成为了梅林阿瓦隆领地的实际统治者。黄金面具半遮着她被火毁容的脸,黑色长袍裹住她扭曲的身体,莫甘仗着梅林的力量,重建了托尔山的梅林大厅,也帮亚瑟组织了北面的收税人。她成为亚瑟最信任的顾问之一,在白德文主教死于秋日的一场高烧之后,亚瑟甚至不顾所有更有地位的人选,提议让莫甘成为一名王室顾问。不列颠从未有过女性的王室顾问,要不是格温薇儿极力阻止,莫甘差点就成为第一位。如果格温薇儿自己不能成为顾问,她不会让任何女人爬上那个位置,并且她还痛恨一切丑陋的事物,而天知道,莫甘就算带着黄金面具,依旧怪诞。因此,莫甘留在怀君岛,格温薇儿在林第尼斯监督新宫殿的建造。

那是一座富丽堂皇的宫殿。甘德利亚斯烧毁的旧罗马别墅被重造并扩建,它隐蔽的配楼围住了两块巨大的庭院,清水流过那里的大理石沟渠。卡丹城堡王家山丘附近的林第尼斯,是德莫尼亚的新首都,但格温薇儿确保脚有残疾的莫德雷德不被允许接近那里。只有美丽的事物可以存在于林第尼斯,在它那拱廊环绕的庭院中,格温薇儿收集了来自德莫尼亚各个别墅神庙的雕塑。那里没有基督教堂,但格温薇儿为女神艾西斯建造了一座巨大的暗厅,并为兰斯洛特留了一套有好几间房间的奢华套房,如果他离开他的新王国瑟卢瑞亚前来拜访,便可以居住于此。兰斯洛特的母亲伊莲住在那些房间中,曾让特雷贝斯岛变得那般美丽的她,现在也帮助格温薇儿将林第尼斯的宫殿打造成美丽的圣殿。

据我所知，亚瑟很少待在林第尼斯。他忙于准备对撒克逊人的大战，为此，他重新增强了德莫尼亚南部要塞古老的土制防御工事，即使身处我们腹地的卡丹城堡，都加固了城墙，并在壁垒上新造了木制的作战平台。但他最伟大的工程在安布拉城堡，它位于巨石阵向西大约半小时路程处，正是亚瑟对抗赛思人的新基地。旧民们曾在那里建造了一座堡垒，这一整个秋季和冬季，奴隶们辛苦劳作，将古老的土墙变得陡峭，并在它们的顶端建造新的栅栏和作战平台。安布拉城堡南部的更多要塞被加固，以保卫德莫尼亚南部地区不受策尔迪克率领的撒克逊人侵袭。等亚瑟在北方与阿尔开战后，策尔迪克一定会攻击我们。我敢说，从罗马人之后，不列颠就没有挖出过这么多的泥土，砍倒过如此多树木。亚瑟合理的税收连这些工程的一半费用都承担不起。他从不列颠南部强大富有的基督教堂征收了一笔钱财，正是这些教堂曾支持纳布和桑森阴谋推翻亚瑟的统治。这笔借款最后还是归还了，而且它在撒克逊野蛮人的恐怖攻击下保护了这些基督徒，但这群人从未原谅亚瑟，也没意识到亚瑟同样从仍旧富裕的一些异教徒神庙手中征收了钱财。

不是所有基督徒都是亚瑟的敌人。他手下至少三分之一的枪兵是基督徒，那些人同异教徒一样忠实。其他许多基督徒也赞同亚瑟的统治，但大多数教堂的领袖都让贪婪冲昏了头脑，他们是反对亚瑟的势力。他们相信他们的神有一日将回到这片土地，像常人一般在我们中行走，但除非所有异教徒都改信基督，神才会归来。传道者知道亚瑟是名异教徒，偷偷诅咒他，亚瑟无视了这些，只是无休无止地奔走于不列颠南部。某一日他还和塞格拉莫一起待在阿尔领土的边界，第二天他就在南部与深入河谷的策尔迪克的军队作战了，随后他又会北上穿过德莫尼亚，穿越格温特，前往伊斯卡和当地的族长争论西边的格温特与东边的瑟卢瑞亚可以征集起多少兵力。多亏了勒格溪谷战役，亚瑟已不仅仅是德莫尼亚的一位领主和莫德雷德的保护者，他是不列颠的军阀，所有军队毋庸置疑的领袖，没有国王胆

亚瑟王

敢拒绝他,那段日子里,他们也不愿拒绝他。

然而我错过了这些所有的事情,因为我身处司乌思城堡,和夏汶在一起,深陷爱河。

并等候着梅林。

梅林和妮慕在冬至前几天来到低谷山坳。乌云低压在山脊光秃秃的橡木树顶上,晨霭到午后也迟迟不散。涓涓细流从结冰的小溪河床上流过,落叶变脆,山谷中的土壤硬得像石头。我们在中央房间里生了火,所以屋子很暖和,但浓烟围绕未经修饰的梁柱翻涌,只有屋顶边沿的小孔才能透气,非常呛人。我手下枪兵们在山谷各处建造的小茅屋里也冒着烟,那些小屋很结实,泥土和石头作成的墙,支撑着木头和凤尾草铺成的屋顶。我们在屋后搭建了一座兽棚,里面养着一头公牛、两头奶牛、三头母猪、一头野猪、十几只羊和二十几只鸡,晚上会把它们关进栅栏,保护它们不受狼的袭击。树林中有许多狼,每个傍晚都回响着它们的号叫,有时候在夜里,会听到它们抓挠兽棚的声音。羊凄惨地咩咩叫唤,母鸡陷入一阵慌乱,那时伊撒,或者随便哪个站岗的人,就会大叫,朝树林边缘挥舞火把,狼群便会退走。有一天早晨,我去溪边汲水,面对面碰上了一头巨大的老狼。它在饮水,见我从灌木丛中走出,抬起了灰色的鼻子,盯着我,等候我的示意,才向上流无声地跑去。我觉得,这是一个好兆头,在等候梅林的那些日子里,我们细数着兆头。

我们也捕猎狼。昆格拉斯给了我们三对长毛猎狼犬,它们比格温薇儿养在德莫尼亚的那些著名的波伊斯猎鹿犬体形更大、毛发更粗。这项运动让我们的枪兵们保持着活力,连夏汶都喜欢在茂密树林中度过的那些漫长寒冷的白日。她穿着皮马裤、高筒靴和皮衣,腰间挂着一把长猎刀。她会将美丽的头发在脑后盘成一个髻,爬上山石,翻下沟渠,跨过枯树,用马毛做成的长绳牵着她那对猎犬。猎狼最简单的方法是用弓箭,但我们很少有人会这项技能，所以我们用狗、长枪和匕首，到梅林回来时，我们已经有一大堆皮毛存在昆格拉斯的贮藏室里了。国王希望我们搬回司乌思城堡，但夏汶和我除了等候梅林的召唤之外，过得十分快乐，所以我们留在我们的小山谷里，数着日子。

我们在低谷山坳过得很幸福。夏汶从做所有以前仆人为她做的那些事中，获得了极大的乐趣，虽然她一直没法扭断鸡脖子，每次杀鸡都会逗我发笑。她不需做这些事，任何一位仆人都能宰杀家禽，我的枪兵们也愿意为夏汶做任何事，但她坚持要分担这些工作，不过每次一遇到要杀鸡、鸭或者鹅的时候，她就没法好好地完成。她想出的唯一方法，就是把那可怜的动物放在地上，一只脚踩住它的脖子，紧紧闭上眼，朝脑袋狠狠踩下去。

她在纺织领域则成功得多。不列颠的每个女人，除了那些特别富有的，永远都会带着纺纱杆和纺锤，把羊毛织成线似乎是一项直到太阳最后一次落下都不会被停下的工作。今年的羊毛刚刚织完，第二年的羊毛又被送进仓库，女人们就用围裙装满羊毛，清洗并梳理，之后再次开始纺线。她们边走边纺线，边说话边纺线，只要没其他工作需要她们的双手时，她们都在纺线。这是单调且不用脑子的工作，但并非不需要技巧。刚开始，夏汶只能纺出一点点断线，但她越发熟练，虽然不像那些从双手刚长到可以拿住纺纱杆后就可以纺羊毛的女人们那么快。傍晚时分，她会坐着告诉我她的一天，左手转过纺纱杆，右手轻弹挂在杆上的纺锤，将新纺的线拉长旋转。当纺锤碰到地面，她会将线绕在它上头，从纺锤顶端用一片碎骨固定住线轴，又继续开始纺线。那个冬天她纺的羊毛大多满是疙瘩或者过于脆弱，不过我一直忠诚地穿着她用自己纺的线做的上衣，直到那衣服自己裂开。

昆格拉斯经常来拜访我们，虽然他的妻子赫拉德一直也没来过。赫拉德王后真的非常传统，她由衷地不认同夏汶的举动。"她认为这给家族蒙上了耻辱。"昆格拉斯爽朗地告诉我们。他变成了我最亲近的友人之一，正如亚瑟和加拉哈特。我觉得，他在司乌思城堡很孤独，除了路万斯和几个年轻的德鲁伊，他只能跟人谈论打猎和战争，所以我取代了他已故的兄弟们。他的长兄本来应该即位为王，从马背上摔下来死了，他的二哥因为一场疾病而过世，最年轻的兄长在与撒克逊人的战争中身亡。昆格拉斯和我一样，极其不同意夏汶去幽暗道，但他告诉我，不拿剑架在她脖子上，没有任何事能阻止她。"所有人都觉得她甜美温柔，"他对我说，"但她有着钢铁般的意志，固执得要死。"

"但杀不了鸡。"

"我都想象不出她尝试的样子！"他大笑，"不过她很快乐，德瓦，为此我感谢你。"

那是一段快乐的时光，我们所有幸福日子中最快乐的一段时光，但始终笼罩在梅林前来要求我们履行承诺的阴影中。

他在一个迷雾笼罩的午后前来。我当时正在屋外，用一把撒克逊斧头劈开刚砍下用来生火的木头，夏汶在屋里，正努力劝她的女仆和厉害的思嘉莱别再争吵，正在那时，一阵号角在峡谷中响起。号角由我的一名枪兵吹响，示意有陌生人接近低谷山坳，我放下斧头，正好看见梅林高挑的身影大步穿行在林间。妮慕与他在一起。她在兰斯洛特的订婚宴后和我们待了一周，又在某天夜里悄悄溜走，而现在，身着黑色的她伴随着她穿着白色长袍的主人，回来了。

夏汶走出屋子，脸上粘着烟灰，手上残留着刚处理野兔时弄到的鲜血。"我以为他会带一支军队。"她蓝色的眼睛盯着梅林。那是妮慕离开前告诉我们的，梅林会召集一支军队保护他踏上幽暗道。

"也许他把他们留在河边了？"我猜想。

她将一缕头发从脸上捋开，脸上除了烟灰又增添了一抹血迹。"你冷吗？"她问我。我砍柴时裸着上身。

"还不冷。"我回答，但还是穿上一件羊毛上衣，梅林的长腿也在此时跳过小溪。我的枪兵们期待着消息，从他们的小屋中走出，跟随在梅林身后，然而没有进屋。梅林则低头走进了我们低矮的门梁。

他没有向我们打招呼，只是经过我们身侧，径直走进屋子。妮慕跟着他，我和夏汶进屋时，他们已经蹲在了火堆旁。梅林枯瘦的双手烤着火，长叹一口气。他一言不发，我们俩也都不想开口询问。我像他一样，坐在火旁，夏汶将填料到一半的野兔放进碗里，擦干手上的血迹。她挥手让思嘉莱和仆人们离开屋子，然后坐在我身旁。

梅林哆嗦了一下，随后放松下来。他耸肩弓背烤着火，双眼紧闭，保持着这个姿势很长时间。他棕黑的面孔布满深深的皱纹，胡子雪白。跟所有德鲁伊一样，他剃掉了脑袋前半的头发，现在那里已覆盖了一层白色短发，证明他已旅行甚久，没有剃刀或铜镜。那一天，他看上去十分年迈，缩在火前的样子甚至很虚弱。

妮慕坐在他对面，一言不发。她之前曾站起身从主梁的钩子上取下海威贝恩，认出剑柄上的两块骨头后，我见她笑了笑。她拔出剑，在火焰的烟雾中举起剑，剑刃沾满烟灰后，她用一根稻草在上头小心翼翼地划上了一篇咒文。那些不像我如今写下的我们和撒克逊人都用的文字，而是古老的魔法字母，看上去就只是一道道划痕，只有德鲁伊和巫师会使用。她将剑鞘靠在墙边，把剑挂回钩子，但没有解释她所写文字的意思。梅林没有理睬她。

他突然睁开眼睛，虚弱的模样被一种可怕的野蛮所取代。"我下了咒，"他缓慢地说，"对瑟卢瑞亚的生灵。"他对着火焰轻弹手指，一簇明亮的火光在木头间嘶嘶作响。"愿他们的庄稼凋零！"他吼道，"他们的牲畜不孕，他们的孩子残疾，他们的剑刃变钝，他们的敌人胜利！"这对他来说，算是个温柔的诅咒，但他的声音中有一种轻蔑的恶毒。"而格温特，"他继续道，"我要让一场瘟疫降临至他们身上，让夏日结霜，稻谷枯萎生虫，"他冲火中啐了一口。"在艾尔蒙特，"他说，"眼泪将流成湖泊，墓穴将被疫病填满，房屋被老鼠摧毁。"他又啐了一口。"你能带来多少人，德瓦？"

"所有我拥有的，阁下。"我犹豫是否要承认人数之少，但最后还是给了他答案，"二十人。"

"那些还跟着加拉哈特的人呢？"他浓密白眉下的双眼迅速瞟了我一眼，"那有多少？"

"我没有他们的消息，阁下。"

他冷笑。"他们为兰斯洛特组建了一支王宫护卫队。他坚持要的。他让自己的弟弟帮他看门。"加拉哈特是兰斯洛特的同父异母弟弟，但与他丝毫不相像。"是件好事，公主殿下，"梅林看向夏汶，"你没有嫁给兰斯洛特。"

她冲我微笑。"我也这么认为，阁下。"

"他觉得瑟卢瑞亚令人生厌。这点我倒不能怪他，然而他会觊觎德莫尼亚的要塞，会成为亚瑟的心腹大患。"他笑了笑，"你，我的殿下，本来会成为他的玩物。"

"我更喜欢这里。"夏汶指了指我们粗陋的石墙和烟熏的房梁。

"他会来攻击你，"梅林警告她，"他的骄傲比光之神罗劳的雄鹰爬得更高，殿下，而格温薇儿诅咒你。她在艾西斯的神庙杀了一条狗，将其皮毛披在一条瘸腿的母狗身上，给那条母狗起了你的名字。"

夏汶脸色苍白，做了一个驱邪的手势，并朝火中吐了一口唾沫。

梅林耸耸肩。"我已经还击了那个诅咒，殿下。"他伸展双臂，脑袋朝后仰，系着丝带的辫子几乎碰到了身后的灯芯草地板。"艾西斯是个外国女神，"他说，"她的力量在这片土地上很弱。"他重又低头看向前方，用纤长的手指揉了揉眼睛。"我空手而来，"他冷冷地说，"艾尔蒙特没人愿意挺身而出，其余地方也如此。他们说，他们的长枪要专注于撒克逊人的腹部。我没有给他们黄金，没有给他们白银，只有一场代表诸神的战斗；而他们只给了我他们的祈祷，然后听他们的女人说着孩子、灶炉、牲畜和土地的事儿，借此偷偷溜走。八十人！我只要这么多。丢尔纳赫能支配两百人，甚至更多，但八十人就够了，然而连八个人都不愿来。他们的领主现在忠于亚瑟。他们想要撒克逊土地和撒克逊黄金，我能给他们的只有幽暗道的鲜血和冰冷。"

屋子一时间陷入安静。火中一段崩裂的木块朝被熏黑的屋顶喷出一丛火星。"没一个人愿意？"我惊讶于这个消息。

"有一些，"他不屑一顾地说，"但没有我信任的人。没有配得上圣锅的人。"他停顿了片刻，似乎又有些疲累，"我要对抗是撒克逊黄金的诱惑和莫甘。她也反对我。"

"莫甘！"我隐藏不住自己的震惊。亚瑟的长姐莫甘曾是梅林最亲密的同伴，直到妮慕取代她的地位，虽然莫甘因此痛恨妮慕，但我本以为这仇恨没有牵连梅林。

"莫甘，"他干脆地说，"在不列颠散布一个预言。说诸神反对我的这次探寻，我注定失败，且我的死亡将同样降临至我的同伴身上。这是她在梦中听到的预言，人们相信她的梦。她说我已老，身体虚弱且神志不清。"

"她说，"妮慕轻声说，"您会被一个女人杀死，而不是丢尔纳赫。"

梅林耸耸肩。"莫甘在玩什么把戏，我还不清楚。"他在长袍口袋中翻找，拿出一把干草结。每一根打结的干草在我看来都差不多，但他从中挑出一根，指向夏汶。"我解除你对我的誓言，殿下。"

夏汶瞥了我一眼，又看向草结。"您还要去幽暗道，阁下？"

"是的。"

"没有我，您怎么找圣锅？"

他耸耸肩，但没有回答。

"有她在，您又打算怎么找？"我还是不懂为什么要处女才能找到圣锅,也不明白为什么这个处女一定要是夏汶。

梅林又耸了耸肩。"圣锅,"他说,"从来都由处女看守。目前正有一位守护着它,如果我在梦中听到的属实,那么只有另一位处女才能找到它的藏匿之处。你会梦见它。"他对夏汶说,"如果你愿意来。"

"我会来的,阁下。"夏汶说,"正如我答应您的。"

梅林将草结放回口袋,再次用细长的双手揉搓自己的脸。"我们两天后出发,"他宣布,"你们要烘烤面包,打包肉干和鱼干,磨利武器,确保携带抵抗严寒的皮毛。"他看向妮慕,"我们睡在司乌思城堡。走吧。"

"你们可以住在这里。"我邀请道。

"我必须和路万斯谈谈。"他站起身,与屋椽齐高。"我解除你们两人的誓言。"他郑重其事地说,"但不管怎样还是祈祷你们会来。这趟旅程将比你想象的更困难,比你最可怕的噩梦更可怖,因为我已将生命献给圣锅。"他俯视着我们,脸上带着无限哀伤。"自我们踏上幽暗道的那日起,"他告诉我们,"我就将开始死去,那是我的誓言,我不能肯定这誓言会带来成功。但若是这次探寻失败,我就会死亡,而你们将独自留在林恩。"

"我们还有妮慕。"

"她也将是你们仅有之陪伴。"梅林阴郁地说,低头走出门。妮慕随之而去。

我们静坐着,我将一段木头放入火中。它是新鲜的,我们所有的柴火都是新砍下未经干燥的木材,所以会产生如此大的烟雾。我看着烟在屋椽间变浓、弥漫,握住夏汶的手。"你想死在林恩吗?"我责备她。

"不,"她说,"但我想看看圣锅。"

我盯着火焰。"他会用鲜血盛满它。"我低语。

夏汶的手指抚摸着我的手指。"小时候,"她说,"我听过所有那些关于旧不列颠的故事。诸神生活在我们之中,每个人都很幸福。那时没有饥荒,没有瘟疫,只有我们、诸神与和平。我想要那样的不列颠回来,德瓦。"

"亚瑟说它永远回不来了。我们是现在的我们,而不是曾经的我们。"

"那你相信谁?"她问,"亚瑟还是梅林?"

我思考许久。"梅林。"我终于回答,也许是因为我想要相信他的不列颠,那个所有悲伤都会被神奇抹去的不列颠。我也喜欢亚瑟心目中的不列颠,但要实现这愿景需要战争和艰苦的工作,以及一种信任——受到温柔对待之人,也必能以善意待人。梅林的梦想要求得较少,但承诺得更多。

"那我们就和梅林一起去。"夏汶说。她犹豫地看着我。"你担心莫甘的预言?"她问。

我摇头。"她有力量,"我说,"但不如梅林,也不如妮慕。"妮慕和梅林都遭受过智者三伤,但莫甘只承受了体肤之伤,没有经历过尊严之伤与神志之伤。然而,莫甘的预言很明晰,就某些方面而言,梅林的确违背了诸神旨意,他想要驯服诸神的反复无常,作为回报献上一片全心全意尊崇他们的土地,但诸神怎会想被驯服呢?也许诸神选择了莫甘较少的力量作为他们的工具,以此对抗梅林的干预,除了这个要如何解释莫甘的敌意呢?又或者莫甘同亚瑟一样,相信梅林的探寻是一场胡闹——一个老人无望追寻一个早在罗马军团到来时就已消逝的不列颠。对亚瑟而言,只有一场战斗,那就是将撒克逊王们赶出不列颠,亚瑟会支持他姐姐的密语,如果那意味着没有不列颠兵力会浪费在对抗丢尔纳赫的血盾上。那也许亚瑟是在利用他姐姐,来确保没有珍贵的德莫尼亚生命会白白消耗在林恩。除了我的生命,我手下人的生命,还有我亲爱的夏汶的生命。因为我们都已立过誓言。

然而梅林解除了我们的誓言,所以我最后一次努力劝说夏汶待在波伊斯。我告诉她亚瑟不相信圣锅的存在,它一定已被罗马人偷走,带去罗马的宝藏巨坑,被熔解制成发梳、披风别针、硬币或是胸针了。我对她说了这么多,但当我说完时,她只是微笑,再次问我相信谁,梅林还是亚瑟。

亚瑟王

"梅林。"我又如此回答了。

"我也是。"夏汶说,"我要去。"

我们烘烤面包,打包食物,磨利武器。第二天晚上,我们踏上梅林的探寻之旅当晚,第一片雪花落下。

昆格拉斯给了我们两匹矮种马,我们在它们的背上装上了食物与皮毛,将绘有星星的盾牌挂在背上,走上了北面的路。路万斯为我们赐福,昆格拉斯的士兵们陪伴我们走了几英里,但一越过横陈在司乌思城堡北面山丘的杜赫沼泽那巨大的冰原之后,那些枪兵就止步,让我们单独行进了。我答应昆格拉斯我会用生命保护他的妹妹,他拥抱我,在我耳边低语。"杀了她,德瓦,"他说,"与其让丢尔纳赫抓住她。"

他的眼眶中含着泪水,几乎让我改变主意。"国王殿下,如果您命令她不要去,"我说,"她也许会服从。"

"不会的。"他说,"但她现在比以往都要快乐。另外,路万斯告诉我你们会回来的。去吧,我的朋友。"他后退几步。他的离别礼物是一袋金锭,我们将其装载在一匹马的背上。

被雪覆盖的道路朝北通向格温内德。我从未去过那个国度,如今发现它是一个残忍、贫瘠的地方。罗马人到此只是为了挖掘铅和黄金。他们在这片土地上几乎没有留下痕迹,也没有留下法制和规则。老百姓们住在低矮昏暗的小茅屋中,圆形的石墙圈起了挤做一堆的茅屋,狗在其中冲我们吠叫,墙上安置着用以驱散恶灵的狼和熊的头骨。山丘顶上堆着石冢,每过几英里路边就插着一根杆子,上边挂着人类的骨骸和碎布条。树木很少,溪流凛冽,一些道路也被雪封住了。晚上,我们借住在那些小屋中,用昆格拉斯金锭上切下来的小金条来支付让我们取暖的代价。

我们穿着皮毛。夏汶和我,和我的手下们一样,裹在满是虱子的狼皮和鹿皮中,但梅林穿着一件用黑色熊皮制成的外套。妮慕有一条灰色水獭皮毛，比我们的都要轻，但即使如此，她看起来却不像我们那么冷。妮慕也没有携带武器。梅林带着他的黑色手杖，这在战争中是一件令人恐惧的武器，我的手下都带着长枪和剑，连夏汶都携带一柄轻便长枪，在腰间佩着她的长刀猎刀。她没有佩戴金饰，所以提供我们住处的人并不知道她的身份。他们注意到她的浅发，猜测她跟妮慕一样，都是梅林收养的具有特殊能力的女子。这些人爱戴梅林，都认识梅林，他们将自己残废的孩子带来，接受梅林的触碰。

我们花了六天来到盖伊城堡，格温内德国王凯德沃伦冬日的居所。城堡本身是位于山顶的一座堡垒，山肩有一条很深的山谷，山谷斜坡上长着巨木，谷中木栅栏围起了一座木质大厅，几间石屋和数十间休憩小屋，它们都被雪覆盖，屋檐下挂着冰凌。凯德沃伦是个坏脾气老头，他的大厅只有昆格拉斯大厅的三分之一大小，泥土地面早已被战士们满满当当的床铺压得很平整。战士勉强腾出了一点空地给我们，遮住一个墙角给妮慕和夏汶。那晚，凯德沃伦招待我们用晚宴，只有寒酸的腌羊肉和炖胡萝卜，却已是他的存粮所能提供的最好招待。他倒是大方地说想让夏汶成为她的第八任妻子，但当她拒绝时，他看起来既没有生气也没有失望。他现有的七位妻子，都是阴沉的女人，同住在一间圆屋中，互相争吵，迫害着彼此的孩子。

盖伊城堡是一个悲惨的地方，虽然它是王室之居所。很难想象，凯德沃伦的父亲康内达是德莫尼亚的乌瑟之前的至尊王。自那些伟大的岁月之后，格温内德的军队已堕落衰败。也很难想象，就在这里，在如今被冰雪覆盖的银白山顶下，亚瑟被抚养长大。我去看了他母亲被乌瑟拒绝后所居住的地方，那是一个土墙围成的大厅，跟我们在低谷山坳的住处差不多大。它的周围矗立着被雪压弯了树枝的冷杉树，面朝北面幽暗道的方向。这屋子现在住着三个枪兵，及他们的家眷和牲口。亚瑟的母亲是凯德沃伦国王同父异母的姐妹，所以国王是亚瑟的舅舅，然而亚瑟是私生子，这层

亚瑟王

亲缘关系并不能为他春日对抗撒克逊人的大战提供很多兵力。凯德沃伦倒是派人去勒格溪谷与亚瑟作战，但那样兵力的支援，与其说是因为格温内德国王恨德莫尼亚，还不如说是为了确保波伊斯的友谊。大多数时候，凯德沃伦的长枪都对着北面的林恩。

国王召他的王储拜尔蒂格前来，让他跟我们说说林恩的事情。拜尔蒂格王子是一位矮壮男子，一道伤疤从他的左太阳穴划过他断了的鼻梁，一直延伸至他的大胡子中。他只有三颗牙齿，所以嚼起肉来又慢又邋遢。他用手指拿着肉在他那颗门牙上撕磨，直到把食物磨成小条，然后再用麦酒灌下去，这费力的动作让他茂密的黑色胡子中沾满了肉汁和食物残渣。凯德沃伦用他那种阴沉的客气，再次为自己的儿子向夏汶求婚，被又一次礼貌拒绝后，也并没有什么情感波动。

拜尔蒂格王子告诉我们，丢尔纳赫住在柏顿，那是一座位于林恩半岛深入西面的堡垒。国王是一位渡海而来的爱尔兰领主，但他的军队不像德米缇亚的欧依戈斯，不是单一的一个爱尔兰部落，而是集合了每一个部落的难民。"他欢迎所有渡海而来的家伙，越凶残的越好。"拜尔蒂格告诉我们，"爱尔兰人利用他来摆脱他们自己的那些法外之徒，后来那种人就越聚越多了。"

"基督徒。"凯德沃伦用抱怨的语气简短地解释，然后啐了一口唾沫。

"林恩信仰基督教？"我惊讶地问。

"不。"凯德沃伦猛地出声，嫌弃着我的无知，"爱尔兰正渐渐皈依基督教，大批大批的人都皈依了，那些忍受不了的人就逃去了林恩。"他从嘴里挑出一片骨头，阴郁地看着它。"我们马上就要和他们开战。"他补充道。

"丢尔纳赫的人马在壮大？"梅林问。

"据我们所知是的，虽然我们的消息来源也很少。"凯德沃伦回答。大厅中的热度让斜屋顶上的一大片雪融化，从茅草滑下来的雪发出刮擦的隆隆声，随后是一声轻柔的碰撞，他抬头看去。

"丢尔纳赫，"拜尔蒂格解释道，他的声音透过一口烂牙发出嘶嘶声，"只想不被打扰。如果我们不去惹他，他只会偶尔骚扰我们。他的士兵来抓奴隶，但我们现在在北方的人已经很少了，他的人也不会去太远的地方，但如果他的人马壮大得超过林恩所能提供的粮食，那他就会找新土地了。"

"莫岛以粮食多而闻名。"梅林说。莫岛是林恩北面海岸线处最大的岛屿。

"莫岛的粮食能喂饱一千人。"凯德沃伦同意道，"但前提是有多余的人手来耕作和收割，那里人不够。没有多余的人手。所有理智的不列颠人几年前就已经离开林恩，剩下的人都在恐惧中卑躬屈膝。可以想见，丢尔纳赫会前来搜寻他所想要的东西。"

"那是什么？"我问。

凯德沃伦看向我，停顿了一下，耸了耸肩。"奴隶。"他说。

"而你则以此给他上贡？"梅林温和地问。

"和平的小小代价。"凯德沃伦无视这指控。

"多少？"梅林问。

"每年四十人。"凯德沃伦最终坦陈，"大多数是孤儿，也会有些囚犯。但他最喜欢的，还是女孩。"他郁闷地看着夏汶。"他对女孩的胃口很大。"

"很多男人如此，国王陛下。"夏汶不形于色地回答。

"但不是丢尔纳赫那种胃口。"凯德沃伦警告她，"他的巫师告诉他，用处女的皮鞣制包裹盾牌，能让手持它的人在战场上战无不胜。"他耸耸肩，"我自己是没有试过。"

"所以你送孩子给他？"夏汶以指责的口吻说。

"你还知道其他哪种处女吗？"凯德沃伦反驳。

"我们认为他被诸神触碰过，"拜尔蒂格这么说道，似乎这解释了丢尔

亚瑟王

纳赫对处女奴隶的喜好，"因为他似乎是疯的。他的一只眼睛是红色的。"他停顿了一下，将一块灰色的羊肉在自己的门牙上撕磨。"他用人皮裹着他的盾，"肉被撕成碎片时，他继续道，"然后用血涂抹在上面，因此他的人叫他们自己血盾。"凯德沃伦做了一个驱邪的手势。"有些人说他吃女孩的肉，"拜尔蒂格继续道，"但我们不知道。谁知道疯子会干什么呢？"

"疯子们与诸神亲近！"凯德沃伦吼道。他对北方邻居的恐惧发自内心，我毫不意外。

"某些疯子与诸神亲近。"梅林说，"不是所有的。"

"丢尔纳赫是的，"凯德沃伦警告他，"他随心所欲，对任何人想干吗干吗，而诸神却保护着他。"我再一次做了个驱邪的手势，突然希望自己回到远方的德莫尼亚，那个有着法庭、宫殿和长长罗马道路的德莫尼亚。

"两百名枪兵，"梅林说，"你就能把丢尔纳赫赶出林恩。你能把他冲进海里。"

"我们试过一次，"凯德沃伦说，"一周内就死了五十个人，还有五十个人在他们自己的排泄物中瑟瑟发抖，他的战士们骑在马上，号叫着包围我们，他们的长枪在夜色中如雨般洒下。我们到达柏顿时，只看见一面巨大的围墙，上面挂着垂死的生物，它们在钩子上流血、尖叫、扭曲，我的手下没有一人能爬上如此可怕的东西。我也不行。"他承认。"即使我可以，又能怎样？他会逃去莫岛，我得花费几天或者几周去找船，跟着他渡水。我既没有那时间、人手，也没有那么多黄金，能把丢尔纳赫赶回海对岸，所以我决定给他孩子。那样更便宜。"他冲一名奴隶大喊，要更多的麦酒，然后阴沉地看了夏汶一眼。"把她给他，"他对梅林说，"也许他会给你圣锅。"

"我不会给他任何东西以换取圣锅。"梅林猛地出声打断，"而且，他也不知道圣锅的存在。"

"他知道的，"拜尔蒂格说，"所有不列颠人都知道你为何要北行。你觉得他的巫师们不想找到圣锅吗？"

梅林微笑。"派你的战士跟我一起去，国王殿下，我们可以将圣锅和林恩一同拿下。"

凯德沃伦对这提议嗤之以鼻。"丢尔纳赫教会一个人做个好邻居，梅林。我会让你通过我的土地，因为我害怕你的诅咒，但没有一个我的手下会跟你去，当你埋骨于林恩沙地时，我会告诉丢尔纳赫，你的通行未经我允许。"

"你会告诉他，我们走哪条路吗？"梅林问，因为我们面前有两条路。一条沿海岸线走，是冬天通往北方常规的路；另一条是幽暗道，大多数人都认为在冬季它无法通行。梅林希望走幽暗道能出乎丢尔纳赫的意料之外，在他知道我们来过之前就离开莫岛。

凯德沃伦露出了那晚唯一的一个笑容。"他早就知道了。"国王说，瞥了一眼黑烟缭绕的大厅中唯一的一抹亮色，夏汶，"毫无疑问他正恭候着你们的大驾。"

丢尔纳赫是否知道我们计划走幽暗道？或者那只是凯德沃伦的猜测？不管怎样，我还是啐了一口唾沫，以保佑我们不受邪恶侵袭。冬至将临，一年中的那个长夜，生机屠弱，希望暗淡，恶魔肆虐空气中，就是那个时刻，我们将行走于幽暗道上。

凯德沃伦觉得我们是蠢货，丢尔纳赫正等候着我们，而我们用皮毛裹住自己，沉沉睡去。

第二天早上阳光明媚，周围山峰反射的耀眼白光刺激着我们的眼睛。天空几乎万里无云，强风吹起地上的雪，在空气中形成一团团闪亮细屑，飘散过银白大地。我们将随身物品装上马背，接受了凯德沃伦不情不愿给出的礼物——一块羊皮，向着盖伊城堡北面不远处的幽暗道起点走去。那条路上没有定居点，没有农田，没有一个能够给我们提供庇护的活人，一

亚瑟王

无所有。除了一条崎岖小道穿越过荒凉山脉,正是这条山脉保护着凯德沃伦的中心地带不受丢尔纳赫血盾战士的侵袭。两根杆子标志着道路的起点,杆顶固定着挂有破布的人类头骨,其上冰凌在风中叮当作响。头骨面朝北方丢尔纳赫的方向,作为将他的邪恶阻隔于山脉那侧的驱邪之物。自两个头骨之间穿过时,我看见梅林碰了碰挂在他脖子上的一枚铁制护身符,想起了他可怕的誓言——*我们踏上幽暗道的那一刻起,他就会开始死去。*现在,当我们的靴子在这未曾有人踏足过的雪面上嘎吱作响时,我知道那死亡起誓已开始生效。我看着他,但没有见到任何忧虑的表情。那一整天,我们爬至山上,滑倒在雪中,在我们自己呼出的雾气中气喘吁吁。当晚我们睡在一间废弃的牧羊人小屋中,幸运的是,它还有一个老朽木头和腐烂稻草做成的破屋顶,我们用这些东西生了一堆火,火光在雪夜的黑暗中无力地闪烁。

第二天早晨,我们才走了大概四分之一英里时,身后高处传来了一声号角。我们停下脚步,转过身,手搭在眼睛上,看见昨天傍晚滑下的一座小山丘顶上,出现了一字排开的一群人。十五个人,全副武装。当他们见我们注意到之后,便开始半跑半滑地冲下那危险的雪坡。他们这一冲,扬起大片雪云,纷纷扬扬地在风中向西面飘去。

没等我下令,我的人就排成了一行,解下盾,放低长枪,在道路上组成了一面盾墙。我已经将卡文的职责交付给了伊撒,他冲大伙儿喊话,要他们站位更紧密坚实,但他开口之后,我很快认出了正在接近的一面盾牌上那奇怪的纹章。那是一个十字架,我只认识一个人以这个基督教标志为纹章。加拉哈特。

"是朋友!"我朝伊撒喊道,猛地向前跑去。我能清晰地看见那些正在跑近的人们,他们都是我留在瑟卢瑞亚、被迫成为兰斯洛特宫廷护卫的人。他们的盾上还绘着亚瑟的熊,但加拉哈特的十字架在前面带领着他们。他挥着手,大喊大叫,而我也做着同样的行为,于是我们俩都听不见对方说的话，直到我们相遇并拥抱在一起。"王子殿下。"我招呼了一声，再次抱住了他，他是我在这个世界上最好的朋友。

他有着一头漂亮的头发，宽脸上透露着坚毅，而他同父异母的哥哥兰斯洛特则有一张略带狡猾的窄脸。如亚瑟一般，加拉哈特一看就是个值得信赖的人，如果所有基督徒都跟他一样的话，我一定早就皈依基督教了。"我们整晚都睡在山上，"他指了指来时的路，"冻得半死，那时候你们一定在那里休息吧？"他指向从我们昨日落脚处篝火飘出的一缕残烟。

"又暖和又干燥。"我说，随后新来者向他们旧日的伙伴问候，我拥抱了他们每一个人并将他们介绍给夏汶。他们一个接一个地跪下，发誓向她效忠。他们都已听说，她为了与我在一起而逃婚，并因此事爱戴她，现在人人都举着剑，以求得她祝福的触碰。"其他人呢？"我问加拉哈特。

"去亚瑟那儿了，"他做了个鬼脸，"很遗憾，没有基督徒来，除了我。"

"你觉得这值得吗，为了一个异教徒的圣锅？"我指向前方冷冻的道路。

"丢尔纳赫就在这路的尽头，我的朋友，"加拉哈特说，"而且我听闻这位国王正如一切从恶灵坑中爬出来的东西一样邪恶。一位基督徒的任务是打击邪恶，所以我来了。"他向梅林和妮慕打招呼，然后拥抱了夏汶，因为他是一位王子，与她地位相当。"您是一位幸运的女士。"我听见他的耳语。

她微笑，吻了吻他的脸颊。"因您在这儿，而变得更加幸运。"

"这话没错，毫无疑问。"加拉哈特后退几步，从她看向我，又从我看向她。"整个不列颠都在谈论你们两个人。"

"因为整个不列颠充斥着无聊的长舌妇，"梅林粗暴地突然插话，"等你们俩八卦完了，我们还要赶路呢。"他脸色苍白，神情暴躁。我将这些表现怪在年纪和冰天雪地的艰难行路上，试着不去想起他的死亡起誓。

穿越群山的旅程又花了我们两天时间。幽暗道并不长，但它很难走，需要爬上陡峭的山坡，穿越多穴的山谷，最小的声音都会在冰墙间空洞地回响。我们找到一间废弃的住所，在里面度过路上的第二晚。圆形的石筑小屋挤在一人高的围墙里，我们派了三名守卫看守闪烁着月光的斜坡。没有生火的燃料，于是大家就紧挨在一起，唱歌讲故事，努力让自己不去想血盾的事。那晚加拉哈特告诉了我们瑟卢瑞亚的消息。他说，他的哥哥拒绝住进甘德利亚斯的旧首都尼杜姆，因为它离德莫尼亚太远，而且除了一处腐朽的罗马棚屋，就没有其他的城堡。他将瑟卢瑞亚的首都迁至伊斯卡，临近瑟卢瑞亚国界尤斯卡的巨大罗马城堡，距离格温特只有一箭之遥。这是兰斯洛特可以待在瑟卢瑞亚但离德莫尼亚尽可能近的地方。"他喜欢拼花地板和大理石墙壁，"加拉哈特说，"伊斯卡所有的那些也只是堪堪让他满意。他把瑟卢瑞亚的所有德鲁伊都召去了那里。"

"瑟卢瑞亚没有德鲁伊！"梅林低吼道，"至少，没有一个称职的。"

"好吧，那些自称是德鲁伊的人，"加拉哈特耐心地说，"有两位他特别器重，付钱让他们实行诅咒。"

"对我？"我摸了摸海威贝恩剑柄上的钢铁。

"还有其他人。"加拉哈特瞥一眼夏汶，画了个十字架，"过一阵他就会忘记的。"他为了让我们宽心，这样补充道。

"他至死都不会忘记。"梅林说，"就算死了之后他都会带着这份仇恨穿过宝剑之桥。"他颤抖了一下，不是因为害怕兰斯洛特的敌意，而是因为寒冷。"他特别器重的那些所谓'德鲁伊'是谁？"

"坦纳波斯的孙子们。"加拉哈特说，我感觉心脏被一只冰凉的手攥紧。我杀了坦纳波斯，即使我有权夺取他的灵魂，杀害一名德鲁伊仍然是一件勇敢的愚行，而坦纳波斯临死的诅咒也依然盘旋在我的心间。

第二天，我们走得很慢，拖慢我们速度的是梅林。他坚称自己很好，拒绝一切帮助，但脚步却时时蹒跚，脸色泛黄，面容枯槁，气息急促。我们本希望能在傍晚时走过最后一个隘口，然而短暂的日光消退时，我们却依然在朝着它攀爬。整个下午，幽暗道蜿蜒向上，称它为"路"都是一种嘲讽，因为它只不过是一条布满石头的寒酸小道，它反复跨越一条结冰的溪流，冰凌悬挂在流水的小瀑布边沿。小马时不时打滑趔趄，有时甚至拒绝移动；我们似乎花了更多的时间支撑它们而不是带领它们，不时当西方的最后一缕日光消逝在严寒中时，我们到达了隘口，那地方正如我在多佛汶山顶所做的那些恐怖噩梦中一样，荒凉，寒冷，不过却没有拦在幽暗道上的黑色恶灵。道路陡斜向下，通向林恩狭窄的沿海平原，一路向北延伸至海岸。

而在那海岸之外，便是莫岛。

我从未见过那个被神庇佑的岛屿。我从小到大都一直听见它的名字，知道它的力量，痛惜在黑暗之年间罗马人对它施行的暴行，但除了在梦中，我从未见过它。如今，透过冬日的灰尘，它貌似不如梦中美好。其上没有阳光，只有云朵投下的阴影，那个大岛看起来黑暗、危险，它低矮山丘下的黑色湖泊泛着阴沉的光芒，让它的凶险更甚。岛上几乎没有积雪，不过灰色凄惨的大海为它的岩石海岸镀上了一圈白色。看见岛屿的那刻，我跪下双膝，除了加拉哈特外，我们其他人皆是如此，就连他也单膝跪下以示尊敬。作为一名基督徒，他有时会梦至罗马甚至更远的耶路撒冷——假使那地方真实存在，但莫岛就是我们的罗马，我们的耶路撒冷，现在我们正望着它那神圣的土地。

我们现在身处林恩的领土。我们穿越了未标明的国界，下方寥寥几个位于沿海平原的聚居地是丢尔纳赫的领地。田野覆盖着一层薄雪，小屋中升起炊烟，但在那片幽暗的区域中并没有人在动，我想我们所有人都在好奇要如何从大陆前往岛屿。"水道那里有摆渡人。"梅林读出我们的心思。他是我们中唯一一个去过莫岛的人，不过那已是很多年前的事，那时他也不知道圣锅的存在。他去那里时，格温薇儿的父亲雷欧狄甘还统治着这片土地，直到丢尔纳赫的破船从爱尔兰前来，将雷欧狄甘和他丧母的女儿们赶出了他们的王国。"天一亮,"梅林说,"我们就去岸边,雇船夫。等丢尔纳赫知道我们来过他的土地时,我们早已离开。"

"他会跟随我们去莫岛。"加拉哈特紧张地说。

"那时,我们已经不在那儿了。"梅林说。他打了个喷嚏,看上去快冻死了。他流着鼻水,脸颊苍白,时不时不由自主地打着寒战;他从一个皮制小袋中摸出些沾满灰尘的草药,就着一把融化的雪水吞下,坚称自己没事。

第二天早晨,他看起来更糟了。昨晚我们在石头的裂口中过夜,不敢生火,只有妮慕用我们在山上找到的臭鼬头骨施了个隐藏的咒语。我们的哨兵监视着沿海平原,那儿三处小小的火光暴露了生命的存在,其他人则在岩缝深处抱成一团,瑟瑟发抖,咒骂着寒冷,质疑黎明到底会不会来。破晓终于还是出现,一缕灰白的光线渗透下来,让远处小岛看上去更加黑暗,更加险恶。妮慕的咒语似乎有效,幽暗道的尽头并没有枪兵守护。

梅林现在打着哆嗦,虚弱得走不了路,我的四名战士用长枪和斗篷做了一副担架,抬着他滑下山,向着林恩树篱那最外侧的几棵防风树木靠近。这里的道路下沉,其上车辙结冰,变得坚硬,道路蜿蜒穿过倾斜的橡木、枯瘦的冬青和小块荒废的田地。梅林呻吟颤抖,伊撒提议我们是不是该回去。"再次穿越山脉,"妮慕说,"一定会杀死他。我们继续。"

我们来到路上的一个堡垒时,第一次发现了丢尔纳赫的踪迹。那是一具人骨,用马毛绳绑起,挂在一根杆子上,白骨在轻快的西风中格格作响。三只乌鸦被钉在人骨下方的杆上,妮慕闻了闻它们充填过的身体,来判断它们的死亡中被灌入了何种魔法。"撒尿!撒尿!"梅林挣扎着从担架上发声,"快,女孩!撒尿!"他发出恐怖的咳嗽声,转头向路沟吐出一口痰。"我不会死,"他自言自语,"我绝不会死!"他躺下,妮慕在杆子旁蹲下。"他知道我们在这里。"梅林警告我。

"他在这里吗?"我蹲在他身边问。

"有人在这里。小心,德瓦!"他闭上双眼,叹气。"我太老了,"他轻声道,"真的非常老了。这里对我们所有人都不祥。"他摇头,"带我去岛上,只要到岛上就行了。圣锅会治愈一切。"

妮慕事毕,低头观察自己的尿液朝哪个方向流动,风将它追向右手边,这征兆决定了我们的道路。我们出发前,妮慕来到一匹矮脚马旁,从一个皮制袋子里抓出一把石箭头和鹰石,分发给枪兵们。"护身符。"她将一块蛇石放在梅林担架上时解释说。"出发。"她命令我们。

我们走了一整个早晨,因为要带着梅林,所以走得很慢。路上没有见到一个人,这种死寂让我的人都感受到了强烈的恐惧,看起来我们似乎来到了死亡之地。绿篱上有花楸和冬青浆果,树丛间有画眉和知更鸟,但没有牛羊和人类。我们倒是看到了一处住所,从那里冒出一缕青烟飘散在风中,但那地方离我们很远,它的圆墙之内似乎也没有人在注视我们。

然而这片死地上确实有人,那是我们短暂休息在一个小山谷时知道的。山谷中一条小溪缓缓地在结冰的河岸间流过,岸边是一小片低矮、黑色、被风吹弯了的橡木。错综树枝的每一根都被白色冰霜精心描边,我们在其下休憩,直到在后方放哨的一名战士格威利姆呼唤我。

我走到橡树林的边缘,看见下方的山坡处生着一堆火。没有可见的火焰,只有一股灰色浓烟猛烈地上升,直到西风将它吹散。格威利姆用他的枪尖指向那烟雾,随后啐了一口以驱赶它带来的邪恶。

加拉哈特站到我身边。"信号?"他问。

"有可能。"

"所以他们知道我们在这里了?"他在胸前画十字。

"他们知道了。"妮慕加入我们。她拿着梅林沉重的黑手杖,在这个寒冷死寂之处,只有她一人似乎精力旺盛。梅林病了,其余人则被恐惧包裹,但越深入丢尔纳赫的黑暗领地,妮慕就变得越凶猛。她正在接近圣锅,它的诱惑如同在她的骨髓中燃起了一把火。"他们在监视我们。"

亚瑟王

她说。

"你能把我们藏起来吗?"我想让她再施展一个掩藏的咒语。

她摇头,"这是他们的土地,德瓦,他们的神在这里很强大。"她嘲弄地看着加拉哈特画了第二个十字架。"你那被钉死的神无法抵抗圹砀。"她说。

"他在这里?"我惊惧地问。

"或是另一个与之相似的神。"她说。圹砀是邪神,瘸腿残忍的可怕之物,给人带来沉重的噩梦。传说中,其他神祇会避开圹砀,这就意味着我们在他的力量下孤立无援了。

"所以我们完蛋了。"格威利姆不假思索地说。

"蠢货!"妮慕朝他发出嘶嘶声,"只有找寻圣锅失败,我们才真的会完蛋。那时候反正大家全完蛋了。你打算整个早晨都看着那烟吗?"她问我。

我们继续前行。梅林无法言语了,他的牙齿打颤,即使我们已用毛皮将他包裹。"他快死了。"妮慕平静地告诉我。

"我们应该找地方避一避,"我说,"生个火。"

"那样等丢尔纳赫的枪兵杀死我们时,我们至少能暖和点是吗?"她嘲笑这主意。"他快死了,德瓦,"她解释道,"是因为他接近了自己的梦想,是因为他与诸神做了交易。"

"用他的生命换圣锅?"夏汶走到我另一侧,问。

"不完全是,"妮慕坦言,"你们俩在收拾你们那小屋的同时,"她用嘲讽的语气说,"我们去了卡迪儿-艾德瑞。我们在那里做了一场献祭,古老的献祭,梅林献上了他的生命,不是为了圣锅,而是为了这场搜寻。如果我们找到圣锅,他就能活下来,但如果我们失败,他就会死,而且影灵将永远占有梅林的灵魂。"

我知道古老的献祭是什么,虽然从未在有生之年听闻它真实发生。

"谁是祭品?"我问。

"你不认识的人。我们不认识的人。一个男人。"妮慕不屑一顾地说,"但他的影灵在这里,监视着我们,希望我们失败。它想要梅林的命。"

"若无论如何,梅林都死了呢?"我问。

"不会的,你这个白痴!如果我们找到圣锅就不会。"

"如果我找到圣锅。"夏汶紧张地说。

"你会的。"妮慕信心十足。

"怎么找?"

"你会做一个梦,"妮慕说,"那个梦将指引我们找到圣锅。"

当我们到达分隔大陆与岛屿的海峡时,我意识到丢尔纳赫希望我们找到它。作为信号的火焰告诉我们他的人正在监视我们,但他们既不现身也没有试图阻挠我们的旅程,那意味着丢尔纳赫知道我们的探寻,而且希望我们成功,这样他便能将圣锅占为己有。不然没有其他原因可以解释,为何他让我们如此轻易地就到达莫岛。

海峡不宽,灰色的海水奔腾翻涌,泛着水沫,冲刷过海峡。在那些窄缝中,水流湍急,扭曲形成漩涡,在暗礁上击打出白色的水花,然而大海并不如远处空寂、阴暗、荒凉的海岸那般吓人,那里仿佛正等着将我们的灵魂吸去。我颤抖起来,看着那远处的草地斜坡,不由得想象,在早已远去的黑暗之年,罗马人就在这里的石滩上,而对面的海岸挤满德鲁伊,朝这群外国士兵施展着致命的诅咒。诅咒失败,罗马人渡过海峡,莫岛死去,现在我们则站在同一处,最后一次绝望地想要寻回旧日岁月,倒转时光,消弭数世纪以来的悲伤与苦难,让不列颠人能复兴那个在罗马人到来之前受庇佑的国度。那将是梅林的不列颠,诸神的不列颠,没有撒克逊人的不列颠,遍地黄金、盛筵、奇迹的不列颠。

我们走向东面海峡最窄之处,绕着一块石头顶部,在一座废弃堡垒的土基下方,我们找到了两艘船,它们被拖放在一处小海湾的鹅卵石上。十

亚瑟王

几个人等候在船边，就好似是在等着我们。"摆渡人？"夏汶问我。

"丢尔纳赫的船夫。"我一边回答，一边摸上了海威贝恩的剑柄，"他们想要我们渡过去。"我担忧，因为那位国王给我们大开方便之门。

水手们倒是不害怕我们。他们看起来敦实丑陋，胡子和厚羊毛衫上粘着鱼鳞。这些人身上没带武器，除了杀鱼小刀和鱼枪，加拉哈特问他们是否见过丢尔纳赫的士兵，但对方只是耸耸肩，就仿佛听不懂他的话。妮慕用她的母语爱尔兰语跟他们交谈，他们还算礼貌地回应。他们宣称没见过血盾，但告诉我们必须等涨潮才能过海。似乎只有那时，船只才能安全驶过海峡。

我们在其中一艘船上为梅林铺了张床，然后伊撒和我爬上废弃的堡垒，盯着内陆。从扭曲的橡树林山谷处升起了第二缕烟，但没有其他变化，视线所及也没有敌踪。然而他们就在那里，不需要看见他们抹着鲜血的盾牌，就能知道他们已在附近。伊撒摸上他的枪刃。"在我看来，阁下，"他说，"莫岛是个死去的好地方。"

我笑了。"更是个活着的好地方，伊撒。"

"但我们的灵魂一定是安全的，如果我们死在受保佑的岛上，对吗？"他焦虑地问。

"是的。"我向他保证，"你和我会一同跨过宝剑之桥。"而夏汶，我向自己保证，会就在我们俩身边一两步之处，因为在丢尔纳赫的士兵碰她之前，我会亲自杀了她。我拔出海威贝恩，它的长刃上还留着妮慕用烟灰写下咒语时的污渍，我用剑尖指向伊撒的脸。"向我立下一个誓言。"我命令他。

他单膝跪下。"请吩咐，阁下。"

"伊撒，如果我死时夏汶还活着，那你必须在丢尔纳赫的人侵犯她前，一剑杀死她。"

他亲吻剑尖。"我发誓，阁下。"

涨潮时，旋转的水流渐息，除了风卷起的波浪将两艘船从鹅卵石上托起之外，海面一片平静。我们将马抬上船，随后各自就位。小船长而窄，我们在黏糊糊的渔网间坐定后，船夫示意我们把从上漆木板间渗进的水弄出去。我们用头盔舀起冰凉的海水倒回海中，船夫们将长桨放上桨架间时，我向海神玛纳怀登祈祷，请他保佑我们。梅林不住颤抖，他的脸色是我从未见过的苍白，带着一抹令人作呕的黄色，从嘴角流出脏污的泡沫。他不自觉地咕哝着胡言乱语。

船夫划桨时，唱起一首有力的歌谣，但在到达海峡正中时安静了下来。他们停下桨，每艘船上都有一人向大陆打着手势。

我们转过头。一开始，我只看见白雪黑山下阴暗的海岸线，但随后就看见石滩上有黑影在动。那是一面旗帜，只是绑在旗杆上几条飘动的破布条，但随着它之后在海峡岸边瞬间出现一队战士。他们嘲笑我们，咯咯的笑声在海浪与冷风声中愈渐清晰。这些战士骑着粗野的矮种马，身上穿着的衣服只能算是破烂的黑色布条，兜着风好似旗帜。他们手持盾牌，以及爱尔兰人惯用的那种格外长的战矛，盾和长矛都不足以使我恐惧，然而每个人那种文身、长发的野蛮状却让我突然感到一阵寒意。又或者这阵寒意来自随西风而至、开始击打在灰色海面上的夹杂着雪的雨点。

衣着破烂的黑衣骑手们目视着我们的船在莫岛上登陆。船夫帮我们抬着梅林和马匹上岸，然后便跑回船上驶向大海。

"我们不应该把船留下吗？"加拉哈特问我。

"怎么留？"我反问，"那样我们就得分散人手，一些人看管船，一些人跟夏汶和妮慕走。"

"那我们怎么回去？"加拉哈特问。

"得到圣锅，"我借用了妮慕的信心，"一切都有可能。"我没有其他答案能给他，也不敢告诉他真相。真相就是我觉得末日临头，仿佛那些旧时德鲁伊的诅咒正冻结着我们的灵魂。

亚瑟王

我们向海滩北面行进。从石滩爬上一片昏暗的荒原,两者的分界只是一些露出地面的石块,海鸥冲我们尖叫,在纷飞的雨雪中绕着我们打转。以前,在罗马人前来毁灭莫岛之前,这片土地上长着茂密的神圣橡木,不列颠最伟大的秘术就施展于其中。那些仪式的结果统治着不列颠、爱尔兰,甚至高卢,因为诸神在此处降世,凡人与诸神的联系在此处最为紧密,直到罗马短剑将其斩断。这是神圣的土地,却也是不易相处的土地,我们只走了一个小时,便遇上一片巨大的沼泽,它阻挡了我们前往岛中央的道路。我们沿沼泽边缘徘徊,寻找道路,却一无所获。于是,夜色开始降临时,我们用枪柄在尖利草丛和致命沼泽间寻找最坚硬的路径。双腿被冰冷的淤泥浸湿,雨雪钻进了我们的毛皮。一匹马动不了,而另一匹开始慌乱,于是我们卸下它们俩身上的物品,分发下去,背起它们留下的重担,放弃了它们。

我们挣扎前行,间或在圆盾上休息,它们就像是浅浅的小圆舟,支持着我们的重量,直到咸水不可避免地从边缘渗进来,迫使我们再次站起身。雨夹雪越来越密集,被狂风吹着,打折了沼泽的野草,驱使严寒深入我们的骨髓。梅林大喊着咒语,脑袋被颠得左右晃动,我的一些手下因为寒冷,也因为不知哪位如今统治着这片被毁灭土地的神祇的恶意而虚弱,活力渐消。

妮慕第一个到达沼泽的另一侧。她从一个草丛跳到另一个草丛,指引我们的道路,最终到达了坚实的地面,她在那里上下跳动,以示安全近在眼前。随后,她僵硬了几秒,用梅林的手杖指向我们身后来时的路。

我们转身,看见黑衣骑手也来了,只是现在人数更多。一大群衣衫褴褛的血盾战士在沼泽的另一边注视着我们。三面破烂的旗帜升在他们头顶,一名执旗手嘲讽似的向我们举了举旗帜,行了个礼,那些骑手们就将马头转向东面。"我不应该带你来的。"我对夏汶说。

"你没有带我来,德瓦,"她说,"我自己决定要来的。"她隔着手套用手指抚上我的脸。"而且我们也会一起离开,亲爱的。"

我们爬出沼泽,弯月之下,视线所及的景色是小块田地分布在大块沼泽和突兀露出地面的岩层之间。我们需要晚上休息的地方,并找到了。那是八栋石头小屋,分布在一面长枪高的圆墙内。这地方现下空无一人,但显然有人曾在此居住,小石屋打扫得很干净,壁炉里的灰也还是温的。我们将一栋小屋的草皮屋顶扯下,将屋顶木切碎,用这些为浑身颤抖、胡言乱语的梅林生了一堆火。我们派一个人去放哨,接着便脱下皮毛,打算烘干湿透的靴子和绑腿。

最后一缕日光从灰色天空中透出,我站在屋外的墙上,眺望着四周,什么都没有看见。

那晚四名枪兵先站了第一班岗,然后这个雨夜剩余的时间,由加拉哈特和另外三名枪兵负责放哨,除了风声和屋里火焰的噼啪声响,我们谁都没有听见任何声音,什么也没听见,什么也没看见。然而在清晨的第一缕暗淡光线中,围墙上出现了一只新宰杀还滴着血的羊头。

妮慕愤怒地将墙头的羊脑袋推下去,冲天尖叫着挑衅之语。她拿出一袋灰色粉末,撒在鲜血上,之后用梅林的手杖连续敲打着墙,做完这些,她告诉我们恶咒已被破除。我们相信她,因为我们想要相信她,正如我们想要相信梅林不会死去。然而他苍白得犹如死人,呼吸孱弱,一声不响。我们试着想把我们仅剩的面包喂给他,但他笨拙地将面包块都吐了出来。"我们必须今天找到圣锅,"妮慕平静地说,"在他死之前。"我们收好行李,背上战盾,拾起长枪,随她北上。

妮慕为我们领路。梅林已经告诉她一切他所知的关于小岛的事情,那知识带领我们向北走了整个上午。我们离开小屋不久,血盾们就出现了,现在我们已临近终点,他们也变得更大胆,有时会出现十来个人,有时更是有三倍于此的人数。他们在我们周围形成了一个松散的包围,但小心翼翼地没有进入我们长枪的投掷射程。雨雪在清晨已停,只余冰冷潮湿的

亚瑟王

风,风吹弯荒原上的野草,吹起黑衣骑手披风上的布条。

刚过中午,我们就来到了妮慕称之为林-克雷格湖的地方。这名字意为"小石湖",那是一汪黑色的浅水,四周围绕着泥塘。妮慕说,在这里,不列颠先民会举行他们最神圣的祭典,而这里也是我们搜寻的起点。这地方看上去太荒凉,不像是藏有不列颠最伟大的宝物。西面是很浅的一小条海峡,对面是另一座岛屿,北面和南面只有田野和石头,西面有一座陡峭的小山,山顶是一堆灰色石头,跟我们上午经过的那些石头一样。梅林如同死去般躺着。我得跪在他身旁,耳朵凑近他的脸,才能听到每一次费力呼吸的细微声响。我用手贴着他的额头,一手的冰凉。我吻了吻他的脸颊。"活下去,阁下。"我轻声对他说,"活下去。"

妮慕让我的一个手下在地上插一根长枪。他用力将枪尖刺入坚硬的泥土,妮慕将五六件披风挂在枪尾,用石头压住披风边,弄出了一个类似帐篷的东西。黑衣骑手在我们四周围成一圈,但离得很远,不至于打扰到我们,我们也打扰不了他们。

妮慕从她的海獭皮下摸出了一个银杯,就是我在多佛汶用过的那个杯子,还拿出了一个封着蜡的小土瓶。她钻进帐篷,示意夏汶跟她进去。

我等候着,看着风追逐着湖面上的黑色涟漪,突然之间夏汶发出尖叫。她又一次发出骇人的尖叫时,我冲帐篷走去,却被伊撒的长枪拦住。加拉哈特这个本应不相信这一切的基督徒,站在伊撒身侧,冲我耸肩。"我们都到这儿了,"他说,"必须坚持到最后。"

夏汶再次尖叫,这次梅林回应这叫声,发出了一声虚弱而可怜的呻吟。我跪在他旁边,抚摸着他的前额,让自己不去想夏汶在那黑暗的帐篷中做了怎样恐怖的噩梦。

"阁下?"伊撒呼唤我。

我转身看见他正朝南方望去,那里有一队新来的骑手加入了血盾的包围圈。大多数新来者都骑着矮种马,但有一个男人骑在一匹骨瘦如柴的黑色大马上。那个男人，我知道，一定就是丢尔纳赫。他的旗帜在他身后飘扬，那是一支长杆，其上安着横杆，挂着两个头骨和一堆黑带。那位国王身着黑披风，他的黑马上挂着黑色的鞍布，手中则持着一杆黑色巨枪，他将其竖直举高在空中，缓慢地骑上前。他独自一人前来，距离我们五十步时，他取下圆盾，夸张地将其翻转以示自己并非前来挑衅。

我走上前去见他。身后的夏汶在帐篷中喘息呻吟，我的人围成一圈保护着帐篷。

国王披风下身着黑色皮甲，没有戴头盔。他的盾牌看起来覆盖着铁锈红的片片薄层，我猜想那些薄片一定是干涸的血迹，它外面包着的也一定是从某个奴隶女孩身上剥下的皮。他将那可怕的盾牌挂在黑色长剑柄旁，勒马停下，长枪的枪尾戳在地上。"我是丢尔纳赫。"他说。

我朝他低头行礼。"我是德瓦，国王陛下。"

他微笑。"欢迎来到莫岛，德瓦·卡丹阁下。"毫无疑问，他想通过叫出我的全名和称谓来让我惊讶，但他更让我吃惊的是他的英俊。我想象中的他是个鹰钩鼻的怪物，噩梦中的生物，但丢尔纳赫三十多岁，宽额大嘴，修得很短的黑胡子勾勒出硬朗的下巴线条。他的外表不带一丝疯狂，不过的确有一只红眼，让他看上去足够骇人。他把长枪靠在马侧，从一个小袋中拿出一块燕麦饼。"您看上去饿了，德瓦阁下。"

"冬季是饥饿的季节，国王陛下。"

"那您一定不会拒绝我的礼物吧？"他把燕麦饼一分为二，将一半扔给我，"吃吧。"

我接住燕麦饼，犹豫了。"我发誓不进食，国王陛下，直到目的达成。"

"您的目的！"他戏弄地冲我说，然后把他那半块放进嘴里。"没有下毒，德瓦阁下。"他吃完后说。

"为什么要下毒呢，国王陛下？"

"因为我是丢尔纳赫，我用各种方法杀掉我的敌人。"他再次微笑，

亚瑟王

"告诉我您的目的，德瓦阁下。"

"我来祈祷，国王陛下。"

"哈！"他拖长声音，仿佛我的话揭示了一切秘密。"在德莫尼亚所做的祈祷就这么没效果吗？"

"这里是神圣的土地，国王陛下。"我说

"这里也是我的土地，德瓦·卡丹阁下，"他说，"我相信，陌生人要在它的泥土中拉屎，要在它的墙上撒尿之前，应该征求我的许可。"

"如果我们冒犯了您，国王陛下，"我说，"我们道歉。"

"太晚了。"他和善地说，"您现在已在此处了，德瓦阁下，而我能闻到您的屎味。太晚了。那么我该拿您怎么办呢？"他再次发问，我没有回答。黑色骑手的包围圈并没有移动，天空布满乌云，夏汶的呻吟已变成了呜咽。国王举起他的盾，不带敌意，只因为它的分量让他的臀部不适，我惊惧地看着一条人类手臂和剥离的手部皮肤挂在它下沿，风吹乱了那只手上肥胖的手指。丢尔纳赫看出了我的恐惧，微笑道："她是我的侄女，"他的目光盯着我的后方，脸上又缓缓露出一个笑容。"雌狐出巢了，德瓦阁下。"他说。

我转身看见夏汶已从帐篷下走出，她抛下了她的狼皮，穿着她订婚宴时的骨白色长裙，裙边还留着她从司乌思城堡跑出来时踢上去的泥印。她赤着双足，金发披散，我觉得她神情恍惚。"这位就是夏汶公主吧。"丢尔纳赫说。

"是的，国王陛下。"

"还是位处女，我听说？"国王问道。我没有回答。丢尔纳赫前倾，慈爱地把玩着马的耳朵。"她如果能在来到我的国土时向我问候一声，那才是礼貌之举，您说呢？"

"她也有祈祷要做，国王陛下？"

"那就让我们希望祈祷灵验吧。"他大笑起来，"把她给我，德瓦阁下，不然您会以最慢的方式死去。我手下有人能够将人皮一寸一寸地剥下，直到那人变成一团生血肉，而他还能站着。甚至能走！"他用戴着黑色手套的手拍拍马的脖子，又冲我笑了笑。"我曾让人闷死在他们自己的屎中，德瓦阁下，我曾将他们埋在石下，我曾烧死他们，活活地烧死他们，我曾让他们与毒蛇同枕，我曾淹死他们，我曾饿死他们，我甚至还吓死过他们。那么多有趣的死法，但只要将夏汶公主给我，德瓦阁下，我保证，您的死亡将如流星般迅捷。"

夏汶开始向西走去，我的人扛起梅林的担架，他们的披风、武器和装备，跟随着她。我抬头看向丢尔纳赫。"有一天，国王陛下，"我说，"我会将您的头颅用奴隶的屎埋在坑里。"随即我便从他面前走开。

他大笑起来。"鲜血，德瓦阁下！"他在我身后大喊，"鲜血！诸神的食物，而你的血将会是一场盛宴！我要让你的女人在我的床上饮用它！"他说完一踢马刺，向他手下的方向骑去。

"他们有七十四个人。"我追上加拉哈特时，他告诉我，"七十四个人和七十四柄长枪。而我们只有三十六柄，一个濒死之人和两个女人。"

"他们还不会进攻，"我宽慰他，"他们会等到我们发现圣锅。"

身着薄裙、赤着脚的夏汶一定冻僵了，但她蹒跚走过草地时，却仿佛身处夏日一般流着汗。她似乎连站都站不稳，更别说行走，浑身抽搐，就像我在多佛汶山顶喝下银杯中的液体后那般。妮慕在她身旁，与她交谈，搀扶她，却奇怪地拉着她，不让她走向她想要去的方向。丢尔纳赫的黑衣骑手与我们保持着距离，血盾的包围圈松散地以我们的小队为中心在岛上移动。

夏汶尽管晕眩，现在却几乎是在奔跑。她看上去不怎么清醒，说着我听不懂的话语，双目失神。妮慕不断地将她拉向一侧，让她沿一条羊道走，小道蜿蜒向北，绕过一座堆着灰石的小土丘。然而，越接近那些覆满苔藓的高大石块，夏汶的反抗越激烈，妮慕不得不用尽她那单薄的全力让

亚瑟王

夏汶留在小道上。黑色骑手包围圈的前端已经越过了陡斜的土丘，所以土丘也如同我们一样陷入了他们的包围中。夏汶啜泣挣扎，随后开始击打妮慕的双手，但妮慕紧紧按着她，拉着她，与此同时，丢尔纳赫的人都随我们移动着。

等到小道与岩石斜坡最接近的地方，妮慕终于放开了夏汶，让她自由奔跑。"朝石头跑！"她尖叫，"所有人！朝石头！跑！"

我们跑。我那时才明白妮慕做了何事。丢尔纳赫不敢碰我们，直到他知道我们的目的地，如果他看见夏汶朝石头土丘走，他一定会派十几个枪兵去守卫丘顶，然后派剩下的人来抓我们。但现在，多亏妮慕的机智，一堆杂乱的巨石成为了我们的保护伞，如果夏汶是正确的，那么同样的，这些巨石也在黑暗的四个半世纪里保护着克莱德诺·艾丁的圣锅。"跑！"妮慕大喊，我们四周的黑色骑手鞭打着马，紧缩包围圈，想要拦下我们。

"跑！"妮慕再次尖叫。我帮着扛起梅林，夏汶已经在攀爬石块，加拉哈特冲我们的人大喊，让他们在石头之间寻好站位，准备好长枪。伊撒与我待在一起，他的长枪已经时刻准备将任一靠近的黑衣骑手击倒。格威利姆和另外三人从我们手中抢过梅林，带他来到石块下方，正在此时，两名打头的血盾战士追上了我们。他们口中高喊挑衅之词，踢着马骑上山丘，我用盾击开第一个人的长枪，然后突然用自己的长枪一扫，钢刃击中马的头骨。那野兽尖叫，向一侧倾倒，伊撒将他的长枪刺入骑手的腹部，而我同时将长枪刺向第二名骑手。他的枪柄击打在我的枪上，接着他越过我的身侧，但我抓住了一把他身上破烂的长布条，将他从小兽的背上拽下。他倒下时，冲我胡乱挥舞手臂，我一脚踩住他的喉咙，举枪重重地刺入他的心脏。他的破烂外衣下有一块皮制胸甲，但长枪刺穿二者，他的黑胡中霎时涌出了血沫。

"退！"加拉哈特冲我们喊，伊撒和我将盾和长枪扔向已经安全身处高大岩石顶上的人，随后往上爬去。一杆黑色枪柄的长枪击打在我身侧的岩石上，随后一只有力的手从上方伸下来，抓住我的手腕，把我拉了上去。梅林已经同样被拉上了石头，被粗鲁地扔在石丘山顶的正中。那里有一个很深的石坑，有如被巨大石块围起的一个杯子。夏汶在坑中，像只疯狗般在坑里小石块中扒寻。她呕吐过，双手显然被呕吐物和冰冷小石块的混合物划伤。

小丘易守难攻。我们的敌人只能用手脚爬上石头，而我们可以一等他们出现，便在山顶石圈的掩护下，从缝隙中对付他们。一些敌人试图靠近我们，利剑刺入他们的脸时，那些人都尖叫起来。长枪如雨般掷向我们，但我们高举盾牌，这些武器都被弹开，伤不了我们分毫。我命令六人下去坑中，用他们的盾牌保护梅林、妮慕和夏汶，其他人则在山顶外圈护卫。血盾们弃马，再一次冲锋，我们忙着刺劈了一阵。我手下有一个人在短暂的交火中手臂被长枪刺伤，除此之外，我方毫发未伤，黑衣骑手们则带着四具死尸和六个伤员退回了小丘山脚。"用处女皮肤做盾牌这件事，到此为止了。"我对我的人说。

我们等候再一次的攻击，但并没等到。丢尔纳赫骑马独身上了坡。"德瓦阁下？"他用他那具有欺骗性的亲和声音呼唤，我在两块石头间露脸时，他冲我露出一个温和的微笑。"我的价码提高了，"国王说，"现在，你速死的代价是夏汶公主和圣锅。你正是为圣锅而来的，不是吗？"

"这是整个不列颠的圣锅，国王陛下。"我说。

"哈！那你觉得我不配成为它的守护者咯？"他貌似受伤地摇头，"德瓦阁下，你怎么这么轻易就侮辱别人呢。你之前说什么来着？用奴隶的屎把我的脑袋埋在坑里？你的想象力真是贫乏啊。恐怕我的想象力丰富过头了，即使对我自己而言。"他停嘴，望向天空，似乎是在判断还有多久天黑。"我的战士不太够，德瓦阁下，"他继续用循循善诱的口吻说道，"我不想再在你的长枪下失去他们了。但你们迟早得从那些石头里出来，我会等着你们，等待的时间里，我会尽情发挥我的想象力，让它到达一个新的高度。替我向夏汶公主问好，告诉她我非常期待与她更亲密的接触。"他举起长枪，嘲弄地行了个礼，骑马回到现已将小丘完全包围的黑色骑手群中。

我下到小丘中央的坑中，觉得无论我们在这里找到何物恐怕对梅林来说都太晚了：他的脸上已明显露出死气。他张着嘴，眼神空洞犹如世界与世界之间的空白。他的牙齿打颤了一次，证明他还活着，但仅剩一丝生机，而且还在不断地消逝。妮慕拿着夏汶的匕首，扒拉着坑里的小石子。夏汶的脸上露出精疲力竭的神色，抵在一块石头上跌坐在地，颤抖地看着妮慕挖掘。之前附身于她的恍惚已逝去，我帮她清理手上的脏物，找来了她的狼皮外衣，裹住她。

她戴上手套。"我做了个梦，"她对我低语，"看到了终结。"

"我们的终结？"我警惕地问。

她摇头。"莫岛的终结。一队队的士兵，德瓦，穿着罗马战裙和胸甲，戴着青铜头盔。大堆大堆的士兵，持剑手臂沾染的鲜血一直蔓延到肩膀，因为他们刚刚大开杀戒。他们列队穿过森林，一路杀戮。手臂上下挥舞，所有的妇孺奔跑逃窜，却无处可逃，那些士兵就只是追着他们，然后把他们砍倒。小孩子啊，德瓦！"

"那德鲁伊呢？"

"全死了。只有三个人活着，他们将圣锅带来这里。在罗马人渡海之前，他们就已经事先为它挖了个坑。他们将它埋在这里，用湖中的石头盖住，他们用自己的手灭火，将灰撒在石头上，掩盖痕迹，不让罗马人发现此处埋有东西。一切处理完毕，他们唱着歌走进树林去死。"

妮慕惊恐地发出嘶嘶声，我转身看见她发现了一具小人骨。她笨拙地在她的水獭皮毛中摸索，拿出一个皮袋，从里面拿出两棵晒干的植物。植物上生着尖叶和褪色的金色小花，我知道她想用水仙祭品来安抚死者的骨骸。"这是个他们埋葬的孩子。"夏汶就这些小骨骸做出解释，"圣锅的守卫者，也是那三名德鲁伊之一的女儿。她头发很短，手腕上戴着一枚狐皮手环，他们将她活埋，让她守卫圣锅，直到我们找到它。"

在圣锅守护者的灵魂被水仙安抚之后，妮慕从小石头中拖出了女孩的尸骨，然后用她的匕首插向深坑，厉声叫我过去帮她。"用你的剑挖，德瓦！"她命令道，而我顺从地将海威贝恩的剑尖刺入石坑。

接着，我们找到了圣锅。

一开始我只瞥见一眼肮脏的黄金，妮慕用手一扫，让一圈厚重的黄金边显露了出来。圣锅比我们挖的洞要大得多，我命令伊撒和另一个人帮忙把坑挖得更大。我们用头盔盛出石头，仓促而绝望地干着，因为梅林的最后一丝灵魂眼看就要从他漫长的生命中逝去了。妮慕喘息啜泣着对付那些压得紧实的石块，它们正是从林-克雷格圣湖中被带来这个山顶的。

"他死了！"跪在梅林身旁的夏汶哭喊。

"他没死！"妮慕从紧咬的牙缝间啐了一口，之后用双手紧握金边，开始用全身的力气向外拖圣锅。我也加入她，想要移动这个深处还压着沉重石头的巨大器皿，看起来似乎不可能，但不知道怎么，诸神保佑，我们把这个由黄金和白银做成的巨物提出了它那黑暗的深坑。

就这样，我们让遗落的克莱德诺·艾丁圣锅重见天日。

那是一只巨大的碗状物，一人张开手臂那么宽，一把猎刀的长度那么深。由不平整的白银制成，下面有三只黄金短足，表面还装饰着奢华的黄金花纹。锅沿安着三个金圈，以便于挂在火上。它是不列颠最伟大的至宝，而我们将其从它的坟墓中拖出，随着石块的脱落，我看清了装饰金纹，它描绘出战士、诸神和鹿的形状。但我们没有时间瞻仰圣锅，妮慕拼命挖出圣锅腹中最后的一些石块，将它放回坑里，然后扯着梅林身上黑色的毛皮。"帮帮我！"她尖叫道，我们一起将老人滚进洞中，放置在巨大银碗的腹里。妮慕把他的双腿塞进金色碗边，在他身上盖上一件披风。做完这一切，妮慕才向后靠在了巨石上。寒冷刺骨，但她的脸庞闪烁着汗水。

"他死了。"夏汶用惊恐的声音小声道。

"不。"妮慕疲倦地坚持着,"不,他没死。"

"他已经冷了!"夏汶说,"他已经冷了,没有呼吸了。"她依偎着我,轻声哭泣。"他死了。"

"他还活着。"妮慕没好气地说。

又开始下雨,小颗小颗的雨滴,随着风,滑下石块,在我们染血的枪刃凝成水珠。梅林覆着披风,一动不动地躺在圣锅的坑中,我的战士们透过灰石的顶部瞭望着敌人,黑衣骑手包围着我们,我在想是何样的疯狂将我们带至这个不列颠黑色寒冷尽头的荒芜之地。

"现在我们干什么?"加拉哈特问。

"我们等,"妮慕突然出声,"我们只需要等。"

我永远忘不了那晚的严寒。冰霜在石块上结晶,碰一下枪刃都会被钢铁在皮肤上留下冻痕。这寒冷太残酷。雨在傍晚转成雪,然后停止,雪停后,风也减弱,云飘向东面,现出海上高悬的巨大月亮。那是一轮满月,鼓涨的巨大银球笼罩在远处云朵的粼粼微光中,悬挂在翻涌着黑色和银色波浪的大海上。群星从未如此闪亮。贝尔战车的巨大形状在头顶上照耀着我们,永恒地追逐着我们称为"鳟鱼"的星座。诸神居于群星间,我对着冰冷的空气送去我的祈祷,希望它能随风被送往那些遥远明亮的火焰之处。

我们中一些人小睡过去,但那是疲累、冻僵、害怕之人的浅眠。我们的敌人手持长枪,包围着土丘,生起火堆。马匹给血盾们带来了燃料,火焰在夜色中熊熊燃烧,向明朗的夜空喷出火星。

圣锅的坑中,没有任何动静,月光透过高大的石头,在梅林覆着披风的身体投下阴影,我们则轮流注视着火堆旁骑手们的身影。长枪时不时地在夜色中飞来,枪尖在月光中闪烁,直到那武器徒劳地撞击在石块上。

"你现在会怎么处置圣锅?"我问妮慕。

"什么都不干,直到萨温节。"她呆滞地说。她蜷缩着躺在被扔进山顶空洞的弃置行李堆旁,脚搁在我们绝望地从坑中挖出的弃土上。"一切都必须正确,德瓦。必须是满月、合适的天气,集合所有十三样不列颠的宝藏。"

"给我说说宝藏的事情。"加拉哈特的声音从坑的另一边传来。

妮慕啐了一口。"之后你就能嘲笑我们了,是吗,基督徒?"她挑衅地说。

加拉哈特微笑。"有千万人嘲讽你,妮慕。他们说诸神已死,我们应信仰人类。我们应追随亚瑟,他们说,他们相信你对于圣锅、披风、匕首和号角的追寻荒谬至极,这一切也随莫岛一同消亡。不列颠的国王中有几名派人加入你的这次探寻?"他动了动,试图在这个冰凉刺骨的夜晚让自己舒服一些。"没有,妮慕,没有,因为他们嘲笑你。一切都太迟了,他们说,圣锅同特雷贝斯岛一样死了,但我这位基督徒,亲爱的妮慕,带着剑来到这里,就冲这个,亲爱的小姐,你起码欠我基本的礼貌。"

妮慕从没被人斥责过,大概除了梅林,她因为加拉哈特温和的指摘而浑身僵硬,但最终态度软和下来。她将梅林的熊皮拉上自己的肩膀,倾身向前。"宝藏,"她说,"是诸神留给我们的。很早以前,当不列颠独立于世之时。那时没有别的土地,只有不列颠和笼罩迷雾的无垠大海。那时有十二个不列颠部落,十二位国王,十二座宴会大厅,也只有十二位神祇。那些神祇与我们一样行走于土地之上,他们中的一位,贝尔,甚至娶了一个人类;我们这位公主,"她指向正同其他战士们一样专注听着的夏汶,"就是那场婚姻的后代。"

她停顿片刻,此时篝火圈处传来一声大叫,但那叫声不带任何威胁,寂静再一次降临夜晚,妮慕也继续讲述她的故事。"但其他神嫉妒统治不列颠的那十二位,所以从星辰降临,想从十二位神手中夺走不列颠,在这

亚瑟王

场战争中,那十二个部落承受了巨大的灾祸。一位神的一记长枪,就能杀死一百个人类,没有世间的盾能挡住神的利剑,于是,爱着不列颠的十二位神将十二件宝物赠与十二个部落,每件宝物被安放在一座王室大厅中,宝物的存在能防止诸神的长枪落在大厅和在它其中的人类之上。那些不是什么大东西。如果十二位神给予我们太壮观的物品,那其他神就会看见它们,猜出它们的用途,为了自保而将它们偷走。所以那十二件礼物只不过是普通东西:一把剑、一个篮子、一个角杯、一辆战车、一副缰绳、一把匕首、一块磨石、一件长袖外套、一件披风、一只餐碟、一副棋盘和一枚战士指环,十二件寻常物件。诸神对我们唯一的要求便是爱护这十二件珍宝,保障它们的安全,献给它们祭品;作为回报,我们将得到珍宝的庇佑,每一个部落都可以用各自的礼物召唤他们的神。每年可以召唤一次,只能一次,但那样的召唤在这场可怕的诸神之战中给予了部落些许力量。"

她停顿,用皮毛更紧地裹住她消瘦的双肩。"于是,部落拥有了他们的宝藏,"她继续道,"但贝尔,因为他太深爱他的人类女孩,给了她第十三样宝物。他给她圣锅并告诉她,若她开始衰老,只要在圣锅中盛满水,浸没自己,她就会重新变得年轻。如此一来,她便能永远美丽地陪伴在贝尔身边。而圣锅,正如你看到的,是很壮观的;它由金银打造,比任何人类所能制造出来的事物更美丽。其他部落看见心生嫉妒,就这样,不列颠之战开始打响。诸神在空中交战,十二个部落在地面交战,珍宝一件接一件地被掠夺,或是被拿来换取战士,诸神在盛怒下撤回了他们的庇护。圣锅被偷走,贝尔的爱人衰老死去,贝尔对我们下了诅咒。这诅咒便是其他土地与人类的出现,但贝尔向我们保证,如果有一天,在萨温节夜,我们再一次集齐十二个部落的十二件珍宝,举行正确的仪式,在第十三件珍宝中注满无人饮用但每个人生存所必需的液体,那十二位神祇就会回来帮助我们。"她停了一下,耸耸肩,看向加拉哈特。"好了,基督徒。"她说,"这就是你携剑来此的原因。"

长久无人作声。月光从石头上洒落，缓慢地更加接近梅林覆着披风躺着的坑洞。

"你已经找到所有十二件宝藏了？"夏汶问。

"大多数。"妮慕闪烁其词，"但即使没有那十二件，圣锅也拥有巨大的魔力。极大的力量，比其他宝藏加起来的还要大。"她的目光越过坑洞，挑衅地看向加拉哈特。"你会怎么做，基督徒，当你目睹那力量？"

加拉哈特笑了。"我会提醒你，我为你的探寻贡献了我的剑。"他轻柔地说。

"我们都一样。我们是圣锅的战士。"伊撒小声说，展现出意料之外的诗意，其他战士也都笑了。他们的胡子结着白霜，双手裹在布条和皮毛中，眼神空洞，但他们已经找到了圣锅，这成就让骄傲充斥在他们心中，即使，在第一线日光出现时，他们就将面对血盾，意识到我们都将于此终结。

夏汶靠着我，分享着我的狼皮斗篷。她等妮慕睡着后，抬起头看向我。"梅林死了，德瓦。"她的声音悲伤而微弱。

"我知道。"我说。圣锅的坑洞中没有任何动静和声响。

"我摸了他的脸和双手，"她喃喃道，"都像冰块那么冷。我把匕首放在他嘴边，上面没有起雾。他死了。"

我一言不发。我爱梅林，他就如我的父亲，我无法真心相信他在他胜利的时刻已经死去，但我也无法发现一丝他灵魂还存在的希望。"我们应该将他葬在这里。"夏汶轻声说，"在他的圣锅里。"我依旧没有回答。她握住我的手。"我们该怎么做呢？"她问。

去死，我心想，但依旧保持了沉默。

"你不会让我被抓去的，是吗？"她在我耳边低语。

"绝不会。"我说。

"遇见你的那一天，德瓦·卡丹阁下，"她说，"是我人生中最美好的

亚瑟王

一天。"这句话让我的眼泪夺眶而出，但这泪水到底源于快乐，还是自己拥有的这一切将在下一个冷冰清晨全部失去的悔恨，我不知道。

我陷入浅眠，梦见自己被困泥沼，被黑衣骑手包围，他们能够神奇地在沼泽地上穿行，我无法举起持盾的手臂，眼见利剑砍向我的右肩。我猛然惊醒，伸手去够我的长枪，发现原来是格威利姆在爬上石头换岗时不小心碰到了我的肩膀。"不好意思啊，阁下。"他低声说。

夏汶在我的臂弯中睡着，妮慕蜷缩在我的另一侧。加拉哈特金色的胡子上结着白霜，轻声地打着鼾，我手下其他的战士或是假寐，或是平躺着，因寒冷而麻木。月已升至近乎头顶，月光斜洒下，照亮我们盾牌上绘着的星星，也照入另一侧我们在山顶挖出的石坑中。满月还挂在海面上时，使其闪烁不明的迷雾已经散去，现在月亮呈看起来像纯洁圆满、清晰冰冷的圆盘状，犹如新制的铜钱。我隐约想起母亲告诉过我月中人的名字，但现已回忆不起。我的母亲是一个撒克逊人，还怀着我时就被德莫尼亚骑兵俘虏。据说她还活在瑟卢瑞亚，但自从德鲁伊坦纳波斯将我从她怀中夺走、想让我死在死人坑中的那一天起，我就再也没有见过她。自那之后，梅林抚养我长大，我成为了一名不列颠人，亚瑟的朋友，将波伊斯的星辰从她兄长的厅堂中带走的男人。多么奇妙的命运啊，我想，而现在它即将短暂地结束于不列颠的圣岛上，这又是多么令人悲伤。

"我说，"梅林说，"有没有奶酪啊？"

我盯着他，觉得自己一定仍在梦中。

"白色的那种，德瓦，"他眼巴巴地说，"很容易碎的。不是那种深黄色的硬玩意。我可受不了那种深黄色的硬奶酪。"

他站在坑中，热切地凝视着我，之前盖在身上的披风，现在像围巾一般挂在他的肩上。

"阁下？"我用极小的声音说。

"奶酪，德瓦。你听不见我说话吗？我饿了，想吃奶酪。我们应该有一些的。包在布里。我的手杖又在哪儿？一个人才躺下小睡片刻，他的手杖就立马被偷了。还有没有天理了？世风日下。没奶酪，没天理，没手杖。"

"阁下！"

"别冲我嚷，德瓦。我没聋，就是饿了。"

"啊，阁下！"

"你还哭起来了！我讨厌哭哭啼啼。我只要求一小块奶酪，你就哭得像个娃娃一样了。哈，我的手杖在这儿。很好。"他从妮慕身旁抽出手杖，支撑着自己出了坑。其他的枪兵醒来，目瞪口呆地看着他。然后妮慕也起身，我听见夏汶抽气的声音。"德瓦啊，"梅林开始在行李堆里翻找他的奶酪，"你让咱们身陷险境了是吧？被包围，对吗？"

"是的，阁下。"

"还寡不敌众？"

"是的，阁下。"

"拜托啊，德瓦。就这样，你还号称自己是战士首领？奶酪！找到了！我就知道我们还有。好极了。"

我用颤抖的手指指向土坑。"圣锅，阁下。"我想知道圣锅是否施展了神迹，但我被惊奇和安心冲昏了头脑，没法条理清晰地说出口。

"它的确是一口非常好的圣锅，德瓦。又宽又深，符合一口锅子的所有完美要素。"他咬了一口奶酪。"我快饿死了！"他又咬了一口，背抵巨石坐下，朝我们所有人面露喜色。"寡不敌众，又身陷重围！好吧，好的吧！接下来是啥？"他狼吞虎咽地将最后一点奶酪塞进嘴里，擦去双手的碎屑。他向夏汶露出一抹特别的微笑，并向妮慕伸出一只手臂。"一切都好？"他问她。

"一切都好。"她平静地回答，投入了他的怀抱。唯有她看起来并不为他的出现或显而易见的健康而感到惊讶。

亚瑟王

"除了我们身陷重围,寡不敌众!"他嘲讽道,"我们该怎么办呢?通常,在危急中最佳的应对就是献祭某个人。"他带着期待看着围在身边一脸震惊的人们。他的脸色恢复红润,以前那种恶作剧的活力也回来了。"就德瓦,怎么样?"

"阁下!"夏汶抗议。

"殿下!不是你!不,不,不,不,不。你已经做得够多了。"

"不要献祭,阁下。"夏汶恳求。

梅林微笑。妮慕似乎已在他的怀中入睡,但我们其他人都再也睡不着了。一支长枪撞击在低处的岩石上,这声响让梅林朝我伸出了手杖。"爬到顶上,德瓦,拿我的手杖指向西方。西方,记住,不是东方。好歹做对一回,好吧?当然,如果想要办成事,总是应该亲力亲为,但我不想弄醒妮慕。快去吧。"

我接过手杖,爬上岩石,站在小丘的最高点,根据梅林的指示,让手杖对着远方的大海。

"不是捅!"梅林冲我喊,"是指!感受它的力量!这不是赶牛棒,小子,这是德鲁伊的手杖!"

我用手杖指着西方。丢尔纳赫的黑衣骑手一定察觉到了魔法,他们的巫师突然号叫起来,一队枪兵快步走上斜坡朝我猛掷出武器。

"现在,"那些长枪垂落在我下方时,梅林又说,"赋予它力量,德瓦,赋予它力量!"我集中注意力在手杖上,老实说没感受到任何东西,即使梅林看似对我的努力很满意。"现在带它下来,"他说,"休息一会儿。早上我们还有很长一段路要赶。还有奶酪吗?我能吃下整整一袋!"

我们在寒冷中躺下。梅林没有谈论圣锅,也没有说起他的疾病,但我感觉所有人的情绪都有了变化。我们突然充满希望。我们会活下来,夏汶第一个看见了我们的救星。她戳了戳我的身侧,又指向上方的月亮,我看见那清晰明亮的形状现在于一圈闪着微光的薄雾中变得模糊。那雾环看起来像是一圈宝石的碎末,集中而明亮,微小的颗粒在银色的满月上闪耀。

梅林不在意月亮,他还在聊奶酪。"以前在邓塞洛有个女人,她做的软奶酪是最好的。"他告诉我们,"我记得她用荨麻叶包起奶酪,坚持要将它放在一个木碗里六个月,而那木碗浸没在公羊尿液里。公羊尿!某些人的迷信真荒唐,但不管怎么样,她做的奶酪非常好吃。"他咯咯笑着。"她让她那可怜的丈夫去收集尿液。他是怎么做的?我就没打算问。抓着公羊的角,然后逗弄它,你们觉得呢?或者他只是用了自己的尿没告诉她,要是我,就会这么干。现在暖和点了,你们觉得呢?"

月亮上闪烁的冰雾褪去,但那并没有使月亮的边缘变得平淡。因为它又一次变得模糊,一小股西风吹来了一阵更加柔和的雾,也的确吹来了暖意。明亮的星变得朦胧,石上的冰霜融化,现出湿润的光泽,我们都不再颤抖。枪尖重又可以碰触。一场大雾正在形成。

"德莫尼亚人当然坚称他们的奶酪才是不列颠最好的。"梅林热切地说,好似我们除了听一堂关于奶酪的讲座之外,就没啥其他更好的事能做,"诚然,德莫尼亚奶酪是可以做得挺好吃的,但它们大多数都太硬了。我记得乌瑟因为林第尼斯附近农场出产的一块奶酪磕坏了一颗牙。一分为二!可怜的家伙痛了好几周。他一直受不了拔牙,坚持要我用点法术,但有个事儿很奇怪,魔法对牙齿从来不管用。眼睛,管用,肠子,每次都奏效,连对脑子有时候也有效,虽然不列颠这些日子已经没什么人有脑子了。但牙齿?从不管用。等我有空了一定得好好研究一下这个问题。提醒你们,我可喜欢拔牙了。"他放肆大笑,炫耀着自己少见的一副完美牙齿。亚瑟也有同样的好运,但我们其他人都饱受牙痛之苦。

我抬头看见最高的石头已几乎被瞬间浓重的大雾所掩盖。那是德鲁伊的雾,在月下变得稠密苍白,将整个莫岛笼罩于它厚重的水汽中。

"在瑟卢瑞亚,"梅林说,"他们用碗白泥招待人,还管那玩意儿叫奶酪。特别恶心,连老鼠都不吃,但那是瑟卢瑞亚,你还能指望啥呢?你是

亚瑟王

不是有什么话想对我说,德瓦?你看上去很兴奋。"

"雾,阁下。"我说。

"你还真是观察入微哈,"他一副钦佩的模样,"那你也许该去把圣锅从坑里拉出来了吧?是时候离开了,德瓦,我们是时候走啦。"

就这样,我们动身离开了。

第二部 破碎之战

"不!"伊格莲看到那堆羊皮纸的最后一页时抗议道。

"不?"我礼貌地问。

"你不能讲故事讲一半!"她说,"后来怎么了?"

"我们自然脱身了。"

"啊,德瓦!"她扔下羊皮纸,"厨佣都比你会讲故事!告诉我你们怎么逃脱的,快说!"

于是我告诉了她。

那时已近黄昏,厚如羊毛的浓雾笼罩,我们设法爬下石头,在石丘顶部的草地上集合,只需再下一步,就有丧命的风险。梅林让我们排成一列,每个人都抓住前面人的披风,以单列蹑手蹑脚地下山,而圣锅就绑在我的背上。梅林伸直手臂举着手杖,带领我们穿过了包围着的血盾战士,没有一个人发现我们。我能听见丢尔纳赫冲他们大喊,叫他们散开,但黑衣骑手们知道这是巫师的雾,他们更愿意待在火堆附近,但那最初的几步确是我们旅程中最凶险的一段。

"但传说中,"我的王后固执地说,"你们都消失了。丢尔纳赫的人号称你们从岛上飞走了。这可是个有名的故事!我母亲告诉我的。你怎么能说你们就是这么走出来的呢!"

"可我们就是走出来的。"我说。

"德瓦!"她用斥责的口吻说。

"我们既没有消失,"我耐心道,"也没有飞翔,不管您母亲是怎样告诉您的。"

"那接下去发生了什么?"她问,语气中依旧透出对我这平淡无奇故事

亚瑟王

版本的失望。

我们步行了数个小时,跟随妮慕,她拥有在黑暗和浓雾中找到道路的神秘能力。勒格溪谷前夜,也正是她为我们的军队领路,而现在,在莫岛浓重的冬雾中,她带领我们走到了先民造就的一大片草丘中。梅林认得这地方,他说自己在多年前曾于此处安睡,他命令我的三名手下拖开挡住入口的石头,那入口正横陈于两座突出如兽角的草丘之间。随后,一个接一个,我们手脚并用,爬进了土丘黑暗的中心。

那土丘是一座坟墓,由巨石堆成,有一条中央的通道,两侧展延出六间小墓室。在这一切都造完后,先民用石板作屋顶,盖住了走道和墓室,之后又在石头上堆起了泥土,他们不像我们一样火葬,也不像基督徒那般在冰冷的泥土中掩埋死者,只被财宝一同放置在石室中,至今仍躺在那里,身边是角杯、鹿角、石枪头、燧石匕首、青铜盘子和用现已腐坏的筋腱穿着的珍贵黑石项链。梅林坚称我们不应该打扰死者,因为我们是他们的客人,只在中央通道里挤成一团,没有进入石室。我们唱歌,讲述故事。梅林告诉我们,在不列颠人到来前,先民是如何守护着不列颠,他说,他们仍活在某处。他曾走访那些迷失的荒野深谷,学到了一些他们的魔法。他告诉我们,他们是怎样将每年新出生的第一头羊羔,用柳条绑住,埋于牧草地,以确保其他的羊羔都能健康强壮地出生。

"我们仍那么干。"伊撒说。

"那是你们祖先从先民处学来的。"梅林说。

"在贝诺克,"加拉哈特说,"我们会剥下第一头羊的皮,将它钉在树上。"

"那也管用。"梅林的声音在冰冷黑暗的通道中回响。

"可怜的羊羔。"夏汶的话让所有人大笑起来。

雾气蒸腾,但在山丘的深处我们几乎不知日夜,除非是打开入口让人爬出去的时候。我们必须时不时这么做,如果我们不想活在自己的粪便中。若拉开石头的时候是白天,那我们就躲在山丘的泥土之间,观察黑衣骑手们在田野、洞穴、沼泽、岩石、小木屋和小树林中搜查我们。他们搜查了整整五天,在那段时间中,我们就吃残余的干粮,饮渗进土丘中的水,然而,最终丢尔纳赫认定我们的魔法比他的更加高深,放弃了搜索。我们又等了两日,确保他不是在诱骗我们离开藏身之处,随后,我们总算离开了。我们将黄金添加入死者的宝藏作为接纳我们容身的报酬,堵住身后的入口,在寒冬暖阳下向东行去,一到海岸,便以武力强征两艘渔船,远远驶离了这个圣岛。我们一路向西,我一辈子都会记得,破烂船帆将我们拖入安全之地时,圣锅的黄金装饰和白银厚腹上闪烁的阳光。航行途中,我们编了首歌谣,《圣锅之歌》,直至今日它依旧不时被传唱,虽然与吟游诗人们的歌曲相比,那是一首拙劣之作。我们在康诺瓦登陆,从那里南行,穿越艾尔蒙特进入了友邦波伊斯。"殿下,"我总结道,"那就是所有传说中梅林消失的真相。"

伊格莲皱眉。"黑骑手没有搜查土丘吗?"

"两次,"我说,"但他们不知道入口能打开,又或是他们害怕其中亡者的鬼魂。当然,梅林也为我们施了隐蔽的咒语。"

"我倒希望你们是飞走的,"她发着牢骚,"那故事才更精彩呢。"她为失去的幻想而叹气。"但圣锅的故事还没结束,是吗?"

"唉,是的。"

"所以……"

"所以我之后会按照顺序告诉你。"我打断了她。

她噘起嘴。今日,她穿着镶有水獭皮毛的灰色羊毛披风,看上去很美。她还没有怀孕,我不由推测,要么是她注定无子,要么是她的丈夫布洛奇维尔国王在情妇耐维丽身上花了太多时间。今日天气很冷,狂风击打窗户,拉扯着壁炉中的微弱火焰,壁炉很大,足以容纳十倍于桑森主教允许我升的火堆。我听见圣人正斥责修道院的厨子阿荣教友。今早的稀粥太

亚瑟王

烫，伤了圣特博的舌头。特博是我们修道院的一个孩子，主教侍奉耶稣基督时最亲近的同伴，去年主教宣布特博为一位圣徒。在追寻真正信仰的道路上，魔鬼总会设下重重陷阱。

"所以，是你和夏汶。"伊格莲用谴责的语气对我说。

"是什么？"我问。

"你是她的爱人。"伊格莲说。

"至死不渝，殿下。"我坦言直承。

"你们没有结婚？"

"一直没有。她守着她的誓言，还记得吗？"

"那她有没有生过孩子，被撕成两半？"伊格莲问。

"第三个孩子几乎要了她的性命，"我说，"但其余的都很顺利。"

伊格莲蹲坐在火旁，苍白的双手在小小的火焰旁取着暖。"你很幸运，德瓦。"

"是吗？"

"感受过那样的爱情。"她看上去充满渴望。王后并不比我第一次见到的夏汶年长，同夏汶一样，伊格莲美丽并渴求着如同吟游诗人口中歌谣般的爱情。

"我的确幸运。"我承认道。窗外，马格文教友正处理着修道院的柴堆，用木槌劈碎树干，边干活边唱着歌。他唱着赖泽赫与莫拉格的爱情故事，这意味着，等桑森主教辱骂完阿荣之后，便会给马格文一顿责罚。我们是因爱而相连的基督教友，圣人如是说。

"昆格拉斯的妹妹和你私奔，他没生气吗？"伊格莲问我，"哪怕是一点儿。"

"完全没有，"我说，"他希望我们搬回司乌思城堡，但我们都更喜欢住在伊萨夫山谷。夏汶也一直不喜欢她的嫂子。要知道，赫拉德是个爱抱怨的人，而且有两名特别刻薄的姑姑。她们都不认同夏汶，也正是她们编造了那些谣言丑闻，但我们从未做过什么丑事。"我停顿片刻，回忆起那些过往岁月。"事实上，大多数人都很友善，"我继续说，"你看，波伊斯还对勒格溪谷之战心怀怨恨。太多人失去了父亲、兄弟和丈夫，夏汶的反抗对他们来说是一种补偿。他们乐见亚瑟和兰斯洛特受辱，所以除了赫拉德和她那烦人的姑姑之外，人人都善待我们。"

"兰斯洛特没有为了她向你挑战吗？"伊格莲惊讶地问。

"我倒希望他来，"我冷冷道，"我应该会很享受。"

"夏汶就这么自己下了决定？"伊格莲问，一个女人敢于做出此事这个想法本身就让她大为震惊。她站起身，走向窗边，听了一会儿马格文的歌声。"可怜的格温维奇，"她突然开头，"你口中的她那么相貌平平，肥胖而呆板。"

"她确实如此，唉。"

"不是每个人都能生而美丽的。"她似乎是想到了某个这样的人。

"是，"我赞同道，"但您想要的不是平凡的故事。您想要亚瑟的不列颠充满鲜活的激情，而对于格温维奇我感受不到任何热情。您不能命令一个人去爱，殿下，只有美丽和欲望能够。您希望这个世界人人平等？那就想象一个没有国王、没有王后、没有贵族、没有激情，也没有魔法的世界吧。您希望生活在那样一个平淡的世界中吗？"

"那跟美貌没关系。"伊格莲回嘴。

"那一切都跟美貌有关。您的出身高贵不仅仅是凑巧吗？您的美丽不又是另一个巧合吗？如果诸神，"我停顿片刻，纠正了自己，"如果上帝希望我们生而平等，那他就会将我们造成人人平等，而若是我们都一样，那您的浪漫故事又在哪儿呢？"

她放弃了争论。"你相信魔法吗，德瓦教友？"她向我质疑地问出了另一个问题。

我想了想。"是的。"我说，"即使身为基督徒，我们也可以相信魔法。

奇迹是什么，不正是魔法吗？"

"那梅林真的能造出迷雾？"

我皱眉。"殿下，梅林做的每一件事，都有另外的一种解释。迷雾来自大海，每天都可能找到失落之物。"

"死而复生呢？"

"拉撒路便是，"我说，"我们的救世主也一样。"我画了一个十字。

伊格莲乖乖地也画了十字。"但梅林真是死而复生的吗？"她追问。

"我不知道他之前有没有死。"我谨慎地回答。

"不过夏汶很确定？"

"终其一生，殿下。"

伊格莲手指绕着长袍的编织腰带。"可那不是圣锅的魔法吗？它能让人重获生命？"

"传说确然。"

"夏汶发现圣锅总一定是魔法了吧。"伊格莲说。

"也许。"我说，"但可能只是常识。梅林已花费数月调查关于莫岛的每一丝线索。他知道德鲁伊们曾经的神圣中心，那正位于林-克雷格湖旁，而夏汶只是带领我们去了有可能藏有圣锅的最近地点。不过她确实做了梦。"

"你也做了，"伊格莲说，"在多佛汶。梅林给你喝的是什么？"

"就是妮慕在林-克雷格湖给夏汶喝的相同的东西，"我说，"大概是红帽汤剂。"

"那种蘑菇！"伊格莲声音惊恐。

我点头。"就因为那样，我才会扭曲抽搐，无法站立。"

"但你可能会死的！"她说道。

我摇了摇头。"因红帽蘑菇而死的人并不多，再说了，妮慕很擅长做这类事情。"我决定不告诉她，最安全服用红帽的方法是巫师自己吃下蘑菇，然后让做梦者喝一杯他的尿液。"或者她用的是生了疫病的黑麦？"我说，"但我觉得是红帽。"

听见桑森圣人命令马格文教友停止歌唱他的异教徒歌曲时，伊格莲皱起眉。圣人这些天比以往更暴躁。他小解时忍受着巨大的疼痛，或许是因为结石。我们为他祈祷。

"那后来发生了什么？"伊格莲无视桑森的大声叫嚷，问道。

"我们回家，"我说，"回到波伊斯。"

"回到亚瑟身边？"她急切地问。

"也回到亚瑟身边。"我说，此为他的故事——我们亲爱的首领，我们的统治者，我们的亚瑟。

伊萨夫山谷的那个春日美好似梦，又或者当你身处爱河之时，万物看来都更完美更明亮，然对我而言，这个世界从未如此美妙：充盈黄色九轮草与山靛，风铃草与紫罗兰，百合花与大丛大丛的峨参。蓝色蝴蝶在缀满粉花的苹果树下，绕着草地飞舞。啄木鸟在花间歌唱，溪边栖息着矶鹞，一只鹡鸰在伊萨夫山谷的屋檐下筑巢。我们有五头牛犊，全都健康、贪吃，有着温柔的眼神，而且夏汶有了身孕。

从莫岛归来后，我为我们两个人打了情人指环。那是刻着十字的戒指，但不是基督教的十字，女孩们总是在变成女人后戴着它们。大多数女孩会从她们的爱人那里拿一圈缠绕起来的稻秆，佩戴作为标志，战士们的女人通常会戴上刻有十字的战士指环，而贵族女子则很少会戴戒指，嫌弃它们过于粗俗。一些男人也会佩戴，就像死于勒格溪谷的波伊斯首领韦拉伦所佩戴的那种十字情人指环。韦拉伦曾经是格温薇儿的未婚夫，在她遇见亚瑟之前。

我们的戒指是用撒克逊斧头改做的战士指环，但在我离开继续南下前往怀君岛的梅林之前，我偷偷从圣锅的装饰上掰下了一片，那是战士手持

亚瑟王

的长枪上一枚很小的黄金枪头，很容易就弄了下来。我把金片藏在小袋中，一回到伊萨夫山谷，我就拿着这片黄金和两枚战士指环，找了名金匠，看着他将黄金熔化，重新铸成两枚十字，焊在了铁指环上。我站在他身后，确保他没有替换成别的黄金，然后将其中一枚给了夏汶，自己戴着另一枚。夏汶看见戒指时大笑："一根稻秆也一样管用啊，德瓦。"

"圣锅的黄金会更管用。"我回答。我们总是佩戴这两枚指环，让赫拉德王后很不喜。

亚瑟在那个可爱的春天前来探访。他见到我时，我正裸着上身拔茅草，这活儿就跟绕羊毛一般无休无止。他穿着灰布衬衫，黑色紧身长裤，没有携带武器。"我乐于见到一个男人劳作。"他取笑我。

"拔茅草比战斗还辛苦。"我双手插着腰抱怨，"您来帮忙不？"

"我来见昆格拉斯，"他一边说着，一边在一块圆石上坐下，旁边有一棵苹果树，这样的树星星点点地分布在这片牧场上。

"战争？"我问，就仿佛亚瑟来波伊斯还有除此之外的别的事一般。

他点点头。"是时候召集战士了，德瓦。特别是，"他微笑道，"圣锅的战士们。"随后他坚持要听整个过程，即使他一定已经听过几十遍了，在我讲述的过程中，他优雅地为曾经质疑圣锅的存在而道歉。我敢肯定亚瑟依旧认为这一切都是胡闹，即使这是一场危险的胡闹，因为我们探寻的成功激怒了德莫尼亚的基督徒，正如加拉哈特说的，他们相信我们进行了邪恶的勾当。梅林已带着珍贵的圣锅回到怀君岛，将其安置在他的塔中。梅林说，当时机成熟，他将召唤它巨大的魔力，但就算是现在，只是将它置于德莫尼亚境内，不管基督徒有多大的敌意，圣锅已赋予这片土地一种全新的信心。"然而我承认，"亚瑟告诉我，"若能见到战士齐集，我会更有信心。昆格拉斯告诉我他下周会进军，兰斯洛特的瑟卢瑞亚人在伊斯卡集结，图锥克的人马也已就位。今年将会是干燥的一年，德瓦，作战的好年。"

我赞同。白蜡树在橡木之前长出绿叶，这代表将会有一个干燥的夏天，干燥的夏天则意味着适合盾墙的坚实地面。"您希望我的人去哪儿？"我问。

"当然是和我并肩。"他说，停顿片刻，朝我狡猾一笑，"你怎么不恭喜我呀，德瓦。"

"您，殿下？"我装作一无所知的样子，好让他亲口告诉我那个消息。

他的嘴咧得更开。"格温薇儿一个月前分娩。一个男孩，一个健康的男孩！"

"殿下！"我大声欢呼，假装他的消息令我惊讶，虽然一周前这个消息就已经传到我们这儿来了。

"他很健康，一副好胃口！吉兆！"他流露出纯粹的喜悦，不过他总是极其容易被生活中普普通通的事物所取悦。他渴望一个坚强的家庭，住在一栋坚固的房子中，四周围绕着精心照顾的庄稼。"我们为他取名格温德瑞，"他说，满怀爱意地重复这个名字，"格温德瑞。"

"好名字，殿下。"我随后告诉他夏汶怀孕的消息。亚瑟立即希望，她的孩子一定得是个女孩，等到时候了，当然便要嫁给他的格温德瑞。他单手搭着我的肩，陪我一起走向屋子，看见夏汶正从一盘牛奶中撇奶油。亚瑟热情地拥抱她，坚持要她将撇奶油的活儿留给她的佣人，来阳光下一同交谈。

门口的苹果树下放着一张伊撒制作的长椅，我们坐在椅上。夏汶向他问起格温薇儿。"生产还顺利吗？"她问。

"顺利。"他摸了摸挂在颈间的铁制护身符。"很顺利，她也很好！"他做了个鬼脸，"她有点担心，生个孩子会让她看上去变老，但那根本是无稽之谈。我母亲从不显老。生孩子对格温薇儿来说是件好事。"他微笑，想象格温薇儿将会像他一样爱着他们的儿子。格温德瑞当然不是他的第一个孩子。他的爱尔兰情妇艾利恩已经为他生下了一对双胞胎儿子，安赫和

亚瑟王

罗赫,现在已经年长至可在盾墙中拥有一席之地,但亚瑟并不期待他们相伴。"他们不喜欢我。"我问起双胞胎时,他坦言,"但他们很喜欢我们的老朋友兰斯洛特。"他提到这名字时,向我们两人看了一眼,眼光中带着苦涩的歉意。"他们会跟他的人一起战斗。"他补充道。

"战斗?"夏汶谨慎地问。

亚瑟冲她温柔地微笑。"我来此是要从您身边带走德瓦,公主殿下。"

"将他带回来,回来我的身边,殿下。"这是她唯一的请求。

"变得富可敌国地回来。"亚瑟许诺道,随后他转身看向伊萨夫山谷的矮墙和让我们保持温暖的乱蓬蓬的茅草屋顶,以及墙角边冒着热气的粪堆。伊萨夫山谷不似德莫尼亚大多数的农舍那么大,但它仍是波伊斯的那种富裕自由民会拥有的小田庄,而我们非常喜欢它。我以为亚瑟会将我现在简朴的状态和未来的财富作比较,我也已准备好要为伊萨夫山谷辩护了,但他却露出了悲伤的表情。"我真的羡慕你现在拥有的这些,德瓦。"

"这一切您都唾手可得啊,殿下。"我听出了他声音中的渴望。

"我注定只能与大理石柱和高墙为伴。"他大笑着转移了话题。"我明天离开,"他说,"昆格拉斯会在十天后跟随。你跟他一起来吗?或者,如果可以的话,再早点。尽可能多带食物。"

"去哪儿?"我问。

"科里尼翁。"他回答,站立着抬头凝视山谷,随后低下头冲我微笑。"我们俩最后说几句?"他提出要求。

"我得去看着思嘉莱,免得她把牛奶热过头了。"夏汶注意到了他明显的暗示。"祝您旗开得胜,殿下。"她对亚瑟说,给了他一个临别的拥抱。

亚瑟和我登上山谷,他欣赏了新插的树篱、修剪过的苹果树和我们在小溪中拦起的一方小鱼塘。"别真的在这片土地上生根,德瓦,"他告诉我,"我想要你回到德莫尼亚。"

"乐意至极,殿下。"我回答,知道阻碍我回到故土的,不是亚瑟,而是他的妻子和她的同盟兰斯洛特。

亚瑟笑了，但没有关于这个话题再说什么。"夏汶，"他说，"看上去很幸福。"

"是的，我们都是。"

他犹豫片刻。"你会察觉，"他用初为人父的权威口气说，"怀孕会让她脾气暴躁。"

"到目前还没有，殿下，"我说，"不过现在还只在怀孕早期。"

"那你很幸运了。"他轻声说，看向我。我意识到这也许是我第一次听见他对格温薇儿流露出一丝不满。"孕期充满压力，"他匆忙地解释说，"而那些战备诸事更是火上加油。唉，虽然我想，但却没法经常在家。"他在一棵古老的橡树旁站定，那棵树被闪电击中，烧焦的树干被一分为二，即使如此，这棵老树还是顽强地长出了绿色嫩芽。"能帮我一件事吗？"他语气温和。

"随您差遣，殿下。"

"别答应得这么快，德瓦，你还不知道我要你帮什么。"他停顿了一下，我察觉这个请求将会非常困难，因为他似乎不好意思开口。有那么片刻，他完全无法提出这请求，而是盯着山谷南侧的树林，喃喃着鹿啊风铃草什么的。

"风铃草？"我以为自己听错了。

"我只是好奇，为什么鹿从不吃风铃草，"他闪烁其词，"其他一切它们都吃。"

"我不知道，殿下。"

他踌躇片刻，看着我的双眼。"我已要求密特拉成员于科里尼翁举行集会。"他最终坦言。

我明白了接下去会发生何事，硬起了心肠。战争给予我许多荣誉，但最珍贵的便是密特拉的资格。他是罗马战神，在罗马人离去后留在了不列

亚瑟王

颠；只有被现有成员选中的人才能加入他的秘密教会。那些成员来自各个王国，互相之间战斗但也为彼此战斗，但当他们在密特拉的神殿中相遇时便停止战斗。他们只会选择勇者中的最勇敢者加入自己的行列。成为密特拉的成员意味被认可为不列颠最好的战士，这份荣耀我不能轻易地给予任何男人。当然，女人是不能崇拜密特拉的。事实上，如果一个女人目睹这个秘密教会，她会被杀死。

"我已经召集了集会，"亚瑟说，"因为我想要大家同意兰斯洛特加入秘密教会。"我在此前已经意识到了他的目的。格温薇儿在去年便向我提出过同样的请求，在后面的几个月内，我曾希望她会淡忘这个想法，但此时此刻，在战争前夜，它又回来了。

我给出了很谨慎的回答。"殿下，不如再等等？"我说，"兰斯洛特陛下如等到撒克逊人被击败之后，也许更好？那时，我们自然而然会看到他作战时的表现。"到目前为止，我们无人见过兰斯洛特出现在战场之中，老实说，如果在未来的这个夏天中，我能见到他战斗，那会令我大惊失色，但我希望这个建议能让那糟糕的选择时刻再晚上几个月。

亚瑟比了一个暧昧的手势，似乎我的建议无关紧要。"现在就把他选上有其不得不为之的压力。"

"什么压力？"我问。

"他母亲的身体很糟。"

我大笑起来。"对于挑选一个男人加入密特拉，这算什么理由，殿下。"

亚瑟沉下脸，心里明白他的理由很没有说服力。"他是一位国王，德瓦，"他说，"他将带领一支国王的军队参加我们的战争。他不喜欢瑟卢瑞亚，我能理解。他渴望着特雷贝斯岛的诗人、竖琴手和大厅，但他失去了那个王国，因为我没有履行我的誓言，带我的军队去支援他的父亲。我们欠他的，德瓦。"

"我不欠他，殿下。"

"我们欠他。"亚瑟强调道。

"他应该等等再加入密特拉,"我坚定地说,"如果您现在就推荐他,殿下,我敢说一定会被拒绝的。"

他就担心我会这么说,但依旧没有放弃他的说服。"你是我的朋友,"他说,挥手示意我别说话,"德瓦,如果我的朋友在德莫尼亚受尊重的程度与他在波伊斯时相同,我会很满意的。"他之前一直盯着下方被闪电劈开的橡木树干,此刻却抬头看向我。"我希望你能待在林第尼斯,朋友,如果你,不顾其他所有人,支持兰斯洛特加入密特拉教会,那能保证他提名成功。"

亚瑟直截了当的话中有着更多深层的含义。他向我暗示了格温薇儿才是那个给予压力想要兰斯洛特成为候选人的人,如果我满足了她这个愿望,她眼中我曾经的冒犯行为就会被原谅。他的意思是,选兰斯洛特进入密特拉教会,我就能带夏汶回到德莫尼亚,享有成为莫德雷德王室战士的荣誉以及所有那些巨额财富、土地并身居高位。

我看着我的一队枪兵从北面山丘行下。其中一人抱着一只羊羔,我猜那一定是头孤崽,需要夏汶亲手喂养。这是一桩苦差事,必须得用吸满奶的布时不时地喂养羊羔,不让小东西死去,但夏汶坚持要救它们的性命。她绝不允许她的任何一只羊羔被装在柳条篮子中埋葬或是将它们的皮钉在树上,羊群似乎也没有因为以上的疏于照料而承受什么后果。我叹了口气。"所以,您会在科里尼翁提名兰斯洛特?"我说。

"不,我不会。鲍斯会推举他。鲍斯见过他战斗。"

"那就但愿鲍斯舌灿莲花吧,殿下。"

亚瑟微笑,"你现在不能给我答复?"

"不是您希望听见的答复,殿下。"

他耸耸肩,钩住我的手臂,陪我往回走。"我真讨厌这些秘密公社。"他的口气委婉,我相信他,因为我知道他许多年前就已入会,但却没有见

亚瑟王

过他出现在任一一场密特拉的集会中。"像密特拉这样的信仰，"他说，"本该将人们凝聚在一起，但它们却造成了分裂。它们激起嫉妒。不过有时候，德瓦，必须用一种邪恶来对抗另一种，我在考虑组建一种新的战士团体，那些携手对抗撒克逊人的男人将以此为归属，他们所有人——我将会让其成为整个不列颠最值得尊敬的队伍。"

"也是最大的，但愿。"我说。

"不是那些征来的民兵。"他补充道，将他的荣誉之队的成员限定在那些许下誓言来作战，而不是因为国家的义务而来的人。"人们会更愿意加入我的团体，而不是那些神秘宗教。"

"您怎么称呼它？"我问。

"我不知道。不列颠勇士？战友团？卡丹之枪？"他口气随意，但我知道他是认真的。

"您觉得如果兰斯洛特属于这个'不列颠勇士'，"我随口用了他的一个候选名称，"那他还会介意不能加入密特拉吗？"

"那也许有点用，"他坦陈，"但这不是最主要的原因。我会对这些战士施加一项约束。要加入，他们就必须发下血誓，绝不与彼此战斗。"他突然一笑。"即使不列颠诸王起了纷争，我也要让他们手下的战士没有办法彼此作战。"

"这不太可能。"我刻薄地说，"对王室效忠的誓言凌驾其他一切誓言，即使是您的血誓。"

"那我就要改变现状，"他坚持道，"因为我要得到和平，德瓦，我将得到和平。而你，我的朋友，将会在德莫尼亚与我共享。"

"但愿如此，殿下。"

他拥抱我。"在科里尼翁见。"他说。他举手与我的枪兵们打了个招呼，随后又看向我。"想想兰斯洛特的事，德瓦。考虑一下，有时我们不得不放弃微末的骄傲来换回伟大的和平。"

130

留下这些话,他大步离开,而我则是去告诫我的手下,农耕的日子结束了。我们削尖长枪,磨砺利剑,重漆盾牌并绑紧。我们重回战场。

我们早昆格拉斯两天出发,他要等西境的首领率领毛糙的战士们从波伊斯的偏远山地赶来。他叫我向亚瑟保证,波伊斯的人会在一周内赶到科里尼翁,随后拥抱我,以生命担保夏汶的安全。她将搬回司乌思城堡,昆格拉斯出外作战期间,一小队战士会在那里护卫他的家人。夏汶并不愿意离开伊萨夫山谷,重返赫拉德和她的姑母们统御下的后廷,但我记得梅林说过,格温薇儿的艾西斯神殿中有一条瘸腿母狗披着剥下的死狗皮,于是我恳求夏汶为了我去避难,最后她让步了。

我将我的六个人添加至昆格拉斯的宫廷护卫,其他人则南下,皆为圣锅勇士。我们所有人的盾上都绘着夏汶的五角星,每人携带两柄长枪和各自的剑,背着大袋两次烘烤过的面包、腌肉、硬奶酪和鱼干。再次行军的感觉不错,即使我们的路线不得不经过勒格溪谷,那里的死尸已被野猪从土中拱出,山谷看上去如同一座墓地。我担心,看见这些骨头会让昆格拉斯的人想起他的战败,所以坚持花去半日时间重新掩埋这些尸骨。它们第一次被掩埋时都被砍去了一只脚。并不是每一位死者都能被掩埋,即使我们希望如此,所以掩埋的大多是我方的死者,不过我们仍会砍掉他们的一只脚以防止亡灵行走世间。现在我们重新埋葬着这些独脚的死者,但即使经过半日劳作,此地的杀伐之状仍是难掩。我从劳作中短暂抽身,前往了罗马神庙,正是在那处,我以剑杀死德鲁伊坦纳波斯,妮慕则扑灭了甘德利亚斯的神魂,那里的地面仍然留有他们的血迹,我平躺于布满蛛网的头骨之间,祈祷我能毫发无损地回到我的夏汶身边。

我们在马格尼斯度过后一夜,这个镇子自成一体,远离那些迷雾笼罩的圣锅和不列颠珍宝的传说故事。这里是格温特,基督教的领地,此处诸事皆为冷酷生意。铁匠锻造枪头,制革工制作盾牌皮甲、剑鞘、皮带和靴

亚瑟王

履，镇上的女人烤制着坚硬、寡淡的面包，能适应几周的行军。图锥克国王的手下穿着他们的罗马制服：铜制胸甲、皮裙和长斗篷。其中百名已向科里尼翁进军，另二百名则会随之前往，不是奉他们国王的旨意，因图锥克现身体有恙。他的儿子莫里格，格温特的王储，成为了他们的名义上的主帅，但实际上，阿格里科拉将率领他们。阿格里科拉已年迈，脊背却依旧挺直，伤痕累累的手臂仍能够挥舞长剑。据说他比罗马人更像一名罗马人，我也始终忌惮他严厉的蹙额，然而在那个春日，他在马格尼斯镇外如同一位平等地位之人般接待了我，出乎我意料之外，更用一个拥抱欢迎我。

他检阅了我的三十四名战士。在他手下刮净胡须的战士身侧，我的战士们看起来粗野邋遢，但他称赞了他们的武器，更称赞了我们携带的粮食数量。"我用了数年，"他低声咆哮，"教导他们，如果没有满满一袋食物，绝不要送一个战士上战场，可瑟卢瑞亚的兰斯洛特干了什么？送来了一百名枪兵，却没有足够的面包。"他邀请我进入他的帐篷，招待了我一杯酸涩清淡的酒。"我欠您一句对不起，德瓦阁下。"他说。

"深表怀疑，阁下。"我回答。与这个年龄够当我祖父的著名战士这么亲热，让我有些不好意思。

他挥挥手，对我的谦虚不以为然。"我们应该去勒格溪谷的。"

"那眼见是一场没有希望的战斗，阁下。"我说，"我们当时已没有退路，而你们不是。"

"但你们赢了，不是吗？"他低吼。他转过身，一阵清风试图将他桌上的一片木片吹落，桌上还有大量的木片，每一片都记录着人名和补给。他用一个墨水瓶压住木片，看向我。"我听说我们会和公牛们集合。"

"在科里尼翁。"我肯定道。不像他的主人图锥克，阿格里科拉是一名异教徒，不过他也没什么时间来崇拜不列颠诸神，除了密特拉。

"为了提名兰斯洛特。"阿格里科拉语气不善。他的营帐外有人高喊命令，他听出那并不需要他出帐之后，又看向我。"你了解兰斯洛特吗？"他问。

"够多了，"我说，"足以反对他的加入。"

"你宁愿冒犯亚瑟？"他的声音听来惊讶。

"我要么冒犯亚瑟，"我苦涩地说，"要么冒犯密特拉。"我比了个驱邪的手势。"而密特拉是一位神。"

"亚瑟在回波伊斯的路上跟我谈了谈，"阿格里科拉说，"告诉我，让兰斯洛特入会能增强不列颠的团结。"他停顿片刻，看上去闷闷不乐。"他暗示我欠他一票，因为我们缺席了勒格溪谷之战。"

看起来，亚瑟正在竭尽全力地争取投票。"那就投票支持他吧，阁下。"我说，"因为拒绝他只需要一票，我的就够了。"

"我从不在密特拉面前撒谎，"阿格里科拉打断我，"我也不喜欢兰斯洛特国王。他两个月在这儿，购买镜子。"

"镜子！"我不禁大笑。兰斯洛特一直收集镜子，在特雷贝斯岛，他父亲高耸明亮的海边宫殿里，他有一整间房间的墙上挂满了罗马镜子，它们在法兰克人洗劫宫殿时，一定均已焚烧殆尽，而现在，似乎兰斯洛特正在重建他的收藏。

"图锥克卖给他一面金银合金制成的精美镜子。"阿格里科拉告诉我，"像一面盾那么大，很独特。它清晰得有如晴日里黑色的湖泊那般。他为此付了好大一笔钱。"那必然，我想，混合黄金和白银打造的镜子，的确珍稀。"镜子，"阿格里科拉语气严厉，"他应该在瑟卢瑞亚尽他的责任，而不是买镜子。"一声号角从镇上传来，他一把拿起剑和头盔。号角响了两次，阿格里科拉认出了这讯号。"王储。"他低吼一声，引我走到室外，正看见莫里格从马格尼斯的罗马壁垒处骑马而出。"我在此处扎营，"阿格里科拉看着他的荣誉卫士分列两排时对我说，"好离他们的神父远点。"

莫里格王子身边跟着四位基督教的神父，他们正一路奔跑以赶上王储

亚瑟王

的马。王子是个年轻人,事实上我第一次见他的时候他还是名孩童,那也不过是不久前的事,但他用以掩饰自己年轻的却是一种易怒毛躁的行为。他矮个、苍白、瘦弱,留着稀疏的棕色胡须。他喜欢诡辩,热衷于法庭的吹毛求疵与教会的争吵不休,他也因此而臭名远扬。他的学识很有名,我们猜想,他是个驳斥伯拉纠①异端的专家,而这异端给不列颠的基督教教会造成了不少困扰。他对不列颠部落的十八章律法烂熟于心,也能说出十个不列颠王国上溯二十代的谱系以及它们所有的家族和部落,而这些,据他的仰慕者们称,只是莫里格浩瀚学识的沧海一粟。对他的仰慕者们而言,他似乎是年轻的完美学者,不列颠最好的雄辩家,但在我看来,王子继承了他父亲的智力,却没有继承其智慧。不是别人,正是莫里格说服格温特在勒格溪谷战前抛弃亚瑟,仅此一个原因,就让我对莫里格没有好感,然而当王子下马时,我仍是顺从地跪下了单膝。

"德瓦,"他用他那古怪的尖厉声音说,"我记得你。"他没有叫我起身,只是经过我进入帐篷。

阿格里科拉示意我入内,让我从那四个气喘吁吁的神父的陪伴中解脱出来,他们来此无事,只为了能待在他们的王子近前。王子本人穿着托加长袍,颈间戴着一条银链,其上挂有一枚沉重的木十字架,看起来对我的在场很有些厌烦。他冲我皱眉,继续向阿格里科拉不满地抱怨,但他们说的是拉丁语,我不明白他们在说什么。莫里格在阿格里科拉脸前挥动一张羊皮纸,似乎以此来支撑自己的论点,而后者只是耐心地忍受这样的长篇大论。

莫里格最终放弃了争论,卷起羊皮纸,塞入长袍。他转身用英语对我说:"你不会是希望我们喂饱你的手下吧?"

---

① 伯拉纠(Pelagian)派否认原罪,提倡自由意志教义,主张人得救不出于神而出于自己。

溪谷的恐怖，我们相信自己不可战胜。我们年轻，我们强壮，我们被诸神眷顾，我们拥有亚瑟。

我在科里尼翁见到了加拉哈特。自从在波伊斯分别后，他帮梅林将圣锅带回了怀君岛，随后在安布拉城堡度过春天，从那处重修的堡垒，他带着塞格拉莫的军队深入了洛依格。他告诫我，撒克逊人已准备好迎接我们的到来，在每一座山丘设置了烽火以警告我们的接近。加拉哈特来科里尼翁是为了参加亚瑟召集的军事会议，他带来了卡文和我手下那些拒绝北上林恩的人。卡文单膝跪下，请求让他和他的手下重新向我宣誓效忠。"我们不曾向他人效忠，"他起誓说，"除了亚瑟，而他说如果您还愿意，我们应该继续效忠您。"

"我还以为你已经发了财，"我对卡文说，"回去爱尔兰了。"

他笑了。"我还有棋盘呢，阁下。"

我欢迎他的回归。他亲吻海威贝恩的剑刃，问他和他的人是否可以在盾面绘上白色星星。

"可以，"我说，"但只能画四角星。"

"四角，阁下？"卡文瞥一眼我的盾牌，"您的是五角。"

"第五个角，"我告诉他，"是给圣锅的战士们的。"他面露不悦，但同意了。亚瑟不会赞同，他会认为第五个角暗示一些人的地位高于另一些人，可能造成战友间的不和，当然他没错，但战士们喜欢这样的区别，这是勇于战胜黑暗之路的男人们应得的。

我去招呼那些与卡文同来的人，见他们在流向科里尼翁东面的彻恩河河畔扎营。至少一百人在那条小河旁露营，因为城内没有足够的地方供所有被召唤至这座罗马城墙下的战士们驻扎。军队本身集中在安布拉城堡，每位首领都带了侍从前来参加军事会议，光是那些人就在彻恩河的河畔草地上形成了一支小型的军队。他们码放的盾牌显示出亚瑟策略的成功，仅仅一瞥我已看见格温特的黑牛、德莫尼亚的红龙、瑟卢瑞亚的狐狸、亚瑟的熊，还有像我一样绘有个人纹章的盾牌，星星、鹰、雕、野猪、塞格拉莫的可怕头骨和加拉哈特独此一家的基督教十字架。

亚瑟的表亲库尔威奇与他自己的战士一同扎营，正匆匆赶来招呼我。很高兴能再见到他。我和他曾肩并肩在贝诺克作战，我爱他犹如手足。他下流、有趣、乐观、顽固、无知、粗鄙，却也是最好的战友。"我听说你在公主的烤箱里放了条面包，"他拥抱我时说道，"你真他妈幸运。你让梅林帮你施了条咒语吗？"

"一千条。"

他大笑起来。"我也没啥好抱怨的。我现在有三个女人，每个都想把其他人的眼珠子挖出来，所有三个都怀上了。"他咧嘴一笑，抓了抓自己的腹股沟。"虱子，"他说，"赶都赶不走。但至少它们也感染了那个小杂种莫德雷德。"

"我们的国王殿下？"我逗他。

"小杂种，"他恨恨道，"我告诉你，德瓦，我揍他揍到出血，他还是不听话。臭小鬼。"他啐了一口。"你明天会发言反对兰斯洛特吗？"

"你怎么知道？"除了阿格里科拉我没有告诉旁人自己的决定，但不知怎么，这消息早于我传到了科里尼翁，或者我对瑟卢瑞亚国王的反感已经人尽皆知，人人都相信我不会做出另外的举动。

"每个人都知道了，"库尔威奇说，"每个人都支持你。"他看向我后方，突然又啐一口。"乌鸦！"他低吼。

我转身看见一队基督教神父沿着彻恩河的另一侧河岸行走。有二十几人，都身着黑色长袍，蓄着胡子，颂唱着他们宗教的一首挽歌。一队枪兵跟随着神父，我惊讶地发现，他们盾上画的不是瑟卢瑞亚的狐狸便是兰斯洛特的海雕。"我以为仪式要两天后举行。"我对身旁的加拉哈特说。

"是的。"他说。那是战争前的仪式，求诸神保佑我们的人，寻求不仅基督教的上帝，还有异教徒神明的祝福。"这看上去更像是一场洗礼。"加拉哈特补充道。

"贝尔在上，啥是洗礼？"库尔威奇问。

加拉哈特叹气。"这是肉体上的仪式，我亲爱的库尔威奇，表示一个人的罪恶被上帝的荣光所洗尽。"

这解释让库尔威奇爆发一阵大笑，继而皱眉，因为此时一名神父将长袍塞进皮带，蹚进了浅河中。他用一条长杆探测着是否有一处水坑够深以便进行洗礼仪式，笨手笨脚的探索吸引了对岸一群无聊的枪兵。

好一会儿无事发生。瑟卢瑞亚枪兵尴尬地护卫着剃去顶发的神父哀诵着他们的歌，以及那独身一人在河里的探测者，他用长杆的一头探索着，杆子另一头有一个银十字架。"你用那个永远也抓不住一条鳟鱼，"库尔威奇大叫，"试试鱼竿！"观看的枪兵们大笑，神父们怒目而视，无精打采地继续吟唱。一些镇上的女人来到河边，加入合唱。"那是娘们的宗教。"库尔威奇啐了一口。

"那是我的宗教，亲爱的库尔威奇。"加拉哈特小声咕哝。他和库尔威奇在整个漫长的贝诺克战争中一直在争吵，他们的争吵正如他们的友谊一般，无休无止。

神父找到了一处深坑，的确非常深，水直接没到了他的腰部，他试图在河床上插直长杆，水流的力量却一直将十字架冲倒，每一次失败都引起枪兵们的一阵嘲笑。一些观众自己也是基督徒，但他们没试图阻止这些嘲讽。

神父终于努力插下了十字架，尽管不甚稳当。他爬回岸上，枪兵们冲着他露出的瘦白双腿吹口哨，他急忙放下湿透的长袍遮盖。

随后另一队伍的出现，有效地让我们这边河岸陷入了一阵安静。那是出于尊敬的安静，十几位枪兵护送着一辆牛车而来，车上挂着白色布料，里面坐着两个女人和一位神父。其中一个女人是格温薇儿，另一位是兰斯洛特的母亲伊莲王后，但更多的惊讶源于那位神父的身份。那是桑森主教。他全身主教装扮，穿着多层华而不实的长袍，外加刺绣披肩，脖子上挂着一枚沉重的红金十字架。剃去头发的前额被阳光晒得泛红，头上的黑发竖起，就像耗子耳朵。勒泰戈恩，妮慕总这么叫他，耗子神。"我还以为格温薇儿受不了他。"我说，格温薇儿和桑森曾经是死敌，然而现在耗子神却坐在格温薇儿的车里向河边驶去。"而且他不是失宠了吗？"我补充道。

"屎有时候也会浮上来的。"库尔威奇低声咆哮。

"而且格温薇儿都不是个基督徒。"我说。

"再看看和她一起的另一坨屎。"库尔威奇说，指向跟随着缓慢牛车的六名骑手。兰斯洛特一马当先。他骑在一匹黑马上，只穿着一条格子裤和一件白衬衫。亚瑟的双胞胎儿子安赫和罗赫分居他双侧，身着全套战甲：饰有羽毛的头盔、锁甲和长靴。他们身后有另外三名骑手，一人佩甲，另两人身穿德鲁伊的白色长袍。

"德鲁伊？"我说，"来参加洗礼？"

加拉哈特耸肩，同我一样想不明白。那两名德鲁伊都是健壮的年轻人，有着黝黑英俊的面容、浓密的黑胡子，他们剃光的头顶后垂下梳理过的黑发，身携黑色手杖，手杖顶部饰有槲寄生，他们的身侧还佩着剑，这对德鲁伊来说并不常见。那个与他们同行的战士，我看出，并不是男人，而是个女人。一名高挑、背脊笔挺的红发女人，华丽的长发从她银色的头盔后垂下，直至马背。"她叫艾达。"库尔威奇告诉我。

"她是谁？"我问。

"你以为呢？他的厨房女佣？她给他暖床。"库尔威奇露齿一笑，"她让你想到谁吗？"

她让我想起莱杜伊斯，甘德利亚斯的情妇。我好奇，这是否是瑟卢瑞亚国王的宿命，都会有一位像男人般骑马佩剑的情妇？艾达的臀部挂着一把长剑，手中握着一柄长枪，手臂上是一面海雕盾牌。"甘德利亚斯的情妇。"我回答库尔威奇。

"那头红发？"库尔威奇不屑一顾地说。

"格温薇儿。"我说。艾达与坐在牛车上傲慢的格温薇儿有着显而易见的相似。格温薇儿身旁的伊莲王后脸色苍白，但除此以外我看不出传言中病入膏肓的证据。格温薇儿一如既往地美丽，不像经历过生产的折磨。她没有将孩子带在身边，我想也不会。格温德瑞无疑在林第尼斯，安全地待在乳娘的怀里，离得远远的，这样他的哭声就不会惊扰到格温薇儿的睡眠。

亚瑟的双胞胎跟在兰斯洛特后。他们依旧十分年轻，刚刚够年纪带着长枪上战场。我见过他们数次，并不喜欢他们，因他们不具备亚瑟实用主义的知识。他们行为卑劣。两名德鲁伊下马，站在牛车旁。

库尔威奇首先意识到了兰斯洛特在干什么。"如果他受洗礼，"他冲我低吼，"那他就不能加入密特拉了，是吗？"

"白德文加入了，"我指出，"而白德文是名主教。"

"亲爱的白德文，"库尔威奇对我解释，"棋盘两边他都下。他死后，我们在他的屋里发现了贝尔的肖像，他妻子告诉我们他一直朝它献祭。不，你就等着瞧我是不是说对了吧。兰斯洛特是想靠这样做来避免被密特拉拒绝。"

"也许他被上帝感召了。"加拉哈特抗议道。

"那你的上帝现在可脏了手。"库尔威奇回应道，"不好意思哦，他毕竟是你哥。"

"同父异母的哥哥。"加拉哈特说，并不想跟兰斯洛特扯上过近的关系。

牛车在靠河水很近之处停下。桑森现在正费力地走下河床，并没有把他华丽的长袍卷起，迎着激流，走入河水中。兰斯洛特下马，等在岸边，直到主教到达并握住了十字架。桑森的个头矮小，河水正巧漫过他单薄胸

亚瑟王

口的沉重十字架。他面朝我们这些一无所知的观众，用强而有力的嗓音高声说："这周！你们就将携带长枪前去对抗敌人，而上帝会保佑你们。上帝会帮助你们！而今日，在这条河里，你们会见证我主的力量。"草地上的基督徒在胸前画起十字，而异教徒，像是库尔威奇和我，则吐出口水驱赶邪灵。

"兰斯洛特国王在此！"桑森大吼着，指向兰斯洛特，就仿佛我们无人认识他一般，"他是贝诺克的英雄，瑟卢瑞亚的国王，群鹰之主！"

"什么之主？"库尔威奇问。

"而这周，"桑森继续道，"就在此周，他将要被吸纳进邪恶的密特拉教会，那名鲜血与怒火的伪神。"

"才不是呢！"库尔威奇的低吼响彻于其他归属密特拉教会的男人们的喃喃抗议中。

"然而昨天，"桑森的声音压过了那些抗议声，"这位尊贵的国王收到了一份神旨。一份神旨！不是什么醉后巫师腹中酝酿的梦魇，而是由金色翅膀带自天堂的纯洁美梦。神圣显灵！"

"艾达提起了她的裙子。"库尔威奇自言自语。

"神圣的万福圣母降临至兰斯洛特国王之前，"桑森叫道，"童贞玛利亚本人，痛苦的圣女，从她那无瑕完美的腰腹中诞生了孩童基督——世人的救主。而昨日，在一阵光芒之中，在黄金闪耀的云层之中，她来到兰斯洛特国王面前，用她美丽的手触碰了坦纳维尔！"他再次伸手向后方示意，艾达庄严地抽出兰斯洛特名为坦纳维尔"光之杀手"的长剑，将其高举。阳光在钢铁上反射闪耀，让我一时目眩。

"以此剑，"桑森喊道，"我们的万福圣母许诺国王，他将为不列颠带来胜利！这把剑，我们的圣母言道，已被圣子指甲划伤过的手掌碰触，拥有圣母爱抚之福报。从这日起，我们的圣母命令道，这把剑将以基督之刃而闻名，因它是神圣之物。"

不得不称赞兰斯洛特的是，他于此番布道展现出极度的羞窘神情，这整场仪式一定让他感到了切实的尴尬，他是如此自大，拥有着脆弱的自尊心，但即便如此，对他而言，被浸在河里一定还是比落选密特拉的公开羞辱要强。确定落选这件事定然迫使他不得不这么公然地抛弃所有异教诸神。我注意到，格温薇儿的视线明显回避着河，紧盯着插于科里尼翁土地和木头壁垒上的战旗。她是个异教徒，艾西斯的崇拜者，事实上她对基督教的仇恨人尽皆知，然而那仇恨显然要为支持这让兰斯洛特免于密特拉羞辱的公开仪式而让步。两名德鲁伊轻声与她交谈，时不时让她笑出声来。

桑森转身面向兰斯洛特。"国王陛下，"他的声音响到让我们这些坐在对岸的人也听得清清楚楚，"上前来吧！现在就来这生命之水中，现在就以孩童之状来接受您的洗礼，进入唯一真神的神佑之教。"

格温薇儿缓慢转身，看着兰斯洛特走入河中。加拉哈特在胸前画起十字，对岸的基督教神父以祈祷者之姿伸开双臂，镇上的妇人跪倒在地，心醉神迷地盯着英俊高大的国王走向桑森主教的身边。兰斯洛特目光低垂，似乎不愿看到这些见证了这屈辱仪式的人。

桑森抬手置于兰斯洛特的头顶上。"你是否，"他以我们能听见的声音喊着，"拥抱真正的信仰，唯一的信仰——为我等之罪而死的基督？"

兰斯洛特一定说了"是"，但我们无一人听见了他的回答。

"你是否，"桑森的声音更响，"在此拒绝其他所有诸神和其他所有信仰，其他所有邪灵、魔鬼、偶像和以污秽行止欺骗世人的邪恶诞生？"

兰斯洛特点头，低声同意。

"你是否，"桑森继续兴致高昂地说，"谴责与嘲笑密特拉教之行，宣言他们是，他们也确实是，撒旦的秽物，吾主耶稣基督厌恶之物？"

"是。"我们所有人都清晰地听见兰斯洛特的回答。

"以圣父，"桑森叫道，"圣子及圣灵之名，我宣布你为基督徒。"同时他用力按在兰斯洛特抹油的发上，将国王按入了彻恩河冰冷的河水中。桑

亚瑟王

森将兰斯洛特按了好长时间,以至于我觉得那混蛋都要被淹死了,但最终桑森还是让他起身。兰斯洛特甩出水珠时,桑森说出结束语,"此刻我宣告你是有福的,称你为一名基督徒,正式成为基督的圣战士。"格温薇儿不确定该如何回应,礼貌地鼓起掌。女人们和神父们突然唱起一首新的歌曲,一首异常活泼的基督教歌曲。

"圣妓女的圣名在上,"库尔威奇问加拉哈特,"什么是圣灵?"

但加拉哈特没有回答。他兄长的受洗显然让他喜悦,他冲入河中,渡水而行,与他红着脸的同父异母兄长同时上岸。兰斯洛特显然没想到会看见他,一瞬间僵在原地,无疑想起了加拉哈特与我的友谊,然后又突然想起刚被加于己身的基督教徒之爱的责任,顺从接受了加拉哈特热情的拥抱。

"我们也要去亲那个混蛋吗?"库尔威奇咧嘴一笑,问我。

"随他去吧。"我说。兰斯洛特没有看见我,我也不觉得自己需要被看见,但此时离开水中、正试图绞干自己沉重长袍的桑森,发现了我。耗子神从不会拒绝招惹敌人的机会,现在也如此。

"德瓦阁下!"主教叫唤道。

我无视他。格温薇儿听见我的名字,突然抬头看来。她之前正与兰斯洛特及加拉哈特交谈,现在她突然向她的车夫下令,后者用尖棒一刺公牛的侧腹,牛车随之颠簸向前。兰斯洛特仓促爬上行驶中的牛车,将他的随从们抛在河边。艾达跟上,用缰绳牵着他的马。

"德瓦阁下!"桑森在此呼唤。

我不情愿地转身面向他。"主教?"我回答。

"我是否能劝您跟随兰斯洛特国王进入这条治愈之河?"

"我上个月已经洗过澡,主教。"我的回答激起了河岸这边一些战士的笑声。

桑森画了个十字。"你应该在上帝羔羊的圣血中沐浴,"他说,"来洗尽密特拉的污垢！你是邪恶之物，德瓦，一个罪人、邪教崇拜者、恶魔的爪牙、撒克逊的杂种、一个婊子的主人！"

最后一个侮辱让我怒火中烧。其他的侮辱仅仅是词句，桑森虽然聪明，但在公开冲突中却从不是一个精明的人，他控制不住地说出了最后那个对夏汶的辱骂，他的挑衅让我在战士们的欢呼声中猛冲向彻恩河的东岸，欢呼声更大，桑森陷入恐慌，转身逃跑。他领先于我，也是个轻盈灵活的男人，但他湿透的厚重长袍拖累了他，被我在离河岸数步处逮住。我长枪一扫，绊倒了他，他四仰八叉地倒在雏菊与九轮草间。

随后我拔出海威贝恩，架在他的咽喉。"我没听清，主教，"我说，"你最后喊我什么。"

他一言不发，只是看向现在正聚集过来的兰斯洛特那四名随从。安赫和罗赫长剑出鞘，但两名德鲁伊还未拔剑，只是用一种难以理解的表情看着我。此时，库尔威奇也已过河，站在我身侧，还有加拉哈特，兰斯洛特那些困扰的枪兵则远远地看着我们。

"你说了什么，主教？"我用海威贝恩轻触他的咽喉。

"巴比伦的娼妓！"他急促不清地说，语气绝望，"所有的异教徒都崇拜她。鲜红之女，德瓦阁下，野兽！敌基督！"

我微笑。"我还以为你是在侮辱夏汶公主。"

"不，阁下，不！不！"他合掌道，"绝不会的！"

"那你现在向我发誓？"我问他。

"我发誓，阁下！以圣灵的名字，我发誓。"

"我不知道圣灵是谁，主教。"我用海威贝恩的剑尖点了点他的喉结。"以我的剑起誓，"我说，"亲吻它，我就相信你。"

自那时起他恨上了我。以前他就不喜欢我，但现在他对我深恶痛绝，然而他还是以嘴唇触上海威贝恩的剑刃，亲吻了那钢铁。"我无意冒犯公主，"他说，"我发誓。"

亚瑟王

我让海威贝恩在他的唇边停留了片刻，然后抽回剑，让他起身。"我还以为，主教，"我说，"你在怀君岛上还有一株圣荆棘要守护呢？"

他从湿袍上掸下草屑。"主召唤我为更高的事业献身。"他说。

"跟我说说。"

他抬头看我，眼神充满恨意，但恐惧盖过了仇恨。"主召唤我前来兰斯洛特国王的身边，德瓦阁下。"他说，"殿下将会软化格温薇儿王妃的心。我希望她能看见我主的荣光。"

这话让我大笑起来。"她已经有艾西斯之光了，主教，你也知道。而且她恨你，你这脏东西，你带了什么给她，想要改变她的主意？"

"带给她，阁下？"他遮遮掩掩地回答，"我能带给一位王妃什么呢？我什么都没有，为了侍奉主，我一无所有，只是一名谦卑的神父。"

"你是个臭虫，桑森，"我将海威贝恩回鞘，"你是我鞋下的烂泥。"我啐了一口，驱赶他的邪恶。从他的话中，我猜想，让兰斯洛特受洗是他的建议，这主意让瑟卢瑞亚国王避开了密特拉教的尴尬，但我不认为这建议能有效到让格温薇儿与桑森和他的宗教和解。他一定给了她什么，或者答应了她什么，可我知道他绝不会对我坦白。我又啐了一口，桑森将这口唾沫视为可以离开的示意，匆忙地向镇子走去。

"一场好看的演示。"两名德鲁伊之一尖刻讥讽。

"德瓦卡丹阁下，"另一名说，"可不是以好看闻名的。"我看向他时，他点点头。"迪纳思。"他自我介绍。

"我是拉韦纳。"他的同伴说。他们两人都是高个年轻人，强壮如同战士，有着坚强自信的面容。他们的长袍是刺目的白色，长长的黑发精心梳理，透露出一丝不苟，两人的沉着不知怎么带着一丝令人胆寒的气息。那是像塞格拉莫那般的人所拥有的沉着。亚瑟没有。他太冒失，但塞格拉莫，如同其他一些伟大的战士，有一种在战场上令人恐惧的沉着。我从不害怕与吵闹的人战斗，但我会小心冷静的敌人，因为他们是最危险的人，这两个德鲁伊正有着同样的冷静自信。他们看上去也很相似，我猜想他俩是兄弟。

"我们是双胞胎。"迪纳思说，仿佛读取了我的内心想法。

"正如安赫和罗赫。"拉韦纳补充道，指向亚瑟那两名依旧利剑出鞘的儿子，"但可以分辨出我们。我这儿有一处伤疤。"拉韦纳碰了碰他的右颊，他茂盛的胡子中隐藏着一处白色的伤疤。

"得自勒格溪谷。"迪纳思说。同他的兄弟一样，他的嗓音格外低沉，不符合他年龄的刺耳。

"我在勒格溪谷见到了坦纳波斯。"我说，"我也记得路万斯，但我不记得在高菲迪特的军队中见到过其他德鲁伊。"

迪纳思微笑。"在勒格溪谷，"他说，"我们作为战士战斗。"

"杀了我们分内的德莫尼亚人。"拉韦纳补充。

"战后才剃去我们的头发。"迪纳思解释。他有一种不眨眼、令人不安的凝视。"现在，"他轻声补充道，"我们侍奉兰斯洛特国王。"

"他的誓言便是我们的誓言。"拉韦纳说。他的话语中带着威胁之意，但是一种冷淡的威胁，并不是挑衅。

"德鲁伊如何能侍奉基督徒？"我向他们出言挑衅。

"自然是将古老的法术与他们的法术一同施展。"拉韦纳回答。

"我们确是能施展法术，德瓦阁下。"迪纳思补充道，他伸出空无一物的手，攥紧拳头，反转，伸展开手指，在其手掌中，出现了一枚画眉鸟的鸟蛋。他随意将鸟蛋扔开。"我们自愿侍奉兰斯洛特国王，"他说，"他的朋友便是我们的朋友。"

"他的敌人就是我们的敌人。"拉韦纳替兄弟结束此番话语。

"而你，"亚瑟的儿子罗赫不由加入了这场挑衅，"是我们国王的敌人。"

我看向更年轻的这对双胞胎，这双乳臭未干、冒失笨拙的年轻人，拥

亚瑟王

有过分的骄傲,却缺失智慧。他们都长着瘦削的长脸,与他们的父亲很像,但其上布满任性与愤慨。"我怎么是你们国王的敌人,罗赫?"我问他。

他不知该怎么回答,也没有别人替他回答。迪纳思和拉韦纳很聪明,不会在这里挑起一场战斗,即使兰斯洛特的枪兵们近在咫尺——因为库尔威奇和加拉哈特在我身边,同时还有数十名我的支持者就在几码外缓慢流淌的彻恩河对岸。罗赫涨红了脸,一言不发。

我用海威贝恩将他的剑拨到一旁,走上前几步。"给你一些忠告,罗赫。"我轻声说。"比起选择朋友,你更要明智选择你的敌人。我与你无隙,也不希望有隙,但如果你渴望一场战斗,那我向你保证,我对你父亲的爱、与你母亲的友谊,不会妨碍我将海威贝恩刺入你的肠子,让你魂归土壤。"我插回剑,"现在,离开吧。"

他眨了眨眼,但没有作战的勇气。他牵过马离开,安赫也随之而去。迪纳思和拉韦纳大笑,迪纳思甚至朝我一鞠躬。"一场胜利!"他冲我鼓掌。

"我们败啦,"拉韦纳说,"不过对上圣锅的勇士我们还能期待别的结果吗?"他嘲弄地说出这个称号。

"德鲁伊杀手。"迪纳思补充道,语气却不带嘲讽。

"我们的祖父,坦纳波斯。"拉韦纳说。我记起加哈拉特在黑暗之路上曾经警告我这两名德鲁伊的敌意。

"众所周知,杀死一名德鲁伊是不智之举。"拉韦纳用他那刺耳的声音道。

"特别是我们的祖父,"迪纳思补充,"对我们就如同父亲。"

"自从我们的亲生父亲过世后。"拉韦纳说。

"那时我们还年幼。"

"他死于一场可怕的疾病。"拉韦纳解释道。

148

"他也是一名德鲁伊。"迪纳思说,"他教导我们咒语。我们能使庄稼凋萎。"

"我们能使女人哀号。"拉韦纳补充道。

"我们能使牛奶变酸。"

"当它们还在乳房中时。"拉韦纳补充道,随后突然转身走开,用一种引人注目的敏捷,跳上了马鞍。

他的兄弟跳上自己的马,拉起缰绳。"但我们不仅能够转变牛奶。"迪纳思在马背上恶狠狠地盯着我,像之前那样伸出了自己空无一物的手,握拳翻转,再打开,他的手掌中是一张五角星形状的羊皮纸,他微笑,将羊皮纸撕碎,撒在草地上。"我们能够让星辰消逝。"他以此语道别,双腿夹紧。

两人飞驰而去。我啐了一口。库尔威奇拿回我落地的长枪,递给我。"他们到底是谁啊?"他问。

"坦纳波斯的孙子们。"我第二次啐出唾沫以趋避邪祟,"邪恶德鲁伊的小崽子。"

"他们真能让星辰消失?"他语带怀疑。

"一颗星星。"我盯着两名骑手的背影。我知道,夏汶正安全身处她哥哥的大厅中,但我也知道我必须杀了这对瑟卢瑞亚双胞胎,以确保她依旧安全。坦纳波斯的诅咒加于我身,这诅咒名为迪纳思和拉韦纳。我啐了第三口,然后为了得到好运,抚上了海威贝恩的剑柄。

"我们应该在贝诺克就杀了你哥!"库尔威奇冲加拉哈特吼道。

"求主宽恕,"加拉哈特说,"但你是对的。"

两天后,昆格拉斯到来,那晚召开了军事会议,会议结束后,在渐亏的月色和火把的照耀下,我们以枪为誓,投入对撒克逊人的战争。我们密特拉的战士将我们的剑刃浸入公牛的鲜血,但没有举行招新的会议。没有必要了,兰斯洛特因为洗礼已经逃脱了被拒绝的羞辱,虽然一名基督徒如

亚瑟王

何接受德鲁伊的侍奉还是一个谜，可没人能解释给我听。

梅林那日也来了，他主持了异教的仪式。波伊斯的路万斯协助他，迪纳思和拉韦纳却并没有现身。我们吟唱着贝利·毛尔的战歌，在鲜血中洗涤我们的长枪，我们许下诺言，誓死杀灭每一个撒克逊人。就在第二日，我们进军。

洛依格有两位重要的撒克逊首领。如同我们一样，撒克逊人有酋长和郡王，他们有部落，其中一些部落甚至都不称呼自己为撒克逊人，而是宣称自己为安格尔人或者朱特人，但我们统一称呼他们为撒克逊人，清楚他们只有两位重要的王，那两位首领名为阿尔和策尔迪克，他俩对彼此深恶痛绝。

阿尔自然是当时更出名的那位。他称呼自己为"不列颠共主"，他的国土由泰晤士河的南岸延伸至遥远的艾尔蒙特。他的对手是策尔迪克，后者的领地位于不列颠的南部海岸线，唯一与之接壤的就是阿尔的土地和德莫尼亚。两位国王中，阿尔更年长、领土更广、战士更强，由此成为我们主要的敌人。我们相信，打败阿尔，策尔迪克必然随之陨落。

格温特的王子莫里格长袍加身，盛装出席，稀疏的棕发上戴着一枚可笑的青铜花环，他在军事会议上提出了一种不同的策略。用他那一贯带着冷漠嘲讽的谦卑口气，建议我们与策尔迪克结盟。"让他为我们而战！"莫里格说，"让他从南面攻击阿尔，我们由西出击。我知道，我不是位战略家。"他停顿片刻，露出假笑，似乎是在邀请我们来反驳他，然而我们都缄口不言，"但显然，即使只拥有一丝智慧，都能明白，与一个敌人战斗要好过两个。"

"不过我们有两个敌人。"亚瑟直截了当地说。

"的确，我也明白此点，亚瑟殿下。但我的观点，若您能够理解，是让那两个敌人之一成为我们的朋友。"他合掌，朝亚瑟眨眨眼。"一位同盟。"莫里格补充道，以防亚瑟仍不明白他的想法。

"策尔迪克，"塞格拉莫用他那糟糕的英文低吼，"毫无荣誉可言！他

亚瑟王

会打破誓言，轻易如同喜鹊打破一枚麻雀蛋。我不会与他讲和。"

"您不明白。"莫里格抗议道。

"我不会与他讲和。"塞格拉莫打断了王子，一字一顿地说，仿佛是在与一名孩童说话。莫里格涨红了脸，陷入沉默。格温特王储被这高个子的努米底亚战士吓到半死，这也难怪，塞格拉莫的名声与他的长相同样可怖。巨石领主是一个很高很瘦的男人，迅捷如鞭。他的头发和脸黑如沥青，长脸经由一辈子的战争磨砺，始终带着一种怒容，掩盖了有趣甚至是慷慨的个性。塞格拉莫虽然没有完美掌握我们的语言，却能在篝火旁吸引所有人的注意好几个小时，述说他那些遥远土地上的故事，不过大多数人只知道他是亚瑟所有战士中最凶猛之人，无可取代的塞格拉莫在战场上令人胆寒，在战场外忧郁阴沉，撒克逊人都认为他是地狱遣来的黑色魔鬼。我很了解他，也喜欢他，正是塞格拉莫提名我加入密特拉教会，而在勒格溪谷那漫长的一日中，也是塞格拉莫始终在我身侧一同战斗。"他给自个儿弄了个撒克逊大女孩，"库尔威奇在会议上对我悄声说，"像棵树那么高，头发像干草。难怪他这么瘦。"

"你有三个老婆还这么壮。"我戳戳他结实的腹部。

"我挑中她们是因为她们厨艺好，德瓦，不是她们长得好。"

"您想要说些什么吗，库尔威奇阁下？"亚瑟问。

"没什么，表亲！"库尔威奇欢快地回答。

"那我们继续。"亚瑟说。他询问塞格拉莫，策尔迪克的人有几成可能会为阿尔作战，这个守住对撒克逊人前线整个冬天的努米底亚人耸耸肩，说策尔迪克的话一切皆有可能。他说，听闻两个撒克逊人见面并交换过礼物，但没有消息说他们成立了一个可靠的同盟。塞格拉莫觉得最有可能的是，策尔迪克乐见阿尔的实力被削弱，而当德莫尼亚军队忙于此事时，他就能沿着海岸尝试攻陷杜诺维瑞阿。

"如果我们与他和谈……"莫里格再次尝试。

"我们不会。"昆格拉斯国王的话语简短而冷漠。会议上唯一地位比莫里格地位高的国王让王储再次闭嘴。

"还有最后一事。"塞格拉莫警告我们,"赛思人现在有狗。大狗。"他伸手比画撒克逊战犬的巨大体型。我们都听说过这些野兽,皆有所畏惧。据说,撒克逊人会在盾墙相撞的几秒前放狗,那些野兽能够在敌人枪兵的盾墙中撕出巨大的破洞。

"我会对付那些狗。"梅林说。这是他在这次会议中唯一的一次发言,但他那冷静自信的陈述安慰了不少担忧的人。梅林意外出现于军队之中,本已是巨大的贡献,即便在不少基督徒心中,持有圣锅一事也让他成为前所未有的巨大力量的象征。没有多少人明白圣锅的用处,不过都很满意这位德鲁伊决定与军队同行,有亚瑟作为我们的头领,梅林在我们的身侧,我们怎会输?

亚瑟有自己的部署。他说,兰斯洛特国王与瑟卢瑞亚的枪兵、一支德莫尼亚派遣队将护卫南面国界,以抵御策尔迪克。我们剩下的人在安布拉城堡集合,沿泰晤士河谷朝东进军。兰斯洛特对于与攻击阿尔的主力军队分开这件事,表现了一番不情愿,但库尔威奇听见这命令后,惊讶摇头。"他又逃过战斗了,德瓦!"他小声对我说。

"除非策尔迪克攻击他。"我说。

库尔威奇瞟了一眼两侧坐着双胞胎迪纳思和拉韦纳的兰斯洛特。"而且他还离他的守护女神很近,是吧?"库尔威奇说,"可不能离格温薇儿太远哦,不然他就得靠自己站起来了。"

我不在乎。兰斯洛特和他的人不在主力军中,只让我感到解脱,光是面对撒克逊人就够了,我可不想再提防着坦纳波斯的孙子们或背后捅来的瑟卢瑞亚匕首。

于是,我们进军。我们是一支衣着破烂、由三个不列颠王国调派而成的军队,最远的一些同盟还没有到来。艾尔蒙特,甚至是康沃尔都有人答应前来，但他们会沿东南至科里尼翁、西至伦敦的罗马大道跟随我们。

伦敦。罗马人曾称呼它为朗蒂尼亚姆，再之前它仅仅被称为伦多，梅林曾告诉我那意为"荒野之地"，现在它正是我们的目标。这曾经伟大的城市，在罗马人统治时是整个不列颠最大的城市，现在则荒废于阿尔偷去的土地间。塞格拉莫曾领导过一次著名的突袭，进入这个古老的城市，发现那里的不列颠居民生活在他们新主人的恐怖统治下，但现在，我们希望能将其夺回。这个希望在军队中传播犹如野火，但亚瑟一直不承认。他说，我们的任务是与撒克逊人战斗，而不是被一个死城的废墟所诱惑，梅林就此事表示了反对。"我才不是来看一堆死掉的撒克逊人的呢，"他轻蔑地对我说，"杀撒克逊这事儿上，我能管什么用？"

"很大的用处，阁下，"我告诉他，"您的魔法让敌人恐惧。"

"别说蠢话，德瓦。任何一个傻瓜都可以在军队前单脚跳着施展诅咒。吓唬撒克逊人可不是什么技术活儿。就连兰斯洛特那些荒唐的德鲁伊都能做到！而他们都不是真正的德鲁伊。"

"他们不是？"

"当然不是！想成为一名真正的德鲁伊，你必须学习。必须经过测试。必须让其他德鲁伊认同你确有本事，我从未听说有哪个德鲁伊测试过迪纳思和拉韦纳，除非是坦纳波斯，但他又算是什么德鲁伊？一点儿都不厉害，不然他绝不会让你活下来。我最反对无能了。"

"他们能够施展法术，阁下。"我说。

"施展法术！"他不满地叫道，"其中一个可怜虫弄出了一枚画眉鸟蛋，你就觉得是法术了？画眉鸟都能干得出来。如果他弄出了一枚羊蛋，我倒是会关注几分。"

"他还变出了一枚星星，阁下。"

"德瓦！你怎么这么容易被骗啊！"他惊呼，"用剪刀和羊皮纸做出来的星星？别慌，我听说了那枚星星，你的宝贝夏汶没有任何危险。为了确保，妮慕和我已经埋下了三颗头骨。你不需要知道细节，但你就放心吧，如果那些冒牌货靠近夏汶，他们就会被变成草蛇。那样他们就能永远下蛋了。"我向他致谢，随后问他，既然他不会帮助我们对抗阿尔，那么他为何要与军队同行。"自然是因为卷轴啦。"他边说边拍了拍他肮脏黑袍上的一个口袋，示意卷轴很安全。

"卡勒庭的卷轴？"我问。

"还有别的吗？"他反问。

卡勒庭的卷轴是梅林从特雷贝斯岛带回的宝物，在他眼中，它与所有不列颠宝藏同样珍贵，毫无疑问，因为那些宝藏的秘密就被详细记录于这份古老的文件中。德鲁伊是严禁写下任何文字的，因为他们相信记录一个咒语会破坏写作者的施咒法力，所以他们一切的学问、仪式和知识都是口口相传下来的。然而罗马人在他们攻击莫岛之前非常害怕不列颠宗教，罗马人买通一个名叫卡勒庭的德鲁伊，强迫他在一个罗马卷轴上写下所知道的一切。卡勒庭背信弃义的卷轴就这样保存下了所有古老的不列颠真知。其中大多数，梅林曾告诉我，在过去的几个世纪被遗忘，因为罗马人对德鲁伊残酷的迫害，大多数古老知识都随时间消逝，但现在，有了卷轴，他能重新获得遗失的力量。"这卷轴，"我大胆问，"提到了伦敦？"

"啧啧，你的好奇心还真是旺盛啊！"梅林嘲弄我，但也许是因为今天天气好，他的心情也阳光灿烂，格外宽厚。"最后一件不列颠宝藏在伦敦。"他说，"或者说曾在那儿。"他仓促补充。"它被埋在那里。我想过给你把铁锹，让你把它挖出来，但你肯定会搞得一团糟。就看看你在莫岛干的事！寡不敌众还被包围，真是的。不可原谅。所以我决定自己干。当然我得先找到它埋的位置，那不容易。"

"阁下，"我问，"是否因此你才带了狗？"梅林和妮慕收拢了一大群吵闹肮脏的杂种狗，现在与军队同行。

梅林一叹。"请允许我，德瓦，"他说，"给你一些建议。你不会买一

亚瑟王

条狗，然后自己吠。我知道那些狗的作用，妮慕知道他们的作用，而你不知道。这就是诸神的旨意。你还有别的什么问题吗？现在能让我好好享受早晨的散步了吗？"他迈开大步，每走一步，巨大的黑色手杖就在草皮上猛击一下。

我们一经过卡莱瓦，烽火的大片烟雾就扑面而来。那火是敌人的信号，意味着我们已进入对方视野，无论何时，如果一名撒克逊人看见一缕这样的烟，他就会奉命废弃土地：清空粮仓，烧毁房屋，赶走家畜。阿尔总是后撤，驻扎在我们前方一日路程之处，诱惑我们进入废土。每当道路通向林地，它总会被树木挡住，有时，当我们的人辛苦拖着倒下的树干，清理出通路时，一支箭或长枪会从树叶间蹿出，夺去一条性命，或者一条巨大的撒克逊战犬会从灌木丛中跳出，流着口水；但这些是阿尔发起的全部攻击，我们从没见到过他的盾墙。他越往后退，我们则越往前进，每天敌人的长枪或恶狗都会夺去一两条性命。

但对我们来说，更大的伤害来自疾病。在勒格溪谷战前我们也发生过同样的情况，每次大军集结，诸神总会降下瘟疫。病人极大地拖累了我们，他们不能进军，只能被安置在安全之处，还必须有士兵保护其免受潜行于我们两翼的撒克逊军队的伤害。我们白日里能看见这些敌人遥远、衣着破烂的身影，到了夜里，他们的营火就闪烁在我们的地平线。然而我们行进缓慢的最大原因并不是病人，而是调动这么多人行动本身。这对我来说是个谜，我不明白为何三十名枪兵可以在一天里轻松行走二十英里，但二十倍人数的军队，即使再努力，能走上八九英里就算是运气不错了。我们的依据是放置在路沿用来标记到伦敦英里数的罗马石头，一阵子之后，我拒绝再看它们，害怕它们所代表的那令人沮丧的含义。

牛车亦拖慢了我们。我们配备有四十辆宽敞的衣车，上面载有我们的食物和多余的武器，那些补给车以蜗牛般的速度颠簸行驶在军队的后方。莫里格王子奉命守护后军，他焦虑地行进在牛车周围，偏执地点着它们，一直抱怨前方的枪兵走得太快。

亚瑟著名的骑兵引领着军队。队伍如今有五十人，都骑在高头大马上，那些马是在德莫尼亚的国土腹地培育出来的。其余骑兵没有穿着亚瑟部队的鱼鳞甲，骑马前行充当斥候，有时那些人没能归来，但我们会在前行的路上发现他们被砍下的头颅。

军队的主力由五百名枪兵组成。亚瑟决定不带民兵，因为这样征来的农民几乎没有合适的武器，所以我们都是许过誓的战士，都携带长枪和盾，大多数也拥有剑。不是每一个人都能负担一把剑，然而亚瑟发布命令，整个德莫尼亚境内，若家中有剑又没有参军之人，必须交出这武器，就这样收集来八十把利剑，分发给了他军中之人。一些人——有几个——带着俘获来的撒克逊战斧，尽管其他人，包括我，都不喜欢这种武器的笨拙。

如何支付所有这些？如何支付这些剑、新枪、新盾、车、牛、面粉、靴子、旗帜、马笼头、煮锅、头盔、斗篷、匕首、马掌和腌肉？我问亚瑟时，他大笑起来。"那倒是要谢谢基督徒，德瓦。"他说。

"他们上交了更多钱？"我问，"我以为那乳房已经干涸。"

"现在真是干了，"他一脸严肃，"但当我们打算让教堂的守卫者殉道时，他们能拿出的钱可是你难以想象的，而且我们答应回馈给他们的财富也更加夸张。"

"我们后来报答过桑森主教吗？"我问。他位于怀君岛的修道院曾经提供过收买阿尔的财富，那场秋日的进军最终结束于勒格溪谷。

亚瑟摇头。"他还一直提醒我那件事呢。"

"主教，"我谨慎开口，"似乎交上了一些新朋友。"

亚瑟对于我不太成功的圆滑哈哈大笑。"他现在是兰斯洛特的王室牧师。我们亲爱的主教，似乎没法保持低调。就像是水桶中的一颗苹果，他又就这么浮上来了。"

亚瑟王

"他还与您的夫人和解了。"我说出自己的观察结果。

"我乐于见到人们解决争端,"他说得委婉,"但桑森主教这些日子确实拥有了一些出人意料的盟友。格温薇儿忍受他,兰斯洛特提拔他,莫甘维护他。吃惊吧?连莫甘都这样!"他喜爱他的姐姐,对于她与梅林的疏远,他很痛心。她以雷霆手腕统治着怀君岛,仿佛是在向梅林展示,比起妮慕,她是一位更适合的伴侣,但莫甘早就输掉了争夺梅林首席女祭司之战。梅林肯定她的价值,亚瑟说,不过她想要被爱。亚瑟悲伤地问我,可谁又能去爱一个被火灼伤得如此残破、颤抖、丑陋的女人呢?"梅林从不曾是她的爱人,"亚瑟告诉我,"即使她假装他是,他也不在意装成如此,因为越多人认为他奇怪,他就越开心,事实上他却不能忍受看见莫甘不戴面具的脸。她很寂寞,德瓦。"正因如此,亚瑟自然为他残废的姐姐和桑森主教之间的友谊而感到高兴。然而我却不明白,为何德莫尼亚基督教中最强势的拥护者会与拥有人所周知力量的异教徒女祭司莫甘成为朋友。耗子神,我想,如同一只蜘蛛结出了一张奇异的网。他的上一张网试图抓住亚瑟,但却失败,所以现在桑森又在忙于为何人织网呢?

在最后一支同盟军加入之后,我们就再也听不到德莫尼亚的音讯了。我们现在被孤立,被撒克逊人包围,不过最后一条来自家乡的消息是鼓舞人心的:策尔迪克没有向兰斯洛特的军队采取任何行动,据说也没有东进支援阿尔。最后一支加入我们的部队来自康沃尔,他们的统帅是一位旧友,他纵马飞驰过队列来找我,下马时绊了一跤,摔倒在我的脚边。那是崔斯坦,康沃尔的王子及王储。他站起身,掸去披风上的尘土,然后拥抱我。"你能休息了,德瓦,"他说,"康沃尔的战士们到了。一切都会好起来的。"

我大笑。"你看上去精神不错,王子殿下。"他也笑了。

"摆脱我父亲了,"他解释道,"他把我从笼子里放出来了。他大概是希望一个撒克逊人能在我的头骨里埋下一柄斧头。"他模仿死人做了个滑稽鬼脸，我啐了一口。

崔斯坦是一名英俊、健壮的男人，有着一头黑发、分叉的髭和长长的颔须。他皮肤发黄，一张时常看来忧伤的面容今天却充满着喜悦。他曾违背父命，率领一支小队前来勒格溪谷，我们听说因为这个举动，他整个冬季都被幽禁于康沃尔北海岸的一座偏远城堡中，不过马克国王如今让步了，释放自己的儿子前来这场战役。"我们现在是一家人。"崔斯坦解释道。

"家人？"

"我亲爱的父王，"他语带讥讽，"娶了位新妻子。布罗塞利昂的艾尔。"布罗塞利昂是阿莫里凯现存的不列颠王国，它由凯姆伦之子布蒂克统治，亚瑟的姐姐安娜是他的王后，所以艾尔其实是亚瑟的外甥女。

"这是，"我问，"你的第六任继母？"

"第七任，"崔斯坦说，"她只有十五岁，父王起码都五十了。我都已经三十了！"他郁郁地补充道。

"而且未婚？"

"是啊。但我父王结婚的次数都够算上我们俩的份儿了。可怜的艾尔。估计四年吧，德瓦，她就会像其他人那样死去了。现下他是高兴了。他正在消耗她，就像他消耗其他那些新娘。"他伸出手臂钩住我的肩膀，"我听说你结婚了？"

"没有结婚，但也一样被套牢了。"

"而对象是那传说中的夏汶！"他大笑，"干得漂亮，我的朋友，干得好。有一天我也会找到我的夏汶。"

"也许很快，王子殿下。"

"必须的！我快老啦！老掉牙啦！那天我看见了一根白毛，就在我胡子这儿。"他戳了戳自己的下巴。"看见了吗？"他焦虑地问。

"一根？"我逗他，"你看上去像头獾。"黑色中可能有三四根银须，但

亚瑟王

也就这么多了。

崔斯坦哈哈大笑,瞥了一眼路边,一名奴隶正沿路奔跑,遛着十几条狗。"应急食物?"他问我。

"梅林的魔法,他不肯告诉我们是用来干什么的。"德鲁伊的狗是件麻烦事。它们需要我们本就缺乏的食物,它们的号叫让我们夜里不得安睡,如同魔鬼般地和陪伴我们的其他狗打架。

崔斯坦加入我们之后那天,我们到达了庞蒂斯,那里道路沿一座罗马人建造的宏伟石桥穿越过泰晤士河。我们以为桥会被摧毁,但斥候回报它完整无恙,出乎我们意料,在我们的枪兵到达时它依旧完整。

那是整个行军过程中最热的一天。亚瑟禁止任何人过桥,直到货车赶上主军。于是我们的人在等待时便分散瘫坐在河边。桥有十一个桥拱,两岸各有两拱,将道路抬高连接至河上的七拱桥身。树桩和其他漂浮碎物堆积于桥的上流,让西面的河水比东面的更宽更深,临时搭建的堤坝让河水在石桩间加速流过,泛起白沫。河对岸有一处罗马式聚居地,残破的土堤将一组石造建筑圈起,在靠近我们这边的桥头,一座塔守卫着从它那坍塌拱门处经过的道路,其上的罗马碑文依旧存在。亚瑟为我翻译,告诉我桥是哈德良皇帝下令建造的。"Imperator,"我向上凝视着石匾,"意思是皇帝?"

"对。"

"皇帝比国王地位更高?"我问。

"皇帝是国王们的主君。"亚瑟说。这座桥让他心情抑郁。他攀上它陆上的拱门,走向塔楼,一手轻放在石块上,盯着石匾。"如果你和我想要建造这样一座桥,"他对我说,"我们会怎么做?"

我耸肩。"用木材造,殿下。用上好的榆木做桩,剩下的用橡木段。"

他苦笑。"它会持续至我们曾孙生活的时代吗?"

"他们可以造他们自己的桥。"我建议道。

他抚摸着塔楼。"我们无人能如此搭建石块。无人知道如何将石桥墩沉入河床。无人记得该怎么做。德瓦，我们就像坐拥宝藏之人，日复一日，宝藏缩水，我们却不知道如何阻止，或创造更多的财富。"他回望，莫里格的第一辆货车出现在远方。我们的斥候已深入道路两旁的树林探查，回报说没有任何撒克逊人的踪迹，但亚瑟依旧充满怀疑。"如果我是他们，我会让我们的军队过去，然后攻击补给车。"他说，于是决定派一队先遣护卫队过桥，让货车进入废墟腐朽的土墙之中，再让主力军过去。

我的人组成了先遣护卫队。河对岸的土地上树木生长较为稀疏，但依旧有不少树靠得够近，足以掩护一支小队。无人出现挑战我们。撒克逊人存在的唯一迹象是桥中央放置的一颗马头。我的人都不愿从其旁经过，直至妮慕上前驱邪。她只是冲马头啐了一口。撒克逊魔法，她说，是很弱的玩意儿，驱邪一完成，伊撒和我便将马头抛下了河。

我的人在土墙警戒，让货车和它们的护卫通过。加拉哈特与我同行，我们俩搜查墙内的那些建筑。出于某些原因，撒克逊人痛恨使用罗马人的居所，更喜欢他们自己用木头和茅草搭建的屋子，不过直到最近，这里还曾有过人居住，壁炉中有灰，几处地面也被清扫过。"也许是我们的人。"加拉哈特说，有不少不列颠人在撒克逊人中居住生活，许多都是奴隶，但也有一些接受了外族统治的自由民。

这些建筑曾是军营，还有两幢民宅，以及一座我以为是巨大粮仓的建筑，但当我们推开那腐坏的大门时，发现它是畜棚，可保护牲口夜间免受恶狼袭击。地面是茅草和排泄物混杂而成的泥坑，气味令人恶心，使我想立刻离开这里，然而加拉哈特在屋子深处的阴影里看见了什么东西，于是我跟随他走过了潮湿黏滞的地面。

建筑的另一面不是一面笔直的三角墙，而是半圆形的后殿。在后殿污浊的泥墙高处，多年灰尘和泥土下，勉强透出一个画上去的符号，看起来像一个大"X"上叠加着一个"P"。加拉哈特盯着那符号，画了个十字。

亚瑟王

"这里曾经是一座教堂,德瓦。"他惊讶地说。

"这里臭死了。"我说。

他虔诚地看着那符号。"这里曾有基督徒。"

"现在没了。"我闻着扑面而来的臭味耸肩,无望地赶着脑袋周围嗡嗡作响的苍蝇。

加拉哈特不在意气味。他将长枪枪柄插入牛粪和腐草中,最终成功清出了一小块地面。他发现之物促使他更努力地干活,一直到他清理出了描画在马赛克地砖上的一个男人的上半身。那男人穿着主教般的长袍,脑袋后有一圈光晕,抬起的一手上举着一只小兽,那野兽身体瘦小,毛发蓬松的脑袋却很大。"圣马克和他的狮子。"加拉哈特说。

"我以为狮子是巨大的野兽。"我很失望,"塞格拉莫说它们比马还大,比熊还凶猛。"我盯着那污迹斑斑的野兽。"这不过是只小猫。"

"这是象征性的狮子。"他斥责我。他试着清理出更多地面,但污垢太旧太厚,也太黏。"有一天,"他说,"我要建造一座像这里一样的伟大教堂。一座宏伟的教堂。让一大群人可以聚集在上帝面前。"

"而等你死后,"我将他拉向门口,"某些混蛋会让一大群畜生在这里过冬,并感谢你。"

他坚持再待一分钟,我拿过他的盾和长枪,他伸展手臂,向这个古老的地方献上了新的祈祷。"这是神兆,"他兴奋地说着,终于跟随我走回阳光中,"我们会将基督教带回洛依格,德瓦。这是胜利的预兆!"

这对加拉哈特来说,也许是胜利的预兆,但那个老教堂几乎成为我们战败的原因。第二天,我们向西面的伦敦行进,那座城市已近在眼前,莫里格王子留在庞蒂斯。他让货车和大部分的护卫先走,留下五十个人清理那倒胃口的肮脏教堂。莫里格和加拉哈特一样,被古老教堂的存在深深感动,决定将这圣地重新献于它的上帝,于是他让他的枪兵们放下武器,清理那建筑中的排泄物和茅草,以便让陪同他的神父们得以祈祷,让此建筑重现神圣。

在这些后卫军铲屎时，跟随我们的撒克逊人过了桥。

莫里格逃跑了。他有一匹马，但大多数清屎的人死去了，那两名神父也均是如此，随后撒克逊人沿路一拥而上，捕获了货车。残余的后卫军顽强反抗，可人数相差过大，撒克逊人包围了他们，碾压了他们，开始屠杀缓慢而行的牛，一辆接着一辆，货车停下，落入敌人手中。

到此时，我们已觉察了这阵骚乱。军队停下，亚瑟的骑兵飞奔向后，前往杀戮之声传来的地方。这些骑兵都还未武装好，因为整日身着盔甲骑马实在太热，然而他们的突然出现足以让撒克逊人惊逃，只不过损失已然造成。四十辆车中的十八辆已不能移动，没有了拉车的牛，这些车只能被放弃。这十八辆车中的大多数已遭劫掠，我们珍贵的一桶桶面粉被撒在地上。我们抢救了尽可能多的面粉，用披风包裹，但这些只能烤出满是尘土和树枝的恶心面包了。在这场袭击前，我们已经减少了配给口粮，估计也只有足够撑两周多的食物，大多数都在这些后卫军的货车中，现在我们面对的前景不容乐观，一周内就得班师。即使如此，留给我们安全撤到卡莱瓦或安布拉城堡的食物也仅仅是勉强足够。

"河里有鱼。"莫里格指出。

"天啊，别又是鱼了。"库尔威奇抱怨，应该是想起了在特雷贝斯岛最后那些食物匮乏的日子。

"没有足够的鱼能喂饱一支军队。"亚瑟气愤地回答。他本可以冲莫里格大吼，彻底斥骂他的愚蠢，但莫里格是一位王子，亚瑟的得体让他永远都不会侮辱一位王子。如果是库尔威奇或我分散了后卫军兵力，让货车暴露于危险之中，亚瑟一定会大发雷霆，不过莫里格的出身保护了他。

我们在道路北侧召开军事会议，道路笔直穿过一片沉闷的草原，草原布满丛丛树木，零星分布着金雀花和山楂树。所有指挥官均出席，十几名下属围在四周，听我们的决定。莫里格自然不承认自己的任何责任。他

亚瑟王

说，如果能给他更多兵力，这场灾难就绝不会发生。"另外，"他说，"尔等要原谅我指出——虽然我认为此事显而易见，无需多做解释——无视上帝的军队不可能取得胜利。"

"那为什么上帝无视了我们？"塞格拉莫问。

亚瑟让努米底亚人收声。"发生过的已然发生，"他说，"我们在这里是要讨论下一步该怎么做。"

然而接下来的事情并不取决于我们，而是取决于阿尔怎么做。他已赢得首胜，也许他并不知道这场胜利的意义。我们深入他的领土数英里，面对的是弹尽粮绝，除非我们能困住他的军队，将其摧毁，突破至尚未被坚壁清野的区域。我们的斥候带回鹿，时不时也会遇到一些牛或羊，但此等佳肴少之又少，完全不能弥补我们失去的面粉和腌肉。

"他一定得守卫伦敦，是吧？"昆格拉斯说。

塞格拉莫摇头。"伦敦住着不列颠人，"他说，"撒克逊人并不喜欢那里。他会让我们占据伦敦。"

"伦敦会有食物。"昆格拉斯说。

"可是能让我们坚持多久，国王陛下？"亚瑟问，"如果我们把食物带走，接下去做什么？一直游走，寄希望于阿尔的攻击？"他凝视地面，长脸因思绪而显得严肃。阿尔的战略如今已清晰：撒克逊人让我们不断深入，并一直在我们的前路清空所有食物，等到我们虚弱、士气低沉，撒克逊军队便会从四周一拥而上。"我们必须，"亚瑟说，"将他引向我们。"

莫里格快速眨了眨眼。"如何引？"他询问，那口气好像在暗示"亚瑟的建议何其荒谬"。

陪同我们的德鲁伊有梅林、路万斯，还有来自波伊斯的另外两位，都在会议地点的同侧坐于一起，梅林占据了一处便利的蚁丘当作座位，这会儿举起手杖要求发言。"当你想要得到某物时，"他轻声细语，"你会怎么做？"

"抢来。"亚格拉宾低声咆哮。亚格拉宾指挥亚瑟的重骑兵，让亚瑟可以腾出精力指挥全军。

"当你想要从诸神处获得宝物时，"梅林修正他的问题，"你会怎么做？"

亚格拉宾耸肩，我们其余人也没有答案。

梅林站起身，他的身高凌驾于整个会议。"如果你想要某物，"他语气随意，就如他是老师，我们都是他的学生，"你必须给出某物。你必须献祭，做出牺牲。这世上我最想得到的东西是圣锅，所以我将自己的生命奉献给这场探寻，而我也如愿以偿；但若我没有献祭灵魂，就不会得此赏赐。我们必须牺牲一些东西。"

莫里格的基督教信仰被冒犯，他控制不住自己要奚落这位德鲁伊。"也许牺牲您的性命，梅林阁下？上次就成了。"他笑着看向他幸存的神父，希望他们一同大笑。

梅林将他的手杖指向王子，笑声消失。他稳稳举着手杖，尾端离莫里格的脸仅数寸，他一直举着不动，笑声停止后他依旧举着。梅林举着手杖，这令人无法忍受的寂静持续着。阿格里科拉，许是觉得必须站出来支援自己的王子，清了清嗓子，但不管他想要说出什么抗议之言，手杖依旧颤动地举在原处。莫里格不安地战栗，似乎被惊吓得无法言语。他涨红脸，眨着眼，微微扭动。亚瑟皱眉，但没有出声。妮慕微笑期待着王子的命运，我们其余人安静地看着，有些人害怕地颤抖，可梅林依旧没有动，最后，莫里格无法再忍受这样的焦虑。"我在开玩笑！"他几近绝望地大喊，"我无意冒犯。"

"您刚才说什么了吗，王子殿下？"梅林语气不安地询问，假装莫里格惊恐的言语将他从冥想中惊醒。他放低手杖。"我一定是白日做梦了。我说到哪儿了？哦，对了，献祭。我们有什么，亚瑟，最宝贵的是什么？"

亚瑟思考片刻。"我们有黄金，"他说，"白银，我的盔甲。"

亚瑟王

"小玩意儿。"梅林不屑一顾地回答。

沉默片刻之后，会议外的人作答了。一些人拿下了颈间的项圈，在空中挥舞。另一些建议献祭武器，一个人甚至喊出亚瑟的佩剑埃克斯卡利伯。基督徒们没有说话，因为这是异教的仪式，除了他们的祈祷，他们无法献祭任何东西，但一个波伊斯人提议我们牺牲一位基督徒，这主意引起了一阵响亮的欢呼。莫里格再次涨红了脸。

"我有时会想，"梅林在所有建议都提完之后开口道，"我注定要生活在一群蠢货之中。难道除了我之外的世界都疯了吗？你们中就没有一个狭隘的可怜虫知道，我们当下显而易见最珍贵的东西是什么吗？没有一个？"

"食物。"我说。

"哈！"梅林愉悦地大叫，"干得好，你这个狭隘的可怜虫，一群蠢货。"他嘲讽地向与会人们啐了一口。"阿尔的计划建立在我们缺少食物上，所以我们必须反其道行之。我们必须浪费食物，就如基督徒浪费他们的祈祷，我们必须将食物散布到空荡荡的天堂，我们必须挥霍食物，必须丢弃食物，我们必须，"他停顿一下以强调接下来的话语，"献祭食物。"他等候反对的声音，但无人言语。"在这里附近找一处，"梅林命令亚瑟，"满足你与阿尔作战条件之处。不要布置得太强，你不希望他回避战斗吧。诱惑他，记住，你必须让他以为他能击败你。他需要多久准备好兵力参战？"

"三日。"亚瑟说。他估计阿尔的人以松散的包围圈分散很广，撒克逊人至少需要两日缩紧包围圈，汇合成完整的军队，另外需要一整天来组织作战。

"我需要两天。"梅林说，"烤制堪堪够我们支持五天的面包，"他命令道，"不要太过富余，亚瑟，我们的献祭必须真实。然后找到你的战场等着。其他事就交给我，但我要德瓦和一打他的手下做点体力活。我们这里有没有什么人，"他提高嗓门，让所有聚在周围的人能听见，"有木雕的技能?"

他选出六人。两人来自波伊斯,一人盾上画着康沃尔的鹰,剩下的则是德莫尼亚人。他给他们斧头和匕首,但直到亚瑟寻得战场之前,诸人并没有雕刻任何东西。

亚瑟找到一处空旷的荒野,通往山丘的一处缓坡,山丘上分散着紫杉和白面子树。斜坡很平缓,不过我们依然有高点优势,亚瑟在那里竖上他的旗帜,旗帜四周围绕着木棚作为营地,木棚由树林中砍下的树枝搭就。我们的枪兵可以在旗帜外围成一圈,希望能在此处面向阿尔。等候撒克逊人时,支撑我们存活的面包在泥炉中烤制着。

梅林在荒地北面选择了他的地点。那里有一处沼泽,生长着矮小桤木,杂草沿一条曲折向南汇入遥远泰晤士河的小溪边沿蔓生。我的人领命砍下三棵橡木,从树干上剥除树枝和树皮,随后挖三个深坑,让橡木能纵向立起,但在此之前,梅林命令他的三名木雕师将橡木树干雕刻成三尊食尸鬼般的雕像。路万斯是妮慕和梅林的帮手,三人喜爱这工作,因为它能让他们设计出最可怖、最令人胆丧的东西,那东西与我所知道的任何神明毫不相似,但梅林不在乎。他说这雕像不是为我们而刻,而是对付那些撒克逊人的,所以他和他的木雕师们做出了三个恐怖的东西,它们有着动物的脸、女人的胸部和男人的生殖器。雕刻完毕后,我的人停下其他活儿,将三尊雕像放入坑中,与此同时,梅林和木雕师们用泥土夯实它们的底部,让雕像得以站立起来。"圣父,"梅林在雕像前雀跃,"圣子和圣灵!"他大笑起来。

我的人将大堆的木头码在坑前,在其上我们放置剩余的食物。我们杀死剩下的牛,将它们沉重的尸体抛上木堆,让鲜血向下流淌至层层木材,在牛尸上,我们堆积起它们曾拉动的所有一切:肉干、鱼干、奶酪、苹果、谷物和豆子,在这些宝贵的补给之上,还放有两只新捕获的鹿和一头刚宰公羊的尸体。羊头连带着它的双角被砍下,钉在中间的柱上。

亚瑟王

撒克逊人看着我们劳作。他们在溪流的对岸，第一日时，他们的长枪间或飞越水流，但那几次徒劳的干扰之后，他们就只是看着我们，想看看我们究竟在做什么怪事。我感觉他们的人数有所增长。第一天我们只在远处的树林间瞥见十几个人，但到第二天的傍晚，对岸的林地中起码升起了二十多个火堆。

"现在，"梅林那晚说，"给他们点东西看看吧。"

我们用煮锅盛着火，从低矮的山丘顶来到巨大的木堆前，将锅推入杂乱的树枝深处。木头很新鲜，但我们在中心码放了大量干草和折断的细枝，夜幕降临时，火焰已熊熊燃烧。烈焰映照下，我们粗糙的雕像反射出可怕的红光，大量腾起的烟雾飘向伦敦，烤肉的诱人香味被吹送至我们饥饿的营地。火焰噼啪作响，向空气中爆出一丝丝火星，在它猛烈的热度中，死去的野兽抽动扭曲，大火让它们的肌肉萎缩、头骨炸裂。火苗中，脂肪融化嘶嘶作响，突然爆发出的白色亮光在三尊丑恶的雕像上投射黑影。那火堆烧了整晚，燃尽了我们不胜也可离开洛依格的最后希望，清晨我们看见撒克逊人偷偷摸摸出动，前来检视燃烧后的残烬。

然后我们等待。不是全然消极的等待。我们的骑兵朝东侦察伦敦道路，回来禀报发现正在进军的大队撒克逊人。余下的人砍伐树木，开始在山顶不断缩小的树林旁建造一座大厅。我们不需要这样一座大厅，但亚瑟想要传递一种印象：我们正在洛依格腹地建造一座基地，以便骚扰阿尔的国土。如果阿尔相信那种印象的话，一定会被刺激前来开战。我们建造了一座泥土堡垒的雏形，可缺乏合适的工具，所以城墙很简陋，然而这一定还是帮助阿尔做出了决定。

我们很忙，但并没能避免军中产生一种充满敌意的分裂。一些人，像是莫里格，相信我们从一开始就采取了错误的战略。莫里格如今的说法是，还不如派遣三支或更多支小一些的部队夺下前线的撒克逊要塞。我们应该以骚扰为主，现在却自作自受在洛依格腹地挨饿。

"也许他是对的。"亚瑟在第三日早晨向我坦言。

"不，殿下。"我坚持说道。为了支持我的观点，我指向北方空中的一大片烟，那暴露了撒克逊人正在溪流对岸不断集结。

亚瑟摇头。"阿尔的军队来了，这没错，"他说，"但他不见得会攻击。他们在观察我们，如果他头脑清醒，他会让我们在此处自生自灭。"

"我们可以攻击他。"我提议。

他摇头。"率领一支军队穿越树林和溪流是战场大忌。那是我们最后的手段，德瓦。祈祷他今天会来吧。"

但他没有来，那是撒克逊人毁去我们补给第五天的末尾。明天我们就只剩面包屑可吃，再过两日我们便会极度饥饿，三天后我们就将直视战败那可惧的双瞳。亚瑟表现得并不忧虑，不管军队中那些抱怨者描述出怎样的末日。那天傍晚，太阳沉向遥远的德莫尼亚时，亚瑟要我爬上我们正在粗略搭建的城墙，与他一处。我攀上木条，爬上城头。"看，"他指向东方，在遥远的地平线我能看见另一片灰烟，在灰烟之下，被斜阳照耀下的建筑物，那是我前所未见的巨大城镇。比格兰温或科里尼翁大，甚至比萨丽丝泉还大。"伦敦，"亚瑟带着钦佩的语气，"你曾想自己会见到它吗？"

"想过，殿下。"

他微笑。"我的德瓦·卡丹真是自信满满啊。"他坐在墙头，抓着未经修饰的柱子，目不转睛地望着那城市。我们身后，军队的战马关在大厅木头围成的矩形马厩中。那些可怜的马已经饥肠辘辘，干燥的荒野中几乎没长多少草，我们也没有带它们的饲料。"很怪，不是吗，"亚瑟依旧凝视着伦敦，"也许兰斯洛特和策尔迪克已交过战，而我们对此一无所知。"

"希望兰斯洛特获胜了吧。"我说。

"没错，德瓦，没错。"他用鞋跟踢着尚未完成的城墙。"阿尔的机会多好啊！"他突然说，"他能在此处干掉不列颠最好的战士们。等到年末，德瓦，他的人就能占领我们的大厅。他们能够一路漫步至赛文海。一切都完了。整个不列颠！完蛋。"他似乎觉得这想法很有趣,转过身,看着下方的战马。"我们还可以吃它们,"他说,"它们的肉能让我们再活一两周。"

"殿下!"我对他的悲观表示抗议。

"别担心,德瓦,"他大笑起来,"我已经给我们的老朋友阿尔送了一条口信。"

"是吗?"

"塞格拉莫的女人。她的名字叫玛拉。这些撒克逊人的名字还真奇怪。你认识她吗?"

"我见过她,殿下。"玛拉是个高挑的女孩,结实的长腿,像木桶一般厚实的肩膀。塞格拉莫在去年年末时的一场突击中俘虏了她,从她那丰盈金发包裹中的平淡、几近空虚的脸上,可以看出她显然已被迫接受了自己的命运。除了那头金发,玛拉身上没有其他任何吸引人的特征,但不知为何她看上去奇异地迷人;一个高大、强壮、迟钝、粗野的生物,却有一种平静的优雅,如她的努米底亚情人一般沉默寡言。

"她假装从我们这里逃跑,"亚瑟解释说,"此时此刻她应该正告诉阿尔,我们计划在这里过冬。她会说,兰斯洛特将率另外三百名士兵加入我们,我们需要他来此处,因为我们很多人都染病虚弱,不过粮食储备却很丰富。"他微笑,"她正在努力对他胡说八道,至少我希望她正如此。"

"又或者她正在告诉他实情。"我闷闷地说。

"也许。"他听上去并不担忧。他看着一队人在山坡南麓的一口汩汩山泉中装起一袋袋的清水。"但塞格拉莫信任她,"他补充道,"而我很早以前就学会信任塞格拉莫。"

我做了一个驱邪的手势。"我不会让我的女人去敌营。"

"她主动提出的,"亚瑟说,"她说撒克逊人不会伤害她。似乎她的父亲是其中某一位头领。"

"希望她爱他不要胜过爱塞格拉莫。"

亚瑟耸肩。现在已然冒险，再讨论也不会降低风险。他换了个话题。"这一切结束之后，我希望你留在德莫尼亚。"

"乐意之至，殿下，如果您向我保证夏汶的安全。"我回答，他挥挥手试图驱散我的担忧时，我锲而不舍地说："我听闻了一些事情，一条狗被杀，它淌血的皮毛被裹在一条母狗身上。"

亚瑟转动身体，双腿越过城墙，跳入临时的马厩中。他推开一匹马，示意我跟着他走到无人能看见或听见的地方。他生气了。"再告诉我一遍，你听说了什么。"他命令我。

"一条狗被杀，"我跳下时说，"它淌血的皮毛被裹在一条瘸腿的母狗身上。"

"谁干的？"他问。

"兰斯洛特的一个朋友。"我回答，不愿说出他妻子的名字。

他以单手击打了一下简陋的木墙，盯着最近的马。"我的妻子，"他说，"是兰斯洛特国王的一位朋友。"我没说话。"我也是。"他语带挑衅，我依旧没说话。"他是个骄傲的男人，德瓦，他失去了他父亲的王国，因为我违背了我的誓言。我欠他。"他冷冷地说出最后三个字。

我冷漠地看着他的冷漠。"我听说，"我说，"那条瘸腿的母狗被取名为夏汶。"

"够了！"他再次击墙，"道听途说！仅仅是道听途说！无人否认，你和夏汶干的事引起了一些不满的情绪，德瓦。我不是一个蠢货，但我不想再从你这儿听到这种胡言乱语！格温薇儿总会遭到诽谤。人们讨厌她。任何既美丽又聪明，有主见且不惧于说出它们的女人总会遭人厌恶，但你说她会对夏汶施行什么卑劣的咒语？她会屠杀一条狗还剥了它的皮？你相信那些吗？"

"我不想相信。"我说。

"格温薇儿是我的妻子。"他压低了声音，语调却依旧苦涩。"我没有其他妻子,我不会让奴隶上我的床。我是她的,她是我的,德瓦,我不想听见任何诋毁她的话。任何!"最后一个词他是喊出来的,我想他是否回忆起了高菲迪特在勒格溪谷说的那些下流侮辱。高菲迪特宣称睡过格温薇儿,更说一整军的男人都睡过她。我记得韦拉伦的情人指环,画着十字,装饰有格温薇儿的家徽,但我抛开了那份记忆。

"殿下,"我轻声道,"我从未提到您夫人的名字。"

他盯着我,有一瞬间我觉得他会攻击我,但他摇了摇头。"她有时的确不易相处,德瓦。有时候我希望她不要时刻准备着表现出自己的轻蔑,但我不能想象离开她忠告的生活。"他停顿片刻,冲我遗憾地笑了笑。"我不能想象离开她的生活。她没有杀过狗,德瓦,她从没杀过狗。相信我。她那位女神艾西斯,不需要献祭,至少不需要活祭。黄金,倒是要的。"他苦笑,突然又恢复好心情,"艾西斯吞噬黄金。"

"我相信您,殿下。"我说,"但那无法保证夏汶的安全。迪纳思和拉韦纳威胁过她。"

他摇头。"你伤害了兰斯洛特,德瓦。我不怪你,因为我知道你的动机,但你能怪他恨你吗?而迪纳思和拉韦纳侍奉兰斯洛特,必须得与他们的主人共同承担仇怨啊。"他停顿片刻。"等这场战斗结束,德瓦,"他继续道,"我们来一场和解。我们所有人!当我让我的战士们成为兄弟时,我们所有人之间都可以达成和解。你、兰斯洛特和每个人。直到那时,德瓦,我发誓保护夏汶。如果你坚持的话,我以我的生命起誓。你来决定这个誓言,德瓦。你可以要求任何你想要的代价,我的生命,甚至我儿子的生命。因为我需要你。德莫尼亚需要你。库尔威奇是一个好人,不过他没法管好莫德雷德。"

"我就行吗?"

"莫德雷德很任性,"亚瑟回避了我的问题,"但我们还能指望什么吗?他是乌瑟的孙子,他流着国王们的血,我们不想要他成为一个乖宝宝,可他确实需要管教。他需要引导。库尔威奇认为打他就能管用,但那只会让他更固执。我希望你和夏汶养育他。"

我耸肩。"您让回家变得更有吸引力了,殿下。"

他对我的轻率脸露不满。"别忘了,德瓦,我们的誓言是让莫德雷德坐上王位。这是我回不列颠的原因。这是我在不列颠的首要责任,所有宣誓效忠于我的人,同样宣誓效忠于那个誓言。没人说那会轻而易举,然而必须做到。九年后,我们要在卡丹城堡为莫德雷德加冕。到那天,德瓦,我们就能完成誓言,我向每一位愿意聆听的神明祈祷,到那一天,我能够挂起埃克斯卡利伯,再不用战斗。但在那美好的一天到来之前,无论多困难,我们都要信守我们的誓言。你明白吗?"

"是的,殿下。"我恭顺地说。

"很好。"亚瑟推开一匹马。"阿尔明天会来,"他自信地边说边离开,"好好睡一觉。"

太阳从德莫尼亚的方向落下,让它淹没在红色的火光中。北面有我们的敌人吟唱着战歌,我们在自己的火堆旁唱着故乡。我们的岗哨凝视着黑暗,马匹嘶鸣,梅林的狗在号叫,我们中的一些人进入了梦乡。

黎明时分，我们看见梅林的三根木柱已在夜间被拉倒。一名撒克逊巫师在木柱曾竖立之处旋转舞蹈，他的头发用粪便黏成一簇簇尖刺，他脖颈间的带子挂着狼皮碎条，几乎遮不住他赤裸的身体。那巫师的出现让亚瑟相信阿尔正在计划袭击。

我们故意表现得准备不足。哨兵仍在站岗，其他士兵懒散地立在斜坡上，就好像正迎接着波澜不惊的又一日，但在他们后方，在棚屋的阴影处，在白面子树和紫杉树的残迹下，在未完工的大厅墙内，我们大量的士兵正已备战。

我们绑紧盾牌的绳带，磨光已打出锋利边沿的剑刃，将枪尖紧紧锤进枪柄。我们摸着护身符，拥抱彼此，吃下仅剩的一丁点面包，向自个信仰的神祈祷，愿他们在今天保佑我们。梅林、路万斯和妮慕在木棚间游走，碰触剑刃，分发能够保护我们的小树枝和晒干的马鞭草。

我穿上我的战斗装备。沉重的长至膝盖的靴上缝着钢条，以保护我的小腿免遭盾沿下方长枪的突刺。我穿着夏汶用她那生疏手艺纺织的羊毛上衣，外面套着皮衣，夏汶的黄金小胸针就别在那处，它在这些年中已成为我的护身符。皮衣之外，我套上了锁子甲，是我从勒格溪谷战役中一名战死的波伊斯首领身上找到的一件奢侈品。那是一件罗马人制作的古老铠甲，现在已无人拥有如此锻造技艺，我很想知道还有些什么人曾经穿过这套由铁环连接而成、长至膝盖的铠甲。那名波伊斯战士就死于其中，海威贝恩劈开了他的头骨，但我怀疑至少有一位穿着者曾穿着它被杀，因为它的左胸有一处深深的裂缝，损坏的铠甲曾经被草草用铁环修复。

我的左手佩戴战士指环，在战场上它们能保护手指，但我右手上并没有戴，铁指环会让握剑或枪时更加困难。我在小臂裹上护胫皮甲。我的头盔是铁制的，简单的碗形，边沿包裹着垫布皮革，后部是一片厚野猪皮，用以保护我的脖子，今年早春时我付钱让一位司乌思城堡的铁匠在头盔的两侧铆接了两块护颊片。头盔顶端有一枚铁制的小块突起，其上挂着从贝诺克丛林深处得来的狼尾。我在腰间佩挂海威贝恩，左手插入盾牌的皮环中，掂了掂我的战枪。长枪比一人身高还长，枪柄与夏汶的手臂一般粗细，顶端是一片细长、沉重、树叶形状的枪刃。枪刃锋利，钢铁的底部打磨得圆润光滑，是为了让枪刃不会卡在敌人的腹部或战甲中。天气太热，我没有穿披风。

卡文穿着他的盔甲，来到我面前跪下。"如果我英勇作战，阁下，"他问，"我是否可在盾上画第五个角？"

"我本就指望手下英勇作战，"我说，"为何要奖励一人做他应做之事呢？"

"那如果我献给您一件战利品呢，阁下？"他提议道，"一把首领的斧头？黄金？"

"带给我一名撒克逊首领，卡文，"我说，"你可以在你的星星上画一百个角。"

"五个就够了，阁下。"他说。

这个早晨很漫长。穿着金属盔甲的我们在炎热中汗流浃背。在北方的溪流对岸，撒克逊人躲藏在树林中，在他们看来，我们的军营一定还在沉睡，或都是些病重、无法动弹的人，但那种假象并没有让撒克逊人穿越树林。太阳升得更高了。我们的斥候小跑着离开营地，那些轻装的骑兵只带着投枪作为武器。他们在战场上的盾墙间并没有位置，于是便带着不安的马匹向泰晤士河南下。他们能很快折返回来，若我们遭遇劫难，他们会奉命西行，将我们战败的警告带去遥远的德莫尼亚。亚瑟自己的骑兵穿上厚重的皮与铁制成的盔甲，随后用挂在马肩上的带子绑住笨重的皮盾，以保

亚瑟王

护其战马的前胸。

亚瑟同他的骑兵们一样躲在未建成的大厅中,身着他著名的鱼鳞甲,那是一件罗马甲衣,上千枚铁片被缝在一件皮上衣表面,那些铁片互相重叠,看上去像是鱼鳞。铁片中混有银片,让这件盔甲在亚瑟移动时闪烁。他身披白色披风,左腰间挂着埃克斯卡利伯,它那神奇的网纹剑鞘可保护它不受伤害。他的仆人海崴德举着他的长枪、装饰有鹅毛的银灰色头盔,以及镜子般的镀银圆盾。和平时期,亚瑟穿戴朴素,但在战场上,他华丽夺目。他宁愿相信他的声名来自正直的统治,但耀目的盔甲和仔细抛光的盾面背叛了他,他内心深处知道自己名气的真正由来。

库尔威奇曾和亚瑟的重甲骑兵一同行军,但现在,与我一样,他率领着一支步兵,中午时分他来找我,蹲在我身旁,躲在茅草屋的小片阴影中。他穿着一块铁胸甲、一件皮衣,光裸的小腿肚上套着罗马青铜制的护胫甲。"这群混蛋不来了。"他低声咆哮。

"也许,明天?"我说。

他厌烦地吸吸鼻子,真诚地看向我。"我知道你要说什么,德瓦,不过我要先问问你,在回答前我希望你好好想想。在贝诺克时,谁在你身旁一同作战?在特雷贝斯岛时,谁持盾和你肩并肩?谁和你分享他的麦芽酒,甚至让你去勾引那个渔民姑娘?在勒格溪谷,是谁抓住你的手?是我。回答我问题时记得这点。然后,你藏了什么吃的?"

我微笑。"没有。"

"你这个撒克逊酒囊饭袋,"他说,"你这个废物。"他看向与我的人一起休息的加拉哈特。"您有吃的吗,王子殿下?"他问。

"我把最后的面包皮给崔斯坦了。"加拉哈特回答。

"基督徒的善举,是吗?"库尔威奇不屑地问。

"我自认为是的。"加拉哈特说。

"难怪我是个异教徒,"库尔威奇说,"我需要食物。肚里空空可杀不了撒克逊人。"他怒气冲冲地看向我的士兵,但没人给他任何食物,因为他们自己也都没有。"你打算把那个混蛋莫德雷德从我手上接去?"他放弃了进食的希望后问我。

"亚瑟希望这么做。"

"我也希望这么做,"他语气积极,"如果我这儿有吃的,德瓦,我会把最后一口都给你,来换取这个。欢迎你带走哭包小杂种。让他把你的生活搞得一团糟,但我要警告你,你得准备好皮带抽他那一身烂皮。"

"那么做不太明智吧,"我谨慎地说,"抽我未来的国王。"

"也许不太明智,但很解气。那个臭小鬼。"他转身看向屋外。"这些撒克逊人怎么了?他们不想要打一架吗?"

他这问题几乎立刻得到了回答。突然之间,一声深沉悲伤的号角响起,随后我们听见撒克逊人的大战鼓发出了一声轰隆,大家及时反应过来,看见阿尔的军队从河对岸的树林中出来。前一刻那里还是一片空地,覆盖着树叶和春日阳光,但下一刻敌人就出现于那处。

对方有上百人。上百个裹着毛皮、身着铁甲的男人带着战斧、狗、长枪和盾牌。他们的旗帜是高挂于旗杆上的牛头骨,悬着破布,他们的先锋是一队巫师,个个的头发用粪便黏成一簇簇尖刺,他们腾跃至盾墙之前,向我们抛出他们的诅咒。

梅林和其他德鲁伊下坡去面对那些巫师。不是走去的,而是像战前的所有德鲁伊一般,单脚跳着,用自己的手杖保持平衡,空着的手举向天空。他们在离最近的巫师一百步的地方停下,用自己的诅咒回击,军队中的基督徒神父则站在斜坡顶上,伸展双手,望着天,祈求着上帝的庇佑。

我们剩下的人争先列队。阿格里科拉与他身着罗马制服的部队站在左侧,其余人组成中段,亚瑟的骑兵依旧藏身于简陋的大厅内,片刻之后,他们将会组成我们的右翼。亚瑟戴上头盔,骑上勒姆芮,将他的白色披风甩上马臀,然后从海崴德手中接过他的重枪和闪光的盾牌。

亚瑟王

塞格拉莫、昆格拉斯和阿格里科拉指挥步兵。直到亚瑟的骑兵出现前,我的人站在队伍的最右侧,我估计我们很可能会被从两侧包抄,因为撒克逊人的队列比我们的宽多了。他们比我们人数多。吟游诗人会告诉你,那场战斗中有上千敌人,但我猜测阿尔最多不过有六百人。这位撒克逊国王麾下的士兵数量自然比我们面前的多得多,但他和我们一般,不得不被迫将他的强大卫戎军留在边界的堡垒中,但即使六百枪兵也是一支庞大的军队。而且盾墙之后一定有相似数量的跟随者,大多数是不会参战的妇孺,不过他们无疑希望在战斗结束后,能够捡空我们的尸体。

我们的德鲁伊费力跳回斜坡上。汗水从梅林的脸上流进他绑成小股的长须中。"没有法力。"他告诉我们,"他们的巫师不懂真正的魔法。你们很安全。"他从我们的盾间挤入,去见妮慕。撒克逊人缓慢地向我们进军。对面的巫师口吐唾沫、高声尖叫,男人叫他们的跟随者保持直线队列,其他人则大声辱骂我们。

我们的号角发出刺耳声音,回应着他们的挑战,我们的战士也开始歌唱。我们这头的盾墙中,战士们唱着伟大的贝利·毛尔的战歌,那是屠杀者将火焰刺入敌人的腹中之后,发出的胜利号叫。我手下的两个人在盾墙前舞蹈,将剑和长枪交叉放置在地上,于其上跨步跳跃。我叫他俩回来,因为我以为撒克逊人会直冲上山丘,将有一场迅猛的交战,但对方却在离我们一百步的地方停了下来,重新列队,并在盾墙两侧用皮带捆绑的木材搭出了延伸段。他们的巫师对着我们,口中嘶嘶作响,其他人则一言不发。撒克逊人巨大的战狗吠叫着,猛拉着牵引绳,战鼓隆隆,号角时不时吹响它那悲伤的哀鸣,但其余的除了随着战鼓的重拍用长枪击打盾牌外,依旧保持安静。

"我第一次见到撒克逊人。"崔斯坦来到我身侧,紧盯着身着厚毛皮甲、手持双刃斧、带着狗和长枪的撒克逊军队。

"他们很容易死的。"我告诉他。

"我不喜欢斧子。"他坦言,摸着自己铁包的盾边,以求好运。

"他们很笨拙,"我试图安抚他,"一击之后就废了。用盾正面扛下,然后用你的剑从下方刺出。这招总能奏效。"大多数情况下。

撒克逊战鼓声突然停止,敌人的队列从中间分开,阿尔本人出现。他站在那里,盯着我们几秒,啐了一口,动作夸张地扔下长枪和盾,以示他想要谈话。他身着厚实的黑熊皮长袍,大步流星走向我们,高大,黑发。两名巫师陪伴他同来,还有一个瘦小秃顶的男人,我猜测是他的翻译。

昆格拉斯、莫里格、阿格里科拉、梅林和塞格拉莫前去会他。亚瑟决定待在他的骑兵那里,因为昆格拉斯是我们在场唯一的国王,应该由他替我们说话,他邀请其他人陪同,并示意我上前作为他的翻译。那是我第二次见阿尔。他身量很高,胸膛宽阔,五官略平,长相暴戾,眸色深邃。他蓄着大把黑色的胡子,脸颊上有疤痕,鼻梁断折,右手缺了两指。他穿着盔甲和皮靴,戴着顶上有两只公牛角的铁头盔。脖颈间和手腕上戴着的都是不列颠的黄金。在如此炎日,盔甲外覆盖的熊皮长袍一定让他闷热难受,但这样一层厚毛皮能够如同任何铁甲般挡住剑的劈砍。他瞪着我。"我记得你,虫子。"他说,"撒克逊叛徒。"

我略一点头。"您好,国王陛下。"

他啐了一口。"你以为,有礼貌,你就会死得痛快吗?"

"我的死跟您没有半分关系,国王陛下。"我说,"但我希望告诉我的孙子们您死亡的故事。"

他大笑,嘲讽地看了一眼五位首领。"你们五个人!我只有一人!亚瑟在哪里?害怕得屎尿横流了吗?"

我向阿尔介绍我们的首领,随后昆格拉斯开始说话,我则为他翻译。依照惯例,他一开始要求阿尔立即投降。我们会仁慈以待,昆格拉斯说。我们要阿尔的性命、他所有的财物、他所有的武器、他所有的女人和他所有的奴隶,但他的士兵可以活着离开,只需要留下他们的右手。

亚瑟王

依照惯例，阿尔嘲讽了这样的要求，露出一口变色的烂牙。"亚瑟觉得，"他说，"因为他躲起来，我们就不知道他和他的马都在这儿了吗？告诉他，虫子，我今晚要将他的尸体做枕头。告诉他，他的妻子会成为我的婊子，等我玩腻了，她会成为我奴隶们的玩物。告诉这个小胡子蠢货，"他朝昆格拉斯一指，"等到夜色降临，此处就会以'不列颠人之墓'为名。告诉他，"他继续道，"我会绞下他的胡须，做成我女儿的玩具。告诉他，我会把他的头骨雕成一只酒杯，将他的内脏喂给我的狗。告诉那魔鬼，"他冲塞格拉莫点了下头，"今日他黑色的灵魂将会去往托尔的恐怖之地，永远像毒蛇一般打转蠕动。而他，"他看向阿格里科拉，"我已经想杀他很久了，在未来的长夜中，这记忆将会使我愉悦。然后告诉那个白痴，"他朝莫里格啐了一口，"我将切掉他的蛋，让他给我倒酒。把这些都告诉他们，虫子。"

"他说不。"我告诉昆格拉斯。

"除了这个，他一定说了更多话吧？"莫里格出现在此的唯一原因就是他的头衔，他卖弄学问，追问道。

"您不会想知道的。"塞格拉莫疲惫地说。

"所有信息都有其意义。"莫里格不满道。

"他们在说什么，虫子？"阿尔直接问我，无视他自己的翻译。

"他们在争，哪个人能有杀死您的荣幸，国王陛下。"我说。

阿尔啐了一口。"告诉梅林，"撒克逊国王看了一眼德鲁伊，"我无意冒犯他。"

"他已经知道了，国王陛下。"我说，"他会说你们的话。"撒克逊人惧怕梅林，到了这时仍不愿与他为敌。那两个撒克逊巫师正发出嘶嘶声诅咒着他，但那是他们的工作，梅林不会感到被冒犯。他也没有对这会面显示出任何兴趣，只是傲慢地盯着远处，不过听见国王的奉承，他朝阿尔微微一笑。

阿尔盯着我看了片刻。最后，他问我："你是哪个部落的？"

"德莫尼亚，国王陛下。"

"在那之前，蠢货！你的出身！"

"您的部落，陛下，"我说，"阿尔的部落。"

"你的父亲是？"他问。

"我从不认识他，陛下。我还在母亲腹中时，她就被乌瑟俘虏。"

"她的名字是？"

我不得不回忆一两秒。"艾尔塞，国王陛下。"我最终想起了她的名字。

阿尔听后露出微笑。"一个撒克逊好名字！艾尔塞，土地女神，我们所有人的母亲。你的艾尔塞现在如何？"

"我自孩童起，就很久没有见过她了，陛下，但别人告知我她还活着。"

他思考着，盯着我看。莫里格不耐烦地尖叫，要求知道我们说了些什么，但其他所有人都无视了他，他只能安静下来。"这不好，"阿尔最终说道，"一个男人忽视自己的母亲。你叫什么名字？"

"德瓦，国王陛下。"

他朝我的锁子甲啐了一口。"我替你感到丢人，德瓦，因为你忽视了自己的母亲。今天你会为我们作战吗？为你母亲的族人？"

我微笑。"不，国王陛下，不过您的邀请让我深感荣幸。"

"愿你死得痛快，德瓦。但告诉这些人渣，"他冲四位全副武装的首领伸了伸脑袋，"我要吃掉他们的心脏。"他最后一次啐了口唾沫，转身大步走向他的士兵。

"他说了什么？"莫里格问。

"他跟我聊了聊，王子殿下，"我说，"我的母亲。他提醒了我，我的罪过。"上帝保佑，但那一日，我对阿尔很有好感。

亚瑟王

我们赢得了战役。

伊格莲会希望我说多一些。她想听伟大英雄的故事，他们确是身处当场，可也有懦弱的时刻，其他人在恐惧中尿了裤子，却依然守住了盾墙。有人未杀一人，只是绝望地防守；有人则让诗人面临新的挑战，只为找到词语去描述他们的事迹。简单来说，那是一场战役。友人亡故，卡文是其中之一；友人受伤，库尔威奇便是如此；也有朋友毫发未伤，就像加拉哈特、崔斯坦和亚瑟。我左肩中了一斧，虽然我的锁子甲挡下了大部分的攻击，但那伤处依然需要几周才能痊愈，直到今日，一道狰狞的红色伤疤在冷天还是会疼痛。

重要的不是这场战役，而是之后发生的事情。但首先，因为亲爱的伊格莲王后坚持要我写下她丈夫的祖父昆格拉斯国王的英雄事迹，我还是简单地讲述一下这个故事吧。

撒克逊人向我们发起攻击。阿尔花了超过一个小时才让他的士兵袭击我们的盾墙，那段时间内巫师冲我们尖叫，战鼓隆隆，撒克逊战士们传递着酒袋，我们许多人都在喝蜂蜜酒，虽然我们也许耗尽了食物，但不列颠的军队似乎永远都不会缺少蜂蜜酒。每场战斗中至少有一半的人烂醉如泥，但除此之外，很少有其他东西能给予战士们直冲向一面已准备完毕的盾墙的勇气，这是作战中最令人恐惧的尝试。我保持清醒，因为我始终如此，但喝酒的冲动很强烈。一些撒克逊人试图刺激我们，让我们进行不合时宜的冲锋，他们靠近我们的防线，不带盾牌和头盔招摇过市，但他们的挑衅收到的仅仅是几支偏离目标的长枪。几支长枪也向我们掷来，但大多数撞上我们的盾，跌落在地，全然无害。两名赤裸的男人被药水或魔法变得嗜血疯狂，向我们袭来，库尔威奇砍翻了第一个，而崔斯坦干死了第二个。我们为这两次胜利欢呼。受麦芽酒的影响，撒克逊人含糊不清地向我们喊着挑衅之语。

阿尔的进攻到来时乱了套。撒克逊人依靠他们的战犬来击破我们的防线，梅林和妮慕也准备好了自己的狗，但我们的不光是狗，它们是母狗，而且大多在发情，这让那些撒克逊野兽彻底疯狂。这些巨大战犬并没有攻击我们，而是直直冲着母狗而去，猖猖声、打斗声、吠叫声、长嚎声响成一片，突然之间到处都是正在交配的狗，还有其他的狗撕咬想要扯下那些更幸运的狗，但没有一只狗咬到一个不列颠人。正准备进行致命冲锋的撒克逊人因其战犬的失败而失去了平衡。他们踟蹰不前，阿尔担心我们会在这时进攻，咆哮着叫他们向前，他们向我们冲来，但是组织已散，不成队形。

交配着的狗被脚步践踏，发出号叫，随后盾墙相撞，发出回响数年的可怕闷声。这是战场之声，号角的声音、男人的咆哮、盾与盾相撞的破碎闷响之后，尖叫声响起，长枪在盾间空隙刺出，战斧疾劈而下。那一日撒克逊人遭受了最多的创伤。盾墙间的狗打乱了精心安排的队列，在他们前排盾墙的空隙间，我们的枪兵闯入其间，后面的队伍随之倾泻入空隙，像是盾牌组成的楔子，更深地插入撒克逊大军。昆格拉斯率领着其中一处楔子，已十分接近阿尔本人。我没有亲眼看见昆格拉斯战斗，吟游诗人在之后颂唱了他的英勇，他也谦虚地告诉我，他们并没有太过夸张。

我在战斗初期就受了伤。我的盾挡开一柄战斧的劈砍，承受了它大部分的力量，但斧刃依旧砍中了我的肩膀，让我左臂麻木，不过这伤并没有妨碍我将长枪刺入持斧人的咽喉。随后，因为那人的重量，我的长枪无法再使用，我拔出了海威贝恩，将她的剑刃冲着呻吟、摇晃、乱撞的人群刺击劈砍。现在，战斗变成了一场推力的较量，正如所有的战役一般，直到一方防线溃散。只是一场汗流浃背、热气蒸腾、肮脏恶劣的角力比赛。

这一场格外艰难，撒克逊人的战线各处都是五人纵深，他们从我们盾墙的侧翼包抄了过来。为了对抗包围，我们只能将盾墙的两端弯折，形成两道短一些的盾墙，面对攻击者，那两队撒克逊侧军一时犹豫了，许是希望中路的人能先将我们击破。随后，一位撒克逊首领来到我这端的防线前，斥骂着他的部下，要求他们进攻。他独身一人冲上前来，用他的盾扫开两柄长枪，冲入我们这短短防线的正中。卡文死于此刻，被这撒克逊首领的剑刺穿。看见这个勇士单枪匹马打破我们的侧面盾墙，他的手下兴奋地大吼，发起了一次疯狂的冲锋。

正在此时，亚瑟冲出了未完成的大厅。我并没有看见那冲锋，但我听见了。吟游诗人说他的马蹄让世界颤抖，的确地面似乎微震，又或者那只是这群巨大野兽马蹄上钉着的铁片发出的声响。大马们冲击了撒克逊战线暴露在外的末尾，这场战役事实上就在那可怕的冲击中结束了。阿尔以为他的部下能用狗击破我们，他的后军能用盾和长枪抵挡我们的骑兵，因为他很清楚地知道，没有马能向着一队防卫周全的长枪队列冲锋，我不怀疑他已经听说了高菲迪特的枪兵在勒格溪谷是如何将亚瑟困在河湾，但暴露在外的撒克逊侧翼在冲锋中已失去秩序，而亚瑟完美地计算了他的介入时机。他没有等他的骑兵集合，只是冲出阴影，大叫让他的人跟随，让勒姆芮猛地冲入了撒克逊防线的末端。

我正冲着一个大胡子、没牙齿的撒克逊人吐着唾沫，在亚瑟出击时，他正在我们两面盾墙的边缘咒骂。亚瑟的白色披风向后飞扬，他的白色羽饰高高耸立，闪亮的盾牌撞倒了撒克逊首领的旗帜，那上面是用血绘成的公牛头骨，他的长枪刺向正前。他抛弃了刺入一名撒克逊人腹中的长枪，抽出埃克斯卡利伯，左右挥舞，深入敌军。亚格拉宾随后赶来，他的马驱散了惊恐的撒克逊人，之后，兰瓦和其他人手持剑与长枪，冲进了溃败的敌军战线。

阿尔的军队如同榔头下的鸡蛋般破碎。他们就只是逃跑。我怀疑这场战斗只花了十多分钟，从狗开始，以马结束。不过，我们的骑兵倒是花了一个多小时对败军赶尽杀绝。我们的轻骑兵大叫着飞驰过荒原，手持长枪追赶着逃跑的敌人。亚瑟的重骑在四散的人们中驰骋，不断砍杀，枪兵跑在其后，贪婪掠夺着每一件战利品。

撒克逊人像鹿一般逃窜。他们在急切的逃跑中丢弃披肩、盔甲和武器。阿尔曾试图收拢他们，发现无望后，便抛下他的熊皮斗篷，和他的士兵一同跑了。他堪堪在我们的轻骑兵追上他之前一刻，逃入了树林。

我留在伤员与死者之中。受伤的狗痛苦地号叫。库尔威奇的一条大腿流着血，蹒跚而行，但他会活下来的，于是我无视了他，蹲在卡文身旁。我以前从未见他流泪，可他的伤太重了，撒克逊首领的剑直直刺透了他的腹部。我握住他的手，擦去他的眼泪，告诉他，他的反击已杀死他的敌人。那是否属实，我不知道也不在乎，我只希望卡文相信，所以我向他保证，他会持着画有五角星的盾牌走过宝剑之桥。"你会成为我们中第一个到达彼世的人，"我对他说，"替我们留块地儿。"

"我会的，阁下。"

"我们会去找你的。"

他咬紧牙关，弓起背，试图忍住一声尖叫，我将右手放上他的颈侧，用我的脸颊贴上他的脸。我在流泪。"告诉彼世的人，"我在他的耳边说，"德瓦·卡丹向你致敬，你是一名勇士。"

"圣锅，"他说，"我应该……"

"不，"我打断他，"不。"然后，他发出一阵轻哼，死去了。

我坐在他的尸体旁，前后摇晃，因肩膀的伤痛，也因心中的哀痛。伊撒站在我身侧，不知该说什么，于是沉默不语。"他一直想死在故乡，"我说，"回爱尔兰。"我本以为这场战争后他就能实现心愿，并带上许多的荣耀与财富。

"阁下。"伊撒对我说。

我以为他想安慰我，但我不想要安慰。勇士之死值得眼泪。我无视伊撒，抱着卡文的尸体，让他的灵魂开始最后的旅程——去往横亘于库堑之穴的宝剑之桥。

"阁下。"伊撒再次呼唤，他不同寻常的声音让我抬起头。

亚瑟王

我见他正手指向东面的伦敦，但当我转向那方向时，我没有看见任何东西，泪水让我的视线模糊。我愤怒地用衣袖抹去它们。

随后，我看见另一支军队来到了这个战场。另一支裹着毛皮的军队，聚集在头骨旗帜和牛角号之下。另一支带着狗和战斧的军队。另一支撒克逊部落。

策尔迪克来了。

我后来才意识到，我们所有那些诱使阿尔进攻的诡计，以及我们烧去的好食物，全都是无用功，因为不列颠共主一定已知策尔迪克正在赶来，而他不是来攻击我们，却是计划袭击他的同族。策尔迪克真的打算与我们联合，阿尔决定他最好的生存战略便是先打败亚瑟，然后再对付策尔迪克。

　　阿尔输掉了这场赌博。亚瑟的骑兵击溃了他，策尔迪克来得太迟，没有赶上这一战，当然，在某一时刻，惯于背信弃义的策尔迪克一定想过偷袭亚瑟。一场决战便能将我们击垮，一周的战斗定可以终结阿尔极度疲劳的军队，而策尔迪克会成为整个南不列颠的统治者。策尔迪克一定有所心动，但他犹豫了。他只有不到三百人，本足以扫荡山丘上剩下的不列颠人，但亚瑟的银号角响了又响，号角声召集了树林中的重甲骑兵，在策尔迪克的左翼展现了一番实力。策尔迪克从未在战场中面对过那些高头大马，它们让他停滞了片刻，这片刻时间正好让塞格拉莫、阿格里科拉和昆格拉斯能在山顶组织起一面盾墙。这面充满危险的盾墙很短，因为我们大多数的士兵都忙着追赶阿尔的战士，或是在他的营地中寻找食物。

　　我们还留在山顶的人做好战斗准备，这场战斗看起来将会无比残酷。我们匆忙排列成的盾墙，比策尔迪克的短了太多，当然我们那时还不知道这是策尔迪克的军队，我们一开始以为新至的撒克逊人是阿尔来迟的援军，他们所展示的战旗、涂成红色的狼头和剥下的人皮对我们来说毫无意义。策尔迪克通常的旗帜是一对马尾，挂在一根长杆顶端交叉放置的大腿骨上，但他的巫师设计出了这个新的标志，一时间让我们很迷惑。更多人从追逐阿尔的败军中返回，增强我们的盾墙，与此同时，亚瑟也带领他的

亚瑟王

骑兵回到我们的山顶。他让勒姆芮一路小跑至我们的队伍处，我还记得他的白色披风上溅满血点。"他们会像其他人那般死去的！"他经过时鼓励我们，手持带血的埃克斯卡利伯，"他们会像其他人那般死去。"

随后，正如阿尔的军队分开让阿尔上前一般，这支新来的撒克逊军队也从中分开，首领向我们走来。他们中有三人步行，另六人骑马而来，勒马缓行，以便与步行者速度一致。步行的其中一人举着那令人毛骨悚然的狼皮旗，骑马的一人举着第二面旗帜，我们的军队中响起了一片惊讶的倒吸冷气声。这吸气声让亚瑟转过马头，目瞪口呆地盯着正在靠近的男人们。

因为那面新的旗帜上绘着一只双爪抓鱼的海雕。那是兰斯洛特的旗帜，我现在看清兰斯洛特本人正是六名骑手之一。他盛装打扮，穿着涂成白色的盔甲，戴着天鹅翅膀装饰的头盔，他的两侧是亚瑟的双胞胎儿子，安赫和罗赫。迪纳思和拉韦纳穿着德鲁伊长袍紧随其后，兰斯洛特的红发情妇艾达手持瑟卢瑞亚国王的旗帜。

塞格拉莫站到我身侧，朝我一瞥，确定我看到了他所看见的，然后冲地面啐了一口。"玛拉还好吗？"我问他。

"安全无恙。"他很高兴我有此一问。他的视线转回正在接近的兰斯洛特。"你知道发生了什么吗？"

"不。"我们无人知晓。

亚瑟将埃克斯卡利伯插回剑鞘，转向我。"德瓦！"他呼唤，要我去做翻译，点头示意其他首领跟上，与此同时，兰斯洛特从正在接近的几人中单独出列，兴奋地策马步上缓坡，向我们走来。

"盟友！"我听见兰斯洛特大喊。他冲撒克逊人一挥手。"盟友！"他又喊了一声，策马靠近亚瑟。

亚瑟未发一言。他只是停下马，等待兰斯洛特努力让自己的巨大黑色公马安静。"盟友！"兰斯洛特第三次说，"是策尔迪克。"他兴奋地补充，朝慢慢走向我们的撒克逊国王一指。

亚瑟小声地问:"你做了什么?"

"我给你带来了盟友!"兰斯洛特愉快地说,随后向我瞥了一眼,"策尔迪克有他自己的翻译。"他不屑一顾地说。

"德瓦留下!"亚瑟突然出口的话语中带着一种可怕的愤怒。他随后记起兰斯洛特是一位国王,叹了口气。"您做了什么,国王陛下?"他再次发问。

迪纳思策马来到其他骑手之前,愚蠢地替兰斯洛特回答。"我们讲和了,殿下!"他用他那阴沉的声音说。

"滚!"亚瑟怒吼,他的愤怒让那对德鲁伊震惊不已。他们只见过平静、耐心、和平的亚瑟,没想到他会有着如此怒火。这次的愤怒,无法与勒格溪谷时高菲迪特叫格温薇儿婊子那次的程度相比,却也是令人恐惧的愤怒。"滚!"他冲坦纳波斯的孙子们喊道。"这是领主们的会面。还有你们俩,"他指向他的儿子们,"滚!"他等兰斯洛特的所有从者退下之后,重又看向瑟卢瑞亚国王。"您做了什么?"他第三次用尖锐的声音问。

当众遭受羞辱让兰斯洛特愣住了。"我讲和了,"他不悦地说,"我阻止了策尔迪克攻击您。我做的一切都是为了帮助您。"

"您做的,"亚瑟生气地说,但声音很轻,避免正在靠近的策尔迪克等人听见,"是替策尔迪克打了一仗。我们才差不多要解决阿尔,那对策尔迪克来说意味着什么?这让他比以前强大两倍。这就是这场战争的后果!诸神保佑我们!"说完,他将缰绳扔给兰斯洛特,暗暗表示羞辱之意,随后下马,抖直他染血的披风,威严地盯着撒克逊人。

那是我第一次见到策尔迪克,虽然所有的吟游诗人都描述他好像一只长着裂蹄、蛇牙的魔鬼,但事实上他是一名不太壮实的矮小男子,一头金色稀疏的头发由前额向后梳,在后颈扎成一小团。他面色苍白,前额宽阔,尖下巴剃得很干净,嘴唇很薄,鼻子尖利,瞳色浅得犹如晨雾中的露水。阿尔的感情是显露在脸上,但策尔迪克即使只看他一眼,我也怀疑他的自控力绝不会让他的表情出卖想法。他穿着罗马胸甲,羊毛裤和狐皮斗篷。看上去整洁精细,说实话,如果不是他脖颈间和手腕上的金饰,我可能会错把他当成是一位书吏。只是他的眼睛绝不是一名书记员的眼睛,那双浅色的眸子不会错过任何事,也不会透露任何事。"我是策尔迪克。"他用轻柔的声音介绍自己。

亚瑟让在一旁,方便昆格拉斯自我介绍,莫里格坚持要参加这次会面。策尔迪克一瞥两人,显然将两人视为无关紧要之人,他看向亚瑟。"我给您带来一件礼物。"他边说边向陪同他前来的首领伸出手。那人取出一把金柄匕首,策尔迪克展示给亚瑟看。

"这礼物,"我翻译亚瑟的话,"应赠与我们的昆格拉斯国王陛下。"

策尔迪克将刀刃握在自己的左掌中,握紧了拳头。他的视线片刻不离亚瑟的眼睛,手掌再打开时,刃上沾血。"这礼物是给亚瑟的。"他坚持道。

亚瑟接过。他一反常态地紧张,也许担心沾血的钢铁上有什么魔法,又或者忧虑接受这礼物让他与策尔迪克的野心扯上干系。"告诉国王,"他对我说,"我没有礼物送给他。"

策尔迪克微笑。那是一种冷冰的笑容,我觉得仿佛一匹狼见到了一头走失的羔羊。"告诉亚瑟殿下,他已将和平赠予我。"他告诉我。

"但若是我选择战争?"亚瑟挑衅道,"就在此时此处!"他一指山顶,在那里,我们的士兵已经集结,人数现已至少与策尔迪克的军队相当。

"告诉他,"策尔迪克命令我,"这些人不光是我的人,"他指向面向我们的盾墙,"再告诉他,兰斯洛特国王已以亚瑟的名义与我讲和。"

我将他的话告诉亚瑟,看见他脸上的肌肉跳动了一下,但他压抑住了自己的怒火。"两天后,"亚瑟说,这不是一个提议,而是一个命令,"我们将于伦敦会面。在那里我们可以谈论和谈的事。"他将沾血的匕首插入皮带,等我翻译完他的话后,召唤我离去。他没有等待策尔迪克的回应,只是带我走上山丘,直到我们离开双方代表能听见的范围。他这才注意到我的肩膀。"你伤得严重吗?"

"会好的。"我说。

他停下脚步,闭上双眼,深深地吸了一口气。"策尔迪克想要,"他睁开眼告诉我,"统治整个洛依格。如果我们任其得逞,就将面对一个可怕的敌人,而不再是两个较弱的对手。"他沉默地走了几步,跨过阿尔进攻时留下的尸体。"在这场战争前,"他闷闷地继续道,"阿尔强大,策尔迪克只是个麻烦;毁灭阿尔之后,我们就能对付策尔迪克。如今情势却倒过来了——阿尔被削弱,策尔迪克强大了起来。"

"那就现在与他开战。"我说。

他透出疲惫的棕色双眼注视着我。"说实话,德瓦,"他声音低沉,"不要吹牛。如果我们现在战斗,能赢吗?"

我看向策尔迪克的军队。他们排列紧密,备战充分,我们的人则又累又饿,但策尔迪克的人从未面对过亚瑟的骑兵。"我觉得我们能赢,殿下。"我实话实说。

"我也这么认为。"亚瑟说,"然而那将会是一场艰苦的战斗,德瓦。结束时,我们至少有一百名伤员需要护送回家,撒克逊人将会召集每一个洛依格守卫来对抗我们。我们也许能在这里打败策尔迪克,但我们定不能活着回家。我们太深入洛依格了。"他苦笑。"而且若我们因与策尔迪克交战而孱弱,阿尔不会在我们返回的路上偷袭我们吗?"他因突如其来的愤怒而颤抖,"兰斯洛特在想什么?我怎么能与策尔迪克成为盟友!他会夺去半个不列颠,背叛我们,那时我们就将面对比以往可怕两倍的撒克逊敌人。"他罕见地吐出一声咒骂,用戴着手套的手揉着自己骨感的脸庞。"好吧,肉汤已馊,"他语气苦涩,"但我们还得喝下。唯一的答案,就是让阿尔保持强大,可以牵制策尔迪克,带上六名骑兵,找到他。找到他,德瓦,把这个可怜玩意儿当作礼物送给他。"他将策尔迪克的匕首塞给我。

亚瑟王

"先把它擦干净，"他不耐烦地说，"再带上他的熊皮斗篷。亚格拉宾找到它了。作为第二件礼物给他，让他来伦敦。告诉他，我发誓保证他的安全，告诉他，这是他保有一些土地的唯一机会。你有两天时间，德瓦，去找到他。"

我犹豫了，不是因为反对，而是我不明白为何要阿尔去伦敦。"因为，"亚瑟消沉地回答，"如果阿尔在洛依格格逃窜，我就不能待在伦敦。他也许在此处失去了他的军队，但他还有足够的驻防军，能够召集另一支军队，当我们在与策尔迪克纠缠时，他能将半个德莫尼亚变作荒土。"他转身，恶狠狠地盯着兰斯洛特和策尔迪克，我以为他要再次咒骂，可他只是疲惫地叹了口气。"我只能去和谈，德瓦。天晓得是不是我想要的和平，但我们也许只能尽可能地去达成。这就去吧，我的朋友，去吧。"

我待到确认伊撒会负责好好焚烧卡文的尸体，他会找一个湖泊，将已故爱尔兰人的剑扔进水中，之后便在筋疲力尽军队的守夜中，骑马向北而去。

而亚瑟向伦敦进军，他的梦想因一个蠢货出现了偏差。

我一直梦想见到伦敦，但即使在我最疯狂的幻想中，我也想象不出它的实情。我曾以为它像格兰温，也许再大些，不过仍是有一堆高耸建筑围绕着一块中心空地，后方有小路，还有一圈土墙将一切围起，但伦敦竟有六块这样的空地，都建有柱廊大厅、拱廊神殿和砖造宫殿。那些普通的民居，在格兰温或杜诺维瑞阿都是低矮的茅草屋，但在这里也有两三层高。历经多年，许多房屋都已倒塌，但还有不少建筑瓦片铺就的屋顶依然完好，木制楼梯也仍可行走。我们大多数人都从未见过房子里的楼梯，在进驻伦敦的第一天，这些人就像兴奋的孩子，跑上最高的楼梯看风景，最终一栋建筑因他们的重量而坍塌，于是亚瑟禁止再攀爬楼梯。

伦敦的要塞比司乌思城堡还大，那只是城墙西北的一处堡垒。其中有十数个营房,每个都比宴会厅还大,都由细小的红砖搭成。要塞旁有一个圆形露天竞技场、一座神庙,以及城中十处浴场之一。别的城镇当然也有这些东西,但这里的一切都更高更宽敞。杜诺维瑞阿圆形露天竞技场的地面是长着草的泥土地,我本以为那已经是很了不起的建筑,直到我见到伦敦竞技场,它能容纳五个像杜诺维瑞阿那样的竞技场。城墙不是土制,而是由石头砌成,虽然阿尔放任它的墙体坍塌,它仍是难以攻克的屏障。现在那里都是策尔迪克得意洋洋的士兵。策尔迪克已占领这座城市,他的头骨旗帜飘扬于城墙之上,显然他打算继续保有它。

河岸边仍立着一面石墙,它最初是被建来抵御撒克逊海盗的。那面墙的空隙处直通码头,一处开口引入运河,水流进一座宏伟花园的中心,那里建有一处宫殿。宫殿中立着半身像和雕塑,铺着瓷砖的长廊依旧完整,还有一座巨柱撑起的大厅,我猜想我们的罗马统治者曾在这里议事。雨水沿绘着壁画的墙壁流淌而下,地砖破裂,花园中长满杂草,但依旧壮丽,即使仅留旧日的影子。整座城市便是它以往荣光的影子。城市的浴场都已不能使用,那里的澡堂破损严重,水源干涸,火炉冰冷,马赛克瓷砖铺就的地面被冰霜侵蚀开裂,杂草丛生。石街腐朽,碎成条状,沾染污泥,尽管衰败,但这座城市仍然庞大而宏伟,这让我不禁想象起罗马的样子来。加拉哈特告诉我,比起罗马,伦敦只不过是一个村子,罗马斗兽场大到能容纳二十个伦敦竞技场,不过我无法相信他。就算亲眼盯着伦敦,我都几乎不敢相信身处其中。它看上去就仿佛巨人的造物。

阿尔从不喜欢这座城市,不愿居住于此,于是它仅有的居民便是一小撮撒克逊人和那些接受阿尔统治的不列颠人。那些不列颠人中的一些,依旧很富有。大多数是商人,和高卢人做买卖,他们的大房子建在河边,那些石造建筑由自身的墙壁和私兵护卫,但城市的大部分区域均已荒废。这是一处正在走向死亡的地方,被耗子占据,它曾经拥有奥古斯塔的称号。它曾被称为伟大的伦敦,它的河流中曾密布大船桅杆;现在它却是一座

亚瑟王

死城。

阿尔和我一同来到伦敦。我在城北大约半日路程处找到了他。他躲在一座罗马堡垒中，试图重建一支军队。一开始，他怀疑我带去的讯息。他冲我大吼，说我们用了巫术才打败他，随后威胁要杀了我和我的随从。我耐心等着他的怒火平息，过了一会儿，他冷静下来，愤怒地扔开策尔迪克的匕首，但很高兴能拿回他的厚熊皮斗篷。我不认为我真的身处险地，因为我觉得他喜欢我——果然如此，最终他怒火消散，重重地用手臂揽住我的肩膀，带我在堡垒中各处走动。"亚瑟想要什么？"他问我。

"和平，国王陛下。"他手臂的重量让我肩膀伤处作痛，但我不敢反抗。

"和平！"他吐出这个词，犹如一片腐肉，然而他的态度并不如当初在勒格溪谷时拒绝亚瑟时那么轻蔑。彼时阿尔更强大，可以要求更高的价码，现在他正式微，他也清楚这点。"我们撒克逊人，"他说，"生来便不适合和平。我们用敌人的粮食喂饱自己，我们用他们的羊毛作衣，我们用他们的女人取乐。和平于我们又有何用？"

"重新积累力量的机会，国王陛下，不然策尔迪克就会享用您的粮食，穿着您的羊毛。"

阿尔咧嘴一笑。"他也喜欢我们的女人。"他从我的肩膀移开手臂，向北凝视，视线越过田野。"我不得不割让土地。"他抱怨道。

"但如果您选择战争，国王陛下。"我说，"那代价会更高。您将面对亚瑟和策尔迪克，也许最终您除了自己坟上之草将没有寸土。"

他转身，精明地看了我一眼。"亚瑟讲和，只是为了让我替他对抗策尔迪克。"

"没错，国王陛下。"我回答。

他因我的耿直哈哈大笑。"而如果我不去伦敦，"他说，"你就会像条狗似的追着我不放。"

"像头凶猛的野猪，国王陛下，獠牙依旧尖利。"

"你说话像你作战一样厉害，德瓦。好吧。"他命令他的巫师用苔藓和蛛网制成一种药膏，抹在我受伤的肩膀，与此同时，他前去与他的顾问商议。那商讨时间并不长，因为阿尔知道自己并没有什么选择。于是，翌日，我与他一同沿通往城市的罗马大道行去。他坚持要带六十名枪兵随从。"你也许信任策尔迪克，"他告诉我，"但他从不遵守任何誓言。告诉亚瑟。"

"您告诉他，国王陛下。"

阿尔和亚瑟在与策尔迪克交涉的前一夜秘密会面，那晚他们就他们各自的和平而争论。阿尔做出了很多让步。他放弃了西面国界的大片土地，同意返还去年亚瑟付给他的黄金，另外还付出了更多的金子。作为回报，亚瑟保证四年的停战，而且如果第二天策尔迪克不同意条件的话，他会支持阿尔。和谈成功，他们拥抱彼此，在那之后，当我们走向西城墙的扎营地时，亚瑟悲伤地摇着头。"你永远不应与敌人面对面，"他对我说，"如果你知道某一天你将摧毁他。除非撒克逊人接受我们的统治，而他们不会的。他们不可能。"

"也许他们会呢。"

他摇头。"德瓦，撒克逊人和不列颠人无法融合。"

"我就融合了，殿下。"我说。

他大笑起来。"但如果你的母亲从未被俘虏，德瓦，你会作为一名撒克逊人被养大，说不定现在就在阿尔的军中，你就是个敌人了。你会崇拜他的神明，你会分享他的愿景，你会想要我们的土地。他们需要很多空间，这些撒克逊人。"

但我们最终还是让阿尔加入了合约，第二日，在河边的宏伟宫殿中，我们与策尔迪克会面。那日阳光灿烂，运河闪耀，不列颠的统治者曾经于此处停泊他的游船。闪烁的光点隐藏了如今堵塞运河的泡沫、淤泥和污

亚瑟王

垢，但没有任何东西能掩盖污水的恶臭。

策尔迪克先行召开了一场顾问会议，会议讨论时，我们这些不列颠人就聚集在临河的一间房内，这间房俯瞰着河水，绘着半女人半鱼形奇异生物的天花板在涟漪河水的闪光中斑斑点点。我们的枪兵守卫着每一扇门窗，确保不会有人偷听。

兰斯洛特出席了，被许可带来迪纳思和拉韦纳。三人坚称与策尔迪克和谈是明智之举，莫里格是唯一支持他们的人，我们其余人在面对他们郁结的反抗时，都怒火中烧。亚瑟听了片刻我们的抗议，然后出言打断，说对于过去之事的争吵不能解决任何问题。"覆水难收。"他说，"但我需要一个保证。"他看向兰斯洛特。"向我发誓，你没有对策尔迪克许下任何承诺。"

"我与他讲和，"兰斯洛特道，"建议他帮助您对抗阿尔。仅此而已。"

梅林坐在临河的窗上。他领养了一只宫殿中的流浪猫，正抚摸着大腿上的这只小动物。"策尔迪克想要什么？"他温和地问。

"打败阿尔。"

"仅此而已？"梅林都懒得掩饰自己的不信任。

"仅此而已。"兰斯洛特说，"别无他求。"我们都看着他。亚瑟、梅林、昆格拉斯、莫里格、阿格里科拉、塞格拉莫、加拉哈特、库尔威奇和我本人。我们无人开口，只是看着他。"他别无所求！"在我看来，兰斯洛特就像一名幼童，说着显而易见的谎言。

"真特别啊，"梅林尖酸道，"一位国王的要求才这么点。"他开始逗弄猫，冲它的爪子晃动着他一簇编成辫的胡子。"那你又想要什么？"他的语气依旧平和。

"亚瑟的胜利。"兰斯洛特宣布道。

"因为你认为亚瑟单靠他自己赢不了？"梅林依旧与小猫玩耍。

"我想要确保这场胜利。"兰斯洛特说，"我想要帮忙！"他环视房间四周,寻找盟友,除了年轻的莫里格一无所获。"如果你不想与策尔迪克讲和,"他暴躁地说,"那为何不现在与他开战?"

"因为,您以我的名义许诺他休战,国王陛下,"亚瑟耐心地说,"还因为我们的军队如今远离国土,而他的人挡在我们的归途中。如果您没有停战,"他依旧礼貌地解释,"那他一半的兵力就得留在国界防卫您的人,我就能不受拘束地南进,攻击另一半。明白了吗?"他耸耸肩,"策尔迪克今天会向我们要求什么?"

"土地。"阿格里科拉肯定地说,"撒克逊人就想要这个。土地,土地,更多的土地。除非拥有全世界的土地,不然他们不会满意,然后他们又会开始寻找其他世界来征服。"

"他一定会满意于,"亚瑟说,"从阿尔那里得到的土地。我们寸土不让。"

"我们应该从他那儿得到些。"我第一次开口发言。"去年他偷去的土地。"那是我们南面国界沿河的土地,肥沃富饶沿高地延伸至大海。那土地以前属于迈尔沃斯,比利其的藩王,被亚瑟罚去驻守伊斯卡,我们特别想要夺回那片土地。因为失去它,策尔迪克便过于接近杜诺维瑞阿的繁荣领土,那也意味着他的船离维特岛仅仅一步之遥,那座伟大的岛屿曾被罗马人称为威克提斯,离我们的海岸线非常近。一年来,策尔迪克的撒克逊人残酷地扫荡维特岛,它的居民一直在请求亚瑟派出更多的士兵保卫他们的财产。

"我们要拿回那块土地。"塞格拉莫支持我。他已在伦敦的神庙中向密特拉献上一把战利品宝剑,感谢神保佑他的撒克逊姑娘平安无事。

"我不信,"莫里格插嘴,"策尔迪克来讲和是为了献出土地。"

"我们出兵也不是为了割让土地!"亚瑟愤怒地回答。

"我以为,恕我直言,"莫里格坚持他的论点,一阵低沉的抱怨在房间中响起,"但您说,您不是说,您不能引发战争?离国土太远?然而如今,

亚瑟王

为了一片土地，您却要让我们所有人冒生命危险？但愿不是我愚蠢，"他轻笑以示他说了个笑话，"我无法理解，我们为何要冒险失去我们唯一无法失去之物。"

"王子殿下，"亚瑟轻声说，"我们在这里也许脆弱，但若我们展现出脆弱，那我们就会死于此处。我们今早不能向策尔迪克割让哪怕一块耕田，我们要去提出要求。"

"如果他拒绝呢？"莫里格愤愤不平地追问。

"那我们就将面对一场艰苦的撤退。"亚瑟平静坦言。他瞥向窗外，看向下方的庭院。"似乎我们的敌人已准备好了。一起去吧？"

梅林将猫赶下他的大腿，撑着手杖站起。"你们不介意我不去吧？"他问，"我年纪太大了，受不了一整天的谈判。所有那些争吵和怒火。"他掸去长袍上的猫毛，突然转身面向迪纳思和拉韦纳。"从何时起，"他不满地问，"德鲁伊们开始佩剑并效忠基督教的国王了？"

"自我们决定如此做时起。"迪纳思说。双胞胎与梅林差不多高却魁梧得多，他们以一眨不眨的视线挑战着梅林。

"谁让你们成为德鲁伊的？"梅林追问。

"让您成为德鲁伊的同一种力量。"拉韦纳说。

"那种力量是？"梅林问，双胞胎没有回答，他冲他们冷笑，"起码你们知道怎样生出画眉鸟蛋。我猜这种小把戏让基督徒们印象很深刻吧。你们是不是还将他们的酒变为血，面包变成肉了？"

"我们使用我们的魔法，"迪纳思说，"也用他们的。如今已不再是旧不列颠，这是一个崭新的不列颠，也有了新的神灵。我们混合他们的和旧的法术。您能跟我们学到不少，梅林阁下。"

梅林啐了一口，以表达他对这提议的看法，随后，不发一言地离开房间。迪纳思和拉韦纳对他的敌意无动于衷。他们有着超乎寻常的自信。

我们跟随亚瑟下楼，来到大厅，正如梅林预料的一样，我们争吵、提议、大喊、哄骗。最开始，主要是阿尔和策尔迪克在吵闹，而亚瑟如同一贯的他，成为两者间的调停者，但即使是亚瑟也无法阻止策尔迪克从阿尔那里夺来大片的土地。他保有了伦敦，得到了泰晤士河谷及其北面的大片沃土。阿尔的王国缩水了四分之一，但他依旧拥有一个王国，为此他欠亚瑟良多。谈判结束后，他没说什么，只是离开了房间，并在同一天离开伦敦，犹如一只伟大但受伤的野猪爬回了自己的兽穴。

阿尔离开时已至下午，在我的翻译下，亚瑟提出了去年策尔迪克占领的比利其土地之事，在我们其余人都要放弃努力之后，亚瑟依旧坚持着这个要求。他没有威胁，只是反复提出他的要求，直到库尔威奇睡着，阿格里科拉打哈欠，而我已厌倦重复策尔迪克反复的拒绝。然而亚瑟依旧坚持。他察觉策尔迪克需要时间巩固从阿尔处新得到的土地，他的威胁要让策尔迪克不得安宁，直到他归还河间地。策尔迪克威胁会在伦敦与我们开战，但亚瑟最终透露，如果开战，他会寻求阿尔的帮助，而策尔迪克知道自己无法对抗我们两支军队。

快天黑时，策尔迪克终于投降。他并没有直接投降，而是暴躁地说要和他的私人顾问讨论这件事。我们叫醒库尔威奇，走到院中，穿过一扇河墙上的小门，来到码头，看着泰晤士河暗暗流淌。我们大多数人都没怎么说话，只有莫里格烦人地教育亚瑟，说他在无望的要求上浪费了太多时间，但亚瑟拒绝与之辩论，王子渐渐陷入了安静。塞格拉莫靠墙坐着，不断地用一块磨刀石击打他的剑刃。兰斯洛特和瑟卢瑞亚德鲁伊与我们分开站着；三个高大英俊的男人骄傲地一动不动。迪纳思盯着黑暗中横贯河流的树，他的兄弟向我投来揣摩的长久注视。

我们等候了一个小时，最终，策尔迪克来到河岸。"告诉亚瑟，"他直截了当地对我说，"我不信任你们任何人，不喜欢你们任何人，只想杀死你们所有人。但我会将比利其的土地割让给他，只有一个条件：让兰斯洛特做那片土地的国王。不是藩王，"他补充道，"国王，有独立统治权的

亚瑟王

国王。"

我盯着撒克逊人灰蓝色的眼瞳。他的条件令人惊讶,我一时说不出话,甚至都没法对他作出回应。突然一切都再明白不过:兰斯洛特和撒克逊人做了这个交易,策尔迪克在一下午的激烈拒绝下隐瞒了他们的秘密共识。我没有证据,但我知道这一定是真相,我将视线从策尔迪克身上移开,看见兰斯洛特正期待地盯着我。他不会说撒克逊语,不过他清楚知道策尔迪克刚才说了什么。

"告诉他!"策尔迪克命令我。

我翻译给亚瑟听。阿格里科拉和塞格拉莫厌恶地啐了口唾沫,库尔威奇发出了一声短暂别扭的笑声,然而亚瑟只是盯着我的眼睛片刻,随后疲惫地点头。"同意。"他说。

"你们要在清晨离开这里。"策尔迪克突然道。

"我们会在两天后离开。"我回答,没有征求亚瑟的意见。

"同意。"策尔迪克说完,转身离开。

就这样,我们与赛思人达成了和平。

那不是亚瑟想要的和平。他曾相信我们可以削弱撒克逊人,让他们的船不再由日尔曼海前来,然后再过一两年,我们也许能彻底将剩下的撒克逊人也赶出不列颠。但这依旧是和平。

"命运是无情的。"翌日早晨,梅林对我说。我在罗马竞技场的中心找到他,他正在慢慢转身,凝视着围绕圆形场地那空荡荡的石头座位。他命令四名我的士兵坐在竞技场的边沿看着他,虽然他们和我一样对自己的责任一无所知。"您是不是还在寻找最后的珍宝?"我问他。

"我真喜欢这地方。"他无视我的问题,转着圈,长久地检视着整个竞技场。"我真喜欢它。"

"我还以为你恨罗马人。"

"我？恨罗马人？"他装作惊讶地问，"我多么希望啊，德瓦，我的教导不会经由那乱七八糟的筛子——你叫作脑子的那东西——被传递给后人。我爱所有人类！"他夸张地宣布，"即使是罗马人也可接受，只要他们待在罗马。我对你说过，我去过一次罗马的事儿吗？全都是神父和娈童。桑森在那里应该会宾至如归。不，德瓦，罗马人的错误是来到不列颠，搞糟了这一切，但并非他们做的所有事都是坏事。"

"他们的确给了我们这个。"我指着十二层的座位和悬空的露台，罗马领主们曾在那里观看竞技场。

"天啊，别给我来这套，亚瑟那种无聊的讲座，什么道路啊、法庭啊、桥梁啊、结构啊。"他啐出最后一个词。"结构！法律、道路和堡垒的结构是什么，不就是缰绳吗？罗马人驯化了我们，德瓦。他们让我们成为纳税人，他们太聪明了，我们居然还真的相信他们是在帮助我们！我们曾经与诸神同行，曾是自由民，然后我们将愚蠢的脑袋放进罗马枷锁，成为纳税人。"

"那，"我耐心地问，"罗马人干了什么好事？"

他残酷一笑。"他们曾经在这个竞技场中塞满了基督徒，德瓦，然后放狗追他们。在罗马，告诉你，他们干得更棒：他们用的是狮子。但以长期而言，哎，狮子输了。"

"我见过一幅狮子的画像。"我骄傲地说。

"哦，真厉害啊。"梅林毫不掩饰地打了个哈欠，"快告诉我整件事哈。"成功让我闭嘴之后，他笑了。"我见过一次活的狮子。那是只毫不起眼的老东西，我怀疑喂错了它食物。也许他们喂它密特拉教徒，而不是基督徒，当然，那是在罗马。我用手杖戳了它一下，它只是打了个哈欠，挠了挠虱子。我在那里还看见了一条鳄鱼，不过是死的。"

"鳄鱼是什么？"

"就像兰斯洛特那样的一种东西。"

"比利其国王。"我不悦地补充。

梅林大笑。"他挺聪明的，不是吗？他恨瑟卢瑞亚，谁能怪他呢？那些阴暗山谷中的无聊人们，才不是兰斯洛特喜欢的地方呢，但他会中意比利其土地的。那里阳光明媚，满是罗马建筑，最好的是，离他亲爱的朋友格温薇儿很近。"

"那重要吗？"

"别言不由衷哈，德瓦。"

"我不知道那是什么意思。"

"我无知的战士，意思是，兰斯洛特假装他喜欢同亚瑟相处。他想要什么就能得到，想做什么就做什么，他能如此，全因亚瑟有这种莫名其妙名为愧疚的品行。亚瑟在那方面很像基督徒。他认为自己在誓言的约束下应该拯救贝诺克，而当他没能做到时，便觉得自己让兰斯洛特失望了，只要那愧疚还令亚瑟痛苦，兰斯洛特就能随心所欲。"

"对格温薇儿也如此？"我问，好奇于他之前提到的兰斯洛特和格温薇儿之间的友谊，那似乎暗示着一丝情色的流言蜚语。

"我从不解释我不知道的事情。"梅林傲慢地说，"不过我猜格温薇儿已经对亚瑟失去兴趣了，这有什么奇怪的呢？她是个机灵的小东西，喜欢其他的聪明人，但亚瑟，虽然我们很爱他，却不怎么复杂。他渴望的东西非常简单；法律、正义、秩序、整洁。他真心希望所有人都幸福，而那是不可能的。格温薇儿完全不是那么简单的。当然，你是。"

我无视了这嘲弄。"格温薇儿想要什么呢？"

"当然是亚瑟成为德莫尼亚的国王，而她通过控制他，成为不列颠真正的统治者，但直到那愿望实现，德瓦，她会尽可能地取悦自己。"他似乎有了什么主意，露出了恶作剧的表情。"如果兰斯洛特成为比利其国王，"他愉悦地说，"你就等着看吧，格温薇儿会觉得她的新宫殿还是不该在林第尼斯。她会找到离汶塔更近的地方。你就等着看我说得对不对吧。"

他因这个念头而咯咯笑了起来。"他们都很聪明。"他钦佩地补充。

"格温薇儿和兰斯洛特?"

"别犯傻,德瓦!谁在说格温薇儿啊?真的,你真是太八卦了。我当然是说策尔迪克和兰斯洛特。这真是一桩外交杰作。亚瑟打了仗,阿尔放弃了大块的土地,兰斯洛特夺得了一个更适合他的王国,而策尔迪克的实力增加了两倍,让兰斯洛特取代亚瑟成为了他临海的邻居。干得真漂亮。坏人多成功呀!我喜欢见到这种事。"他微笑转身,妮慕出现在通往竞技场的两条通道之一上。她快步越过杂草丛生的地面,脸上露出兴奋的神情。她那令撒克逊人惊恐的金眼在阳光下闪耀光芒。

"德瓦!"她说,"你拿公牛血怎么办?"

"别让他犯迷糊了,"梅林说,"他今天早上格外蠢。"

"在密特拉教会中,"她激动地说,"你们用血来做什么?"

"不做什么。"我说。

"他们拿来和燕麦、脂肪混合,"梅林说,"做布丁。"

"告诉我!"妮慕追问。

"这是秘密。"我有些尴尬。

梅林对此嗤之以鼻。"秘密?秘密!'哦,伟大的密特拉呀!'"他的声音回荡在层层排列的座位之间,"'谁的剑在山顶磨砺,谁的枪尖在深海锻造,谁的盾牌将最明亮的星辰遮掩,倾听我们的声音。'要我继续吗,孩子?"他问我。他背诵的正是我们开始聚会时的祈祷词,本应该是我们秘密仪式的一部分。他转身冲我轻蔑一笑。"他们有一个坑,亲爱的妮慕,"他解释道,"以铁栏覆盖,那可怜的野兽将它的生命喷涌入那个坑中,然后他们以他们的长枪蘸血,喝得烂醉,自以为做了什么了不起的事情。"

"我也是这么想的,"妮慕微笑,"没有坑。"

"哦,好姑娘!"梅林赞赏地说,"好姑娘!去干活了。"他匆匆离去。

亚瑟王

"您去哪里?"我在他身后呼喊,但他只是摆摆手继续走,冲我无所事事的枪兵们招了招手。我不管怎样还是跟了上去,他也没有阻止我。我们穿过走道,进入一条高耸建筑林立的陌生街道,接着朝西面组成城墙西北防线的大要塞走去。要塞的旁边,靠城墙而建的,是一座神殿。

我跟随梅林入内。

那是一栋可爱的建筑,狭长、黑暗,高耸的天花板上绘着壁画,由两列各有七根的罗马柱支撑。神殿如今显然被用来做储藏室,一捆捆木头和一垛垛皮料在一侧的通道堆叠,然而一定还有一些人曾在这里祈祷,建筑的一头树立着一尊戴着古怪松垮帽子的密特拉神像,带有凹槽的立柱前也放置着小一些的雕像。我猜曾经在此处祈祷之人是在军团离开后仍选择留在不列颠的罗马人后代,似乎他们已抛弃了祖先大部分的神灵,包括密特拉。小小的供奉,像是鲜花、食物和摇曳不定的灯芯草火苗都集中在三座神像之前,有两座是精心雕刻的罗马神明,但第三座是不列颠的神:光滑的生殖器形状的石柱顶上刻着残酷又天真的脸,只有那座雕像被干涸的血迹渗透,密特拉神像旁唯一的祭品就是塞格拉莫留下感激玛拉归来的撒克逊利剑。这天很晴朗,但神庙里唯一的光线来自屋顶瓦片的一处破损处。神庙本应该是黑暗的,密特拉生于洞穴中,因而我们也在洞穴的黑暗中膜拜他。

梅林用手杖敲击着地板的平滑石面,最终在一处停下,那里是神庙正厅的一端,正在密特拉雕像之下。"你浸泡长枪的地方是这里吗,德瓦?"他问我。

我走进侧面储存木头和皮料的走道。"这里。"我指着半掩藏在货堆下方的一处浅坑。

"别胡闹!"梅林说,"那是后来人弄的。你真的以为你在为你那可怜的宗教保密吗?"他再次敲击雕像旁的地面,然后试了试几步远的另一处,最终确定两处地方的回声是不同的,所以又冲着雕像的足部敲了第三下。

"挖这里。"他命令我的枪兵。

我因亵渎神明而颤抖。"她不应该在这儿,阁下。"我指向妮慕。

"再说一句话,德瓦,我就把你变成一只跛脚刺猬。把那些石头抬起来!"他冲我的人大喊,"用你们的长枪做杠杆,蠢货。快!干活!"

我坐在不列颠神像旁,闭上双眼,向密特拉请求原谅我的冒犯。之后我祈祷他保佑夏汶平安,她腹中的婴儿依旧活着。就在我为我未出生的孩子祈祷时,神庙的门猛地开了,靴子声在石头地面上响起。我睁开眼,转过头,看见策尔迪克进入神庙。

他带了二十名士兵、他的翻译,出人意料地,还有迪纳思和拉韦纳。

我站起身,摸着海威贝恩的剑柄祈求好运,撒克逊国王慢慢走上前。"这是我的城市,"策尔迪克平静地宣布,"墙内的一切都属于我。"他盯着梅林和妮慕看了片刻,然后看向我。"告诉他们,解释他们的行为。"他命令。

"告诉这蠢货滚开,把脑袋在水桶里泡泡!"梅林冲我喊道。他的撒克逊语说得很好,但他还是喜欢装作不知。

"那是他的翻译,阁下。"我警告梅林,示意策尔迪克身旁的男人。

"那就让他告诉他的国王去泡泡脑袋。"梅林说。

那翻译尽责地说了,策尔迪克的脸上闪现出危险的微笑。

"国王陛下,"我试图弥补梅林造成的破坏,"梅林阁下是想要将神庙恢复原状。"

策尔迪克一边思考着这个回答,一边检视现状。我的四名士兵抬起了石板,暴露出一大片沙子和碎石的混合物,他们现在正在挖出下层沥青木板上的沉重砂土。国王盯着那坑,示意我的四名士兵继续干活。"但如果你找到金子,"他对我说,"那归我。"我开始翻译给梅林听,策尔迪克挥手打断我。"他会说我们的话,"他看着梅林。"他们告诉我的。"他冲迪纳思和拉韦纳点了点头。

亚瑟王

我看向那对凶恶的双胞胎,又看回策尔迪克。"您的同伴很特别,国王陛下。"我说。

"不比你特别。"他瞥了眼妮慕的金眼。她用一根手指将它挖出,让他完整地看到空眼眶的可怖景象,策尔迪克却似乎对这威胁无动于衷,他让我告知我所知道的关于神庙中不同神明的事情。我尽可能地回答他,但显然他并不感兴趣。他打断我,再次看向梅林。"你的圣锅呢,梅林?"他问。

梅林凶残地看了瑟卢瑞亚双胞胎一眼,朝地面啐了一口。"藏起来了。"他简短地说。

策尔迪克似乎对这答案并不意外。他跨过正在加深的坑,捡起塞格拉莫献祭给密特拉的撒克逊利剑。他在空中挥舞了一下剑,似乎很赞赏它的平衡性。"这个圣锅,"他问梅林,"拥有巨大的力量?"

梅林拒绝回答,所以我替他答道:"传说中是的,国王陛下。"

"那力量,"策尔迪克用浅色的眼睛注视着我,"能将我们撒克逊人赶出不列颠?"

"那是我们所希望的,国王陛下。"我回答。

听见这话,他露出微笑,转身看向梅林。"你的圣锅,要多少钱,老头?"

梅林朝他瞟了一眼。"你的肝脏,策尔迪克。"

策尔迪克走近梅林,盯着巫师的眼睛。我在策尔迪克身上看不见任何恐惧。梅林的诸神不是他的。阿尔兴许害怕梅林,但策尔迪克从未遭遇德鲁伊的法术,就他所知,梅林不过是一个名不副实的不列颠老巫师。他突然伸手,拉住一缕梅林胡子编成的黑辫。"我会付你许多黄金,老头。"他说。

"我已开出我的价码。"梅林回答。他试图从策尔迪克身边走开,但国王握紧了德鲁伊的胡子。

"我会付你与你等重的黄金。"策尔迪克提价。

"你的肝脏。"梅林坚持开价。

策尔迪克举起撒克逊宝剑,飞快挥下,绞下了那缕胡子。他走开几步。"好好玩你的圣锅吧,阿瓦隆的梅林。"他扔开剑,"但有一天,我会在那里面煮你的肝脏,然后把它喂给我的狗。"

妮慕惨白着脸,盯着国王。梅林震惊得一动不动,更说不出话来,我的四名士兵则倒吸一口冷气。"继续干活,蠢货。"我冲他们咆哮,"干活!"我压抑怒火。我从未见梅林受辱,也从不想见到。我以为那是不可能的。

梅林揉搓着他受到侵犯的胡子。"有一天,国王陛下,"他平静地说,"我会复仇的。"

对于这孱弱的威胁,策尔迪克只耸了耸肩,走回他的手下身边。他将胡子递给迪纳思,后者鞠躬以表谢意。我啐了一口,知道瑟卢瑞亚双胞胎如今能施行恶咒了。若要施咒,很少有东西能像敌人割下的头发或指甲那么强大,为了防止这些东西落入充满恶意的手中,我们都会确保烧毁它们。就连一个孩童都能用一簇头发施下恶作剧的咒语。"您希望我把胡子抢回来吗,阁下?"我问梅林。

"别闹了,德瓦。"他的语气充满疲倦,指了指策尔迪克的二十名枪兵,"你觉得你能把他们都杀死?"他摇头,对妮慕微笑。"你看,我们现在离我们的神明有多远啊?"他试图解释他的无助。

"挖。"妮慕冲我的人喊道,虽然现在挖掘已完毕,他们正在尝试抬起第一层的木板。策尔迪克来神庙只因为迪纳思和拉韦纳告诉他,梅林正在寻找宝藏,他命令他的三名士兵帮忙。那三人跳入坑中,将长枪插入木板缝,慢慢,慢慢地撬起它,直到我的人能抓住它并拖开。

那是一个血坑,垂死公牛的生命在此处流入大地母亲,但后来,这坑被巧妙地用木板、沙子、碎石和石板所掩藏。"罗马人离开时干的。"梅林

亚瑟王

在策尔迪克的人听力范围之外对我说道。他再次揉搓他的胡子。

"阁下。"我尴尬地说,因他受辱而伤心。

"别担心,德瓦。"他安抚地碰触我的肩膀。"你觉得我应该召唤来诸神的火焰,让大地裂开吞噬他?或从阴间召唤出一条毒蛇?"

"是的,阁下。"我痛苦地回答。

他将声音压得更低。"你不能命令魔法,德瓦,你使用它,而这里没有任何魔法能够被使用。这就是我们需要珍宝的原因。在萨温节,德瓦,我会集齐珍宝,让圣锅显现。我们要燃起火堆,使用一条咒语,让天空尖叫,大地呻吟。我向你保证。我的一生就是为了那个时刻,它将会让魔法回到不列颠。"他靠在柱子上,抚摸着他被割去胡子的地方。"我们的瑟卢瑞亚朋友,"他盯着蓄着黑色胡子的双胞胎,"想要挑战我,但一个老头的一缕胡子与圣锅的力量相比,不值一提。一缕胡子只能伤害我一人,但圣锅,德瓦,圣锅会让整个不列颠战栗,让那两个冒牌货跪在地上祈求我的慈悲。直到那刻前,德瓦,直到那时,你必须看着我们的敌人壮大。诸神越行越远,他们变得虚弱,爱着诸神的我们也变得虚弱,但那不会持续下去的,我们要召唤他们归来,现在的不列颠稀少的魔法将会如莫岛上的迷雾般浓烈。"他再次触碰我受伤的肩膀。"我向你保证。"

策尔迪克看着我们。他听不见我们说的话,但他尖锐的脸上露出一丝嘲笑。"他会要留下坑里的东西,阁下。"我喃喃道。

"但愿他不知道它的价值。"梅林轻声说。

"他们知道,阁下。"我看向两名白袍德鲁伊。

"他们是叛徒和毒蛇。"梅林嘶嘶说道,盯着靠近坑洞的迪纳思和拉韦纳,"但就算他们留下我们现在找到的东西,我还是拥有十三珍宝中的十一件,德瓦,而且我知道去哪里找第十二件,千年以来,在不列颠,没有其他人曾收集如此多的力量,"他靠着他的手杖,"国王会受苦的,我向你保证。"

最后一块木板被拖出洞，扔在石板上发出一声重响。汗流浃背的枪兵退后，策尔迪克和瑟卢瑞亚德鲁伊慢步上前，盯着坑洞。策尔迪克凝视了很长时间，然后大笑起来。他的笑声在高耸的天花板处发出回声，引得他的枪兵们走到坑洞边沿，也开始大笑。"我喜欢信仰垃圾的敌人。"策尔迪克说。他将他的士兵推开，冲我们说："快来看看你发现的东西，阿瓦隆的梅林。"

我与梅林一同走到坑洞的边沿，看见一团陈旧、黑色、潮湿腐朽的木头。看上去就像一块烧火的木头，只是木材的碎片，其中一些因木缝渗透的湿气而腐烂，其他的又旧又脆弱，仿佛一瞬间就会被燃烧成灰。"这是什么？"我问梅林。

"似乎，"梅林用撒克逊语说，"我们找错地方了，走吧。"他碰了碰我的肩膀，再次用英语说，"我浪费了大家的时间。"

"我们没有。"迪纳思刻薄地说。

"我看见了一只轮子。"拉韦纳说。

梅林缓缓转身，脸色很难看。他试图哄骗策尔迪克和瑟卢瑞亚双胞胎，但彻底失败。

"两只轮子。"迪纳思说。

"一根柄，"拉韦纳补充，"切成了三段。"

我再次盯着那一堆肮脏的东西，除了木头的碎块，我还是没有看见任何东西，但片刻之后，我发现某些碎块是有弧度的，如果那些有弧度的碎片拼在一起，加上很多短杆，它们的确是一对轮子。与轮子的碎片混杂在一起的是一些薄片，还有一根手腕粗细的长杆，但现在它被分成了三段，以便可以放入坑中。还能看见一根主轴，正中有一条狭长切口，可以放入一片长刀刃。这堆木头是一辆古代战车的残骸，不列颠的战士们曾一度驾

亚瑟王

驶这样的战车上战场。

"莫德隆之战车。"迪纳思虔诚地说。

"莫德隆,"拉韦纳说,"诸神之母。"

"她的战车,"迪纳思说,"将大地与天堂连接。"

"而梅林不想要它。"迪纳思尖酸地说。

"那我们就把战车拿走了。"拉韦纳宣布道。

策尔迪克的翻译尽可能地将一切翻译给国王听,但显然策尔迪克依旧对这寒酸的破碎腐木不感兴趣。尽管如此,他还是命令他的士兵收集碎片,将它们裹在一件披风里,由拉韦纳提着。妮慕嘶嘶冲他们下咒,拉韦纳仅是冲她大笑。"你想要为了战车跟我们作战吗?"他一指策尔迪克的枪兵。

"你们不能永远躲在撒克逊人身后,"我说,"等那时,你们就不得不战了。"

迪纳思冲空无一物的坑中啐了一口。"我们是德鲁伊,德瓦,你不能杀死我们,不然你的灵魂和每一个你所爱的灵魂,都会永远生活在恐惧之中。"

"我能杀你们。"妮慕冲他们啐了一口。

迪纳思盯着她,朝她伸出一个拳头。妮慕冲拳头啐了一口唾沫,以驱散邪恶,但迪纳思只是转过拳头,摊开手掌,将一枚画眉鸟蛋展示给她看。他将蛋扔给她。"给你点东西填一下你的眼眶,女人。"他不屑一顾地说,然后转身跟随他的兄弟及策尔迪克离开了神庙。

"我很抱歉,阁下。"我们单独离开时,我对梅林说。

"为什么,德瓦?你觉得自己能打败二十名枪兵?"他叹了口气,揉着自己的胡子。"你看,这些新神是如何反击的?只要我们拥有圣锅,我们就拥有更强大的力量。过来。"他朝妮慕伸出手臂,不是为了舒适,而是

210

因为他想要她的支持。他缓慢下坡，离开神庙，突然看上去年迈疲惫。

"我们接下去做什么，阁下？"我的一名士兵问我。

"准备离开。"我回答。我目送梅林佝偻的背影远去。我想，胡子被割，是他不敢承认的一场可怕悲剧，但我安慰自己，他还持有克莱德诺·艾丁的圣锅。他的力量依旧强大，然而那弯曲的背脊和缓慢的步伐有一种无穷的悲意。"我们准备离开。"我重复道。

翌日，我们离开。依旧饥肠辘辘，但我们正在回家。不论怎样，我们确实获得了和平。

在被摧毁的卡莱瓦北面，在曾经属于阿尔但如今重归我们的这片土地上，我们发现了等待着我们的贡品。阿尔遵守了与我们的承诺。

无人看管，一大堆黄金就那么等在路上。那里有杯子、十字架、链条、金块、胸针和项圈。我们没有称量黄金的方法，亚瑟和昆格拉斯都估计并没有完全到达约好的数量，但也足够了。这是一笔宝藏。

我们用斗篷打包黄金，将沉重的包裹挂在战马的背上，继续前行。亚瑟与我们一同步行，我们越接近家，他的兴致就越高涨，虽然仍有遗憾。"你还记得我在这附近许下的誓言吗？"我们收集了阿尔的黄金不久后，他问我。

"记得，殿下。"去年，我们将大部分的这同一批黄金运送给阿尔后的晚上，亚瑟许下誓言。那时的黄金是为了让阿尔远离我们的前线，去往波伊斯要塞莱地，那晚亚瑟发誓要杀死阿尔。"现在我却保全了他。"他悔恨地说。

"昆格拉斯拿回莱地了。"我说。

"但誓言没有实践，德瓦。有太多被打破的誓言。"他凝视着一只雀鹰从一大片白云前飞翔滑过，"我向昆格拉斯和莫里格建议，让他们将瑟卢

亚瑟王

瑞亚一分为二,昆格拉斯提出你可以作为他那份领土的国王。你会吗?"

我目瞪口呆,几乎不能做出回答。"如果您希望的话,殿下。"我终于开口。

"好吧,我不想这么做。我想要你成为莫德雷德的监护人。"

我失望地走了几步。"瑟卢瑞亚也许不想被分割。"我说。

"瑟卢瑞亚会遵命的。"亚瑟坚决地说,"你和夏汶会住进莫德雷德在德莫尼亚的宫殿。"

"听您的,殿下。"我突然不愿意放弃伊萨夫山谷卑微的快乐。

"打起精神,德瓦!"亚瑟说,"我都不是国王,你为什么要当国王呢?"

"我不是懊恼失去了一个王国,殿下,而是要在我的家中增添一位国王。"

"你能对付他的,德瓦,你能对付一切事情。"

第二天,我们的军队分开。塞格拉莫已离开队伍,带领他的枪兵去驻守与策尔迪克王国相交的新国界,现在,我们剩下的人分走了两条路。亚瑟、梅林、崔斯坦和兰斯洛特南下,昆格拉斯和莫里格西行回他们的国土。我拥抱亚瑟和崔斯坦,跪下请梅林赐福,他亲切地回应。在从伦敦回来的旅途中,他恢复了一些旧日的活力,但无法掩饰的,在密特拉神庙中遭受的屈辱对他的打击很大。他或许依旧持有圣锅,但他的敌人有一缕他的胡子,他需要全部的力量来避开对手的咒语。他拥抱我,我吻了吻妮慕,目送他们离开后,就跟随昆格拉斯向西行去。我要去波伊斯找我的夏汶,我身上带着一份阿尔的黄金,但即使如此,也不觉得这是一场胜利。我们击败了阿尔,获得了和平,可策尔迪克和兰斯洛特才是这场战争的真正赢家,不是我们。

那晚,我们都宿于科里尼翁,午夜,一阵风暴让我惊醒。暴风雨已向南远去，但远处爆裂的雷声轰隆，攒动的闪电在我睡觉的院落墙壁上闪烁，让我醒来。艾利恩，亚瑟以前的情人，他双胞胎儿子的母亲，提供了我住处。此时她一脸担忧地从卧房走出来，我裹紧斗篷，跟随她去了城墙，我在那处看见手下一半人都已经在看着远处的混乱景象。昆格拉斯和阿格里科拉也站在堡垒处，却没见到莫里格，他拒绝在天象中寻找任何征兆。

我们都很明白。风暴是诸神的信息，这场暴风雨正是一场狂乱的爆发。没有雨点落在科里尼翁，也无暴风吹起我们的斗篷，但遥远的南面，德莫尼亚某处，诸神痛击着大地。闪电撕裂夜空的黑暗，以它扭曲的尖刀刺向土地。雷声不停轰鸣，一声接着一声，伴着每一声回响，闪电闪烁耀眼，在颤抖的夜色中劈出它破碎的火焰。

伊撒站在我身旁，他老实的脸被那些遥远的火光照亮。"有谁死了吗？"

"我们不知道，伊撒。"

"我们被诅咒了吗，阁下？"他问。

"不。"我用自己本不存在的自信答道。

"但我听说，梅林被割了胡子？"

"几根毛发而已，"我轻描淡写地说，"没事。怎么了？"

"如果梅林没有力量了，阁下，那谁有？"

"梅林有力量。"我试图安抚他。我也有力量，因为我很快将成为莫德雷德的国王勇士，住进宏伟的房子中。我将塑造那个孩子，而亚瑟将打造那孩子的王国。

然而我依旧为雷声担忧。若我知道它意味着什么，我会更加担忧。那晚确有灾难降临。我们直到三日后才知晓，但至少我们已明白为何雷声作响，闪电劈打。

它击中了托尔山，击中了梅林的大厅，那儿的风呻吟回响在他空荡荡的梦塔之中。就在那里，在我们得胜归来之际，闪电点燃了木制高塔，火

213

亚瑟王

焰燃烧、跃动、咆哮，从夜晚直至早晨，当余烬被渐渐逝去的暴风雨浇熄之时，怀君岛上已不剩任何珍宝。灰烬中没有圣锅，只有位于德莫尼亚被火肆虐过的心脏处的一片空地。

新神们似乎正在反击。又或者瑟卢瑞亚双胞胎用梅林被割下的胡子施展了一个强大的咒语，圣锅不见踪影，珍宝消失殆尽。

而我，北上去见夏汶。

第三部　卡米洛特

"所有的珍宝都被烧了?"伊格莲问我。

"所有一切,"我说,"都消失了。"

"可怜的梅林。"伊格莲说。她坐在她惯常的窗台上,裹着厚厚的河狸皮毛斗篷以抵御寒冷。她的确需要,今日严寒刺骨。早晨下了场雪,西方的天空笼罩着不祥的厚云。"我不能待太久,"她浏览新写完的羊皮纸时说,"以防过会儿下雪。"

"会下的。灌木树篱中结满浆果,通常意味着严冬。"

"老人们每年都这么说。"伊格莲尖刻地说。

"当你老了,"我说,"每个冬天都很严酷。"

"梅林有多老?"

"他丢失圣锅那会儿?差不多快八十了吧。但后来他还活了很长时日。"

"可他从未重建他的梦塔?"伊格莲问。

"没有。"

她叹气,紧了紧厚实的斗篷。"我想要一座梦塔。我好想拥有一座梦塔啊。"

"那就建一座。"我说,"您是位王后。下命令,小题大做一番。很简单的,不过就是一座四面墙、没屋顶、半高处有平台的塔。一旦造好,除了您,谁都不能进去,窍门就是在平台上睡觉,然后等诸神送来讯息。梅林总说冬天睡在那儿冷得可怕。"

"那圣锅,"伊格莲猜测道,"就藏在平台上吗?"

"是。"

"但它没被烧毁,是吗?德瓦教友?"她追问。

"圣锅的故事还在继续,"我坦言,"只是现在我不能说。"

她冲我吐舌头。今天,她看起来容光焕发。也许是寒冷让她的脸颊泛红,让她深色的眼瞳闪亮,又或者是河狸皮毛很适合她,我怀疑是她已有身孕。夏汶每次怀孕时,我都能看出来,伊格莲展现出同样蓬勃的生命力。但伊格莲不说,所以我也不会问。她虔诚祈祷,希望得到一个孩子,也许基督教的神真会回应。我们已没有任何其他希望,因为我们的诸神已死,或已逃跑,或不在乎我们了。

"吟游诗人,"伊格莲说,从她的口气中我知道我作为一名故事讲述者的缺点又会被提及,"他们说伦敦附近的那场战斗很可怕。他们说亚瑟战斗了一整天。"

"十分钟。"我不屑一顾地说。

"他们都宣称是兰斯洛特救了他,率领一百名枪兵在最后关头赶到。"

"他们会这么说,"我说,"是因为兰斯洛特的诗人们写了这些歌谣。"

她沮丧地摇头。"如果这个,"她拍了拍装着写完的羊皮纸、准备带回城堡的大皮袋子,"是仅有的关于兰斯洛特的记载,德瓦,那人们会怎么想?诗人们撒谎了?"

"谁在乎人们怎么想?"我不耐烦地问答,"而且诗人们总会撒谎,他们就是干这行谋生的。你问我要真相,我便说了,而您又要抱怨。"

"'兰斯洛特的勇士,'"她引用道,"'勇猛的枪兵,寡妇制造者,黄金施与者。撒克逊屠戮者,赛思人的梦魇……'"

"快停下吧,"我打断她,"求求你。这歌写完一周后我就听过了!"

"但如果歌里唱的是假的,"她辩驳道,"那为什么亚瑟不反对?"

"因为他从不在意那些歌。干吗要在意呢?他是一名战士,不是吟游诗人,只要他的士兵还会在战前唱歌,他才不在乎呢。另外,他自己也不能唱。他以为自己有一副好歌喉,但夏汶总说他唱歌听上去像是风中哀号的母牛。"

伊格莲皱眉。"我还是不明白,为什么兰斯洛特讲和是一件坏事。"

"这事不难理解。"我说。我从凳子上站起,走向壁炉,用棍子拨出小火苗上的余烬。我在地板上将六团灰烬一行排开,随后将其分割成两团和四团。"这四团灰,"我说,"代表阿尔的势力。这两团是策尔迪克的。现在听好,如果所有灰聚在一起,我们绝不可能打败撒克逊人。我们打不过六团灰,但我们可以打败四团。亚瑟计划打败那四团,随后对付这两团,那样我们就能将赛思人赶出不列颠。但通过和谈,兰斯洛特增强了策尔迪克的力量。"我在那两团中添加了另一团灰,形成了四对三的局面后,抖灭了燃烧着的棍子上的火焰。"我们削弱了阿尔,"我解释道,"也同样削弱了自身,因为我们不再拥有兰斯洛特的那三百名战士。他们求和去了,那让策尔迪克的势力变得更强。"我将阿尔的两团灰推向策尔迪克的阵营,将这一行分为五对二。"所以我们做的一切,"我说,"只是削弱了阿尔,增强了策尔迪克。那就是兰斯洛特的和平所造成的后果。"

"你正在教殿下算数吗?"桑森脸露疑色,悄悄走入房中。"我还以为你是在写作福音呢。"他狡猾地补充道。

"五块饼和两条鱼,"伊格莲迅速答道,"德瓦教友认为是五条鱼和两块饼,但我敢肯定我是正确的,对吗,主教大人?"

"殿下非常正确,"桑森说,"德瓦教友真是个糟糕的基督徒。如此无知的人怎么能给撒克逊人写福音呢?"

"有您的支持才行啊,主教大人,"伊格莲回答,"当然,还有我丈夫的支持。或许我该告诉国王,您在这种小事上要反对他?"

"如果您那么做了,将来会为这最粗俗的谎言而内疚。"桑森对她说谎,我聪明的王后智胜一筹。"我来是告诉您,殿下,您的护卫觉得您应该走了。看天色似乎是要下雪了。"

她捡起那袋羊皮纸,冲我一笑。"等雪停我再来见你,德瓦教友。"

亚瑟王

"我会祈祷那一刻的到来，殿下。"

她又笑了笑，经过半秃的圣人身侧，走出门，她一离开，他立刻直起身盯着我。他耳朵上那两簇毛发是我们叫他耗子神的缘由，现在已经变白，但年纪并未让这位圣人软化。他仍会为辱骂而愤怒，而他溺尿时的痛苦让他的脾气更坏。"在地狱有一处特别的地方，德瓦教友，"他冲我嘶嘶说道，"是为那些骗子准备的。"

"我会为那些可怜的灵魂祈祷，阁下。"我说完转身背对他，将鹅毛笔蘸入墨水，继续书写我的故事，关于亚瑟，我的领主、我的和平缔造者和朋友。

紧接其后的便是光辉的岁月。伊格莲听多了吟游诗人的传说，称呼彼时的德莫尼亚为"卡米洛特"。我们不曾有过此等名称。那是亚瑟治下最好的年月，他凭自己的心愿塑造了一个国家，那时的德莫尼亚最接近他理想中的国度，国内和平，与邻国间也维系着和平；如今回忆往昔时，那段岁月比真实中的更加美好，因为其后的岁月无比艰难。在夜晚的壁炉旁听着这故事，也许会认为我们在不列颠建立了一个全然崭新的国家，命名为卡米洛特，充满闪闪发光的英雄，但真相是，我们不过尽可能努力地统治德莫尼亚，公正地统治，而我们从未称其为卡米洛特。直到两年前，我才第一次听说了这个名字。卡米洛特只存于诗人们的梦中，我们那时的德莫尼亚，即使在那些美好的年月中，依旧有庄稼歉收、瘟疫摧残、战乱爆发。

夏汶来到德莫尼亚，我们的第一个孩子出生在林第尼斯。那是一个女孩，我们给她起名莫温娜，那是夏汶母亲的名字。她出生时是黑发，但过了一段时间后，她的头发就变成了她母亲那般的浅金色。可爱的莫温娜。

梅林对格温薇儿的预测很准，一等兰斯洛特在汶塔建立好他的新政府，她就宣称自己已厌烦林第尼斯崭新的宫殿。太潮湿，她说，过分暴露于自怀君岛沼泽处吹来的水气，冬天也太冷。突然之间，除了搬回位于杜诺维瑞阿乌瑟的旧日冬宫之外，别无他法，但杜诺维瑞阿离汶塔并不比林第尼斯近，于是格温薇儿劝亚瑟，他们需要准备一处居所，等遥远的未来莫德雷德成为国王之后，国王有权要回冬宫，所以亚瑟让格温薇儿来选择。亚瑟自己向往一栋有着栅栏、畜棚和谷仓的结实房子，但格温薇儿在紧挨着温特克拉迪亚堡垒所在地的南面找到了一处罗马别墅，正如梅林预言的，就在德莫尼亚和兰斯洛特新贝尔盖王国的边界上。别墅建在俯瞰海湾的一座山丘上，格温薇儿称其为她的海宫。她命一大群工匠翻新别墅，在其中放满了曾为林第尼斯增色不少的雕塑。她甚至征用了林第尼斯前厅的马赛克地板。亚瑟一度担心海宫因为太靠近策尔迪克的领地不安全，但格温薇儿坚持，在伦敦的和谈会也坚定不移，在意识到她有多爱这个地方后，亚瑟最终妥协了。他从不在意安家何处，因为他极少待在家中。他喜爱四处行动，总是走访着莫德雷德王国的一些角落。

莫德雷德自己搬入了被掠夺一空的林第尼斯宫殿，夏汶和我成为了他的监护人，也居住于那里，家中除有六十名枪兵、十名负责传信的骑兵、十六名厨佣女孩和二十八名服侍于家中的奴隶外，还有一位管家、一名侍从、一位吟游诗人、两名猎人、一位酿酒师、一名驯鹰人、一位医师、一名守门人、一位持烛人和六名厨师，他们也各自有奴隶。除了家奴，还有一小队在田里干活、修建树木、清理沟渠的奴隶。宫殿外围发展出一个小镇，住着制陶工、鞋匠和铁匠，以及做我们的生意而富起来的商人。

这一切与伊萨夫山谷的生活天差地别。现在我们睡于一间铺着砖的寝室，室中墙壁漆得平整，门廊树立着高柱。我们的餐厅是一间能容纳百人的宴会厅，虽然我们经常让它空着，只在直通厨房的一间小室中用餐，我不能忍受热气腾腾的食物端上桌时已变冷。如果下雨，我们能在室外庭院有顶的廊台上散步，不会被淋湿；炎夏，当阳光晒烫了地砖，内庭中有一汪喷泉水池，我们可以在其中游泳。当然，这一切都不属于我们，这座宫

亚瑟王

殿和其广阔的土地都属于一位国王,属于六岁的莫德雷德。

夏汶适应奢华,虽然现在的生活已有些过分,但身边时时围绕着奴隶和仆人并不会让她尴尬,我却不然。她卸下了劳作的负担,不再有慌乱的忙碌。整个宫殿高效运作,平静而幸福。夏汶是那个命令仆人、监督厨房、清点账目的人,但我知道她怀念伊萨夫山谷,某个晚上我们聊天时,她仍然会坐在那儿,用她的卷线杆纺织羊毛。

我们尽量不聊莫德雷德。我们两人都希望那些关于他顽皮的传言是被夸大了,但并不如我们所愿,如果世上真有邪恶的孩子,那就是莫德雷德。从他乘坐牛车自库尔威奇靠近杜诺维瑞阿的大厅前来,在我们的庭院下车的第一日起,他便开始行为不端。我开始恨他,上帝原谅我,他只是一个孩子,而我恨他。

国王陛下始终显得比他的实际年龄要小,不过除他萎缩的左脚之外,他很精壮,长着结实的肌肉。他的脸很圆,但奇怪的球根状鼻子却让这个可怜的孩子丑陋不堪,他的深棕色头发天然带卷,由中间分开,在脑袋两侧长成了两大丛,这让林第尼斯的其他孩子都叫他"草丛脑袋",当然,只在他背后这么叫。他的双眼看上去格外老成,即使他才六岁,就已透露出防备和怀疑,而随着他的面容渐渐展露出男人的线条,那双眼睛也并没有变得和善分毫。他是个聪明的男孩,虽然固执地不肯学习字母。我们家中的吟游诗人是一个名叫珀里格的诚实年轻人,他负责教导莫德雷德阅读、计算、唱歌、弹竖琴、诸神的名字和他的王室家谱,但莫德雷德很快让珀里格忍无可忍。"他什么都不肯做,阁下!"珀里格向我抱怨,"我给他羊皮纸,他撕掉,我给他羽毛笔,他折断。我打他,他就咬我,您看!"他伸出瘦弱、带着跳蚤印儿的手腕,其上王族齿痕鲜红,看起来很痛。

我安排伊切林——一名矮小但强硬的爱尔兰士兵——待在学习室,命令他管好国王,这总算是有点效果。伊切林的一顿揍让那孩子明白他碰上对手了,于是闷闷不乐地服从了管教,但仍然没学任何东西。看来,你能让一个孩子保持不动，却不能强迫他学习。莫德雷德确实曾威胁伊切林，说等自己成为国王，就要向那战士复仇，天天打他，但伊切林只是又给了他一拳，发誓等莫德雷德到年纪，他就回爱尔兰。"所以如果您想要报仇，国王陛下，"伊切林又给了那男孩狠狠一拳，"那就带着您的军队来爱尔兰，我们到时候会好好给您一顿适合成年人的鞭子。"

莫德雷德不单单是一个顽皮的男孩，若只是那样，我们还能适应，但他确实邪恶。他的行为出自伤害甚至杀戮的动机。有一次，他十岁时，我们在放酒罐的黑暗地窖中发现了五条毒蛇。除了莫德雷德，没人会这么做，他这么干无疑是希望某个奴隶或仆人会被咬。地窖的寒冷让那些蛇昏昏欲睡，我们才得以轻而易举地杀死它们，但一个月后，一名女仆在食用蘑菇后死亡，事后我们发现，她吃的是毒蕈。没人知道是谁换的，但所有人都相信是莫德雷德。夏汶说，就好像是那好战的小身躯中有一个诡计多端的成年头脑。我觉得，她同我一般不喜欢他，但她努力地友善对待那男孩，她讨厌我们打他。"那只会让他更糟。"她责备我。

"恐怕是的。"我承认。

"那为什么要这么做？"

我耸耸肩。"如果你对他好，他只会利用你的好。"起初，莫德雷德刚来林第尼斯时，我对自己发誓绝不会打这孩子，但几天后这雄心壮志便消散了，在第一年年末，只要看见他丑陋阴沉的脸、圆鼻和草丛一般的脑袋，我就想把他抓来狠狠揍一顿。

即便是夏汶，终于也还是打了他。她不想这么做的，但有一天我听见了她的尖叫：莫德雷德找了根针，正朝莫温娜的脑袋刺去。他想要看看，如果将针刺进婴儿的一只眼睛里会发生什么，正在此时，夏汶跑来想看看女儿为何哭泣。她将莫德雷德拽起，狠狠地打了他一拳，他旋转着飞出了半间屋子。自那以后，我们再不让我们的孩子单独睡觉，总有一名仆人在她们身旁，莫德雷德则将夏汶的名字加入了他的敌人清单。

"他就是单纯的邪恶罢了,"梅林向我解释道,"你肯定记得他出生那晚吧?"

"记得很清楚。"不像梅林,我那晚确实在场。

"他们让基督徒布置产床,对吧?"他问我,"等坏事儿了之后再传唤的莫甘。那些基督徒做了什么准备措施?"

我耸肩。"祈祷。记得有一个十字架。"我当然不在产房里,男人不能进入产房,但我从卡丹城堡的城墙上观看了整个过程。

"难怪了,"梅林说,"祈祷!祈祷能有什么用,能对抗邪灵?必须在门槛上撒尿,床上放铁器,火里加艾叶。"他悲伤地摇头。"在莫甘能帮他之前,就有一个邪灵进入了这个男孩,这就是他的脚扭曲的原因。那邪灵可能察觉莫甘的到来,所以附在了那只脚上。"

"那我们怎么才能把邪灵赶出来?"我问。

"用剑刺穿那个可怜孩子的心脏。"他微笑道,靠向椅背。

"求求您,阁下,"我追问,"要怎么做?"

梅林耸肩。"老巴里斯相信,把被附身的人放在床上,躺在两名处女之间,就能驱走邪灵。当然,他们都得全裸。"他咯咯笑道,"可怜的老巴里斯。他是个好德鲁伊,但他大部分的咒语都涉及脱掉年轻姑娘的衣服。这点子是这么来的,你看啊,邪灵更喜欢附身在处女身上,所以就献给它两个处女,它会困惑,不知该选哪一个。就在邪灵离开那疯子,还在考虑更喜欢哪个处女之时,把三人都拖下床,同时立刻朝床上垫着的稻草里扔一把火。据说这样能将邪灵烧成灰,懂了吗,但我从来不觉得这有什么用。我承认我的确试过一次这种方法。我尝试治愈一个叫墨德林的老蠢蛋,但这事儿的结果呢,一个依旧疯狂的蠢蛋,两个吓坏了的奴隶女孩,三个人都有点小烧伤。"他叹气。"我们把墨德林送去亡者之岛。对他来说是最好的地儿了。要不你把莫德雷德送那里去?"

我们把病情严重的疯子送去亡者之岛。妮慕曾去过那里,我则将她带离了那恐惧之处。"亚瑟绝不会同意的。"我说。

"我想也是。我会试着帮你施个咒，但不能保证有用。"梅林现在跟我们住一处。他是个缓慢走向死亡的老人，至少在我们看来是如此，烧毁托尔的大火也吸走了他的能量，随之而去的还有他集齐不列颠珍宝的梦想，现在所余不过是逐渐老朽的空空躯壳。他在阳光中一坐数小时，冬日则蜷缩于炉火旁。他还留着德鲁伊的剃发，但不再编起自己的胡子，任由它变得凌乱灰白。他吃得极少，不过总是准备好与人交谈，他从不谈迪纳思和拉韦纳，也不谈策尔迪克割去他胡子的可怕时刻。我觉得，正是那凌辱，还有打中托尔的那道闪电吸走了梅林的生机，然而他却还保留一丝微小的希望。他相信，圣锅没有被烧毁，是被偷了，在我们刚住进林第尼斯时，他在花园中向我证明他的这个观点。他用柴火仿造了一座塔，在其中央放置一个金杯，地下堆着木材，然后命令从厨房中取火过来。

那天下午就连莫德雷德都老实了。火总能迷住国王，他睁大眼睛看着阳光中燃烧的模型塔。堆起的木材塌陷至中央，火焰骤然跳动，梅林手持园丁的耙子在灰烬中搜找时，天已快黑了。他找出金杯，杯子看不出原型，扭曲变形却仍是黄金。"我在大火后那天早晨去了托尔，德瓦，"他告诉我，"我在灰烬中找了又找。亲手把每一根烧焦的木头移开，我筛了炭渣，我耙过每一寸灰烬，没找到黄金。一滴都没有。圣锅被拿走了，有人放火烧了塔。我怀疑其他珍宝就是在那时被偷走的，它们都存放在那里，除了战车和另一件。"

"另一件是什么？"

有一瞬，他似乎不打算回答，但随后他耸耸肩，就好像现在一切都无关紧要了。"赖泽赫的宝剑。你所知道的名字是卡里德福洛斯。"他说的是亚瑟的佩剑，埃克斯卡利伯。

"你居然把珍宝之一给了他？"我惊讶地问。

"又有何妨？他发誓，如果我需要，就会还给我。他不知道那是赖泽

亚瑟王

赫的宝剑,德瓦,你要答应我不可以告诉他。如果他知道了,只会做出些蠢事来,比如融掉它来证明自己不畏惧诸神之类的。亚瑟有时很不可理喻,但他是我们最好的统治者,所以我决定额外给他一些秘密的力量,让他使用赖泽赫的宝剑。他要是知道了,肯定会嘲笑这件事的,但总有一天,宝剑将回归烈焰,那时他就笑不出来了。"

我想知道更多宝剑的事,但他不告诉我。"现在无关紧要了,"他说,"都结束了。珍宝没了。我估计,妮慕还会去寻找它们,但我老了,实在太老了。"

我讨厌他这么说。历经收集所有珍宝的努力,他却似乎轻易地放弃了。就算是圣锅也无关紧要了,即使我们为此经受了幽暗道的折磨。"如果珍宝还存在,阁下,"我坚持道,"就还能被找到。"

他迁就地微笑。"会被找到的,"他不屑一顾地说,"当然会被找到。"

"那为什么我们不去找?"

他叹了口气,好似觉得我的问题很麻烦。"因为它们被藏起来了,德瓦,而隐藏地会被施上遮蔽的法术。我知道,我能感觉到。所以我们必须等待,直到有人决定使用圣锅。到那时,我们会知道的,因为只有我知道如何正确使用圣锅,如果其他任何人召唤它的力量,他们将在不列颠散布下一种可怕的东西。"他耸肩。"我们等到那时,德瓦,然后去那可怕之物的中心,就能在那里找到圣锅。"

"你觉得是谁偷的?"我追问。

他摊手以示不知。"兰斯洛特的手下?为了策尔迪克,也许吧。或者是那对瑟卢瑞亚双胞胎。我太小瞧他们了,是吧?现在都不要紧了。只有时间能告诉我们,谁偷的,德瓦,只有时间。等待那恐惧现世吧,那时就知道了。"他似乎满足于等待,在此期间,他讲述古老的传说,聆听新的故事。他时不时会钻进他那间庭院中的屋子,施展某些咒语,通常都是为了莫温娜。他依旧能算吉凶,一般都是通过在庭院的石头上撒一层冷却的灰烬，然后让一条草蛇在其上爬行，他则解读它留下的痕迹，但我注意到他的预言大多温和乐观。他对这任务其实不感兴趣。他的确还有一些力量，当莫温娜发烧时，他会用羊毛和山毛榉坚果壳做一枚护身符，随后让她喝下一种用碾碎的木虱制成的混合剂，高烧就会消退，不过每当莫德雷德生病时，他总会施咒让他病得更重，虽然国王从未因此虚弱死去。"魔鬼保护着他，"梅林解释道，"这些日子我太虚弱了，无法对抗年轻的恶魔。"他倚在靠垫上，吸引一只猫跳上他的大腿。他一直喜爱猫，而林第尼斯有许多只。梅林相当快乐地住在宫殿中。他和我是朋友，也非常喜欢夏汶和我们逐渐增加的女儿们，他在托尔的旧仆古勒登、蕊拉和卡多照顾他的起居。古勒登和蕊拉的孩子们与我们的孩子一同长大，他们所有人都一致与莫德雷德对立。国王十二岁那年，夏汶已经分娩过五次。三个女孩全都活下来了，但那两个男孩都在出生后一周内就死了，夏汶觉得莫德雷德的恶灵要为他们的死负责。"它不想宫殿中有其他男孩子，"她悲伤地说，"只能有女孩。"

"莫德雷德很快就会离开。"我向她保证，我计算着他十五岁生日、将要被加冕为王的日子。

亚瑟同样数着日子，虽然也怀着些许恐惧，担心莫德雷德将会破坏他的成果。在那几年中，亚瑟经常来林第尼斯。我们会听见外庭院响起马蹄声，大门会被猛地撞开，他的声音会回响于宫殿巨大、半空的房间中。"莫温娜！塞伦！戴安！"他会这么叫喊，然后我们那三个金发的女儿就会或跑或东倒西歪地走出去，被抱起来大大地拥抱，之后她们会得到礼物：蜂蜜、小胸针或是纤弱的螺旋形状的蜗牛壳。随后，身上还挂着女孩们，他就走进我们所在的房间，告诉我们他最新的消息：一座重建的桥、一个新开的法庭、一位新发现的诚实法官、一名被处决的强盗；或是一些自然奇观的故事：在海边发现一条海蛇，一头长有五条腿的小牛犊，某次还说到了一个会吞火的杂耍人。"国王怎么样？"待这些奇闻说完之后，他总会

亚瑟王

这么问。

"国王长高了。"夏汶总会如此平静回答，于是亚瑟不会再问什么了。

他也会告诉我们格温薇儿的近况，通常是好事，但夏汶和我总怀疑他的热情下隐藏着一种奇怪的孤独。他从没有独自一人，但我认为他并没有找到他渴望的与他相同的灵魂。格温薇儿曾经与亚瑟同样对治理国家抱有热情，但她逐渐将心思都花在了崇拜艾西斯上。亚瑟一向对宗教狂热感到不适，他假装对那位女神感兴趣，但事实上，我觉得他相信格温薇儿是在浪费时间追寻一种不存在的力量，正如我们浪费时间寻找圣锅。

格温薇儿只为他生了一个儿子。夏汶说，要么就是他们分房睡，要么就是格温薇儿使用了女人的法术来避孕。每个村里都有一位睿智的女性知道哪种草药可以有此功效，正如她们知道何物能打掉孩子或治愈疾病。我知道，亚瑟一定想要更多的孩子，他喜欢小孩，他最快乐的时光便是带着格温德瑞住在我们的宫殿中。亚瑟和他的儿子陶醉于身处一群衣着破烂、头发打结的疯小孩中，无忧无虑地绕着林第尼斯奔跑，但他们总是避开阴沉压抑的莫德雷德。格温德瑞和我们的三个孩子、蕊拉的三个孩子，还有二十来个奴隶或仆人的孩子一起玩耍，他们组成了一支小小的军队，模仿战斗或将借来的战袍披在花园中低矮的梨树枝上，假装那是一间屋子，模拟宫殿中的节日或庆典。莫德雷德有他自己的同伴，都是男孩，都是奴隶的儿子，他们年纪更大，咆哮的范围也更广。我们听闻，有小屋中的镰刀被偷走，或是一间茅草房或草垛被烧，又或是一张滤网被撕破、新建的树篱被破坏，几年之后，一个牧羊人的女孩或一个农夫的女儿被强暴。亚瑟听说后，耸耸肩，去与国王谈话，但情况并没有得到改善。

格温薇儿几乎不来林第尼斯，但我的职责经常使我跨越德莫尼亚为亚瑟办事，我经常出入杜诺维瑞阿的冬宫，在那里，我不时会遇见格温薇儿。她待我还算客气，但我们在那些年月里都很客气，因为亚瑟已经建立了他伟大的战士联盟。他在伊萨夫山谷时第一次向我描述了这个想法，但现在，伦敦郊外一战之后的和平岁月里，他终于将战士联盟变为现实。

即使到今日，如果提起圆桌骑士，一些老人还会记起并咯咯笑着说起那古老的实验，企图抑制竞争、敌意和野心的实验。圆桌骑士，当然从不是它的正式名称，更像是一个昵称。亚瑟自己决定称其为不列颠兄弟会，这听起来更加了不起，但没人这么叫它。如果他们还想得起它，记忆中只有圆桌骑士，人们大概也已忘记它本该带给我们和平。可怜的亚瑟。他真心相信着兄弟情谊，不过若是亲吻能带来和平，那起码有一千人到今天还活着。亚瑟确实试着改变世界，而他的工具便是爱。

不列颠兄弟会本计划于杜诺维瑞阿的冬宫举行创建仪式，就在格温薇儿的父亲，汉尼斯-维恩的流浪国王雷欧狄甘因一场瘟疫而过世后的那个夏日。那年七月，我们本应集合，但那瘟疫又在杜诺维瑞阿卷土重来，最后一刻，亚瑟将集合地点改至海宫，那座宫殿现已完工，闪耀于海湾上方的山丘。林第尼斯本是举行就任仪式的更好地点，因为它更大，但格温薇儿决定要炫耀一下她的新家。让不列颠的这些粗鲁、长发、乱须的战士们漫步于那优雅的大厅和遮阴的拱廊中，无疑让她感到愉悦。她似乎是想告诉我们，这样的美丽正是你们要保护之物，不过她还是确保我们大多数人都不会在这扩建的别墅中过夜。我们在外扎营，老实说，还更自在。

夏汶与我同来。她不太舒服，这典礼举行前不久她刚生下她的第三个孩子，一个男孩，那场分娩很艰难，最后夏汶极其虚弱，婴儿也死去了，然而亚瑟请求她前来。他希望所有不列颠领主都出席，虽然格温内德、艾尔蒙特和其他的北方王国都没有来人，但还是有很多人长途跋涉而来，最后不列颠所有尊贵的男人们齐聚一堂。波伊斯的昆格拉斯、格温特的莫里格、康沃尔的崔斯坦王子都参与盛会，当然，还有兰斯洛特，所有那些国王还都带来了领主、德鲁伊、主教、首领，帐篷和棚屋围绕海宫的山丘连成了一大圈。当时九岁的莫德雷德也随我们前来，即使格温薇儿对此反

亚瑟王

感,他仍然与其他国王一样被安排在宫殿内的房间中。梅林拒绝出席。他说,对这种胡闹而言,自己已经太老。加拉哈特被任命为兄弟会的执法官,他与亚瑟一同主持会议,也同亚瑟一样,全心全意地相信着这整个主意。

我从未向亚瑟透露过,但我觉得这整件事令人尴尬。他的打算是让我们都发誓维系彼此之间的和平与友谊,从而消解我们的敌意,用誓言约束对方,禁止任何不列颠兄弟会的成员向另一名成员举起长枪;然而就算是诸神似乎也在嘲笑这壮志。典礼那日的破晓寒冷阴沉,虽然并没有下雨,对这一切乐观得不可思议的亚瑟宣称,这是一个吉兆。

没有人携带剑、长枪或盾前来典礼,仪式在海宫的巨大花园中举行,花园两侧是两座新建造的拱廊,从草地河岸向着河湾延伸。拱廊上挂着旗帜,两组唱诗队吟唱着圣乐,让典礼显得庄严隆重。花园北端有一座巨大的拱门通往宫殿内部,靠近拱门之处安置了一张桌子。它恰好是一张圆桌,其形状并没有什么寓意,只是一张最方便搬来花园的桌子。桌子不太大,直径大约一人伸展双臂的长度,但我记得,它格外美丽。它是罗马制品,这毫无疑问,透亮的石头被雕成让人赞叹的展翅飞马形状,其中一翼上横贯着一道令人惋惜的裂缝,但不妨碍这张桌子的美轮美奂和飞马的巧夺天工。塞格拉莫说他从未见过这样的生物,但他宣称飞马真实存在于沙海之外的神秘国度中,不管那是哪儿。塞格拉莫已与他那位强壮的撒克逊人玛拉结婚,现在是两个男孩的父亲。

允许佩剑来参会的只有国王和王子们。莫德雷德的剑放于桌上,其上交叉摆放着兰斯洛特、莫里格、昆格拉斯、加拉哈特和崔斯坦的佩剑。我们一个接一个上前,国王们、王子们、首领们和领主们,我们将手放在六柄剑上,说出亚瑟的誓言,许诺和平相处。夏汶替莫德雷德穿上新衣,修剪并梳理他的头发,想让其不再像两丛灌木那般从他的圆脑袋上蓬起,但当他一瘸一拐地上前呢喃誓言时,依旧是一副难堪的形象。我承认,我将手放在那六把剑上那一刻,的确很神圣,正如在场的大多数人,我很想遵守这个誓言,当然,这仅指在场的男人,亚瑟不认为这跟女人们有何干系,虽然站在拱门门廊处的不少女人见证了这场漫长的仪式。仪式的确很漫长。原本亚瑟打算将兄弟会的成员限定在那些发过誓对抗撒克逊人的战士中,但现在他放宽了条件,每一位被他劝来此宫殿中的贵族男子都被囊括其中,在我们的誓言说毕之后,他许下自身的誓言,随后站在门廊处,告诉我们刚立下的誓言与我们其他的誓言一般神圣。我们已向不列颠许诺和平,如果我们任一人打破和平,那兄弟会中的所有其他人就有责任惩罚毁诺者。然后,他示意我们拥抱彼此,再之后,自然而然,饮宴便开始了。

　　这日的仪式并没有随着饮宴的开始而结束。亚瑟仔细观察着有哪个人回避了另一个的拥抱,随后,那些桀骜不驯的灵魂们分组被召唤入宫殿的主厅,亚瑟不依不饶地让他们和解。亚瑟自己首先以身作则,拥抱了桑森,然后是迈尔沃斯——被亚瑟流放至伊斯卡的贝尔盖废王。迈尔沃斯以一种缓慢的优雅接了和平的亲吻,但他于一个月后因早餐服用了变质的牡蛎而去世。正如梅林告诉我的,命运,是无情的。

　　那些更私密的和解最终导致在主厅举行的宴会推迟,亚瑟在那里将敌人们聚在一起,所以更多的酒被拿来花园,无聊的战士们等待着,猜测着亚瑟接下来会传唤他们中哪一位去和解。我知道我会被召唤,因为我在整个仪式中小心翼翼地避开了兰斯洛特,果然亚瑟的仆人海崴德找到我,坚持要我前往大厅,正如我所担心的,兰斯洛特和他的廷臣们在那里等着我。亚瑟要求夏汶参加,为了让她更自在,他也叫了她的兄长昆格拉斯。我们三人站在大厅一侧,兰斯洛特和他的手下在另一侧,盛宴的主桌在高台上已摆设妥当,亚瑟、加拉哈特和格温薇儿在高台上主持。亚瑟冲我们露出笑容。"这房间中,"他宣布道,"有一些我最亲密的朋友。昆格拉斯国王,不论战时还是和平时期都是最好的盟友;兰斯洛特国王,我发誓要

亚瑟王

待他如兄弟；德瓦·卡丹阁下，我所有勇士中最英勇的战士；还有亲爱的夏汶公主。"他微笑。

我窘迫地站着，犹如田里的稻草人。夏汶表现优雅，昆格拉斯凝视着大厅绘着画的天花板，兰斯洛特怒目而视，安赫和罗赫想让自己看起来咄咄逼人，而迪纳思和拉韦纳固执的脸上只露出了鄙夷的神色。格温薇儿仔细打量我们，她面无表情，但我怀疑，这场对她丈夫来说如此重要的仪式，她的内心，同迪纳思和拉韦纳一样，也看不起这个仪式。亚瑟热切渴望着和平，只有他和加拉哈特似乎在这场合下仍能表现自若。

我们无人开口，亚瑟展开双臂，步下高台。"我要求，"他说，"现在把你们之间的夙仇全都说出来，一次吐干净，然后就忘记。"

他又等候片刻，拖着脚踱步。昆格拉斯扯着他的长须。

"请。"亚瑟说。

夏汶微微耸了耸肩。"我很抱歉曾伤害了兰斯洛特国王。"她说。

坚冰的融化让亚瑟很愉悦，他对贝尔盖国王微笑。"国王陛下？"他问兰斯洛特的回应，"您原谅她吗？"

兰斯洛特那天身着一身白衣，瞥了她一眼，鞠躬行礼。

"这算是原谅吗？"我低声吼道。

兰斯洛特涨红脸，但还是迎合了亚瑟的期待。"我与夏汶公主没有仇怨。"他语气生硬。

"这就对了！"对于这勉强的答复，亚瑟再一次喜悦地展开双臂，邀请他们两人走上前。"拥抱，"他说，"仇恨从此一笔勾销！"

他们走上前，亲吻彼此的脸颊，然后退下。他们的姿势僵硬冰冷，就仿佛我们在林-克雷格湖山岩上等候圣锅出现时的那个星夜，但还是取悦了亚瑟。"德瓦，"他看向我，"你不来拥抱一下国王吗？"

我坚持着自己的对抗态度。"我会拥抱他的，殿下，"我说，"等他的德鲁伊撤回他们对夏汶公主的威胁。"

瞬间冷场。格温薇儿叹气，在高台的马赛克地砖上跺了跺脚，那是她从林第尼斯运来的地砖。她一如既往地衣着华丽。她穿着一条黑袍，许是为了尊重今日的典礼，长袍上缝着数十个银色的小小弯月。红发束成小辫，盘在头顶，用两枚龙形黄金发夹固定。她的颈间佩戴着一条狂野的撒克逊黄金项链，那是亚瑟在一场对阿尔的苦战后送给她的。她曾告诉我，她不喜欢这项链，但那在她身上光彩夺目。她也许看不上今日的会议进程，但她仍尽其所能地帮助她的丈夫。"什么威胁？"她冷冰冰地问我。

"他们知道。"我盯着双胞胎。

"我们没有威胁过。"拉韦纳平静地反驳。

"但你能让星辰消逝。"我指责他们。

迪纳思残忍英俊的脸上缓慢露出一个微笑。"那个小纸星星，德瓦阁下？"他带着嘲讽惊讶问，"那是您的侮辱？"

"那是你们的威胁。"

"殿下！"迪纳思对亚瑟说，"那是个孩子的把戏。没有任何意义。"

亚瑟的目光从我身上移向德鲁伊。"你发誓？"他命令道。

"以我兄弟的性命发誓。"迪纳思说。

"还有梅林的胡子？"我继续挑衅他们，"还在你们手上吗？"

格温薇儿叹气，仿佛是在说我废话太多、令人生厌。加拉哈特皱眉。宫殿外，战士们的声音因醉酒而响亮喧闹起来。

拉韦纳看着亚瑟。"没错，殿下，"他礼貌地说，"我们拥有一缕梅林的胡子，他羞辱了策尔迪克国王后被割下的。但以我的生命起誓，殿下，我们把它烧了。"

"我们不与老人战斗！"迪纳思低声咆哮，然后看向夏汶，"还有女人。"

亚瑟开心地笑了。"来吧，德瓦。"他说，"拥抱。我要让我最亲密的朋友们和平相处。"

我依旧犹豫，但夏汶和她的兄长都催我上前去，于是，我人生中第二

亚瑟王

次也是最后一次,拥抱了兰斯洛特。这次,不像第一次拥抱时我们在彼此耳边低声说着羞辱之词,我们一言不发。我们只是亲吻,然后退开。

"你们会和平相处。"亚瑟不依不饶。

"我发誓,殿下。"我干巴巴地回答。

"我没有意见。"兰斯洛特同样冰冷地回答。

亚瑟不得不满意于我们无礼的和解,他长叹一口气,似乎他这天中最困难的挑战已经完成;他分别拥抱我们,接着要求格温薇儿、加拉哈特、夏汶和昆格拉斯上前互相亲吻。

我们的煎熬终于结束。亚瑟的最后一位受害人是他自己的妻子和莫德雷德,我并不想看到那画面,于是拉夏汶离开房间。她的兄长应亚瑟的请求继续待在那儿,于是我们两人得以独处。"我很抱歉。"我对她说。

夏汶耸耸肩。"这是回避不了的磨难。"

"我还是不相信那个混蛋。"我报复性地说。

她笑了。"你,德瓦·卡丹,是一名英勇的战士,而他是兰斯洛特。狼会惧怕野兔吗?"

"它会害怕毒蛇。"我阴沉地说。我不太想去向我的朋友们描述我和兰斯洛特之间的和解,于是便带着夏汶穿过海宫中那些优雅的房间,穿过那些廊柱画壁、描花地板,绘着狩猎情景的天花板垂下长长铁链,挂着沉重的青铜灯。夏汶认为这宫殿美轮美奂,但也冷冷孤寂。"就像那些罗马人。"她说。

"就像格温薇儿。"我反驳道。我们寻到一处楼梯,向下通往忙碌的厨房,那里的一扇门外是后花园,水果和草药在井然有序的花圃中生长。"我想不出,"我们身处室外时,我说,"那个不列颠兄弟会能管什么用。"

"会管用的,"夏汶说,"如果你们都认真遵守誓约。"

"也许。"我突然窘迫地停下脚步,在我前方,正从一片欧芹地中直起身子的,正是格温薇儿的妹妹格温维奇。

夏汶欣喜地向她打招呼。我都忘记了，在格温薇儿和格温维奇于波伊斯的长期逃亡生涯中，她们曾经是朋友，她们亲吻彼此，随后夏汶将格温维奇带到我的面前。我本以为她会怨恨我没有娶她，但似乎她对我并无嫌隙。"我现在是姐姐的园丁。"她告诉我。

"不可能吧，殿下？"我说。

"这指派不是正式的。"她冷冷地说，"我也不是主事管家或猎狗饲养员，只是一个必须做这些工作的人，父王临终前，他让格温薇儿答应要照顾我。"

"对您父亲的死，我很遗憾。"夏汶说。

格温维奇耸耸肩。"他只是越来越单薄，一直到某一天便去了。"格温维奇自己并没有变得单薄，她现在很臃肿，一个红脸蛋的胖女人，穿着沾着泥土的长裙和肮脏的白围裙，看上去更像是农妇，而不是一位公主。"我住在那儿。"她指了指离宫殿百步远的一座结实的木屋。"我的姐姐允许我每天出来干活，但暮钟响起时，我就必须躲开别人的视线。你懂的，所有丑陋的东西都不能损害海宫。"

"殿下！"我出口反对她的自我贬低。

格温维奇摇手示意我安静。"我很快乐。"她无精打采地说，"我带着狗散步，和蜜蜂交谈。"

"来林第尼斯。"夏汶恳求她。

"她不会允许的！"格温维奇装作吃惊地说。

"为什么？"夏汶问，"我们有空闲的房间，求你了。"

格温维奇狡猾一笑。"我知道太多了，夏汶，这就是原因。我知道谁在这里出入，他们在这儿干什么。"我和夏汶都不想对那些暗示接话，所以都没有开口，但格温维奇需要一吐为快。她一定很孤单，而夏汶是来自过去的一位可爱友人。格温维奇突然抛下她刚割的药草，催促我们快点跟她一起往宫殿的方向走。"我带你们去看。"她说。

亚瑟王

"我们不用了。"夏汶害怕即将出现的东西。

"你可以看,"格温维奇对夏汶说,"德瓦不行。或者说不应该。不准男人进入神庙的。"

她引我们来到砖石阶梯下的一扇门前,推开,进入一间巨大的地窖,它由大块罗马砖支撑,处于宫殿地板之下。"他们在这儿存酒。"格温维奇解释那些堆在架子上的罐子和皮囊。她让门保持开启,让室外的光线能透入黑暗、布满灰尘的角落。"这边走。"她说着,消失在我们右手边的几根柱子间。

我们慢慢地跟着,小心翼翼地摸索向前,越来越深入,离地窖门处的光线越来越远。我们听见格温维奇抬起一根门闩,拉开一扇大门,一丝冰冷的空气吹向我们。"这是艾西斯的神庙?"我问她。

"你听说过?"格温维奇似乎有些失望。

"格温薇儿带我去过她在杜诺维瑞阿的神庙,"我说,"多年前。"

"她不会带你来这里。"格温维奇说边将挂在神庙门内几英寸的厚重黑色帘子拉到一旁,夏汶和我看见了格温薇儿的私人圣堂。出于对她姐姐怒火的恐惧,格温维奇不让我再往前一步,但她引着夏汶,朝长条型房间中又走了两步。房间的地面铺着抛光黑色石头,墙壁和拱形天花板上涂着沥青,黑石平台上放置着一把黑色的石头王座,王座后又挂着一面黑色帘子。低矮的平台前有一个浅坑,我知道,在艾西斯的拜祭仪式上,那坑里会注满水。这神庙,其实和多年前格温薇儿带我去看的那个几乎一模一样,也很像我们在林第尼斯宫殿中发现的那个弃用的神庙。唯一的区别是——除了这里的天花板比之前两处神庙的都更宽更矮之外——日光可以照射进来,浅坑正上方的天花板上有一个大洞。"那里有一面墙,"格温维奇小声说,指着那洞,"比一人高。这样月光就能从这个天井照进来,但没人能透过它向下看。很聪明,是吧?"

月光天井的存在意味着这地窖的天顶已延伸至了宫殿的侧花园,格温维奇也肯定了这个推测。"这里以前是一个入口,"她指着房间只铺了一半的沥青砖墙,"让补给可以直接送进地窖,但你看,格温薇儿扩建了天拱,然后只用草皮覆盖住。"

这神庙看上去并不怎么邪恶,除了那恐怖的黑色,这里没有神像,没有献祭的火焰和祭台。这里令人失望,拱形地窖并没有上面房间的富丽堂皇。此处看起来粗俗,甚至有点脏。我想着,罗马人一定知道怎么让这房间配得上这位女神,但格温薇儿的最大努力只不过是将一间砖窑变成了一个黑暗的洞穴,不过那个王座倒是令人印象深刻。它是用一整块黑石雕刻而成的,我猜测,大概是我在杜诺维瑞阿见过的同一个王座。格温维奇走到王座后面,拉开黑色帘子,让夏汶再走进去。她们在帘子后待了不少时间,但我们离开地窖时,夏汶告诉我,里面也没什么好看的。"就是一间阴暗的小室,"她告诉我,"有一张大床,和很多老鼠屎。"

"一张床?"我疑惑地问。

"一张梦床,"夏汶肯定地说,"就像梅林塔里半空中的那张一样。"

"仅此而已?"我依旧充满疑虑。

夏汶耸耸肩。"格温维奇暗示它还有别的作用,"她不认同地说,"但她没有证据,后来她也承认她姐姐睡在上面是为了接受梦谕。"她悲伤地笑了笑。"我觉得可怜的格温维奇脑子有点问题了。她相信有一天兰斯洛特会来接她。"

"她相信什么?"我震惊地问。

"她爱上他了,可怜的姑娘。"夏汶说。我们劝说格温维奇一起去前园的庆典,但她拒绝。她对我们说,她在那儿不受欢迎,随后便躲避着周围疑惑的视线,匆匆离开。"可怜的格温维奇。"夏汶说完,又笑了。"这真是典型的格温薇儿,是吧?"

"什么?"

"接受这种外来的宗教!为什么她就不能像我们其余人一样,崇拜不

亚瑟王

列颠的神祇？才不呢，她就是得与众不同、不落俗套。"她叹了口气，钩着我的手臂，"我们非得留下来赴宴吗？"

她有些虚弱，还没从上次的生产中完全恢复。"如果我们不去，亚瑟会体谅的。"我说。

"但格温薇儿不会，"她叹了口气，"所以我必须得撑着。"

我们已走过了宫殿漫长的西侧，经过神庙月光井的高木墙，来到长拱廊的尽头。我在转角前让她停下，双手放在她的肩膀上。"波伊斯的夏汶，"我看着她异常可爱的脸，"我真的爱你。"

"我知道。"她微笑着说，踮起脚吻了我，随后拉着我往前走了几步，我们凝视着海宫花园的全貌。"那里，"夏汶饶有兴趣地说，"就是亚瑟的不列颠兄弟会。"

花园中满是跟跄的醉鬼。宴会太久还没开始，他们彼此间正交换着复杂的拥抱和看似美好的承诺，承诺永远的友谊。一些拥抱变为摔跤较量，他们在格温薇儿的花床里激烈地翻滚。合唱队早已不再演唱庄严歌曲，一些合唱队中的女人现下正与战士们一同饮酒。当然不是所有人都醉了，但清醒的客人们已退到露台处保护那些女人，她们大多是格温薇儿的侍女，露奈特，我许多年前的第一个爱人，也身处其中。格温薇儿也在露台上，惊恐地盯着她的花园被摧残破坏，但这是她自己的错，她招待的蜜酒太烈了，这会儿起码有五十个男人在花园中喧闹作乐；有些人拔下花桩假装是在比剑，至少有一个人脸上已见血，另一人牙齿已松，大张着嘴，咒骂着打了他的"不列颠兄弟"。另一些人吐在了圆桌上。

我扶夏汶走上拱廊安全之处，我们下方，不列颠兄弟会正诅咒、打架、狂饮至昏迷。

虽然伊格莲从未相信过我，但那就是亚瑟的不列颠兄弟会、无知之人称之为圆桌骑士的开端。

我很想说，亚瑟的圆桌誓言激发了新的和平精神，且欢乐地传遍王国各处，但大多数普通人连这誓言许没许下都不知情。大多数人不知道也不关心他们领主的所作所为，只要他们的土地和家庭不受打扰。亚瑟自然很珍重这誓言。正如夏汶常说的，对于一个痛恨誓言的人来说，他还真是喜欢发誓。

但至少在那些年里，誓言没有被打破，不列颠在和平时期中繁荣发展。阿尔和策尔迪克为了洛依格的归属而彼此作战，他们之间的冲突让不列颠的其余地方免受撒克逊长枪的侵袭。西不列颠的爱尔兰国王长久以来一直对不列颠挑衅不断，但那些都是小冲突，也都被击退，我们大部分人都享受了很长一段时间的和平。莫德雷德的御前顾问团——我现在也是其中一员——现在能集中精力处理法律、税收和土地分配，而不是担忧敌人了。

亚瑟领导着整个顾问团，虽然他从未坐上桌首的位子，因为那是留给国王的王位，直到莫德雷德长大，它都是空置的。梅林正式成为国王的首席顾问，但他从未去过杜诺维瑞阿，御前顾问团在林第尼斯会谈时，他也极少发言。六名顾问是战士，但他们大多数人都从未出席。亚格拉宾说，他觉得这事儿无聊，而塞格拉莫更喜欢在撒克逊边境戍边。另两名顾问是颂词著者，知晓不列颠的法律与宗谱；两位地方执法官；一位商人，和两个基督教主教。主教之一是一位严肃的长者，名叫埃姆里斯，继白德文之后成为杜诺维瑞阿的主教；另一个是桑森。

桑森曾密谋对亚瑟不利，大多数人都认为，在阴谋败露后，他一定会被斩首，但桑森不知如何便脱身了。他从未学过读写，但他很聪明，并有着无穷的野心。他来自格温特，父亲是一名鞣皮工，桑森先是成为图锥克的牧师之一，但真正让他声名鹊起的是，他为逃难般从司乌思城堡私奔的亚瑟和格温薇儿举行了婚礼。作为报答，他被立为一位德莫尼亚主教，并成为莫德雷德的随身牧师，但在与纳布和迈尔沃斯密谋作乱之后，他又被

亚瑟王

剥夺了这荣誉。随后他成为圣荆棘教堂的守护人，本该就此沉寂失势，但桑森绝不能忍受此等结局。他帮兰斯洛特摆脱了被密特拉拒绝的羞辱，因此赢得格温薇儿谨慎的感激，但无论是他与兰斯洛特的友谊还是他与格温薇儿的和解，都不可能将他的地位提升至德莫尼亚的御前顾问。

他经由婚姻获此高位，而他娶的女人是亚瑟的长姐莫甘。莫甘是梅林的女祭司、魔法操纵者、异教徒。通过这场婚姻，桑森摆脱了他过往的一切耻辱，爬升至了德莫尼亚权力的最高峰。他进入御前顾问团，成为林第尼斯的主教，并重新被指派为莫德雷德的随身牧师，幸运的是，他不太喜欢年轻的国王，所以与林第尼斯宫殿保持距离。他获得了德莫尼亚北部所有教堂的控制权，正如埃姆里斯支配着整个南部的教堂。对桑森来说，那是一场辉煌的婚姻，对我们其他人来说，那难以置信。

婚礼在怀君岛的圣荆棘教堂举行。在那个大日子，亚瑟和格温薇儿从林第尼斯与我们一起骑马前往那里。典礼开始于莫甘在芦苇环绕的利萨湖中受洗。她舍弃了角神色纳诺思的旧面具，换上了装饰有基督教十字的新面具，为了衬托今天这个欢乐的日子，她没有穿着平日的黑袍，而是换上了白色长裙。亚瑟欣喜落泪，看着他的姐姐一瘸一拐地走进池塘，桑森则在那里格外温柔地扶着她的背，将她浸入水中。合唱团歌唱着哈利路亚。我们等候莫甘擦干身体换上一条新白裙，然后看着她蹒跚走向祭台，埃姆里斯主教宣布两人结为夫妻。

就算是梅林自己抛弃旧神接受十字架，我都不会感到更加惊讶了。对桑森而言，这自然是双重的胜利，他不仅娶了亚瑟的姐姐，一跃而入王国的御前顾问团，更让她皈依基督教，从而狠狠地给了异教徒一记重击。一些人怀着妒意指责他机会主义，但老实说，我认为他确实用他那精于算计的方式爱着莫甘，而毫无疑问她爱慕着他。他们是经由愤恨而结合的两个聪明人。桑森一直相信自己的地位能更加高，而曾经美丽的莫甘，怨恨着将她身体扭曲、面容损毁的那场大火。她也恨妮慕，因为莫甘曾一度是梅林最信任的女祭司，年轻的妮慕却取代了那位置，现在，怀着报复心理，莫甘成为了最热情的基督徒。她对于基督的强硬支持，正如她曾经对旧神的全身心侍奉，婚后，她所有的狂热都倾注到桑森的传教事业中。

梅林未出席婚礼，但他确实从中找到了乐子。"她很寂寞，"听闻消息时，他对我说，"耗子神起码是个陪伴。你觉得他们会睡吗，不会吧？天啊，德瓦，如果可怜的莫甘在桑森面前脱光，他会吐的！再说了，他不知道怎么睡，至少不知道怎么睡女人。"

婚姻并没有让莫甘变得温和。在桑森身上，她找到了一个男人愿意听取她高明的建议，她也能用她所有的强势来支持他的野心，但除此之外的世界来说，她还是那个精明阴郁、躲在禁忌的黄金面具后的女人。她依旧住在怀君岛，不过搬出了梅林的托尔山，住进了主教在教堂中的屋子，在那里，她可以盯着被火焰肆虐过的那处地方——她的敌人妮慕所居住的地方。

妮慕如今已对梅林失望，她相信莫甘偷走了不列颠珍宝。在我看来，这种确信仅仅源于妮慕对莫甘的仇视，她认为莫甘是不列颠最大的叛徒。毕竟，莫甘曾是一名异教女祭司，却抛弃诸神，皈依基督教，妮慕只要一见到莫甘，便会朝她啐唾沫，诅咒谩骂，莫甘也会积极回敬；异教徒的威胁对抗基督徒的诅咒。她们从不能心平气和地对待彼此，有一次，在妮慕的催促下，我前去质问莫甘关于遗失的圣锅一事。那是婚礼后的一年，虽然我已是一位领主，德莫尼亚最富有的男人之一，但我依旧在面对莫甘时感到紧张。我还是一个孩子时，她就已经是权威和恐怖的象征，以沉默暴躁和随时准备施咒的手杖统治着托尔，管教着我们。如今，这么多年后，我觉得她依旧可怖。

我在怀君岛桑森新建造的一栋屋子中与她见面。新建造的最大建筑大得像王室宴会厅，那是一所学校，数十名牧师在那处接受传教士的训练。那些牧师六岁时就开始上课，在十六岁时领圣职，被派往不列颠各处传教。我在旅行中时常遇见这些热情的人。他们成双结对，只携带一个小袋子和一根手杖，有时一群看上去完全被这些传教士吸引住的女人也会与他们同行。他们无所畏惧。无论我何时遇见他们，他们都会向我挑衅，看我敢不敢否认他们的上帝；我总是礼貌地承认上帝的存在，然后坚持我自己的诸神同样存在，他们便会诅咒我，他们的女人会大声哀号，咆哮着咒骂。有一次，两个这样的狂热信徒吓到了我的女儿，我用枪柄打了他们，我承认我打得太重，那次争吵结束时，一个头骨被打裂，一个手腕被击碎，都不是我的。亚瑟坚持要我受审，以示最有特权的德莫尼亚人也不能凌驾于法律之上，于是我前往林第尼斯的法院，那儿的一位基督徒法官罚了我自身重量一半的白银。

"应该鞭打你一顿。"莫甘显然记得那次意外，我与她刚见面，她便突然喊出了她对我的裁决，"狠狠地抽出血来。在公开的场合！"

"现在要这么做可不容易，即使是您，夫人。"我温和地说。

"上帝会赋予我必要的力量。"她在她的新十字架黄金面具后龇牙低吼。她坐在一张桌子后，桌上堆着羊皮纸和墨水覆盖的树皮，她不仅管理着桑森的学校，还跟踪记录着北德莫尼亚每一座教堂和修道院中的财宝。不过她最引以为傲的成就是她创立了一个社区，圣洁的女人们在专属于她们的大厅中吟唱祈祷，不许男人踏足其中。莫甘上下打量我的此刻，我正可以听见她们甜美的歌声。她显然不喜欢她所看到的。"如果你过来是为了要更多钱，"她突然出声，"我不能给你。除非等你付了拖欠的借款。"

"我不知道有什么拖欠的借款。"我平静地说。

"胡说。"她一把抓起一片树皮，大声读出虚构的欠款列表。

我等她说完，然后礼貌告诉她，顾问会并不打算从教堂借钱。"而且如果真是这样，"我补充道，"相信您的丈夫会告诉您的。"

"我敢肯定，"她说，"顾问会中的你们这些异教徒正在圣人的背后策划着什么阴谋。"她不以为然地说。"我的兄弟还好吗？"

"很忙，夫人。"

"显然忙得没时间来看我。"

"而您也没时间去拜访他。"我愉快地说。

"我？去杜诺维瑞阿？去面对那个女巫格温薇儿？"她画了个十字，将手浸入一碗水中，又做了一遍那手势。"我宁愿去地狱见撒旦本人，"她说，"也不想看见那个艾西斯的女巫！"她本打算吐一口唾沫驱邪，但又记起她现在的信仰，于是又画了一个十字。"你知道艾西斯要求怎样的祭祀吗？"她愤怒地问我。

"不知道，夫人。"我说。

"污秽，德瓦，污秽！艾西斯是那猩红女人！巴比伦淫妇！那是魔鬼的信仰，德瓦。他们一起睡觉，男人和女人。"她因这恐惧的念头而颤抖，"纯粹的污秽。"

"男人不能进入她们的神庙，夫人。"我为格温薇儿辩护，"正如他们不能进入您的女性教堂。"

"不能！"莫甘咯咯笑了起来，"他们在夜晚进入，你这个蠢货，赤身裸体地拜祭他们肮脏的女神。男人和女人一起，像猪一样大汗淋漓！你以为我不知道？我，曾经的罪人？你觉得你比我更清楚异教信仰？我告诉你，德瓦，他们在自己的汗水中睡在一起，赤裸的女人和赤裸的男人。艾西斯和奥西里斯，女人和男人，女人给予男人生命，你觉得那是怎么办到的，蠢货？那是通过污秽的性交做到的，这就是真相！"她将手指浸入水碗中，再次画了一个十字，又将一滴圣水抹在她戴着面具的前额。"你是个无知轻信的蠢货。"她厉声斥责我。我没有继续这场争论。不同的信仰之间总会辱骂彼此。很多异教徒指控基督徒同样的罪行，他们称其为"爱宴"，很多农村里的人相信基督徒会绑架、杀死、吃掉小孩。"亚瑟也是个蠢货，"莫甘低声咆哮，"他相信格温薇儿。"她用独眼不友善地看了我一眼。"你为什么来找我，德瓦，如果不是为了钱？"

"我想知道，夫人，圣锅消失那晚发生了什么？"

她听了大笑起来。那是她旧日笑声的回音，那在托尔山上总是预兆着麻烦的残酷爆裂声。"你这可怜的蠢货，"她说，"浪费我的时间。"说完，她便转身坐回工作桌旁。我等待着，而她在账目或羊皮纸的白边上做着记号，假装无视我。"还在这儿，蠢货？"她片刻后问。

"还在这里，夫人。"我说。

她转过椅子。"你为什么想知道？是山上那个邪恶的小婊子派你来的？"她冲窗外的托尔山一挥手。

"梅林让我来的，夫人。"我撒谎，"他想知道过去，但他记不清了。"

"他的记忆马上就会滚去地狱了。"她报复性地说，思考了一下我之前的问题，最终，一耸肩。"我会告诉你那晚发生的事情，"她终于说道，"只会告诉你一次，之后你就再也不要问我这件事了。"

"一次就够了，夫人。"

她站起身，一瘸一拐地走到窗边，盯着托尔山。"万能的上帝，"她说，"唯一的真神，世人的父亲，从天堂施下火焰。我在场，知道发生了什么。他送下闪电，击中大厅的茅草，让它起火燃烧。我在尖叫，因为害怕火焰。我懂火焰。我是火焰的孩子。火摧毁了我的人生，但那是一场不同的火。那是上帝的洁净之火，烧尽了我的罪恶。火焰从茅草扩散到高塔，烧掉了一切。我看着那场火，甚至可能死于其中，如果不是有福的圣人桑森前来护卫我至安全之地的话。"她画了一个十字，转身看向我。"蠢货，"她说，"这就是发生的事情。"

所以桑森那晚在托尔山？这就有意思了，但我并没有就此说什么。我只是温和地说："那场火并没有烧掉圣锅，夫人。梅林第二天搜查了灰烬，没有发现黄金。"

"蠢货！"莫甘透过她面具嘴部的裂缝冲我啐了一口。"你以为上帝之火与你们那些孱弱的凡火一样吗？圣锅是邪恶的器皿，上帝的国土中最恶心的瘟疫。那是恶魔的尿罐，我主熔了它，德瓦，他将其熔为虚无！我用这只眼睛看见的，那是火焰中心一道明亮、涌动、嘶嘶作响的熔焰，就好像地狱之火中最炽热的火焰，我听见随着他们的圣锅化为烟尘时，魔鬼痛苦的尖叫。上帝烧毁了它！他烧毁了它，将它送回了它的老家地狱！"她停顿了片刻，我感觉到，她被火烧毁的脸在面具中咧开一个笑容。"它已经没了，德瓦，"她用平静了些的声音说，"现在你也可以滚了。"

我离开她，离开教堂，爬上托尔山，推开一道半毁的水门，它只用一根绳索颤颤悠悠地悬挂着。大厅和高塔的灰烬已被大地吞噬，那周围有数十栋肮脏小屋，妮慕和她的人就住在里面。那些人是我们世界的弃儿，残疾、乞丐、流浪汉和半疯的生物，都靠夏汶和我每周从林第尼斯送来的食物为生。妮慕宣称她的人能与诸神交谈，但我从他们那里听到的只有疯狂的傻笑和凄惨的呻吟。"她否认一切。"我对妮慕说。

"她当然会否认。"

"她说她的上帝把它烧尽了。"

"她的上帝连个蛋都煮不熟。"妮慕满怀仇恨地说。这些年来，自从圣锅消失，梅林接受了自己平静的晚年之后，她渐渐衰弱。这些日子里，她肮脏、瘦弱，几乎像我把她从亡者之岛救出来时那般疯狂。她时不时浑身颤抖，或者她的脸会不受控制地抽搐。她早就卖掉或丢掉了那只黄金眼，现在在空洞的眼眶上戴着一个皮罩。她曾拥有的诱人美貌如今藏匿于泥土与疮伤之下，消失于她油腻污浊的满头黑发之中，就连来找她占卜和治疗的乡下人都时常在她的恶臭前退缩。即使发誓保护她并曾经一度爱着她的我，也几乎受不了待在她附近。

"圣锅还存在着。"妮慕那天对我说。

"梅林也这么说。"

"梅林也还活着，德瓦。"她将手搭在我的手臂上，手上的指甲已被咬得坑坑洼洼。"他在等待，他不过是在积攒力量。"

亚瑟王

等待他的葬火，我心想，但没有说出口。

妮慕顺日出的方向转了个身，凝视着整个地平线。"那里某处，德瓦，"她说，"藏着圣锅。某人正试图搞清楚它的用法。"她轻声笑了起来。"等他们那么做了，德瓦，你会看见大地被鲜血染红。"她用独眼看着我。"鲜血！"她嘶嘶说道，"到那天，世界将会呕出鲜血，德瓦，梅林将会再次驰骋于其上。"

也许吧，我心想，但那是一个阳光明媚的日子，德莫尼亚平和安定。那是亚瑟的和平，以他的剑获得，以他的法庭维系，以他的道路富饶，以他的兄弟会封存。它看起来离圣锅和遗落珍宝的世界那般遥远，可妮慕依旧相信他们的魔法，看在她的分上，我没有说出我的怀疑，只是在那个明媚的日子里，在亚瑟的德莫尼亚，对我来说，不列颠正由黑暗走向光明，由混沌走向秩序，由野蛮走向法治。那是亚瑟的成就。那是他的卡米洛特。

但妮慕是对的。圣锅没有消逝，而她，正如梅林，只是在等待着它将带来的恐怖。

那些年我们首领的工作就是让莫德雷德准备好登上王位。他在婴儿时就已加冕为我们的王，但亚瑟决定等莫德雷德到年纪后重复一遍加冕仪式。我觉得，亚瑟是希望有某种神秘的力量在第二次的加冕仪式上让莫德雷德变得负责且睿智，因为似乎没有其他事物能改善这男孩的心性。我们试过，天知道我们真的试过，但莫德雷德依旧是那个阴沉、愤怒、粗鲁的年轻人。亚瑟不喜欢他，但仍然故意无视了莫德雷德那些令人厌恶的缺点，若亚瑟有真正的信仰，那便是他相信君权神授。总有一天，亚瑟不得不面对莫德雷德的真相，但那些年里，无论御前顾问团中对于莫德雷德是否适合王位的质疑有多少，亚瑟总是说着同样的话。他同意，莫德雷德是个不讨人喜欢的孩子，不过我们都知道这样的男孩会成长为正常的男人，加冕仪式的庄严和王位的责任也一定会使男孩变得温和。"我自己小时候也不是一个好孩子，"他常说，"但我不觉得自己长大之后有多糟。相信那孩子。"除此之外，他总会笑着补充，莫德雷德将由一个睿智、经验丰富的顾问团引导。"他会指派他自己的顾问。"我们中的某人总会如此反驳，然而亚瑟会挥手忽略这话题。他向我们盲目地保证，一切都会好的。

格温薇儿没有此等妄想。事实上，在圆桌誓言后的数年里，她对莫德雷德的命运变得格外关注。她不参加御前会议，因为女人不能参加，但她在杜诺维瑞阿时，我怀疑她会在会议室外挂着帘子的走廊后偷听。我们讨论的许多政事一定让她感到无聊：我们会用几个小时讨论是否要在某个堡垒上增添石块或是在某座桥上花钱，又或者某位法官是否收受了贿赂或是该指派谁成为某名孤儿继承人的监护人。那些事宜是顾问会议的常见内容，我敢肯定她觉得这些都很无趣，但当我们讨论莫德雷德时，她一定很

亚瑟王

热切地聆听着。

格温薇儿几乎不了解莫德雷德,但她恨他。她的仇恨源于他是国王而亚瑟不是,她一个接一个地试图让御前顾问们赞同她的观点。她甚至对我很友善,我怀疑那是因为她看穿了我的内心,知道我其实偷偷地赞同她。圆桌誓言后的第一次御前会议结束,她勾着我的手臂,与我一同在杜诺维瑞阿的回廊中散步,那里烟雾弥漫,火盆里正烧着药草以防瘟疫卷土重来。我头昏脑涨,也许是因为会令人兴奋的烟雾,更可能是因为格温薇儿的靠近。她喷了浓烈的香水,她的红发茂密狂野,她的身体挺拔纤细,她的脸庞轮廓清晰,神采奕奕。我告诉她,对于她父亲的离世,我深感遗憾。"可怜的父亲,"她说,"他唯一的梦想便是回到汉尼斯-维恩。"她安静了片刻,我好奇她是否曾指责过亚瑟,因为亚瑟并没有努力去驱逐丢尔纳赫。我怀疑格温薇儿根本就不想再次看见汉尼斯-维恩荒芜的海岸线,但她的父亲一直想要回到祖先的土地上。"你从未告诉我,你们去汉尼斯-维恩的那趟旅行怎样了,"格温薇儿带着嗔意说道,"我听说你遇上了丢尔纳赫?"

"希望以后再也不要遇见他,殿下。"

她一耸肩。"有时候,对于一位国王而言,野蛮的名声是有用的。"她询问我汉尼斯-维恩的现状,但我察觉她并不是真心关注我的回答,正如她问我夏汶的近况时一样。

"很好,殿下,"我回答她,"多谢您关心。"

"又有身孕了?"她饶有兴趣地问。

"我们觉得是,殿下。"

"你们俩还真是不闲着,德瓦。"她的语气中带着善意的调侃。她对于夏汶的怒火随着时间逐渐消失,不过她们也从未成为朋友。格温薇儿从一棵深红的树上采下一片叶,那棵树种植在绘着裸身仙女的罗马瓮中。她在指间揉搓着树叶。"我们的国王陛下怎么样?"她语气酸涩。

"很烦人，殿下。"

"他适合成为国王吗？"这是典型的格温薇儿，一个直接的问题，冷酷坦率。

"他生来就是位国王，殿下。"我防备地说，"而我们发誓要效忠他。"

她露出一个嘲弄的笑容。她金色系带的凉鞋拍打着石板路，颈间黄金项链悬挂着珍珠叮当作响。"很多年前，德瓦，"她说，"你和我聊过这件事，你告诉我，德莫尼亚的所有人中，亚瑟是最适合成为国王的人。"

"的确。"我承认。

"你现在觉得莫德雷德更适合？"

"不，殿下。"

"所以呢？"她转身看着我。几乎没有女人能够直视我的眼睛，但格温薇儿可以。"所以呢？"她追问。

"所以，我发过誓，殿下，您的丈夫也是。"

"誓言！"她不耐烦地放开我的手臂，"亚瑟发誓杀死阿尔，但阿尔还活着。他发誓夺回汉尼斯-维恩，然而丢尔纳赫还统治着那里。誓言！你们男人躲在誓言背后，就像仆人躲在愚蠢之后，一旦某个誓言不再方便，你们又立刻将之抛诸脑后。你觉得你不能忘记对乌瑟的誓言？"

"我是向亚瑟亲王发誓的。"我格外注意在格温薇儿面前称呼亚瑟为亲王，"您希望我忘记那个誓言？"我问她。

"我希望你，德瓦，劝劝他。"她说，"他听你的。"

"他听您的，殿下。"

"在莫德雷德这个话题上，他不听。"她说，"其他事上也许他听，但那件事上不行。"她耸耸肩，也许想起了她在海宫迫不得已给莫德雷德的那个拥抱，她愤怒地团起深红色的树叶，扔在地上。我知道，在几分钟内就会有一名仆人安静地将它扫去。杜诺维瑞阿的冬宫总是如此整洁，我们在林第尼斯的宫殿却总是被孩子们弄得乱七八糟，莫德雷德的房间更是个垃圾场。"亚瑟，"格温薇儿不依不饶地用疲惫的声音说，"是乌瑟还活着最年长的儿子。他应该成为国王。"

的确如此，我心想，但我们都宣誓效忠，要让莫德雷德坐上王位，有人在勒格溪谷牺牲正是为了维护那个誓言。诸神请原谅我，有时候，我只希望莫德雷德死去，这样就替我们解决问题了，但尽管他长着畸形的脚，出生时也伴随噩兆，生命力却似乎顽强而健康。我谨慎地对她说："多年前您带我走过那道门，"我指向回廊尽头的一处低矮拱门，"您向我展示了您的艾西斯神庙。"

"没错。所以呢？"她带着防备的语气，也许是后悔那时的亲切。在很久以前的那一天，她试着想与我结盟，原因也正是今日她钩着我的手臂，将我带来此处回廊的缘由。她想毁掉莫德雷德，让亚瑟统治。

"您向我展示了艾西斯的王座。"我留心着不要透露自己曾在海宫中见过那同一把黑椅。"您告诉我，艾西斯是能够决定谁能坐上王位的女神。我说得对吗？"

"那是她的力量之一，是的。"格温薇儿随意地说道。

"那您一定要向女神祈祷，殿下。"我说。

"你以为我没有吗，德瓦？"她说，"你以为我没有反反复复地向她祈祷吗？我想要亚瑟成为国王，格温德瑞在之后继承王位，但你不能强迫一个男人坐上王座。要想让艾西斯成全，首先亚瑟自己得想要。"

这在我听来，是无力的声辩。如果艾西斯不能改变亚瑟的主意，那我们这些凡人又如何能做到？我们时常尝试，但亚瑟拒绝讨论这件事，正如格温薇儿放弃了我们的谈话，当她意识到不可以说服我加入她的战斗，将莫德雷德替换为了亚瑟。

我想让亚瑟成为国王，但那么多年中，我仅一次打破了他的无动于衷，认真地与他谈论过他自己对王位的权利，那场谈话直到圆桌会议整整五年后才发生。那是莫德雷德将要加冕为王那年前的一个夏日，那时反对的窃窃私语已成为震耳欲聋的呐喊。只有基督徒支持莫德雷德的继承权，即便是他们的支持也很勉强，但众所周知他的母亲是一位基督徒，且那孩子自己也受过洗礼，这些足以让基督徒们相信莫德雷德会支持他们的野心。德莫尼亚的其他每个人都指望亚瑟将他们从那男孩的手中拯救出来，但亚瑟只是平静地无视了他们。那个夏日，以我们现在学会的历法来看，是基督纪元四百九十五年，那是一个阳光充沛的美好季节。亚瑟正处于他权力的巅峰，梅林与我们那三个吵着要听故事的小女儿一同在我们的花园中晒太阳，夏汶很幸福，格温薇儿在她那有着拱廊、画廊和隐藏黑暗神庙的美妙新海宫中沐浴阳光，兰斯洛特似乎满足于他的海边王国，撒克逊人内战，德莫尼亚则一片和平。但我记得，那同样也是极其不幸的一个夏日。

因为，那是崔斯坦与伊索尔德的夏日。

康沃尔是一个荒凉的王国，像脚爪般位于德莫尼亚的西端。罗马人去过那里，但几乎无人在它的荒野中定居，当罗马人离开不列颠时，康沃尔的老百姓又继续过日子，就仿佛侵略者从未存在过。他们在小块田野中耕种，在汹涌的海中捕鱼，开采着珍贵的锡矿。曾有人告诉我，前去康沃尔，便能看见罗马人到来之前的不列颠，虽然我从未去过，亚瑟也是。

自我有记忆以来，马克国王便统治着康沃尔。他很少给我们制造麻烦，但偶尔——通常是德莫尼亚被某些东面的强大敌人纠缠时——他会觉得我们西面的一些土地应该属于他，一场短暂的边界战斗发生，康沃尔的战船会野蛮地劫掠我们的海岸。我们通常会取得这些战斗的胜利，怎能不赢呢？德莫尼亚领土广袤而康沃尔国土很小，每次战斗结束，马克便会派遣使者声称这一切都是意外。亚瑟统治的初期，伊斯卡的凯杜伊反叛德莫尼亚时，马克曾短暂地占领一大片我们的土地，但库尔威奇结束了这场叛乱，亚瑟将凯杜伊的头颅作为礼物送给马克之后，康沃尔的枪兵就默默地

亚瑟王

退回了他们的领土。

这种麻烦并不常见,马克国王最著名的战役发生在他的床上。他以老婆数量而闻名,但不像其他男人可能会同时有数个妻子,马克一个接一个地娶她们。她们以一种可怕的规律死去,通常似乎在康沃尔德鲁伊为他们举行婚礼之后的四年左右,虽然马克对这些死亡总有一套解释,也许是高烧,或是意外,又或是难产,但我们大多数人都怀疑,国王要塞多尔城堡那些王后尸体的火葬堆后,隐藏着国王的厌倦。第七任亡妻是亚瑟的外甥女艾尔,马克派遣信使,讲述了一个关于蘑菇、毒堇以及艾尔的好胃口的故事。同时,他还送来了一队骡子,满负锡块和罕见的鲸骨,以平息亚瑟可能的怒火。

那些妻子的亡故似乎并不能阻止其他公主跨越大海,被送往马克的床上。也许成为康沃尔的王后,哪怕仅有短暂的一段时光,也胜于在女眷厅堂中等候着也许不会出现的求婚者,再说了,那些死亡的解释似乎也很合理。都是意外。

艾尔死后很长一段时间,马克都没有再结婚。他已年迈,人们猜测他也许已放弃了结婚的游戏,但之后,在莫德雷德登上德莫尼亚王位前的那个美好的夏日,老迈的马克国王却娶了一位新夫人。她是我们旧盟友伊仑之子欧依戈斯的女儿,而他是德米缇亚的爱尔兰国王,在勒格溪谷时曾帮助我们取胜,因为那次功劳,亚瑟原谅了欧依戈斯持续对昆格拉斯土地的骚扰。欧依戈斯的可怕的黑盾战士总是肆虐在波伊斯和曾经的瑟卢瑞亚土地上,那么多年来,昆格拉斯不得不在他的西方国界处驻扎着一支昂贵的军队。欧依戈斯总会否认对这些劫掠负责,说他手下首领不受管控,发誓他会砍下些脑袋,但那些脑袋还好好地长在它们的身体上,每到收获的季节,饥饿的黑盾们就会回到波伊斯。亚瑟派遣我们年轻的战士去那些收获战争中获取战场经验,以防我们训练出的是从未见过血的战士,这些冲突也能让我们这些老战士的战斗直觉保持敏锐。昆格拉斯想要一劳永逸地解决德米缇亚，但亚瑟喜欢欧依戈斯，说他的劫掠能让我们的枪兵获得经验，于是黑盾便幸存了下来。

老马克国王与他年幼德米缇亚新娘的婚姻是两个不甚重要的小王国之间的结合，另外也没人相信马克娶公主有什么政治上的考量。他娶她仅仅出于他对年轻王室肉体的欲壑难填。他那时已近六十岁，他的儿子崔斯坦也差不多四十岁了，而新王后伊索尔德才十五。

悲剧开始于库尔威奇的一条消息，他说崔斯坦来到伊斯卡，带着他父亲的少女新娘。在迈尔沃斯死于过量的牡蛎后，库尔威奇被指派为德莫尼亚西部地区的管辖者，他的信息中报告说崔斯坦和伊索尔德是从马克国王那里逃难而来的。库尔威奇自己对于他们的到来，与其说是困扰不如说是觉得好笑，他同我一样，与崔斯坦在勒格溪谷和伦敦郊外都肩并肩一起战斗过，他很喜欢这位王子。"至少这位新娘能活下来了。"库尔威奇的书吏如此向顾问团写道，"她也本该活下来。我将他们安置在一处旧厅中并派了一队枪兵给他们。"信件继续描述了跨海而来的爱尔兰海盗的一次劫掠，末尾库尔威奇同以往一样，请求减免税收并提醒留意敌情，也不意外地提到了今年的收成可能会不太理想。总体而言，信的内容老生常谈，没有任何内容会引起顾问团的顾虑，我们都知道收成不差，库尔威奇只是惯常要为税收谈价还价一番。而崔斯坦和伊索尔德，他们的故事只不过是个趣闻，我们无人注意到其中的危险。亚瑟的书记员将信件整理归类，顾问团转而开始讨论桑森的请求，他要求为庆祝基督的五百年诞辰而建造一座大教堂。我反对这提议，桑森主教大喊大叫，口沫横飞地说这教堂必须要建，不然世界便会被魔鬼摧毁，这场欢快的争吵一直持续到御前顾问们前去宫殿花园用午餐。

同以往一样，会议在杜诺维瑞阿举行，格温薇儿从海宫前来，在顾问们开会时，她待在镇子中，在午餐时加入我们。她坐在亚瑟身侧，她的靠近一如往常让亚瑟欣喜。他是如此地为她骄傲。这场婚姻中他有失望之处,尤其是孩子的数量上,但显然他依然深爱着她。他看她的每一眼,都带着惊喜,感叹这样的女人竟能够嫁给自己,亚瑟从未想过他自己的难能可贵,他是位才能卓越的领导者,一个好男人。那天我们在温暖的阳光下吃着水果、面包和奶酪时,很容易能看出他深爱她的理由。她表现得诙谐犀利,有趣睿智,而她的外貌依然万众瞩目。格温薇儿身上看不出岁月的痕迹。她的肌肤如同滤过的牛奶般丝滑,她的双眼没有夏汶那般的细纹,自从亚瑟在高菲迪特拥挤的大厅中看见她的第一眼起,她的年纪似乎就再也没有增长。我觉得,亚瑟每次巡视完莫德雷德的王国,结束漫长枯燥的旅程回到家中时,看见格温薇儿总能带给他幸福的冲击,正如他第一次看到她时。格温薇儿知道如何让他着迷,她总是保持着神秘,吸引亚瑟越来越深陷其中。我想,那大概就是爱情的诀窍。

那天,莫德雷德也与我们在一起。亚瑟坚持要国王在正式掌权前就开始参加会议,他总是鼓励莫德雷德参与我们的讨论,但莫德雷德的唯一贡献就只是坐在那儿,剔着指甲中的污垢,或者因为枯燥的议事而哈欠连天。亚瑟希望参加会议能让他学习责任,但我担心国王只学会了如何逃避政事细节。那天他端坐在餐桌的主位,丝毫不掩饰自己对埃姆里斯主教故事的无聊,主教正说着一位神父为山丘赐福,那里就奇迹般地出现了一口泉水。

"主教,您说的那口泉水,"格温薇儿插嘴道,"是在杜努姆北面的山丘上吗?"

"啊,是的,殿下!"埃姆里斯说,十分高兴除了毫无反应的莫德雷德外还有一名听众,"您听说过这神迹?"

"早在您的牧师去那里之前,"格温薇儿说,"那口泉水就会不时出现,主教,取决于雨量。您还记得吧,去年冬天的雨水异常多。"她得意地笑了。她对教堂依旧持反对态度,但如今较为低调。

"那是一口新泉。"埃姆里斯坚持道,"乡人向我们保证,它之前从未出现过!"他转头对莫德雷德说:"您应该去看一下那口泉,国王陛下。那是真正的神迹。"

莫德雷德打了个呵欠,面无表情地盯着对面屋顶上的鸽子。他的外套溅上了酒渍,刚长出的卷曲胡子里满是面包屑。"我们讨论完了吗?"他突然问。

"尚早,国王陛下。"埃姆里斯热情回应,"我们还未就建教堂一事做出决定,还有三个人被提名为地方法官。这些人来接受问话了吗?"他问亚瑟。

"是的,主教。"亚瑟肯定道。

"还有一整天的工作等着我们呢!"埃姆里斯愉悦地说。

"我不参加了,"莫德雷德说,"我要去打猎。"

"但是,国王陛下……"埃姆里斯委婉地提出抗议。

"打猎。"莫德雷德打断主教的话。他从桌前的长榻站起身,蹒跚地穿过庭院。

桌边陷入了寂静。我们都知道别人在想什么,但没人开口,直到我试图以乐观的态度说:"他对自己的武器很在意。"

"因为他想杀戮。"格温薇儿冷冰冰地说。

"我只希望那孩子能开口发言!"埃姆里斯抱怨道,"他就只是坐在那儿,闷闷不乐!剔着他的指甲。"

"起码他没挖鼻子。"格温薇儿尖酸地说,随后抬头看向被护送前来庭院的一名陌生人。亚瑟的仆人海崴德宣布,这位陌生人是赛兰,康沃尔的国王勇士。他看上去便像是一位国王勇士,是一名身材魁梧的莽汉,黑发乱须,前额上有一个蓝色的战斧文身。他向格温薇儿鞠躬行礼,随后拔出一把粗野造型的长剑,放在石板地上,剑尖指向亚瑟。这动作意味着我们两国之间有麻烦了。

"请坐,赛兰阁下。"亚瑟朝莫德雷德留下的空位一比,"请用一些奶

亚瑟王

酪和酒。面包是新鲜出炉的。"

赛兰摘下他龇牙野猫造型的铁盔。"殿下,"他用低沉的声音说,"我前来是有一项控诉……"

"一路前来,您一定饿了,我敢肯定。"亚瑟打断他,"请坐,先生!您的侍从可以在厨房中用餐。请拿起您的剑。"

赛兰对亚瑟的亲切妥协。他扳断一条面包,切下一大角奶酪。"崔斯坦。"亚瑟询问何项控诉时,他简略答道。说话时嘴里还塞着食物,这让格温薇儿厌恶地哆嗦了一下。"王储逃来了这片土地,殿下,"康沃尔的国王勇士继续道,"还将王后也一起带来了。"他伸手拿过酒杯,一饮而尽。"马克国王要他们回去。"

亚瑟一言不发,只是用手指轻叩桌沿。

赛兰吞下更多的面包和奶酪,又给自己倒了些酒。"这件事很糟糕,"他大打一个饱嗝后继续道,"王储和他的继母,"他停顿片刻,瞥一眼格温薇儿,修饰了一下他的语言,"在一起了。"

格温薇儿打断他,说出了赛兰不敢在她面前说的那个词。他点点头,涨红脸说下去:"不是的,殿下。他不仅和他的继母偷情,还偷走了他父亲一半的财宝。他打破了两条誓言,殿下,效忠于他父王及王后的誓言。现在我们听说他在伊斯卡附近避难。"

"我的确听说王子在德莫尼亚。"亚瑟平静地说。

"我的国王要他回去。要他们俩回去。"赛兰传毕口信后,又冲奶酪下手了。

御前顾问集合,让赛兰在阳光下自己待着。三位法官候选人被要求等候,桑森大教堂的棘手问题也暂时被置于一旁,我们讨论亚瑟该如何回复马克国王。

"崔斯坦,"我说,"是这个国家的朋友。当别人不愿同我们并肩作战时,他来了。他带人去了勒格溪谷。也与我们一同去了伦敦。我们应该帮助他。"

"他背叛了对一位国王的誓言。"亚瑟担忧地说。

"异教徒的誓言。"桑森插嘴,似乎这能减轻崔斯坦的罪行。

"但他偷盗了钱财。"埃姆里斯主教指出。

"不久之后,他就能合法继承那些财富。"我依旧努力维护我的旧日战友。

"那正是马克国王担心的事,"亚瑟说,"设身处地替他想想,德瓦,你最害怕什么?"

"缺公主?"我大着胆子说。

亚瑟因我的轻浮而嗔怒。"他害怕崔斯坦会率领士兵回到康沃尔。他害怕内战。他害怕他的儿子已不愿再继续等他死去,而他的担忧并没有错。"

我摇头。"崔斯坦从不是个诡计多端的人,殿下。"我说,"他总是冲动行事。他一定是愚蠢地爱上了他父亲的新娘。他不想要王位。"

"现在不想,"亚瑟语带不祥,"但他将来会的。"

"如果我们庇护崔斯坦,马克国王会怎么做?"桑森精明地问。

"突袭,"亚瑟说,"烧毁些农田,偷去些家畜。又或者他会派兵来活捉崔斯坦。他的水兵能够做到。"不列颠王国中只有康沃尔有着自信的水手,撒克逊人在早期的袭击中,已经学会了害怕马克那些载满士兵的长船。"那意味着持续不断、恼人的麻烦。"亚瑟坦言,"每个月都会死数十个农夫和他们的妻子。我们不得不派一百人驻扎在边界,直到一切平息。"

"贵。"桑森说出他的意见。

"太贵了。"亚瑟严肃地说。

"必须把马克国王的钱还给他。"埃姆里斯坚持道。

"还有王后,大概。"顾问之中的法官之一瑟斯伦发言,"我不相信,国王能忍受如此羞辱而不报复。"

亚瑟王

"如果那女孩回去,她会怎么样?"埃姆里斯问。

"那,"亚瑟坚定地说,"取决于马克国王。不是我们。"他用双手揉搓自己棱角分明的长脸。"我想,"他疲累地说,"我们最好调停这次冲突。"他微笑,"我已经很久不干这种事了。也许这次得重操旧业。你来吗,德瓦?你是崔斯坦的朋友。也许他会听你的话。"

"乐意之至,殿下。"我同意道。

顾问团同意让亚瑟前去调停,让赛兰带信回康沃尔,告知亚瑟的回复。由我手下的十二名枪兵陪同,我们骑马朝西南而行,去见这对私奔的爱人。

开始时这是一段愉快的旅途,尽管其终点我们将要面对尴尬的问题。九年的和平让这片土地变得富饶,如果夏日的温暖天气持续,那年将会是丰收的大年,尽管库尔威奇对此持悲观的态度,看见照料妥当的田地和新建的谷仓,仍让亚瑟打从内心雀跃。他在每一个镇子、每一座村庄中都获得了热情的招呼。孩子们为他欢唱,礼物堆在他的脚边:禾秆娃娃、水果篮或是一块狐皮。他以黄金回赠,讨论村子中发生的问题,与当地法官交谈,随后我们再骑马离开。唯一不和谐的是基督徒的敌意,在几乎每个村里都有一小群基督徒朝亚瑟口吐咒骂,直到他们的邻居让他们闭嘴,把他们赶跑。到处都有新建造的教堂,通常建在异教徒们曾经膜拜的一口圣井或泉水上。这些教堂是桑森主教积极传教的产物,我想为何我们异教徒不雇些人,让他们四处旅行,向村民们讲道呢。那些基督徒的新教堂,不得不说很小,只是柳条小屋或是在山墙上钉着十字的茅草房,但它们的数量成倍增加,越来越多的牧师咒骂着异教徒亚瑟,憎恨着信仰艾西斯的格温薇儿。格温薇儿从不在意被人仇视,但亚瑟不喜欢一切宗教仇怨。前往伊斯卡的那趟旅途中,他时常停下,与那些冲他吐口水的基督徒交谈,但他的话语没有任何影响。基督徒不在乎他让这片土地获得和平,也不在乎他们本身的富饶,只在意亚瑟是一名异教徒。"他们就像撒克逊人,"我们离开又一群充满敌意的人群后，他沮丧地对我说，"除非他们拥有一切，不然他们不会快乐。"

"那么我们也应该像对待撒克逊人那样对付他们，殿下。"我说，"让他们内斗。"

"他们已经在跟自己人争斗了。"亚瑟说，"你懂得伯拉纠主义吗？"

"我才不想懂呢。"我随意地回答道，这争论正在不断升级，一群基督徒指责另一群基督徒，双方手上都沾着对方的鲜血。"您懂吗？"

"我想是的。伯拉纠拒绝相信人类身负原罪，而桑森、埃姆里斯他们则说人性本恶。"他停顿片刻。"我想，"亚瑟继续道，"如果我是一名基督徒，我会是一名伯拉纠主义者。"我想到莫德雷德，觉得也许的确人性本恶，但我没有说出口。"我相信人性，"亚瑟说，"胜过任何神灵。"

我冲路边草地啐了一口，以预防他的话可能会带来的厄运。"我经常想，"我说，"如果梅林还持有圣锅的话，现在事情会不会不一样？"

"那口老锅？"亚瑟哈哈大笑，"我好多年都没想起过它了！"他回忆起那些旧日时光，露出微笑。"不会有什么改变的，德瓦，"他继续道，"我有时会想，梅林将一生都建立在收集那些珍宝上，一旦他找齐，他就无事可做了！他不在乎它们的魔法，因为他也怀疑什么事都不会发生。"

我瞥了一眼挂在他臀部的剑，十三件珍宝之一，但我没有说什么，因为我要遵守对梅林发下的誓言，不对亚瑟透露埃克斯卡利伯的真正力量。"您觉得梅林烧了他自己的塔？"我问。

"我想过这种可能。"他承认道。

"不。"我坚定地说，"他相信的。我觉得，有时候他甚至相信自己能再次找到那些珍宝。"

"那他得抓紧了。"亚瑟尖刻地说，"因为他剩下的时间不多了。"

我们在伊斯卡的旧罗马总督府中过夜，如今库尔威奇就居住于此。他心情不佳，不是因为崔斯坦，而是因为这城市是基督教狂热分子的温床。

亚瑟王

刚在一周之前,一队年轻的基督徒入侵了城中的异教徒神庙,拖倒了诸神的雕像,在墙上泼了粪便。库尔威奇的士兵逮捕了一些亵渎者,塞满了监狱,但库尔威奇为未来而担忧。"如果我们不现在就摧毁这些混蛋,"他说,"他们会为他们的上帝而开战的。"

"无稽之谈。"亚瑟不屑一顾地说。

库尔威奇摇头。"他们想要一个基督徒国王,亚瑟。"

"明年他们就有莫德雷德了。"亚瑟说。

"他是基督徒?"库尔威奇说。

"算是吧。"我说。

"但他们想要的不是他。"库尔威奇阴沉地说。

"那么要谁?"亚瑟终于对他表亲的警告提起了些许兴趣。

库尔威奇犹豫片刻,耸肩道:"兰斯洛特。"

"兰斯洛特!"亚瑟听上去快被逗笑了,"他们知道他还保留着他那些异教徒的神庙吗?"

"他们肯定不知道他的任何事情。"库尔威奇说,"但他们不需要知道。他们想象中的他,就像是乌瑟快死那年,人们想象中的你。他们认为他是他们的救世主。"

"从哪儿救他们?"我轻蔑地问。

"当然是从我们这些异教徒的手上。"库尔威奇说,"他们坚持认为兰斯洛特是那位带领他们前往天堂的基督徒国王。你们知道为什么吗?因为他盾上的那只海雕。它爪子上抓着一条鱼,记得吗?鱼是一种基督教的符号。"他啐了一口以表厌恶。"他们肯定不了解他,"他又说,"但看到那鱼,他们就觉得是他们上帝的旨意。"

"鱼?"亚瑟显然不相信库尔威奇。

"鱼。"库尔威奇肯定地说,"也许他们是在向一条鲑鱼祈祷?我怎么知道?他们已经在崇拜一个圣灵、一个处女和一个木匠了,再来条鱼有什么奇怪的？他们都是疯子。"

"他们不是疯子，"亚瑟说，"也许，只是兴奋。"

"兴奋！你最近去过他们的仪式吗？"库尔威奇反问他的表亲。

"莫甘的婚礼之后就没有了。"

"那就亲自去看看。"库尔威奇说。已是夜晚，我们用毕晚餐，库尔威奇坚持要我们穿上深色披风，跟随他从宫殿的一道侧门出去。我们通过一条黑暗的小道来到一处广场，基督徒在那里建立了教堂，那曾经是一座献给阿波罗的罗马古神殿，现在已被清除了异教的痕迹，重新刷上石灰，被献给了基督。我们通过西门进入，找了一处阴暗的壁龛，模仿一众朝拜者跪下。

库尔威奇告诉我们，基督徒每晚都来此做礼拜，他说，每晚在神父向信徒分发面包和酒之后，就会疯狂起来了。这些面包和酒带有魔法，据说是他们上帝的血肉，我们目睹朝拜者们涌向祭台接受他们的残羹。朝拜者中至少有一半是女人，那些女人一吃下神父给的面包就开始陷入狂乱。我以前常见到这样奇异的狂喜，因为梅林旧时的异教仪式的结尾，也往往有尖叫的女人在托尔的火堆旁乱舞，这些女人的行为很类似。他们闭着双眼舞蹈，朝白色的屋顶挥舞双手，火炬和燃烧着香料的碗中烟雾缭绕，形成厚厚的迷雾。一些人哀号着陌生的词语；另一些人发着呆，怔怔地盯着他们的圣母雕像；有些人在地上痛苦扭动；但大多数女人都踏着三名神父吟唱的节奏舞蹈。教堂中的男人们大多只是旁观，但有一部分加入舞者，正是他们首先脱掉上衣，一把拿起纠结的荆棘，开始鞭打自己的背部。我从未见过如此景象，惊讶极了，但惊异很快转变为恐惧，因为一些女人加入了那些男人，她们发出狂喜的尖叫，赤裸的胸部和后背被鞭打得血迹斑斑。

亚瑟讨厌这景象。"疯了，"他喃喃道，"完全是疯了！"

"这事儿正在扩散开来。"库尔威奇阴沉地警告他。其中一个女人用生

亚瑟王

锈的链条抽打着自己的裸背,她狂暴的呼号在巨大石室间回荡,她的鲜血大片大片地溅在地面。"他们整晚都这样。"库尔威奇说。

朝拜者们渐渐走向前,聚集在疯狂的舞者周围,我们三人孤零零地留在我们阴暗的壁龛处。一名神父注意到这边,向我们疾冲过来。"你们吃过基督的血肉了吗?"他用命令的口气问。

"我们已经吃过烤鹅了。"亚瑟站起身,礼貌回答。

那神父凝视我们三人,认出了库尔威奇。他冲库尔威奇的脸上啐了一口。"异教徒!"他尖叫,"邪神的崇拜者!你们胆敢亵渎上帝的教堂!"他朝库尔威奇攻击,那是一个错误,库尔威奇一拳将他重重击倒在地,但这口角已吸引到一些注意力,一名正在观看自我鞭挞的舞者的男人,发出一声号叫。

"该走了。"亚瑟说,我们三人利落地撤退,穿过广场,回到库尔威奇手下士兵看守的宫殿拱廊。基督徒们冲出教堂追赶,但枪兵们淡然组成盾墙,放低了他们的剑刃,于是那些基督徒不再试图冲进宫殿。

"他们今晚也许不会攻击,"库尔威奇说,"但总有一天他们会有这样的勇气。"

亚瑟从宫殿的一扇窗户中望向咆哮着的基督徒。"他们想要什么?"他困惑地问。他喜欢自己的宗教庄重得体。每当他来林第尼斯时,都会加入夏汶和我的晨间祈祷,我们安静地跪在家中的诸神前,献给神们一片面包,祈祷我们能顺利完成每日的工作,那是亚瑟喜欢的礼拜方式。伊斯卡教堂中的光景让他大惑不解。

"他们相信,"库尔威奇开口解释我们目睹的狂热景象,"五年内他们的上帝就会回到大地,他们相信自己有责任准备好这片土地以迎接神的到来。他们的神父告诉他们,在上帝回来之前,异教徒必须被全部消灭,他们祈祷德莫尼亚能有一位基督教国王。"

"他们会有莫德雷德的。"亚瑟严肃地说。

"那你最好把他盾上的龙改成条鱼，"库尔威奇说，"我告诉你，他们的狂热越来越严重了。一定会造成麻烦的。"

"我们会安抚他们，"亚瑟说，"让他们知道莫德雷德是基督徒，也许那样就能让他们冷静下来。也许我们最好同意建造桑森想要的那座教堂。"他对我补充道。

"如果能阻止他们暴乱，"我说，"未尝不可？"

我们在次日早晨离开伊斯卡，库尔威奇和他的数十名手下陪同，我们经过埃克塞河上的罗马桥，随后转向南面，深入德莫尼亚最遥远海岸的土地。亚瑟没有再提起昨晚见证的基督教暴乱，但他那日格外沉默，我猜那暴动让他十分沮丧。他痛恨任何将男人和女人的神智剥夺的狂乱，也一定忧虑那般的疯狂将对他的和平造成怎样的影响。

但我们现下的问题不是德莫尼亚的基督徒，而是崔斯坦。库尔威奇已经派人送信给王子，告诉他我们来了，崔斯坦则前来迎接我们。他单身匹马前来，马蹄溅起泥水。他欣喜地朝我们打招呼，但在亚瑟令人胆寒的沉默面前略有畏惧。那沉默并不是因为亚瑟不喜崔斯坦，事实上他喜欢这位王子，亚瑟之所以沉默是意识到自己不仅是来调停一场纷争，更是前来审判一位老朋友。"他有很多顾虑。"我含糊地解释，想要让崔斯坦放心，亚瑟的冷淡并不是不祥之兆。

我牵着自己的马，我一直更喜欢步行，崔斯坦已招呼过库尔威奇，下马走在我身侧。我描述基督徒们的狂乱，把亚瑟的冷淡归因于他对于那件事影响的忧虑，但崔斯坦并不想听。他恋爱了，正如所有陷入爱河的人一般，他除了自己的恋人没有其他任何话题。"一颗宝石，德瓦，"他说，"她是一颗爱尔兰宝石！"他大步走在我身旁，一手钩着我的肩膀，编入黑色长须中的战士指环叮当作响。他的胡子里有了更多灰白痕迹，但他依旧是一名英俊的男人，长着挺拔的鼻子，机敏的深色双瞳中闪耀着热情。"她的名字，"他神情恍惚地说，"是伊索尔德。"

亚瑟王

"我们听说了。"我干巴巴地说。

"德米缇亚的孩子,"他说,"伊仑之子欧依戈斯的女儿。一位尤伊-利阿塞的公主,我的朋友。"他念伊仑之子欧依戈斯部落名称时的语气,仿佛那音节都是纯金打造。"伊索尔德。"他说,"来自尤伊-利阿塞。十五岁,如同夜色般美丽。"

我想到亚瑟对格温薇儿无法自己的热情,还有我自己对夏汶灵魂的渴求,我的内心为我的朋友隐隐作痛。崔斯坦被爱情蒙蔽了,被其征服,因其疯狂。崔斯坦一直是一个激情的男人,会陷入最深的绝望,也会攀上狂喜的巅峰,但这是我第一次见他被爱情的狂风席卷。"你父亲,"我小心翼翼地提醒他,"想要回伊索尔德。"

"我父亲老了。"他无视一切阻碍,"等他死后,我会载着我的尤伊-利阿塞公主航行至廷塔杰尔的铁门,为她建造一座银塔城堡,高得可以摘下天上的星星。"他因自己话语中的夸大而放声大笑。"你一定会喜欢她的,德瓦!"

我没有再说什么,只是由他滔滔不绝。他不在意我们的消息,不关心我有了三个女儿或是撒克逊人采取了守势,他的世界中除了伊索尔德再无容纳他物的空间。"等你见到她,德瓦!"他反复说着,我们离他们的避难所越近,他就越兴奋,直到最后不能忍受和他的伊索尔德分离再多一刻,他跳上马,骑到我们前头。亚瑟疑惑地看向我,我做了个鬼脸。"他恋爱了。"我说道,就好像还需要我解释似的。

"和他父亲偏好的年轻女孩。"亚瑟一脸严肃地补充道。

"您和我都明白爱情,殿下,"我说,"对他们好点。"

崔斯坦和伊索尔德的避难所是个美丽的地方,也许是我见过最可爱的地方。那里的小山丘被溪流和重重树林分割开,充沛的河水急流入海,高大的山崖上群鸟鸣叫。那是一片荒凉的土地,但很美,适合爱情原始的疯狂。

就在那儿，在绿色密林中的一间小小的黑暗大厅中，我见到了伊索尔德。

娇小，深色皮肤，羞涩而脆弱，那是我记忆中的伊索尔德。其实比一个孩子大不了多少，但她因为与马克的婚姻而被迫步入了女人的阶段，对我来说，她看起来就是个害羞、瘦小的女孩，将近成年。她深色的大眼睛一眨不眨地盯着崔斯坦，直到他坚持要她向我们打招呼。她向亚瑟鞠躬行礼。"您不用向我鞠躬，"亚瑟扶起她，"您是位王后。"他单膝跪下，吻了吻她的小手。

她的声音很轻，仿佛阴影的低语。为了让自己看上去年长些，她将黑色的长发盘在头顶，身上挂满珠宝，虽然她佩戴珠宝的样子有点笨拙，让我想起莫温娜穿妈妈衣服时的样子。她惊恐地盯着我们。我想，伊索尔德比崔斯坦更早意识到，这队全副武装突然出现的士兵并不是作为朋友前来，而是她的审判者。

库尔威奇提供了这对恋人的容身之处。这座厅是由木材和黑麦草建造而成，但很坚固，曾属于一名支持凯杜伊叛乱而丢了脑袋的首领。这住所有三间小屋和一座仓库，其外环绕着一圈栅栏，矗立在一片林中空地上，海风吹不走它的屋顶。在六名王室护卫与一大堆偷窃而来的财宝的陪伴下，崔斯坦和伊索尔德一定以为他们的爱情能成为一首伟大的歌谣。

亚瑟将他们的歌谣粉碎。"财宝必须还给您的父亲。"他那晚对崔斯坦说。

"给他吧！"崔斯坦表态，"我带上这些只是为了不必求您赈济，殿下。"

"只要您身处这片土地，王子殿下，"亚瑟沉重地说，"您就是我们的客人。"

"那我能待多久，殿下？"崔斯坦问。

亚瑟皱眉，看向房间黑暗中的屋椽。"下雨了吗？好久都没有下雨了。"

亚瑟王

崔斯坦重复了他的问题,而亚瑟再次拒绝回答。伊索尔德伸手握住她的王子的手,而崔斯坦则向亚瑟提起了勒格溪谷。"其他人都不来助您时,殿下,我来了。"崔斯坦说。

"的确,王子殿下。"亚瑟承认。

"而当您与欧文战斗时,我就在您身边。"

"是的。"亚瑟说。

"我还带着我绘着雄鹰的盾赶去了伦敦。"

"没错,王子殿下,在那里你们英勇作战。"

"我也许下了您的圆桌誓言。"崔斯坦说。现在没人称呼它为不列颠兄弟会了。

"是的,殿下。"亚瑟语气沉重。

"所以,殿下,"崔斯坦请求,"我难道不值得您伸出援手吗?"

"王子殿下,"亚瑟说,"这些我都记得。"这是一个推脱的答复,但却是崔斯坦当晚得到的唯一答复。

我们让那对恋人留在大厅中,在小仓库中用稻草搭床。晚上雨就停了,翌日清晨温暖美丽。我醒过来时崔斯坦和伊索尔德已经离开了大厅。"如果他们还有脑子,"库尔威奇朝我低吼,"他们就该跑得越远越好。"

"他们会吗?"

"他们没这脑子,德瓦,他们是恋人。他们觉得整个世界就是为了他们而存在。"库尔威奇如今走路有些跛,是对阿尔一战受伤的后遗症。"他们去了海边,"他告诉我,"去向玛纳怀登祈祷。"

库尔威奇和我跟随那对恋人,离开林地,爬上临风的山丘,尽头是一处陡峭的悬崖,海鸟在其上盘旋,大海朝石壁击打拍出白色的浪花。库尔威奇和我站在崖顶,俯瞰下方的小海湾,崔斯坦和伊索尔德正在那儿的沙滩上行走。前一晚,见到这位胆小的王后,我并不真正理解崔斯坦为何会疯狂地坠入爱河,但在那个起风的早晨,我明白了。

她突然间从崔斯坦身边跑到前面,蹦蹦跳跳,转着圈子,放声大笑,她的恋人慢慢地跟在她身后。她穿着一条宽松的白裙,黑发不再盘起,在咸咸的海风中自由地飞舞。她看上去像是一个精灵,像是罗马人来到不列颠前,在水边舞蹈的小仙女。随后,也许是在逗崔斯坦,或是想要让她的祈愿能离海神玛纳怀登更接近,她一头冲进翻涌的巨浪中。她猛地扎入水波中,完全消失,而崔斯坦只能心急如焚地站在沙滩上,看着大海起伏的白色浪花。接着,就像溪水中的水獭般优雅,她露出脑袋。她挥舞手臂,游了一会儿,蹚着水回到沙滩,湿透的白裙紧贴在她瘦弱的身体上。我不小心看见了她小小高耸的胸部和瘦长纤细的双腿,接着崔斯坦便用自己的黑色大斗篷裹住了她,遮住了我们的视线,在那里,大海之旁,他紧拥着她,脸颊贴在她被海水浸湿的头发上。库尔威奇和我离开,让那对恋人单独待在从传说中的里昂尼斯吹来的海风中。

"他不能把他们送回去。"库尔威奇低声说道。

"他不能。"我同意道。我们盯着涌动着的无垠大海。

"那为什么亚瑟不打消他们的疑虑?"库尔威奇愤怒地问。

"我不知道。"

"我应该把他们送去布罗塞利昂。"库尔威奇道。海风吹起他的披风,我们朝着西边,绕海湾上方的山丘走着。我们的道路通向一处高地,在那里我们可以俯瞰一个天然的巨大港湾,大海漫向一条河谷,形成了一个宽敞、不受海浪侵袭的海水湖。"哈尔克姆。"库尔威奇说出那港口的名字,"烟是制盐所飘出来的。"他指向湖对岸冒出的一缕灰烟。

"一定有水手能带他们去布罗塞利昂。"我说。那港湾起码有十多艘船。

"崔斯坦不肯走。"库尔威奇沮丧地告诉我,"我向他提议过,但他相信亚瑟是他的朋友。他信任亚瑟。他迫不及待想成为国王,他说到时候整个康沃尔的兵力都会听从亚瑟的调遣。"

亚瑟王

"他为什么不杀死他的父亲？"我语带苦涩。

"与我们不杀死那个小混蛋莫德雷德一样的原因。"库尔威奇说，"杀死一位国王不是件小事。"

那晚我们再次在大厅中用晚餐，崔斯坦又一次追问亚瑟，他和伊索尔德能在德莫尼亚待多久，亚瑟则又一次回避了这个问题。"明天，王子殿下，"他答应崔斯坦，"明天我们就决定。"

然而，第二日早晨，两艘黑色的船驶入哈尔克姆的海水湖，高耸的桅杆悬挂着破烂的帆，船头雕刻着鹰头。两艘船的甲板上挤满了人，逼近的海岸挡住吹动船帆的风，人们放下桨，将黑色长船划向岸边。长枪扎成一捆捆插在船尾，舵手用力转过着手中巨大的舵桨。每个鹰头船首上都绑着绿色的树枝，示意为和平而来。

我不知道乘坐两艘船前来的是谁，但我能猜到。来自康沃尔的马克国王。

马克国王是一个身躯庞大的男人，让我想起年老时的乌瑟。他胖到无法靠自己爬上哈尔克姆的山丘，需要四名士兵用配着两根结实长杆的椅子抬他上来。另有四十名枪兵陪伴他们的国王而来，走在众人前方的是他的国王勇士赛兰。笨重的椅子摇晃上山，又下到林中空地，崔斯坦和伊索尔德一度相信那里是他们的避难所。

伊索尔德看见他们时尖叫起来，随后，在慌乱中，她绝望地逃离她的丈夫，但栅栏只有一处入口，马克的巨大椅子挡住了它，于是她跑进大厅，她的爱人也被困在了那里。大厅的门口由库尔威奇的人把守，他们拒绝让赛兰或是任何马克的人进入屋子。我们能听见伊索尔德的哭泣，崔斯坦的叫喊和亚瑟的请求。马克国王命令将椅子放在正对大厅门口的地方，他坐在那里等待，直到亚瑟脸色苍白、身体僵硬地出现；并跪在他面前。

康沃尔的国王下巴肥厚，皮肤下破裂的血管让脸上布满斑点。他的灰白胡子很稀少，粗壮的喉咙间发出急促呼吸的刺耳声音，小眼睛中渗出黄液。他挥手示意亚瑟站起身，挣扎着从椅子中站起，迈着粗大颤抖的腿跟随亚瑟进入最大的小屋中。那是个温暖的日子，但马克的巨大身体还是裹着海豹皮斗篷，就好像他觉得天气寒冷。他扶着亚瑟的手臂，以此助自己走入小屋，屋中放着两张椅子。

库尔威奇露出厌恶表情，站在大厅门口，手握拔出的长剑。我站在他身边，我们身后，黑发的伊索尔德正低声啜泣。

亚瑟在小屋中待了整整一个小时，随后走出来，看着库尔威奇和我。他看上去很疲累，走过我们身侧，进入大厅。我们没有听见他说了什么，但听见了伊索尔德的尖叫。

库尔威奇盯着康沃尔的枪兵，希望他们中能有人挑战自己，但无人动作。国王勇士赛兰一动不动地站在门旁，手持长枪和他的巨剑。

伊索尔德又一次尖叫，亚瑟突然走出来，走到阳光下，拉了拉我的手臂。"过来，德瓦。"

"我呢？"库尔威奇不服地问。

"看守他们，库尔威奇。"亚瑟说，"不许任何人进入大厅。"他向外走去，而我与他一起。

我们从大厅爬上山丘时，他一言不发；我们沿山道行走时，他一言不发；直到我们走到悬崖的高处，他依旧一言不发。我们下方的海岬突入海中，海水高高涌起，冲击破碎，水花被狂风吹向东面。阳光晒在我们身上，但海面上有一大团乌云，亚瑟凝视着阴沉的雨水落在空虚的波浪间。风扯开他白色的披风。"你知道埃克斯卡利伯的传说吗？"他突然问我。

比他还清楚，我心想，但我没有说这把剑是不列颠珍宝之一。"我知道，殿下。"我说，好奇为何他会在此时此刻问我这个问题，"梅林在爱尔兰的一场梦赛中赢来的，他在巨石阵将它给了您。"

"他告诉我，若我急需帮助，只要拔出剑，插入土中，戈万南便会由

亚瑟王

彼世前来助我。是那样吗？"

"是的，殿下。"

"那样的话，戈万南！"他冲海风大吼，拔出那把伟大的剑，"现身吧！"随着这一声命令，他猛地将剑插入草皮。

一只海鸥在风中鸣叫，海水退向深处，吸着石头，海风猛吹着我们的披风，但没有神灵现身。"诸神在上，"亚瑟最终开口，凝视着剑刃，"但我真的很想杀了那个肥胖的怪物。"

"为什么不杀呢？"我刻薄地问。

他片刻无语，我看见泪水流下他凹陷的脸颊。"我给与他们死亡，德瓦。"他说，"快速，没有痛苦。"他拍打自己的脸颊，突然间暴怒，踢了一脚剑。"诸神！"他冲轻轻抖动的剑刃啐了一口，"什么诸神？"

我从草皮中拔出埃克斯卡利伯，擦去剑尖的泥土。他拒绝拿回剑，于是我小心翼翼地将它放在一块灰岩上。"他们会怎么样，殿下？"我问。

他坐在另一块石头上。沉默了一会儿，并没有马上回答我，只是凝望远处海面上的雨，泪水从脸颊滑下。"我一直根据誓约活着，德瓦。"他终于开口说道，"我不知道其他的活法。我厌恶誓言，所有人都应该如此，誓言绑住我们，夺去我们的自由，谁不希望能自由自在？但如果我们抛弃誓言，我们便抛弃了指引。我们会陷入混乱。我们会堕落。我们会变成野兽。"他突然住口，只是哭泣。

我盯着起伏的灰色海面。我想知道，这些海浪源于何处，又止于何处？"假设，"我问，"某个誓言是个错误呢？"

"错误？"他瞥了我一眼，又看向大海。"有时，"他冷冷地说，"我们无法遵守誓言。我没能拯救班的王国，天知道我真的努力了，但还是没办到。所以我打破了那个誓言，我会为此付出代价，但我不是主动想打破它的。我还没有杀死阿尔，那是必须遵守的誓言，但我也还没有违誓，只是延迟完成。我曾发誓要从丢尔纳赫手中夺回汉尼斯-维恩，我会做到的。

也许那誓言是一个错误,但我会遵守它。所以这就是你的答案——就算一个誓言是错误的,那你依旧得遵守,因为你发过誓。"他抹干脸颊。"所以,是,我有一天会发兵攻打丢尔纳赫。"

"您从未向马克立誓效忠。"我愤怒地说。

"没有,"他同意道,"但崔斯坦有,伊索尔德有。"

"他们的誓言关我们什么事?"我问。

他凝视着他的剑。灰色的剑刃上缠绕复杂的螺纹图案,长舌龙头映照着远处盖顶乌云。"一把剑和一块石头。"他轻声说,也许想到了莫德雷德将成为国王那天。他猛地站起,转身背对剑,盯着陆地方向的绿色山丘。"假设,"他对我说,"有两个誓言相互冲突。假设我既发誓为你而战,又发誓为你的敌人而战,我该遵守哪个誓言?"

"第一个许下的。"我同他一样知晓律法。

"如果它们是同时许下的?"

"那就交给国王来裁定。"

"为什么是国王?"他考问我,仿佛我是一名新兵,他正在教授我德莫尼亚的法律。

"因为你发誓效忠国王。"我负责任地说,"这誓言高于一切其他誓言,你要对他负责。"

"所以,国王,"他用强有力的语气说,"是我们誓言的保管者,如果没有国王,就只有一堆互相矛盾的誓言。没有国王,就会导致混乱。所有誓言都指向国王,德瓦,我们所有的职责都终结于国王,所有的法律都由国王掌管。如果我们否定我们的国王,我们便是在否定秩序。我们能与其他国王交战,甚至杀死他们,但只因他们威胁到了我们的国王和他良好的秩序。国王,德瓦,就是国家,我们从属于国王。不论你或我做什么,都必须支持国王。"

我知道他不是在说崔斯坦和马克。他想到了莫德雷德,于是我大着胆

亚瑟王

子说出了这么多年来压在德莫尼亚人心中那沉重的不可说出口的想法。"有些人，殿下，"我说，"认为您应该成为国王。"

"不！"他冲风中大喊出这个字。"不。"他用稍低的声音重复了一遍，看向我。

我低头看着石上剑。"为何不？"

"因为我向乌瑟立过誓。"

"莫德雷德，"我说，"不适合成为王。您也明白，殿下。"

他转身再度看向大海。"莫德雷德是我们的国王，德瓦，这是你我需要知道的唯一一件事。他拥有我们的誓言。我们不能审判他，他将审判我们，如果你或我决定另一人应成为王，那秩序何在？如果一个人用不正当的手段夺得王位，那任何人都能效仿。如果我夺得它，为什么其他人不能从我这里把它抢走呢？所有秩序都烟消云散。只剩下混乱。"

"您认为莫德雷德在乎秩序？"我激动地问。

"我认为，莫德雷德还未真正地加冕。"亚瑟说，"我认为当至高的责任被赋予他时，他也许会改变。我认为他更可能不会改变，但不管怎样，德瓦，我相信他是我们的国王，无论我们喜不喜欢，我们都必须忍受他。在这个世界，德瓦，"他突然一把抓起埃克斯卡利伯，将它的剑锋指向地平线，"在这个世界，只有一条确定的秩序，那就是国王的命令。不是诸神。诸神已离开不列颠。梅林觉得自己能将他们请回来，但看看如今的梅林。桑森告诉我们，他的上帝拥有力量，也许是吧，但上帝的力量于我无用。我只能看见国王，我们的誓言与责任集于国王一身。没有他们，我们会成为争夺地盘的野兽。"他将埃克斯卡利伯插回剑鞘。"我必须支持国王，因为没有他们，世界将陷入一切混乱，所以我已经告诉崔斯坦和伊索尔德，他们必须接受审判。"

"审判！"我惊呼，随后朝草皮上啐了一口。

亚瑟愤怒地看向我。"他们被指控，"他说，"犯下了偷窃的罪行。他们被指控打破了誓约。他们被指控犯了通奸罪。"最后一个词让他的嘴角抽搐，他转身背对我，朝大海中啐了一口。

"他们相爱了！"我抗议道，他不置可否，我用更直接的话语攻击他，"乌瑟之子亚瑟，当你打破誓言时，你是否曾接受审判？不是对班的誓言，而是与夏汶订婚时许下的誓言。你打破了一个誓言，但无人将你放在审判席上。"

他转身面对我，怒火中烧，我有一瞬间觉得他将再次拔出埃克斯卡利伯，以剑刃攻击我，但他只是激动得发抖，随后渐渐平静。他的双眼中又一次闪烁着泪水。他沉默许久，然后点头。"我的确打破了那个誓言。你以为我从没有后悔过吗？"

"但你却不让崔斯坦打破一个誓言？"

"他是个贼！"亚瑟愤怒地冲我喊道，"你觉得，我们应该为了一个与自己继母通奸的贼，冒着让边界饱受多年骚扰的风险？你能去对我们边境死去农夫的家人说这些话吗？告诉他们，在崔斯坦爱情的名义下，他们死得其所？你认为，因为一位王子陷入爱河，那些妇孺就该死？那就是你的正义？"

"我认为，崔斯坦是我们的朋友。"我说，他没有回答，我朝他的脚下啐了一口。"是你送信让马克来的，是吗？"我指责他。

他点头。"是。我在伊斯卡派出了一个信使。"

"崔斯坦是我们的朋友！"我冲他大喊。

他闭上双眼。"他偷窃了一位国王，"他固执道，"他偷走了黄金、一个妻子和国王的尊严。他违背了誓言。他的父亲寻求正义，而我发誓要履行正义。"

"他是你的朋友，"我不依不饶，"他是我的朋友！"

他睁开眼盯着我。"一位国王向我要求正义，德瓦。我能拒绝马克吗？就因为他又老又丑又恶心？年轻与美丽就能凌驾于正义之上？我奋斗了这

亚瑟王

么多年,不就是为了正义能够不偏不倚地实现?"他现在已经在恳求我了,"我们一路行来,经过所有那些村庄与城镇,人们有没有因为看见我们的剑而逃跑?没有!为什么?因为他们知道在莫德雷德的王国里存在着正义。而现在,因为一个男人睡了他父亲的妻子,你就想让我抛开正义,如同抛下一个碍事的重负?"

"是。"我说,"因为他是个朋友,因为如果你让他们接受审判,他们会被判有罪。他们没有机会逃脱,"我伤心地说,"因为马克是一名'舌者'。"

亚瑟露出一个悲伤的微笑,他记起了我有意想要勾起的回忆。那是我们第一次见到崔斯坦,那次会面也是由于一件法律上的事情,那个案子差点就成为了一桩极不公正的冤案,正是因为被指控的人是一名"舌者"。在我们的法律中,一名"舌者"给出的证词是不容置疑的。一千个人可以说出相反的证言,但他们的证词毫无意义,如果说出相反证词的是贵族、德鲁伊、神父、论及自己孩子时的父亲、论及自己礼物时的送礼者、论及自己贞操时的处女、论及自家动物时的牧人以及说着临终之言的死刑犯,而马克是位贵族,一位国王,他的话语比王子或王后的更有分量。不列颠没有一个法庭会宣判崔斯坦和伊索尔德无罪,亚瑟知道这些。但亚瑟立过誓要维护法律。

然而,在很久以前的那一天,当欧文利用"舌者"的特权说谎,几乎逃脱正义的制裁时,亚瑟佩剑来到法庭,为了崔斯坦,亲自与欧文交手,最后赢得胜利。"崔斯坦,"如今我如此对亚瑟说道,"可以要求决斗审判。"

"那是他的权利。"亚瑟说。

"而我是他的朋友,"我冷冷道,"我能为他而战。"

亚瑟紧盯着我,仿佛直到现在才意识到我的敌意有多深。"你,德瓦?"他问。

"我会为崔斯坦战斗,"我语气冰冷,"因为他是我的朋友。就像你曾经也是我的朋友。"

他一下子愣住了。片刻之后，"那是你的权利，"他最终开口道，"但我也要执行我的义务。"他迈步离开，而我跟在他十步之后；他放慢脚步，我也放慢，他转头看我，我便看向别处。我要为我的朋友战斗。

亚瑟简短地命令库尔威奇的士兵护送崔斯坦和伊索尔德去伊斯卡。他宣布，他们将在那里接受审判。马克国王提供一位法官，我们德莫尼亚人再出一位。

马克国王坐在他的椅子上，沉默不语。他本要求在康沃尔举行审判，但他一定也知道，地点无关紧要。崔斯坦不能受审，因为他一定无法幸存。崔斯坦只能接受决斗审判。

王子走向大厅的门口，面对他的父亲。马克的脸上没有一丝表情，崔斯坦面色苍白，亚瑟低头站着，不愿意看其中任何一人。

崔斯坦没穿盔甲，也没带盾牌。他系着战士指环的头发向后梳着，用一根白布条束起，那布条一定是他从伊索尔德的长裙上扯下来的。他穿着衬衣、格子裤和长靴，身侧挂着一把剑。他走到离他父亲一半距离处，停下脚步。他拔出剑，凝视他父亲透露着不依不饶的双目，随后用力将剑插入草地。"我要求决斗审判。"他说。

马克耸耸肩，无精打采地挥了挥右手，赛兰随之走上前。显然，崔斯坦知道国王勇士的强大实力，他紧张地看着那长须及腰的巨汉脱下斗篷。赛兰将头发向后一捋，露出战斧刺青，随后带上铁头盔。他朝手上吐了口唾沫，将唾液揉进手掌，慢慢走上前，将崔斯坦的长剑击倒，以此标志着他已接受一战。

我拔出海威贝恩。"我要替崔斯坦战斗。"我听见自己的声音。我格外紧张，不仅仅是战斗前的紧张。那是对于我人生中裂开的那条鸿沟的恐惧，那条将我与亚瑟分割的鸿沟。

"我要替崔斯坦战斗。"库尔威奇说。他站在我身边。"你有女儿，蠢货。"他小声道。

"你也有。"

"但我一定能比你更快打倒这个长胡子的癞蛤蟆,你这个撒克逊废物。"库尔威奇的语气中充满了感情。崔斯坦走到我们中间,说他会独自与赛兰战斗,这是他的战斗,不是别人的,但库尔威奇低声咆哮着要他回去大厅。"我打倒过比这野人还壮两倍的人。"他对崔斯坦说。

赛兰拔出长剑,空劈一记。"你们来一个人,"他漫不经心地说,"我不在乎哪个。"

"不!"马克忽然大吼。他召唤赛兰和另两名他的士兵上前,三人跪在马克的椅旁,聆听他们国王的指示。

库尔威奇和我都猜想,马克是在命令他的三个人与我们三人交手。"我要对付那个长胡子、脏额头的畜生,"库尔威奇决定道,"你收拾那个红毛狗屎,德瓦,王子殿下可以和那个秃头干一架。两分钟搞定?"

伊索尔德蹑手蹑脚地走出大厅。她似乎在马克的视野中便会恐惧,但她还是上前拥抱了库尔威奇和我。库尔威奇的臂弯能把她整个人遮住,而我则跪下亲吻了她瘦削苍白的手。"谢谢你们。"她轻声说道,双眼通红,泛着泪水。她踮起脚尖亲吻崔斯坦,随后惊惧地看了她丈夫一眼,飞快地逃回了大厅的阴影中。

马克从海豹皮领中抬起他沉重的脑袋。"决斗审判,"他的嗓音因浓痰而沙哑,"要求一对一的决斗。惯例如此。"

"那就一个一个派出您的小处女,国王陛下。"库尔威奇嚷道,"我会一次杀一个。"

马克摇头。"一人,一剑。"他坚持道,"我的儿子要求这权利,所以他必须战斗。"

"国王陛下,"我说,"在决斗审判中,一个男人可以替他的朋友出战,惯例如此。我,德瓦·卡丹,坚持要求这项权利。"

"我不知道这种惯例。"马克撒谎道。

"亚瑟知道,"我厉声道,"他曾在决斗审判中为您的儿子出战,而今天由我替他。"

马克将浑浊的目光转向亚瑟,但亚瑟只是摇头,似乎是说他不想参与这场争论。马克重看向我。"我儿子的罪行卑劣,"他说,"除他之外没有旁人能为之辩解。"

"我要为之辩解!"我说,库尔威奇站到我身边,坚持说要由他替崔斯坦出战。国王只是看着我们,抬起右手,不耐烦地比了个手势。

康沃尔的枪兵由那名红发男人和光头战士率领,随国王的指示,组成了一道盾墙。那道墙纵深两人,前一排锁紧彼此的盾牌,后一排则举盾护住前排人的头部。随着一声令下,他们将手中长枪扔在地上。

"混蛋。"库尔威奇明白接下去会发生何事,"我们打破他们怎样,德瓦阁下?"他问我。

"打破他们,库尔威奇阁下。"我带着愤怒回应。

四十名康沃尔战士对我们三人。这四十人维持着牢固的盾墙,缓慢地朝前移动,头盔的边沿下,他们的眼睛警惕地盯着我们。他们没拿长枪,也没有拔剑。他们不打算杀死我们,但要限制住我们的行动。

库尔威奇和我向他们冲锋。我已多年无需打破一面盾墙,但旧日的疯狂在我的内心回旋,我高喊着贝尔的名字,随后高喊夏汶的名字,用海威贝恩的剑尖刺向一个人的眼睛,他朝旁闪躲时,我以肩膀撞向他和他身侧人的盾牌相接处。

盾墙破了,我胜利高呼,用海威贝恩的剑柄砸向一人的后脑勺,然后朝前刺出以扩大空隙。在战场中,这时,我的人会在我身后猛冲,冲开间隙,让敌人血染大地,但我身后没有人,没有武器对着我,只有盾牌,更多的盾牌,尽管我转着圈,让海威贝恩的剑刃击打四周,嘶嘶作响,那些盾牌还是无情地将我包围。我不敢杀死任何一名枪兵,因为在他们故意丢

亚瑟王

弃武器之后，我若下杀手是可耻的行为。失去如此先机，我只能试着吓唬他们。但他们知道我不会杀人，那一圈盾牌包围着我，将我关在其中。最后，海威贝恩终于撞上一面铁制圆盾，无法动弹，突然间康沃尔的盾牌重重压向我。

我听见亚瑟厉声命令，我猜库尔威奇和我的一些手下想要帮他们的首领，但亚瑟阻止了他们。他不想要一场血腥的战斗，康沃尔对德莫尼亚。他只希望这令人不快的事情赶快结束。

库尔威奇同我一样被困住。他怒斥俘获他的敌人，骂他们是婴儿、狗、蠕虫，但康沃尔的人遵守着他们收到的命令。我们两人都没有受伤，只是被他们的盾紧紧压住。所以，就像伊索尔德，我们只能眼睁睁地看着康沃尔的国王勇士走上前，长剑低垂，向他的王子鞠躬行礼。

崔斯坦知道自己会死。他取下扎头发的绸带，绑在自己的剑刃上，吻了吻这布条。随后举剑碰了碰国王勇士的剑刃，猛地向前刺出。

赛兰举剑格挡。两柄剑的碰撞声从栅栏处传来，然后又响了一声，那是崔斯坦发动了第二次攻击，这一次他疾挥劈下，但赛兰还是挡住了。他挡得轻而易举，几乎漫不经心。崔斯坦又进攻了两次，他不停地劈砍、挥剑，用自己最快的速度，绝望地试图让赛兰疲于防守，但他只耗尽了自己手臂的力气，就在他停下想要缓一口气，后退一步的那一刻，国王勇士长剑刺出。

那一刺非常完美。如果你关心剑术的话，甚至会觉得它很美。那甚至是仁慈的，因为赛兰在一眨眼的瞬间就夺去了崔斯坦的生命。王子都没有时间回头看一眼大厅门旁他的恋人。他只是盯着他的凶手，鲜血从他被割断的喉咙里喷涌而出，染红了他的白衬衣，他的剑掉落于地，他发出最后临死、窒息的一声，灵魂便离他而去，他直直倒地。

"正义已得伸张，国王陛下。"赛兰阴郁地说，从崔斯坦的喉咙里拔出他的剑，迈步走开。包围着我的枪兵退开，没有人敢直视我的眼睛。我举起海威贝恩，泪水模糊了我的眼睛，让我看不清它那灰色的剑刃。我听见伊索尔德尖叫，她丈夫的手下已杀死了陪伴崔斯坦的六名士兵，现在抓住了他们的王后。我闭上双眼。

我不想看见亚瑟。我不想与亚瑟交谈。我走上海岬，向我的诸神祈祷，恳求他们回到不列颠，与此同时，康沃尔的士兵将伊索尔德王后带到海水湖两艘黑船等候之处。然而他们没有带她回康沃尔。尤伊－利阿塞的公主，那个十五岁的孩子，那个会赤脚跳入波浪中、低声细语犹如海风中水手幽灵的女孩，被绑上一根木柱，立在一堆哈尔克姆岸边堆积着的浮木中，在那里，在她丈夫怨恨的注视下，被活活烧死了。她恋人的尸体在同一木堆上被焚化。

我不愿与亚瑟一同离开。我不愿跟他交谈。我让他走，那晚我睡在那对恋人曾经睡过的黑暗旧屋中，之后便回到林第尼斯，向夏汶坦白了多年前沼泽中的那场大屠杀，那时我为了遵守誓言，杀害了无辜之人。我告诉她伊索尔德被烧死时的情景。她的丈夫看着她在火中尖叫。

夏汶抱住我。"你不知道亚瑟无情的那面吗？"她温柔地问我。

"不。"

"他是唯一挡在我们和恐惧之间的人，"夏汶说，"他怎能不无情呢？"

即使到了今日，我闭上眼睛，有时还会看见那个从大海中走出来的孩子，面露微笑，白色的裙子紧紧贴着，勾勒出身体的纤细线条，朝她的恋人伸出双手。每次听见海鸥的鸣叫，我就会看见她，她的鬼魂会永远萦绕在我脑海，直到我死的那天。而等我死后，无论我的灵魂去往何处，她都会在那里；为一位国王杀掉的一个孩子，以法律之名，在卡米洛特。

圆桌会议之后，我很多年都没有见过兰斯洛特，也没见过他的心腹。安赫和罗赫，亚瑟的双胞胎儿子，居住于兰斯洛特的首都汶塔，他们现在统率着枪兵队，但他们仅有的战斗似乎都发生在酒馆中。迪纳思和拉韦纳也居住在汶塔，主持着一座献给罗马神墨丘利的神庙，他们的祭祀仪式可与兰斯洛特宫殿中由桑森主教祝圣过的教堂仪式相媲美。桑森是汶塔的常客，他回报说贝尔盖的人民在兰斯洛特的统治下看起来很幸福，这话我们理解为他们没有公然造反。

兰斯洛特和他的同伴也会拜访德莫尼亚，大多数时候都是穿越他们的国界前去海宫，但有时也会远行至杜诺维瑞阿，来参加一些贵族的宴会，如果我知道他们会来，我便会避开这些宴会，亚瑟和格温薇儿也从没强制要求我参加。我也没有被邀请参加兰斯洛特母亲伊莲的盛大葬礼。

兰斯洛特实际上并不是个糟糕的统治者。他不是亚瑟，不关心公正的审判、税收的合理或道路的状况，他只是无视了那些事情，但因为在他统治前，也没人管这些事，所以无人发现有什么大的改变。兰斯洛特同格温薇儿一样，只在意自己的享乐，同她一般，他建造了一座奢华的宫殿，其中充斥着雕塑，粉刷过的墙壁光彩夺目，当然，还挂着他无节制收藏的镜子，在那些镜子中，他可以欣赏自己无尽的倒影。奢侈生活的开支被强加入税收，过重税收的补偿，就是贝尔盖国土上的自由生活免于遭受撒克逊人的劫掠——策尔迪克竟然守着与兰斯洛特的盟约，可怕的赛思人枪兵从不曾袭击兰斯洛特富饶的农田。

但其实，他们也不需要劫掠，因为兰斯洛特直接邀请他们在他的国土居住。这片土地因常年战争人口稀少，大量上好的田地变回了林地，于是兰斯洛特邀请策尔迪克部落的人来耕作农田。撒克逊人发誓效忠兰斯洛特，他们清理农田，建造新的村子，缴税，他们的枪兵甚至加入了他的军队。他的宫殿守卫，我们听说，已经全部是撒克逊人了。撒克逊护卫，他如此称呼他们，并根据身高和发色选拔他们。我在那些年里并没有见过那些人，后来终于见到时，发现他们都是金发的高个男人，其战斧打磨得如同镜子般光亮。有传言说，兰斯洛特向策尔迪克进贡，但我们的顾问团询问亚瑟这消息是否属实时，亚瑟愤怒地否认了。亚瑟并不赞同邀请撒克逊人进入不列颠的土地，但那些事宜，他说，是兰斯洛特的决定，不是我们的，至少那片土地很和平。和平，似乎可以成为所有事情的借口。

兰斯洛特甚至大肆夸耀，他已将他的撒克逊护卫都转变成了基督徒，他的受洗似乎并不仅是一场表演，居然是真的，反正加拉哈特在他某次拜访林第尼斯时，是如此告诉我的。他描述了桑森在汶塔宫殿中建造的教堂，告诉我每天都有唱诗班歌唱，成群的神父赞颂着基督教的神迹。"那一切都很美。"加拉哈特依依不舍地说。那是在我目睹伊斯卡的狂乱之前，我完全不知道会发生这种暴动，所以没有问他汶塔是否也会有类似事情发生，也没有问他的兄长是否鼓励德莫尼亚的基督徒将他视为救世主。

"基督信仰改变了您的兄长吗？"夏汶问。

加哈拉特看着她从卷线干上抽出一根线绕上纺锤。"不，"他承认，"他认为每天祈祷一次就足够，他依旧像从前那般作为。但很多基督徒很喜欢那点，唉。"

"他以前怎样的作为？"夏汶问。

"很糟糕。"

"您希望我离开房间吗？"夏汶甜甜地问，"那您就能告诉德瓦，不让我尴尬？然后我们上床睡觉的时候，他就能告诉我了。"

加拉哈特大笑起来。"他很无聊，殿下，于是他便用老法子来排解。他打猎。"

"德瓦也打猎,我也是。打猎有什么糟糕的。"

"他狩猎女孩,"加拉哈特阴沉地说,"他待她们不差,但她们并没有很多选择。她们其中一些人喜欢,她们都富起来了,但她们也成为了他的情妇。"

"听上去跟大多数国王一样。"夏汶冷冷地说,"他就干了这个?"

"他花数个小时与那两个邪恶的德鲁伊待在一起。"加拉哈特说,"没人知道一位基督教国王为何如此做,但他宣称这不过是友情。他鼓励他的吟游诗人,收集镜子,拜访格温薇儿的海宫。"

"去干吗?"

"去聊天,他说的。"加拉哈特耸耸肩,"他说他们谈论宗教。或者说他们就此争论。她现在变得非常虔诚。"

"对艾西斯。"夏汶不以为然地说。圆桌会议后的几年内,我们都听闻格温薇儿越来越投身于她的宗教仪式,以至于有传闻说现在海宫就是一座艾西斯的大神庙,格温薇儿的侍女则是被挑选出来的优雅而美丽的女人,都是艾西斯的女祭司。

"至高女神。"加拉哈特轻蔑地说,然后小心翼翼地在自己胸前画了个十字,让异教的邪恶无法靠近,"格温薇儿显然相信女神拥有强大的力量,能引导人类的事务。我相信亚瑟一定不会喜欢的。"

"他觉得这些很无聊。"夏汶抽出最后一根线,放下卷线杆。"他现在就只是,"她继续道,"抱怨格温薇儿除了宗教之外,不跟他谈论任何事情。他一定觉得无聊透顶。"这段对话发生在崔斯坦与伊索尔德逃来德莫尼亚很早之前,当时亚瑟在我们家依旧是一名受欢迎的客人。

"我兄长宣称,他被她的主意迷住了。"加拉哈特说,"或许是真的。他说,她是不列颠最睿智的女性,说他不会结婚直到找到另一个像她一样的女人。"

夏汶大笑。"那还好他没有娶我。他现在几岁?"

"三十三吧。"

"老掉牙了！"夏汶微笑看我，我不过比他年轻一岁，"艾达怎么了？"

"她为他生下一子，难产而死。"

"不！"夏汶听说难产而死时，总会特别难受，"您说他有个儿子了？"

"一个私生子，"加拉哈特不以为然地说，"他叫佩雷杜。现在四岁，是个不错的小男孩。说实话，我很喜欢他。"

"有过你不喜欢的小孩吗？"我不动声色地逗他。

"草丛脑袋。"他说，这老绰号让我们都笑了。

"想象兰斯洛特有了个儿子！"夏汶的语气中带着惊讶，正如女人们听闻这些消息时的反应。对我而言，另一位王室私生子的存在司空见惯，然而男人和女人，我注意到，对这些事情的反应相当不同。

加拉哈特同他的兄长一样，一直没有结婚。他也没有受封土地，但他乐意也忙于做亚瑟的信使。他想要维系不列颠兄弟会，但我注意到这些职责消失得有多快，他在不列颠诸王国境内到处奔走，传递消息，调停争端，用他的王室头衔来缓解德莫尼亚与其他国家之间可能产生的任何问题。通常便是他前往德米缇亚去约束伊仑之子欧依戈斯对波伊斯的骚扰，也是他在崔斯坦死后，将伊索尔德的结局前去告知她的父亲。我在那之后好几个月都没有见他。

我也回避着亚瑟。我对他太生气了，不回他的信件，也不参加顾问会议。崔斯坦死后数月中，他来过林第尼斯两次，我冷淡礼貌地接待了他，两次都尽快地结束了会面。他与夏汶倒是聊了很久，她试着让我们和解，但我无法将燃烧的孩子那景象从我的脑海中抹去。

然而，我无法完全无视亚瑟。莫德雷德第二次加冕仪式的举行仅剩月余，须得开始筹备。典礼会在卡丹城堡举行，就在林第尼斯东面步行可至的地方，夏汶与我不可避免地被筹备事宜缠身。莫德雷德自己都对此表现出兴趣，也许是因为他意识到，这典礼会让他从条条框框的管教中解脱出来。"您必须决定,"某天我对他说,"谁会来为您加冕。"

"不就是亚瑟,对吗?"他闷闷不乐地问。

"通常都会由德鲁伊主持,"我说,"但如果您想要基督教的仪式,那您就得在埃姆里斯和桑森中选择一人。"

他耸耸肩。"那就桑森吧。"

"那我们就要去见他。"我说。

我们在一个寒冷的冬日出发。我在怀君岛另有事要办,但首先还是与莫德雷德一起去了基督教教堂,一位神父告诉我们,桑森主教正在忙着做弥撒,我们必须等候。"他知道他的国王在这儿吗?"我用命令的口吻说。

"我会告诉他的,阁下。"神父说,碎步疾跑过冻结的地面。

莫德雷德随意走着,来到了他母亲的坟墓旁。即使在这么冷的天气,依然有十数个朝圣者跪在墓前膜拜。那是一座很简朴的墓,一座低矮土墩上插着一个石头十字架,与桑森放置的用以接受朝圣者献金的瓮比起来,相形见绌。"主教很快就会来见我们,"我说,"要不要在屋里等?"

他摇头,对着杂草丛生的低矮土墩皱眉。"该给她造座更好的坟墓。"他说。

"我同意,"他开口说话本身就让我惊讶,"您可以建。"

"最好,"他挖苦道,"是由别人来对她表示这敬意。"

"国王陛下。"我说,"我们都忙于保护她孩子的生命,没什么时间担心她的骨骸。但您是对的,我们疏忽了。"

他郁郁地踢着那瓮,然后朝里看去,里面有很多朝圣者留下的小宝物。在坟墓前祈祷的人徐徐离开,不是害怕莫德雷德,我怀疑他们并不认识他,而是我脖颈间佩戴的铁护身符透露了我是名异教徒。"为什么埋葬她?"莫德雷德突然问我,"为什么不火葬?"

"因为她是名基督徒。"我回答,掩饰对于他无知的震惊。我解释道,基督徒相信他们的身体会在基督最后降临时,再次复苏;我们异教徒是以新的阴影身体前往彼世,所以便不再需要我们的尸体,烧掉是为了防止我们的灵魂在大地间游荡。如果我们无法进行火葬,那就要烧掉死者的头发,砍下他的一只脚。

"我要为她造一座墓室。"我讲完神学解释后,他说。他问我,他的母亲是如何死的,我告诉了他整件事:瑟卢瑞亚的甘德利亚斯是如何假意要娶诺维娜,然后趁她下跪行礼时谋杀了她。我又告诉他,妮慕是如何向甘德利亚斯报复的。

"那女巫。"莫德雷德说。他害怕妮慕,这不奇怪,她已经变得更凶猛,更憔悴也更肮脏。她如今是一名隐居者,在梅林居所的废墟中生活,在那里施展着她的咒语,为诸神燃起祭火,很少见访客,但她有时会突然造访林第尼斯,向梅林请教些什么。在这些罕见的来访时,我会尽量喂饱她,孩子们见到她就逃跑,而她会边踱步边睁大独眼喃喃自语,长袍上泥土和灰尘结成块,蓬乱的黑发因污垢而缠成一团团。在托尔山她的居所之下,她不得不眼见着基督教教堂变得更大、更坚固,甚至更有秩序。我想,旧神正在飞速地失去不列颠。桑森当然满心盼望梅林快死,这样他便能占据托尔山,在它被火焚烧过的山顶建造一座教堂,但桑森不知道,梅林在遗嘱中将他所有的土地都赠予了我。

莫德雷德站在他母亲的坟墓旁,惊讶于我长女名字与他亡母名字的相似,我告诉他,夏汶是诺维娜的表亲。"莫温娜和诺维娜都是波伊斯的古老名字。"我解释道。

"她爱我吗?"这个字从他口中说出十分突兀,我愣了片刻。也许,我心想,亚瑟是对的。也许莫德雷德会随着肩上的责任而长大。在我认识他的这么多年中,我们从未有过如此礼貌的谈话。

"她非常爱你。"我真诚地回答。"我见过您母亲最幸福的时刻,"我继续道,"便是与您在一起的时候。就在那上面。"我指向托尔山上梅林的大厅和梦塔曾经矗立的焦黑位置。就在那里,诺维娜被杀害,而莫德雷德被带离她的怀抱。那时他还是个婴儿，比我从我的母亲艾尔塞的身边被抢去时的年纪还小。艾尔塞还活着吗？我仍没有去瑟卢瑞亚找过她，这疏忽让我内疚。我抚上铁护身符。

"等我死后，"莫德雷德说，"我要和母亲葬在同一个墓里。我要建造自己的墓。一座石头的墓穴。"他宣布说，"我们的尸体要高高放在底座上。"

"这你得和主教谈谈，"我说，"我肯定他会尽量帮你。"只要，我嘲讽地心想，他不需要支付建造墓穴的钱。

我转过身，桑森正匆忙地穿过草地而来。他向莫德雷德鞠躬行礼，欢迎我来到教堂。"您这次来，我希望是来追寻真理的，德瓦阁下。"

"我是来拜访神庙的。"我指向托尔山顶，"但我的国王陛下有事与你商量。"我让他们两人单独相处，牵着马走上托尔山，经过一群基督徒的身侧，这些人日以继夜地在托尔山麓祷告，希望它的异教徒住民能被赶跑。我忍受他们的辱骂，爬上陡峭的山丘，发现水门已坠落，最后一根铰链也已断裂。我将马拴在废墟残余的一根栅栏上，随后拿起一大包衣服和皮毛，那是夏汶打包的，为了住在妮慕这里的可怜人不至于在这样寒冷的天气中被冻死。我将衣物交给妮慕，她毫不在意地扔在雪地上，拽着我的衣袖，拉着我去了她新建造的小屋，小屋正位于梅林梦塔曾矗立的同样位置，其中的恶臭气味让我差点吐出来，但她并未察觉。这天很冷，冰凉的雨雪随潮湿的风自东面狠狠地打来，然而即使如此，我更愿意站在冰冷刺骨的暴雨中，也不想忍受那臭气熏天的小屋。"看。"她自豪地向我展示一口大锅，不是圣锅，只是一口普通的铁锅，它挂在屋梁下，充满着某种深色液体。屋椽上还挂着一小段槲寄生、一对蝙蝠翅膀、一些蜕下的蛇皮、一截折断的鹿角和一束束草药，那屋椽特别矮，我得深深弯腰才能进屋，屋里弥漫着刺痛双眼的烟雾。一个赤裸的男人躺在阴影中的草垫上，抱怨着我的出现。

"闭嘴。"妮慕冲他龇牙低吼，她拿起一根棍子，探入大锅中的黑色液体，里面的液体正在小火的炙烤下汩汩冒泡，火焰的热量远远及不上它所产生的厌恶。她搅拌锅中液体，找到了她想要的东西，将那东西从液体中捞出。我发现那是一个人的头骨。"你还记得巴里斯吗？"妮慕问我。

"当然。"我说。巴里斯是一名德鲁伊，我年幼时就已是一位老人，早已过世多年。

"他们烧了他的尸体，"妮慕告诉我，"但没烧掉他的头。德瓦，一位德鲁伊的头骨，具有强大的力量。是上周一个男人给我的。他在一桶蜂蜡中发现的。我向他买了过来。"

这就是说，我买了这个脑袋。妮慕总是买那些拥有邪恶力量的东西：死婴的胎膜、龙的牙齿、一片基督教的神奇面包、石箭头，现在则是一个死人的脑袋。她之前会来宫殿要钱购买这些不值钱的玩意儿，但我如今发现，还是直接留给她一些黄金更方便，虽然这意味着她会在那些稀奇古怪的东西上浪费钱。有一次，她为了一头出生就长着两个脑袋的羊羔的尸体，花费一整块黄金。她将羊尸钉在木栅栏上，俯瞰着基督教的教堂，然后让它慢慢腐烂。我并不想问她为那桶装着死人脑袋的蜂蜡付了多少钱。"我剥开蜂蜡，"她告诉我，"用锅把脑袋上的血肉煮掉。"这解释了屋中恶臭的部分原因。"没有比这更强大的预言术了，"她的独眼在黑暗的小屋中闪着光，"将一名德鲁伊的脑袋放入一锅尿液中煮开，再加上十株圹砀的棕色草药。"她放开头骨，它沉入深色的液体之中。"现在等着吧。"她命令我。

我被烟雾和恶臭熏得头晕脑涨，但我顺从地等着，液体的水面开始微颤、闪光，最终趋于平静，它看上去就像一面镜子般平滑，泛着黑暗的光芒，只有一丝蒸汽从它的黑色的表面上飘起。妮慕靠近，屏住呼吸，我知道她是在读液体表面的预兆。草垫上的男人猛地咳嗽起来，虚弱地抓过一条破旧的毯子半盖住自己的裸体。"我饿了。"他小声抱怨。妮慕无视他。

我等着。"我对你很失望，德瓦。"妮慕突然说，她呼出的空气吹皱了液体的表面。

"为什么？"

"我看见一位王后在海边被活活烧死。我想要她的骨灰，德瓦。"她用责备的语气说。"王后的骨灰本可以派上用处。"她继续道，"你本该知道的。"她陷入沉默，而我一言不发。液体再次平静下来，再开口时，妮慕的声音奇怪深沉，完全没有搅乱黑色液体的表面。"两位国王会前来卡丹，"她说，"但一位不是国王的男人会统治该处。亡者将要步入婚姻的殿堂，迷失之物将现于日光之下，剑会架上一个孩子的脖颈。"随后，她发出可怖的尖叫，吓到了那个赤裸的男人，他疯狂地缩入小屋更远的角落，蹲在地上，双手抱头。"将这些告诉梅林，"妮慕用她正常的声音对我说，"他会知道是什么意思。"

"我会告诉他。"我答应她。

"还要告诉他，"她带着一种急切的热情，用结着厚厚污垢的手指紧紧抓住我的手臂，"我在液体中看见了圣锅。告诉他，很快它就会被使用。很快，德瓦！告诉他！"

"我会的。"我再也无法忍受这气味，挣开她的手，离开屋子，退回到雨雪中。

她跟随我走出小屋，拉过我披风一角遮挡雨雪。她送我来到损毁的水门处，异常兴高采烈。"所有人都认为我们输了，德瓦，"她说，"所有人都认为那些下流的基督徒接管了这片土地。但他们没有。圣锅很快会再次出现，梅林会归来，法力将被释放。"

我在门边停步，盯着下方的那群基督徒，他们总是聚在托尔山麓，伸展双臂，向上帝祈求实现他们那些不切实际的愿望。这是桑森和莫甘的安排，希望凭借他们持续不断的祈祷将异教徒们赶下托尔被火肆虐过的山顶。一些基督徒认出妮慕，画起十字。"你觉得基督教胜利了吗，德瓦？"

她问我。

"我害怕。"我听着托尔山脚下那些愤怒的号叫。我想起伊斯卡的那些狂热崇拜者,忧虑那样狂热的恐怖还能被压抑多久。"我害怕那是真的。"我沮丧地说。

"基督教还没有胜利。"妮慕轻蔑地说。"看好了。"她从我的披风下冲出,提起她的脏裙子,向那些基督徒暴露出她令人不适的裸体,随后淫秽地朝那群人摆动自己的臀部,发出一声哀号,声音飘散于风中,她放下了自己的裙子。一些基督徒画起十字,但大多数人,我注意到,本能地用右手做出异教徒驱邪的手势并朝地啐了一口。"看到了吗?"她微笑道,"他们依然相信旧神,他们依然相信。而不久之后,德瓦,他们就会见识到旧神的证明。告诉梅林。"

我确实告诉了梅林。我站在他面前,报告说,两位国王会前来卡丹,但一位不是国王的男人会统治该处。亡者将要步入婚姻的殿堂,迷失之物将现于日光之下,剑会架上一个孩子的脖颈。

"再说一遍,德瓦。"他眯眼看着我,抚摸着一只在他腿上伸懒腰的老斑猫。

我郑重其事地重复了一遍,然后补充了妮慕的预言:圣锅很快便会出现,它的恐怖已临近。他大笑起来,摇头,又笑。他安抚着腿上的猫。"你说她有一个德鲁伊的脑袋?"他问。

"巴里斯的头,阁下。"

他挠着猫的下巴。"巴里斯的脑袋被烧掉了,德瓦,许多年前。它被烧了,然后被敲碎成粉末。敲碎了,什么都没有留下。我知道,因为是我亲手干的。"他闭上双眼睡去。

第二年夏天一个明媚的早晨,第二日便是满月夜,卡丹城堡山脚下的树木枝叶繁茂,阳光撒向点缀着泻根、旋花草、柳兰和松萝的矮树篱,我

亚瑟王

们在城堡的古老山顶为莫德雷德加冕,使之成为我们的国王。

卡丹城堡的旧要塞已废弃多年,但那仍是王室山丘。德莫尼亚王室要员举办庄严仪式的地方,要塞的城墙依旧坚固,但其内部则令人伤感,腐朽的小屋分布在一座巨大破败的宴会厅周围,大厅已成为鸟儿、蝙蝠和耗子的家。那大厅占据了卡丹城堡宽阔山顶的低处,西面的更高处,矗立着一圈长满地衣的巨石,在巨石阵的中央,有一块灰色平坦的厚重巨石,那便是德莫尼亚王室的古石。在这里,伟大的贝尔神任命他半神半人的孩子贝利·毛尔成为我们的第一位国王,自此以后,即便在罗马人统治的岁月里,我们的国王都会前来此处加冕。莫德雷德出生在这座山丘上,还是一个婴儿时就在此处加冕,虽然那仪式只不过是承认了他的王室地位,并没有赋予他任何职责。但现在,他已步入成年,从这日起,他将不仅仅是一位名义上的国王。第二次加冕仪式将解除亚瑟的誓言,给予莫德雷德乌瑟的全部权力。

人群很早就聚集起来。宴会大厅经过一番清扫,已经挂上了旗帜,装饰着绿色的树枝。草地上放着一罐罐蜜酒和麦酒,大火堆中升起浓烟,烤着公牛、猪、鹿,为宴会做准备。来自伊斯卡的文身部落成员,混在穿着罗马长袍的优雅杜诺维瑞阿和科里尼翁市民中,聆听这白袍诗人唱着特意新作的曲子,赞美莫德雷德,预言着他统治的辉煌岁月。永远别相信吟游诗人。

我是莫德雷德的国王勇士,所以前来山顶的所有领主中只有我全副武装。那已不是我在伦敦郊外穿着的破烂失修的玩意儿,现在我拥有一套崭新昂贵的盔甲,反映出我高贵的地位。我有一套精美的罗马盔甲,领口、缝边和袖子上都装饰着黄金锁圈。我的及膝长靴上,青铜绑带闪烁微光;长至手肘的手套镶着铁边,以保护我的小臂和手指;用白银精心打造的头盔后垂着一片颈甲,保护着我的后颈。头盔上用锁链连接的面甲遮蔽我的脸,头顶是一个黄金结,挂着刷干净的狼尾。我身着绿色披风,腰侧悬挂海威贝恩，手持一面盾牌，为配合这日的场合，我带的不是自己的白星盾，而是绘着莫德雷德红龙的盾。

库尔威奇从伊斯卡赶来。他拥抱我。"这是场闹剧，德瓦。"他低声咆哮。

"伟大而快乐的一天，库尔威奇阁下。"我面无表情地打趣。

他没有笑，看着满怀期待的人群面露不悦。"基督徒。"他啐了一口。

"他们还真不少。"

"梅林来了吗？"

"他精神不太好。"我说。

"你的意思是，他比较明智，没来凑热闹，"库尔威奇说，"那今天谁来主持仪式？"

"桑森主教。"

库尔威奇啐了一口。在过去的几个月中，他的胡子开始变白，动作也有些僵硬，但他仍然是一头人中巨熊。"你跟亚瑟说过话了吗？"他问。

"如果有必要，就说。"我回避这问题。

"他想和你做朋友。"库尔威奇对我说。

"他对待朋友的方式还真是与众不同。"我冷冷地说。

"他需要朋友。"

"那他很幸运，还有你这个朋友。"我反驳道，一声号角打断了我们的对话，我转过身。枪兵用他们的盾和枪柄轻轻推开人群，分出一条路，他们的后面跟着一列领主、法官和神父，一行人缓慢地走向巨石圈。我加入其中，与夏汶和我的女儿们走在一起。

那天的集会与其说是为莫德雷德，不如说是向亚瑟致敬，他所有的盟友都出席了。昆格拉斯自波伊斯前来，带来数十名领主和他的储君——皮德尔王子。王子如今已是个英俊的男孩，继承了他父亲真诚的圆脸。阿格里科拉现已年迈，动作不利索，他伴莫里格国王同来，两人均身着罗马长

亚瑟王

袍。莫里格的父亲图锥克还健在，但老国王已退位，剃发成为修士，进入瓦伊河谷的一座修道院，耐心地收集基督教文本藏书，让他学究气的儿子替他统治格温特。拜尔蒂格继承了父亲的王位，成为格温内德国王，他现在只剩两颗牙齿，烦躁地站着，就好像典礼是件不得不参加的麻烦事，最好能快点结束，这样他就能回去酒桶那儿了。伊仑之子欧依戈斯是伊索尔德的父亲，也是德米缇亚国王，带着一队可怕的黑盾战士前来。而贝尔盖国王兰斯洛特的随从，则是他的数十名高大的撒克逊护卫以及两对凶恶的双胞胎，迪纳思和拉韦纳，安赫和罗赫。

国王、首领和贵族们的旗帜悬挂在城墙上，由一队士兵驻守，他们的盾上新绘着红龙。号角声再响，那声音在明媚的阳光中听起来很悲凉，随着号角声，二十名士兵护送莫德雷德走向石圈，十五年前，我们在那里第一次为他加冕。第一次的仪式在冬天举行，尚是婴儿的莫德雷德裹在皮毛中，被放置在一面反转的战盾上带到石圈中。莫甘监督了第一次的加冕仪式，一名撒克逊俘虏被献祭，但这一次典礼将会完全是基督教式的。我冷酷地想，不论妮慕如何以为，基督徒已经胜利。这里除了戴安和拉韦纳之外没有德鲁伊，他们也没有份参与仪式；梅林正在林第尼斯的花园中睡觉，妮慕在托尔，不会有俘虏被杀，以此来预言新加冕国王的统治。我们在莫德雷德第一次的加冕仪式上杀了一名撒克逊囚犯，刺破了他的上腹，所以他的死亡过程漫长而折磨，而莫甘注视着每一次痛苦的踉跄和每一滴溅出的鲜血，找寻未来的征兆。那些预兆，我记得并不好，但却肯定莫德雷德能长久地统治。我试着记起那名可怜的撒克逊人的名字，但记起的只有他惊恐的脸和我对他的好感，随后，多年前的这个名字突然而至。兰卡！那可怜的浑身颤抖的兰卡。莫甘曾坚持要杀死他，但如今，她的面具下摇晃着一枚十字架，她只作为桑森的夫人前来，并不会参与仪式。

一记小声的欢呼迎接着莫德雷德的到来。基督徒鼓掌，而我们这些异教徒只是象征性地鼓了鼓掌，随后便不再出声。国王浑身上下都穿着黑色。黑色的上衣、黑色的裤子、黑色的披风和一双黑色长靴，其中一只造型丑陋，是为了能将他变形的左脚塞入其中。他的脖子上挂着一枚黄金的十字架。在我看来，他丑陋的圆脸上带着一抹傻笑，或者那傻笑暴露了他的紧张。他留起胡子，但很稀少，并不能改善他圆胖难看的脸和乱七八糟冒出来的头发。他独立走入王室石圈中，在王室石旁站定。

桑森穿着白色和金色，打扮华丽，快步上前，站在国王身侧。主教抬手，没有任何开场白，大声开始祈祷。他的声音总是很有力，一直传至贵族们身后推挤的人群中，一直传至一动不动地站在城墙战斗平台上的士兵们耳中。"上帝！"他大喊，"请赐福您的儿子莫德雷德。这位受祝福的国王、这道不列颠之光、这位君主，将会带领您的德莫尼亚王国步入有福的新纪元。"我承认，我只大概写出了这祈祷词的意思，因为事实上，我几乎没有关注桑森对他上帝的慷慨陈词。他很擅长这种漂亮话，但说得都差不多；总是太冗长，总是充斥着对基督教的赞美，时常也伴随着对异教的嘲讽，所以我并没有认真听，而是看着人群，看他们中的谁伸张双臂，闭上双眼。大多数人皆如此。向来都尊重一切宗教的亚瑟，只是低头站着。他抓着他儿子的手，在格温德瑞的另一侧，格温薇儿盯着天空，美丽的脸上露出一抹神秘的微笑。亚瑟与艾利恩的儿子——安赫和罗赫与基督徒们一起祈祷，而迪纳思和拉韦纳只是站着，手臂交叉于他们白色长袍之上，紧盯着夏汶。与她从订婚宴上逃跑那天一样，她没有穿戴任何金银。她的头发依旧闪耀着金色的光芒，对我来说，她依旧是这世界上最可爱的生灵。她的兄长昆格拉斯国王站在她的另一侧，在桑森提高声音念着某句华彩段落时与我目光相接，冲我露出一个揶揄的微笑。莫德雷德展开手臂祈祷，带着一个不自然的笑容看着我们所有人。

祈祷完毕后，桑森主教拉起国王的手臂，引他走向亚瑟，作为王国的守护者，亚瑟现在要将新统治者介绍给他的子民。亚瑟面带微笑地看着莫德雷德，似乎是在鼓励他，莫德雷德经过时，国王以外的人都跪倒在地。

亚瑟王

我作为他的国王勇士，拔出长剑，跟在他身后。我们逆着太阳轨迹绕圈，如此方向地绕圈仅此一次，这是为了展示我们的新王是贝利·毛尔的后代，因此可以凌驾所有活物的自然规律，桑森主教当然宣称，如此逆行证明了异教迷信的消亡。我看见库尔威奇为了不下跪在这时成功地躲了起来。

在绕巨石阵走了两圈后，亚瑟领着莫德雷德走向王室石，请他走上去，让国王独自站在那里。我最小的女儿戴安蹒跚上前，头发中编织着矢车菊，将一条面包放在莫德雷德不对称的脚前，象征他喂养子民的责任。女人们看见她层袍袍秋唇，因为戴安与她的姐姐们一样，继承了母亲人忧无虑的美貌。她放下面包，抬头向四周张望，希望有人指示告诉她该下去该做什么，因为没有接到指示，她一本正经地抬头看着莫德雷德的脸，突然哭了起来。女人们善意地叹气，那孩子哭着跑回去找妈妈，夏汶抱起她擦干她的眼泪。紧接着，亚瑟的儿子格温德瑞将一条皮鞭放在国王的脚下，意味着莫德雷德要成为公正的执法者。随后，我携带那把新的王室宝剑，将它交在莫德雷德的右手中。那把剑在格温特打造，剑柄的黑色皮革之上缠绕着黄金的细线。"国王陛下，"我看着他的双眼，"这代表您有责任保护您的子民。"莫德雷德脸上的假笑消失了，他以一种冷酷骄傲的神情盯着我，让我希望亚瑟是对的：这场庄严的仪式能够真的给予莫德雷德力量，成为一个好国王。

然后，一个接一个，我们呈上我们的礼物。我给了他一顶上好的头盔，黄金镶边，其上烙印着一条珐琅红龙。亚瑟给了他一套鱼鳞甲，一柄长枪和一只装满金币的象牙盒子。昆格拉斯送了他产自波伊斯金矿的金锭。兰斯洛特呈给他一个巨大的黄金十字架和一面镶金边的琥珀金小镜子。伊仑之子欧依戈斯将两张厚实的熊皮放在他脚下，塞格拉莫则在财宝堆中放上了一个撒克逊牛头金像。桑森送给国王一枚十字架的碎片，他大声宣称，基督曾被钉在这个十字架上。深色的木片被装在一个罗马玻璃瓶中,以黄金封口。只有库尔威奇没有呈上任何礼物。赠送礼物时,领主们排成一列,一个接一个在国王面前下跪,宣誓效忠,库尔威奇却无影无踪。我是第二个宣誓的人,紧跟着亚瑟走向王室石,我在那一大堆闪耀的黄金对面跪下,亲吻莫德雷德新剑的剑尖,以我的生命起誓,我将效忠于他。那是一个严肃的时刻,这是一个王室誓言,凌驾于其他所有誓言之上。

宣誓结束后,我进行了加冕典礼的最后一个环节。首先,我用戴着手套的手扶莫德雷德走下巨石,引导他走向外圈中最北面的石头,接过他的王室宝剑,从剑鞘中拔出,平放在王室石上。它闪烁着光芒,石上宝剑,一位国王的真正象征——随后我作为国王勇士,阔步绕着石圈行走,朝旁观者吐唾沫,向所有人挑衅,若有人反对乌瑟之孙、莫德雷德之子莫德雷德成为国王,就上前来与我战斗。经过我的女儿们时,我冲她们眨了眨眼睛,确保我的口水着陆在桑森闪亮的长袍,绝不让它落到格温薇儿的刺绣长裙上。"我宣布乌瑟之孙、莫德雷德之子莫德雷德加冕为王!"我一遍又一遍反复大吼,"若任何人反对,现在就与我决斗。"我手握出鞘的海威贝恩,慢步走着,高声挑衅。"我宣布乌瑟之孙、莫德雷德之子加冕为王,若任何人反对,现在就与我决斗。"

就在我快要走完一圈的时候,我听见一个宝剑出鞘的声音。"我反对!"一个声音高声喊道,随后便是人群中传来的惊恐抽气声。夏汶脸色煞白,我的女儿们本已因为看到我身着钢铁皮革和狼尾的陌生样子而害怕,现在更是将她们的脸埋进了夏汶的长裙里。

我缓慢转身,看见库尔威奇回到石圈,正手持他出鞘的巨剑,面对着我。"不,"我对他说,"求你了。"

库尔威奇板着脸,大步走到石圈中央,从巨石上拾起国王的金柄宝剑。"我反对乌瑟之孙、莫德雷德之子莫德雷德成为国王。"库尔威奇郑重其事地说,然后将王室宝剑扔在草地上。

"杀了他。"莫德雷德在亚瑟身边喊道,"履行你的责任,德瓦阁下!"

亚瑟王

"我反对，他不是合格的统治者！"库尔威奇冲人群喊道。一阵风吹起城墙上的旗帜，吹乱夏汶的金发。

"我命令你杀了他！"莫德雷德兴奋地大喊。

我走进石圈面对库尔威奇。我现在的责任是与他战斗，如果他杀死我，就会推选出另一位国王勇士，于是这蠢事就会不断重复，直到库尔威奇受伤流血，抽搐倒地，鲜血流入卡丹城堡的泥土中，又或者，更可能在这个山顶引发一场全面的战斗，直到库尔威奇的军队或莫德雷德的军队获胜。我脱下头盔，从眼前甩开头发，将头盔挂在我的剑柄上。然后，依旧手握海威贝恩，我拥抱库尔威奇。"不要这么做，"我在他耳畔低语，"我不能杀死你，我的朋友，所以你必须得杀了我。"

"他是个小杂种，小畜生，不是一位国王。"他咕哝道。

"求你了，"我说，"我不能杀你。你知道的。"

他抱紧我。"跟亚瑟和解，我的朋友。"他低声说，随后迈步离开，将剑插回剑鞘。他从草地上捡起莫德雷德的剑，怨恨地看了国王一眼，将剑放回石上。"我认输。"他高声说道，让所有在山顶的人都能听见他的话，然后他走向昆格拉斯，单膝跪地。"您能接受我的效忠吗，国王陛下？"

那是个尴尬的时刻，如果波伊斯国王接受库尔威奇的效忠，那在德莫尼亚的新统治者任内，波伊斯做出的第一个举动便是欢迎一位莫德雷德的敌人，但昆格拉斯毫不迟疑。他抽出剑，剑柄递向前，让库尔威奇亲吻它。"我很乐意，库尔威奇阁下，"他说，"很乐意。"

库尔威奇亲吻昆格拉斯的剑，随后起身，走向西门。他的手下跟随他离开，就这样，随着库尔威奇的离去，终于无人再来挑战莫德雷德的王位。安静片刻后，桑森开始欢呼，基督徒们随之呼应，他们的新统治者正式加冕为王。男人们围在国王身边，高喊着祝贺，我看见亚瑟独自走去另一侧。他看着我，露出微笑，但我转身背对他。我将海威贝恩插回鞘内，在依旧惊慌的女儿们身旁蹲下，告诉她们没有什么可怕的。我把头盔给莫温娜，让她捧着，给她看面甲是怎么在铰链下前后晃动的。"别弄坏了！"我警告她。

"可怜的狼。"塞伦摸着狼尾。

"它杀死了好多羊羔呢。"

"所以你杀了这头狼？"

"当然。"

"德瓦阁下！"莫德雷德的声音突然响起，我站起，转身看见国王摆脱了他的崇拜者们，一瘸一拐地穿过王室石圈，走向我。

我迎上前，低头行礼。"国王陛下。"

基督徒们聚集在莫德雷德身后。如今他们是主人了，他们的胜利直接写在脸上。"你宣誓要效忠我，德瓦阁下。"莫德雷德说。

"是的，国王陛下。"

"然而库尔威奇还活着，"他用疑惑的声音说，"他是不是还活着？"

"是的，国王陛下。"我说。

莫德雷德露出微笑。"德瓦阁下，打破誓言，应该受罚。这不是你一直教我的吗？"

"是的，国王陛下。"

"而且这个誓言，德瓦阁下，是以你的生命立下的，对吗？"

"是的，国王陛下。"

他挠了挠自己稀疏的胡子，"但你的女儿们都很漂亮，德瓦，所以如果德莫尼亚失去你，我会很遗憾的。我原谅你没有杀死库尔威奇。"

"谢谢您，国王陛下。"我压抑着自己想要揍他的冲动。

"但打破誓言就应受罚。"他兴奋地说。

"是的，国王陛下，"我同意道，"没错。"

他停顿片刻，接着将那条象征正义的皮鞭狠狠抽在我的脸上。他大笑起来，满意于我的惊讶表情，然后用鞭子抽了我第二下。"你已接受惩罚，德瓦阁下。"说完,他便转身离开。他的支持者们大笑鼓掌。

我们并没有留下参加宴会,也没有留下观看摔跤比赛、模仿比剑和杂耍表演,也没有留下欣赏训熊跳舞和诗人们的比赛。我们一家人走回了林第尼斯。我们沿着一条小溪漫步,溪边柳树垂阴,紫色报春花盛开。我们走回家。

一小时内,昆格拉斯便跟随我们而来。他计划与我们待一周,然后回波伊斯。"跟我回去。"他说。

"我发誓效忠莫德雷德,国王陛下。"

"唉,德瓦啊德瓦!"他勾住我的脖子,同我一起走到室外的院子。"我亲爱的德瓦,你跟亚瑟一样糟糕!你以为莫德雷德在乎你是不是遵守誓言?"

"我希望,他不要视我为敌人。"

"谁知道他想要什么?"昆格拉斯问,"女孩,也许吧,快马、逃跑的鹿和烈酒。回家吧,德瓦!库尔威奇会在那儿。"

"我会想他的,陛下。"我说。我本希望我们从卡丹城堡回来时,库尔威奇会在林第尼斯等我,但他显然不敢浪费一点时间,已北上逃跑,躲开那些被派来、要在他离开国境前抓住他的士兵。

昆格拉斯放弃劝说我北上。"那野蛮人欧依戈斯在这儿干什么?"他没好气地问我,"还立誓要维护和平!"

"他知道,国王陛下,"我说,"如果他失去了亚瑟的友谊,那你的长枪就会入侵他的土地。"

"他是对的。"昆格拉斯严肃道,"或许我可以把这活儿派给库尔威奇。现在亚瑟还有什么权力?"

"那取决于莫德雷德。"

"希望莫德雷德不是个全然的蠢货。没有亚瑟,我无法理解德莫尼亚。"门口有人高喊一声，有访客到来。我有点希望会看见龙盾和寻找库尔威奇的莫德雷德的手下，但那却是亚瑟和伊仑之子欧依戈斯，他们还带着数十名士兵。亚瑟在门槛处踟蹰。"欢迎我吗？"他对我喊道。

"当然，殿下。"我回答，但却不是很热情。

我的女儿们从窗口看见他，片刻后，她们就尖叫着跑来迎接他。昆格拉斯加入她们，故意无视走到我身旁的伊仑之子欧依戈斯。我弯腰行礼，但欧依戈斯推着让我站直，张开双臂拥抱我。他的毛皮领子散发着汗水和油脂的臭味。他朝我咧嘴一笑。"亚瑟告诉我，你已经十年没正式打过仗了。"他说。

"是有那么多年了，陛下。"

"你会缺乏练习的，德瓦。第一次正式战斗，某个男孩手一滑就会将你开肠破肚，拿你的内脏去喂他的狗。你还好吗？"

"老了点，陛下。但还不错。您呢？"

"还活着。"他瞥了一眼昆格拉斯，"我猜，波伊斯国王并不想要跟我打招呼？"

"国王陛下，他感觉您的士兵在他的国界那儿忙得很。"

欧依戈斯大笑起来。"必须得让他们忙着，德瓦，你懂的。闲散的士兵很麻烦。再说了，这些日子里，那些混蛋到处都是。爱尔兰快变成基督教国家了！"他啐了一口，"某个爱管闲事的不列颠人，叫帕德雷格的，把他们变成了软蛋。你们不敢用长枪征服我们，所以你们派来了那坨海豹屎来削弱我们，任何一个有胆子的爱尔兰人都会来到不列颠的爱尔兰王国，从他的基督教里逃跑。他用三叶草向他们传教！你能想象吗，用三叶草征服爱尔兰？难怪所有的好战士都来投奔我，但我能拿他们怎么办呢？"

"派他们去杀了帕德雷格？"我提议。

"他早死了，德瓦，但他的追随者都还活得好好的。"欧依戈斯把我拉到院子一角，他站定看着我的脸，"我听说你曾想要保护我的女儿。"

亚瑟王

"是的,陛下。"我说。我看见夏汶从宫殿中走出来拥抱亚瑟。他们说话时,夏汶带着责备看向我。我转身面向欧依戈斯。"我为她拔出过剑,国王陛下。"

"好样的,德瓦。"他漫不经心地说,"好样的,但这并不重要,我有好几个女儿。不敢确定我记得哪个是伊索尔德。瘦小的孩子,是吗?"

"一个美丽的女孩,国王陛下。"

他大笑起来。"等你老了,任何有胸的年轻姑娘都很美。我那一窝里的确有个美人。她叫阿尔甘特,她的一生里一定会伤好多颗心。你们的新国王需要一个新娘,是吗?"

"大概吧。"

"阿尔甘特就挺适合的。"欧依戈斯说。他并不是对莫德雷德友善,才建议让自己美丽的女儿成为德莫尼亚的王后,他只是想确保德莫尼亚会继续从波伊斯的战士们手下保护德米缇亚。"或者我带阿尔甘特来这儿拜访一次。"他说。随后他抛弃了这个联姻的话题,重重地冲我胸口打了一拳。"听着,我的朋友,"他激动地说,"不值得为了伊索尔德和亚瑟闹翻。"

"这就是他带你来这里的原因,陛下?"我怀疑地问。

"当然咯,你这个蠢货!"欧依戈斯愉快地说,"还因为我受不了城堡里那么多的基督徒。和解吧,德瓦。不列颠没那么大,可以让正直的人互相朝对方吐口水。我听说梅林住在这里?"

"从这里过去就能找到他。"我指向一扇通往花园的拱门,那里盛开着夏汶的玫瑰,"仅剩下的那一点他。"

"我要去把那个混蛋踢醒过来,也许他能告诉我三叶草究竟有什么特别之处。而且我还需要一条咒语,让我别再有新女儿了。"他大笑离开,"老啦,德瓦,老啦。"

亚瑟将我的三个女儿交给夏汶和他们的舅舅昆格拉斯照顾,向我走来。我犹豫了,指了指外门,率先走进草地,我等在那里,视线越过我们之间的树，固定在卡丹城堡悬挂旗帜的城墙。

他在我身后停下脚步。"那是在莫德雷德的第一次加冕典礼上，"他轻声说道，"你和我第一次遇见崔斯坦。你还记得吗？"

我没有转身。"是的，殿下。"

"我不再是你的殿下了，德瓦。"他说，"我们对乌瑟的誓言已经完成，结束了。我不是你的领主，但我想做你的朋友。"他犹豫片刻。"对发生的一切，"他继续道，"我很抱歉。"

我依旧没有转身。不是因为骄傲，而是因为我眼中的泪水。"我也很抱歉。"我说。

"你会原谅我吗？"他谦卑地问，"我们还是朋友吗？"

我盯着城堡，想起了我所做过的一切需要被原谅的事情。我想起了沼泽中的尸体。那时我还是一个年轻的士兵，但年轻不是滥杀的理由。我心想，亚瑟所做的一切不应该是我来原谅。他得原谅自己。"我们是朋友，"我说，"直至死亡。"然后，我转过身。

我们拥抱。我们对乌瑟的誓言已经完成。莫德雷德是国王了。

第四部
艾西斯的秘密

"伊索尔德美吗?"伊格莲问我。

我思考片刻后开口道:"她很年轻,正如她父亲所说……"

"我读过她父亲说的话。"伊格莲打断我。来狄那拉克时,伊格莲总会先读完我写的羊皮纸,然后坐在窗台上与我聊天。今日,窗上挂着皮制窗帘,目的是挡住屋外的寒冷,房间中充斥着烟雾,即使我的书桌上燃着灯,整个房间的照明依旧很差。北风呼啸,火炉的烟雾无法从烟囱中排出。

"那是很久以前了,"我疲倦地说,"而我与她相处的时间只有一天两晚。在我的记忆中,她很美,但我们一向会美化英年早逝的人。"

"所有的歌谣都说她很美。"伊格莲并不满足。

"那些歌,是我付钱让诗人们写的。"我说,正如我付钱让人将崔斯坦的骨灰带回康沃尔。让崔斯坦在死后回到他的故土,我认为是一件正确的事。而且我混合了他与伊索尔德的骨头,他和她的骨灰,当然其中无可避免还有一些普通的木灰,我将他俩共同封存在我们在大厅里发现的一个罐子中,那大厅正是他二人曾经分享彼此爱情幻梦之处。我那时很富有,是个大领主,是奴隶、仆人和战士们的主人,有足够的财力可以买数十首歌,这些崔斯坦和伊索尔德的歌至今还在所有宴会厅中传唱。我也确保所有这些歌都将他们的死归罪于亚瑟。

"但亚瑟为什么要这么做呢?"伊格莲问。

我用独手揉搓自己的脸。"亚瑟尊崇秩序,"我解释道,"我认为他从未信仰过诸神。当然,他相信诸神是存在过的,他又不蠢,但他不觉得他们能继续看顾我们。我记得,他有一次笑着说,我们是有多自以为是,才会认为诸神除了担心我们之外竟没有别的事好干了。我们会因为屋顶中的耗子而失眠吗？他问我。同理，诸神为什么在乎我们？于是去掉诸神，他的信仰中只剩秩序，唯一保障秩序的就是法律，而唯一让有权有势之人遵守法律的就是他们的誓言。就是这么简单。"我耸耸肩。"他当然是对的，他几乎永远是对的。"

"他应该让他们活命。"伊格莲坚持道。

"他奉行了法律。"我冷冷地说。我经常后悔让吟游诗人归罪于亚瑟，但他原谅了我。

"可伊索尔德被活活烧死了？"伊格莲颤抖地说，"亚瑟就这么任其发生？"

"他有很无情的一面，"我说，"他必须如此，上帝啊，因为我们其他人都太软弱。"

"他应该赦免他们。"伊格莲不依不饶。

"如果他这么做了，那就不会有歌谣和故事。"我回答道，"他们会老迈、发福、争吵、死去。又或者在他的父亲死后，崔斯坦会回到康沃尔娶其他老婆。谁知道呢？"

"马克活了多久？"伊格莲问我。

"在那之后，仅仅一年。"我说，"他死于尿淋痛。"

"那是什么？"

我笑了。"一种恶病，殿下。我想，女人是不会得的。他的一个侄子成为国王，我都想不起他的名字。"

伊格莲做了个鬼脸。"但你却记得伊索尔德从海里出来的画面，"她责备地说，"因为她的裙子湿了。"

我微笑。"正如昨日般清晰，殿下。"

"加利利海。"伊格莲爽朗道，因为圣特博突然走进我们的房间。特博如今已十岁或十一岁，是个黑发的单薄男孩，他的脸让我想到了策尔迪克，一张令人讨厌的脸。他共享着桑森的房间和他的权威。我们这小团体中居然有两位圣人，可真是幸运。

"圣人要你解读这些羊皮纸。"特博命令道，将它们放在我桌上。他没有理睬伊格莲。圣人似乎对王后也有些粗鲁。

"这是什么？"我问他。

"一个商人想要卖给我们，"特博说，"他宣称这些是《圣经》的诗篇，但圣人的眼睛不好，没法阅读。"

"当然。"我说。当然，真相是桑森不识字，特博懒得学，我们都曾试着教过他，但现在只是假装他会。我小心展开这些脆弱易碎的旧羊皮纸。其上是拉丁文，我几乎不认识的文字，但我确实看见了"基督"这个词。"这些不是诗篇。"我说，"但是基督教的东西。我猜是福音的片段。"

"商人要价四块金子。"

"两块。"我说，虽然我并不在意我们买不买。我让羊皮纸自然卷起。"那人说过这是从哪儿来的吗？"我问。

特博耸肩。"撒克逊人。"

"我们当然应该好好保管它们。"我负责任地说，递回羊皮纸，"应该将它们安置在宝藏室。"我心想，海威贝恩和我过往的其他微薄财物也在那处。除了我瞒着老圣人藏下的夏汶的黄金小胸针。我谦卑地感谢年轻的圣人来与我商议，低头行礼目送他离开。

"恶心的小畜生。"伊格莲在特博走后说。她冲火中啐了一口。"你是基督徒吗，德瓦？"

"当然是，殿下！"我抗议道，"这算什么问题！"

她疑惑地冲我皱眉。"之所以问，"她说，"是因为在我看来，你比刚开始写这个故事时，更不像一个基督徒了。"

我心想，真是敏锐的观察力。确实如此，但我不敢公然承认，因为桑森一定很乐意有借口可以指控我为异端，把我给烧死。他绝不会吝惜柴火的，我心想，即使他对我们用来取暖的柴火限量配给。我笑了。"您让我想起了以前的事,殿下,"我说,"仅此而已。"不仅仅如此。我越是回忆起旧日时光,越是有什么属于过去的东西回到了我的身体。我摸了摸木桌上的铁钉,驱散桑森的仇恨所带来的邪恶。"我很早以前就抛弃异教了。"我说。

"我希望自己是个异教徒。"伊格莲的语气充满渴望,用海狸毛皮斗篷裹紧自己的肩膀。她的眼睛明亮,脸上充满活力,我敢肯定她已有身孕。"别告诉圣人我说了这话。"她迅速补充道。"莫德雷德,"她问,"是基督徒吗?"

"不。但他知道那是他在德莫尼亚的支持者,所以努力让他们满意。他让桑森建造他的大教堂。"

"在哪里?"

"卡丹城堡。"我微笑,想起了它,"从未完工,但本来是一个十字架形状的宏伟教堂。他宣称那教堂会在公元五百年迎来基督的第二次降临。他拆毁了大部分宴会厅,用它的木材建造墙壁,还用巨石圈的石头搭建教堂的地基。当然,他没有动王者石。他也占据了本来属于林第尼斯宫殿的一半土地,将其上的财富支付给建造卡丹城堡的修道士们。"

"你的土地?"

我摇头。"那里从不是我的土地,一直属于莫德雷德。当然,莫德雷德要我们离开林第尼斯。"

"为了自己住在宫殿里?"

"为了让桑森住在那里。莫德雷德搬去了乌瑟的冬宫。他喜欢那里。"

"那你们去了哪儿?"

"我们找到了一个家。"我说。那是厄弥德的老大厅,位于利萨湖以南。那个湖自然不是以我的伊撒命名的,而是得名于一位以前的首领。厄弥德是曾经住在湖南岸的另一位首领。他死后我买下他的土地,在桑森和莫甘接管林第尼斯后,我搬去那处。女孩们留恋林第尼斯的室外走廊和空旷房间，但我喜欢厄弥德的大厅。它很古老，茅草屋顶被树木遮盖，里面有很多蜘蛛，总让莫温娜尖叫，为了我的大女儿，我成为了德瓦·卡丹爵士——蜘蛛终结者。

"你会杀死库尔威奇吗？"伊格莲问我。

"当然不会！"

"我恨莫德雷德。"她说。

"您不是一个人，殿下。"

她凝视着火焰。"真的非得他做国王吗？"

"若取决于亚瑟，是的。如果让我来做决定？不，我会用海威贝恩杀了他，即使这意味着打破自己的誓言。他是个令人悲哀的男孩。"

"这一切都令人悲哀。"

"那些年发生了许多快乐的事，"我回答，"即使之后，有时也如此。以前我们挺幸福的。"我还记得女孩们回荡在林第尼斯的叫嚷声，急匆匆的脚步，她们对某个新游戏或是新发现的兴奋。夏汶总是那么快乐，她很擅长于此，她身边的人也会被这快乐感染并将之传递。我想，德莫尼亚也是快乐的。它繁荣兴盛，努力工作的人自然也变得富裕。基督徒们弥漫着不满的情绪，但即便如此，那也是光辉的时代，和平的时代，亚瑟的时代。

伊格莲浏览新羊皮纸，寻找某个特殊的段落。"关于圆桌骑士。"她开口道。

"拜托。"我说，举起一只手示意自己知道她对此不满。

"德瓦！"她一本正经地说，"所有人都知道那是一件严肃的事！重要的事！不列颠最出色的战士们，都向亚瑟宣誓，都是朋友。每个人都知道！"

"那是一张破损的桌子，那天结束后，损坏得更厉害，还被呕吐物给弄脏了。他们都喝得烂醉。"

她叹气。"我想你只是忘记了真相。"她过于轻易地就抛开了这个话题，这让我觉得那个把我的文字翻译成英文的文书戴维德，一定会根据伊格莲的喜好重新编写故事。我不久前就听过一个传言，说那张桌子是一张巨大的圆木桌，不列颠兄弟会的所有成员郑重地围坐其旁；然而从未有过这样的桌子，我们也没有砍下德莫尼亚一半的树木去建造它。

"不列颠兄弟会，"我耐心地说，"是亚瑟从未实现的一个构思。它不可能实现！对王室的效忠要高于圆桌誓言，再说了，也没人期望亚瑟和加拉哈特真的相信这事。到后来，相信我，就算是他，听到有人提起这件事都挺尴尬的。"

"我相信你所说是对的。"她说，意思是她全然肯定我是错的。"我想知道，"她继续道，"梅林发生了什么。"

"我会告诉您的，我保证。"

"现在！"她不依不饶，"现在就告诉我。他就这么虚弱下去了？"

"不，"我说，"他的时代最终还是来到了。妮慕是对的，你看。他只是在林第尼斯等待。他总是喜欢装腔作势，还记得吗，在那些年里，他假装是个老迈垂死的男人，但在那伪装之下，我们都看不见的地方，他的力量依然存在。他在等待，你看，等着圣锅再次出现的时刻。他知道到时候会需要他的力量，不过在那之前，他很乐意让妮慕守护着火焰。"

"所以发生了什么？"伊格莲兴奋地问。

我卷起修士服的袖子，露出我手腕的残肢。"如果上帝让我继续活着，我的殿下，我会告诉你的。"我不肯在那时就告诉她。我已快要流泪，想起了梅林的力量在不列颠最后的野蛮展示，但那个时刻还在故事很后面的地方，远在妮慕关于国王前来卡丹的预言成真之后很久。

"如果你不告诉我，"伊格莲说，"我就不告诉你我的消息。"

"您怀孕了，"我说，"我为您高兴。"

"你这个混蛋，德瓦，"她怒道，"我还打算给你个惊喜！"

"您一直为此祈祷，殿下，我也同样为您祈祷，上帝怎么能不回应我们的祈祷呢？"

她苦笑。"上帝让耐维丽得了梅毒，那就是上帝的作为。她长满溃疡，浑身疼痛，流着脓水，所以国王就派人把她送走了。"

"我很高兴。"

她摸着她的腹部。"我只希望他能活下来统治这个国家，德瓦。"

"他？"我问。

"他。"她坚定地说。

"那我也会为此祈祷。"我虔诚地说，虽然我也不知道到底是向桑森的上帝还是向不列颠的蛮神祈祷。我的一生中说过太多祈祷，太多太多，它们将我引至何处？这个山丘上的潮湿避难所，而我们的宿敌则在我们古老的大厅中唱着歌。然而，这结尾也要许久之后才会讲到，亚瑟的故事远没有结束。要用某种方式来开始这个故事很困难，因为现在他已卸下荣光，将他的权力交予莫德雷德，考验的时刻到来，它们将验证亚瑟的结局，我的誓言领主，我无情的领主，我至死的友人。

起初，无事发生。我们屏住呼吸，怀抱最坏的预期，但无事发生。

我们晒干草料，切割生亚麻，将草茎纤维浸泡在沤麻塘①中，我们的村子因此散发出好几周的臭气。我们收割田里的黑麦、大麦和小麦，聆听奴隶在打谷场和永不停歇的磨盘旁唱歌。收割下来的麦秆用来修理屋顶，金黄色的屋顶补丁一度在夏末的阳光下闪闪发亮。我们采摘完果园中的水果，劈好冬日的柴火，割下柳条以便编制篮子。我们吃黑莓和坚果，将蜜蜂熏出它们的蜂巢，装满一袋袋蜂蜜挂在厨房的壁炉前，在萨温节前夜为

---

① 沤麻是一种发酵手法，可使割下来的亚麻的木质组织软化并部分脱胶，发酵后以获取麻纤维。

亚瑟王

亡者留下食物。

撒克逊人留在洛依格境内，法庭公正，少女们成婚，孩子出生，孩子死去。衰败的季节带来迷雾和冰霜。我们宰杀牛，沤麻塘的气味让位给鞣坑的恶臭。新织的布匹塞入瓮中，其内填满木灰、雨水和我们收集了整年的尿液。冬天的税收已支付，冬至时分，我们密特拉教徒在年度盛宴上杀死一头公牛，以献给太阳；同一天，基督徒庆祝他们上帝的诞辰。在圣布里吉德节，冬季的盛宴中，我们在大厅中为两百人提供食物，确保有三把刀放在桌上供隐形的诸神使用，并为来年的丰收献上祭品。新出生的羊羔是新一年的第一个征兆，随后便是耕种的季节，光秃老树冒出绿色新芽。那便是莫德雷德统治下的第一个新年。

他的统治带来一些变化。莫德雷德要求得到他祖父的冬宫，这无人意外，但让我惊讶的是，桑森要求获得林第尼斯的宫殿。他在顾问会议上直接提出，他的学校和莫甘的圣女团体需要那座宫殿的宽敞空间，他也希望能距离卡丹山顶正在建造的教堂更近一些。莫德雷德批准了，于是夏汶和我便仓促搬离，厄弥德的大厅空置，我们就搬去了那迷雾缭绕的湖边建筑。亚瑟出言反对让桑森住进林第尼斯，正如他反对桑森要求王室宝库承担宫殿的修复费用。桑森宣称，太多野孩子对宫殿造成了破坏，然而莫德雷德驳回了亚瑟。那些是莫德雷德仅有的决定，大多情况下他都满意于让亚瑟处理王国事务。亚瑟已不再是莫德雷德的保护者，他现在是资深的御前顾问，国王很少来参加会议，更喜欢去打猎。猎物不总是鹿或狼，亚瑟和我已习惯了带着金子前去某个农民的小屋，为他女儿的贞操或他妻子的名誉支付赔偿。这不是个令人愉快的活计，只有在极少数幸运的王国中才不需要如此。

我们最小的女儿戴安在那个夏天生病了，高烧不退，或者说高烧反反复复，病情凶猛，有三次我们都觉得她必死无疑，但梅林调制的药物每次都救活了她，然而那老人似乎也没办法让那痛苦彻底消失。戴安是我们三个女儿中最活泼的。长女莫温娜是个懂事的孩子,喜欢照顾她的妹妹们,喜欢家务,甚至对厨房活计、沤麻和鞣制布匹也很感兴趣。塞伦,我们的星星,我们的小美人,继承了她母亲所有的精致外貌,但更有自己伤感迷人的特质。她花无数时间向诗人们学习歌曲和竖琴,但戴安,夏汶总是说,是我的女儿。戴安无所畏惧。她能用弓箭,喜爱骑马,才六岁就能像湖上任一名渔夫般熟练地驾驶小舟。她就是在六岁时发的高烧,如果不是那场高烧,我们本已同去波伊斯,那是在莫德雷德加冕一周年的一个月前,国王突然命令亚瑟和我前去昆格拉斯的国度。

那一次,莫德雷德罕见地出席御前顾问会议,并下达这个命令。这命令的突然让我们非常惊讶,他提出的这趟差事也并不迫切,但国王很坚决。当然其有不可告人的动机,只不过当时亚瑟和我都没有察觉,顾问团的其他成员也同样被蒙在鼓里,除了提出这个主意的桑森,我们花了很长时间才揭露耗子神这建议的真正动机。当时也没有任何明显的迹象让我们去怀疑国王的要求,那看似有充足的理由,但无论是亚瑟还是我都不明白为何要将我们两人都派去波伊斯。

这件事源于一个很早以前的故事。莫德雷德的母亲诺维娜被瑟卢瑞亚国王甘德利亚斯谋害,虽然甘德利亚斯已接受制裁,但背叛诺维娜的男人还活着。他的名字是莱加塞特,在国王还是一名婴儿时,曾是莫德雷德的护卫首领。然而莱加塞特收受甘德利亚斯的贿赂,打开梅林托尔山的山门,让瑟卢瑞亚国王能进行他计划的谋杀。莫甘将莫德雷德救下,但他的母亲死去。莱加塞特的背叛导致诺维娜的死亡,但他在其后的战争中幸存,在勒格溪谷的战役后也活了下来。

莫德雷德自然听过这个故事,他对莱加塞特命运的关注也很正常,然而桑森主教煽风点火将这样的关注变为了执念。桑森不知怎么发现莱加塞特托身于北瑟卢瑞亚偏远山区的一群基督教修士中,那里现已属昆格拉斯的领地。"出卖一名基督教同伴让我很痛苦,"耗子神伪善地在会议上宣

亚瑟王

称,"但一名基督徒竟然犯下如此卑劣的叛国行径,更让我痛苦。莱加塞特还活着,国王陛下。"他对莫德雷德说,"他应该被抓来您的面前接受制裁。"

亚瑟建议向昆格拉斯提出逮捕这名逃犯,将他送回德莫尼亚,但桑森对此摇头,表示要另一位国王参与到深切关乎莫德雷德荣誉的一场复仇中来是非常失礼的行为。"这是德莫尼亚的事,"桑森坚持道,"应该由德莫尼亚人来完成,国王陛下。"

莫德雷德点头同意,坚持要亚瑟和我去抓捕这名叛徒。莫德雷德在会议上的强硬让亚瑟如同以往一般惊讶,他提出异议。他想知道,为何要两名领主前去执行十几个士兵就能安全执行的任务?莫德雷德对此露出得意洋洋的笑容。"您觉得,亚瑟殿下,如果您和德瓦不在,德莫尼亚就会分崩离析吗?"

"不,国王陛下,"亚瑟说,"但莱加塞特一定已是个老人,不需要两支军队去抓捕他。"

国王以拳击桌。"在我母亲被谋杀之后,"他指责亚瑟,"您让莱加塞特逃跑了。在勒格溪谷,亚瑟殿下,您再一次放跑了莱加塞特。您欠我莱加塞特的命。"

听见如此指控,亚瑟僵立片刻,随后点头接下这个责任。"但德瓦,"他指出,"并没有责任。"

莫德雷德瞟了我一眼。因为童年遭受的那些责罚,他依旧不喜欢我,但我希望在加冕典礼上他打我的那一拳,以及将我们逐出林第尼斯的胜利,已缓解了他对复仇的渴望。"德瓦阁下,"他一向用嘲讽的口气说这个敬称,"认识那个叛徒。还有谁能认出他呢?我坚持你们两个人都去。你们也不需要带去两整队士兵。"他重提亚瑟之前的拒绝。"带一部分人就够了。"给予亚瑟这样的用兵建议一定让他很尴尬,他的尾音渐轻,眼神也飘忽地投向了其他顾问,片刻之后才回复一些他仅有的自信。"在萨温节前把莱加塞特带来这里，"他坚持道，"我要活的。"

既然国王坚持，那臣下便服从，所以亚瑟和我每人率领三十名士兵骑马北上。我们都不觉得需要这么多人，但这是个机会，可以让新兵们锻炼一下长距离行军。我剩下的三十名枪兵留着保护夏汶，亚瑟其余的手下或是留在杜诺维瑞阿，或是去增援依旧驻守北境对撒克逊人前线的塞格拉莫。撒克逊军队惯常在那里活动，并不是企图侵略我们，只是想要偷抢些牛羊奴隶，他们在和平岁月中经常这么干。我们也会进行类似的劫掠，但双方都很小心，不让这些骚扰变成全面战争。我们在伦敦达成的权宜和平保持得竟然还不错，阿尔和策尔迪克之间却鲜有太平。两边人马持续不断地交战，他们的纷争在很大程度上保证了我们不受侵犯。我们真的已经习惯了和平。

我的人步行北上，亚瑟的骑士们牵着马走在一条平整的罗马大道上，那条路首先带我们来到莫里格的格温特王国。国王勉强设宴招待我们，出席的牧师比我们的人还多，之后我们绕了点路前往瓦伊河谷拜访老图锥克，他住在一间简陋的茅草屋中，他存放基督教文献的建筑比他的屋子还要大一倍。他的妻子伊妮德王后，抱怨着命运，抱怨命运将她从格温特的宫殿带来了这个满是耗子的树林，但老国王很幸福。他遵守基督教教义，乐呵呵地无视伊妮德的责骂。他用豆子、面包和清水招待我们，欣喜于基督教在德莫尼亚的传播。我们问他，基督在四年后归来的那个预言是怎么回事，图锥克说他祈祷那是真的，但怀疑基督更可能等一千年之后再携荣光归来。"但谁知道呢？"他问，"有可能他再过四年后就会到来。真是个美好至极的想法！"

"我只希望您的基督徒同伴们能满意于在和平中等待。"亚瑟说。

"他们有责任要为他的到来准备好这片土地。"图锥克严肃地说，"他们必须让人们皈依，亚瑟殿下，清除这片土地上的罪恶。"

"如果他们不谨慎处事，会在他们与我们其他人之间引发战争。"亚瑟抱怨道。他告诉图锥克,基督徒试图摧毁或亵渎异教的神庙,这在德莫尼亚的每个镇子上都造成了骚乱。我们在伊斯卡看见的只是那些麻烦的开始,这样的动乱扩散得很快,激增的麻烦其中一个征兆便是鱼的标志——简单随意的两条曲线,基督徒们将这个标志画在异教徒的墙壁上或刻在德鲁伊圣林的树上。库尔威奇是对的:鱼是一个基督教的象征。

"因为鱼在希腊语中是 ichthus,"图锥克告诉我们,"而希腊语中耶稣名字的拼写是 Iesous Christos, Theous Uios, Soter——耶稣基督,上帝之子,救世主①。非常精巧,精巧极了。"他得意地解释,咯咯笑了起来,很容易就能看出莫里格是从哪儿继承了他那种烦人的学究气。"当然,"图锥克继续道,"如果我还是位统治者,那我一定会忧心这样的骚乱,但作为一个基督徒我乐于见到它。圣父告诉我们,将会有许多征兆预示着审判日的到来,亚瑟殿下,文明失序只是其中之一。也许末日将至。"

亚瑟切下一片面包放入自己的盘中。"您真的乐见这些动乱?"他问,"您赞同攻击异教徒?烧毁和损坏神庙?"

图锥克盯着敞开的门外,绿色树木紧密地长在他这个小修道院的四周。"我想,其他人一定很难理解,"他说,回避直接回答亚瑟的问题,"亚瑟殿下,你们一定视这些骚乱为刺激兴奋的表现,而非我主荣光的显现。"他画了一个十字,微笑看着我们。"我们的信仰,"他真诚地说,"是爱的信仰。神子牺牲自己救赎我们的罪孽,不论是言行还是思想,我们都要效仿他。他鼓励我们爱我们的敌人,善待恨我们之人,但这些是很严格的戒条,对大多数普通人来说都太难做到。您必须知道,我们最热切祈祷的便是吾主耶稣基督的归来。"他再次画了一个十字。"人们祈祷,盼望着他的二次降临,他们担心如果这个世界依旧被异教徒统治,那他也许就不会来了,所以他们不得不摧毁异教。"

---

① 每个词的首字母拼起来正好是"鱼"的希腊文。

"摧毁异教，"亚瑟辛辣反驳，"看来似乎不像是一个传播爱的宗教会干的事。"

"摧毁异教是满怀爱意的一个行为。"图锥克坚持道，"如果你们这些异教徒不接受基督，那你们就一定会坠入地狱。不论您活着多正直，您还是会永世遭受烈火的焚烧。我们基督徒有责任将您从这样的命运中救赎，那难道不是满怀爱意的行为吗？"

"如果我不想被救赎的话，就不是。"亚瑟说。

"那您就必须忍受爱您之人的敌意，"图锥克说，"或者至少您必须忍到这样的热潮退去。会退去的。这些狂热从不会持续太长，如果吾主耶稣基督没有在四年后归来，那这样的兴奋肯定会衰减，直到千禧年到来。"他盯着茂密的树木，用惊喜的声音说："如果我能活着看见我的救世主出现在不列颠，那将是一件多么荣光的事啊。"他转头看向亚瑟。"但我担心，他归来的征兆将受到干扰，撒克逊人极有可能是个妨碍。这些日子里他们还添乱吗？"

"不，"亚瑟说，"但他们的人数每年都在增长。我担忧他们不会老实很久了。"

"我会祈祷基督在他们作乱前就归来。"图锥克说，"我不能忍受撒克逊人再次夺去我们的土地。当然现在这已不关我的事了。"他匆忙补充道。"我将这些事情都交给莫里格了。"附近的礼拜堂传来一声号角，他站起身来。"祈祷时间到了！"他愉快地说，"也许你们会加入我？"

我们告退，翌日早晨翻越山丘离开老国王的修道院，进入波伊斯。两晚之后，我们身处司乌思城堡，在昆格拉斯繁荣兴盛的新王国中与之重聚。那晚，我们都喝了过多的蜜酒，第二日早上，我和昆格拉斯骑马同去伊萨夫山谷时，我头痛欲裂。我发现，国王将我们的小屋保存得很完好。"不知道什么时候你会再需要它，德瓦。"他对我说。

"也许很快。"我闷闷不乐地承认。

"很快？但愿如此。"

我耸耸肩。"我们在德莫尼亚并不受欢迎。莫德雷德厌恶我。"

"那就向他要求，把你从誓言中解放出来。"

"我问过，"我说，"他拒绝了。"我在加冕仪式后问过他，两拳的羞辱那时依旧萦绕在我的心头，六个月后我又向他提过，他依然拒绝了我。我想，他明白对我最好的惩罚方式便是强迫我效忠他。

"他需要你的士兵？"昆格拉斯坐在小屋门口苹果树下的长椅上问。

"只想要我卑躬屈膝的忠诚。"我愤怒地说，"他似乎并不打算打什么仗。"

"那他还不是个完全的蠢货。"昆格拉斯冷冷地说。随后，我们聊了夏汶和女孩们，昆格拉斯提出派他的新首席德鲁伊马莱因去治疗戴安。"马莱因很擅长草药，"他说，"比老路万斯更厉害。他去世了，你知道吗？"

"听说了。国王陛下，如果您能派马莱因去，那就太好了。"

"让他明天就出发。我可不能由着我的外甥女生病。你的妮慕没帮忙吗？"

"跟梅林一样，她能帮的有限。"我摸着嵌入苹果树树皮的一把旧镰刀的刀尖。触摸铁器可以赶走威胁着戴安的恶灵。"旧神，"我苦涩地说，"已经抛弃了德莫尼亚。"

昆格拉斯笑了。"德瓦，永远不要低估诸神。他们会再次统治德莫尼亚的。"他停顿片刻，"基督徒自称为羊，对吗？呵，等狼来了，看他们怎么咩咩叫。"

"什么狼？"

"撒克逊人，"他不悦地说，"他们答应我们十年的和平，但他们的船依旧不断在东海岸靠岸，我能感觉到他们力量的增长。如果他们再次同我们开战，那你们那些基督徒会很欢迎异教徒长剑的。"他站起身，一手搭上我的肩膀。"撒克逊人是还没有解决的麻烦，德瓦，没有解决。"

当晚，他设宴招待我们，第二天，带着昆格拉斯派给我们的一名向导，我们南下进入位于曾经的瑟卢瑞亚国界线处的荒凉丘陵地带。

我们的目的地是一处偏远的基督徒社区。基督徒在波伊斯依旧很少，因为昆格拉斯只要发现桑森的传教士出现在他的国土上，就会无情地将其驱逐，但一些基督徒仍住在王国中，曾经的瑟卢瑞亚国土上就有不少。在不列颠的基督徒中，这一个特别的团体以圣洁而闻名，其展现形式便是这些人以极端的贫穷生活在一个荒蛮之处。莱加塞特在这些基督教狂热分子中寻得庇护，照图锥克的话，这些人禁欲苦修，换句话说，他们彼此竞争，看谁过得最凄惨。一些人住在洞穴中，一些人根本没有住处，有些人只吃绿色的东西，有些人不穿衣服，另一些人穿着灌木编成的衣服，一些人戴着荆棘头冠，另一些人则日复一日地把自己鞭打得血肉模糊，正如我们在伊斯卡所见的那些自笞者。在我看来，对莱加塞特最好的惩罚便是让他留在这样的一个社区中，但我们奉命要将他带回国，这意味着我们可能要应付社区的首领，一个名叫卡多克的凶猛主教，他以好斗而闻名。

这样的名声让我们在接近山丘上卡多克破烂的要塞时，穿戴上了我们的盔甲。我们没有穿最好的盔甲，至少我们中有选择余地的人没有，那样的华丽精致会被浪费在半疯的狂热圣徒身上，但我们都佩戴上了头盔，穿上锁甲或皮甲，手握盾牌。我们的主意是，别的不说，至少战斗装备能吓唬到卡多克的信徒，我们的向导向我们保证，他们的人数不会超过二十人。"而且他们所有人都疯了，"我们的向导告诉我们，"有一个人一动不动地站了一整年！一块肌肉都没有动过，他们说。就像根竹竿那样站着，他们把食物塞入他的一头，屎从另一头出来。居然要人这么做，真是奇怪的神。"

朝圣者踩出了一条通往卡多克容身之处的土路，沿着荒凉的山丘侧面盘旋而上，那里我们看见的活物只有绵羊和山羊。我们没看见牧羊人，但他们无疑看见了我们。"如果莱加塞特还有脑子，"亚瑟说，"他早就跑了。

亚瑟王

他们一定已经发现我们了。"

"那我们怎么回复莫德雷德?"

"自然是说实话。"亚瑟无精打采地说。他穿戴着普通枪兵的头盔和皮胸甲,但即使是如此朴素的盔甲,穿在他身上仍显得整洁精神。他从不像兰斯洛特那么华丽卖弄,但他的骄傲体现在时时刻刻的整洁上,这场向贫瘠山地的进军显然让重视干净和得体的他感到不适。天气也没有帮忙,虽是夏日,却阴沉寒冷,西风夹杂雨水狠狠抽打在我们身上。

亚瑟的情绪也许低落,但我们的枪兵却兴高采烈。他们开着玩笑,说我们要去攻打伟大的卡多克国王,夸张地吹嘘着在这场攻击中我们能获得的黄金、战士指环和奴隶,这些不切实际的笑话让他们哈哈大笑,直到我们终于翻上山丘最后一道山脊,可以俯瞰莱加塞特躲藏的那个山谷。这里的确是一个肮脏恶劣的地方。那是一片烂泥地,其上十数个圆形小石屋围绕着一座方形石建小教堂。那里有一些破败的蔬菜园、一个黑色的小湖、几处养羊的石畜栏,没有防御用的栅栏。

山谷仅有的防御物,是一个巨大的石十字架,其上雕刻着复杂的花纹和基督教上帝荣光加冕的画面。这十字架是一件精美非常的石雕,标志着卡多克领地的边界,十字架旁,十数柄投枪的距离外,便是那没有任何遮挡的小聚居地,亚瑟让我们的队伍停下。"我们别擅自越界,"他温和地告诉我们,"先找个机会和他们谈谈。"他将枪柄抵在他坐骑前掌旁的地面上,等待着。

建筑附近有十几个人,一看见我们便逃入教堂,片刻之后,一个壮汉出现,沿路冲我们大步走来。他体型魁梧,像梅林那么高,且有着宽厚的胸膛和巨大有力的双手。他也很脏,脸上满是污垢,棕色的斗篷上是层层的烂泥和脏污,灰色的头发与他的斗篷一般肮脏,看起来从未剪过。他的胡子肆意生长,一直长到腰下,剃掉的头顶后方,头发乱七八糟,油腻打结,仿佛刚剪下的灰色大团羊毛。他的皮肤晒得很黑,宽嘴,凸额头,一双愤怒的眼睛。那是一张让人印象深刻的脸。他右手持杖,左胯挂着一柄无鞘生锈的大剑。他看起来曾经是位厉害的士兵,我丝毫不怀疑他现在也能对付一两记重拳。"这里不欢迎你们!"他走近时冲我们喊道,"除非你们是要将你们卑微的灵魂献给主。"

"我们的灵魂已献于我们的诸神。"亚瑟用轻松的语气回答。

"异教徒!"巨汉冲我们啐了一口,我猜他一定就是著名的卡多克,"这里是耶稣的孩子们与上帝的羔羊玩耍之处,你们竟然带武器前来?"

"我们为和平而来。"亚瑟说。

主教冲亚瑟的马吐出一口黄色浓痰。"你是撒旦之子、乌瑟之子亚瑟,"他说,"你的灵魂肮脏不堪。"

"而您,我想,就是卡多克主教吧。"亚瑟礼貌回答。

主教站在十字架旁,在路上用手杖的尾端画了一条线。"只有虔诚信徒和忏悔者才能跨过这条线,"他宣布道,"这里是上帝的神圣土地。"

亚瑟盯着前方的污秽烂泥地看了几秒,冲面带挑衅的卡多克郑重地微笑。"我不想要进入您上帝的土地,主教,"他说,"但我请求您,和平地请求您,将一个叫莱加塞特的男人交给我们。"

"莱加塞特!"卡多克用极大的嗓门冲我们喊,就仿佛他是在向千人讲话,"是受主庇佑的孩子。他于此处避难,不论是你还是其他所谓的领主都不能进犯避难所。"

亚瑟微笑。"统治此处的是一位国王,主教,不是您的上帝。只有昆格拉斯能够提供庇护,而他并没有。"

"亚瑟,我的国王,"卡多克骄傲地说,"是王中之王,他命令我拒绝你进入。"

"您要阻挡我?"亚瑟的声音中带着一种礼貌的惊讶。

"至死方休!"卡多克大叫。

亚瑟悲伤地摇头。"我不是基督徒,主教,"他平静地说,"但在贵教

亚瑟王

的布道中,你们的彼世不是个美好的地方吗?"卡多克没有回答,亚瑟耸耸肩。"那样的话,我就是在帮您,帮您尽快前往那处目的地,是吗?"他问道,随后拔出埃克斯卡利伯。

主教用手杖加深了他画在泥地上的线。"我禁止你越过这条线!"他吼道,"以圣父、圣子、圣灵的名义禁止你!"他举起手杖,指向亚瑟。他保持这个姿势几秒,随后挥动手杖尖指过我们其余诸人,我承认那一刻我感受到一阵寒意。卡多克不是梅林,他的上帝,我心想,不具有梅林的诸神那般的力量,但当那手杖指向我时,我还是颤抖了,恐惧让我摸上我的铁甲并向路上啐了一口。"我现在要去祈祷了,亚瑟,"卡多克说,"如果你想活命,转身离开这里;如果你越过这个圣十字架,我向你保证,以吾主耶稣基督甜美的鲜血发誓,你的灵魂将会在烈火中焚烧。你会见识到不灭的火焰。你会遭受永生永世的诅咒。"说完这些严厉的诅咒,他又啐了一口,便转身离开。

亚瑟用披风的边沿擦去埃克斯卡利伯上的雨水,把剑回鞘。"看来我们不受欢迎。"他的语气中带着些好笑,转身示意巴林,后者是仍健在的最年长骑士,"率领骑兵,"亚瑟命令他,"去村子后面。确保没人逃跑。等你就位,我就会带着德瓦和他的人搜查屋子。听好了!"他提高音量让六十个人都能听见,"这些家伙会抵抗。他们会辱骂攻击我们,但我们与他们任何人都没有仇,除了莱加塞特。你们不要偷盗他们的财物,若非必要也不要伤害他们。你们要记住,你们是士兵,而他们不是。你们要以礼相待,保持安静,不要回骂他们。"他严厉地说,随后确保我们所有人都明白了他的话,冲巴林一笑,示意他向前。

三十名全副武装的骑兵骑马向前,冲下小路,沿山谷的边缘飞驰,向村庄后的斜坡而去。卡多克仍在走向他的教堂,瞥了他们一眼,但没有表现出警惕的样子。

"我在想,"亚瑟说,"他怎么知道我是谁?"

"您很有名，殿下。"我说。我依旧称呼他为殿下，视他为我的领主，也会永远如此。

"我的名字也许有名，但我的脸不是。在这里不是。"他耸肩，抛开了这个不解之谜，"莱加塞特一直是个基督徒吗？"

"我认识他时就是了，但从不是个虔诚的好教徒。"

他笑了。"等你老了，品行端正的生活就变得容易多了。至少我是这么觉得的。"他注视着他的骑兵飞驰过村子，马蹄在潮湿的草地上溅起大量水花，他举起长枪，回头看向我的人。"现在记住了！不要偷盗！"我心想，这种破地方哪里有什么东西可偷，但亚瑟知道所有士兵通常都会拿些纪念品。"我不想惹麻烦。"亚瑟对他们说，"我们只找人，然后就离开。"他摸了摸勒姆芮的肋腹，黑色的母马温驯向前行去。我们这些步兵跟随其后，我们的靴子毁去了精巧十字架旁泥地里卡多克画下的线。没有来自天堂的烈火。

主教现在已走近他的教堂，他停在门口，转身，看见我们靠近，随后低头走了进去。"他们知道我们来了，"亚瑟对我说，"我们在这里找不到莱加塞特。我担心这是在浪费时间，德瓦。"一头跛脚绵羊自路上蹒跚行来，亚瑟控马让开道路。我看见他颤抖着，这个几乎能和妮慕的托尔相媲美的肮脏聚居地让他非常不适。

我们距离教堂大约一百步时，卡多克再次出现在其门口。现在我们的骑兵已守住了村庄后方，但卡多克并没有去看他们的位置。他只是将一只巨大的公羊角举到唇边吹响，响声在荒芜的山谷中空洞地回响。他再次吹响号角，停顿深吸一口气，然后又吹了一声。

突然之间，我们遭遇了一场战斗。

他们确实很了解我们的动向，已经准备就绪。波伊斯和瑟卢瑞亚的每一名基督徒一定都被召唤到了卡多克的防守阵营中，那些人现在都出现在包围山谷的山顶上，还有一些人跑去封锁了我们的退路。一些人携带长

亚瑟王

枪，一些人手持盾牌，还有一些人只拿着镰刀和草叉，但他们看上去相当自信。我知道，其中很多人都曾经在军队中作为战士服役，但真正给予这些基督徒信心的，除了他们对上帝的信仰之外，是他们的人数，起码有两百名。"蠢货！"亚瑟愤怒地说。他痛恨不必要的暴力，明白杀戮已不可避免。他也知道，我们会胜利，只有狂热的信徒才会相信他们的上帝会帮他们作战，才会相信他们能打败六十名德莫尼亚最好的战士。"蠢货！"他再次骂道，扫了一眼村子，正有更多手持武器的人从小屋中出来。"你待在这里，德瓦。"他说，"只需挡住他们，我们会赢的。"他一踢马刺，独身朝村庄边缘他的骑兵们飞驰而去。

"盾圈。"我小声说。我们只有三十人，组成的两层盾圈非常小，在那些咆哮着的基督徒看来，定是一个能轻易击垮的目标，他们冲下山丘，涌出屋子，想要消灭我们。盾圈不是士兵们常用的防御形式，因为刺出盾圈的长枪枪尖分散得很开，圈子越小，这些枪尖之间的空当就越大，但我的人训练有素。士兵前排跪下，盾牌相碰，长枪的枪柄抵住身后的地面，我们后排的人将盾覆在前排人的盾上支撑他们。我们的攻击者将要面对的是由皮革覆盖木盾所组成的双层盾墙。我们每个人都站在跪着的一人后，在前排头顶上方水平刺出自己的长枪。我们的工作是保护前排，而他们的工作则是牢牢守住。这会是一件困难血腥的差事，但只要跪着的人能高举他们的盾，握紧他们的长枪，只要我们能保护好他们，盾圈就很安全。我提醒跪着的人牢记以前的训练，告诉他们，要一动不动仿佛路障，让我们其余人来干杀人的活儿。"贝尔与我们同在。"我说。

"还有亚瑟。"伊撒热情地补充。

亚瑟才是今天真正要杀敌的人。我们是诱饵，他是处刑者，卡多克的人如同饥饿的鲑鱼扑食一般咬上了饵。卡多克自己率人从村子中攻出，手持他生锈的长剑，还有一面绘着黑色十字架的大圆盾，十字架的图案之后可以勉强看见模糊的瑟卢瑞亚狐狸轮廓，这透露出他曾经是甘德利亚斯麾下的一名士兵。

那群基督徒并不是以盾墙的队列冲过来的。若是那样，说不定他们还有胜机，但他们就像当年面对罗马人大败而归的我们一样，以一种古老的方式进行攻击：罗马人刚来不列颠时，部落会一股脑儿地冲上去，冲动、咆哮、醉醺醺。这样的冲锋看起来吓人，但对于训练有素的人来说一击即溃，而我的枪兵正是训练有素的人。

他们无疑感受到了恐惧，我也是，咆哮着扑面而来的冲锋看上去很可怕。对付没有经过训练的人，这能奏效正是因为它激发的恐惧，这是我第一次见到古老不列颠的战斗方式。卡多克的基督徒疯狂地朝我们涌来，争先恐后地要成为我们长枪上的第一具尸体。他们尖叫着诅咒，似乎每个人都想成为一名殉道者或一名英雄。他们野蛮的冲锋队伍中甚至有女人，挥舞着木棍和镰刀。咆哮着的乌合之众中甚至还有孩童。

"贝尔！"我大喊，与此同时第一个人试图跃过跪着的前排，他死在我的长枪下。我刺穿了他，如同插在杆上准备烧烤的野兔，然后连同长枪一起扔出盾圈，让他的尸体成为了他同伴们的一个障碍。海威贝恩杀死了接下去的攻击者，我听见我的枪兵们大号着他们可怕的战号，劈刺切砍。我们都很厉害，很迅捷，训练有素。长时间的枯燥训练体现在这个盾圈中，虽然我们大部分人都多年没上过战场，但我们以往的战斗本能依旧犀利，那天正是本能和经验让我们活了下来。敌人是尖叫散乱的狂热教徒，挤在我们的盾圈周围，冲我们刺出长枪，但我们外层的盾圈如磐石般稳固，进攻方的死伤者在我们的盾前迅速地堆积起来，阻碍了其他的攻击者。在头一两分钟，我们盾圈旁的地面还没有障碍物时，最勇猛的敌人还能靠近我们，那时我们还挺手忙脚乱的，但一旦死伤者堆积的圆圈将我们护在其中，只有最勇敢的攻击者试图靠近我们，而我们内圈的十五个人已能够选择目标，用对方来练习枪法和剑术了。我们迅速战斗，鼓励彼此，残忍屠杀。

亚瑟王

卡多克自己很早便加入战斗。他凶猛地挥舞生锈巨剑，剑在空气中发出呼啸之声。他很明白如何作战，试图击倒一名跪着的人，他知道一旦外圈被击破，我们其余人很快就死路一条。我以海威贝恩挡开那一记重击，快速朝他回砍，只徒劳地擦过他肮脏浓密的头发，随后强悍的小个子爱尔兰战士伊切林——尽管有莫德雷德的威胁他依旧在我麾下效力——用枪柄朝主教的脸上重击。伊切林的枪尖已经不见，被某把剑砍去，他用枪柄的铁头狠狠地砸上卡多克的前额。主教一瞬间看上去像是斗鸡眼，嘴巴张开露出烂牙，随后便倒在泥中。

最后一个试图在盾圈上打开缺口的是一个头发散乱的女人，她翻过死尸堆，冲我尖声咒骂，同时想要从前排跪着的人身上跳进来。我抓住她的头发，任她的镰刀在我的锁甲上砍钝，随后将她拖入盾圈，伊撒狠狠踩在她的脑袋上。就在此刻，亚瑟出击了。

三十名骑兵手持长枪劈入基督教的这些乌合之众。我估计我们大约抵抗了整整三分钟，但一旦亚瑟加入，战斗眨眼间就结束了。他的骑兵携长枪飞驰而至，随着长枪的猛刺，我的眼前出现了一片可怕的飞溅血雾，之后我们的攻击者便慌乱逃窜，亚瑟丢弃长枪，手持闪耀的埃克斯卡利伯，冲他的人高喊，叫他们停止杀戮。"只要把他们赶跑！"他叫道，"把他们赶跑！"他的骑兵分散成小队，驱散着惊恐的幸存者，将他们沿路赶回守护十字架处。

我的人放下心来。伊撒还坐在那披头散发的女人身上，伊切林寻找着他丢失的枪头。盾圈中有两个人受了重伤，一个内圈的人下巴被打破流血，但除此以外都没有损伤，我们周围是二十三具尸体和只多不少的重伤者。卡多克因伊切林那一击而虚弱踉跄，但还活着，我们绑起他的手足，尽管亚瑟让我们尊重敌人，我们还是割下了他的头发和胡子以羞辱他。他啐着口水，咒骂着我们，我们便用割下的他那油腻的胡子塞住了他的嘴，押着他走回村子。

我在那里发现了莱加塞特。他居然没有逃跑,只是等候在教堂的小祭台旁。他如今已是个老人,消瘦白发,逆来顺受地投降,即使我们割下他的胡子,编成了一条粗糙的绳子圈在他的脖子上,以示他是个罪孽的叛徒。在这么多年后再见到我,他看起来甚至挺高兴的。"我告诉他们,他们不可能打败你,"他说,"不可能打败德瓦·卡丹。"

"他们知道我们要来?"我问他。

"我们一周前就知道了。"他平静地伸出双手,让伊撒可以用绳子把他的手腕绑起来。"我们甚至希望你们来。我们本以为这是个机会,为不列颠除掉亚瑟。"

"你们为什么想这么做?"我问他。

"因为亚瑟是基督徒的敌人,这就是原因。"莱加塞特说。

"他不是。"我不屑地说。

"你懂什么,德瓦?"莱加塞特问我,"为了耶稣的归来,我们要让不列颠准备好,要将异教徒清除出这片土地!"他用挑衅的口气大声宣布,随后耸肩苦笑。"但我告诉他们,不可能杀死亚瑟和德瓦。我告诉卡多克你太厉害了。"他站起身,跟随伊撒走出教堂,但在门口转身看向我。"我现在是不是要死了?"他问。

"回德莫尼亚再死。"我说。

他耸耸肩。"我将要面对上帝,"他说,"那有什么可怕的?"

我跟着他走出教堂。亚瑟已经拿掉主教嘴里塞的东西,卡多克现在正在用下流的语言不停咒骂我们。我用海威贝恩挑起主教新被剃光的下巴。"他知道我们要来,"我告诉亚瑟,"他们计划在这里杀掉我们。"

"他失败了。"亚瑟说,偏头躲开主教一口唾沫。"把剑收起来。"他命令我。

"你不杀他?"我问。

"他的惩罚就是住在这里,"亚瑟做出判决,"而不是天堂。"

亚瑟王

我们押着莱加塞特离开，没人真正反应过来莱加塞特在教堂中透露的事情究竟意味着什么。他说他们一周前就知道我们要来，但一周前我们还在德莫尼亚，不在波伊斯，那就是说德莫尼亚的某人送信示警了我们的到来。然而，我们从未将德莫尼亚的任何人与那场发生在肮脏山丘泥地里的屠杀联系起来。我们将这场屠杀归因于基督教狂热，而非背叛，但那场伏击是有预谋的。

当然，到如今，基督徒们会讲述一个完全不同的故事。他们说，亚瑟突袭了卡多克的庇护所，强暴女人，杀死男人，抢走了卡多克所有的财物，但我没有看见有人被强奸，我们也仅仅杀死了那些想要杀我们的人，根本就没有可抢的财物，就算是有，亚瑟也不会碰分毫。之后有一天，不久后的一天，我的确见到亚瑟肆意杀人，但那些被杀死的都是异教徒；然而基督徒们还是坚持他是他们的敌人，卡多克被击败的事让这些人更仇视亚瑟。卡多克被视为活圣人，差不多从那时起，基督徒开始将亚瑟称为"逆神者"。这饱含怒意的称号在他余下的生命中一直伴随着他。

当然，他的罪过并不是在卡多克的山谷中打破了一些基督徒的脑袋，而是他统治德莫尼亚期间对异教的包容。那些更极端的基督徒们从未想过，亚瑟自己是一个异教徒却包容了基督教，他们只是谴责他，因为他有能力消除异教却没有这么做，这罪便使他成为了上帝之敌。他们当然还记得，亚瑟废除了乌瑟对教堂缴纳强制公债的豁免权。

不是所有基督徒都恨他。在卡多克的山谷，同我们肩并肩作战的起码有十几个枪兵是基督徒。加拉哈特爱他，还有其他很多人，像是埃姆里斯主教，都是他默默的支持者，但教会在那些骚乱的日子里，在耶稣统治大地的头五百年的末尾，不听从这些平静正直的人，而是听从那些狂热分子，他们宣称如果要耶稣回归就必须清除这个世界上的所有异教徒。我如今自然明白，吾主耶稣基督是世上唯一的真正信仰，在其荣光之下，没有其他信仰存在，但直至今日，我依旧不理解，为何亚瑟这个最公正守法的统治者,会被称为逆神者。

随便吧。我们让卡多克头痛了一番,用莱加塞特胡子做成的绳子套着他的脖子,就此离去。

在卡多克山谷的石十字架旁,亚瑟和我分别。他会带莱加塞特北上,随后朝东行,找到回德莫尼亚的大道,而我决定深入瑟卢瑞亚去寻找我的母亲。我带着伊撒和另四名枪兵,让其余人都与亚瑟一同回家。

我们六人绕过卡多克的山谷,一群悲伤、瘀青、流血的基督徒正聚集此处为他们的死者祈祷,我们随后穿过光秃的高耸丘陵,深入直通向塞文海的陡峭绿色山谷。我不知道艾尔塞住在何处,但我估计她应该不难找,因为我在勒格溪谷杀死的德鲁伊坦纳波斯,曾经在她身上施过一个可怕的咒语,一个被德鲁伊如此花大力气下恶咒的撒克逊女奴,一定有许多人知道。事实也正是如此。

我发现她住在海边一个很小的村子里,村里的女人晒盐,男人捕鱼。看见我们陌生的盾牌,村民们纷纷躲避,我闪进一间破屋,屋里的一个孩子惊恐地向我指明了那个撒克逊女人的房子。那是位于海滩上方峭壁顶上的一间农舍。那其实也算不上是农舍,只是用浮木搭成的粗糙小屋,海草和稻草铺就了它破烂的屋顶。屋外的小空地上燃着一堆火,其上熏着十几条鱼,煤块燃烧产生的呛人烟雾飘散至悬崖下方,熏烤着盐田。我将长枪和盾留在峭壁下,攀上陡峭的小道。蹲下看向黑暗的小屋时,一只猫龇牙咧嘴,冲我发出嘶嘶声。"艾尔塞?"我呼唤道,"艾尔塞?"

有某物在阴影中起伏。一个被层层皮毛和破布包裹的巨大黑影,正朝我看来。"艾尔塞?"我说,"你是艾尔塞吗?"

我还能期待什么呢?自我被甘德利亚斯的士兵从她臂弯中抢走、交给坦纳波斯献祭在死人坑中的那天起,我已超过二十五年没有见过我的母亲。我被抢走时,艾尔塞大声尖叫,随后就被抓去瑟卢瑞亚开始了她新的奴隶生涯，她一定觉得我已死去，直到坦纳波斯告诉她我还活着。在惶恐的想象里，当我南下穿越瑟卢瑞亚陡峭的山谷时，我预见的是拥抱、泪水、谅解和喜悦。

然而，取而代之的是一个金发已变成肮脏灰色的胖女人，爬出皮毛和毯子堆，狐疑惊讶地看着我。她身躯庞大，肉体衰弱臃肿，圆得好似盾牌的脸上满是疾病和伤口留下的疤痕，眼睛很小、模糊红肿。"我以前叫艾尔塞。"她用沙哑的声音道。

我退出小屋，屋里尿液和腐烂的气味让我作呕。她随我出来，四肢并用地在晨光中笨重爬行，身上穿着破布。"你是艾尔塞？"我问她。

"以前是。"她说完，打了个哈欠，露出糜烂无牙的口腔，"很早以前了。现在他们叫我艾娜。"她停顿片刻，"疯女艾娜。"她伤心地补充，盯着我精美的衣服、昂贵的剑带和高筒靴。"您是谁，阁下？"

"我的名字是德瓦·卡丹，"我说，"德莫尼亚的一位领主。"名字对她来说毫无意义。"我是你的儿子。"我补充道。

她对此没有任何反应，只是背靠小屋的浮木墙壁，墙壁在她的体重下危险地凹进。她伸手进破布，挠了挠自己的胸部。"我所有的儿子都死了。"她说。

"坦纳波斯抓了我，"我提醒她，"把我扔进死人坑。"

这故事似乎对她来说也毫无意义。她靠着墙，巨大的身躯随着每一次费力的呼吸起伏。她漫不经心地逗了逗猫，望向塞文海，在那朦胧的远方，一片乌云下，德莫尼亚的海岸线呈现出黑色的轮廓。"我以前是有过一个儿子，"她终于开口道，"被扔进死人坑献祭给诸神，威加，他的名字。威加。一个好孩子。"

威加？威加！那个名字如此粗俗难听，让我僵立了几秒。"我是威加。"虽然讨厌这个名字，但我最终还是开口道。"被从死人坑里救起来之后，我有了一个新名字。"我对她解释道。我们用撒克逊语交谈，如今我说这语言比我的母亲还要流利,她应该已许多年没有用过了。

"啊,不。"她皱眉道。我看见她的发际线处爬过一只虱子。"不。"她坚持道,"威加只是个小男孩。只是个小男孩。我的长子,他是,他们把他抓走了。"

"我活下来了,母亲。"我说。她令我厌恶,令我着迷,我后悔这么晚才来寻找她。"我从死人坑里活下来了。"我告诉她,"我记得你。"我确实记得,只不过在我的记忆中她像夏汶一般苗条轻盈。

"只是个小男孩。"艾尔塞神情恍惚地说。她闭上双眼,我以为她睡着了,但看起来她是在溺尿,小股细流从她衣服下流出来,滴下石头,流向忽明忽暗的火堆。

"跟我说说威加的事儿。"我说。

"我怀着他的时候,"她说,"乌瑟俘虏了我。是个壮汉,乌瑟,他的盾上有一条大龙。"她抓了抓消失在头发中的虱子。"他把我赐给马多格,"她继续道,"在马多格那里,威加出生了。我们跟马多格一起很幸福。"她说,"他是个好领主,对奴隶很好,但甘德利亚斯来了,他们杀了威加。"

"他们没有,"我不依不饶,"坦纳波斯没有告诉你吗?"

听见那个德鲁伊的名字,她颤抖起来,用褴褛的披肩紧紧裹住她肥厚的肩膀。她一言不发,但片刻后,眼角现出泪光。

我们身后有一个女人爬上了小路。她走得很慢,充满戒心,悄悄走上山顶,警惕地看着我。等她终于感觉安全时,她小跑过我的身侧,在艾尔塞身旁蹲下。"我的名字,"我告诉新来者,"是德瓦·卡丹,但我曾经叫做威加。"

"我叫琳娜。"女人用英语说。她比我年轻,但海滨的艰难生活在她的脸上刻下了深深的皱纹,让她的肩膀佝偻、关节僵硬,照管盐田火的苦差事也让她的皮肤被煤熏得很黑。

"你是艾尔塞的女儿?"我猜测。

"艾娜的女儿。"她纠正我。

"那我是你的同母异父哥哥。"我说。

我觉得她不相信我,她如何会信呢?没人从死人坑中活着出来,但我却做到了,我因此受到诸神的眷顾,被交给梅林收养,但这个故事对这两个疲累而褴褛的女人来说又意味着什么呢?

"坦纳波斯!"艾尔塞突然说,举起双手做着驱赶邪灵的动作,"他带走了威加的父亲!"她反复晃动,号啕大哭。"他进入我的身体,带走了威加的父亲。他诅咒我,他诅咒威加,他诅咒我的子宫!"她开始啜泣,琳娜用双臂轻轻抱着她母亲的头,嗔怒地看着我。

"坦纳波斯,"我说,"没有力量操控威加。威加杀了他,因为他的力量胜过坦纳波斯。坦纳波斯不能带走威加的父亲。"

也许我的母亲听见了我的话,但她不相信我。她在女儿的怀中摇晃,眼泪顺着她那满是疤痕、肮脏的脸颊流下,她似乎是想起了坦纳波斯诅咒的只言片语。"威加会杀死他的父亲,"她告诉我,"那就是诅咒,儿子会杀死父亲。"

"所以威加确实还活着。"我说。

她突然停下摇摆的动作,盯着我摇头。"死者会回来杀人。死掉的孩子!我看见他们了,阁下,在那里,"她郑重其事地说,指向大海,"所有那些死掉的小孩都会回来复仇。"她又开始在女儿的臂弯中摇晃。"威加会杀死他的父亲。"她放声大哭,"威加的父亲是那么好的一个男人!那样的一个英雄!高大强壮。坦纳波斯对他下了诅咒。"她抽噎着,哼起了一首摇篮曲,片刻之后又开始述说我父亲的事情,她说他的人渡过大海来到不列颠,他用他的剑给自己打下了一座大房子,我听出,艾尔塞曾是那房子中的一位仆人,那撒克逊领主将她带上了床,于是便给了我生命,坦纳波斯未能在死人坑里夺去的生命。"他是个迷人的男人,"艾尔塞描述着我的父亲,"那么迷人、英俊的一个男人。每个人都怕他,但他对我很好。我们以前常常在一起欢笑。"

"他的名字是什么？"我问，然而在她告诉我之前，我想我就已知道答案。

"阿尔。"她轻声道，"迷人英俊的阿尔。"

阿尔。我的头脑中一阵昏沉，片刻之间，我就如我的母亲一般糊涂。阿尔？我是阿尔的儿子？

"阿尔，"艾尔塞恍惚道，"迷人英俊的阿尔。"

我没有其他问题，于是强迫自己跪下，给了我的母亲一个拥抱。我吻了吻她的两颊，然后紧紧抱着她，仿佛可以将她赐予我的生命还一些到她的身体里，虽然她顺从地接受了拥抱，但依旧不肯承认我是她的儿子。我为她捉去跳蚤。

我带着琳娜走下台阶，发现她已经嫁给村子里的一个渔夫，有了六个孩子。我给她黄金，我想，她应该从未想象过能见到这么多黄金，也许比她想象中存在世上的黄金还要多。她不敢置信地盯着这些小金条。

"我们的母亲还是个奴隶吗？"我问她。

"我们都是。"她指着那一整座悲惨的村庄。

"那可以买回你们的自由，"我指着黄金，"如果你愿意的话。"

她耸耸肩，我怀疑成为自由之身对他们的生活而言并没有任何不同。我可以找到他们的领主，亲自买回他们的自由，但他无疑住得很远，如果明智地使用这些黄金，会让他们艰苦的生活改善，无论是奴隶或自由身。总有一天，我向自己发誓，我会回来，再做些什么。

"照顾好我们的母亲。"我告诉琳娜。

"我会的，阁下。"她恭敬地说，我觉得她依旧不相信我。

"你不用叫自己的兄长阁下。"我告诉她，但没能说服她。

我离开她，走下了沙滩，我的人和行李正在那儿等着我。"我们回家吧。"我说。现在还是早晨，有一整天漫长的行路在等着我们。回家的路。

亚瑟王

回到有夏汶在的家。回到有我的女儿们的家，她们继承了一道不列颠国王的血脉，也继承了他们撒克逊敌人的王家血脉。因为我是阿尔的儿子。我站在俯瞰大海的绿色山丘上，感叹着命运的神奇，然而我并不能理解。我是阿尔的儿子，但这又有何不同呢？这不能解释任何事，也没有带来任何要求。命运无常。我要回家了。

伊撒最先看见了烟。他的眼神一直锐利如鹰，那天正当我站在山丘上想要明白我母亲揭露出的真相意味着什么时，伊撒越过大海发现了烟。"阁下？"他说，一开始我没有回答，还因刚才发现的事情头晕目眩。我会杀了我的父亲？而那个父亲是阿尔？"阁下！"伊撒持续不断地叫着我，将我从思绪中惊醒，"看，阁下，烟。"

他指着南方德莫尼亚的方向，刚开始我以为看见的不过是一小片更苍白些的乌云，但伊撒很肯定，另两名枪兵也断言所见是烟，而不是云或雨。"还有更多，阁下。"其中一人道，指向更远处的西面，那里又有一小抹泛白的烟出现在灰色的天际。

一场火也许是个意外，也许一座大厅着了火或是干燥的田野烧了起来，但在潮湿的天气，田野不可能着火，而我一生中也从未见过两座大厅同时燃烧，除非是有敌人将其付之一炬。

"阁下？"伊撒催促我，同我一样，他也有个妻子还在德莫尼亚。

"回村子，"我说，"快。"

琳娜的丈夫同意载我们渡海。航程并不长，两岸于此处只相隔八英里左右，这让我们能走最近的路回家，但就像所有步兵一样，我们更喜欢漫长的陆路而不是短程水路，渡海的过程是一场湿冷交加的折磨。疾风自西而来，吹来更多的乌云和雨水，随之而来的汹涌海水击打在船的下舷。狂风之中，我们的船帆鼓起，猎猎作响，拖着我们南行；而我们为了活命，不停地从船里往外舀水。我们的船夫名叫巴里格，是我的妹夫，他说，驾驶一艘好船航行于狂风之中是最快乐的事情，他向玛纳怀登低声咆哮着，感谢神赐下如此天气，但伊撒已吐得像条狗，我也在不停干呕。等到正午

亚瑟王

巴里格将我们送上德莫尼亚海岸时,我们都很高兴。那里离家不过三四小时的路程。

我付钱给巴里格,穿越平坦潮湿的乡间,朝内陆行去。海滩不远处就有一个村庄,那里的乡民看见烟惊慌失措,将我们认作敌人,逃入他们的小屋。村子里有一座小教堂,仅仅是一个茅草屋顶和一面钉着木头十字架的山墙,但基督徒全都不见了。留下来的一名异教徒村民告诉我,基督徒都向东去了。"跟他们的神父走了,阁下。"他告诉我。

"为什么?"我问,"去哪里?"

"我们不知道,阁下。"他瞥向远处的烟,"撒克逊人回来了吗?"

"不。"我宽慰他,心里希望自己是对的。正在消散的烟雾看起来距离不过六七英里,我不认为阿尔或策尔迪克能如此深入德莫尼亚。如果他们真做到了,那整个不列颠已经沦陷。

我们加快赶路。那一刻我们只希望能回到家人身旁,一旦知道他们都安全,才是搞清楚发生何事的时候。有两条通往厄弥德大厅的路供我们选择。一条路更长,处于内陆,会花费我们四到五个小时,它大部分都在黑暗中。另一条路要穿越阿瓦隆的大盐沼。那是个危险的沼泽,密布溪流、垂柳环绕的泥沼和苔藓覆盖的荒地,在那里,若是涨潮又刮起西风,海水有时会渗入、填满、淹没大地,溺死那些粗心的旅人。有穿越大沼泽的路线,甚至有木制走道通往去冠柳树生长之地和放置渔网之处,但我们中无人知晓那些沼泽中的小路。然而我们依旧选择了那条危险的道路,因为它是回家最短的路。

傍晚时分,我们寻到一位向导。正如大多数生活于沼泽中的人,他是个异教徒,一知道我是谁,他便主动提供了帮助。于沼泽行至半途,在渐暗的日光中,我们可以看见托尔山。我们必须先去那里,我们的向导说,找一个怀君岛的船夫用芦苇长船载我们渡过利萨湖的浅水。

我们离开沼泽村落时还在下雨,雨水轻快地拍打芦苇,在湖面上溅起涟漪，但在一小时内雨便停了，一轮苍白惨淡的月亮在逐渐散开、自西飘去的云后散发出黯淡的光芒。我们的路越过黑色沟渠上的木板桥，经过精巧编制的柳条捕鳗笼，以不可思议的曲折穿越过闪着微光的荒凉沼泽，我们的向导喃喃念着咒语，以驱散沼泽鬼魂。他说有些晚上荒芜的湿地上会闪烁蓝光，他认为这些灵魂属于那些死于这片由水域、泥沼和苔藓组成的迷宫中的人。我们的脚步惊起了巢中的野禽，它们尖声鸣叫，慌乱地扇动翅膀，划过飘散着乌云的天际。行路时向导告诉我，沼泽下沉睡着巨龙，泥泞水面上飘荡着魂灵。他佩戴着一枚挂坠，是用一个溺死者的脊椎做的，他称这是唯一能保证安全的护身符，可以对抗盘桓于我们前路的那些可怕之物。

在我看来，我们与托尔的距离似乎总也没有缩短，但那只是我们的不耐心而已，一码又一码，一条溪流又一条溪流，我们确实在靠近，随着那山丘在模糊的夜空中越来越高，能看见它的山麓现出一团明亮的光。那是火光，起初我们以为圣荆棘教堂起火了，但随着越走越近，火光并没有变得更明亮，我猜测那是篝火的光，也许是为了照亮某些保护教堂的基督教仪式。我们都做出驱邪的手势，最终到达了一处堤岸，由湿地直接通往怀君岛的高地。

向导与我们在此处分别。比起火光中的怀君岛，他更喜欢危险的沼泽，他向我跪下行礼，我将剩余的黄金赏给他，让他起身，向他道谢。

我们六人步行经过怀君岛的小镇，那是渔民和编篮匠人的居处。屋子中都没有点灯，小巷中除了狗和耗子一片寂静。我们朝围绕教堂的木栅栏走去，虽然看见其后冒出燃烧的烟雾，但依旧无法看见里面发生了何事；我们沿路走向教堂的正门，走近后我发现入口处有两名枪兵把守。敞开的大门中透出的火光照亮了其中一人的盾牌，在那面盾上，我看见了我从未想过会出现在怀君岛的图案——那是兰斯洛特抓着鱼的海雕。

我们的盾挂在身后，无法看见其上白色的星辰，虽然我们都戴着灰狼

亚瑟王

尾，但那两个枪兵一定以为我们是友军，所以对我们的接近没有产生任何敌意。他们认为我们想要进入教堂，还让到了一侧。我沉浸在思绪中，好奇兰斯洛特在今夜这个奇怪事件中所扮演的角色，正在此时，我快要通过大门时，那两人意识到我们不是他们的同伴，一人用长枪拦住我。"你是谁？"他问我。

我推开他的长枪，在他出声示警之前，我将他推到门外，同时伊撒也将他的同伴拖走。教堂空地上聚集着一大群人，但全都背对我们，无人看见大门处的冲突。他们也没有听见任何动静，因为个个都在吟唱圣歌，发出的杂乱歌声淹没了我们发出的小小声响。我将我的俘虏拖入路边的阴影处，单膝跪在他身旁。我将他推出门时已放开手上的长枪，抽出了皮带上的短刀。"你是兰斯洛特的手下？"我问他。

"是。"他小声道。

"你们在这里干什么？"我问，"这里是莫德雷德的国家。"

"莫德雷德国王已经死了。"他说道，害怕着我架在他咽喉的刀刃。我一言不发，震惊于他的回答，不知该说些什么。这男人一定以为我的沉默预示着他的死亡，变得很绝望。"他们都死了！"他说道。

"谁？"

"莫德雷德、亚瑟，他们所有人。"

片刻间，我的世界仿佛轰然倒塌。那男人微微挣扎，但短刀的压迫让他安静下来。"怎么回事？"我冲他低声嘶吼。

"我不知道。"

"怎么回事？"我提高了音量。

"我们不知道！"他坚持道，"我们来前莫德雷德就被杀了，他们说亚瑟在波伊斯死了。"

我向后靠去，示意我的一名手下用枪刃让两名俘虏保持安静。随后我计算了一下与亚瑟分别的时间。自我们在卡多克的山谷分别仅有几天，亚瑟回家的路线比我长得多；如果他死了，我心想，那他的死讯肯定不可能在我之前到达怀君岛。"你的国王在这里吗？"我问那人。

"是的。"

"为什么？"我问。

他的回答几近耳语。"来夺取这个王国，阁下。"

我们将那两名男人披风上的羊毛布料割成条状，绑住他们的手脚，在他们的嘴中塞了一大团羊毛，让他们保持安静。我们将两人推入一个坑中，警告他们不许动，随后我便带着我的五名士兵回到了教堂门口。我想要看看里面的情况，收集信息，再赶回家。"用披风遮住你们的头盔，"我命令我的人，"把盾反过来。"

我们用披风盖在头盔的顶上，遮住狼尾，低持盾牌，将盾面抵在腿上，藏起星星，伪装好之后，便安静进入现已无人把守的教堂空地。我们在阴影中移动，绕过兴奋人群的背面，来到一处石头地基，那是莫德雷德为他母亲建造的教堂。我们爬上未完工墓穴之上最高的一组石头，从那里可以俯瞰人群，看清那两堆今夜点亮怀君岛的火堆之间，到底发生了什么奇怪的事情。

起初，我以为这就是一场基督教仪式，与我在伊斯卡目睹的那场类似，因为两堆火间的空地上全是舞蹈的女人、摇摆的男人和吟诵的牧师。他们发出的刺耳噪声来源于尖叫、号哭和呼啸。修道士们手持皮制连枷在狂热信徒中挥舞，抽打他们赤裸的后背，每一下重击只引发更狂喜的尖叫。一个女人跪在圣荆棘前。"来吧，吾主耶稣！"她尖叫道，"来吧！"一名修道士疯狂地抽打她，她的裸背上已流满了可怖的鲜血，但每一下新的击打只是让她不顾一切的祈祷愈加狂热。

我正打算从墓穴跳下、回到大门处时，士兵们从教堂的建筑中现身，粗暴地推开朝拜者，在照亮圣荆棘的火焰间清出了一块空地。更多的士兵随之出现，其中两人抬着一个轿子，轿子后跟着桑森主教，他带领着一群

亚瑟王

衣着鲜艳的牧师。兰斯洛特和他的随从们与牧师走在一起。兰斯洛特的国王勇士鲍斯在场，安赫和罗赫也伴随着贝尔盖国王，但我没有看见那对可怕的双胞胎拉韦纳和迪纳思。

人群看见兰斯洛特，发出了更响的尖叫声。他们向他伸出手，一些人甚至在他经过时跪下。他身着他那白色的鱼鳞甲，据他所说这曾是古代英雄阿伽门农的战甲，并戴着他那天鹅展翅造型的黑色头盔。抹得油光锃亮的黑色长发从头盔后披下，贴在他肩膀披挂的红色披风上。基督之刃挂在他身侧，他的腿上包裹着皮制红色长战靴。他的撒克逊护卫跟随其后，所有人都高大挺拔，身着银色锁甲，手持宽刃战斧，斧刃上反射着跳动的火焰。我没有看见莫甘，但她的那一群白衣女信徒组成了一支唱诗班，徒劳地试图用歌声压过兴奋人群的呼号和尖叫。

一名士兵抱来了一根木桩，将其插在圣荆棘前一个事先挖好的洞中。我有一瞬间担心我们会目睹某个可怜的异教徒被绑上木桩活活烧死，于是啐了一口驱散邪灵。那受害者在抬来的轿中，抬轿的人将其带至圣荆棘前，将他们的囚犯绑上木桩，但当他们散开时，我们终于看清一切，我意识到那不是囚犯，也不会发生火祭。被绑上木桩的不是异教徒，而是一名基督徒，这也不是一场杀人献祭，而是一场婚礼。

我想起妮慕怪诞的预言：亡者将要步入婚姻的殿堂。

兰斯洛特是新郎，他现在正站在他那被绑在木桩上的新娘身侧。她是一位王后，曾是波伊斯的公主，后来成为德莫尼亚的王妃，又成为瑟卢瑞亚的王后。她是诺维娜，至尊王乌瑟的儿媳，莫德雷德的母亲，她已亡故十四年。这些年中，她一直躺在她的坟墓里，如今却被掘出，尸骸被绑在挂满祭品的圣荆棘旁的一根木柱上。

我惊恐地盯着这一切，做了个驱邪的手势，摸上我盔甲的金属片。伊撒碰了碰我的手臂，仿佛是在确认自己并未身处一个无法想象的噩梦之中。

死去的王后几乎已是一具骨骸。她的肩膀上搭着一条白色的披肩，但披肩无法遮住那令人毛骨悚然的已条条剥落的发黄皮肤，以及大团仍旧附在骨头上的白色脂肉。她的颅骨从一根绑住她的绳子上垂下，半覆盖着萎缩的皮肤，下颌骨一侧脱落，挂在她的颅骨上晃荡，双眼在黄色火光的照射下只剩下两个黑洞。一名护卫在她的头骨上放置了一个罂粟花环，她潮湿的头发一簇簇地垂在披肩上。

"这是在干什么？"伊撒轻声问我。

"兰斯洛特正在宣布自己对德莫尼亚王位的所有权。"我低语回应，"通过迎娶诺维娜，他便加入了德莫尼亚的王室。"只有这一种解释。兰斯洛特正打算窃取德莫尼亚的王位，这在火堆旁举行的恐怖仪式，将给予他一个单薄的合法理由。他要通过娶一个死人，来成为乌瑟的继承人。

桑森示意众人安静，手持连枷的修道士冲激动的人群大吼，慢慢平息了他们的狂暴。时不时有一个女人会尖叫出声，人群也会随之发出一阵紧张的战栗，但最终还是安静下来了。唱诗班的歌声渐轻，桑森举起手臂，向万能的主祈求祝福这一对男女——这位国王和他的王后，随后他指示兰斯洛特牵起新娘的手。兰斯洛特伸出他戴着手套的右手，牵起泛黄的骨头。他头盔的面甲是打开的，我能看见他正苦笑忍耐。人群欢呼，我想起图锥克说的那些关于标志和预兆的话语，我猜想，在这渎神的婚姻中，基督徒们会看见证据，证明他们的上帝即将归来。

"以圣父赋予我的权力，以圣灵的名义，"桑森大喊，"我宣布你们结为夫妻！"

"我们的国王在哪里？"伊撒问我。

"谁知道？"我小声回应，"大概死了。"我看着兰斯洛特抬起诺维娜黄色的手骨，假装吻了一下她的手指。他放手时，一根指骨掉落下来。

桑森从不能拒绝任何一次布道的机会，他开始慷慨激昂地对人群讲话，就在这时莫甘突然走近了我。我没有看见她过来，直到我感觉有人拽了拽我的披风，我警惕地回过头，看见她的黄金面具在火光中闪烁，这才

亚瑟王

发现她也在场。"等他们发现守门的护卫不见了,"她小声说,"他们就会搜查广场,你只有死路一条。跟我来,蠢货。"

我们惭愧地跳下,跟随她佝偻的黑色背影,她小跑至人群后方巨大教堂的阴影中,在那儿止步,盯着我的脸。"他们说你死了,"她对我说,"和亚瑟一起在卡多克的教堂被杀。"

"我活下来了,夫人。"

"亚瑟呢?"

"三天前他还活着,夫人,"我回答,"我们都没死在卡多克的教堂。"

"谢天谢地。"她呼出一口气,"感谢上帝。"她抓着我的披风,把我的脸拽得贴近她的面具。"听着,"她急切地说,"我的丈夫在这件事上是被迫的。"

"如果您这么说的话,夫人。"我并不相信她,但意识到莫甘正尽全力想要周旋于这场突然发生在德莫尼亚的危机的对立两方之间:兰斯洛特要登上王位,有人设计亚瑟在此期间远离国土。更糟——我心想,有人让亚瑟和我前去卡多克的山谷并安排了那场伏击。有人想要我们死,正是桑森最先向我们透露了莱加塞特躲藏之处,正是桑森反对让昆格拉斯的人进行抓捕,而现在站在这夜的火光中、站在兰斯洛特和一具尸体面前的人也正是桑森。我在这整件阴谋上都嗅到了耗子神的手脚,但我怀疑莫甘并不太清楚她丈夫的计划和所作所为。她的见识和头脑都不会被宗教狂热所影响,她至少试图在这倾泻而下的恐慌中选择一条安全的道路。

"向我保证亚瑟还活着!"她向我请求。

"他没有死于卡多克的山谷,"我说,"这点我可以向你保证。"

她沉默片刻,我觉得她正在面具下哭泣。"告诉亚瑟,我们是被迫的。"她说。

"我会的。"我向她保证,"莫德雷德究竟怎么了?"

"他死了,"她嘶嘶低语,"在打猎时被杀了。"

"但如果他们在亚瑟的事上说了谎,"我说,"那也能在莫德雷德的事上说谎,对吧?"

"谁知道?"她在胸前画了个十字,拉拉我的披风。"来。"她突然说,领我们走向教堂侧面的一间小木屋。有人被困在屋里,我听见拳头捶打在门上的声音,一条皮鞭扣结锁住了门把。"你应该去找你的女人,德瓦。"莫甘边说边用她尚且完整的一只手笨拙地解开皮鞭,"迪纳思和拉韦纳日落时骑马南下去你家了。他们带着枪兵。"

我心中一阵恐慌,用枪尖划向皮鞭。其被割开的瞬间门被撞开,妮慕跳了出来,双手蜷缩犹如鸟爪,她认出我,跌跌撞撞地扑了过来,靠在我身上,冲莫甘啐了一口。

"走吧,你这个白痴!"莫甘冲她低吼,"记着今天是我救了你的命。"

我握住莫甘的双手,被烧毁的一只和完好的一只,轻吻了一下。"今夜的事情,夫人,"我说,"我欠您。"

"走吧,你们这些白痴,"她说,"快走!"我们跑过教堂的后院,经过仓库、奴隶小屋和谷仓,通过一扇小门跑了出去,来到渔夫们存放芦苇小船的地方。我们搬起两艘小船,用长长的枪柄作篙,我想起很久之前诺维娜死的那天,妮慕和我也正是用这种方式逃离了怀君岛。那时正如今日,我们向厄弥德的大厅行去,那时正如今日,敌人占据这片土地,而我们成为被追捕的逃犯。

妮慕几乎不知道德莫尼亚究竟发生何事。她说,兰斯洛特前来宣布自己为王,但对于莫德雷德,她只能重复莫甘说过的话——国王在狩猎时被杀。她告诉我们,士兵来到托尔山把她抓至教堂,莫甘则囚禁她于此。后来,她听说,一群基督徒登上托尔山,杀光了在那里发现的每一个人,摧毁了小屋,用那些尚可使用的木材开始建一座教堂。

"所以莫甘的确救了你的性命。"我说。

"她想要我的知识。"妮慕说,"不然他们怎么知道该如何使用圣锅?

亚瑟王

也因此，迪纳思和拉韦纳去了你家，德瓦，他们在找梅林。"她冲湖中啐了一口。"就像我告诉过你的，"她总结道，"他们解禁了圣锅，但不知道如何控制它的力量。两位国王前来卡丹，莫德雷德是其一，兰斯洛特是其二。今天下午他去那里站在了石头上，而今晚亡者步入婚姻的殿堂。"

"你还说过，"我不快地提醒她，"剑会架上一个孩子的脖颈。"我将长枪刺入浅湖，急切地想要快些回到厄弥德大厅。我的孩子们所在之处。夏汶所在之处。瑟卢瑞亚德鲁伊和他们的士兵不到三小时前所去之处。

火光照亮我们回家的路。不是照亮兰斯洛特迎娶亡者的火光，而是厄弥德大厅那儿新燃起的熊熊火光。我们行至湖的一半处时，火焰突然爆发，其颤抖绵长的倒影投射在黑色的水面。

我向戈万南、向罗劳、向贝尔、向色纳诺思、向塔拉尼斯，向所有的神灵祈祷，不论他们身处何处，只求其中之一从星辰国度中俯身拯救我的家人。火焰冲得更高，喷涌火星，燃烧的屋顶化作烟雾，向东飘散往悲惨的德莫尼亚。

妮慕说完她的经历后，我们便安静前行。伊撒眼眶含泪。他担心思嘉莱，他娶的爱尔兰女孩，如我一般，他也在想，我们留下守卫大厅的枪兵们发生了何事。人数肯定足够挡住迪纳思和拉韦纳的侵略者，对吗？然而火焰述说着另一种情况，我们猛划着枪柄，让小船能行得更快。

靠近些时，我们听见了尖叫。我们只有六名枪兵，但我没有犹豫或绕路接近，只是用力地将小船推入了大厅栅栏旁树荫中的湖湾。在那里，梅林仆人古勒登为戴安制作的科拉科尔小艇旁，我们跳上岸。

后来我终于知道了那晚发生的事。我与亚瑟北上之后，留下统领枪兵们的格威利姆，他看见东面遥远的烟，推测发生了麻烦。他让所有人警戒，想要说服夏汶乘船躲进湖对岸的沼泽地。夏汶拒绝了。她兄长的德鲁伊马莱因给戴安服下了退烧的草药，但那孩子依旧虚弱，另外，无人知道烟究竟意味何事，也没有任何信使前来示警，于是夏汶派两名枪兵去东面打探消息，其他人则等候在木栅栏后。

夜色降临，没有消息传来，但大家或多或少都放下心来，因为几乎没有士兵会在夜晚行军，夏汶也感觉比白天时更加安全。在栅栏内，他们看见河对岸怀君岛上的火光，不知其为何意，但没人听见附近森林中迪纳思和拉韦纳的骑兵靠近。那些骑兵在离大厅很远处便下马，将坐骑绑在树上，在苍白昏暗的月色下，悄然而缓慢地靠近栅栏。直到迪纳思和拉韦纳的人攻击大门时，格威利姆才意识到大厅正遭受袭击。他的两名探子还未归来，树林中没有守卫，敌人距离栅栏门咫尺之外时，警报才第一次响起。那不是一道难攻破的门，差不多一人高，第一批敌人没有穿盔甲也没有携带长枪或盾，他们成功翻过门，而格威利姆的人还没来得及集合。门卫战斗并杀敌，但第一波的攻击者还是活下了不少，他们抬起门闩，打开门，让迪纳思和拉韦纳全副武装的士兵攻入。其中十名是兰斯洛特的撒克逊护卫，其余则是宣誓效忠于他们国王的贝尔盖战士。

格威利姆的人尽可能集合，最激烈的战斗在大厅门口展开。格威利姆本人与我的另外六名士兵就死于此处。前庭中又死了六名，那里的一处仓库被点燃，那正是照亮我们渡湖归途的火光，而现在，当我们来到敞开的大门前，终于让我们看清了内里惨状。

战斗尚未结束。迪纳思和拉韦纳计划周全，但他们的人没能顺利进入大厅门，幸存下来的我方士兵依旧坚守着主建筑。我看见他们用盾和枪挡住门拱，我看见山墙顶端排气的高窗处也有长枪闪过。我的两名猎人在那窗户中，他们射箭阻止迪纳思和拉韦纳的人从点燃的仓库处取火来烧大厅的屋顶。夏汶、莫温娜和塞伦都在大厅中，与梅林、马莱因和住在这里的其他妇孺在一起，被超过他们人数的敌人所包围；而敌人的德鲁伊找到了戴安。

戴安之前正在一间小屋中睡觉。她时常如此，喜欢跟她小时候的奶妈

亚瑟王

在一起，后者嫁给了我的铁匠。也许是戴安金色的头发泄露了她的身份，又或者以戴安的性格，她冲抓住她的人挣扎反抗，告诉他们她的父亲会来收拾他们。

而现在，身着黑袍的拉韦纳，腰间挂着空剑鞘，抓住我的戴安置于身前。她邋遢的小脚从小小的白袍中踢出，尽全力在挣扎，但拉韦纳用左臂紧紧环住她的腰，右手上拿着一把出鞘的剑抵住她的喉咙。

伊撒抓住我的手臂，不让我疯狂地冲向那队全副武装、面向被围攻大厅的士兵。他们有二十个人。我没有看见迪纳思，但我猜测他正带着另一队敌人在大厅的后方，打算防止困在厅中的人逃跑。

"夏汶！"拉韦纳用他低沉的声音喊道，"出来！我的国王要你！"

我放下长枪，抽出海威贝恩。它的剑刃出鞘的瞬间发出低声啸鸣。

"出来！"拉韦纳再次喊道。

我摸了下剑柄的猪骨，向诸神祈祷，愿我今夜令人胆战心惊。

"你想要你的小崽子死吗？"拉韦纳叫道，剑刃在戴安的咽喉抵得更紧，她发出尖叫。"你的男人死了！"拉韦纳喊，"他和亚瑟在波伊斯死了，他不会来帮你的。"他的剑又紧了几分，戴安再次尖叫。

伊撒拉住我的手臂。"现在还不行，阁下，"他小声道，"还不行。"

堵住大门的盾分开，夏汶走了出来。她的颈间系着一件黑色的披风。

"放下孩子。"她平静地对拉韦纳说。

"你过来，我就放了孩子。"拉韦纳说，"我的国王命令你去陪他。"

"你的国王？"夏汶问，"哪个国王？"她很清楚今夜前来之人是谁，他们的盾已经显示了身份，但她不会让拉韦纳轻易得手。

"兰斯洛特国王，"拉韦纳说，"贝尔盖国王，以及德莫尼亚国王。"

夏汶紧了紧她的黑色披风。"兰斯洛特国王想要我做什么？"她问。她的身后，大厅后方的空地，被燃烧的仓库隐约照亮之处，我能看见更多兰斯洛特的士兵。他们牵着我马厩中的马，现在正观看着夏汶和拉韦纳之间的对峙。

"殿下,"拉韦纳解释道,"今晚我的国王迎娶了一位新娘。"

夏汶耸肩。"那他并不需要我。"

"殿下,那位新娘无法满足我的国王在新婚之夜的需求。你,殿下,将代其满足他的欢愉。再说了,"拉韦纳补充道,"你现在是个寡妇。你需要另一个男人。"

我肌肉绷紧,但伊撒再次抓住了我的手臂。拉韦纳身旁的一名撒克逊护卫表现得很不耐烦,伊撒无声地建议我们等到那人再次放松心神。

夏汶低头片刻,又抬起头。"如果我跟你走,"她冷冷道,"你会让我的女儿活下来?"

"她会活下来。"拉韦纳保证道。

"还有其他人?"她指向大厅。

"也会放了那些人。"拉韦纳说。

"那放了我的女儿。"夏汶命令道。

"先过来,"拉韦纳反驳道,"把梅林也交出来。"戴安用光脚踢着他,但他又紧了紧剑,她停下动作。仓库的屋顶塌下,在夜色中迸射出火星和燃烧的稻草。几颗火星落到了大厅的屋顶上,微弱地闪烁。屋顶上的雨水保护它了片刻,但我知道,很快大厅的屋顶就会被点燃。

我绷紧肌肉,准备出击,但这时梅林在夏汶身后现身。我看见他的胡子又束成了一缕缕小辫,他手持他那根巨大的手杖,身材挺拔,动作坚毅,我已多年没见过这样的他了。他用右手搂住夏汶的肩膀。"放了孩子。"他命令道。

拉韦纳摇头。"我们用你的胡子作法,老家伙,你已经没有凌驾我们的力量了。但今晚,当我们的国王享用夏汶公主时,我们也会享受和你谈话。你们两个人,"他命令道,"都过来。"

梅林举起手杖,指着拉韦纳。"在下一个月圆之夜,"他说,"你会死

亚瑟王

于海边。你和你的兄弟都会死去，你们的尖叫将永世回荡在海浪之间。放开孩子。"

妮慕在我身后发出轻微的嘶嘶声。她拾起我的长枪，揭开皮罩，露出她可怕的空眼眶。

拉韦纳并没有被梅林的预言所影响。"下一个月圆之夜，我们会用公牛血煮你胡子的碎屑，将你的灵魂献祭给安农的蠕虫。"他啐了一口。"你们两个，"他厉声说，"过来！"

"放了我的女儿。"夏汶要求道。

"等你过来，"拉韦纳说，"她就自由了。"

对峙僵持不下。夏汶和梅林轻声交谈。莫温娜在大厅中哭出声，夏汶转身对她的女儿说话，随后拉起梅林的手，向拉韦纳走去。"不是这样，殿下，"拉韦纳对她说，"我的兰斯洛特陛下要求你脱光了去见他。我的陛下要你赤身裸体地走过乡间，走过城镇，走上他的床。你曾经羞辱过他，殿下，今夜他将百倍奉还。"

夏汶停下脚步，盯着他。拉韦纳只是用剑刃抵着戴安的喉咙，孩子痛苦地喘着气，夏汶本能地扯下扣住披风的胸针，披风落下露出一条简单的白裙。

"脱掉裙子，殿下！"拉韦纳厉声命令她，"脱下来，否则就杀了你的女儿。"

就在此刻我出击了。我高喊贝尔的名字，像个疯子般冲出。我的人跟随我，当大厅的人看见我们盾上的白星和头盔上的灰尾时，他们也冲了出来。妮慕与我们一同出击，厉声尖叫，我看见那一排敌人的士兵面带恐惧转过身。我直直向拉韦纳冲去。他见到我，认出我，惊恐地僵立原地。他的脖子上挂着一枚十字架，正伪装成基督教牧师。现在不是身着德鲁伊装扮的人在德莫尼亚行动的好时机，但现在正是拉韦纳的死期，我大吼着神灵的名字，向他冲去。

一个撒克逊护卫跑到我面前，闪亮的斧子在火光映照下璀璨夺目，他将沉重的斧刃挥向我的脑袋。我用盾格挡，这一击的力量让我胳膊生疼。我向前递出海威贝恩，在他的腹中一扭剑刃，拔出时撒克逊人的肠子也随之喷涌而出。伊撒已杀死另一名撒克逊人，他勇猛的爱尔兰妻子思嘉莱冲出大厅，用一柄猎熊枪狠砍一名受伤的撒克逊人，妮慕则将她的长枪刺入一人的腹部。我挡下另一击枪刺，用海威贝恩放倒那名枪兵，急迫看向四周，寻找拉韦纳。我看见他臂中挟着戴安，正欲逃跑。他想去大厅后与他的兄弟会合，一队枪兵阻挡了他的去路，他随即转身，看见我，向大门逃去。他举着戴安犹如一面盾牌。

"我要他活着！"我咆哮着在一片火光映照下的混乱中向他冲去。另一名撒克逊人冲我扑来，高喊他所信神灵的名字，我刺出海威贝恩，让那神的名字止于他的咽喉。就在此时，伊撒高声示警，我听见马蹄声，看见守着大厅后的敌人正骑马向我们冲锋，想要营救他们的同伴。与他的兄弟相同，迪纳思身着基督教牧师的黑袍，手持出鞘的剑，冲在最前面。

"挡住他们！"我大喊。我听见戴安的尖叫声。敌人很慌乱。他们的人数比我们多，但黑夜中冲出的士兵让他们胆寒，独眼妮慕尖叫着疯狂挥舞她那血淋淋的长枪，在他们看来一定像是夜晚的恶鬼前来索命。他们惊恐逃窜。拉韦纳等候他的兄长冲到燃烧的仓库旁，依旧用剑抵着戴安的咽喉。思嘉莱像妮慕一般嘶叫，手持长枪跟在他身后，但她不敢拿我女儿的性命冒险。剩下的敌人争先恐后地冲向栅栏，一些人向大门跑去，一些人在小屋间的阴影中被砍倒，一些人跑在可怕的大马旁，在夜色中从我们的身旁逃跑。

迪纳思骑马直向我冲来。我抬盾，举剑，口呼战号，但在最后关头，他却控马急转，将剑掷向我的脑袋。他转而向他的双胞胎兄弟而去，靠近拉韦纳时，他从鞍上弯腰，伸出手臂。拉韦纳跳起，扑向迪纳思拯救的怀抱，此时思嘉莱冲到了飞驰的马前。他扔下戴安，我跑向马，见她躺在地上。拉韦纳不顾一切地紧抓住他的兄弟,后者也同样不顾一切地踢着马镫,马飞驰而去。我大声咆哮,叫他们留下战斗,但双胞胎只是驰入了黑色树林,其余的幸存者敌军也同样朝那儿逃走。我咒骂着他们,站在大门处,骂他们是祸害、懦夫、恶鬼。

"德瓦?"夏汶在身后呼唤我,"德瓦?"

我停下咒骂,转向她。"我活着,"我说,"我还活着。"

"啊,德瓦!"她哭道,直到此时我才看见夏汶正抱着戴安,夏汶的白裙不再是白色,而是红色。

我跑到她们身边。戴安蜷缩在她母亲的怀中,我扔下剑,扯下头盔,跪倒在她们身侧。"戴安?"我嗫嚅,"宝贝?"

她的目光闪烁。她看见我了,她在死前看见了我与她的母亲。她看着我们片刻,随后她那年轻的生命便轻轻消逝,如黑暗中的羽翼般飞走,平静如一阵微风吹灭蜡烛。拉韦纳跳入他兄弟怀中时割断了她的喉咙,现在她那小小的心脏终于放弃了挣扎。但她确实先看见了我。我知道的。她看见我,然后死去,我抱着她,抱着她的母亲,哭得像个孩子。

为我可爱的小戴安,我哭泣。

我们抓获了四名未受伤的俘虏。其中一人是撒克逊护卫,另三人为贝尔盖枪兵。梅林审问他们完毕后,我将四人都砍成了尸块。我残杀了他们。我愤怒地杀戮,边杀边哽咽哭泣,脑中一片空白,只能感受到海威贝恩的重量和剑刃入肉的空虚满足感。一个接一个,在我的属下面前,在夏汶前面,在莫温娜和塞伦前面,我宰杀了那四个人,四人死后,海威贝恩从剑柄至剑尖染满鲜血,我却依然劈砍着他们没有生命的尸体。我的手臂浸满鲜血,我的愤怒足以填满整个世界,却不能让小戴安复活。

我想要杀更多的人,但受伤的敌人已经被割喉处死,怀着满腔的复仇怒火,拖着血淋淋的身体,我走向我惊恐的女儿们,把她们拥入怀中。我无法止住哭泣，她们也是。我抱着她们，仿佛我的生命全依赖着她们，我抱着她们走向夏汶，她依旧拥着戴安的尸体。我温柔地拉开夏汶的手臂，让她环住她还活着的孩子们，随即抱起戴安小小的身体，走向燃烧的仓库。梅林跟着我。他用手杖碰了碰戴安的前额，向我点点头。是时候，他说，让戴安的灵魂去往宝剑之桥。我吻了吻她，放下她的身体，用匕首割下一缕她的金发，放入口袋。随后，我抱起她，最后一次吻了她，将她的尸体放入了火中。她的头发和小白裙迸发出明亮的火光。

"添柴！"梅林冲我的人高喊，"添柴！"

他们拆了一间小屋，将火焰变成了一座熔炉，它将烧尽戴安的身体。她的灵魂已以影子的形态前往彼世，现在她的火葬堆在夜色中咆哮燃烧，我跪在火焰前，灵魂残破，空空荡荡。

梅林扶起我。"我们必须离开，德瓦。"

"我知道。"

他拥抱我，像父亲般用他那强壮的手臂抱着我。"抱歉我没能救她。"他轻声说。

"你尽力了。"我在心中骂着自己，为何要在怀君岛待了这么久。

"走吧。"梅林说，"天亮前我们必须远离这里。"

我们轻装离开。我丢弃身上染血的盔甲，带上了我镶金边的好锁甲。塞伦用一个皮口袋装着三只小猫，莫温娜带着一枚纺纱杆和一包衣服，夏汶背了一袋食物。我们一共有八十人，士兵、家人、仆人和奴隶。所有人都向火葬堆中扔了些小祭品，大多数是面包，梅林的仆人古勒登将戴安的科拉科尔小艇扔入火焰，让她能划着船渡过彼世的湖泊河流。

夏汶与梅林和她兄长的德鲁伊马莱因走在一起，询问孩子们在彼世会如何。"他们玩耍，"梅林用苍老权威的声音道，"他们在苹果树下玩耍，等待着你们。"

"她会幸福的。"马莱因向她保证。他是个高瘦、曲背的男人，手持路

亚瑟王

万斯的旧手杖。他似乎被今夜的恐怖景象惊吓到,明显对身着肮脏血污长袍的妮慕感到不安。她的眼罩不见了,令人恐惧的头发油腻潮湿地披在脑后。

夏汶对戴安的命运放心之后,便走到我的身旁。我依旧陷在深深的痛苦之中,责怪自己停留观看兰斯洛特的婚礼,但夏汶现在已较为平静。"那是她的命运,德瓦,"她说,"她现在已经得到解脱。"她挽住我的手臂。"而且你还活着。他们告诉我们,你死了。你,还有亚瑟。"

"他还活着。"我向她保证道。我默默跟在两名白袍德鲁伊身后。"总有一天,"片刻之后我说,"我会找到迪纳思和拉韦纳,他们会死得很惨。"

夏汶抱紧我的手臂。"我们以前是那么幸福。"她说。她又开始哭泣,我想要说些话来安慰她,但我不明白为何诸神要夺去戴安,说不出解释的话语。我们身后,厄弥德大厅的火焰和烟雾向着群星蒸腾,照亮夜空。大厅屋顶最后还是着火了,我们往日的生活付之一炬。

我们沿着湖边曲折的小径行走。月亮探出云层,在灯芯草、柳树和波光粼粼的浅湖上投下银色的光芒。我们朝大海的方向走去,但我无法思考等到达海边时我们该做什么。兰斯洛特的人一定会搜寻我们,得找一个安全之处。

在我杀死我们的俘虏之前,梅林审问过他们,他现在告诉了夏汶和我他所得知的信息。我们知晓了其中大半:据说莫德雷德是在狩猎时被杀,一名俘虏号称国王是被他曾强暴的一个女孩的父亲所杀;亚瑟据传已死,于是兰斯洛特宣布自己是德莫尼亚的国王。基督徒拥护他,相信他是他们新的施洗者圣约翰——那人曾预言耶稣的第一次降临,正如兰斯洛特如今预言了第二次。

"亚瑟没死。"我愤怒地说,"他被设计,我也是,但那伙人失败了。而且,"我问,"我三天前刚见过亚瑟,兰斯洛特怎么可能这么快知道他的死讯?"

"他不知道,"梅林平静地说,"他只是如此希望。"

我啐了一口。"是桑森和兰斯洛特,"我怒火中烧,"兰斯洛特可能策划了莫德雷德的死,桑森则计划了我们的。现在桑森得到了他的基督徒国王,而兰斯洛特得到了德莫尼亚。"

"除了你还活着。"夏汶小声说。

"而且亚瑟也活着。"我说,"如果莫德雷德已死,那王位就是亚瑟的。"

"除非他打败兰斯洛特。"梅林冷冷道。

"他当然会打败兰斯洛特。"我不屑地答道。

"亚瑟被削弱了,"梅林温和地警告我,"许多他的人都被杀了。莫德雷德全部的护卫被杀,还有卡丹城堡所有的士兵。凯和他的人死在伊斯卡,就算没死,现在也在逃难。基督徒崛起了,德瓦。我听说他们在自己的屋子画上鱼的标志,只要是不带标志的屋子,里面的人都被杀光。"他在阴沉的安静中走了几步。"他们正在不列颠大清洗,为了迎接他们的神。"

"但兰斯洛特没有杀死塞格拉莫,"我说道,心中祈祷这是真的,"塞格拉莫统帅着一支军队。"

"塞格拉莫活着,"梅林向我保证,随即说出这个可怕夜晚最糟糕的消息,"但他被策尔迪克攻击了。我估计,"他继续道,"兰斯洛特和策尔迪克可能决定两人分享德莫尼亚。策尔迪克占领边境土地,兰斯洛特则统治其余地盘。"

我无话可说,一时无法想通。策尔迪克在德莫尼亚横行?基督徒崛起拥立兰斯洛特为王?一切都发生得太快,就在短短几天,我离开德莫尼亚之前还没有任何征兆。

"有征兆,"梅林仿佛读取了我的内心想法,"有征兆的,只是我们无人将其当一回事。谁在乎一些基督徒在他们的屋子上画鱼?谁在意过他们的狂热?我们对他们牧师的夸夸其谈习以为常,不再去听他们到底说了什么。我们中有谁相信他们的上帝会在四年后降临不列颠？我们周围都是征兆，德瓦，而我们视而不见。但这不是造成这局面的原因。"

"桑森和兰斯洛特是。"我说。

"是圣锅造成的，"梅林说，"有人使用过它，德瓦，它的力量横行于这片土地。我怀疑是迪纳思和拉韦纳干的，但他们不知道如何控制它，于是释放了其恐怖力量。"

我沉默地走着。塞文海已出现在视野中，缓缓流动的银黑色水面上挂着一轮正在下降的月亮。夏汶低声哭泣，我握住她的手。"我知道，"我对她说，想要从悲痛中转移她的注意力，"我的父亲是谁了。昨天刚知道的。"

"你的父亲是阿尔。"梅林平静地说。

我盯着他。"你怎么知道？"

"看你的脸就知道了，德瓦，都在脸上写着呢。今晚你冲进大门时，只需要添上件黑熊皮斗篷就跟他一模一样了。"他冲我微笑，"在我印象中，你还是个老实的小男孩，总是有很多问题，皱着眉，然而今晚你就像一位战神，一个由铠甲、武器、饰羽、盾牌构成的可怕生物。"

"真的吗？"夏汶问我。

"是。"我承认道，担心起她对此的反应。

我不需要担心的。"那阿尔一定是个了不起的男人，"她坚定地说，露出一个悲伤的微笑，"王子殿下。"

我们到达海边，转而北上。除了还没被疯狂传染的格温特和波伊斯，我们无处可去，但我们的道路止于一处海岬，在这里沙滩渐渐消失，上涨的潮水在大片的泥地上击打出白色的浪花。左边是大海，右边是阿瓦隆的沼泽，在我看来我们被困住了，但梅林告诉大家无需担心。"休息，"他说，"援军很快就到。"他向东望去，沼泽之外的山丘顶上出现了一抹光线。"破晓，"他宣布，"等太阳升起，我们的援军就会到来。"他坐下，逗弄着塞伦和她的猫咪，我们其余人躺在沙滩上，身边放着行李，我们的吟游诗人珀里格唱起莉安珑的爱歌,那一直是戴安最喜欢的曲子。夏汶一手环着莫温娜,轻声啜泣,我则凝视着起伏不定的灰色大海,想着复仇。

太阳升起,预示着德莫尼亚又一个晴朗的夏日,只不过在今天,身覆铠甲的骑兵将在整个国土内搜寻我们。圣锅最终被使用,基督徒涌向兰斯洛特的旗帜,恐怖散布于这片土地,亚瑟的所有成就岌岌可危。

在那个早晨,兰斯洛特的人并不是唯一在寻找我们的人。厄弥德大厅的消息传到沼泽村子中,那里的人也听说了怀君岛上可怕的仪式是一场基督教婚礼,而基督教的任何敌人都是沼泽住民们的朋友,所以他们的船夫、追踪者、猎人分散至沼泽各处,寻找我们。

他们在日出两小时后找到我们,带领我们北上穿过敌人不敢闯入的沼泽小道。傍晚时我们已出沼泽,靠近阿伯纳小镇,那里是船只满载粮食、陶器、锡和铅驶向瑟卢瑞亚海岸的港口。一队兰斯洛特的士兵守卫着河港罗马人建造的码头,但驻扎得很分散,只有不到二十名士兵看管着船只,他们劫掠了一船蜜酒,大部分人都已经喝得半醉。我们将他们杀了个干净。阿伯纳已发生过屠杀,十几个异教徒的尸体横陈于河水潮汐线之上的淤泥中。残杀这些异教徒的基督徒已经离开,加入了兰斯洛特的军队,镇中余下的镇民都胆战心惊。他们告诉了我们镇上发生了何事,发誓自己绝没有参与屠杀,随即挡住画着鱼图案的家门。第二天涨潮时,我们乘船向瑟卢瑞亚的伊斯卡驶去,前往尤斯卡要塞,兰斯洛特曾一度将之作为自己的宫殿,在其中因不满瑟卢瑞亚的王位而闷闷不乐。

夏汶坐在我身侧的船沿上。"太奇怪了,"她说,"战争总是随着国王而来去。"

"怎么说?"我问。

她耸肩。"乌瑟死去,战争爆发,直到亚瑟杀死我父王,然后我们获得和平。如今莫德雷德登上王位,我们又身处战争。就像四季变化,德瓦。战争来来去去。"她的头靠上我的肩膀,"如今该怎么办?"她问。

"你和女孩们北上去司乌思城堡,"我说,"我留下战斗。"

"亚瑟会战斗吗?"她问。

"如果格温薇儿被杀的话,"我说,"他会战至不留一个敌人。"我们没听说任何格温薇儿的消息,但既然基督徒这般在整个德莫尼亚烧杀抢掠,她似乎不可能不受骚扰。

"可怜的格温薇儿,"夏汶说,"可怜的格温德瑞。"她很喜欢亚瑟的儿子。

我们在尤斯卡河上岸,终于登上由莫里格统治的安全国土,随即北上前往格温特的首都布瑞恩。格温特是个基督教国家,但它并没有被席卷德莫尼亚的狂热所影响。格温特已经有一位基督教国王,也许这情况已足以让它的国民保持冷静。莫里格责怪亚瑟。"他应该禁止异教。"他对我们说。

"为什么,国王陛下?"我问,"他自己是一名异教徒。"

"耶稣的真实性显而易见,我本该想到的,"莫里格说,"如果一个人不能读懂历史的潮汐,那他只能自食恶果。基督教是未来,德瓦阁下,异教只属于过去。"

"这未来很短啊,"我不屑地说,"如果历史在四年后就结束的话。"

"不是结束!"莫里格说,"是开始!当耶稣再次降临,德瓦阁下,光辉岁月才真正到来!我们都将成为国王,都将喜悦有福。"

"除了我们异教徒。"

"这个自然,地狱也得填满啊。但还有时间,你可以接受真正的信仰。"

夏汶和我都拒绝了洗礼的邀请,翌日早晨,她与莫温娜、塞伦和其他妇孺前往波伊斯。我们这些战士拥抱我们的家人,目送他们北上。莫里格派人护送她们,我派了六名我自己的士兵,命令他们一将女人们护送至昆格拉斯护卫的安全之处便南下回来。波伊斯的德鲁伊马莱因与他们同行，但梅林和妮慕与我们一起留下，他们对寻找圣锅的渴望突然就像当年黑暗之路时一般炽热。

莫里格随我们前往格兰温。那个镇子属于德莫尼亚，但正位于格温特的边境线上，土木城墙护卫着莫里格的领土。他很机敏，早已派自己的战士驻扎于此，确保德莫尼亚的暴动不会向北扩散至格温特。我们花半日抵达格兰温，在那里，在乌瑟最后一次举行高阶议会的罗马大厅中，我遇见了我剩余的部下、亚瑟的部下，还有亚瑟本人。

他见我走入大厅，脸上露出了宽慰的表情，那表情如此真诚，让我不由眼眶含泪。我的枪兵，我南下寻找母亲时与亚瑟留在一处的士兵，欢呼雀跃，接下去的时间大家交换着重逢的喜悦与各自的消息。我告诉他们厄弥德大厅发生的事，告诉他们牺牲之人的姓名，让他们放心他们的女人都还活着，然后看向亚瑟。"但他们杀了戴安。"我说。

"戴安？"他起初不敢置信。

"戴安。"我又流下了泪水。

亚瑟小心翼翼地用右手环住我的肩膀，带我走出大厅，来到格兰温的城墙，莫里格身着红披风的枪兵驻守在那里的每一座战斗平台上。他让我再告诉他整个事件，从我离开他的那刻起，直到我们在阿伯纳登船。"迪纳思和拉韦纳。"他愤怒地念出这两个名字，随即拔出埃克斯卡利伯，亲吻其灰色的剑刃。"你的仇便是我的仇。"他郑重其事地说，然后归剑入鞘。

我们沉默许久，只是靠在城墙顶部，凝视着格兰温南面的宽阔山谷。一切看起来都很平和。牧草已经差不多可以收割，生长中的小麦间点缀着明亮的罂粟花。"你有格温薇儿的消息吗？"亚瑟打破这沉默，声音中带着一丝接近绝望的意味。

"没有，殿下。"

他颤抖起来,随即控制住自己。"基督徒恨她。"他轻声说,一反常态地摸着埃克斯卡利伯的剑柄以免除厄运。

"殿下。"我想安慰他,"她有护卫。而且她的宫殿在海边。如果有危险,她肯定已经逃出来了。"

"逃去哪里?布罗塞利昂?但如果策尔迪克派了战船呢?"他闭上双眼片刻,摇头,"我们只能等消息。"

我问他莫德雷德的事,但他知道的也不比我们多。"我估计他已经死了,"他阴郁地说,"如果他还活着,现在应该已经和我们会合了。"

他倒是有塞格拉莫的消息,但是坏消息。"策尔迪克重伤了他。安布拉城堡沦陷。卡莱瓦完了,科里尼翁被包围。它应该能再坚持一些日子,塞格拉莫设法增添了两百名枪兵的城防,但到月底他们就会断粮。看来我们又要打仗了。"他发出一声短促尖厉的笑声,"你对兰斯洛特的看法一直是对的,是吧?我瞎了眼,以为他是朋友。"我没有回答,只是看了他一眼,惊讶地发现他的两鬓有了白发。在我眼中他依旧年轻,但若是有人现在第一次看到他,也许会认为他已人至中年。"兰斯洛特怎能让策尔迪克进入德莫尼亚,"他愤怒问道,"或者是鼓励基督徒们发疯?"

"因为他想成为德莫尼亚的国王,"我说,"他需要他们的兵力。而桑森想成为他的首席顾问、财政主管,还有所有别的权位。"

亚瑟耸肩。"你认为真是桑森策划了卡多克教堂的伏击,想杀死我们?"

"还能有谁?"我问。我相信,就是桑森最先将兰斯洛特纹章上的鱼和耶稣的名字联系在一起,也正是桑森激起基督徒们的狂热,让兰斯洛特登上德莫尼亚的王位。我怀疑桑森并不如何相信他的耶稣即将归来,但他确实想要他所能得到的最大的权势,兰斯洛特正是桑森对于德莫尼亚王位的候选人。如果兰斯洛特能坐稳王位,那所有的权力就会握于耗子神的掌心。"他是个危险的畜生,"我恨恨道,"我们应该在十年前就杀了他。"

"可怜的莫甘。"亚瑟叹息,随后苦笑,"我们做错了什么?"他问我。

"我们?"我愤然道,"我们什么都没错。"

"我们一直不明白基督徒想要什么,"他说,"但即使我们明白,又能如何?除了全盘胜利,他们不会接受任何其他情况。"

"跟我们无关,"我说,"是年历让他们疯狂,是这第五百年让他们疯狂。"

"我本希望,"他轻声道,"我们已让德莫尼亚摆脱了疯狂。"

"您让他们获得了和平,殿下。"我说,"和平却给他们机会孕育疯狂。如果我们这些年来一直与撒克逊人作战,那他们的精力就会耗费在战场,耗费在生存上,而我们却给了他们机会,激发了他们的愚行。"

他耸肩。"那我们如今该做什么?"

"如今?"我说,"开战!"

"用什么开战?"他阴郁道,"塞格拉莫被策尔迪克绑住了手脚。我确信,昆格拉斯会支援我们兵力,但莫里格不会参战。"

"他不会吗?"我警惕地问,"但他立下过圆桌誓言!"

亚瑟忧伤地微笑。"这些誓言啊,德瓦,阴魂不散地跟随着我们。在如今这些悲剧的时日,似乎人们并不把它们当一回事。兰斯洛特同样许过誓言,不是吗?莫里格说,莫德雷德一死,便没有交战的理由。"他语气苦涩地引用了那个拉丁词汇,*casus belli*,我想起在勒格溪谷之前,莫里格也使用过同样的词汇,库尔威奇曾嘲笑国王的博学,将这个拉丁词语说成是"奶牛的肚子"。"库尔威奇会参战的。"我说。

"为莫德雷德的土地战斗?"亚瑟问,"我很怀疑。"

"为您而战,殿下。"我说,"如果莫德雷德已死,那您就是国王。"

听见这句话,他苦笑。"什么国王?格兰温国王?"他大笑起来,"我有你,我有塞格拉莫,我有昆格拉斯的支援,但兰斯洛特有德莫尼亚,他有策尔迪克。"他沉默地走了片刻,冲我狡猾一笑。"我们倒是有另一个盟友,虽然不算是朋友。阿尔利用策尔迪克的离开,重新占领了伦敦。也许

亚瑟王

策尔迪克和他会杀了对方?"

"阿尔,"我说,"会被他的儿子杀死,而不是策尔迪克。"

他疑惑地瞥了我一眼。"什么儿子?"

"这是个诅咒。"我说,"而我是阿尔的儿子。"

他停下脚步,盯着我,看我是否在说笑。"你?"他问。

"我,殿下。"

"真的吗?"

"以我的名誉起誓,殿下,我是您敌人的儿子。"

他依旧盯着我,登时大笑起来。笑声真挚而夸张,最后以眼泪收场,他抹去泪水,好笑地摇头。"亲爱的德瓦!如果乌瑟和阿尔知道的话!"乌瑟和阿尔,这对最大的敌人,他们的儿子成为了朋友。命运无常。

"也许阿尔知道。"我想起他温和地斥责我无视艾尔塞的举动。

"他如今是我们的盟友。"亚瑟说,"无论我们要不要他。除非我们选择不战。"

"不战?"我惊恐地问。

"有时候,"亚瑟温和地说,"我只想找回格温薇儿、格温德瑞,一起太平地住在一栋小房子里。我甚至想要发下誓愿,德瓦,如果诸神能送回我的家人,我绝不再麻烦他们。我会住在一栋小房子里,就像你在波伊斯的那个一样,还记得吗?"

"伊萨夫山谷。"我不知亚瑟为何会相信格温薇儿在那样一个地方会快乐。

"正如伊萨夫山谷。"他渴望地说,"一把犁,几块田,一个亲手抚养长大的儿子,一位值得尊敬的国王,傍晚壁炉旁的歌声。"他转头再次凝视南方。山谷东面,绿色的巨大山丘陡峭升起,策尔迪克的人就在那些山顶的不远处。"我厌倦了这一切。"亚瑟说。有一瞬间,他似乎要落泪。"想想我们的成就,德瓦,所有那些道路、法庭、桥梁,所有那些我们平息的纷争，所有那些我们创造的繁荣，所有那些都因为宗教而毁于一旦！宗教！"他冲墙外啐了一口，"德莫尼亚真的值得我们为之战斗吗？"

"戴安的生命值得为之战斗，"我说，"只要迪纳思和拉韦纳还活着，我就不得安宁。我祈祷，殿下，您不会有需要复仇的死亡，但您还是得战斗。如果莫德雷德死了，你就是国王，如果他还活着，我们还有誓言要完成。"

"我们的誓言。"他悻悻然道，我敢肯定他想起了我们在伊索尔德死去的海边说过的话。"我们的誓言。"他重复道。

然而，誓言是我们仅余之物，誓言是我们在混乱时期的向导，整个德莫尼亚却正深陷混乱之中。有人释放了圣锅的力量，它的恐怖力量将要吞没我们所有人。

那个夏日的德莫尼亚如同一块巨大的棋盘，兰斯洛特已走下一步好棋，一步便占领了半块棋盘。他将泰晤士河谷割让给撒克逊人，但剩余的国土如今都归属于他，只因他的盾上绘着他们那神秘的鱼的标志，基督徒便盲目为他而战，这便是他仰仗之物。我怀疑兰斯洛特并不比莫德雷德更像一名基督徒，但桑森的传教士悄悄散布消息，德莫尼亚这些可怜的基督徒被蒙骗，在他们看来，兰斯洛特便是耶稣的使者。

兰斯洛特并没有全盘皆胜。他杀死亚瑟的阴谋破产，只要亚瑟还活着，兰斯洛特便身处险境，在我到达格兰温的第二天，他试图扫荡整个棋盘。他想要赢得一切。

他派了一名骑兵，倒拿盾牌，枪尖上绑着槲寄生枝条前来。骑手宣召亚瑟前去敦希纳赫，一座古老的土堡，它的后山在格兰温要塞的南面，距离仅几英里。口信要求亚瑟在当日便前去那座古堡，宣称保障他的安全，也允许他随自己的意愿带领枪兵同去。口信盛气凌人的语气简直就是自讨没趣，但它在结尾处承诺会告诉亚瑟关于格温薇儿的消息，兰斯洛特一定清楚那承诺会让亚瑟离开格兰温。

他在一个小时后便离开。我们二十人与之同行，所有人都在烈日下身着全副盔甲。塞文宽阔山谷的东面耸立起陡峭的山丘，大片白云于其上飘过。我们本可以沿这些山丘之间的蜿蜒小道走，但它们会经过太多利于伏击之处，于是我们取道山谷旁南下的大路，那是一条穿过田野的罗马大道，田野中种植着黑麦和大麦，罂粟花点缀其间。一小时后，我们转向东行，驱马慢跑于一道密布白色山楂花的树篱之侧，然后穿越一片草场，那里的牧草已几乎可以收割，随后来到通往古堡的草地斜坡。我们爬上斜坡，羊群四散，面对过于陡峭的斜坡，我更愿意牵马步行。粉色和棕色的角蜂眉兰在草间盛开。

一行人在距离山顶一百步处停下，我独自爬上去，确保古堡长草掩埋的城墙后没有埋伏。登上城墙顶时，我已气喘吁吁、汗流浃背，但没有敌人俯身于墙后。这古堡看起来已荒废，只有两只野兔因为我的突然出现而逃走。山顶的安静让我警惕，随后独有一名骑手在古堡北部生长的低矮树木间现身。他手持长枪，刻意夸张地将它扔下，反转盾牌，下马。十几人随他步出树林，同样扔下长枪，仿佛是在向我保证，停战的承诺是真诚的。

我招手示意亚瑟上来。他骑马上坡，又下马与我一同前去。亚瑟身着他最精美的盔甲。他并不是作为一名祈求者前来，而是一名头戴白羽头盔，身穿银色鱼鳞甲的战士。

两人前来与我们会面。我本以为会见到兰斯洛特本人，来的却是他的表亲兼国王勇士鲍斯。鲍斯是个高大黑发男子，有着浓密的胡子、宽阔的肩膀，是一名善战的勇士，杀人犹如一头公牛，而他的主人则狡猾似一条蛇。我并不讨厌鲍斯，他也不讨厌我，但我们效忠的对象决定了我们是敌人。

鲍斯随意地点了下头算是招呼。他身着盔甲，但他的同伴穿的是神父长袍。那是桑森主教。这让我很惊讶，桑森惯于掩饰自己效忠的对象，我心想，如果他如此公开表明他与兰斯洛特的同盟，那我们这位小耗子神必定对胜利很自信。亚瑟冷淡地瞥了桑森一眼，随即看向鲍斯。"你有我妻子的消息。"他直截了当地说。

"她活着，"鲍斯说，"很安全。你的儿子也一样。"

亚瑟闭上双眼，无法掩饰自己的如释重负，片刻之间他甚至无法言语。"他们在哪里？"收拾自己的心情后，他问道。

"在她的海宫，"鲍斯说，"在护卫之下。"

亚瑟王

"你们囚禁女人?"我以讽刺的口吻问。

"护卫他们,德瓦,"鲍斯回以轻蔑的口气,"是因为德莫尼亚的基督徒正在屠杀他们的敌人。而那些基督徒,亚瑟殿下,对你的妻子没有好感。我们兰斯洛特国王陛下将你的妻儿置于他的保护下。"

"那你们的兰斯洛特国王陛下,"亚瑟的语气中仅带着一丝嘲讽,"可以派人护送他们北上。"

"不。"鲍斯说。他是光头,阳光的热度让汗水从他那满是疤痕的宽脸流下。

"不?"亚瑟语带威胁之意。

"我有一条给你的口信,殿下。"鲍斯挑衅道,"口信如下:我的国王陛下允许你和你的妻子生活在德莫尼亚,你会得到善待,但必须发誓效忠我的国王。"他停顿片刻,望了望天空。今天是那种日月同存于天空的凶兆之日,他指向介于半圆与正圆之间的月亮。他说道:"月圆前,你要来卡丹城堡觐见国王陛下。你不能带超过十人,你要宣誓效忠,然后老实地生活在他的统治下。"

我对他的应答就是一口唾沫,但亚瑟抬起一手,平复我的怒火。"如果我不去呢?"他问。

换别人传递这口信,也许会感到羞愧,但鲍斯并没有表现出任何不安。"如果你不来,"他说,"国王陛下会假定你决定与他开战,那么他会需要所有的兵力,包括那些如今正保护你妻儿的士兵。"

"然后他的基督徒,"亚瑟将下巴冲桑森指了指,"就会杀死他们?"

"她随时都可以接受洗礼!"桑森插嘴道。他握紧挂在黑袍外的十字架。"如果她受洗,我一定会保障她的安全。"

亚瑟盯着他,随即故意朝他脸上啐了一口。主教向后退了退。我注意到,鲍斯似乎看得挺乐,我怀疑兰斯洛特的国王勇士与王室神父对彼此似乎并没有什么好感。亚瑟重又看向鲍斯。"告诉我莫德雷德的事。"他要求道。

鲍斯似乎惊讶于这个问题。"没有什么可说的，"他停顿片刻后说，"他死了。"

"你看见了他的尸体？"亚瑟问。

鲍斯再次迟疑，随后摇头。"凶手是被他强暴的一个女孩的父亲，除此之外我什么都不知道。我们国王陛下就是为平息这场谋杀之后的暴乱而来的德莫尼亚。"他停顿片刻，似乎是期待亚瑟再说些什么，然而亚瑟没有开口，于是鲍斯只抬头望着月亮。"月圆之前。"他说完便转身离开。

"等等！"我的呼喊让鲍斯转过身。"我呢？"我问。

鲍斯用残酷的双眼盯着我。"你怎么？"他轻蔑地说。

"杀害我女儿的凶手要求我宣誓效忠吗？"我问。

"国王陛下对你没有任何要求。"鲍斯说。

"那告诉他，"我说，"我对他有要求。告诉他，我要迪纳思和拉韦纳的命，就算要我的性命去换，我也要他们俩死。"

鲍斯耸肩，仿佛他们的性命于他无关紧要，重又看向亚瑟。"我们会在卡丹城堡恭候大驾，殿下。"他言毕走开，桑森还留在原地冲我们大喊，告诉我们，基督将荣光归来，在这个幸日前，这片土地上所有的异教徒和有罪者都将被清除干净。我冲他啐了一口，转身跟在亚瑟身后。桑森尾随我们，冲我们的脚后跟继续叫喊，突然间喊到我的名字。我无视了他。"德瓦阁下！"他再次呼唤，"你这个婊子的主人！你这个婊子的情人！"他知道这些言语会让我愤怒转身回来，他并不想承受我的怒火，却想引起我的关注。"我的话请不要当真，"我转身向他走去时，他匆忙说道，"我必须和您谈谈。就几句！"他朝后一瞥，确认鲍斯听不到我们的谈话，随即又大声叫我忏悔，仅为确保鲍斯以为他是在骚扰我。"我以为您和亚瑟都死了。"他低语道。

"我们的死是你安排的。"我指责他。

亚瑟王

他吓得脸色苍白。"以我的灵魂发誓，德瓦，不！不是的！"他画了一个十字，"如果我对你撒谎，就让天使拔下我的舌头，喂给魔鬼。以天父的名义发誓，德瓦，我一无所知。"说完这个谎言，他四下打量一番，随后看向我。"迪纳思和拉韦纳，"他小声说，"在海宫看守格温薇儿。请您记住，阁下，这件事是我告诉您的。"

我笑了。"你不想鲍斯知道你透露这个消息给我，是吗？"

"是的，阁下，拜托您了。"

"那这个能让他相信你是无辜的。"我给了耗子神一拳，打在他的耳朵上，这估计让他的脑袋里响得仿佛他教堂中的大钟。他倒地，尖声咒骂我，我则转身离开。我现在终于明白桑森为何要今日来此高堡。耗子神很清楚亚瑟的存活威胁到了兰斯洛特的新王位，没有人能无所顾忌地全然将自己的命运寄托在亚瑟的敌人身上。桑森亦正如他的妻子，希望确保我欠他人情。

"那是怎么回事？"我赶上亚瑟时，他问我。

"他告诉我迪纳思和拉韦纳在海宫。他们在那里看守格温薇儿。"

亚瑟哼了一声看向头顶在太阳照射下泛白的月亮。"还有几晚满月，德瓦？"

"五晚？"我估算道，"六晚？梅林会知道的。"

"那就还有六天时间考虑。"他停下脚步，凝视着我，"他们敢杀她吗？"

"不，殿下。"我希望自己是对的，"他们目前还不敢与您为敌。他们想要您去宣誓效忠，然后杀了你。之后他们才可能会杀她。"

"如果我不去，"他轻声说，"他们会继续扣押她。只要他们以她为人质，我便无能为力。"

"您有一把剑，殿下，还有一柄长枪和一面盾。没人能说您无能为力。"

我们身后，鲍斯和他的人上马离开。我们多留片刻，站在敦希纳赫的城墙上望着西面。那是全不列颠最美的景致之一，可以朝西俯瞰塞文，一直深入遥远的瑟卢瑞亚。高处的景致是如此明媚、鲜绿、美丽。那是一个值得为之战斗的地方。

满月之前，我们尚余六晚。

"七晚。"梅林说。

"你确定吗？"亚瑟问。

"也许六晚，"梅林承认道，"你们不是指望我算这个吧？这事儿可烦了。我以前老替乌瑟算，基本上每次都算错。六晚或七晚。或者八晚。"

"马莱因会搞清楚的。"昆格拉斯说。我们从敦希纳赫返回时，发现昆格拉斯从波伊斯来了。马莱因陪夏汶和其他女人北上见过昆格拉斯之后，便与后者一同前来。波伊斯国王拥抱我，向我发誓他也要向迪纳思和拉韦纳复仇。他带来六十名枪兵，告诉我们另一百名也已经准备好跟随他南下。且还有更多的士兵会来。昆格拉斯预测会发生战事，他慷慨地愿意提供手下的每一份战力。

他的六十名战士如今与亚瑟的人一同蹲坐于格兰温大厅的墙边，首领则在大厅中央会谈。只有塞格拉莫缺席，他正与他剩余的人马在科里尼翁附近对付策尔迪克的军队。莫里格出席，无法隐藏他对于梅林在桌首最大椅子上就座的恼怒。昆格拉斯和亚瑟分坐梅林左右，莫里格面对梅林而坐，库尔威奇和我则坐在余下两座上。库尔威奇与昆格拉斯一同来到格兰温，他的到来犹如在烟熏火燎的大厅中引入了一股新鲜空气。他等不及要开战了。他宣布，莫德雷德既已死，那亚瑟便是德莫尼亚国王，库尔威奇已准备好为保护他表亲的王座大开杀戒。昆格拉斯和我同样想要战斗，莫里格尖声叫我们谨慎，亚瑟一言不发，而梅林似乎是睡着了。他面露微笑双眼紧闭，但我怀疑他是装睡，假装丝毫不在意我们说了什么。

库尔威奇对鲍斯的口信不屑一顾。他坚持兰斯洛特永远不会杀死格温薇儿，亚瑟只需要率领人马南下，王位就自然而然可以到手。"明天！"库

亚瑟王

尔威奇对亚瑟说,"我们明天就去。两天内就能完事。"

昆格拉斯更谨慎些,建议亚瑟等他的波伊斯战士到齐,但一等那些人来,我们就应该宣战南下。"兰斯洛特有多少人马?"他问。

亚瑟耸肩。"不算策尔迪克的人?也许三百。"

"算个屁!"库尔威奇咆哮道,"早饭前就能把他们都干掉。"

"还有很多暴躁的基督徒。"亚瑟提醒他。

库尔威奇对基督徒发表了一个观点,让身为基督徒的莫里格怒火中烧、气急败坏。亚瑟安抚了格温特的年轻国王。"你们都忘记了一件事,"他平静地说,"我从来不想做国王。现在也依旧不想。"

桌边霎时寂静一片,倒是有墙边的一些战士喃喃反对亚瑟之语。"无论您想要什么,"昆格拉斯打破沉默,"已无关紧要。诸神似乎已为您做下决定。"

"如果诸神要我为王,"亚瑟说,"他们会安排我的母亲嫁给乌瑟。"

"那您到底想要什么?!"库尔威奇失望大吼。

"我想要格温薇儿和格温德瑞安全回来,"亚瑟轻声说,"以及击败策尔迪克。"他补充之后便低头盯着裂缝的桌面。片刻后,他继续道:"我想像普通人一样生活。妻子、儿子、房子、农场。我想要和平。"这一次他说的不再是整个不列颠,仅仅是他个人。"我不想困在誓言中,我不想永远跟人的野心打交道,我不想再作为人们幸福与否的仲裁者。我只想要像图锥克国王那样。我想找一个绿水青山的地方居住生活。"

"然后烂在那里?"梅林放弃装睡。

亚瑟微笑。"有太多东西可学,梅林。为什么同一个人用同样的金属在同一炉火中打造两把剑,一把坚实,另一把却会在首战就弯折?太多事情可去探寻。"

"他想做个铁匠。"梅林对库尔威奇说。

"我想要格温薇儿和格温德瑞回来。"亚瑟坚定地宣布。

"那你就必须宣誓效忠兰斯洛特。"莫里格说。

"如果他去卡丹城堡宣誓效忠兰斯洛特,"我愤愤地说,"他会遇上一百名全副武装的男人,像条狗般被杀死。"

"如果我与国王们一同去,就不会。"亚瑟温和地说。

我们都盯着他,他似乎对我们对于他言语的困惑而感到吃惊。"国王们?"库尔威奇终于打破沉默。

亚瑟微笑。"如果昆格拉斯国王陛下和莫里格国王陛下愿意与我同去卡丹城堡,那我想兰斯洛特便不敢杀我。如果他面对的是不列颠诸王,他就必须谈判,如果他愿意谈判,那我们就能达成一个共识。他害怕我,但如果他知道没什么可怕,他会让我活下来。他会让我的家人活下来。"

又是一阵沉默,我们需要时间消化他的话,随后库尔威奇咆哮着反对。"你要让那个杂种兰斯洛特当国王?"大厅墙边的一些战士也怒吼着赞同库尔威奇。

"表亲啊表亲!"亚瑟劝慰库尔威奇,"兰斯洛特不是个坏人。我认为,他意志薄弱,但并不邪恶。他没有计划,没有梦想,只有贪婪的目光和急切的手段。他发现有好东西便会去抢,然后藏起来等着下一个好东西的出现。他如今想要我死,是因为他害怕我,但如果他发现我死亡的代价太高,那他会接受现状。"

"他会接受你的死亡,蠢货!"库尔威奇用拳头捶着桌子,"他会告诉你一千个谎话,背信弃义,你的国王们一走就朝你的肋骨里插上一剑。"

"他会对我说谎,"亚瑟平静地赞同道,"所有国王都会说谎。没有一个王国不是靠谎言统治的,谎言是我们建立名声的基石。我们付钱给吟游诗人,将我们卑劣的胜利歌颂为伟大的功绩,有时甚至连我们自己都相信他们唱诵的谎言。兰斯洛特想要所有那些歌谣,但真相是,他很弱,极度渴望强大的朋友。他现下惧怕我,因为我是他的假想敌,但等他发现我不是敌人,就会发现自己需要我。他将需要能找到的每一个人——如果他想

亚瑟王

要将策尔迪克赶出德莫尼亚。"

"是谁邀请策尔迪克进入德莫尼亚的?"库尔威奇抗议道,"是兰斯洛特!"

"他很快就会后悔,"亚瑟冷静道,"他利用策尔迪克抢到胜果,但以后会发现策尔迪克是个危险的同盟。"

"您会为兰斯洛特作战?"我陷入震惊。

"我会为不列颠作战。"亚瑟坚定地说,"我不能要求人们为了让我登上我不想要的位子而死,但我能要求他们为他们的家园、他们的妻子和他们的孩子而战。那也正是我为之战斗的东西。为了格温薇儿。为了打败策尔迪克,等打败了他,兰斯洛特做不做德莫尼亚的国王又有何妨?总得有人做,我敢说他会是个比莫德雷德更好的国王。"我们又沉默了。一条猎狗在大厅墙边呜咽,一个士兵打了个喷嚏。亚瑟看向我们,见我们依旧迷茫。"如果我向兰斯洛特开战,"他对我们说,"那我们就倒退回了勒格溪谷之前的不列颠;我们不列颠人自相残杀,而非联手对抗撒克逊人。这里只有一条原则,那就是乌瑟的坚持——撒克逊人必须被赶出塞文海。如今,"他语气强硬,"撒克逊人前所未有地接近塞文。如果我为了王位而战,那就会给策尔迪克夺取科里尼翁以及这座城市的机会。如果他真的占领格兰温,他会将我们的国土一分为二;如果我与兰斯洛特开战,那撒克逊人便会赢得一切。他们会夺去德莫尼亚和格温特,在那之后还会北上侵略波伊斯。"

"没错。"莫里格对亚瑟的话表示赞同。

"我不会为兰斯洛特而战!"我愤怒地说,库尔威奇也表示赞同。

亚瑟冲我微笑。"我亲爱的朋友德瓦,我不指望你会为兰斯洛特而战,但我希望你的人马与策尔迪克作战。我帮助兰斯洛特抵抗策尔迪克的报酬,就是让他将迪纳思和拉韦纳交给你。"

我凝视着他。直到此时,我才明白他考虑得有多深远。我们其他人只看见了兰斯洛特的背叛,但亚瑟考虑的只有不列颠,只有将撒克逊人赶出塞文的迫切需求。他会放下对兰斯洛特的敌意,迫使我为复仇投身对抗撒克逊人的事业。

"那基督徒呢?"库尔威奇语带嘲弄,"你觉得他们会让你回德莫尼亚?你觉得那些混蛋不会烧了你?"

莫里格尖叫反对,亚瑟示意其安静。"基督教狂热会自己燃尽的,"亚瑟说,"那就像某种疯病,一旦耗完,人们就会回家重拾生活。一旦策尔迪克被击败,兰斯洛特就可以让德莫尼亚平静下来,我就能与家人生活在一起,我想要的仅此而已。"

昆格拉斯之前一直靠在椅背上,盯着大厅天花板上残余的罗马壁画。这时他坐直身体,看向亚瑟。"再告诉我一遍,你想要什么。"他轻声说。

"我想要不列颠人活在和平中。"亚瑟耐心道,"我想击退策尔迪克,我想要我的家人。"

昆格拉斯看着梅林,"阁下,您说呢?"他询问这位老者的意见。

梅林先前一直在将自己的两簇胡子打成结,现下却仿佛又惊讶又仓促地在解开胡子。"我怀疑诸神并不认同亚瑟的想法,"他说,"你们都忘记了圣锅。"

"这事和圣锅毫无关系。"亚瑟坚定地说。

"这事的一切都和圣锅有关系。"梅林突然间变得异常严肃,"圣锅带来混乱。你渴望秩序,亚瑟,你认为兰斯洛特会听从你的道理,策尔迪克会投降于你的利剑,但你那些合乎情理的秩序在未来不会有用的,就如同过去它也不曾派上用场。你真觉得人们会因为和平而感谢你?他们只会厌烦你的和平,制造他们自己的麻烦来填补这种无聊。人们不想要和平,亚瑟,他们想要摆脱乏味的生活,而你却渴望乏味,如同一个口渴的人渴望蜜酒。你的道理无法打败诸神,诸神不会让这种事情发生。你觉得你可以躲进农庄,玩扮铁匠的游戏?不。"梅林露出邪气的笑容,拾起他的黑色

亚瑟王

长手杖。"即使在此刻,"梅林说,"诸神都在给你制造麻烦。"他用手杖指向大厅的前门。"迎接你的麻烦吧,乌瑟之子亚瑟。"

我们转过头看见加拉哈特站在门口。他身着锁甲,身侧佩剑,胸口沾着泥点。而同他一起出现的,是一个悲惨的、瘸脚、塌鼻、圆脸、胡子稀疏、一头乱发的人。

莫德雷德还活着。

厅内众人因震惊而沉默。莫德雷德一瘸一拐地走进大厅,他的小眼睛中暴露出他对于缺乏迎接的不满。亚瑟只是盯着他宣誓效忠的主人,我知道他刚才解释给我们听的所有那些细致的计划,现在一定在他脑中毁灭殆尽;不可能与兰斯洛特讲和,因为亚瑟宣誓效忠的主人还健在;德莫尼亚依然有一位国王,而那不是兰斯洛特;国王是莫德雷德,亚瑟的效忠属于莫德雷德。

沉默被打破,人们聚集在国王身边,想要知道他发生了何事。加拉哈特走到一旁拥抱我。"感谢上帝,你还活着。"他松了口气,语气真挚。

我向我的友人露出微笑。"你指望我谢谢你救了我国王的性命吗?"我问他。

"总得有人谢谢吧,反正他没谢过我。他是个不知感激的小混蛋。"加拉哈特说,"天知道为什么他活下来,却有那么多好人死去。里沃奇、贝德维尔、巴德温、达戈内、布雷斯都死了。"他列举着死于杜诺维瑞阿的亚瑟的战士。有些人的亡故我已知道,另一些人的消息则是我刚得知的,但加拉哈特更清楚他们死亡的具体情形。莫德雷德死亡的谣言激发基督徒们暴乱时他正身处杜诺维瑞阿,加拉哈特发誓那些暴乱者中有士兵。他相信兰斯洛特的人伪装成前往怀君岛的朝圣者潜入镇子,那些士兵才是大屠杀的带头人。"大多数亚瑟的人都在酒馆里,"他说,"没有什么机会反抗。有些人幸存下来,但天知道他们现在在哪儿。"他画了个十字,"这不是耶稣的所为，德瓦，你知道的，对吧？这是魔鬼干的。"他看着我，眼神痛苦，甚至恐惧。"戴安的事是真的吗？"

"真的。"我说。加拉哈特无言地抱住我。他一直没有结婚，没有孩子，但他爱着我的女儿们。他爱着所有的孩子。"迪纳思和拉韦纳杀了她。"我告诉他，"他们现在还活着。"

"我的剑任凭你驱使。"他说。

"我知道。"我说。

"如果这是耶稣所为，"加拉哈特真诚地说，"那迪纳思和拉韦纳就不会侍奉兰斯洛特。"

"我不怪你的神。"我告诉他，"我不怪任何神灵。"我转过头看向莫德雷德身周的骚乱。亚瑟高声叫诸人安静下来遵守秩序，派仆人去为国王取合适的食物和衣物，其他人都想要知道他的消息。"兰斯洛特没有要求你效忠吗？"我问加拉哈特。

"他不知道我在杜诺维瑞阿。我当时和埃姆里斯主教在一起，主教给了我一条修道士的袍子，穿在这身外面。"他轻拍自己的锁甲，"可怜的埃姆里斯心急如焚，他觉得他的教徒们都疯了，我也这么认为。我本可以留下战斗，但我没有。我逃跑了。我听说你和亚瑟已死，可我不相信。我想要找你，但却找到了国王。"他告诉我，莫德雷德那时正在杜诺维瑞阿北面猎熊，加拉哈特相信兰斯洛特派了人在国王回城的半路拦截，但莫德雷德看上了某个村姑，等他和他的同伴玩够了那姑娘，已近天黑，于是他占了村中最大的屋子，命令村民供他饮食。刺客在城北门等待时，莫德雷德却在十数英里外享用大餐。傍晚时分，兰斯洛特的人马决定开始屠杀，德莫尼亚国王不知怎么逃过了他们的埋伏，他们散布他已死的谣言，以此来为兰斯洛特的篡位正名。

第一个逃难者从杜诺维瑞阿跑到村子里时，莫德雷德听闻了这麻烦。他大多数同伴四散逃走，村民们鼓起勇气想要杀了这个强奸他们的女孩、

亚瑟王

抢走他们大部分食物的国王，莫德雷德慌了。他和他仅剩的朋友穿着村民的衣服向北逃跑。"他们想去卡丹城堡，"加拉哈特告诉我，"觉得能在那里找到王室护卫，但却找到了我。我打算去你家，不过我们听说你们跑了，所以就带着他来了北方。"

"你见到撒克逊人了吗？"

他摇头。"他们在泰晤士河谷。我们避开了那里。"他紧盯着莫德雷德身旁欢乐的人群。"现在怎么办？"他问。

莫德雷德主意坚定。他裹着棕色斗篷，坐在桌前，将面包和醃牛肉塞入口中。他命令亚瑟立刻出兵南下，亚瑟一想要插嘴，国王便拍打着桌子，重复他的命令。"你想要违背你的誓言吗？"莫德雷德最终冲亚瑟大吼，喷出嚼了一半的面包屑和牛肉。

"亚瑟殿下，"昆格拉斯语带讥讽，"想要保全他的妻儿。"

莫德雷德面无表情地看着波伊斯国王。"他们比我的王国重要？"他开口问道。

"如果亚瑟出兵，"昆格拉斯向莫德雷德解释，"格温薇儿和格温德瑞就会死。"

"那我们什么都不做？"莫德雷德歇斯底里地尖叫。

"我们要考虑一下这件事。"亚瑟痛苦道。

"考虑？"莫德雷德大吼，站起身。"你就只是考虑，放任那杂种统治我的土地？你的誓言呢？"他命令亚瑟道，"你如果不去打仗，这些人又有什么用？"他冲在桌子旁围成一圈的士兵挥了挥手。"你要为我而战，就这么办！这是你发过的誓。你要去战！"他又一次拍打桌子，"不要考虑！开战！"

我受够了。也许我死去女儿的灵魂在那刻显灵，我几乎不假思索地大步走上前，解开了剑带。我解开海威贝恩，把剑扔在地上，将皮带对折。莫德雷德看着我靠近，发出一声孱弱的抗议，但没人来阻止我。

我来到国王身侧，停下，随即用折起的皮带猛抽他的脸。"那一下，"我说，"不是为了报复你打我的那几拳，而是为了我的女儿；这一下——"我更用力地抽打他，"——是为了你没能遵守誓言，守护你的王国。"

士兵们呼喊赞同。莫德雷德下唇颤抖，正如他小时候被打一般。他的脸因为抽打而泛红，眼睛下的一个小伤口中渗出一丝血迹。他用一指摸了摸那抹血，冲我的脸上吐出一口嚼了一半的牛肉和面包。"你会为此而死的。"他对我信誓旦旦地说，在极度的愤怒下，他想要打我的耳光。"我怎么守护王国？你不在！亚瑟也不在。"他又试图打我，但我用手臂挡下，举起皮带又给了他一记。

亚瑟因我的举动而惊恐，拉着我的手臂拽开我。莫德雷德跟过来，冲我胡乱挥舞拳头，但一根黑色的手杖重重地打了他手臂一记，他暴怒转身，打算攻击他的新敌人。

那是梅林，高高地立于愤怒的国王面前。"打我一下，莫德雷德，"德鲁伊平静地说，"我就把你变成癞蛤蟆，喂给安农的毒蛇。"

莫德雷德盯着德鲁伊，一言不发。他试图推开手杖，但梅林紧握着它并用它将这位年轻的国王猛推回他的座椅。"告诉我，莫德雷德，"梅林将莫德雷德推着坐回椅中，"你为何派亚瑟和德瓦去那么远的地方？"

莫德雷德摇头，他被这个全新的、挺拔的、高大的梅林吓到。他所认识的德鲁伊只是一个整天在林第尼斯花园中晒太阳的脆弱老人，这个胡子绑成小股、重新振作的梅林让他惊惧万分。

梅林举杖在桌上一敲。"为何？"手杖敲击的回声消散之后，他轻声问。

"为了抓莱加塞特。"莫德雷德嗫嚅道。

"你这个扭捏的小蠢货，"梅林说，"一个小孩也能把莱加塞特抓回来。你为何派亚瑟和德瓦去？"

莫德雷德只是摇头。

亚瑟王

梅林叹气。"我好久不用高深的魔法了，小莫德雷德。很遗憾我的确疏于练习，但我想，有妮慕帮忙的话，我能把你的尿变成黑色脓水，每一次你撒尿的时候，都刺痛得像被黄蜂叮过。我可以把你的脑子搅乱，如果你有脑子的话，我能让你的男根，"手杖突然指向莫德雷德的裆部，"缩小成晒干的豆子那么大。这些我都能做到，莫德雷德，除非你告诉我真相，不然我真会这么做。"他微笑，笑容中的威胁意味比蓄势待发的手杖更严酷。"告诉我，小男孩，为何你要派亚瑟和德瓦去卡多克的营地？"

莫德雷德的下唇颤抖。"因为桑森叫我这么做。"

"耗子神！"梅林惊呼，仿佛这答案让他吃惊。他又一次微笑，或者说露出牙齿。"我还有一个问题，莫德雷德，"他继续道，"如果你不说实话，你的肠子就会涌出带着黏液的癞蛤蟆，你的肚子就会变成蠕虫窝，你的喉咙就会盛满它们的胆汁。我会让你没完没了地发抖，这样你的一生，你的整个人生中，你会变成一个拉出癞蛤蟆、吃着蠕虫、吐出胆汁、不断颤抖的人。我会让你变得，"他停顿了一下，压低了声音，"比你从娘胎里出来时还要可怕。所以，莫德雷德，告诉我，耗子神跟你保证过什么，如果你派出亚瑟和德瓦会发生什么。"

莫德雷德惊恐地盯着梅林的脸。

梅林等了片刻。没有等到回答，于是他举起手杖，指向大厅的天花板。"以贝尔之名，"他用严肃响亮的声音缓缓道，"和他的蟾蜍神卡拉克之名，以苏克鲁斯以及其虫主霍费尔之名，以……"

"他们会被杀死！"莫德雷德不顾一切地尖叫。

手杖慢慢放低，再次指向莫德雷德的脸。"他向你保证了什么，孩子？"梅林问。

莫德雷德在椅中不安地扭动，但无法躲开手杖。他咽了口唾沫，左右看看，大厅中无人伸出援手。"他们会被杀死，"莫德雷德承认道，"被那些基督徒。"

"为什么你想要那个？"梅林问。

莫德雷德犹豫，但梅林再次举起手杖，这男孩的坦白脱口而出。"因为只要他活着，我就不能成为国王！"

"你觉得亚瑟的死能让你从此为所欲为？"

"是！"

"你相信桑森是你的朋友？"

"是。"

"你一次都没想过，桑森想要你也去死？"梅林摇头，"真是个傻孩子。你难道不知道吗？基督徒成不了事的。他们的第一人搞得自己都被钉上十字架了。那不是强大神灵的所作所为，完全不是。谢谢你，莫德雷德，跟我聊天。"他微笑，耸肩，走开。"只是想帮忙。"他经过亚瑟身边时说。

莫德雷德看起来仿佛已经被梅林下咒般不断颤抖。他紧抓椅子的扶手，瑟瑟发抖，因为刚才遭受的羞耻而眼中含泪。他想要找回自己的尊严，于是指着我，命令亚瑟逮捕我。

"别犯蠢了！"亚瑟愤怒地冲他说，"你以为没有德瓦的人马，我们还能夺回你的王位？"莫德雷德没有回答，这赌气般的沉默激起了亚瑟的怒火，正如那让我去打国王的冲动。"不需要你也能做到！"他冲莫德雷德不耐烦地说，"不管发生什么，你就待在这儿，我会派人看守你！"莫德雷德目瞪口呆地看着亚瑟，一滴眼泪流下冲淡了那丝鲜血。"不是作为囚犯，国王陛下，"亚瑟疲惫地解释，"是为了让你不至于被想要杀你的那几百人给干掉。"

"那你要干什么？"莫德雷德现在已经完全陷入慌乱。

"正如我说的，"亚瑟不屑道，"我会好好考虑一下该怎么做。"随后他就不再开口。

兰斯洛特的谋划现在终于清晰：桑森策划杀害亚瑟，兰斯洛特派人去

亚瑟王

干掉莫德雷德，随后是他的军队，把兰斯洛特登上德莫尼亚王位的每一个障碍都清除，被桑森繁忙的传教士鞭打至狂怒的基督徒会杀死剩下的所有敌人，策尔迪克则将塞格拉莫的人拖在湾区。

但亚瑟幸存，莫德雷德幸存，只要莫德雷德还活着，亚瑟便有效忠的对象，我们就必须开战。无论开战会否导致撒克逊人侵入塞文河谷，我们必须与兰斯洛特战斗。我们受誓言的约束。

莫里格不肯派士兵与兰斯洛特交战。他宣称需要所有兵力守卫他自己的国界，以防止策尔迪克或阿尔可能的攻击，我们无人能劝服他。他同意将卫戍部队留在格兰温，这样驻守本地的德莫尼亚守卫能加入亚瑟的部队，但他不愿再多出一份力了。"胆小的混蛋！"库尔威奇低吼道。

"他是个理智的年轻人，"亚瑟说，"他的目的是保护自己的国家。"我们齐聚格兰温的罗马浴室时，他对我们这些战队指挥说。房中铺着地砖，拱顶残留着壁画，花叶的旋风中，半人半羊的法翁追逐赤裸的仙女。

昆格拉斯很慷慨。他将自己从司乌思城堡带来的士兵交给库尔威奇率领，前往支援塞格拉莫。库尔威奇发誓绝不协助莫德雷德复位，但他不介意与策尔迪克的战士战斗，而那依旧是塞格拉莫的任务。一旦努米底亚人获得波伊斯的增援，他就能出兵南下，解除科里尼翁之围，牵制策尔迪克的人，使他们无法在德莫尼亚的腹地为兰斯洛特提供助力。昆格拉斯保证会尽力帮助我们，但至少需要两周召集他的全部兵力并南下带来格兰温。

亚瑟在格兰温拥有少量珍贵的兵力。三十名曾北上抓捕莱加塞特的人马如今陈兵格兰温，还有我的人马，凭此他能在格兰温的小股卫戍军中增添七十名士兵。那人数每日还在增加，不断有难民从在德莫尼亚四处追捕异教徒的基督徒暴民手中逃来此处。我们听说德莫尼亚还有很多这样的难民，有些人守在古老的土堡中，有些人躲入了林地深处，但其他人都逃来了格兰温，其中就有丑八怪墨凡斯，他躲开了杜诺维瑞阿酒馆中的大屠杀。亚瑟命他负责格兰温的兵力，命令他带领他们南下前往萨丽丝泉。加拉哈特也会随之前往。"别牵涉进正面战场，"亚瑟提醒两人，"只要激怒他们，招惹他们，滋扰他们。留在山陵地带，保持机敏，分散他们的注意力。等国王陛下到达——"他指的是昆格拉斯，"你们就可以加入他的军队，南下进军卡丹城堡。"

亚瑟宣布他不会与塞格拉莫或墨凡斯一同战斗，他会去寻求阿尔的帮助。亚瑟比任何人都明白，他的计划会传到南方。格兰温有不少基督徒相信亚瑟是上帝之敌，而兰斯洛特是耶稣归来的天降使者；亚瑟希望那些基督徒把消息传到南方的德莫尼亚，让兰斯洛特知道亚瑟不敢冒着格温薇儿丧生的危险向他开战。亚瑟只会去请求阿尔派兵对抗策尔迪克的人马。"德瓦随我同去。"他对我们说。

我不想随亚瑟同去。有其他翻译，我反对道，我只想加入墨凡斯南下前往德莫尼亚的军队。我不想面对我的父亲阿尔。我想战斗，不是为了让莫德雷德坐回王位，而是为了推翻兰斯洛特，找到迪纳思和拉韦纳。

亚瑟拒绝了我。"你随我去，德瓦，"他下了命令，"我们带四十个人去。"

"四十人？"墨凡斯不同意。对他那个用来分散兰斯洛特注意力的小股部队而言，四十人的分兵不是一个小数目。

亚瑟耸肩。"我不敢向阿尔示弱，"他说，"其实我该带更多人，但四十人可能已足够说服他，让他知道我并没有陷入绝境。"他停顿了一下，"还有最后一件事，"他用沉重的语气说，引起了正打算离开浴室的人们的注意，"你们中的一些人不想为莫德雷德战斗，"亚瑟坦言，"库尔威奇要离开德莫尼亚，等这场战争结束，德瓦无疑也会离开，谁知道你们中还有多少人要走？德莫尼亚无法承受你们的离开。"他又停顿片刻。屋外开始下雨，雨水从绘着壁画的屋顶砖缝中滴下。"我与昆格拉斯谈过了，"亚瑟朝波伊斯国王的方向斜了下头，"也和梅林聊过，谈过了古法和我们人民的习俗。我必须遵守法律，我无法让你们从效忠莫德雷德的义务中解脱。

亚瑟王

我的誓言不允许如此,我们的古法也规定不允许如此。"他又顿了顿,右手无意识地握住了埃克斯卡利伯的剑柄。"但是,"他继续道,"法律允许一件事。如果一位国王不适合统治国家,那御前顾问团可以代替他统治,只要保留国王的地位和特权优待。梅林向我保证这是真的,昆格拉斯也确认了,在他曾祖父布力肯统治期间发生过这样的情况。"

"他脑子不太好!"昆格拉斯用欢快的语气补充。

亚瑟微微一笑,随即便皱起眉头。"这不是我想要的,"他轻声说,沮丧的声音回荡在漏水的房间中,"但我会向德莫尼亚御前顾问团建议,由它来代替莫德雷德统治。"

"太好了!"库尔威奇大喊。

亚瑟示意他噤声。"我本希望,"他说,"莫德雷德能承担起责任,但他没有。我不在乎他想杀了我,但我在乎他丢了他的王国。他打破了他继位时的誓言,如今我怀疑他永远都不能遵守。"我们很多人的表情一定都暴露出了我们心中所想,亚瑟花了这么长时间才明白这件对我们其余人来说显而易见的事情。多年来,他固执地否认莫德雷德不适合统治这件事,然而现在,莫德雷德失去他的王国之后,亚瑟没能坚守自己的信念,终于准备要面对真相,毕竟这在亚瑟看来是非常严重的事。水滴落在他没戴头盔的脑袋上,但他似乎并未察觉。"梅林告诉我,"他语气悲伤继续道,"莫德雷德被一个邪恶的魂灵附身。我不懂这种事情,但驱邪似乎是不可能的,所以,如果顾问团同意,在我们帮助莫德雷德复位后,我会提出建议,给予他所有国王应有的尊重。他可以住在冬宫,可以打猎,可以像一位国王般用餐,在法律允许的范围内满足他的一切嗜好,但他不能治理国家。我提议,我们给予他所有的特权,但免去他国王的职责。"

我们欢呼。我们如此欢呼雀跃。如今,我们似乎终于有值得为之战斗的东西了。不是为莫德雷德那个恶劣的混蛋,而是为了亚瑟,因为尽管他说的是让顾问团取代莫德雷德统治德莫尼亚,但我们都知道此话是何意。

这意味着亚瑟会在各种意义上成为德莫尼亚的国王，除了国王的头衔。为了这个美好的未来，我们会带上我们的长枪战斗。我们欢呼，因为如今我们终于拥有为之战斗、为之而死的理由。我们有亚瑟。

亚瑟选了二十名最好的骑兵，我则选择了二十名最好的枪兵，作为前往与阿尔交涉的成员。"我们必须给你的父亲留下深刻印象，"他告诉我，"如果带着年迈伤兵是不可能让人留下好印象的。我们要带最好的士兵。"他还坚持让妮慕陪同。他本更希望梅林同去，但德鲁伊宣称自己太过年迈，走不了远路，建议让妮慕代替他。

我们派莫里格的枪兵护卫莫德雷德。莫德雷德已知亚瑟对他的安排，但他在格兰温势单力薄，懦弱不敢反抗，他倒是很满意看着莱加塞特被公开勒死。在那一场漫长的死刑之后，莫德雷德立于大厅的露台上，口齿不清地发表了一通演讲，他威胁要让德莫尼亚的其他叛徒有同样的下场，随后他阴沉地回到自己房间，我们则跟随库尔威奇东行。库尔威奇是去与塞格拉莫会合，帮助他发起进攻，我们都希望这能拯救科里尼翁。

亚瑟和我进入格温特富饶东部的高地乡间。那里处处是豪华的乡间庄园、宽广的农场和巨大的财富，后者大多来源于那些放牧于起伏山丘间的绵羊。我们在两面旗帜下进军，亚瑟的熊与我自己的星星，我们在德莫尼亚国界以北驻兵，以便兰斯洛特得到的消息是亚瑟不会威胁到他偷来的王位。妮慕与我们一同步行。梅林不知怎么劝服她洗了澡，并换上干净衣服，但她肮脏的头发打结无法梳理，他只能将之剪短，把附着污物的断发烧去。短发很适合她，她又带上眼罩并携带一根手杖，但没有其他行李。她赤着足，不情愿地步行，因为她并不想来，即使梅林说服了她，妮慕依旧坚称她的陪同是一种浪费。"任何蠢货都能对抗撒克逊巫师，"在我们即将结束第一天的行军时，她如此对亚瑟道，"只要冲他们吐口水，翻白眼，挥舞一根鸡骨头就行了。就这么简单。"

亚瑟王

"我们不会去见什么撒克逊巫师。"亚瑟平静回答。我们现在正身处旷野,离任何乡间庄园都很远,他停下马,抬手,等待人们聚集到他身边。"我们不会见到任何巫师,"他告诉我们,"因为我们不会去见阿尔。我们要南下进入我们自己的国家。南下深入。"

"去海滨?"我猜测。

他微笑。"去海滨。"他双手交叠于他的马鞍扶手之上。"我们人数很少,"他告诉我们,"而兰斯洛特兵力充足,但妮慕可以为我们施展一个隐蔽咒语,我们连夜赶路。"他微笑耸肩。"我不能坐视我的妻儿被囚,但如果能救出他们,我就可以自由行事。一旦可以自由行事,我就能与兰斯洛特开战,不过你们要知道,我们将会孤军深入敌人占领的德莫尼亚。我会先救回格温薇儿和格温德瑞,但还不知道我们要如何逃跑,我想妮慕会帮助我们。诸神会帮助我们,若是任何人害怕这次任务,可以现在就离开。"

没人离开,他一定也知道没人会离开。这四十人是我们最好的战士,会跟随亚瑟进入龙潭虎穴。亚瑟当然没有将自己的计划告诉任何人,除了梅林,兰斯洛特不会得到任何消息。他冲我抱歉地耸耸肩,就像是在为骗了我而道歉,但他也一定知道我对此计划的满意,因为我们不仅是前往格温薇儿和格温德瑞被关押的所在,更是要去杀害戴安的那两名凶手的躲藏之处。

"今夜就出发,"亚瑟说,"直到黎明都不能休息。我们南下,等到早晨我希望我们能赶到泰晤士河对岸的山丘。"

我们在盔甲外披上斗篷,用布包住马蹄,在渐深的夜色中向南进发。骑兵牵着他们的坐骑,妮慕为我们领路,使用她那神奇的力量,于黑夜中在陌生的乡间寻找道路。

那夜晚些时候,我们进入德莫尼亚,走下山丘,进入泰晤士河谷,我们看见右手边远处的天际有火光,那是策尔迪克的人马正在科里尼翁外扎营。走出山区后,道路不可避免地领我们穿越一些黑暗中的小村落,狗冲我们吠叫，但无人前来质询，村民们大约不是已死就是担心我们是撒克逊人。于是，我们如同一队幽灵，从他们身旁经过。亚瑟的骑兵之一是河间地的原住民，他带领队伍前往一处堡垒。我们将武器和装着食物的袋子举高，艰难地涉过激流，到达了对岸，妮慕在那里冲邻近的村子嘶嘶念出一个隐蔽咒语。黎明时分，我们已身处南部山丘，安全地进入一座先民的土堡。

我们在日光下睡觉，在夜色中继续南下。途经一片富饶美丽的土地，撒克逊人尚未涉足其间，但依旧没有村民前来质疑，只有傻瓜才会在这种非常时期来打扰一队夜间行军、全副武装的人。天亮时，我们已到达大平原，升起的太阳照射下，先民之家在浅色的草地上投下长长的阴影。一些坟冢依旧有墓灵护卫着其中财宝，我们避开那些坟冢，寻到一片空地，让马儿吃草，让我们的士兵可以休整。

在翌日月光之中，队伍经过了巨石阵，许多年前，梅林就是在这个神秘的石圈中给了亚瑟他的宝剑，我们也在进军勒格溪谷之前，于此处付给阿尔黄金。妮慕穿梭石柱间，用她的手杖碰触石块，随后站在中心，盯着群星。已近乎满月，月色为石块镀上一层银光。"它们还有魔力吗？"她赶上来后，我问她。

"还有一些，"她说，"但正在消退，德瓦。我们所有的魔力都在消退。我们需要圣锅。"她在黑暗中微笑。"不远了，"她说，"我能感觉到它的存在。它还存在着，德瓦，我们会找到它，还给梅林。"现在她热情满满，正如曾接近幽暗道尽头时一般。亚瑟是为他的格温薇儿在黑夜行军，我是为复仇，而妮慕是为了用圣锅召唤诸神，然而我们身单力薄，敌人却人多势众。

我们现已深入兰斯洛特的新领地，但没有发现任何战士的踪迹，也没有发现极端基督徒们的踪影，据传这些人依旧威胁着乡间异教徒们的安全。兰斯洛特的枪兵在德莫尼亚的这块区域中并未设防，仅是都提防着从

亚瑟王

格兰温而来的道路，那些基督徒一定也怀抱着信念前去支援了，所以我们安全无恙地经过平原，来到了德莫尼亚南海岸的河间地。绕开索尔维奥迪恩的城镇后，闻到那里被烧毁房屋的焦味。依然无人骚扰我们，我们在几近圆满的月下行走，处在妮慕咒语的保护之中。

我们在第五晚到达海边。我们偷偷经过温特克拉迪亚的罗马要塞，亚瑟肯定那里有兰斯洛特的部队驻扎，黎明时分，我们已躲藏于海宫所矗立的海湾附近的密林中，在我们自己的国土上如同夜晚幽魂般前来。

我们也将在夜晚发起进攻。兰斯洛特将格温薇儿当作盾牌，而我们要除去他的盾，获得自由，将我们的长枪刺入这个背叛者的心脏。但不是为了莫德雷德——如今我们为亚瑟而战，为战争之后那个幸福的国家而战。

正如吟游诗人们唱的，我们为卡米洛特而战。

大部分士兵在那日白天都睡觉休息，但亚瑟、伊撒和我却没有，三人匍匐行至树林边缘，目光越过小山谷，凝视着海宫。

它的白石在初升的太阳下闪烁光芒，看上去很美。我们盯着它的东翼，队伍所在的山头比宫殿略低一些。它的东墙只有三面小窗，看起来如同绿色山丘上的一座宏伟白堡，但那景象被一个巨大的鱼图案所破坏，它被用沥青草草地绘在刷着石灰的墙体上，估计是为了保护宫殿不受那些基督徒们的怒火侵扰。宫殿正南是其宽敞的正面，俯视着海湾和其南岸沙滩之外的大海，罗马建筑者在那一面安置了窗户，正如他们将厨房、奴隶生活区和谷仓安置在宫殿的北面，格温维奇的木屋正位于此处。那里如今有一个茅草小屋组成的小村落，我猜士兵和他们的家人就居于村中，一缕青烟正从小屋的炉火中冒出。小屋后侧是果园和菜地，再往后是牧草地，牧草已收割了部分，那之后又是一片密林。

正如多年前我来此许下亚瑟那宝贵圆桌誓言的那日一样，宫殿之前，两条建有拱廊的海堤向着海峡延展。宫殿被阳光照亮，如此洁白、雄伟、美丽。"如果罗马人今天回来,"亚瑟骄傲地说,"他们绝不会意识到它经过了重建。"

"如果罗马人今天回来,"伊撒道,"他们将面对一场激战。"我坚持要他来森林边缘,因为我知道没人比他的视力更好,我们需要用一天查明兰斯洛特派了多少人驻扎海宫。

那天早上,我们侦察到了不超过十几人的守卫。黎明之后,两名男子爬上屋顶的木制平台,朝北面瞭望。另有四名枪兵在靠近我们这边的走廊中巡逻,可以推测视线外的西侧走廊中也有四人巡视。其他卫兵分布在花园中石栏露台与海湾之间的空地上,一支巡逻队显然看守着通向海岸的道路。伊撒脱掉他的战甲和头盔,向那个方向侦察了一番,小心翼翼地穿越树林,希望能观察到两条拱廊之间的宫殿正面。

亚瑟目不转睛地凝视着宫殿。他兴致高昂,知道自己即将展开的冒险营救会带给兰斯洛特的新王国一番震动。事实上,我很少见到亚瑟像那日一般兴奋。深入德莫尼亚使他摆脱了治理国家的责任,现在,正如很久以前的时光,他的未来只仰仗着他自己的剑术。"你考虑过婚姻这事吗,德瓦?"他突然问我。

"不,殿下。"我说,"夏汶发誓不婚,我觉得没有必要挑战她的誓言。"我微笑,触摸着我那用圣锅上的黄金碎片打造的情人指环。"再说了,"我继续道,"我认为我们俩比大多数站在德鲁伊或是牧师面前许下誓言的夫妻还要相爱。"

"我不是那个意思。"他说,"你考虑过婚姻这个概念吗?"他强调"这个概念"四字。

"没有,殿下,"我说,"没有。"

"德瓦老伙计啊。"他出言逗弄我。"我死后,"他出神地说,"想要一个基督教葬礼。"

"为什么?"我被吓到,摸上锁甲,以求钢铁能驱除邪恶。

亚瑟王

"因为我想永远躺在我的格温薇儿身旁。"他说,"她和我,沉睡在一个坟墓中,在一起。"

我想起诺维娜的血肉垂挂在她的黄色骨头上,做了个鬼脸。"您会与她相会在彼世,殿下。"

"我们的灵魂,是的。"他同意道,"我们的影子会相会在那里,但为何我们的躯体不能牵手躺在一起呢?"

我摇头。"土葬的话,"我说,"您的灵魂会在不列颠到处游荡。"

"也许你说得对。"他漫不经心地说。他俯卧着,藏在一丛千里光与矢车菊后,避开宫殿方向而来的视线。我们都没有穿盔甲。我们可以在黄昏时再装备战具,随后冲出夜色,杀掉兰斯洛特的卫兵。"是什么让你和夏汶幸福?"亚瑟问我。我们离开格兰温后,他就没有剃过须,灰白的胡楂已经长了出来。

"友情。"我说。

他皱眉。"仅此而已?"

我思考片刻。远处,第一名奴隶走向牧草地,手中的镰刀在晨光中闪烁发光。小男孩们在菜园里跑上跑下,将松鸦从豌豆株、醋栗、红浆果和覆盆子上赶跑,更近处,黑莓灌木间点缀着粉红色的旋花,一群金翅雀聒噪鸣叫。看起来,没有基督教暴徒侵扰此处,看起来,德莫尼亚不像是处于战火之中。"每一次我看向她,还是会感到一阵心悸。"我坦言。

"就是这样,是吧?"他热切道,"一阵心悸!心跳加快。"

"爱情。"我面无表情地说。

"我们很幸运,你和我。"他笑了,"是友谊,是爱情,但还有别的,爱尔兰人称其为 anmchara,灵魂伴侣。一天结束之后,你想与谁交谈?我喜爱那些黄昏,我们就只是坐着聊天,太阳落下,飞蛾扑向蜡烛。"

"我们聊孩子的事,"我说出口后,就后悔了,"谈论仆人们的争吵,那个斗鸡眼的厨佣是不是又怀孕了,我们猜是谁弄坏了挂钩,屋顶是否需要修理，能否再维持一年，我们考虑要怎么处理那条已经走不动路的老狗，卡德尔又会想出什么理由逃税，我们讨论亚麻浸够与否，还有我们是不是应该在奶牛的乳房上抹捕虫堇，以增加牛奶的产出。这些就是我们的聊天内容。"

他大笑起来。"格温薇儿和我聊的是德莫尼亚。不列颠。当然，还有艾西斯。"他的热情在提到这个名字之后有所衰退，然而他随即耸了耸肩。"我们相处的时光并不够。这就是为何我总希望莫德雷德能担起重任，那样我就能一直待在这儿了。"

"聊损坏的挂钩，而不是艾西斯？"我揶揄道。

"聊那些，还有其他所有的一切。"他的声音饱含热情，"有一天，我会耕种这片土地，格温薇儿会继续她的工作。"

"她的工作？"

他的微笑略带讽刺。"了解艾西斯。她告诉我，如果她能与女神交流，那力量便会降临世间。"他耸肩，一如既往地对此等夸张的宗教观点表示质疑。只有亚瑟敢将埃克斯卡利伯插进土中，要求戈万南前来相助，因为他从不曾真正相信戈万南会来。他曾对我说，我们之于诸神就同屋顶中的耗子，能存活下来只因没有引起注意。但爱情让他只能略带揶揄地忍受格温薇儿的宗教热情。"我希望自己能更相信艾西斯，"他向我坦言，"但，男人自然不属于那个宗教。"他微笑道："格温薇儿甚至叫格温德瑞为荷鲁斯。"

"荷鲁斯？"

"艾西斯的儿子，"他解释道，"难听的名字。"

"比威加好点。"我说。

"谁？"他问，随后突然间浑身僵硬。"看！"他兴奋道，"看啊！"

我抬头，视线越过缀满花朵的灌木，看见格温薇儿。即使从远处，也不可能认错她，她丰盈的红发随意地披在蓝色的长袍上。她正沿着靠近我

亚瑟王

们这边的拱廊走向海那头的小亭。三名侍女牵着她的两条猎犬跟随在她身后。她经过时,卫兵让到一旁,鞠躬行礼。走入亭子后,格温薇儿坐在石桌旁,三名侍女服侍她用早餐。"她会吃水果,"亚瑟的声音充满爱意,"夏天,她早上只吃水果。"他微笑道,"要是她知道我离她这么近就好了!"

"今晚,殿下,"我安抚他,"您就能跟她相会了。"

他点头。"至少他们待她不错。"

"兰斯洛特很害怕您,不敢冒犯她,殿下。"

片刻后,迪纳思和拉韦纳出现在拱廊上,身着白色德鲁伊长袍,看见他们二人时,我摸上海威贝恩的剑柄,向我女儿的灵魂发誓,杀害她凶手的惨叫会让整个彼世畏缩惊恐。两名德鲁伊进入亭子向格温薇儿行礼,加入她坐到桌边。不一会儿,格温德瑞跑了过去,我们看着格温薇儿抚摸着他的头发,然后让仆人把他带走。"他是个好孩子,"亚瑟慈爱地说,"特别诚实。不像安赫和罗赫。我辜负了他们,是吧?"

"他们还年轻,殿下。"我说。

"但他们如今效忠着我的敌人。"他阴郁地说,"我该拿他们怎么办?"

库尔威奇一定会建议他杀掉他们,但我只是耸了耸肩。"将他们流放。"我说。双胞胎可以加入那些无主的可怜人。他们可以成为雇佣兵,直到最后在某场对抗撒克逊人或爱尔兰人或苏格兰人的无名战斗中死去。

拱廊中出现更多的女人。有些是侍女,另一些是效忠格温薇儿的廷臣。我以前的爱人露奈特可能就是其中之一,她是格温薇儿的密友,也是她教派的女祭司。

早晨过半的某时,我抱着脑袋,在夏日阳光的温暖中睡着了。醒来时亚瑟不见了,伊撒归来。"亚瑟殿下回去枪兵们那儿了,阁下。"他告诉我。

我打了个哈欠。"你看见什么?"

"还有六个人。都是撒克逊护卫。"

"兰斯洛特的撒克逊人?"

他点头。"他们都在大花园里,阁下。我们一共看见了十八个人,还有一些人一定是守夜班的,但即便如此,总共不可能超过三十人。"

我估计他是对的。三十人已经足够守卫这座宫殿,派更多人没有必要,尤其现在兰斯洛特需要每一份兵力来保卫他窃得的王国。我抬头观察拱廊,那里现在除了四名一脸无聊的卫兵之外别无他人。两人靠着廊柱坐着,另两人坐在格温薇儿之前用餐时坐的石椅上聊天。他们的长枪靠在桌旁。两名待在屋顶平台上的卫兵看起来同样慵懒。海宫沐浴在夏日阳光下,没有人相信在百里之内便有敌人。"你告诉亚瑟撒克逊人的事了吗?"我问伊撒。

"说了,阁下。他说不出所料。兰斯洛特一定会派人严密看守她。"

"去睡吧,"我对他说,"我来值守。"

他离开,但我却食言,再次入睡。我步行了一整夜,很疲累,另外,这样的夏日树林边似乎也毫无危险。于是我睡去,直到被一声突然的犬吠和大爪的挠抓惊醒。

我惊恐醒来,发现一对流着口水的猎鹿犬正站在我身边,一条在吠叫,另一条则在低声咆哮。我去摸我的匕首,但一个女人的声音冲两条狗喊道。"躺下!"她的声音尖锐,"德鲁文,格温,躺下!安静!"狗勉强躺平,我转头看见格温维奇正注视着我。她身着一条棕色的旧长裙,头上披着一条围巾,手臂挎着一个篮子,里面装着采来的野草药。她的脸比往常更丰满,围巾下露出的头发杂乱打结。"沉睡的德瓦阁下。"她开心地说。

我一指放在唇上,警向宫殿的方向。

"他们不会注意到我,"她说,"他们不在乎我。再说,我经常自言自语。疯子都这样,你懂的。"

"您不是疯子,殿下。"

亚瑟王

"我想成为疯子,"她说,"在这个世界上,我觉得每个人都应该想成为疯子。"她大笑起来,提起长裙,重重地坐在我身边。狗冲我身后低吠,她转头,饶有兴趣地看着亚瑟匍匐靠近。他定是听见了狗吠。"像条蛇一样用肚子走路啊,亚瑟?"她说。

亚瑟同我一样,一指放在唇上。"他们不在乎我。"格温维奇重复一遍。"看!"她朝卫兵大幅度地挥舞胳膊,而后者只是摇头转开视线。"我不存在,"她说,"至少在他们眼中。我只是个遛狗的疯子胖女人。"她又挥了挥手臂,哨兵依旧无视她。"连兰斯洛特也注意不到我。"她伤心地补充。

"他在这里?"亚瑟问。

"当然不在。他在很远的地方。你也是,照我听说的。你不是该与撒克逊人在谈判吗?"

"我来这里是为了带格温薇儿离开,"亚瑟说,"还有您。"他礼貌地补充道。

"我不想离开,"格温维奇反对道,"而格温薇儿不知道你来了。"

"没人应该知道。"亚瑟说。

"她该知道的!格温薇儿该知道的!她盯着油锅,说她能在里面看见未来!但她没有看见您,是吧?"她咯咯笑着,转头盯着亚瑟,似乎是觉得他的现身很好笑。"你是来救她的?"

"是。"

"今晚?"格温维奇猜测道。

"对。"

"她不会感谢您的,"格温维奇说,"今晚不会。没有云啊,你看到了吗?"她冲晴朗无云的天空挥了挥手。"有云就不能祭祀艾西斯,你知道的,因为月光没法照入神庙,今夜她在等满月。大大的满月,就好像新鲜的奶酪。"她抚摸猎犬的长毛,"这只叫德鲁文,"她告诉我们,"它是个坏男孩。这只是格温。扑通!"她突如其来地说道,"月亮就是这么进来的,扑通!直直进入她的神庙。"她又大笑起来。"通过天井,扑通照入深坑。"

"格温德瑞会在神庙里吗?"亚瑟问她。

"格温德瑞不会。男人不许去的,她们是这么告诉我的。"格温维奇语带嘲讽,似乎是想说些别的,但只是耸耸肩。"格温德瑞那时已经上床睡觉了。"她说。她盯着宫殿,圆脸上慢慢露出一丝狡猾的微笑。"你怎么进去,亚瑟?"她问。"那些门上有许多门闩,所有的窗户也都关着。"

"我们会想办法的,"他说,"只要您不告诉任何人看见过我们。"

"只要你留我待在这里。"格温维奇说,"我连蜜蜂都不会告诉的。我可是什么都跟它们说的。必须得这样,否则蜂蜜会变酸。是吧,格温?"她问那条母狗,摆弄着它耷拉下的耳朵。

"如果那是您的愿望,我就让您留在这里。"亚瑟向她保证道。

"就我,"她说,"就我、狗儿们和那些蜜蜂。这就是我想要的。我、狗、蜜蜂和这座宫殿。月亮就给格温薇儿吧。"她再次微笑,用胖手戳了戳我的肩膀。"你还记得我带你去过的地窖门吗,德瓦?从花园下去的那扇。"

"应该记得。"我说。

"我会确保那门不上闩。"她又咯咯笑了起来,似乎是在期待什么好玩的乐子。"她们等待月亮时,我会躲在地窖里,打开门闩。晚上那里没有卫兵,因为门太厚了。卫兵都会在他们自己的小屋里或是在前门。"她转身看向亚瑟。"你会来吗?"她紧张地问。

"我保证。"亚瑟回答。

"格温薇儿会满意的。"格温维奇说,"我也是。"她大笑着笨拙站起身。"今晚,"她说,"当月光扑通落下。"说完她便与两条狗一同离开。离去时她轻声笑着,甚至还笨重地蹦了几步。"扑通!"她大声喊道,雀跃跑下草坡,猎狗在她身旁活蹦乱跳。

亚瑟王

"她疯了吗?"我问亚瑟。

"痛苦不忿,我觉得。"他看着她肥胖的身影笨拙地走下山坡。"但她会让我们进去的,德瓦,她会放我们进入。"他微笑,探手向前,从田边摘下一把矢车菊。他将它们并成小小的一束,羞涩地冲我笑了笑。"给格温薇儿的。"他解释道,"今晚。"

傍晚,割草工结束了工作,从田间返回,屋顶卫兵从长梯爬下。拱廊的火盆中填满了新鲜的木头,准备生火,但我猜想那些火盆是为了照亮宫殿,而非为了敌袭示警。海鸥飞回它们内陆的巢中,落日下它们的翅膀粉红,犹如缠绕在黑莓灌木中的旋花。

树林中,亚瑟穿上他的鱼鳞甲。他将埃克斯卡利伯扣在盔甲闪烁微光的金属外,随后用一条黑色的披风裹住肩膀。他很少穿黑色披风,更喜欢白色的,但在夜晚,黑色的服饰能帮我们隐藏自己。他在披风下夹着他那闪亮的头盔,遮盖它华丽的白色长鹅毛。

十名骑兵留在树林中。他们的任务是等候亚瑟银号角的信号,向卫兵们睡觉的小屋冲锋。大马和全副武装的骑手在夜色中发出巨大的声响冲锋,可以让任何可能妨碍我们撤退的卫兵惊慌失措。亚瑟希望在我们找到格温德瑞和格温薇儿后,准备离开时才吹响号角。

我们其余人将绕路前往宫殿的西侧,在厨房花园的阴影中潜行,到达地窖入口。如果格温维奇没能实现她的保证,那我们就不得不绕到宫殿正面,杀死卫兵,打破露台的一扇窗户进入宫殿。一旦进去,我们就得杀死所有的士兵。

妮慕同我们一起去。亚瑟语毕,她告诉我们迪纳思和拉韦纳不是真正的德鲁伊,不像梅林或老路万斯,但她警告我们,瑟卢瑞亚双胞胎的确拥有某些奇怪的力量,我们可能会直面他们的巫术。她在树林里找了一下午,现在提着一个斗篷裹成的包袱,她举起来时,那里头似乎有什么在扭动,这奇异的画面让我的人摸上了他们的枪尖。"我有东西来对抗他们的咒语，"她告诉我们，"但还是要小心。"

"我要迪纳思和拉韦纳的活口。"我对我的人说。

我们等候，全身铠甲，手持武器，全副武装的四十个男人一起等候。我们等候太阳下山，艾西斯的满月由海中升起，仿佛一个巨大的银色圆球。妮慕施展咒语，我们中的一些人祈祷。亚瑟沉默地坐着，看着我从口袋中取出一小缕金发。我吻了吻这未褪色的头发，贴着我的面颊，然后将它缠在海威贝恩的剑柄上。我感到一滴眼泪滚落我的脸颊，想起我孩子那小小的影子，但今晚，在诸神的帮助下，我会让我的戴安安息。

我戴上头盔，在下巴系上带子，将狼尾朝肩膀后甩去。我们活动了下我们僵硬的皮手套，左臂套上盾牌，拔剑，举起让妮慕碰触。亚瑟似乎有一瞬间想要再说些什么，但却没有，只是将矢车菊花束插进鱼鳞甲的脖颈处，向妮慕点了点头。妮慕穿着黑色的斗篷，抓着她那奇怪的包袱，带领我们向南穿越树林。

树林外是一片小草甸，斜坡直通向海湾的岸边。我们排成一列穿越过黑暗的草地，依旧在宫殿的视野之外。人类的出现惊扰了月下进食的几只野兔，它们惊慌逃走，我们拨开低矮的灌木，走下陡峭的斜坡，到达海湾的卵石滩，在那里转而向西，避开海湾高处宫殿拱廊中的卫兵。大海向着南方汹涌澎湃，掩盖了靴子在鹅卵石上发出的声响。

我端详着海宫，在月色中，宏伟的白色奇观矗立在黑暗的土地上。它的美让我想起特雷贝斯岛，那个被法兰克人糟蹋毁灭的神奇海上城市。这个地方有着同样飘渺的美丽，它在黑暗大地上闪烁如同由月光建造。

我们深入宫殿西面后，攀上海岸，用枪柄帮助彼此爬上去，然后跟随妮慕向北进入树林。夏日的树叶间透下月光，照亮我们的道路，但没有卫兵发现我们。大海连绵不绝的声响充斥着夜晚，一声尖叫在极近处响起，我们都僵立不动，随即意识到那是一只野兔被黄鼠狼猎杀时发出的叫声。我们松了口气，继续前行。

我们似乎在林中走了很久，但最后妮慕转向东面，便跟随她来到树林的边缘，宫殿刷着石灰的殿墙就在我们眼前。我们离通往神庙的圆形木制月光井并不远，我能看见它，还需要些时间月亮才足够高，能将月光洒入天井，照射进那黑色的地窖。

正在我们到达树林边缘的时刻，歌声响起。起初，歌声轻柔，我以为是风声，但随后变得响亮，我意识到那是女人们在咏唱着什么奇怪、神秘、哀婉的歌曲，我之前从未听过类似的音乐。歌声定是从月光井中传过来的，听起来很远，鬼魅般的歌声犹如彼世的亡灵在向我们歌唱。我们听不清歌词，但我们知道那是首悲歌，它的曲调怪异地变化，突然变响，又变低成缠绵的温柔轻哼，融入远处大海的呢喃。音乐很美，但它让我打起冷战，摸上我的枪尖。

如果我们直接走出树林，那我们就会暴露在立于西拱廊的卫兵视野中，于是又往树林上方走了几步，穿过斑驳的月影向宫殿方向而行。那里是一个果园，几行果树和更高的栅栏保护菜园不受鹿和野兔的侵扰。我们缓慢行动，一次一个人，那奇异的歌声全程萦绕。一缕烟从月光井中飘出，夜晚微风中它的气味飘向我们。那是神庙的气味，很强烈，几乎让人恶心。

我们现在距离士兵的小屋只有几码远。一条狗开始吠叫，随后又是一条，但小屋中无人认为狗吠意味着麻烦，有人大喊让狗安静，狗叫声慢慢趋于平静，只剩下树木间的风声、大海的呜咽和歌曲神秘单薄的旋律。

由我带路，我是唯一一个去过那扇小门的人，我本担心自己会错过它，但轻而易举地就找到了。我小心翼翼地走下旧砖石台阶，轻推小门。没有推开，我有一瞬觉得它一定是被闩住了，不过随后，伴着金属的吱呀声，门开了，我暴露在亮光中。

蜡烛照亮了地窖。我感到目眩，格温维奇的低语响起："快！快！"

我们鱼贯而入，三十名壮汉身着铠甲，肩披斗篷，手持长枪，头戴头盔。格温维奇冲我嘶嘶作响，要我们保持安静，随后在我们身后关上门，把门闩归位。"神庙在那里。"她低语，指向走廊尽头，灯芯草蜡烛照亮了通往神庙门的道路。她很兴奋，圆脸涨红。鬼魅般的歌声在这里听起来轻了不少，被神庙内帘和厚重的外门所阻。

"格温德瑞在哪儿?"亚瑟小声对格温维奇说。

"他的房间里。"格温维奇说。

"有卫兵吗?"他问。

"晚上宫殿里只有仆人。"她低语道。

"迪纳思和拉韦纳在这里吗?"我问她。

她微笑。"你会见到他们的,我保证。你会见到他们的。"她拉着亚瑟的披风,朝神庙方向走去。"来。"

"我要先去找格温德瑞。"亚瑟坚持道,扯回自己的披风,碰了碰六名士兵的肩膀。"你们其他人等在这里。"他小声说,"等在这里。不要进神庙。让她们举行完祭祀仪式。"随后,放轻脚步,他带领六人穿过地窖,走上石阶。

格温维奇在我身旁咯咯笑。"我向克莱德祈祷,"她冲我喃喃道,"神会帮助我们的。"

"很好。"我说。克莱德是光明女神,今夜如果有她的帮助不会是一件坏事儿。

"格温薇儿不喜欢克莱德。"格温维奇失望地说,"她不喜欢任何不列颠的神祇。月光升到最高了吗?"

"还没有。但正在上升。"

"那还不到时间。"格温维奇对我说。

"什么时间,殿下?"

"你会知道的!"她咯咯笑道,"你会看见的。"她重复道,看见妮慕推开紧张的枪兵们走上前,格温维奇惊恐地后退。妮慕拿下她的眼罩,露出空眼窝,就像她脸上的一个黑色孔洞,那恐怖的景象让格温维奇惊惧地呜咽起来。

妮慕无视格温维奇。她四下打量地窖,像条猎狗般嗅着气味。我只能看见蛛网、酒袋和蜜酒坛,只能闻到腐烂的潮湿气味,但妮慕似乎闻到了什么恶劣的气味。她口中嘶嘶作响，冲神庙啐了一口。她手中包裹缓慢地挪动。

我们无人移动。在这个明亮的地窖中，一种恐惧涌上我们的心头。亚瑟离开，我们没被察觉，但那歌声和宫殿中的宁静都令人战栗。也许这种恐惧源于迪纳思和拉韦纳施展的咒术，又或许是因为所有一切看起来都很不自然。我们习惯了木材、茅草、泥土和青草，这砖顶石地的阴湿地方怪异而令人不安。我的一名手下瑟瑟发抖。

为让他重拾勇气，妮慕拍了拍那人的脸颊，随即赤着脚偷偷向神庙门走去。我跟在她身后，小心翼翼地迈步，不发出一点儿声响。我想要把她拉回来。亚瑟的命令是让我们等待仪式结束，而她明显是不打算遵守这命令，我担心她会冲动行事，惊扰神庙里面的女人，导致她们尖叫，引来小屋中的卫兵，但脚踩沉重吵闹的战靴，我无法像赤足的妮慕走得那么快，而她无视了我嘶哑的悄声警告。她握住神庙的一只青铜门把，犹豫片刻，随即拉开门，那凄凉的鬼魅歌声霎时响亮起来。

门链上过油，大门无声开启，内里一片黑暗。那是我从未见过的全然的黑暗，由离门几英尺悬挂的沉重幕帘导致。我示意我的人待在原地，跟随妮慕进入。我想把她拉回来，但她甩开我的手，把上过油的神庙门在身后关上。歌声现在已十分响亮。我什么都看不见，只能听见歌声，神庙的气味浓重得令人作呕。

妮慕伸手摸到我，然后把我的头拉下靠近她。"邪恶！"她轻声吐出这个词。

"我们不应该在这儿。"我低声说。

她不理会我的话。她摸索着幕帘，片刻之后，找到幕帘的边沿，一小束光线透了过来。起初，她拉开的缝隙太小，我几乎什么都看不见，随后，随着我的眼睛适应了光线，我看到了太多。我看到了艾西斯的秘密。

想要搞清楚那晚究竟发生了什么，我必须知道艾西斯的故事。事后我

亚瑟王

了解了，但在那时，从妮慕的短发间偷看时，我并不知道那仪式到底是何涵义。我当时只知道艾西斯是一位女神，对许多罗马人而言，她是拥有至高力量的女神。我也知道她是王位的守护者，那解释了地窖尽头平台上矗立的黑色王座，虽然当时我们并不能看清它，黑色的房间中弥漫飘散着浓重的烟雾，向着月亮天井上飘去。烟雾来源于数个火盆，盆中燃着草药，发出强烈刺激的气味，我们在树林边也曾闻到过。

我没有看见在这样的烟雾中还继续吟唱的歌者，但我可以看见艾西斯的崇拜者们，一开始我不敢相信我所见的。我不愿意相信。

我看见八名崇拜者跪在黑石地板上，所有八人都赤身裸体。他们背朝我们，但即使如此我还是能分辨出其中一些是男人。难怪格温维奇会咯咯笑着期待这一刻，她一定早知道这秘密。格温薇儿总是强调，男人不许进入艾西斯的神庙，但今晚他们在这里，我猜想，每个满月从地窖顶的洞口洒下冰冷月光的夜晚皆是如此。火盆中火光跳动，在崇拜者们的背部投下令人毛骨悚然的影子。他们都赤裸身体。男人和女人，都赤身裸体，正如莫甘多年前警告我的一样。

崇拜者们赤裸着，两位仪式主持者则不然。拉韦纳是其一，他站在黑王座的一侧，看见他让我的血液沸腾。正是拉韦纳的剑割断戴安的咽喉，而我的剑现在距他仅一间地窖的距离。他直直站在王座旁，脸颊上的伤疤被火盆的火光照亮，他的黑发同兰斯洛特的一样抹着油，向后披散在背后。今晚他没有穿德鲁伊的白袍，只穿一件简单的黑袍，手中握着一把细长的黑色手杖，手杖顶部装饰着一轮小小的黄金弯月。没有迪纳思的踪迹。

两把燃烧的铁火炬分立王座两侧，格温薇儿坐在王座上扮演着艾西斯的角色。她的头发盘在脑后，用一枚金环固定，环上突出两只尖角。那是我从未见过的野兽角，后来我们知道那是象牙雕刻。她的脖颈间戴着一枚沉重的金项圈，没有其他首饰，只有一件巨大的深红色斗篷裹住了她的全身。我看不见她面前的地板，但我知道那里有一处浅坑，我猜这些人是在等待月光从天井中洒落，让坑中的黑水覆上银光。远端另有一面合上的幕帘，夏汶告诉我后面有一张床。

一抹光线突然在飘散的烟雾中一闪而过，让赤裸的崇拜者们因那吉兆而大口喘气。银色的光芒苍白闪烁，显示出月亮升到了足够的高度，将它第一抹月光洒向了地窖的地面。拉韦纳等月光更亮之后，用他的手杖在地面敲击了两次。"是时候了，"他用他那刺耳深沉的声音道，"是时候了。"歌唱停止。

无事发生。他们就只是安静地等待，等候烟雾中的银色月光光柱在地面上变粗移动，这让我想起许多年前，我蹲在林-克雷格湖的石丘顶，看月光慢慢地爬上梅林的身体。现在，我则看着月光在艾西斯的静谧神庙中弥漫扩散。那沉默极为不祥。一名跪着的裸体女人发出一声低哑的呻吟，随即又安静下来。另一个女人前后摇晃着身体。

月光继续扩散，格温薇儿严肃美丽的脸庞反射着银白的光芒。光柱现在已几近垂直。一名裸体的女人颤抖起来，不是因为寒冷，而是由于一种迷幻的狂乱，拉韦纳倾身向前，冲天井上方端详。月亮照亮他浓密的胡子、剃发的头顶和带着战疤的宽脸。他朝上细看几秒，随后退回，郑重地碰了碰格温薇儿的肩膀。

她站起身，头上的尖角几乎碰到地窖的低矮拱形天花板。她的手臂和手贴着身体，藏于从肩膀直垂地面的斗篷中。她闭上双眼。"谁是我们的女神？"她问。

"艾西斯，艾西斯，艾西斯。"女人们轻柔地反复吟诵这个名字，"艾西斯，艾西斯，艾西斯。"月光柱现在已几乎同天井一样宽，烟雾腾腾的银色光柱在地窖的中央闪光变化。我第一次见到这神庙时，曾觉得这是个粗俗的地方，但在夜晚，当它被白色的光柱照亮，它同我见过的其他所有神庙一般怪异神秘。

"谁是我们的神?"格温薇儿依旧闭眼问道。

"奥西里斯。"赤裸的男人们用低沉的嗓音回答,"奥西里斯,奥西里斯,奥西里斯。"

"谁将坐于王座之上?"格温薇儿提问。

"兰斯洛特,"男人和女人们一同回答,"兰斯洛特,兰斯洛特。"

听见那个名字的那刻,我知道今晚要糟糕了。今晚绝不会回复旧日的德莫尼亚。今晚只会带给我们恐惧,我知道今晚会摧毁亚瑟,我想要离开幕帘,回返地窖,带他走得远远的,去到室外新鲜的空气和皎洁的月光之中,然后带着他回到一切一切之前,所有的那些年月、所有的那些日子、所有的那些时光之前,好让他不会遇见这个夜晚。但我没有动。妮慕没有动。我们两人都不敢动。格温薇儿伸出右手,从拉韦纳手中接过黑色手杖,这动作撑开了她身体右侧的红斗篷,我看见厚重的斗篷之下,她浑身赤裸。

"艾西斯,艾西斯,艾西斯。"女人们叹息。

"奥西里斯,奥西里斯,奥西里斯。"男人们喘道。

"兰斯洛特,兰斯洛特,兰斯洛特。"他们一起呼喊。

格温薇儿拿过那黄金尖手杖,向前探去,斗篷再次垂下遮住她的右胸,她极其缓慢夸张地,用手杖去触碰水坑中的什么东西,那水坑正处于闪亮的天井正下方,现在银色的烟雾已经垂直地从天而降。地窖里没有人移动。甚至看似没有人呼吸。

"苏醒!"格温薇儿命令道,"苏醒。"歌者开始再次吟唱他们那奇诡的曲子。"艾西斯,艾西斯,艾西斯。"他们这般唱着,越过崇拜者们的头顶,我看见一个男人从水池中爬起身。那是迪纳思,他高大强壮的身体和黑色长发滴着水,他慢慢站起,歌者越来越大声地唱着女神的名字。"艾西斯!艾西斯!艾西斯!"她们一直唱着,直到迪纳思最终站在格温薇儿的面前,他背朝我们,同样赤裸。他跨出水池,格温薇儿将黑色手杖交给拉韦纳，抬起手，解开斗篷，让它滑落在王座上。她站在那儿，亚瑟的妻子，除了颈间的金环和头上的象牙，一丝不挂，她张开手臂，坦纳波斯赤裸的孙子步上平台，步入她的怀抱。"奥西里斯！奥西里斯！奥西里斯！"地窖中的女人们呼喊。她们中一些人前后扭动，如同伊斯卡的那些基督徒，被一种类似的狂乱所支配。地窖中的声音现在已不再整齐。"奥西里斯！奥西里斯！奥西里斯！"他们大声喊着，格温薇儿后退几步，裸体的迪纳思转身面对崇拜者们，耀武扬威地高举双臂。他展示着他伟岸的男性躯体，没人会质疑他的男性特征，正如没人会质疑他接下去会与格温薇儿做什么，在烟雾中，月光将她的身体映照得美丽、高大、笔挺，闪耀着神奇的银白，格温薇儿拉起迪纳思的右臂，领他走向王位后的幕帘。拉韦纳随他们同往，女人们扭动翻滚，表达着自己的尊崇，前后摇晃，喊着他们伟大女神的名字。"艾西斯！艾西斯！艾西斯！"

格温薇儿拉开远处的幕帘。我瞥见一眼后室，那儿明亮得如同白昼，参差的呼喊声到达一个兴奋的新高度，神庙中的男人伸手去拉他们身侧的女人，正在此时，我身后的门被打开，全副武装、志得意满的亚瑟走进神庙的门厅。"不，殿下，"我对他说，"不，殿下，求您别进来！"

"你不该在这儿，德瓦。"他平静地说，但带着一丝责备。他的右手拿着那束为格温薇儿而摘的矢车菊，他的左手握着他儿子的手。"出来吧。"他命令我，然而妮慕一把扯开厚重的幕帘，我的领主的噩梦就此开始。

艾西斯是位女神。罗马人将她引入不列颠，但她并非起源于罗马，而是来自一个罗马远东的遥远国度。密特拉也是一位源自罗马东面国家的神祇，但我觉得，并不是同一个国家。加拉哈特告诉我，全世界一半的宗教都源自东方，我猜想，那里的人看上去可能更像塞格拉莫，而不是我们。基督教也同样是从那些遥远土地上传来的宗教，加拉哈特对我说，那里的土地上寸草不生，只有黄沙，那里的太阳远比不列颠的阳光凶猛，那里从

亚瑟王

不下雪。

艾西斯便来自那样燃烧的土地。她在罗马成为一位强大的女神,罗马人离开后,许多不列颠女人依旧加入了她残存的教会。它从未如基督教那般流行,因为后者向所有愿意信仰上帝的人敞开大门,而艾西斯,同密特拉教会一样,对它的追随者有严格的限定,只接受那些被吸纳的信徒。加拉哈特告诉我,在某种程度上,艾西斯与基督教的圣母相似,因为在描述中她对她的儿子荷鲁斯而言是一位完美的母亲,但艾西斯还拥有处女玛丽从未有过的力量。艾西斯对她的信徒而言,是掌管生死的女神,拥有治愈的力量,当然,也掌管着凡世间的王权。

加拉哈特告诉我,她嫁给了一位名叫奥西里斯的神,但在诸神之战中,奥西里斯被杀害,身体被切成碎片,撒在一条河中。艾西斯找到他破碎的躯体,温柔地将其聚拢,随后与碎尸同眠,复活了她的丈夫。奥西里斯凭借艾西斯的力量复苏。加拉哈特痛恨这故事,在讲述的过程中,反反复复地画着十字,我猜测,妮慕和我在那个烟雾弥漫的黑暗地窖中看到的仪式,便是这个女人复活男人的演绎。我们所见到的,正是女神、母亲、生命的给予者艾西斯施展奇迹,复活她的丈夫,而自身则成为了生者与亡灵的守护神、人类王位的裁决人。对格温薇儿而言,正是那最后一种力量,那种决定谁能登上世间王位的力量,是这位女神最伟大的馈赠。正因为这种决定王位的力量,格温薇儿才会信仰艾西斯。

妮慕一把拉开幕帘,地窖中充斥着尖叫声。

那一瞬间,那个可怕的瞬间,格温薇儿在远处的幕帘前犹豫转身,想看看是谁打扰她的仪式。她站在那里,高挑、可怕、雪白、美丽的身体一丝不挂,身边站着一个赤裸的男人。而在地窖门口,站着她的丈夫,一手牵着他的儿子,另一手拿着花束。亚瑟头盔的面甲开着,我在那个恐怖的瞬间看见他的脸,他那一刻仿佛已灵魂不在。

格温薇儿消失在幕帘之后,拉着迪纳思和拉韦纳一起,亚瑟发出一声可怕的喊叫，半是战号，半是凄惨的哭喊。他推开格温德瑞，扔下花，拔出埃克斯卡利伯，丝毫不顾那些尖叫着从他面前狼狈跑开的赤裸崇拜者们，冲了进去。

"抓住所有人！"我对跟在亚瑟身后的士兵们喊道，"别让他们逃跑！抓住他们！"随后，我跟随亚瑟跑了进去，妮慕跑在我身旁。亚瑟跳过黑色水池，跳上平台时撞倒了一支火炬，随即他用埃克斯卡利伯的剑刃一把扫开黑色幕帘。

接着，他停住了。

我站在他身旁。冲进神庙时，我丢开了我的长枪，现在正手持出鞘的海威贝恩。妮慕也在，她发出胜利的咆哮，盯着那间地窖壁上开凿的正方形小室。这里似乎是艾西斯的内殿，在女神的名义下，克莱德诺·艾丁的圣锅正在其中。

圣锅是我第一眼看见的东西，它被放置在半人高的黑色底座上，房中有许多蜡烛，照得圣锅闪亮着白银与黄金的耀目光芒。除了幕帘那一面，房间中的墙壁上都挂满了镜子，让圣锅的光芒越发明亮。不光墙壁，连天花板上都挂着镜子，镜面反射蜡烛的火焰，也映照出格温薇儿和迪纳思的裸体。格温薇儿惊恐地跳上房间另一侧的大床，抓着一条皮毛床罩，试图遮盖她苍白的肌肤。迪纳思在她身旁，双手捂着大腿根部，拉韦纳则挑衅地看着我们。

他扫了一眼亚瑟，彻底无视妮慕，用他那细长的黑色手杖指向我。他知道我是来杀他的，而现在他正试图用他能施展出的最强大的魔法来阻止我。他用手杖指着我，另一手举着桑森在莫德雷德的加冕典礼上献给后者的那个装有圣十字架碎片的水晶容器。他手举碎片置于圣锅之上，圣锅中则盛着某种香味四溢的深色液体。

"我只要一放手，"他对我说，"你的其他两个女儿也会死去。"

亚瑟举起埃克斯卡利伯。

亚瑟王

"还有你的儿子!"拉韦纳的话让我们两人都僵立原地。"你们现在离开,"他的语气中带着一种平静的威严,"你们侵犯了女神的圣地,现在就离开,不要打扰我们。不然你们,和你们所有爱的人,都会死。"

他等待着。他的身后,在圣锅与床之间,放着亚瑟飞马形状的石头圆桌,在桌上,我看见了一个不起眼的篮子、一个普通的号角、一具旧马笼、一把钝匕首、一块磨刀石、一件外套、一件斗篷、一个陶土盘、一块棋盘、一枚战士指环和一堆腐朽的烂木。梅林的那缕胡子也在其上,依旧绑着黑带。不列颠所有的力量都在这间小室中,与基督教最强大的法器之一结合在一起。

我举起海威贝恩,拉韦纳作势要将圣十字架的碎片扔入液体,亚瑟单手放上我的盾牌,以示警告。

"你们快离开。"拉韦纳说。格温薇儿一言不发,只是看着我们,双眼瞪大,用皮毛半遮着自己的身体。

妮慕却微笑起来。她双手提着那个包裹,朝拉韦纳摇晃着。她尖叫着撒开包袱。叫声骇人,压过了我们身后女人们的哭喊。

毒蛇朝空中飞去。妮慕找了它们一下午,直到此刻。起码有十数条毒蛇。它们在空中扭动,格温薇儿惊呼着拉起毛皮遮盖她的脸,拉韦纳眼看一条蛇朝他的双目飞来,本能地退后蹲下。圣十字架滚落地面,被地窖中高温惊醒的蛇在床与不列颠珍宝之上扭动。我迈前一步,狠狠地对着拉韦纳腹部一踢。他倒下,一条蝰蛇咬中他的脚踝,他尖叫出声。

迪纳思蜷缩躲避床上的蛇,埃克斯卡利伯随即架上他的咽喉,他一动都不敢动了。

海威贝恩正指着拉韦纳的咽喉,我用剑刃挑起他的脸。我笑了,"我的女儿,"我轻声说,"正在彼世看着我们。她向你问好,拉韦纳。"

他张口想要说话,但没有发出声音。一条蛇从他的大腿上游过。

亚瑟盯着藏在毛皮下的他的妻子。然后,他几乎是温柔地用埃克斯卡利伯的剑尖扫开了黑色皮毛上的蛇，挑开皮毛，直到看见格温薇儿的脸。她凝视着他，所有的骄傲都消失殆尽。她只是一个惊恐的女人。"你有衣服吗？"亚瑟轻声问她。她摇头。

"王座上有一件红斗篷。"我告诉他。

"能去把它拿来吗，妮慕？"亚瑟问。

妮慕取来斗篷，亚瑟用埃克斯卡利伯的剑尖将它递给他的妻子。"拿着，"他的声音依旧轻柔，"穿上。"

皮毛下伸出一条裸臂，抓住斗篷。"转过去。"格温薇儿轻声对我说，语气中满是惧意。

"转身，德瓦，求你。"亚瑟说。

"先让我做一件事，殿下。"

"转身。"他盯着他的妻子，坚持道。

我伸手打翻圣锅中的液体。珍贵的圣锅"砰"的一声倒在地上，深色液体快速流过石板。亚瑟盯着我，我几乎不认识他的脸了，那张脸如此痛苦、冰冷、了无生气，但今晚还有一件事情必须说清楚，如果我的殿下要喝下这碗苦水，不如就让他喝干其中最苦涩的一滴。我重又将海威贝恩的剑尖指向拉韦纳的咽喉。"谁是你们的女神？"我问他。

他摇头，我将海威贝恩向前一送，在他的咽喉划出一道血痕。"谁是你们的女神？"我重复问题。

"艾西斯。"他低语道，抓紧之前被蛇咬伤的脚踝。

"谁是你们的神？"我追问。

"奥西里斯。"他用惊恐的声音回答。

"而谁，"我问他，"将坐于王座之上？"他颤抖起来，但一言不发。"这些，殿下，"我对亚瑟说，剑依旧指着拉韦纳的喉咙，"是您没有听见的话。但我听到了，妮慕也听见了。谁将坐于王座之上？"我再次问拉韦纳。

亚瑟王

"兰斯洛特。"他用几不可闻的声音说。然而亚瑟听见了,他一定也看见了这间镜室中床上熊皮之下那条奢华的黑色毯子上绣着的巨大白色纹章。那是兰斯洛特的海雕。

我冲拉韦纳啐了一口,将海威贝恩插回剑鞘,上前抓住他的黑色长发。妮慕已经制服迪纳思。他们被拖回神庙,我合上身后的黑色幕帘,让亚瑟和格温维薇儿能够独处。格温维奇看着所有这一切,哈哈大笑。崇拜者和歌者赤身裸体,蜷缩在地窖一边,亚瑟的人正手持长枪看管他们。格温德瑞惊恐地蹲在地窖门旁。

我们身后的亚瑟发出了一声大喊。"为什么?"

然后,我带着谋杀我女儿的凶手来到了室外的月色中。

黎明时我们依旧身处海宫。我们本该离开,因为亚瑟吹响号角让骑兵在山顶集合时,已有一些卫兵从小屋中逃走,那些逃难者会让德莫尼亚北方得到示警,但亚瑟似乎已无法下达任何决策。他看来已是浑浑噩噩。

清晨的阳光洒向这个世界时,他依旧在啜泣。

迪纳思和拉韦纳那时已死。他们死于海湾边。我认为自己不是一个残忍之人,但他们的死法漫长而残酷。妮慕设计了二人的死法,在他们的灵魂离开肉体的整个过程中,她在他们耳边不断嘶声念着戴安的名字。他们死时已不是男人,失去了舌头,每人只剩一眼,那小小的仁慈只为让他们能亲眼目睹自身接下去将要遭受的痛苦,死前看清自己所犯之罪。他们最后一眼看见的就是海威贝恩剑柄上的金发,我结束了妮慕开始之事。双胞胎在那时已不成人形,只是两团鲜血与恐惧组成的东西,他们死时,我亲吻那缕头发,随后来到宫殿拱廊的一个火盆前,将它扔入余火,让戴安的灵魂不至留下碎片游荡于这片大地上。妮慕也同样处理了梅林的胡子。我们将双胞胎的尸体留在海边,在升起的太阳照耀下,海鸥飞来,用它们的长喙扯食那两具倍受折磨的躯体。

妮慕收回了圣锅和其他珍宝，迪纳思和拉韦纳在死前说出了整个故事。妮慕一直以来都是正确的。是莫甘偷去珍宝，作为礼物送给桑森，他也因此迎娶了她，之后又将这些珍宝交给格温薇儿。正是此等厚礼的许诺，才让格温薇儿与耗子神在兰斯洛特的洗礼之前达成了和解。我听见这故事时，心想，若我同意让兰斯洛特加入密特拉教，也许这一切都不会发生了。命运无常。

神庙的门现已关上。那些困在其中的人无一人走脱，亚瑟与格温薇儿一番长谈后将她带了出来，随后他独自回到地窖，只握着埃克斯卡利伯，一小时后才出来。他出来时，脸色比大海还冰冷，比埃克斯卡利伯的剑刃还苍白，只不过那时这把珍贵的宝剑已被血染红。他一手拿着格温薇儿扮演艾西斯时佩戴的黄金角环，另一手持剑。"他们都死了。"他告诉我。

"所有人？"

"每个人。"他似乎格外冷漠，连手臂、鱼鳞甲，甚至头盔的鹅毛上都沾染着血迹。

"女人也？"我问，露奈特曾是艾西斯的崇拜者。我如今已不爱她，但她曾经是我的情人，我曾经为她心悸。神庙中的男人是兰斯洛特手下最英俊的那些战士，女人们则是格温薇儿的侍女。

"都死了。"亚瑟几乎是漫不经心地说道。他缓缓走下花园中央的石道。"那不是他们第一晚这么干，"他的声音听来几乎充满疑惑，"他们似乎常常这么做。他们所有人。只要是满月。他们跟彼此做，他们所有人。除了格温薇儿。她只跟双胞胎和兰斯洛特做。"他剧烈地颤抖起来，显露出冷眼离开地窖之后的第一丝情绪。"看来，"他说，"她以前曾经为我而这么做。谁将坐上王位？亚瑟，亚瑟，亚瑟，但女神似乎并不认同我。"说话间，他已流下泪水，"又或者是我太过坚定地拒绝女神，于是他们便将那名字改成了兰斯洛特。"他徒劳地将染血的剑空挥一下。"兰斯洛特，"他的声音中充满痛苦，"很多年了，德瓦，她和兰斯洛特上床，都是为了

亚瑟王

"信仰，她说！信仰！他常常扮演奥西里斯，而她总是艾西斯。她还能是什么？"他走上露台，坐在一张石椅上，望着洒满月光的海湾。"我不该把他们都杀了。"好一会儿后，他开口道。

"是的，殿下，"我说，"您不该杀。"

"但我还能怎么办呢？太恶心了，德瓦，恶心！"他呜咽道。他说了很多，关于羞耻，关于死者目睹他妻子的丑事和他蒙受的耻辱，而等他已说不出更多话时，就只是无助地啜泣。我保持沉默。他似乎并不关心我是否陪着他，但我还是一直待到将迪纳思和拉韦纳带去海边之时。在那里，妮慕残酷地将他们的灵魂一寸一寸地抽离他们的身体。

此时，在这个灰暗的清晨，亚瑟空虚疲惫地坐在海边。号角躺在脚边，头盔和埃克斯卡利伯出鞘的剑刃放在他身旁的长椅上。剑上的血液已干透结成褐色的厚块。

"我们必须离开，殿下。"晨光将大海变为剑刃之色时，我如此说道。

"爱情。"他苦涩道。

我以为他没有听见我的话。"我们必须离开，殿下。"我重复道。

"为了什么？"他问。

"完成您的誓言。"

他啐了一口，沉默地坐着。马匹已从树林中牵出，圣锅和珍宝已打包准备上路。枪兵注视着我们，等候着。"有没有一个誓言，"他伤心地问我，"是没有被打破的？就一个？"

"我们必须走了，殿下。"我对他说，但他既没有动，也没有说话。"那我们就自己走了，您留下吧。"我残酷地说。

"德瓦！"亚瑟的声音中满是痛苦。

他盯着自己的剑，似乎对其上的血块有种惊讶。"我的妻子和儿子在楼上的房间，"他说，"帮我带他们过来，好吗？他们可以共乘一骑。之后我们就可以走了。"他努力让自己的语气听上去正常，就仿佛这只是又一个普通的破晓。

"是，殿下。"我说。

他站起身，将带血的埃克斯卡利伯硬挤回剑鞘。"那么，"他闷闷道，"我想，我们接下来还得夺回不列颠？"

"是的，殿下，"我说，"我们必须这么干。"

他凝视我，我看出他又想要哭泣。"你知道吗，德瓦？"他问我。

"对我说吧，殿下。"

"我的人生再也不会像以前一样了，是吗？"

"我不知道，殿下，"我说，"我真的不知道。"

泪水滑落他的脸颊。"我至死都会爱她。活着的每一天，我都会想着她。每晚入睡前我都会看见她，而每个黎明，我在床上转过身时都会发现她已不在。每一天，德瓦，每个夜晚，每个清晨，至死方休。"

他捡起鹅毛被血染红的头盔，扔下象牙角，与我一同走开。我去卧室将格温薇儿和她的儿子接下楼，随后我们便离开了。

如今，海宫属于格温维奇。她独自居住其中，疯疯癫癫地，身边围绕着猎犬和那些逐渐腐朽的珍贵财宝。她在窗边望着兰斯洛特的来到，她相信终有一天，她的陛下会前来找她，与她一同居住在海边她姐姐的宫殿中。但她的陛下再不曾前来。财宝被偷，宫殿废弃，格温维奇死于其中，至少这是我们所听说的。又或者她还住在那里，在海湾旁等待着一个永远不会来的男人。

我们离去，海湾的泥岸上，海鸥大快朵颐。

格温薇儿身着黑色长袍，外披深绿色斗篷，红发整齐地朝后梳，用黑带绑起。她骑着亚瑟的母马勒姆芮，侧坐在马上，右手握着马鞍把手，左臂环着她惊恐流泪的儿子的腰。她的儿子时不时会瞥一眼跟随在马后的父亲。"我是他的父亲吗？"亚瑟突然朝她发问。

亚瑟王

格温薇儿眼中含泪，双目通红，只是移开了视线。她在马背上随着马的动作前后摇晃，却依然保持着优雅。"是的，亲王殿下，"她好一会儿后回答道，"是的。"

听后，亚瑟沉默地走着。他不想要我的陪伴，除了他自己的悲惨之外，他不想要任何的陪伴，于是我走到队列最前面的妮慕身旁。骑兵跟在我们后面，再之后是格温薇儿，我的枪兵们护送着圣锅走在最后。妮慕领我们走的是来时经过海边的同一条路，道路向上通过一处荒凉的旷野，生长着深色的紫杉与荆豆。"所以高菲迪特说的是真的。"我片刻后开口道。

"高菲迪特？"妮慕对我提到这位旧日国王的名字表示惊讶。

"在勒格溪谷。"我提醒她，"他说格温薇儿是个婊子。"

"你，德瓦·卡丹，"妮慕语带嘲讽，"是个婊子专家吗？"

"那她还能是什么？"我愤怒地问。

"不是婊子。"妮慕说。她挥手向前，指向远处树林中升起的烟，那是温特克拉迪亚的卫戍军正在煮早饭。"我们要避开他们。"妮慕离开大路，带领我们走向一片延伸向西的浓密树林。我猜想卫戍军已听闻亚瑟前来海宫的消息，并不希望正面与他对敌，但我还是乖乖地跟着妮慕，骑兵们则老实地跟着我们。"亚瑟，"她片刻后说道，"娶了一位竞争对手，而不是一位同伴。"

"竞争对手？"

"格温薇儿能够像所有男人那般统治德莫尼亚。"妮慕说，"甚至比大多数男人都要出色。她比他聪明，与他一样果断。如果她是乌瑟的女儿，而不是那个蠢货雷欧狄甘的女儿，那一切都会不同。她会成为另一个布狄卡[①]，基督徒的尸体将从这儿一直延伸到爱尔兰海，撒克逊人的尸体一直

[①] 布狄卡（Boudicca）为古代爱西尼部落的王后、女王，曾率不列颠诸部落反抗罗马帝国的统治。

延伸到日尔曼海。"

"布狄卡,"我提醒她,"输掉了她的战争。"

"格温薇儿也是。"妮慕严肃地说。

"我不觉得她是亚瑟的竞争对手。"我停顿片刻后说,"她有能力。我觉得,他下任何决定之前都会与她商议。"

"他会与他的顾问们商议,但那不允许女人加入。"妮慕语气尖酸,"设身处地为格温薇儿想想,德瓦。她比你们所有人加起来都要机智,但她所有的意见都得由一群无聊沉闷的男人决定。你,埃姆里斯主教,还有那臭屁瑟斯伦,人前装作明智公平,回到家便打妻子,还让她看着他把侏儒女孩带上他们的床。顾问!你以为,如果你们全淹死了,德莫尼亚会有任何不同吗?"

"国王必须要有一个御前顾问团。"我愤然道。

"如果他够聪明就不需要,"妮慕说,"为何需要?梅林有顾问团吗?梅林需要一间屋子的浮夸蠢货来告诉他要干什么吗?顾问团唯一的作用就是让你们这些人觉得自己很重要。"

"远不止这个。"我坚持道,"一位国王要如何才能知道他臣民们的想法,如果没有顾问团的话?"

"谁在乎蠢货们的想法?让人民用自己的脑子思考,一半人就变成了基督徒,这就是他们自主思考的后果。"她啐了一口,"还有,你在顾问团里究竟是干什么的,德瓦?告诉亚瑟,你的牧羊人在想什么?至于瑟斯伦,我猜,代表了德莫尼亚的侏儒爱好者,是吧?"她大笑起来。"人民!人民都是傻瓜,这就是为何他们有一位国王,而国王有军队。"

"亚瑟,"我断然道,"很英明地统治这个国家,也没有在人民身上使用武力。"

"看看现在这个国家发生了什么吧。"妮慕反驳道。她沉默地走了一会儿。片刻后,她叹气道:"格温薇儿一直是对的,德瓦。亚瑟应该做国王,

亚瑟王

她很清楚这点。她想要的就是这个。如果亚瑟是国王,她是王后,她就幸福了,她就能获得她想要的权力。但你的宝贝亚瑟不肯坐王位。那么高尚!那么神圣的誓言!他想要什么呢?做个农民。活得像你和夏汶,幸福的家庭、孩子、欢笑。"她的语气让这些东西听起来很滑稽。"你觉得,"她问我,"格温薇儿会满足于那样的生活吗?对她来说这主意本身就够无聊的了,而那就是亚瑟想要的。她是个聪明机智的女人,他却想让她变成一头繁殖的母牛。她寻找其他刺激这事儿,真让你这么意外吗?"

"通奸?"

"啊,别犯蠢,德瓦。我跟你上过床,是不是就意味着我是个婊子?我才蠢呢。"我们来到树林,妮慕转而向北,在白蜡树和高大的榆树间行走。士兵们默默地跟着我们,我觉得就算我们带着他们绕圈子,他们也会毫不迟疑地跟随——大家都被前一晚的祸事惊吓到麻木了。"所以她打破了她的婚姻誓言,"妮慕说,"你以为她是第一个这么做的人?又或者,你觉得这就让她成为了个婊子?如此说来,整个不列颠充斥着婊子。她不是婊子,德瓦。她是个强大的女人,生来便有机敏的头脑和出众的外貌,亚瑟爱她的外貌却不用她的头脑。他不听她的建议,不肯成为国王,于是她转而求助于那个荒唐的宗教。可亚瑟告诉她的只是,等他挂起埃克斯卡利伯、开始养牛之后,她会有多幸福。"想到这儿,她大笑出声。"因为亚瑟自己从没想过背叛妻子,所以他也从未怀疑过他的妻子。我们其他人都想过,但亚瑟没有。他一直告诉自己,这场婚姻是完美的,与此同时他身处远方,格温薇儿的出众外貌却如同腐肉吸引苍蝇般吸引着男人们。他们是英俊的男人、聪明的男人、有趣的男人、渴望权力的男人,其中之一便是一个渴望所有权力的英俊男人,于是格温薇儿决定帮他。亚瑟想要个牛棚,兰斯洛特却想要成为不列颠的至尊王,格温薇儿发现那比起养牛、清理婴儿屎,是更有趣的挑战。而那个愚蠢的宗教更鼓励了她。王位的裁决者!"她啐了一口,"她与兰斯洛特睡觉不是因为她是个婊子,你这个大蠢货，她和他睡觉是为了让她的男人成为至尊王。"

"那迪纳思呢？"我问，"还有拉韦纳？"

"他们是她的祭司。他们在帮助她，在某些宗教中，德瓦，男人女人会结成一对来祭祀。为何不呢？"她踢开一块石头，看着它滚过一丛旋花。"相信我，德瓦，那两个是非常美丽的男人。我很清楚，因为正是我夺去了他们的美丽，不是因为他们与格温薇儿干的事儿。我那么做，是为了报复他们对梅林的羞辱和他们对你女儿所犯下的罪孽。"她沉默地走了几码。"不要鄙视格温薇儿，"她对我说，"不要因为她感到无聊便鄙视她。如果你非要看不起她，那就为她偷窃了圣锅而鄙视。幸好迪纳思和拉韦纳从未释放它的力量。不过，它的魔力倒是在格温薇儿身上起效了。她每周都在其中沐浴，这便是她永葆青春的原因。"我们身后响起脚步声，她转过身。亚瑟正一路小跑赶上我们。他看起来依旧迷茫，但他一定意识到我们已偏离了大路。"我们要去哪儿？"他询问道。

"你想让卫戎军看见我们吗？"妮慕指着他们的炊烟。

他一言不发，紧紧盯着那烟，就好似他从未见过如此事物。妮慕扫了我一眼，对亚瑟显而易见的迷惘耸了耸肩。"如果他们要开战，"亚瑟说，"现在已经在到处搜寻我们了。"他双眼红肿，也许是我的臆想，但他的头发看上去也更白了些。"你会怎么做，"亚瑟问我，"如果你是敌人的话？"他指的并不是微不足道的温特克拉迪亚卫戎军，但也没有指明是兰斯洛特。

"尝试给我们下套，殿下。"我说。

"怎么做？在哪里？"他暴躁地问，"北面，是吗？那是我们最快和友军汇合的路线，他们也很清楚。所以我们不能北上。"他看向我，就仿佛完全不认识我。"我们直取他们的咽喉，德瓦。"他的语气中透着凶暴。

"他们的咽喉，殿下？"

"我们去卡丹城堡。"

亚瑟王

我一时无言以对。他没有考虑清楚。悲伤和愤怒让他沮丧，我思考要如何阻止他做出这样的自杀行径。"我们只有四十人，殿下。"我小声道。

"卡丹城堡。"他重复道，无视我的反对，"谁能掌握卡丹城堡谁便能掌握德莫尼亚，谁能掌握德莫尼亚谁便能掌握不列颠。如果你不想去，德瓦，那就自己离开吧。我要去卡丹城堡。"他转身打算走开。

"殿下！"我唤他回来，"杜努姆挡在我们的路上。"那是个重要要塞，虽然那里的驻军消耗了不少，但足以摧毁我们这支小队。

"我不在乎，德瓦，就算不列颠的每一座要塞都挡在我们的路上！"亚瑟冲我喊道，"随你做什么，我去定了卡丹城堡。"他走开，让骑兵们转向西行。

我闭上双眼，觉得我的殿下一定是想死。没有格温薇儿的爱，他想要死。他想要在这片他为之战斗多年的土地上，死于敌人们的长枪之下。我想不出其他解释，为何他要率领这支疲倦的军队直冲叛军的腹地，除非他想死在德莫尼亚的王者石旁，但我突然想到了某件事，睁开双眼。"很多年前，"我对妮慕说，"我和艾利恩聊过一次。"她是名爱尔兰奴隶，比亚瑟年长，但在他遇见格温薇儿前，她是他的情人，安赫和罗赫便是她生下的忘恩负义的儿子。她还活着，如今白发苍苍却依旧优雅，估计正身处科里尼翁的围城中。这一刻，迷茫地站在分崩离析的德莫尼亚，我听见多年前她的声音。看着亚瑟吧，她曾对我说，因为当你认为他已穷途末路，没有一丝希望时，他会出乎你的意料。他会赢。我将这番话告诉了妮慕。"她还说，"我继续道，"一旦他胜利，便会犯下他惯常的错误——原谅他的敌人。"

"这次不会，"妮慕说，"这次不会了。这蠢货已经接受教训，德瓦。你会怎么做？"

"一如从前，"我说，"与他同行。"

去往敌人的咽喉。去卡丹城堡。

那一日，亚瑟浑身充满着狂乱绝望的精力，就仿佛他悲惨遭遇的所有答案都在卡丹城堡之巅。他没有试图掩藏小队的踪迹，只是让我们在他的熊旗之下，向西北行军。他骑着一匹他手下人的马，穿着他著名的盔甲，让所有人都能看见是谁正在向这个国家的心脏进军。他用我的步兵能达到的最快速度前进，当一匹马的蹄子裂开时，他就这么抛下了这匹动物，继续催促大家前行。他想要去卡丹。

我们首先到达杜努姆。先民在杜努姆的山丘上建立了一座宏伟的要塞，罗马人为其添砖加瓦，而亚瑟修复了它的防御工事，并向那里派遣了一支强大的驻军。那里的驻军从未上过战场，但如果策尔迪克沿德莫尼亚的西海岸进攻，杜努姆将会成为他的第一个障碍。虽然已多年没有爆发战争，不过亚瑟从未让那要塞荒废。靠近那一处时，我看见城墙上飞舞的旗帜不是海雕旗，而是红龙。杜努姆没有叛变。

驻军还剩三十人。其余的人要不是已叛逃的基督徒，要不害怕莫德雷德和亚瑟都已亡故，放弃反抗，溜走了。然而兰瓦，驻军的指挥官，守着他那人数不断缩减的军队，依旧希望那些都是假消息。而今亚瑟出现，兰瓦便率军出门迎接，亚瑟下马，拥抱这名老战士。我们现在已有七十人，而不是四十人，我想起了艾利恩曾说的话语：正当你认为他已穷途末路，他正要开始反击。

兰瓦在我身旁牵着马步行，说兰斯洛特的士兵曾经过要塞。"我们阻止不了他们，"他郁郁道，"他们也没有来挑战我们。他们只是想叫我投降。我告诉他们，如果亚瑟叫我放下莫德雷德的旗帜，我会那么干，我不相信亚瑟已死，除非这伙人用盾牌抬着他的脑袋来找我。"亚瑟定是告诉了兰瓦一些有关格温薇儿的事，尽管兰瓦曾是她的卫队长，但他却一直在回避她。我也对他说了一点海宫发生的事，他沮丧地摇头道："她和兰斯洛特在杜诺维瑞阿时就搞上了，"他说，"在那个她建的神庙里。"

亚瑟王

"你早知道?"我震惊道。

"我不知道,"他疲惫地说,"但听说过传言,德瓦,仅仅是传言,而且我也不想知道更多。"他冲路边草地啐了一口。"兰斯洛特从特雷贝斯岛来的那天我在场,我还记得那两个人那时就不能将视线从彼此身上移开。自此之后,他们就偷偷摸摸地搞上了,当然亚瑟从来没起过疑心。他简直让他们搞得轻而易举!他信任她,而且老不在家。他总是骑着马,外出视察堡垒或者去法庭执法。"兰瓦摇头。"我不意外,她说这个是宗教,德瓦,但我告诉你,如果那个女人和谁相爱了,那个人一定是兰斯洛特。"

"我觉得她爱的是亚瑟。"我说。

"也许吧,但对她来说,他太直白了。亚瑟的心中没有任何秘密,心事都写在他脸上,而她却是个喜欢微妙暗示的女人。我跟你说,让她心跳的人一定是兰斯洛特。"我悲伤地想到,让亚瑟心跳加速的人却是格温薇儿;我现在都不敢想他如今的心脏如何了。

我们那晚在野外过夜。我的人看守着忙于照顾格温德瑞的格温薇儿。她的命运将会如何并没有定论,无人愿意去询问亚瑟,于是便以一种疏远的礼貌对待她。她也用相同的方式对待我们,没有提出任何要求,回避着亚瑟。夜晚降临,她讲故事给格温德瑞听,但等他睡着,我看见她在他身旁前后摇晃身体,轻声地哭泣。亚瑟也看见了,随即他也开始啜泣,远离人群,不让人看见他的惨状。

我们在破晓再次出发,沿着道路,进入一片美好的乡村景色之中,万里无云的天空中,阳光轻柔洒下。这是亚瑟为之战斗的德莫尼亚,美丽富饶的土地,诸神的造物。村子的房屋盖着厚厚的茅草顶,果园茂密,很多很多农舍的墙上都画着鱼图案,其余的则被烧毁了,但我注意到,之前侮辱亚瑟的那些基督徒们如今却并不再如此,这让我怀疑那席卷德莫尼亚的狂热正在消退。村与村之间的道路在盛开的黑莓灌木间延伸,路旁的草地上四叶草、雏菊、毛茛和罂粟争奇斗艳。鹡鸰与黄鹂正在筑巢,喙中叼着稻草碎屑从空中飞过,再高些的地方,几棵橡树之上,我看见一头雄鹰展翅,稍后又意识到那不是鹰,而是一只杜鹃正尝试第一次飞行。我心想,那是一个好兆头,兰斯洛特正如那只年幼的杜鹃,只是貌似雄鹰,其实不过是鸠占鹊巢。

我们在距离卡丹城堡几英里的一处小修道院停步,那里有一处从橡木林中涌出的圣泉。这里曾是一处德鲁伊神庙,而今由基督教的上帝守护着那汪泉水,但上帝无法抵御我的人马。在亚瑟的命令下,他们闯入栅栏大门,抢来十二条修道士的棕色长袍。修道院的主教拒绝缴纳祭金并咒骂亚瑟,如今已怒火失控的亚瑟砍翻了那个主教。我们任由主教的血流入圣泉,向西进发。那主教名叫卡拉诺格,如今已被封为圣徒,我有时会想,亚瑟比上帝制造了更多的圣徒。

我们穿越彭山,抵达卡丹城堡,进入城堡视野前在山脚休整。亚瑟选出一打枪兵,命他们将头发剪成基督徒的式样,并穿上修道士长袍。妮慕替他们理发,将所有剪下的头发收集,装入一个袋中保管。我想要成为十二人之一,但亚瑟拒绝了。他说,前往卡丹城堡大门的人不能有一张可能会被认出的脸。

伊撒不得已接受了剪发,前额被剃秃时,他对我做了个鬼脸。"我看上去像个基督徒吗,阁下?"

"你看上去像你老爹,"我说,"秃顶丑陋。"

十二人在长袍下佩着剑,无法携带长枪。我们敲下他们的枪尖,让他们用光秃的枪杆作为武器。他们剃过发的前额看起来比脸要白,但在长袍兜帽的遮掩下,应该还能冒充修道士通过。"去吧。"亚瑟对他们说。

卡丹城堡并没有真正的军事价值,但作为德莫尼亚王权的象征,它的意义无法估量。仅凭这一个理由,我们就明白这座老城防守严密,我们那十二名假修道士不仅需要勇气,更需要运气,才能骗过驻军,让对方开门。妮慕为众人祈福之后,他们便越过了彭山山顶,向山丘进发。也许是

亚瑟王

因为我们带着圣锅,又或许是亚瑟在战场一向的好运气,我们的诡计奏效了。亚瑟和我匍匐在山顶温暖的草丛中,看着伊撒和他的人走下彭山陡峭的西坡,穿越宽敞的牧场,攀上通往卡丹城堡东门的倾斜山路。他们自称是逃难者,被亚瑟的骑兵袭击而逃至此处,这故事说服了卫兵,卫兵替他们打开大门。伊撒和他的人杀了那些哨兵,夺走死者的长枪和盾牌,护卫着来之不易敞开的城门。基督徒直到后来也不曾原谅过亚瑟的这个诡计。

亚瑟看见城堡大门被占领的那一刻便跨上勒姆芮的马背。"冲啊!"他喊道,于是他的二十名骑兵一踢马,冲上彭山山顶,又冲下了之后陡峭的草坡。十人跟随亚瑟直取城堡,另外十人则飞驰包围了卡丹城堡山麓,切断驻军的逃跑路线。

我们其余人跟着冲锋。兰瓦要看守格温薇儿,所以来得较慢,但我的士兵不顾一切地跑下陡坡,冲上城堡的石道,伊撒和亚瑟正在此处等候。城门失守后,驻军毫无战斗的意愿。那里有五十名枪兵,大多是残疾老兵和年轻新兵,但依旧足以守住城墙,抵抗我们这支小军队。那些人想要逃跑,不过我们的骑兵很轻易地就抓获他们,带回了城堡。伊撒和我走上西门的城墙,拉倒了兰斯洛特的旗帜,升起亚瑟的熊旗。妮慕烧去剪下的头发,冲那些惊恐的修道士啐着口水,他们居住在城堡中,正监管着桑森大教堂的建造。

比起驻扎的士兵,那些修道士表现出了更多的反抗意识。他们本已挖好教堂的地基,并将卡丹山顶石圈中的石头堆在了地基边沿,还推倒宴会大厅原本一半的墙壁,用那些木材建造起了形为十字架的教堂的墙壁。"这很好烧啊。"伊撒兴高采烈地说,揉着自己新剃的秃顶。

格温薇儿和她的儿子拒绝使用大厅,他们被安置在城堡最大的一间棚屋中。那是一位枪兵的家,亚瑟把原本的住客撵了出来,命令格温薇儿进去。她看着麦秆床铺和屋梁上的蛛网,瑟瑟发抖。兰瓦派一名枪兵守住门口,随后看着亚瑟的一名骑兵把试图逃跑的驻军指挥官拖了过来。

那名战败的指挥官是罗赫,亚瑟双胞胎儿子之一,他让他的母亲艾利恩的生活充满痛苦,也一直怨恨着他们的父亲。如今效忠于兰斯洛特的罗赫,被人抓着头发拖来他父亲的面前。

罗赫双膝跪地。亚瑟盯着他良久,随后转身离开。"父亲!"罗赫喊道,但亚瑟无视了他。

亚瑟走到一列俘虏面前,他认出曾在他旗下效力的一些人,其他人则是来自兰斯洛特之前在贝尔盖的王国。那些人总共有十九名,被带去建了一半的教堂处,处以极刑。那是严厉的惩罚,但亚瑟丝毫没有仁慈对待侵略他国家之人的心情。他命令我的手下杀死他们,他们也确实如此做了。修道士们反对,俘虏的妻儿冲我们尖叫,我直接命令把这些人带去东门并扔出去。

还剩余三十一名俘虏,都是德莫尼亚人,亚瑟数着他们排成的队列,选中了六人:第五人、第十人、第十五人、第二十人、第二十五人和第三十人。"杀了他们。"他残酷地命令我,我将六人押去教堂,将他们的尸体添入了那个血坑。剩余的俘虏跪倒在地,一个接一个地亲吻亚瑟的剑,重新立下誓言,但在亲吻剑尖之前,他们被强迫跪在妮慕跟前,妮慕用烧得通红的枪头在他们的前额烙上了记号。这些记号意味着他们作为战士曾反叛自己宣誓效忠的主人,若是再次犯下此等罪责,便会被处死。目前来说,这批人的前额被烫伤,也正在痛苦中,是不可靠的友军,但亚瑟手下现已有超过八十人,一支小型的军队。

罗赫双膝跪地等候着。他还很年轻,青涩的脸上胡子稀疏,亚瑟拽着他的胡子,将他拖到古老石圈残余的王者石前。他将他的儿子扔在石前。"你的兄弟在哪里?"他问道。

"和兰斯洛特在一起,殿下。"罗赫哆嗦地答道。他被皮肤烧焦的气味吓坏了。

"那是哪里?"

"他们去了北方,殿下。"罗赫抬头看着他的父亲。

"那你可以去加入他们。"亚瑟说。罗赫得知自己保住小命,脸上露出轻松的神情。"但先告诉我,"亚瑟的声音冷酷如冰,"为何你向你的父亲出手为敌?"

"他们说您死了,殿下。"

"那你又做了什么,儿子,来为我的死报仇?"亚瑟等候着答案,但罗赫没有。"而当你知道我还活着,"亚瑟继续道,"为何你依旧与我为敌?"

罗赫紧盯他父亲不依不饶的脸庞,不知如何鼓起了勇气。"您对我们来说,从来不像一位父亲。"他憎恶地说。

亚瑟的脸略一抽动,我以为他会大发雷霆,但他却又格外平静地开口了。"把你的右手放在石头上。"他命令罗赫。

罗赫以为自己要立下一个誓言,于是顺从地将手放上了王者石的正中。这时亚瑟拔出埃克斯卡利伯,罗赫意识到他的父亲想要干什么,猛地缩回手。"不!"他喊道,"求求您!别!"

"按住它,德瓦。"亚瑟说。

罗赫挣扎一番,但他敌不过我的力量。我冲他的脸扇了一掌,制服了他,随后撩起他的右手袖管至手肘,将他的右手强行按平在石上,固定住。亚瑟举起剑。罗赫哭喊着:"别,父亲!求您了!"

但亚瑟那日毫不留情。之后也如此过了许多时日。"你出手与你自己的父亲为敌,罗赫,为此你将失去父亲和那只手。我与你断绝关系。"说着那般可怕的诅咒,他劈下剑,一股血流激射在石头上,罗赫痛苦地扭动。他缩回血淋淋的断肢,颤抖着注视着自己的断手,陷入恐慌,痛苦地尖叫。"给他包扎。"亚瑟命令妮慕,"然后就让这小蠢货滚吧。"他转身离开。

我将那截佩戴两枚可悲的战士指环的断手踢下石头。亚瑟任凭埃克斯卡利伯跌落在草地上,于是我捡起剑,虔诚地将它横置在血泊之中。我心想，这才合理。正确的剑放在正确的石头上，花了多少年才将其达成啊。

"我们等吧。"亚瑟严肃道，"等那个杂种来。"

他依旧无法说出兰斯洛特的名字。

兰斯洛特两日后前来。

他的叛军正分崩离析，我们那时还一无所知。塞格拉莫获得波伊斯两队士兵的支援，已在科里尼翁将策尔迪克的补给切断，撒克逊人无奈趁夜色逃跑，但在塞格拉莫的报复下，策尔迪克依旧损失了超过五十人。策尔迪克的国界线仍然比以前要远深入西境，但亚瑟还活着并占领卡丹城堡的消息，以及塞格拉莫不依不饶的威胁，足以让策尔迪克抛弃他的盟友兰斯洛特。他撤回他的新国界，派遣士兵占领兰斯洛特在贝尔盖的土地。终是策尔迪克在这场叛乱中获益匪浅。

兰斯洛特率军来到卡丹城堡。这支军队的主力核心，是兰斯洛特的撒克逊护卫和两百名贝尔盖战士，一队上百人的基督徒坚信自己效忠兰斯洛特便是遵行上帝的旨意，也自愿加入他的军队，但亚瑟攻下了卡丹，墨凡斯和加拉哈特在格兰温以南实行着骚扰，这些消息让这些人困惑不已、士气低沉。基督徒们开始叛逃，不过至少还有两百名留在兰斯洛特身边。占领王室山丘两天后的傍晚，兰斯洛特到了。他依然有机会能保住他的新王国——若他敢于立即向亚瑟发起进攻的话。可他迟疑不定，翌日清晨，亚瑟派我下山送信。我倒持盾牌，在长枪上绑着一枝橡树枝，以表示我是使者，前来谈判而非战斗，一位贝尔盖首领与我会面并发誓保证我的安全，随后便带我前去兰斯洛特驻扎的林第尼斯宫殿。我在外庭中等候，阴郁的枪兵们望着我，与此同时，兰斯洛特正犹豫着是否该见我。

我等候超过一个小时，最终兰斯洛特还是现身了。他穿着他那白漆的鱼鳞甲，单臂夹着他镀金的头盔，腰间佩着基督之刃。安赫和裹着绷带的罗赫站在他身后，他的撒克逊护卫及十数个军队首领站在他两侧，国王勇

亚瑟王

士鲍斯站在他身旁，所有人闻上去都有一股战败的气味，仿佛腐肉。兰斯洛特本可以将我们困在卡丹，转回头料理完墨凡斯和加拉哈特，之后再让我们活活饿死，但他丧失了勇气。他仅仅想要活下去。我哭笑不得地发现，桑森不见了。耗子神很清楚何时该低调。

"我们又见面了，德瓦阁下。"鲍斯代表他的主人向我招呼道。

我无视鲍斯。"兰斯洛特，"我直呼国王的名字，拒绝以他的头衔称呼他，"我的主人亚瑟殿下会放过你的人，在一个前提下。"我声音很大，让院中所有的士兵都能听见。大多数战士都在盾牌上画着兰斯洛特的海雕，但有一些的盾上是十字架或两条代表鱼的曲线。"饶过你们的条件是，"我继续道，"你要与我们的勇士决斗，一对一，剑对剑，如果你活下来，那你的手下可以与你一起离开，如果你战死，你的手下也可以自由离开。若你选择不接受决斗，你的人还是可以被赦免，除了那些曾经宣誓效忠我们莫德雷德国王陛下的人——他们将被处死。"这是一个狡猾的提议。如果兰斯洛特选择决斗，那他就能救下那些改旗易帜支持他的人；如果他在挑战前面退缩，那他就使他们不得不面对死亡的命运，这样他便会失去他宝贵的名誉。

兰斯洛特瞥了一眼鲍斯，随后看向我。我那一刻非常鄙视他。他本可以与我们战斗，而非在林第尼斯的外庭踟蹰踱步，但他却被亚瑟的挑战迷惑。他不知道我们有多少人，他只能看见卡丹城墙上竖立着的长枪，于是丧失了作战的勇气。他凑在他的表亲身旁，两人交换着言语。鲍斯冲他说了些什么，他脸上闪过一丝微笑，看向我。"我的勇士鲍斯，"他说，"接受亚瑟的挑战。"

"这挑战只能你本人接受，"我说，"想要一头你手下驯化的野猪来代替是不可能的。"

鲍斯听见这话，咆哮怒吼，半拔出他的剑，但那名保证过我安全的贝尔盖首领手持长枪，走向前一步，鲍斯克制了怒火。

"亚瑟的勇士，"兰斯洛特问，"是他本人吗？"

"不，"我微笑答道，"我请求他给予我这样的荣耀。"我告诉他，"而我也有幸获得。我要回报你对夏汶的侮辱：你想要让她在怀君岛全裸游街示众，但我将会拖着你赤裸的尸体行遍整个德莫尼亚。而对于我的女儿，"我继续道，"她的仇已经报了。你的德鲁伊们已陈尸于海边，兰斯洛特。他们的躯体没有被火化，他们的灵魂还游荡于世间。"

兰斯洛特冲我的脚啐了一口。"告诉亚瑟，"他说，"我会在中午回复我的答案。"他转身离开。

"你有口信要转达格温薇儿吗？"我问他，这问题让他转回身。"你的情人就在卡丹，"我告诉他，"你想知道她接下去会发生什么吗？亚瑟已告诉了我她的命运。"

他憎恶地盯着我，又啐了一口，转身走开。我也同样转身离开。

我返回卡丹，发现亚瑟正站在西门上的城墙上，许多年前，正是在此处，他告诉了我一名士兵的责任。他说，士兵的责任便是为那些无法自己战斗的人而战。那是他的信念，这么多年以来，他都在为了小莫德雷德而战，如今他终于能为自己而战，但在此过程中，他失去了他最想要的东西。我告诉他兰斯洛特的回答，他点头，一言不发，挥手示意我离开。

那日早晨晚些时候，格温薇儿让格温德瑞来传召我。那孩子爬上城墙，我和我的人正在那里值守，他拽了拽我的披风。"德瓦叔叔？"他弱弱地盯着我，"妈妈想要见您。"他害怕地说，眼中噙着泪。

我看了亚瑟一眼，他并没有对我们表现出关注，于是我走下台阶，和格温德瑞一同前往枪兵棚屋。这么快就来求助于我，一定伤害了格温薇儿的自尊，但她想要向亚瑟递话，也很清楚卡丹城堡中没有人比我还要更亲近亚瑟。我低头进门，她站起身。我弯腰向她行礼，她让格温德瑞离开去和他的父亲谈话。

棚屋的高度堪堪让格温薇儿站直。她的脸色苍白，几近憔悴，但不知

亚瑟王

为何悲伤赋予她一种耀眼的美丽,那是她以往骄傲的外貌所不曾有的。"妮慕告诉我,你去见了兰斯洛特。"她的语气如此轻柔,我不得不身子前倾才能听清。

"是的,殿下,我去见了他。"

她的右手无意识而烦躁地把弄着裙子的褶皱。"他有口信要带给我吗?"

"没有,殿下。"

她用绿色的大眼睛凝视着我。"求你了,德瓦。"她轻声道。

"我问过他,殿下。他什么都没说。"

她跌入一把简陋的长椅。她静坐片刻,我看见一只蜘蛛顺着蛛丝从屋顶垂下,越来越靠近她的头发。我不知该如何处理那小虫,是应该掸开它还是顺其自然。"你对他说了什么?"她问。

"我向他发出挑战,殿下,一对一,海威贝恩对基督之刃。我发誓要拖着他赤裸的尸体行遍整个德莫尼亚。"

她用力摇头。"战斗,"她愤怒道,"你们这些野蛮人就只会这么干!"她闭上双眼几秒。"对不起,德瓦阁下,"她温顺地说,"我不应该侮辱您,尤其是在我需要您帮我向亚瑟殿下求情的时候。"她抬眼看向我,我看出她与亚瑟一样伤心欲绝。"您愿意吗?"她恳求我。

"求什么情,殿下?"

"求他放我离开,德瓦。告诉他我会渡海离去。告诉他,他可以留下我们的儿子,他是我们的儿子;我会走得远远的,他不会再看见我或听见我的任何消息。"

"我会向他请求的,殿下。"我说。

她注意到我语气中的犹豫,悲伤地注视着我。蜘蛛消失在她浓密的红发中。"您觉得他会拒绝?"她用惊惧的声音轻声问。

"殿下,"我说,"他爱您。他太爱您了,我不觉得他能放您离开。"

424

她的眼中闪出泪光，一滴眼泪流下她的脸颊。"那他会如何处置我？"她问，我没有回答。"他会怎么做，德瓦？"格温薇儿再次追问，语气中透出些她旧日的力量。"告诉我！"

"殿下，"我语气沉重，"他会将您安置在某处安全的地方，他会派人看守您。"我心想，活着的每一天，他都会想着她。每晚入睡前他都会看见她，而每个黎明，他在床上转过身时都会发现她已不在。"他会善待您的，殿下。"我温和地向她保证。

"不！"她尖叫道。她也许想过会被处死，然而这样被囚禁的命运似乎于她而言更加凄惨。"告诉他让我离开，德瓦。告诉他让我走！"

"我会求他的，"我向她承诺，"但我不觉得他会答应。我不觉得他能够放手。"

她已痛哭出声，双手捂着脸，我等候片刻，她却一言不发，于是我便退出了棚屋。格温德瑞觉得待在他父亲身旁太压抑，想要回到母亲那儿，但我带着他走开了，让他帮我清理并打磨埃克斯卡利伯。可怜的格温德瑞被吓坏了，他不明白发生何事，格温薇儿和亚瑟两人也都无法解释给他听。"你的母亲病得很重，"我告诉他，"你懂的，有时候重病的人必须一个人待着。"我对他微笑道，"或许你可以来我家，和莫温娜还有塞伦住一起？"

"我可以吗？"

"我觉得，你母亲和父亲会答应的。"我说，"我也很乐意。嘿，别反复刷剑！打磨它。一下一下，慢一点，轻一点，就像这样！"

中午时，我前去西门，等候兰斯洛特的信使。但无人前来。没有人来。兰斯洛特的军队就如同被雨水冲下石头的沙子一般分崩离析。一些人随兰斯洛特南下，他离去时，头盔上的天鹅翅膀在阳光下雪白鲜亮，剩下大部分人来到卡丹山脚的大草地，放下自己的长枪、盾和剑，跪在草地上，请求亚瑟的宽恕。

亚瑟王

"您胜利了，殿下。"我说。

"是的，德瓦。"他坐着道，"看起来我是赢了。"他新蓄的胡子如此灰白，使他显老不少。并不是更弱，只是更老更严厉。这很适合他。他的头顶上方，一股风吹起熊旗。

我坐在他身侧。"格温薇儿公主，"我注视着敌人的军队放下武器，跪在我们下方，"请我来向您求一个恩典。"他一言不发。他甚至不看我一眼。"她想……"

"离开。"他打断我。

"是的，殿下。"

"和她的海雕。"他伤心道。

"她没有那样说，殿下。"

"她还能去哪儿呢？"他转过头，用冰冷的目光看着我，"他有没有要求把她给他？"

"没有，殿下。他什么都没提。"

亚瑟听后，大笑起来，但那是一种残忍的笑。"可怜的格温薇儿，"他说，"可怜啊，可怜的格温薇儿。他不爱她，是吧？她对他而言，不过是件美丽的事物，另一面镜子用来映照出他自己的美丽。那一定伤害到她了，德瓦，一定伤害到了她。"

"她求您放她自由，"我锲而不舍地说，正如我保证的一样，"她会将格温德瑞留给您，她会离开……"

"她不能提任何条件。"亚瑟愤怒道，"不能。"

"是，殿下。"我说。我已尽可能地帮她，但我失败了。

"她要留在德莫尼亚。"亚瑟决定了她的命运。

"是，殿下。"

"你也要留在这里。"他厉声命令道，"莫德雷德也许已经解除了你对他的誓言，但我没有。你是我的人，德瓦，你是我的顾问，你会留在我身边。从今天起,你就是我的首席勇士。"

我转过身,看着放在王者石上刚清洁并打磨过的宝剑。"那我还是一位国王勇士吗,殿下?"我问。

"我们已经有一位国王,"他说,"我不会打破誓言,但我会统治这个国家。不再交给任何其他人,德瓦,只有我。"

我想到与阿尔交战前在庞蒂斯渡河时经过的那座桥。"如果您不做国王,殿下,"我说,"那您就是我们的皇帝。您应该成为国王们的主君。"

他笑了。这是自从妮慕拉开海宫那面黑色幕帘之后,我自他脸上看见的第一个笑容。那抹笑很浅,但确实是笑容。他也没有拒绝我说的头衔:亚瑟皇帝,诸王之主。

兰斯洛特走了,他的军队如今惊惧地向我们下跪。他们的旗帜倒下,他们的长枪坠地,他们的盾牌放平。疯狂如同暴风雨般扫荡过德莫尼亚,可它已过去,亚瑟已胜,在我们下方,在高悬的夏日太阳之下,一整支军队下跪求他宽恕。那是格温薇儿曾经的梦想。德莫尼亚已伏于亚瑟脚下,他的剑放在王者石之上,但一切都迟了。对她而言太迟了。

然而对我们来说,对我们这些忠心耿耿的人来说,这是我们长久以来的盼望,如今,尽管没有国王之名,但亚瑟终于成为了我们真正的国王。

第二部完

后 记

圣锅的故事在凯尔特人的民间故事中很常见，对此的寻求很容易把一队队的战士送到黑暗和危险的地方。库丘林（Cúchulain），那个伟大的爱尔兰英雄，据说从一座强大的堡垒中偷走了一个魔法锅，类似的主题也在威尔士神话中重现。这些神话的来源现在已经很难厘清了，但我们可以相当肯定的是，中世纪那些广受欢迎的寻找圣杯的故事，只不过是对更古老的圣火神话的基督教化的再创造。其中一个故事便是关于克莱德诺·艾丁的圣锅的，它是不列颠十三大宝藏之一。这些珍宝在现代已经从对亚瑟王传奇的重述中消失了，但是它们在更早的时候就牢牢地留在了那里。宝藏的来源各不相同，所以我整合了一个相当有代表性的样本，不过妮慕对它们来源的解释都是我的发明。

圣锅和魔法宝藏告诉我们，我们是在异教徒的领土上。这显得有些奇怪：后来的亚瑟故事被如此严重地基督教化了。亚瑟是上帝之敌吗？一些早期的故事确实表明凯尔特基督教对亚瑟怀有敌意；因此在《圣帕达恩的一生》（*Life of St Padarn*）中，据说亚瑟偷走了圣徒的红色外衣，直到圣徒把他埋至脖子以下时才同意归还。亚瑟还被认为偷走了圣卡兰诺的祭坛用作餐桌；事实上，在许多圣徒的生活中，亚瑟被描绘成一个暴君，只有圣人的虔诚和祈祷才能阻止他。圣卡多克（St Cadoc）显然是一个著名的对手，他在《生命》（*Life*）夸耀自己打败亚瑟的次数，其中包括一个相当

ENEMY OF GOD ◆ 逆神者

令人反感的故事：亚瑟在一场骰子游戏中被逃跑的情人打断，于是企图强奸这个女孩。这个亚瑟，一个小偷，一个骗子，一个潜在的强奸犯，显然不是现代传说中的亚瑟，但是这些故事确实表明亚瑟不知怎么地赢得了早期教会的强烈厌恶，对这种厌恶的最简单的解释是，亚瑟是一个异教徒。

我们不能肯定这一点，就像我们不能猜测他是什么样的异教徒一样。英国本土的宗教德鲁伊在四个世纪的罗马统治中已经被严重破坏，到了公元5世纪晚期，它已经成为一个毫无价值的外壳，尽管毫无疑问它仍然存在于英国的乡村地区。对德鲁伊教的"悲伤的打击"发生于公元60年，那是黑暗的一年，罗马人攻击了莫岛（今威尔士北部安格尔西岛），摧毁了信仰的崇拜中心。考古学家认为这里是德鲁伊教仪式的一个重要场所，但遗憾的是，这片湖泊及其周围的特征在二战期间因为山谷机场的扩建而全部消失了。

德鲁伊教的敌对信仰都是由罗马人引入的，密特拉教曾一度对基督教构成真正的威胁，而其他神，如墨丘利神和艾西斯神仍继续受到崇拜，但基督教是迄今为止最成功的进口宗教。它甚至横扫爱尔兰，由英国基督教徒帕特里克（即帕德雷格）带到那里，他被认为用三叶草教导了三位一体的教义。撒克逊人自他们占领的不列颠地区消灭了基督教，所以英国人不得不再等上一百年，直至圣坎特伯雷的奥古斯丁将基督教重新引入洛依格（今英格兰）。奥古斯丁基督教不同于早期的凯尔特形式，复活节庆祝在不同的日子，而且新的基督徒不使用德鲁伊教剃刀剃光前额，而是在头顶上做了现在更常见的环状光秃。

正如在《凛冬王》中一样，我还是故意引入了一些时代错误。亚瑟王的传说极其复杂，主要是因为它们包含了各种不同的故事，其中许多故事，如崔斯坦与伊索尔德，起初都是相当独立的故事，后来才慢慢融入更大的亚瑟王传奇中。我确实曾经打算去掉所有后来新增的部分，但那会

亚瑟王

让我失去更多，如梅林和兰斯洛特，所以我让浪漫主义战胜了迂腐。我承认，我加入卡米洛特一词完全是对历史的胡说八道，因为这个名字直到12世纪才被发明，所以德瓦永远不会听到它。

一些角色，如德瓦、夏汶、库尔威奇、格温维奇、格温德瑞、安赫、罗赫、迪纳思和拉韦纳，几个世纪以来都从故事中消失了，取而代之的是兰斯洛特这样的新角色。随着时间的推移，其他的名字也发生了变化：妮慕变成了薇薇安，凯变成了加伊，佩雷杜变成佩西瓦尔。早期的名字是威尔士语，可能有点难，但是除了埃克斯卡利伯（卡里德福洛斯）和格温薇儿（桂妮薇儿）之外，我在很大程度上更喜欢它们，因为它们反映了5世纪英国的面貌。亚瑟王的传说是威尔士的故事，亚瑟王是威尔士人的祖先，而他的敌人，如策尔迪克和阿尔，是后来被称为英格兰人的人；强调这些故事的威尔士起源，似乎是正确的。我并不是说《亚瑟王》三部曲是那个时代的真实写照，它甚至不是对书写那段历史的一种尝试，只是一段来自野蛮时代的、奇异而复杂的传奇故事的另一个变种，然而它仍然让我们着迷，因为它充满了英雄主义、浪漫和悲剧。

伯纳德·康威尔